紫庵文集

（第十一册）

魏際昌　著◎方　勇　主編

人民出版社

目　録

一、北大講義三種

前　言 …………………………………………………………………… 3
1.《詞選》《片玉集》批注/俞平伯著,魏際昌批注 …………………… 4
2.《目録學發微》劄記/余嘉錫著,魏際昌批注………………………… 98
3.《殷墟文字研究》釋解/唐蘭著,魏際昌批注 ……………………… 290

二、文學選論二種

1. 楚辭綜論 ………………………………………………………… 471
2. 元曲選 …………………………………………………………… 529

三、手稿殘頁五種

1. 論《春秋》 ……………………………………………………… 599

2. 論《國語》 …… 617
3. 論道家 …… 625
4. 論唐代邊塞戰爭 …… 635
5. 河北大學建設重點大學規劃 …… 648

四、文集相關三種

1.《魏際昌詩文選集》編目 …… 663
2.《魏際昌詩文選集》後記/佚名 …… 676
3.《紫庵詩草》出版合同 …… 682

五、生平相關三種

1. 魏際昌先生簡歷 …… 685
2. 魏際昌先生追悼會記録 …… 687
3.《唐詩紀事》經過/于月萍 附聘書及姚奠中信 …… 695

一、北大講義三種

前　言

北大,這中國新文化的搖籃地,這中國最古老的高等教育機關,她曾領導過“五四運動”,她曾啟蒙過“白話文學”。她有各式各樣的建築物作校舍——北河沿的譯學館(三院),馬神廟的公主府(二院),沙灘的紅樓(一院),松公府的圖書舘、新宿舍和地質館,舊是舊得雕欄玉砌、紅磚緑瓦,新則新得鋼骨水泥、煖氣水道。也有國内一流的學者作教授——胡適之、錢玄同、劉半農、馬敘倫、劉文典、沉兼士諸先生均在主講。在人事上她有相容並包的精神,在學術上她有自由研究的風氣,有多少文化先鋒民族鬥士是她孕育出來的呢——北大此刻共有三院十二系,校長為蔣夢麟先生,教職員約有百人,學生一千三百餘名——報到後,我住在靠著一院的索齋,房頭是荒字八號,和鄉友熊民旦君同室(後來搬到黄字五號,與杜紹甫兄同房,以迄畢業),每天抱著講義和筆記本跟著鐘聲跑來跑去。

1.《詞選》《片玉集》批注/俞平伯著,魏際昌批注

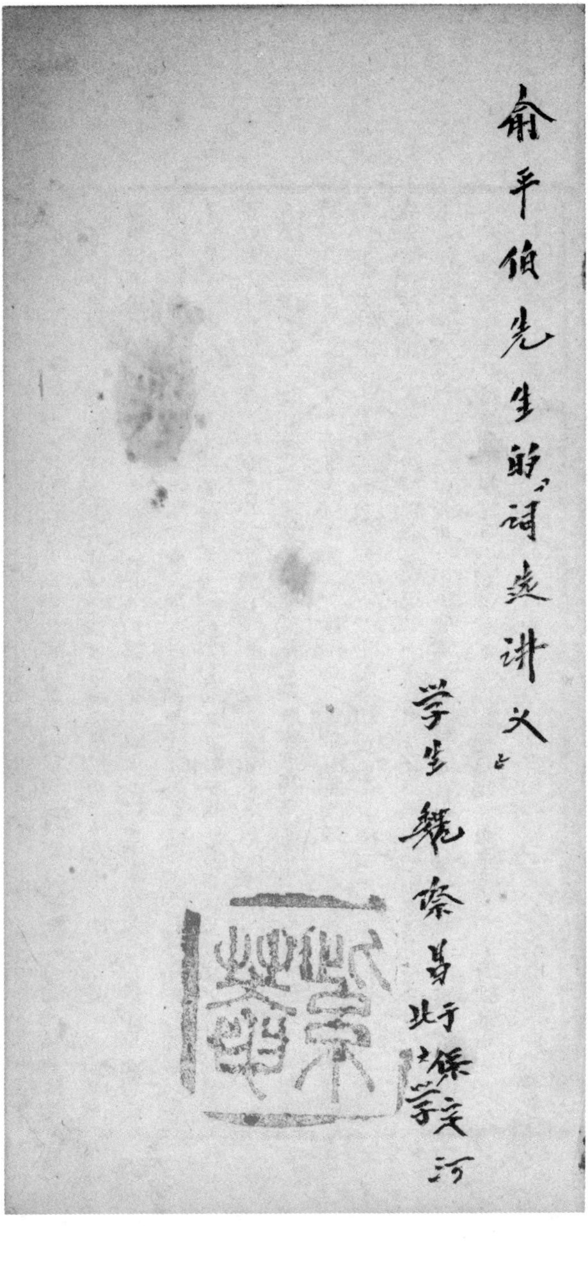
俞平伯先生的詩歌讲义
学生

敘曰詞者蓋出於唐之詩人採樂府之音以制新律因繫其詞故曰詞傳曰意內而言外謂之詞其緣情造端興於微言以相感動極命風謠里巷男女哀樂以道賢人君子幽約怨悱不能自言之情低徊要眇以喻其致蓋詩之比興變風之義騷人之歌則近之矣然以其文小其聲哀放者爲之或跌蕩靡麗雜以昌狂俳優然要其至者莫不惻隱盱愉感物而發觸類條鬯各有所歸非苟爲雕琢曼辭而已自唐之詞人李白爲首其後韋應物王建韓翃白居易劉禹錫皇甫淞司空圖韓偓並有述造而溫庭筠最高其言深美閎約五代之際孟氏李氏君臣爲謔競作新調詞之雜流由此起矣至其工者往往絕倫亦如齊梁五言依託魏晉近古然也宋之詞家號爲極盛然張先蘇軾秦觀周邦彥辛棄疾姜夔王沂孫張炎淵淵乎文有其質焉其盪而不反傲而不理枝而不物柳永黃庭堅劉過吳文英之倫亦各引一端以取重於當世而前數子者又不免有一時放浪通脫之言出於其間後進彌以馳逐不務原其指意破析乖刺壞亂而不可紀故自宋之亡而正聲絕元之末而規矩隳以至於今四百餘年作者十數諒其所是互有繁變皆可謂安蔽乖方迷不知門戶者也今第錄此篇都爲二卷義有幽隱並爲指發幾以塞其下流導其淵源無使風雅之士懲於鄙俗之音不敢與詩賦之流同類而風誦之也嘉慶二年八月武進張惠言

出版組印

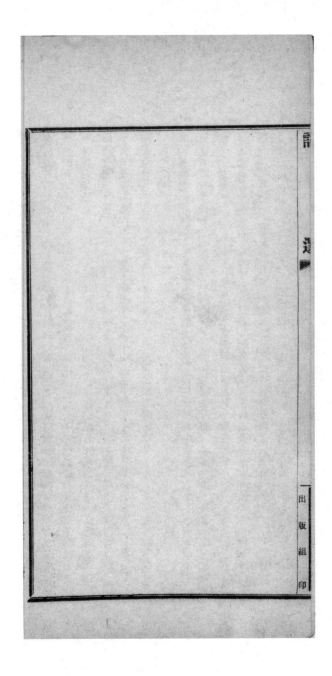

詞選

張惠言錄

李太白白

○菩薩蠻

平林漠漠煙如織寒山一帶傷心碧暝色入高樓有人樓上愁　玉階空竚立宿鳥歸飛急何處是歸程長亭更短亭

溫飛卿庭筠

菩薩蠻

小山重疊金明滅鬢雲欲度香腮雪懶起畫蛾眉弄粧梳洗遲　照花前後鏡花面交相映新貼繡羅襦雙雙金鷓鴣

水精簾裏頗黎枕暖香惹夢鴛鴦錦江上柳如煙雁飛殘月天　藕絲秋色淺人勝參差翦雙鬢隔香紅玉釵頭上風

藥黃無限當山額宿粧隱笑紗窗隔相見牡丹時暫來還別離　翠釵金作股釵上雙蝶舞心事竟誰知

詞選　一

詞選

月明花滿枝

翠翹金縷雙鸂鶒水紋細起春池碧池上海棠梨雨晴紅滿枝　繡衫遮笑靨煙草粘飛蝶青瑣對芳菲

翠翹，點翠也，純羽翠首飾名，前人有"明珰翠羽"句，又有翠旌、翠蓋、翠華，以為天子儀仗，都

玉關音信稀　係取其羽毛而用者。鸂鶒，水鳥名，較鴛鴦為大。海棠色紅，海紅等皆外國物種，宮之畫也。

杏花含露團香雪綠楊陌上多離別燈在月朧明覺來聞曉鶯　玉鉤褰翠幙粧淺舊眉薄春夢正關情

鏡中蟬鬢輕結　"燈在"二句言隔宿，寫忽夢忽醒之情景也。

玉樓明月長相憶柳絲裊娜春無力門外草萋萋送君聞馬嘶　畫羅金翡翠香燭消成淚花落子規啼

綠窗殘夢迷　"門外"二句胡適以為夢，平伯以為回憶。畫羅金翡翠，畫花羽翠之錦金帳也。

鳳皇相對盤金縷牡丹一夜經微雨明鏡照新粧鬢輕雙臉長　畫樓相望久闌外垂絲柳音信不歸來

社前雙燕回　"鳳皇相對盤"，衣上之鳳皇對盤也，與牡丹句不連。"鬢輕雙臉長"是兩眉斜飛入鬢。

牡丹花謝鶯聲歇綠楊滿院中庭月相憶夢難成背窗燈半明　翠鈿金壓臉寂寞香閨掩人遠淚闌干

燕飛春又殘　比較淒涼。琵琶行有"夢啼妝淚紅闌干"，言淚痕界面，或淚痕縱橫也。

滿宮明月梨花白故人萬里關山隔金雁一雙飛淚痕沾繡衣　小園芳草綠家住越溪曲楊柳色依依

燕歸君不歸　金雁，為假鳥之圖，句下為回憶當此之好景。

出版組印

寶函鈿雀金鸂鶒沈香閣上吳山碧楊柳又如絲驛橋春雨時　畫樓音信斷芳草江南岸鸞鏡與花枝此情誰得知 吳地包括浙西非只江蘇。

南園滿地堆輕絮愁聞一霎清明雨雨後卻斜陽杏花零落香　無言勻睡臉枕上屏山掩時節欲黃昏無憀獨倚門 愁聞恰聞也。杏花瓣連不堅故易零落。

此下乃叙夢此章言黃昏

夜來皓月纔當午重簾悄悄無人語深處麝煤長臥時留薄粧　當年還自惜往事那堪憶花落月明殘錦衾知曉寒 深處洞房也。麝煤即燭花。

此自臥時至曉所謂夢難成也

雨晴夜合玲瓏日萬枝香裊紅絲拂閒夢憶金堂滿庭萱草長　繡簾垂箓簌眉黛遠山綠春水渡溪橋凭闌魂欲銷 夜合花名又名棔即馬纓花。古取其晝開夜合之意。今取其狀。萱草忘憂草也。詩云焉得諼草言樹之背。萱即諼之借義。此就蓮借以壽然。萼疏流黃合倶以平声穩了也。

此章正寫夢垂簾凭闌皆夢中情事正應人勝參差三句

竹風輕動庭除冷珠簾月上玲瓏影山枕隱濃粧綠檀金鳳皇　兩蛾愁黛淺故國吳宮遠春恨正關情畫樓殘點聲 綠檀金鳳皇枕上花紋也。檀乃硬木。詞有角枕，詞有玻璃枕，韓偓亦有玉釵敲着枕函声句。枕头由硬变輭大概在唐宋之間。周邦彥有淚花落枕紅綿冷句，即指輭枕言。

詞選二　二　北京大學

此言夢醒春恨正關情與五章春夢正關情相對雙鎖　青瑣金堂故國吳宮略露寓意

〇更漏子　古人此調有花間之意後人依調所填者便否矣

柳絲長春雨細花外漏聲迢遞驚塞雁起城烏畫屏金鷓鴣　香霧薄透簾幙惆悵謝家池閣紅燭背繡簾垂夢長君不知　柳絲等句寫外景香霧等句寫內景詞至最妙謝家指夫運家言

此三首亦菩薩蠻之意　驚塞雁三句言懽戚不同與下夢長君不知也

星斗稀鐘鼓歇簾外曉鶯殘月蘭露重柳風斜滿庭堆落花　虛閣上倚闌望還是去年惆悵春欲暮思無窮舊歡如夢中　本首詞並不佳僅筆致脫跳挎操神妙而已

蘭露重三句與塞雁城烏義同

玉爐香紅蠟淚偏照畫堂秋思眉翠薄鬢雲殘夜長衾枕寒　梧桐樹三更雨不道離愁正苦一葉葉一聲聲空階滴到明　滿以起筆承法一聲句暗點更漏詞意均佳

〇夢江南

梳洗罷獨倚望江樓過盡千帆皆不是斜暉脈脈水悠悠腸斷白蘋洲　腸斷句拖累詞至水悠悠已足矣兩詞末尾唐詞作者之通病即在結尾拼湊

南唐中主　本詞極少今存者祇此從子兩首可靠

浣溪沙

風壓輕雲貼水飛乍晴池館燕爭泥沈郎多病不勝衣　沙上未聞鴻雁信竹間時有鷓鴣啼此情唯有落花知

一曲新詞酒一杯去年天氣舊亭臺夕陽西下幾時回　無可奈何花落去似曾相識燕歸來小園香徑獨徘徊

山花子

菡萏香銷翠葉殘西風愁起綠波間還與韶光共憔悴不堪看　細雨夢回雞塞遠小樓吹徹玉笙寒多少淚珠何限恨倚闌干

手卷眞珠上玉鈎依前春恨鎖重樓風裏落花誰是主思悠悠　青鳥不傳雲外信丁香空結雨中愁回首淥波三峽暮接天流

後主

臨江仙

櫻桃落盡春歸去蝶翻輕粉雙飛子規啼月小樓西玉鈎羅幕惆悵暮煙垂　別巷寂寥人散後望殘煙

詞選

草低迷爐香閒裊鳳凰兒空持羅帶回首恨依依

○虞美人

春花秋月何時了往事知多少小樓昨夜又東風故國不堪回首月明中　雕闌玉砌應猶在只是朱顏改問君能有幾多愁恰似一江春水向東流

○浪淘沙

簾外雨潺潺春意闌珊羅衾不耐五更寒夢裏不知身是客一晌貪歡　獨自莫憑闌無限江山別時容易見時難流水落花歸去也天上人間

往事只堪哀對景難排秋風庭院蘚侵階一桁珠簾閒不卷終日誰來　金劍已沈埋壯氣蒿萊晚涼天靜月華開想得玉樓瑤殿影空照秦淮

清平樂

別來春半觸目愁腸斷砌下落梅如雪亂拂了一身還滿　雁來音信無憑路遙歸夢難成離恨恰如春草更行更遠還生

○相見歡

出版組印

第五首補：勸君今夜須沈醉，尊前莫話明朝事。珍重主人心，酒深情亦深。須愁春漏短，莫訴金杯滿。遇酒且呵呵，人生能幾何！

林花謝了春紅太匆匆無奈朝來寒雨晚來風　胭脂淚相留醉幾時重自是人生長恨水長東

無言上西樓月如鈎寂寞梧桐深院鎖清秋　剪不斷理還亂是離愁別是一般滋味在心頭

韋端己 莊

菩薩蠻

紅樓別夜堪惆悵香燈半捲流蘇帳殘月出門時美人和淚辭　琵琶金翠羽絃上黃鶯語勸我早歸家綠窗人似花

人人盡說江南好遊人只合江南老春水碧于天畫船聽雨眠　鑪邊人似月皓腕凝霜雪未老莫還鄉還鄉須斷腸

如今卻憶江南樂當時年少春衫薄騎馬倚斜橋滿樓紅袖招　翠屏金屈曲醉入花叢宿此度見花枝白頭誓不歸

洛陽城裏春光好洛陽才子他鄉老柳暗魏王隄此時心轉迷　桃花春水淥水上鴛鴦浴凝恨對斜暉憶君君不知

牛松卿 嶠

詞選　四　北京大學

詞選

菩薩蠻

舞裙香暖金泥鳳畫梁語燕驚殘夢門外柳花飛玉郎猶未歸　愁勻紅粉淚眉翦春山翠何處是遼陽錦屏春晝長

綠雲鬢上飛金雀愁眉斂翠春烟薄香閣掩芙蓉畫屏山幾重　窗寒天欲曙猶結同心苣啼粉涴羅衣問郎何日歸

驚殘夢一點以下純是夢境章法似西洲曲

西溪子

捍撥雙盤金鳳蟬鬢玉釵搖動畫堂前人不語絃解語彈到昭君怨處翠蛾愁不抬頭

牛希濟

生查子

春山煙欲收天淡稀星少殘月臉邊明別淚臨清曉　語已多情未了回首猶重道記得綠裙處處憐芳草

歐陽炯

出版組印

文九　C　胡校

○三字令

春欲盡日遲遲牡丹時羅幌卷翠簾垂彩牋書紅粉淚兩心知 人不在燕空歸負佳期香燼落枕函欹月分明花淡薄惹相思

鹿虔扆

臨江仙

金鎖重門荒苑靜綺窗愁對秋空翠華一去寂無蹤玉樓歌吹聲斷已隨風 煙月不知人事改夜闌還照深宮藕花相向野塘中暗傷亡國清露泣香紅

馮正中 延己

蝶戀花

六曲闌干偎碧樹楊柳風輕展盡黃金縷誰把鈿箏移玉柱穿簾燕子雙飛去 滿眼游絲兼落絮紅杏開時一霎清明雨濃睡覺來鶯亂語驚殘好夢無尋處

莫道閒情拋棄久每到春來惆悵還依舊日日花前常病酒不辭鏡裏朱顏瘦 河畔青蕪隄上柳爲問新愁何事年年有獨立小橋風滿袖平林新月人歸後

詞選

幾日行雲何處去，忘卻歸來，不道春將暮。百草千花寒食路，香車繫在誰家樹。　淚眼倚樓頻獨語，雙燕來時，陌上相逢否。掩亂春愁如柳絮，依依夢裏無尋處。

宋徽宗

燕山亭 見杏花作

裁翦冰綃，輕疊數重，冷淡臙脂勻注。新樣靚妝，豔溢香融，羞殺蕊珠宮女。易得凋零，更多少無情風雨。愁苦，問院落淒涼，幾番春暮。　憑寄離恨重重，這雙燕何曾會人言語。天遙地遠，萬水千山，知他故宮何處。怎不思量，除夢裏有時曾去。無據，和夢也新來不做。

晏同叔 殊

踏莎行

小徑紅稀，芳郊綠徧，高臺樹色陰陰見。春風不解禁楊花，濛濛亂撲行人面。　翠葉藏鶯，珠簾隔燕，鑪香靜逐遊絲轉。一場愁夢酒醒時，斜陽卻照深深院。

范希文 仲淹

蘇幕遮

碧雲天紅葉地秋色連波波上寒煙翠山映斜陽天接水芳草無情更在斜陽外 黯鄉魂追旅思夜夜除非好夢留人睡明月樓高休獨倚酒入愁腸化作相思淚

晏叔原 幾道

臨江仙

夢後樓臺高鎖酒醒簾幙低垂去年春恨卻來時落花人獨立微雨燕雙飛 記得小蘋初見兩重心字羅衣琵琶絃上說相思當時明月在曾照綵雲歸

韓玉汝 縝

芳草 調名亦即題名

鎖離愁連綿無際來時陌上初熏繡幃人念遠暗垂珠露泣送征輪長行長在眼更重重遠水孤雲但望極樓高盡日目斷王孫 消魂池塘別後曾行處綠妒輕裙恁時攜素手亂花飛絮裡緩步香茵朱顏空自改向年年芳意長新徧綠野嬉遊醉眼莫負新春

歐陽永叔 修

蝶戀花

詞 六 北京大學

詞選

庭院深深深幾許、楊柳堆煙簾幙無重數、玉勒雕鞍遊冶處、樓高不見章臺路　雨橫風狂三月暮門掩黃昏無計留春住淚眼問花花不語亂紅飛過秋千去

○臨江仙

柳外輕雷池上雨、雨聲滴碎荷聲小樓西角斷虹明、闌干倚處待得月華生　燕子飛來窺畫棟、玉鈎垂下簾旌涼波不動簟紋平水精雙枕傍有墮釵橫

張子野 先

天仙子

水調數聲持酒聽午睡醒來愁未醒送春春去幾時回臨晚鏡傷流景往事悠悠空記省　沙上竝禽池暝雲破月來花弄影重重翠幙密遮燈風不定人初靜明日落紅應滿徑

木蘭花 乙卯吳興寒食

龍頭舴艋吳兒競筍柱秋千遊女竝芳洲拾翠暮忘歸秀野踏青來不定　行雲去後遙山暝已放笙歌池院靜中庭月色正清明無數楊花過無影

青門引

出版組印

文九 C　胡校

乍暖還輕冷，風雨晚來方定。庭軒寂寞近清明，殘花中酒，又是去年病。樓頭畫角風吹醒，入夜重門靜。那堪更被明月，隔墻送過秋千影。

蘇子瞻 軾

賀新郎

乳燕飛華屋，悄無人，槐陰轉午，晚涼新浴。手弄生綃白團扇，扇手一時似玉。漸困倚孤眠清熟。簾外誰來推繡戶，枉教人夢斷瑤臺曲。又卻是，風敲竹。石榴半吐紅巾蹙，待浮花浪蕊都盡，伴君幽獨。穠豔一枝細看取，芳意千重似束。又恐被秋風驚綠。若待君來向此，花前對酒不忍觸。共粉淚，兩簌簌。

水龍吟 和章質夫楊花韻

似花還似非花，也無人惜從教墜。拋家傍路，思量卻似，無情有思。縈損柔腸，困酣嬌眼，欲開還閉。夢隨風萬里，尋郎去處，又還被鶯呼起。不恨此花飛盡，恨西園落紅難綴。曉來雨過，遺蹤何在，一池萍碎。春色三分，二分塵土，一分流水。細看來不是楊花，點點是離人淚。

洞仙歌 自序云僕七歲時見眉州老尼姓朱忘其名年九十餘自言嘗隨其師入蜀主孟昶宮中一日大熱王與花蕊夫人夜起避暑摩訶池上作一詞朱具能誦之今四十年朱已死久矣人無知此詞者獨記其首兩句暇日尋味豈洞仙歌令乎乃為足之云

冰飢玉骨自清涼無汗水殿風來暗香滿繡簾開一點明月窺人人未寢欹枕釵橫鬢亂　起來攜素手庭戶無聲時見疏星度河漢試問夜如何夜已三更金波淡玉繩低轉但屈指西風幾時來又不道流年暗中偷換

卜算子

缺月挂疏桐漏斷人初定時有幽人獨往來縹緲孤鴻影　驚起卻回頭有恨無人省揀盡寒枝不肯棲寂寞沙洲冷

秦少游

望海潮

梅英疏淡冰澌溶洩東風暗換年華金谷俊遊銅駝巷陌新晴細履平沙長記誤隨車正絮翻蝶舞芳思交加柳下桃蹊亂分春色到人家　西園夜飲鳴笳有華燈礙月飛蓋妨花蘭苑未空行人漸老重來事事堪嗟煙暝酒旗斜但倚樓極目時見棲鴉無奈歸心暗隨流水到天涯

滿庭芳

山抹微雲天粘衰草畫角聲斷譙門暫停征棹聊共飲離尊多少蓬萊舊事空回首煙靄紛紛斜陽外寒

一出版組印

文九　C　胡校

鴉數點流水遶孤村。消魂當此際香囊暗解羅帶輕分謾贏得青樓薄倖名存此去何時見也襟袖上空惹啼痕傷情處高城望斷燈火已黃昏。

前調

晚色雲開春隨人意驟雨方過還晴高臺芳樹飛燕蹴紅英舞困榆錢自落秋千外綠水橋平東風裏朱門映柳低按小秦箏。多情行樂處珠幡翠蓋玉轡紅纓漸酒空金榼花困蓬瀛豆蔻梢頭舊恨十年夢屈指堪驚憑闌久疏煙淡日寂寞下蕪城

江城子

西城楊柳弄春柔動離憂淚難收猶記多情曾爲繫歸舟碧瓦朱橋當日事人不見水空流。韶華不爲少年留恨悠悠幾時休飛絮落花時候一登樓便做春江都是淚流不盡許多愁

踏莎行 郴州旅舍

霧失樓臺月迷津渡桃源望斷無尋處可堪孤館閉春寒杜鵑聲裏斜陽暮。驛寄梅花魚傳尺素砌成此恨無重數郴江幸自遶郴山爲誰流下瀟湘去

鷓鴣天

枝上流鶯和淚聞、新啼痕間舊啼痕、一春魚雁無消息、千里關山勞夢魂、無一語、對芳尊、安排腸斷到黃昏、甫能炙得燈兒了、雨打梨花深閉門、

○浣溪沙

漠漠輕寒上小樓、曉鶯無賴似窮秋、淡煙流水畫屏幽、自在飛花輕似夢、無邊絲雨細如愁、寶簾閒挂小銀鈎、

生查子

眉黛遠山長、新柳開青眼、樓閣斷霞明、羅幙春寒淺、 梧嫌玉漏遲、燭厭金刀翦、月色忽飛來、花影和簾卷、

賀方回

青玉案

淩波不過橫塘路、但目送芳塵去、錦瑟年華誰與度、月臺花榭、瑣窗朱戶、唯有春知處、 碧雲冉冉蘅皋暮、綵筆新題斷腸句、試問閒愁都幾許、一川烟草、滿城風絮、梅子黃時雨、

趙德麟 令時

○錦堂春

樓上縈簾弱絮，墻頭礙月低花，年年春事關心事，腸斷欲棲鴉。 舞鏡鸞衾翠減，啼珠鳳蠟紅斜，重門不鎖相思夢，隨意遶天涯。

張芸叟舜民

賣花聲 題岳陽樓

木葉下君山，空水漫漫，十分斟酒斂芳顏，不是渭城西去客，休唱陽關。 醉袖撫危闌，天淡雲閒，何人此路得生還，回首夕陽紅盡處，應是長安。

周美成邦彥

六醜 薔薇謝後作

正單衣試酒，悵客裏光陰虛擲，願春暫留，春歸如過翼，一去無迹，爲問家何在，夜來風雨葬楚宮傾釵鈿墜處遺香澤，亂點桃蹊，輕翻柳陌，多情更誰追惜，但蜂媒蝶使，時叩窗隔。 東園岑寂，漸蒙籠暗碧，靜遶珍叢底，成歎息，長條故惹行客，似牽衣待話，別情無極，殘英小，強簪巾幘，終不似一朵釵頭顫裊，向人欹側，漂流處莫趁潮汐，恐斷紅尚有相思字，何由見得。

詞選

蘭陵王　柳

柳陰直煙裏絲絲弄碧隋堤上曾見幾番拂水飄緜送行色登臨望故國誰識京華倦客長亭路年去歲來應折柔條過千尺　閒尋舊蹤跡又酒趁哀絃燈照離席梨花榆火催寒食愁一箭風快半篙波暖回頭迢遞便數驛望人在天北　悽惻恨堆積漸別浦縈迴津堠岑寂斜陽冉冉春無極念月榭攜手露橋聞笛沈思前事似夢裏淚暗滴

花犯　梅花

粉牆低梅花照眼依然舊風味露痕輕綴疑淨洗鉛華無限清麗去年勝賞曾孤倚冰盤共宴喜更可惜雪中高士香篝熏素被　今年對花太匆匆相逢似有恨依依愁悴凝望久青苔上旋看飛墜相將見脆圓薦酒人正在空江煙浪裏但夢想一枝瀟灑黃昏斜照水

少年遊

并刀如水吳鹽勝雪纖指破新橙錦幄初溫獸香不斷相對坐調笙低聲問向誰行宿城上已三更馬滑霜濃不如休去直是少人行

田不伐

文九　C　胡校

出版組印

南柯子

夢怕愁時斷春從醉裏回淒涼懷抱向誰開、些子清明時候被鶯催、柳外都成絮闌邊半是苔多情簾燕獨徘徊依舊滿身花雨又歸來、

團玉梅梢重雪羅芰扇低簾風不動蝶交飛一樣綠陰庭院鎖斜暉、對月懷歌扇因風念舞衣何須惆悵惜芳菲拚却一年憔悴待春歸、

陳子高

菩薩蠻

赤欄橋盡香街直籠街細柳嬌無力金碧上晴空花晴簾影紅、黃衫飛白馬日日青樓下醉眼不逢人、午香吹暗塵、

綠蕪墻遶青苔院中庭日淡芭蕉卷蝴蝶上階飛風簾自在垂、玉鈎雙語燕寶甃楊花轉幾處簸錢聲、綠窗春夢輕、

李玉

賀新郎

篆縷消金鼎醉沈沈庭陰轉午、晝堂人靜芳草王孫知何處唯有楊花糝徑、漸玉枕騰騰春醒簾外殘紅春已透鎮無聊殢酒厭厭病、雲鬢亂未忺整、 江南舊事休重省徧天涯尋消問息、斷鴻難倩、月滿西樓憑闌久依舊歸期未定又只恐缾沈金井、嘶騎不來銀燭暗、枉教人立盡梧桐影誰伴我對鸞鏡

朱希眞敦儒 有樵歌 宋北宋人南渡後以詞得名

好事近漁父 漁歌子為漁父之本調

搖首出紅塵醒醉更無時節生計綠蓑青笠慣披霜衝雪 晚來風定鈎絲閒上下是新月千里水天一色看孤鴻明滅

漁父長身來只共釣竿相識隨意轉船回櫂似飛空無迹 蘆花開落任浮生長醉是良策昨夜一江風雨都不曾聽得

撥轉釣魚船江海儘爲吾宅恰向洞庭沽酒卻錢塘橫笛 醉顏禁冷更添紅潮落下前磧經過子陵灘畔得梅花消息 子陵在錢塘江畔

短棹釣魚船江上晚煙籠碧塞雁海鷗分路占江天秋色 錦鱗撥刺滿籃魚取酒價相敵風順片帆歸去有何人留得

出版組印

文九 C 胡校

失卻故山雲索手指空爲客蓴菜鱸魚留我住鷺鷥湖側偶然添酒舊葫蘆小醉度朝夕吹笛月波樓
下有何人相識

辛幼安 棄疾

模魚兒 淳熙己亥自湖北漕移湖南同官王正之置酒小山亭賦

更能消幾番風雨匆匆春又歸去惜春長怕花開早何況落紅無數春且住見說道天涯芳草無歸路怨
春不語算只有殷勤畫檐蛛網盡日惹飛絮 長門事準擬佳期又誤蛾眉曾有人妬千金縱買相如賦
脈脈此情誰訴君莫舞君不見玉環飛燕皆塵土閒愁最苦休去倚危闌斜陽正在煙柳斷腸處

賀新郎 別茂嘉十二弟

綠樹聽啼鴂更那堪杜鵑聲住鷓鴣聲切啼到春歸無啼處苦恨芳菲都歇算未抵人間離別馬上琵琶
關塞黑更長門翠輦辭金闕看燕燕送歸妾 將軍百戰聲名裂向河梁回頭萬里故人長絕易水蕭蕭
西風冷滿座衣冠似雪正壯士悲歌未徹啼鳥還知如許恨料不啼清淚長啼血誰伴我醉明月

前調 賦琵琶

鳳尾龍香撥自開元霓裳曲罷幾番風月最苦潯陽江頭客畫舸亭亭待發記出塞黃雲堆雪馬上離愁

詞 十一 北京大學

詞選

三萬里望昭陽宮殿孤鴻沒絃解語恨難說 遼陽驛使音塵絕瑣窗寒輕攏漫撚淚珠盈睫推手含

還卻手一抹涼州哀徹千古事雲飛煙滅賀老定場無消息想沈香亭北繁華歇彈到此爲嗚咽

永遇樂 京口北固亭懷古

千古江山英雄無覓孫仲謀處舞榭歌臺風流總被雨打風吹去斜陽草樹尋常巷陌人道寄奴曾住想

當年金戈鐵馬氣吞萬里如虎 元嘉草草封狼居胥意贏得倉皇北顧四十三年望中猶記烽火揚州

路可堪回首佛貍祠下一片神鴉社鼓憑誰問廉頗老矣尙能飯否

祝英臺近

寶釵分桃葉渡煙柳暗南浦怕上層樓十日九風雨斷腸點點飛紅都無人管更誰勸流鶯聲住 鬢邊

覷試把花卜歸期才簪又重數羅帳燈昏哽咽夢中語是他春帶愁來春歸何處卻不解帶將愁去

菩薩蠻 書江西造口壁

鬱孤山下清江水中間多少行人淚西北是長安可憐無數山 青山遮不住畢竟東流去江晚正愁余

山深聞鷓鴣

張安國孝祥

文九 C 胡校

出版組印

鬱孤山下清江水中間多少行人淚西北是長安可憐無數山　青山遮不住畢竟東流去江晚正愁余山深聞鷓鴣

張安國 孝祥

六州歌頭

長淮望斷關塞莽然平征塵暗霜風勁悄邊聲黯銷凝追想當年事殆天數非人力洙泗上絃歌地亦羶腥隔水氈鄉落日牛羊下區脫縱橫看名王宵獵騎火一川明笳鼓悲鳴遣人驚　念腰間箭匣中劍空埃蠹竟何成時易失心徒壯歲將零渺神京干羽方懷遠靜烽燧且休兵冠蓋使紛馳鶩若爲情聞道中原遺老常南望翠葆霓旌使行人到此忠憤氣塡膺有淚如傾

李知幾 石

臨陝仙

煙柳疏疏人悄悄畫樓風外吹笙倚闌聞喚小紅聲熏香臨欲睡玉漏已三更　坐待不來來又去一方明月中庭粉墻東畔小橋橫起來花影下扇子撲流螢

姜堯章 夔

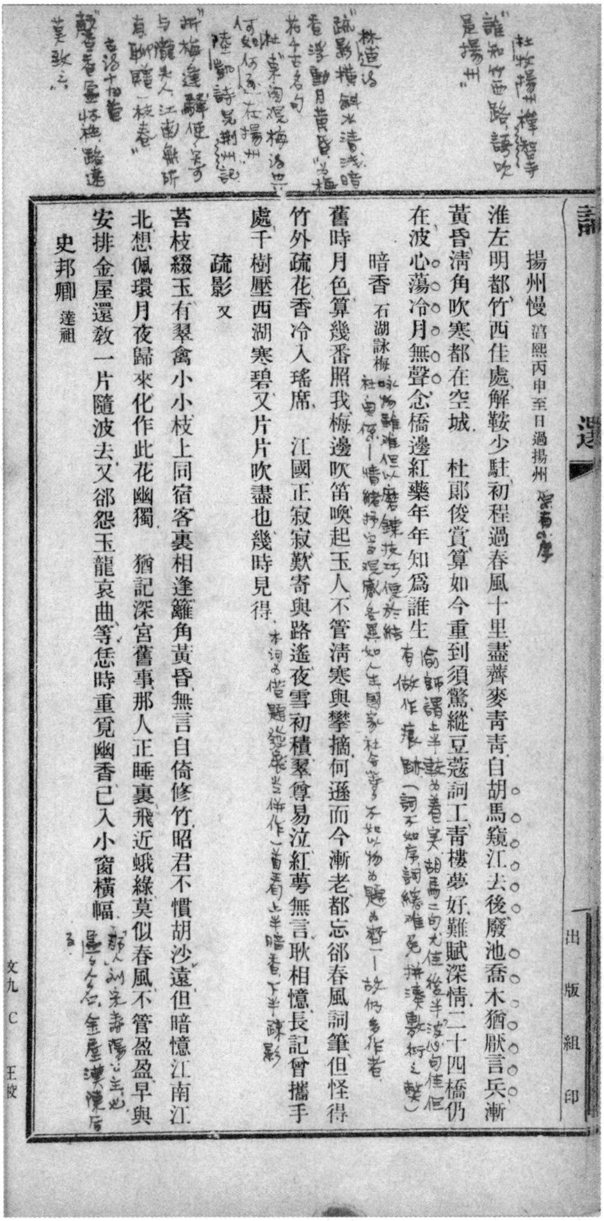
詞選

揚州慢 淳熙丙申至日過揚州

淮左明都，竹西佳處，解鞍少駐初程。過春風十里，盡薺麥青青。自胡馬窺江去後，廢池喬木，猶厭言兵。漸黃昏，清角吹寒，都在空城。 杜郎俊賞，算如今，重到須驚。縱豆蔻詞工，青樓夢好，難賦深情。二十四橋仍在，波心蕩，冷月無聲。念橋邊紅藥，年年知爲誰生。

暗香 石湖詠梅

舊時月色，算幾番照我，梅邊吹笛。喚起玉人，不管清寒與攀摘。何遜而今漸老，都忘卻春風詞筆。但怪得竹外疏花，香冷入瑤席。 江國，正寂寂。歎寄與路遙，夜雪初積。翠尊易泣，紅萼無言耿相憶。長記曾攜手處，千樹壓西湖寒碧。又片片吹盡也，幾時見得。

疏影 又

苔枝綴玉，有翠禽小小，枝上同宿。客裏相逢，籬角黃昏，無言自倚修竹。昭君不慣胡沙遠，但暗憶江南江北。想佩環月夜歸來，化作此花幽獨。 猶記深宮舊事，那人正睡裏，飛近蛾綠。莫似春風，不管盈盈，早與安排金屋。還教一片隨波去，又卻怨玉龍哀曲。等恁時重覓幽香，已入小窗橫幅。

史邦卿 達祖

文九 C 王攷

出版組印

雙雙燕

過春社了，度簾幙中間，去年塵冷。差池欲住，試入舊巢相並。還相雕梁藻井，又輭語商量不定。飄然快拂花梢，翠尾分開紅影。　芳徑芹泥雨潤，愛貼地爭飛，競誇輕俊。紅樓歸晚，看足柳昏花暝。應是棲香正穩，便忘了天涯芳信。愁損翠黛雙蛾，日日畫闌獨凭。

白石評此詞謂為情景双融句，言兩事，以紅樓の□□佳。賀黃公則主張語句妙。識白石之評為獨得之見，法人論詞者前後有代士書一之殊，當從白石，不能附和黃公矣。

王聖與　沂孫

眉嫵　新月

漸新痕懸柳，淡彩穿花，依約破初暝。便有團圓意，深深拜，相逢誰在香徑。畫眉未穩，料素娥猶帶離恨。最堪愛一曲銀鈎小，寶奩掛秋冷。　千古盈虧休問，歎謾磨玉斧，難補金鏡。太液池猶在，淒涼處，何人重賦清景。故山夜永，試待他窺戶端正。看雲外山河，還老桂花舊影。

「玉斧」指吳剛斫桂也，「金鏡」言生補月也。

齊天樂　蟬

一襟餘恨宮魂斷，年年翠陰庭樹。乍咽涼柯，還移暗葉，重把離愁深訴。西窗過雨，怪瑤佩流空，玉箏調柱。鏡暗妝殘，為誰嬌鬢尚如許。　銅仙鉛淚如洗，歎移盤去遠，難貯零露。病翼驚秋，枯形閱世，消得斜陽幾度。餘音更苦，甚獨抱清商，頓成淒楚。謾想薰風，柳絲千萬縷。

「如」作「似」。雅□□□□如漢宮□江□□□□為正格，若□□□□□宮之吹暗□則為變格。

高陽臺

殘雪庭除、輕寒簾影、霏霏玉管春葭、小帖金泥不知春是誰家、相思一夜窗前夢、奈個人水隔天遮、但淒然滿樹幽香地橫斜　江南自是離愁苦、況游驄古道歸雁平沙、怎得銀箋殷勤與說年華、如今處處生芳草、縱凭高不見天涯、更消他幾度東風幾度飛花、

張叔夏　炎

高陽臺　西湖春感

接葉巢鶯平波卷絮、斷橋斜日歸船、能幾番遊、看花又是明年、東風且伴薔薇住、到薔薇春已堪憐、更淒然萬綠西冷一抹荒煙、　當年燕子知何處、但苔深韋曲、草暗斜川、見說新愁、如今也到鷗邊、無心再續笙歌夢、掩重門淺醉閒眠、莫開簾怕聽飛花怕聽啼鵑

吳彥高　激

青衫溼　感舊

南朝千古傷心地還唱後庭花舊時王謝堂前燕子飛入人家　恍然在遇天姿勝雪宮鬢堆鴉江州司馬青衫淚溼同是天涯

王延壽行至京口射室於是

秦樓字古有三用(1)蕭史弄玉吹簫行(2)羅敷行秦氏樓相世中有秦樓(3)御嬉蕭曲皆秦樓之(三)者意

李易安 清照

壺中天慢

蕭條庭院又斜風細雨重門須閉寵柳嬌花寒食近種種惱人天氣險韻詩成扶頭酒醒別是閒滋味征鴻過盡萬千心事難寄　樓上幾日春寒簾垂四面玉闌干慵倚被冷香消新夢覺不許愁人不起清露晨流新桐初引多少游春意日高煙斂更看今日晴未

聲聲慢 調名即詞意

尋尋覓覓冷冷清清悽悽慘慘切切乍暖還寒時候最難將息三杯兩盞淡酒怎敵他曉來風急雁過也正傷心卻是舊時相識　滿地黃花堆積憔悴損如今有誰堪摘守着窗兒獨自怎生得黑梧桐更兼細雨到黃昏點點滴滴這次第怎一個愁字了得

鳳凰臺上憶吹簫

香冷金猊被翻紅浪起來慵自梳頭任寶奩塵滿日上簾鈎生怕離懷別苦多少事欲說還休新來瘦非關病酒不是悲秋　休休這回去也千萬徧陽關也只難留念武陵人遠煙鎖秦樓唯有樓前流水應念我終日凝眸凝眸處從今又添一段新愁 武陵暗用劉阮天台之事非桃花源故事之武陵也

詞選 十四

詞選

醉花陰 九日

薄霧濃雲愁永晝、瑞腦銷金獸、佳節又重陽、玉枕紗廚、半夜涼初透、 東籬把酒黃昏後、有暗香盈袖、莫道不消魂、簾卷西風、人比黃花瘦。瑞腦，龍涎也，別作龍腦、瑞腦、瑞香。

陽湖董毅錄

續詞選 詞選前期如蘇、辛、柳永等人，後期選[illegible]之後期諸人如周濟、譚獻、[illegible]王鵬運、鄭文焯、朱彊村等人，則多崇夢窗矣。

李太白 白

憶秦娥 有平韻、仄韻兩首，此爲仄韻者，調名同。詞意似本古意，[illegible]代爲述

簫聲咽、秦娥夢斷秦樓月、秦樓月、年年柳色、灞陵傷別、 樂游原上清秋節、咸陽古道音塵絕、音塵絕、西風殘照、漢家陵闕、秦娥，穆公女，弄玉也。

張子同 志和

漁歌子

西塞山前白鷺飛、桃花流水鱖魚肥、青蒻笠、綠蓑衣、斜風細雨不須歸、前二首七言絕句耳，至黃[illegible]其太短，均有[illegible]作。

溫飛卿 庭筠

河傳

出版組印

文九〇 王校

湖上閒望雨瀟瀟煙浦花橋路遙謝娘翠蛾愁不銷終朝夢魂迷晚潮　蕩子天涯歸棹遠春已晚鶯語空腸斷若耶溪溪水西柳堤不聞郎馬嘶 由仄入平又由平入仄極難作

皇甫子奇 松

夢江南

蘭燼落屏上暗紅蕉閒夢江南梅熟日夜船吹笛雨瀟瀟人語驛邊橋樓上寢殘月下簾旌夢見秣陵惆悵事桃花柳絮滿江城雙髻坐吹笙 昔為兩首自人語句以下合

後唐莊宗

憶仙姿

曾宴桃源深洞一曲舞鸞歌鳳長記別伊時和淚出門相送如夢如夢殘月落花煙重

李珣

菩薩蠻

迴塘風起波紋細刺桐花裏門斜閉殘日照平蕪雙雙飛鷓鴣　征帆何處客相見還相隔不語欲魂銷望中煙水遙 詞清淺可喜

詞選

馮正中 延己

羅敷豔歌 即采桑子乃兩首連四首印錯

馬嘶人語春風岸、芳草綿綿、楊柳橋邊、落日高樓酒旆懸、舊愁新恨知多少、目斷遙天、獨立花前、更聽笙歌滿畫船、

小堂深靜無人到、滿院春風、惆悵墻東、一樹櫻桃帶雨紅、愁心似醉兼如病、欲語還慵、日暮疏鐘、雙燕歸來畫閣中、

晏同叔 殊

浣溪沙

玉椀氷寒滴露華、粉融香雪透輕沙、晚來妝面勝荷花、 鬢嚲欲迎眉際月、酒紅初上臉邊霞、一場春夢日西斜、鬢嚲句甚好其實即言長眉入鬢耳也玉椀句言俗取冰和粉

破陣子

燕子來時新社、梨花落後清明、池上碧苔三四點、葉底黃鸝一兩聲、日長飛絮輕、 巧笑東鄰女伴、采桑徑裏逢迎、疑怪昨宵春夢好、元是今朝鬭草贏、笑從雙臉生、

謝玄暉句澄江靜如練

范希文 仲淹

御街行

紛紛墜葉飄香砌夜寂靜寒聲碎眞珠簾捲玉樓空天淡銀河垂地年年今夜月華如練長是人千里愁腸已斷無由醉酒未到先成淚殘燈明滅枕頭攲諳盡孤眠滋味都來此事眉間心上無計相迴避

歐陽永叔 修

踏莎行

候館梅殘溪橋柳細草薰風暖搖征轡離愁漸遠漸無窮迢迢不斷如春水 寸寸柔腸盈盈粉淚樓高莫近危闌倚平蕪盡處是春山行人更在春山外 平蕪二句如畫外畫

王介甫 安石

桂枝香 金陵懷古

登臨送目正故國晚秋天氣初肅千里澄江似練翠峯如簇征帆去棹殘陽裏背西風酒旗斜矗綵舟雲淡星河鷺起圖畫難足 念自昔豪華競逐歎門外樓頭悲恨相續千古憑高對此謾嗟榮辱六朝舊事隨流水但寒煙衰草凝綠至今商女時時猶唱後庭遺曲

詞選 十六

詞選

柳耆卿 永 （北宋多不避俗，南宋多不避晦）

雨霖鈴 （此詞頗足代表柳永）

寒蟬淒切，對長亭晚，驟雨初歇。都門帳飲無緒，方留戀處，蘭舟催發。執手相看淚眼，竟無語凝咽。念去去千里煙波，暮靄沈沈楚天闊。　多情自古傷離別，更那堪冷落清秋節。今宵酒醒何處，楊柳岸曉風殘月。此去經年，應是良辰好景虛設。便縱有千種風情，更與何人說。

八聲甘州 （東坡於耆卿詞獨喜此首，謂其興雅有唐人法風）

對蕭蕭暮雨灑江天，一番洗清秋。漸霜風淒緊，關河冷落，殘照當樓。是處紅衰綠減，苒苒物華休。惟有長江水，無語東流。　不忍登高臨遠，望故鄉渺邈，歸思難收。歎年來蹤跡，何事苦淹留。想佳人妝樓長望，誤幾回天際識歸舟。爭知我倚闌干處，正恁凝愁。

蘇子瞻 軾

念奴嬌 赤壁懷古

大江東去，浪淘盡千古風流人物。故壘西邊，人道是三國周郎赤壁。亂石穿空，驚濤拍岸，捲起千堆雪。江山如畫，一時多少豪傑。　遙想公瑾當年，小喬初嫁了，雄姿英發。羽扇綸巾，談笑間檣櫓灰飛煙滅。故國

出版組印

文九〇　王校

神遊多情應笑我早生華髮人生如夢一尊還酹江月

水調歌頭

明月幾時有把酒問青天不知天上宮闕今夕是何年我欲乘風歸去又恐瓊樓玉宇高處不勝寒起舞弄清影何似在人間　轉朱閣低綺戶照無眠不應有恨何事偏向別時圓人有悲歡離合月有陰晴圓缺此事古難全但願人長久千里共嬋娟

秦少游 觀

如夢令

門外鴉啼楊柳春色著人如酒睡起熨沈香玉椀不勝金斗消瘦消瘦還是褪花時候

遙夜月明如水風緊驛亭深閉夢破鼠窺燈霜送曉寒侵被無寐無寐門外馬嘶人起

幽夢匆匆破後妝粉亂紅霑袖遙想酒醒來無奈玉銷花瘦回首回首遶岸夕陽疏岸

樓外殘陽紅滿春入柳條將半桃李不禁風回首落英無限腸斷腸斷人與楚天俱遠

池上春歸何處滿目落花飛絮孤館悄無人夢斷月堤歸路無緒無緒簾外五更風雨

鶯嘴啄花紅溜燕尾點波綠皺指冷玉笙寒吹徹小梅春透依舊依舊人與綠楊俱瘦

八六子

倚危亭恨如芳草萋萋剗盡還生念柳外青驄別後水邊紅袂分時愴然暗驚無端天與娉婷夜月一簾幽夢春風十里柔情怎奈向歡娛漸隨流水素絃聲斷翠綃香減那堪片片飛花弄晚濛濛殘雨籠晴正銷凝黃鸝又啼數聲

賀方回 鑄

柳色黃

薄雨催寒斜照弄晴春意空闊長亭柳色纔黃遠客一枝先折煙橫水際映帶幾點歸鴉東風消盡龍沙雪還記出門時卻而今時節 將發畫樓芳酒紅淚清歌頓成輕別已是經年杳杳音塵都絕欲知方寸共有幾許清愁芭蕉不展丁香結枉望斷天涯兩厭厭風月

章質夫 楶

水龍吟 柳花

燕忙鶯懶芳殘正堤上柳花飄墜輕飛亂舞點畫青林全無才思閒趁游絲靜臨深院日長門閉傍珠簾散漫垂垂欲下依前被風扶起 蘭帳玉人睡覺怪春衣雪沾瓊綴繡牀漸滿香毬無數才圓卻碎時見

出版組印

蜂兒仰粘輕粉魚吞池水望章臺路杳金鞍游蕩有盈盈淚

周美成 邦彥

滿庭芳 夏日溧水無想山作

風老鶯雛雨肥梅子午陰嘉樹清圓地卑山近衣潤費爐煙人靜烏鳶自樂小橋外新綠濺濺凭欄久黃蘆苦竹擬泛九江船 年年如社燕飄流瀚海來寄修椽且莫思身外長近尊前憔悴江南倦客不堪聽急管繁絃歌筵畔先安枕簟容我醉時眠

玉樓春

桃溪不作從容住秋藕絕來無續處當時相候赤闌橋今日獨尋黃葉路 烟中列岫青無數雁背夕陽紅欲暮人如風後入江雲情似雨餘黏地絮

尉遲杯

隋堤路漸日晚密靄生深樹陰陰淡月籠沙還宿河橋深處無情畫舸都不管煙波隔前浦等行人醉擁重衾載將離恨歸去 因思舊客京華長偎傍疏林小檻歡聚冶葉倡條俱相識仍慣見珠歌翠舞如今向漁村水驛夜如歲焚香獨自語有何人念我無聊夢魂凝想鴛侶

詞選

西河 金陵懷古

佳麗地、南朝盛事誰記、山圍故國、繞清江髻鬟對起、怒濤寂寞打孤城、風檣遙度天際、斷崖樹猶倒倚、莫愁艇子曾繫、空餘舊迹、鬱蒼蒼霧沈半壘、夜深月過女牆來、傷心東望淮水、酒旗戲鼓甚處市、想依稀王謝鄰里、燕子不知何世、入尋常巷陌人家、相對如說興亡、斜陽裏、

浪淘沙慢 有本無慢字

曉陰重、霜凋岸草、霧隱城堞、南陌脂車待發、東門帳飲乍闋、正拂面垂楊堪攬結、掩紅淚、玉手親折、念漢浦離鴻去何許、經時信音絕、情切、望中地遠天闊、向露冷風清無人處、耿耿寒漏咽、嗟萬事難忘、惟是輕別、翠樽未竭、憑斷雲留取、西樓殘月、羅帶光銷紋衾疊、連環解、舊香頓歇、怨歌永、瓊壺敲盡缺、恨春去不與人期、弄夜色、空餘滿地梨花雪、

夜飛鵲

河橋送人處、良夜何其、斜月遠墮餘輝、銅盤燭淚已流盡、霏霏涼露沾衣、相將散離會處、探風前津鼓、樹杪參旗、花驄會意、縱揚鞭亦自行遲、迢遞路迴清野、人語漸無聞、空帶愁歸、何意重經前地、遺鈿不見、斜徑都迷、兔葵燕麥、向斜陽影與人齊、但徘徊班草、欷歔酹酒、極望天西、

文九 C 趙玫

出版組印

陶詩：裛露掇其英

解語花 元宵

風銷焰蠟露浥烘爐花市光相射桂花流瓦纖雲散耿耿素娥欲下衣裳淡雅看楚女纖腰一把簫鼓喧人影參差滿路飄香麝 因念帝城放夜望千門如晝嬉笑遊冶鈿車羅帕相逢處自有暗塵隨馬年光是也惟只見舊情衰謝清漏移飛蓋歸來從舞休歌罷

桂花代月王靜安反對之千門如畫句以爲勝多上首言楚下首点景亦賓主分明

陳子高 克

謁金門

愁脈脈目斷江南江北煙樹重重芳信隔小樓山幾尺 細草孤雲斜日一晌弄晴天色簾外落花飛不得東風無氣力

花滿院飛去飛來雙燕紅雨入簾寒不卷曉屏山六扇 翠袖玉笙悽斷脈脈兩蛾愁淺消息不知郎近遠一春長夢見

柳絲碧柳下人家寒食鶯語匆匆花寂寂玉堦春蘚濕 閒凭重簾無力心事有誰知得檀炷燒窗燈背壁畫檐殘雨滴

陳去非 與義

詞 十九 北京大學

詞選

臨江仙

憶昔午橋橋上飲、坐中都是豪英、長溝流月去無聲、杏花疏影裏、吹笛到天明、二十餘年成一夢、此身雖在堪驚、閒登小閣眺新晴、古今多少事、漁唱起三更、

氣韻一合即得神味不宜講解

辛幼安 棄疾

念奴嬌 書東流村壁

野塘花落、又匆匆過了、清明時節、剗地東風欺客夢、一枕雲屏寒怯、曲岸持觴、垂楊繫馬、此地曾經別、樓空人去、舊游飛燕能說、　聞道綺陌東頭、行人曾見、簾底纖纖月、舊恨春江流不盡、新恨雲山千疊、料得明朝、尊前重見、鏡裏花難折、也應驚問、近來多少華髮、

滿江紅

敲碎離愁、紗窗外、風搖翠竹、人去後、吹簫聲斷、倚樓人獨、滿眼不堪三月暮、舉頭已覺千山綠、但試把一紙寄來書、從頭讀、　相思字、空盈幅、相思意、何時足、滴羅襟點點、淚珠盈掬、芳草不迷行路客、垂楊只礙離人目、最苦是立盡月黃昏、闌干曲、

張安國 孝祥

出版組印

文九 C 趙校

滿江紅 聽雨

斗帳高眠寒窗靜瀟瀟雨意南樓近更移三鼓漏傳一水點點不離楊柳外聲聲只在芭蕉裏也不管滴破故鄉心愁人耳 無似有游絲細聚復散眞珠碎天應分付與別離滋味破我一牀胡蝶夢輸他雙枕鴛鴦睡向此際別有好思量人千里

程正伯 垓

摸魚兒

掩凄凉黃昏庭院角聲何處嗚咽矮窗曲屋風燈冷還是苦寒時節凝竚切念翠被薰籠夜夜成虛設倚窗愁絕聽鳳竹聲中犀帷影外簌簌釀寒雪 傷心處卻憶當年輕別梅花滿院初發吹香弄蘂無人見惟有暮雲千疊情未徹又誰料而今好夢分吳越不堪重說但記得當初重門鎖處猶有夜深月

卜算子

獨自上層樓樓外青山遠望到斜陽欲盡時不見西飛燕 獨自下層樓樓下蛩聲怨待到黃昏月上時依舊柔腸斷

水龍吟

洞冥記：漢武帝起招仙閣，有神女留玉釵以贈帝。

明日重扶殘醉來，舊說高宗改作"明日重攜殘酒來"。

夜來風雨匆匆故園定是花無幾愁多怨極等閒孤負一年芳意柳困桃慵杏青梅小對人容易算好春長在好花長見元只是人憔悴　回首池南舊事恨星星不堪重記如今但有看花老眼傷時清淚不怕逢花瘦只愁怕老來風味待繁紅亂處留雲借月也須攙醉

劉潛夫 克莊

沁園春 夢方孚若

何處相逢登寶釵樓訪銅雀臺喚廚人斫就東溟鯨膾圉人呈罷西極龍媒天下英雄使君與操餘子誰堪共酒杯車千乘載燕南代北劍客奇才　飲酣鼻息如雷誰信被晨雞催喚回歎年光過盡功名未立書生老矣機會方來使李將軍遇高皇帝萬戶侯何足道哉推衣起但淒涼感舊慷慨生哀

兪國寶

風入松

一春長費買花錢日日醉湖邊玉驄慣識西湖路驕嘶過沽酒樓前紅杏香中歌舞綠楊影裏秋千　暖風十里麗人天花壓鬢雲偏畫船載得春歸去餘情付湖水湖煙明日重扶殘醉來尋陌上花鈿

姜堯章 夔

詞選　出版組印

一萼紅 人日登長沙定王臺

古城陰、有官梅幾許、紅萼未宜簪、池面冰膠、牆腰雪老、雲意還又沈沈、翠藤共、閒穿徑竹、漸笑語、驚起臥沙禽、野老林泉、故王臺榭、呼喚登臨、　南去北來何事、蕩湘雲楚水、目極傷心、朱戶黏雞、金盤簇燕、空歎時序侵尋、記曾共、西樓雅集、想垂柳、還裊萬絲金、待得歸鞍到時、只怕春深、

長亭怨慢 自序云桓大司馬曰昔年移柳依依漢南今看搖落悽愴江潭樹猶如此人何以堪此語余深愛之

漸吹盡、枝頭香絮、是處人家、綠深門戶、遠浦縈迴、暮帆零亂向何許、閱人多矣、誰得似長亭樹、樹若有情時、不會得青青如此、　日暮、望高城不見、只見亂山無數、韋郎去也、怎忘得、玉環分付、第一是早早歸來、怕紅萼無人爲主、算只有并刀、難翦離愁千縷、

齊天樂 蟋蟀

庾郎先自吟愁賦、淒淒更聞私語、露溼銅鋪、苔侵石井、都是曾聽伊處、哀音似訴、正思婦無眠、起尋機杼、曲曲屏山、夜涼獨自甚情緒、　西窗又吹暗雨、爲誰頻斷續、相和砧杵、候館吟秋、離宮弔月、別有傷心無數、豳詩漫與、笑籬落呼燈、世間兒女、寫入琴絲、一聲聲更苦、

念奴嬌 荷花

詞選一

鬧紅一舸記年時常與鴛鴦爲侶三十六陂人未到水佩風裳無數翠葉吹涼玉容消酒更灑菰蒲雨嫣然搖動冷香飛上詩句 日暮青蓋亭亭情人不見爭忍凌波去只恐舞衣寒易落愁入西風南浦高柳垂陰老魚吹浪留我花間住田田多少幾回沙際歸路

琵琶仙 吳興

雙槳來時有人似舊曲桃根桃葉歌扇輕約飛花蛾眉正奇絕春漸遠汀洲自綠更添了幾聲啼鴂十里揚州三生杜牧前事休說 又還是宮燭分煙奈愁裏匆匆換時節都把一襟芳思與空階榆莢千萬縷藏鴉細柳爲玉尊起舞迴雪想見西出陽關故人初別

翠樓吟 武昌安遠樓成

月冷龍沙塵清虎落今年漢酺初賜新翻胡部曲聽氈幕元戎歌吹層樓高峙看檻曲縈紅簷牙飛翠人姝麗粉香吹下夜寒風細 此地宜有神仙擁素雲黃鶴與君游戲玉梯凝望久歎芳草萋萋千里天涯情味仗酒祓清愁花消英氣西山外晚來還捲一簾秋霽

八歸 湖中送胡德華

芳蓮墜粉疏桐吹綠庭院暗雨乍歇無端抱影銷魂處還見篠牆螢暗蘚階蛩切送客重尋西去路問水

出版組印

面琵琶誰撥最可惜一片江山總付與啼鴂　長恨相從未款而今何事又對西風離別渚寒煙淡棹移人遠縹緲行舟如葉想文君望久倚竹愁生步羅襪歸來後翠尊雙飲下了珠簾玲瓏閒看月

劉改之　過

賀新郎

老去相如倦向文君說似而今怎生消遣衣袂京塵曾染處空有香紅尚軟料彼此魂消腸斷一枕新涼眼客舍聽梧桐疏雨秋風顫燈暈冷記初見　樓低不放珠簾捲晚妝殘翠蛾狼籍淚痕凝臉人道愁來須殢酒無奈愁深酒淺但託意焦琴紈扇莫鼓琵琶江上曲怕荻花楓葉俱淒怨雲萬疊寸心遠

陸子逸　淞

瑞鶴仙

臉霞紅印枕睡起來冠兒猶是不整屏間麝煤冷但眉山壓翠淚珠彈粉堂深晝永燕交飛風簾露井悵無人與說相思近日帶圍寬盡　重省殘燈朱幌淡月疏窗那時風景陽臺路迥雲雨夢便無準待歸來先指花梢教看卻把心期細問問因循過了青春怎生意穩　刺時之言

史邦卿　達祖

講義

綺羅香 春雨

做冷欺花，將烟困柳，千里偷催春暮。盡日冥迷，愁裏欲飛還住。驚粉重蝶宿西園，喜泥潤燕歸南浦。最妨他佳約風流，鈿車不到杜陵路。　沈沈江上望極，還被春潮晚急，難尋官渡。隱約遙峰，和淚謝娘眉嫵。臨斷岸新綠生時，是落紅帶愁流處。記當日門掩梨花，剪燈深夜語。

吳君特 文英

唐多令

何處合成愁，離人心上秋。縱芭蕉不雨也颼颼。都道晚涼天氣好，有明月，怕登樓。　年事夢中休，花空煙水流。燕辭歸客尚淹留。垂柳不縈裙帶住，謾長是，繫行舟。

憶舊游 別黃澹翁

送人猶未苦，苦送春，隨人去天涯。片紅都飛盡，陰陰潤綠，暗裏啼鴉。賦情頓雪雙鬢，飛夢逐塵沙。歎病渴淒涼，分香瘦減，兩地看花。　西湖斷橋路，想繫馬垂楊，依舊欹斜。葵麥迷烟處，問離巢孤燕，飛過誰家。故人為寫深怨，空壁掃秋蛇。但醉上吳臺，殘陽草色歸思賒。

鷓鴣天 清明

出版組印

文九 C

燕子時時度翠簾、柳寒猶未透香棉、落花門巷家家雨、新火樓臺處處烟、情默默、恨懨懨、東風吹動畫
秋千、刺桐開盡鶯聲老、無奈春風祇醉眠、

王聖與 沂孫

南浦 春水

柳下碧鄰鄰、認麴塵乍生、色嫩如染、清溜滿銀塘、東風細、參差縠紋初徧、別君南浦、翠眉曾照波痕淺、再
來漲綠迷舊處、添卻殘紅幾片、　蒲萄過雨新痕、正拍拍輕鷗、翩翩小燕、簾影蘸樓陰、芳流去、應有淚珠
千點、滄浪一舸、斷魂重唱蘋花怨、采香幽徑鴛鴦睡、誰道湔裙人遠、

水龍吟 落葉

曉霜初著青林、望中故國淒涼早、蕭蕭漸積、紛紛猶墜、門荒逕悄、渭水風生、洞庭波起、幾番秋杪、想重崖
半沒、千峰盡出、山中路、無人到、　前度題紅杳杳、遡宮溝、暗流空繞、啼螿未歇、飛鴻欲過、此時懷抱、亂影
翻窗、碎聲敲砌、愁人多少、望吾廬甚處、只應今夜、滿庭誰掃、

齊天樂 螢

碧痕初化池塘草、熒熒野光相趁、扇薄星流、盤明露滴、零落秋原飛燐、練裳暗近、記穿柳生涼、度荷分瞑、

詞選

誤我殘編、翠囊空歎夢無準　樓陰時過數點、倚闌人未睡、曾賦幽恨、漢苑飄苔、秦陵墜葉、千古淒涼不盡、何人爲省、但隔水餘輝、傍林殘影、已覺蕭疏、更堪秋夜永、

張叔夏

南浦　春水

波暖綠粼粼、燕飛來、好是蘇堤纔曉、魚沒浪痕圓、流紅去、翻笑東風難掃、荒橋斷浦、柳陰撐出扁舟小、回首池塘青欲徧、絕是夢中芳草、　和雲流出空山、甚年年淨洗、花香不了、新綠乍生時、孤村路、猶憶那回曾到、餘情渺渺、茂林觴詠如今悄、前度劉郎從去後、溪上碧桃多少、

甘州　餞沈堯道并寄趙學舟

記玉關踏雪事清遊、寒氣脆貂裘、傍枯林古道、長河飲馬、此意悠悠、短夢依然江表、老淚灑西州、一字無題處、落葉都愁、　載取白雲歸去、問誰留楚佩、弄影中洲、折蘆花贈遠、零落一身秋、向尋常野橋流水、待招來不是舊沙鷗、空懷感、有斜陽處、卻怕登樓、

解連環　孤雁

楚江空晚、悵離群萬里、恍然驚散、自顧影、欲下寒塘、正沙淨草枯、水平天遠、寫不成書、只寄得相思一點、

出版組印

歎因循誤了殘氈擁雪故人心眼

誰憐旅愁荏苒謾長門夜悄錦箏彈怨想伴侶猶宿蘆花也曾念春前去程應轉暮雨相呼怕驀地玉關重見未羞他雙燕歸來畫簾半捲 用孤雁揭出孤雁，猶孤雁末句用「獨憑」字樣。

徐君寶妻 寶妻為虜，自杭州，虜欲辱之，不屈而死，並因作此詞。

滿庭芳

漢上繁華江南人物尚遺宣政風流綠窗朱戶十里爛銀鉤一旦刀兵齊舉旌旗擁百萬貔貅長驅入歌樓舞榭風捲落花愁 清平三百載典章人物掃地都休幸此身未北猶客南州破鑑徐郎何在空惆悵相見無由從今後斷魂千里夜夜岳陽樓

徐君寶妻岳州人被掠至杭其主者數欲犯之輒以計脫主者強焉告曰俟祭先夫然後爲君婦主者許諾乃焚香再拜題詞壁上投池中死

出版組印

讀詞偶得

本文共有兩部分，第一部是「令」，第二部是「慢」，各舉數首明之，現在擬先做第一部；若諸君讀了有些興趣而文壇寬容的話，那麽第二部續出，關於詞的歷史等等，一概不說，只講幾首我所喜歡的小令。在晚唐選了二家，温庭筠（飛卿），韋莊（端己），南唐選了二家，中主李璟，後主李煜，北宋一家周邦彥（美成）。選擇沒有什麽標準，只是憑我的一時感興而已。所講的話也都是我個人的揣測。大家自然不會認我的揣測爲古代作家的本意的。

温飛卿菩薩蠻五首（全唐詩十五首花間十四首）

小山重疊金明滅，鬢雲欲度香腮雪。嬾起畫娥眉，弄妝梳洗遲；照花前後鏡，花面交相映，新貼繡羅襦，雙雙金鷓鴣，

（解釋）小山屏山也，其另一首也「枕上屏山掩」可證。此處律用仄平，故變文耳。金明滅三字狀初日生輝之狀。日華與美人連文，古代早有此描寫。見詩東方之日，楚辭神女賦，以後不勝枚舉，此句徙寫景起筆，畫屏與初日輝映，明麗之色現於毫端矣。

第二句寫未起之狀，古之帷屏與牀榻相連。「鬢雲」寫亂髮，呼起全篇弄妝之文。「欲度」二字雖難解，却妙。譬如改作「鬢雲欲掩」，逕直易明，而點金成鐵矣。此不但寫晴日下之歐人，並寫晴日小風下之美人，其巧妙固在此難解之二字耳。難解並不是不可解。

三四兩句一篇主指，「嬾」「遲」二字點睛之筆，寫豔俱從虛處落墨，最高華典雅而又明活。欲起則嬾，弄妝則遲，情事已見，「弄妝」二字，弄字妙，大有千迴百轉之意，愈婉愈溫厚矣。

過片以下全從「妝」字連綿而下，故於上片之末以「；」示之。此章就結構論，只一直線耳，由景寫到人，由未起寫到初起，梳洗，簪花照鏡，換衣服，中間並未間斷，似不經意然；而其實則極曲折之結構殆無以過之。

本篇旨在寫豔，而只說「妝」，手段高絕。寫妝太多似有賓主倒置之弊，故於結句曰「雙雙金鷓鴣」，此乃暗點豔情；就表面看總還是妝扮耳。謂與還魂記驚夢折上半有相似之處。

出版組印

水精簾裏頗黎枕，暖香惹夢鴛鴦錦。江上柳如烟，雁飛殘月天。藕絲秋色淺，人勝參差翦，雙鬢隔香紅；玉釵頭上風。

（解釋）以想像中最明淨的境界起筆。李義山詩：「水精簟上琥珀枕，」與此畧同，不可呆看，「鴛鴦錦」依文法當明言衾褥之類，但詩詞中例可不拘。暖香乃入夢之因，故「惹」字妙。三四忽宕開，名句也。舊說「江上以下略敍夢境，」本擬依之立說。以友人言，覺直指夢境似尙可商。燈下子細評量，始悟昔說之誤。飛卿之詞。每截取可以調和的諸 象而雜置一處，聽其自然融合，在讀者心眼中仁者見仁知者見知，不必問其脈絡神理如何如何，而脈絡神理按之則儼然自在。譬之雙美，異地相逢，一朝綰合，柔情美景並入毫端，固未易以跡象求也。即以此言，簾內之清穠如斯，江上之芊眠如彼，千載以下，無論識與不識，解與不解，都知是好言語矣。若昧於此理取古人名作，以今人之理法習慣，尺寸以求之，其不枘鑿也幾希。

此二句固妙，若以入詩，雖平仄句法悉合五言，卻痛酣弱。參透此中消息，則知詩詞有素質上之區分，讀者若疑吾言，試舉二例以明之。大晏（殊）浣溪沙曰：「無可奈何花落去，似曾相識燕歸來，」詞中名句也；但晏尙有示張寺丞王校勘七律一首，其五六即用此兩句。張宗橚曰：『細玩「無可奈何」一聯，情致纏綿，音調諧婉，的是倚聲家語，若作七律未免軟弱矣，並錄於此，以諗知言之君子。』（見詞林記事卷三）小晏（幾道）臨江仙曰：「落花人獨立，微雨燕雙飛，」亦詞中名句也，而在他以前，五代時翁宏早有宮詞（五律）一首，其三四兩句即此。是抄襲還是偶合？不知道。若就時間論，翁先而晏後也；若就價値言，翁創作而晏因襲也，而晏獨傳名，非顚倒也，僥倖也，以詩詞全作對比，晏蓋勝翁多矣。此固一半由於上下文的關係，一半亦詩詞本質不同之故。（翁作見五代詩話引雅言系述）

過片以下，起後妝成之象。「藕絲」句言其色也，「人勝」句言其形也。人日剪綵爲勝見荊楚歲時記。這是戴在頭上的。觀辛棄疾蝶戀花（元日立春）「誰向椒盤簪采勝，整整韶華，爭上春風鬢，」可知大概。「雙鬢」句承上而來，着一「隔」字，而兩鬢簪花光景如畫，香紅即花也。末句尤妙，乃總結以上三句。只一「風」字，神情全出矣。非特兩鬢之花香搖動不定，即裊裊春旛亦栩栩欲活矣。昔在某校課此詞，學生執「玉釵頭上風」相詢，竟不知所對，我說「好就好在這個風字上，」而他們說「我們不懂，就不懂這個風字。」

過片以下似與上文不甚銜接，細按之，仍脈絡貫注。「香紅」二字與上文「暖香」映射，「風」字與「江上」二句映射，卻在有意無意之間。此一章寫閨思，清麗含蓄。北宋以下，得此者尠矣。

翠翹金縷雙鸂鶒。水紋細起春池碧，池上海棠梨，雨晴紅滿枝。繡衫遮笑靨，煙草粘飛蝶，青瑣對芳菲，玉關音信稀。

（解釋）鸂鶒鴛鴦之屬，金雀釵也。上二首皆以妝爲結束，此則以妝爲起筆，可悟文格變化之方。「水紋」以下三句，突轉入寫景，由假的水鳥，飛渡到春池春水，又說起池上春花的爛縵來。此種結構正與作者之更漏子「驚塞，雁，起城烏，畫屏金鷓鴣，」同一寄絕。「水絞」句吾初聯上讀，頃乃知其誤。金翠首飾，不得云「春池碧」，一也。飛卿菩薩蠻另一首「寶函鈿雀金鸂鶒。沈香閣上吳山碧。」兩句相連而絕不相蒙，可以互證，二也。海棠梨即海棠也。昔人於外來之品物每加「海」字，猶今日對於舶來品，多加一「洋」字也。

上云「鸂鶒，」下云「春池」，非僅屬聯想，亦寫美人游春之景耳。於過片云「繡衫遮笑靨」乃承上「翠翹」句；「煙草粘飛蝶，」乃承上「水紋」三句。「青瑣」以下點明春恨緣由，「芳菲」仍從上片「棠梨」生根，言良辰美景之設也。其作風猶是盛唐佳句。瑣訓連環，古人門窗多刻鏤瑣文，故曰瑣窗，曰青瑣者宮門也，此殆宮詞體耳，說見下，

杏花含露團香雪，綠楊陌上多離別。燈在月朧明。覺來聞曉鶯。　玉鉤褰翠幙，　淺舊眉薄。春夢正關情，鏡中蟬鬢輕。

（解釋）「杏花」二句亦似夢境，而吾友仍不謂然，舉「含露」爲證，其言殊諦。夫人夢固在中夜，而夢境何妨白日哉。然在前章則曰「雁飛殘月天」，此章則曰「含露團香雪」，均取殘更清曉之景，又何說耶？故首二句只是從遠處汎寫，與所謂「江上」二句忽然宕開，其與本題關合，均在有意無意之間。若以爲上文或下文有一「夢」一字，卽謂指此而言，未免黑漆了斷紋琴也。以作者其他菩薩蠻觀之，歷歷可證。除上所舉「翠翹」

出版組印

「寶函」兩則外，又如「鳳凰相對盤金縷。牡丹一夜經微雨」。殆較此尤奇特也。更有一首，其上片與此十分相似，全引如下：「牡丹花謝鶯聲歇，綠楊滿院中庭月。相憶夢難成，背窗燈半明。」一樣的講起夢來，既可以說牡丹，爲什麼不可以說杏花？既可以說院中楊柳，爲什麼不可說陌上楊柳呢？吾友更曰，飛卿菩薩蠻中只「閒夢憶金堂，滿庭萱草長」是記夢境。

「燈在」，燈尚在也，「月朧明，」殘月也；此是在下半夜偶然醒來，忽又朦朧醒去的睡景。覺來聞曉鶯，方是眞醒了。此二句連讀，即誤。「玉鉤」句晨起之象。「妝淺」句宿妝之象，即另一首所謂「臥時留薄妝」是也。對鏡妝梳，關情斷夢，「輕」字無理得妙。

竹風輕動庭除冷，珠簾月上玲瓏，山枕隱濃妝，綠檀金鳳凰。兩蛾愁黛淺，故國吳宮遠。春恨正關情，畫樓殘點聲。

（解釋）「竹風」以下說入晚無憀，凭枕閒臥。隱當讀如几隱「而臥」之隱，「綠檀」承山枕言。檀枕也；「金鳳皇」承濃枕言，鳳釵也；描寫明豔如畫。「吳宮」明點是宮詞，智人傳會立說，謬甚。其又一首「滿宮明月梨花白晝可互證。歐陽炯之序花間曰：「自南朝之宮體，扇北里之倡風，」此二語詮詞之本質至爲分明，在此不暇詳論矣。溫氏菩薩蠻諸篇本以呈進唐宣宗者，事見樂府紀聞，其常敘宮怨，更屬當然矣。末二句不但結束本章，且爲十四首之總結束，韻味悠然無盡。

韋端己菩薩蠻五首（出花間集）

韋氏此詞凡五首，實爲一篇之五節耳，而選家每割裂之：如張氏詞選，周氏詞辨，成氏唐五代詞選，均去其「勸君今夜須沈醉」一首，大約以其太近白話，俚質不雅也。胡適之詞選則一反其道，節取中間三首，又刪去其首尾「紅樓別夜堪惆悵」「洛陽城裏春光好」二章，大約又嫌其太不白話也。此等任意去取，高下在心，在選家自屬難免，不足深論。惟此詞是一意的反復轉折，今如此剪截，無乃枉費心力乎。

將本詞各章串講，原皋文之說也。皋文復堂之說溫飛卿菩薩蠻亦用串講法，對於溫氏之詞我實在尋不出牠們的章法來，所以儘管張譚兩家說得活靈活現，「此感士不遇也，篇法彷彿長門賦而用節節逆敘，」（見詞選卷一）「以士不遇賦讀之最碻，」（譚評詞辨卷一）郤終不敢冒充內行。對於韋詞，私心卻頗贊成舊說，以爲不無見地。此非兩岐也，言各有甚耳。溫韋各做各的詞，原不妨用兩種看法去看的。

惟皋文仍有可笑處，既曰篇章，則固宜就原詞上探作者之意而釐然有當於人心，斯可耳。今則不然，先割裂之而後言篇法章法，則此等篇法章法即使成立，是作者的呢，還是選家的呢？豈非混而不清？豈非削趾適屨？故任意割裂已誤，任意割裂以後再言篇章如何的神妙，乃屬誤中之誤。竊雖依附前人立說，對於此點，未敢苟同。

韋氏此詞實自述生平之作，他的歷史，人所習知，茲不贅敘。近年來在敦煌文件中發見之「秦婦吟」尤爲中國詩中罕見之傑作。其著作有浣花集，詞則無專集。以下仍從曩例就原作分別說之，前人名言亦附入焉。

紅樓別夜堪惆悵，香燈半捲流蘇帳。殘月出門時　美人和淚辭。　琵琶金翠羽，絃上黃鶯語，勸我早歸家，綠窗人似花。

（解釋）張曰：「此詞蓋留蜀後寄意之作，一章言奉使之志本欲速歸。」詞意甚明，可成此說。此言離別之始也，「香燈」句境界極妙，周濟眞曾擬之，說見另一文中。（清華中國文學會月刊一卷三期）「殘月出門時」論文法或費解，詞中習見。「美人」句從對面說出，若說我辭美人則徑直矣。下片述入蜀後之初心。「早歸」二字一章主腦。「綠窗人似花，」早歸固人之情也，說得極其自然。「琵琶」二句取以加重色彩，無關弘旨。金翠羽者，其飾也；黃鶯語者，其聲也。琵琶之飾在捍撥上，王建詩「鳳皇飛上四條絃，」牛嶠詞「捍撥雙盤金鳳」是也。（今日本藏古樂器可證）此詞殊妥貼，開門說出，正合開篇光景，其平淡處皆妙境也。王靜庵人間詞話，揚後主而抑溫韋，與周介存異趣。兩家之說各有見地。只王氏所謂「畫屏金鷓鴣，飛卿語也，其詞品似之：絃上黃鶯語，端己語也，其詞品亦似之；」頗不足以使人心折。鷓鴣黃鶯，固足以盡溫韋哉？轉不如周氏「嚴妝淡妝」之喻，猶爲妙譬也。

人人盡說江南好，游人只合江南老。春水碧於天，畫船聽雨眠。 壚邊人似月，皓腕凝霜雪。未老莫還鄉，還鄉須斷腸。

（解釋）張曰：「此章述蜀人勸留之詞……江南即指蜀。中原沸亂，故曰還鄉須斷腸。」此作清麗婉暢，眞天生好言語，爲人人所共見。特就章法論，固另有其勝場也。起首一句已扼題旨，下邊都是說「江南好，」都是從他人口中說出江南如何如何的好法，而游人可以終老於此，自己卻一言不發。「春水」兩句，景之羋麗也；「壚邊」二句，人之姝妙也。「壚邊」更暗用卓文君事，所謂本地風光，「皓腕」一句，其描寫實本之西京雜記及美人賦。「綠窗人似花」「壚邊人似月，」何處無佳麗乎，遙遙相對，眞好看殺人也。如此說來，原情酌理，游人只合老於江南，實屬千眞萬確矣。他自己卻偏說「未老莫還鄉，」然則老則仍須還鄉歟？忽然把他人所說一筆抹殺了。思鄉之切透過一層，而作者之意猶若不足，更足之曰「還鄉須斷腸。」原來這個「莫還鄉」是有條件的，其意若曰：因爲「須斷腸」所以未老則不還鄉；若沒有此項情形，則不待老早已歸去來兮。豈非把上文誇說江南之美盡情塗抹乎？筆力之勁，立意之厚，俱臻上乘。古人用筆，每有透過數層處，此類是也。

如今卻憶江南樂，當時年少春衫薄、騎馬倚斜橋，滿樓紅袖招。翠屏金屈曲，醉入花叢宿，此度見花枝，白頭誓不歸。

（解釋）張曰：「上云未老莫還鄉，猶冀老而還鄉也，其後朱溫纂成，中原愈亂，遂決勸進之志，故曰『如今卻憶江南樂，』又曰『白頭誓不歸，』則此詞之作，其在相蜀時乎。」張氏之言似病拘泥穿鑿，惟大旨不誤，參照第四首可知。起句即承上文而來，五首原爲一篇也。當年之樂當年不知，如今回憶，江南正有樂處也。上章「江南好，」好是人家說過；此章「江南樂，」樂是自己說的，故並不犯複。樂處何在？偏重於人的方面，更偏重人家對他的恩情——知遇之感。此章與下章皆從此點發揮，說出自己終老他鄉之緣由，而早歸之夙願至此不可酬矣。

下片說出一種決心，有咬牙切齒，勉强掙扎之苦。屈曲疑即屈戌，亦作屈膝。鄴中記「石虎作金銀屈膝屏風」是也。今北京猶有「屈曲」之語。「此度」兩句，此章主要。譚獻曰：「意不盡而語盡，」此評極精。把語說得斬釘截鐵，似無餘味，而意卻深長，愈堅決則愈纏綿，愈忍心則愈溫厚，合下文觀。此指極明晰。若當時只作此一章，結尾殆決不會如此，善讀者必審之也。

勸君今夜須沈醉，尊前莫話明朝事，珍重主人心，酒深情亦深。　須愁春漏短，莫訴金盃滿。遇酒且呵呵，人生能幾何！

出版組印

（解釋）上三章由早歸而說到不早歸，更說到誓不歸，可謂一步逼緊一步，有水窮山盡之勢。此章忽然寬泛，與上文似不稱，故自來選家每刪此使上下緊接，完成絕妙之章法。平心論之，此等見解亦非全無是處，但削趾適屨，終嫌顛倒，竊謂不必。況依結構言，此章亦有可存之價值乎。

「醉」字卽從上章「醉入花叢宿」來。此章皆醉後口氣，故通脫而不凝鍊，與前後異趣。端己在蜀功名顯達，特睠懷故國，不能自已耳。此章寫得恰好，自己之無聊與他人對己之恩遇，俱曲曲傳神。「珍重」二句，以風流蘊藉之筆調，寫沈鬱潦倒之心情，寧非絕妙好詞，豈有刪卻之必要哉。人之待我既如此其厚，即欲不強顏歡笑，亦不可得矣。上章未盡之意，俱於此章盡之，久留西川之故，至此大明。總之中原離亂，欲歸則事勢有所不能：西蜀遇我厚，欲歸則情理有所不許；所以說到這里，方才眞正到山窮水盡地位，轉出結尾的本旨來。就章法言，又豈可刪哉。「人生能幾何」句，有將「年少」「白頭」……種種字樣一筆鉤卻氣象。——自然，話可又說回來了，且聽下回分解。

洛陽城裏春光好，洛陽才子他鄉老，柳暗魏王堤，此時分轉迷。桃花春水淥，水上鴛鴦浴

詞選

○凝恨對斜暉。憶君君不知。

（解釋）張曰：此章致思唐之意。」譚於「洛陽才子」句旁批曰：「至此揭出。」按，二家之說均是。以上列四章的講釋，讀者或者覺得其詞固佳，卻有小題大做之嫌，豈師子搏兔必用全力歟。其實韋莊此詞，表面上看是故鄉之思，骨子裏說是故國之思。思故鄉之題小，宜乎小做；懷故國之題大，宜乎大做。此點明，則上述懷疑可以冰釋矣。更進一步說，不僅有故國之思也，且兼有興亡治亂之感焉。故此詞五章，重疊迴環，大有「言之不足故長言之」之概。

上邊四章，一二爲一轉折，三四爲一轉折，全爲此章而發。此章全用中鋒，無一旁敲側之筆，大家固宜如此。夫洛陽城裏之春光何嘗不好，只是才子老於他鄉耳。「柳暗」句承首句而來，魏王堤即魏王池，唐貞觀中以賜魏王泰，爲東都游賞之地，猶昔日西京之曲江樂遊原，今日北京之海子也。此句是在想像，下接曰「此時心轉迷」「迷」字下得固妙，「轉」字襯託亦非常得力。綜觀全作，首章之早歸，二章之待老而歸，既爲事實所不許，三四兩章之泥醉尋歡，立誓老死異鄉，此項決心又豈能堅持哉！一念之來，

出版組印

轉生迷罔，無奈之情一至於此。情致固厚，筆力又實在能夠宛轉洞達，稱爲名作，洵非偶然。

下片是眼前光景，「春水」直呼應二章之「春水碧於天」，用鴛鴦點綴，則在有意無意間。江南好，洛陽未始不好，洛陽好而江南也未始不好，迷之謂也，不但心迷，眼亦迷矣。結尾二句，無限低回，譚評「怨而不怒，「已得詩人之旨。此等境界，妙在手神，妙在口角，一涉言詮便有黑漆斷紋琴之誚。譚評周邦彥蘭陵王：「斜陽七字微吟千百徧，當入三昧出三昧。」其言固神祕，非無見而發，吾於此亦云然。說了半天，還是要想的；賭了半天咒，還是不中用；無家可歸，還是要回家，癡頑得妙。夫癡頑者，溫柔敦厚之別名也，此古今詩人之所同具也。

又按，用魏王堤更有一種暗示，讀者每易忽略。王粲七哀曰：「南登霸陵岸，回首望長安，」說者以爲出於三百篇之「念彼周京；」（詩下泉）而杜牧之「樂遊原上望昭陵，」說者又以爲於粲。端已涉想洛陽，偏提起貞觀往事來，殆亦此意耳。尺寸以求固可不必，惟古人詩詞往往包孕弘深，又託之故實，觸類引申，讀者宜自得之。

出版組印

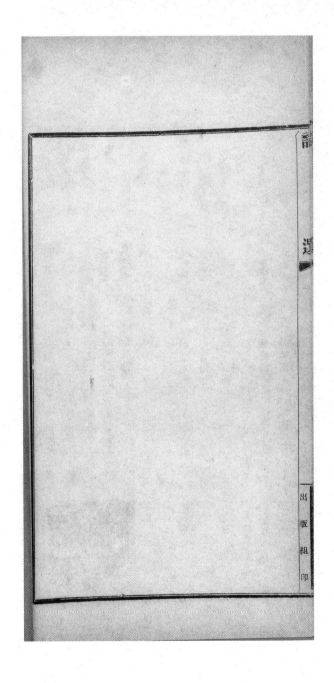

片玉集目錄

卷之一

春景

瑞龍吟 瑣窗寒 風流子 渡江雲 應天長
荔枝香二 還京樂 掃花游

卷之二

春景

解連環 玲瓏四犯 丹鳳吟 滿江紅 瑞鶴仙
西平樂 浪淘沙 憶舊游

卷之三

春景

驀山溪 少年游二 秋蕊香 漁家傲二 南鄉子
望江南 浣溪沙三 迎春樂二 點絳脣 一落索二

垂絲釣

卷之四

夏景

滿庭芳　隔浦蓮　法曲獻仙音　過秦樓　側犯

塞翁吟　蘇幕遮　浣溪沙四　點絳脣　訴衷情

卷之五

秋景

風流子　華胥引　宴清都　四園竹　齊天樂

木蘭花　霜葉飛　蕙蘭芳引　塞垣春　丁香結

卷之六

秋景

氏州第一　解蹀躞　少年游　慶春宮　醉桃源二

點絳脣　夜游宮二　訴衷情　傷情怨

出版組印

冬景
紅林擒近二　滿路花
卷之七
單題
解語花　六幺令　倒犯　大酺　玉燭新
花犯　醜奴兒　水龍吟　六醜　虞美人二
卷之八
單題
蘭陵王　蝶戀花四　西河　歸去難　三部樂
菩薩蠻　品令　玉摟春　黃鸝繞碧樹　滿路花
卷之九
雜賦
綺寮怨　拜星月　尉遲杯　繞佛閣　一寸金

蝶戀花　如夢令二　月中行　浣溪沙三　點絳脣

少年游　望江南

卷之十

雜賦

意難忘　迎春樂　定風波　紅羅襖　玉樓春四

夜飛鵲　早梅芳二　鳳來朝　芳草渡　感皇恩

虞美人三

出版組印

片玉集卷之一

春景

瑞龍吟　大石

章臺路。還見褪粉梅梢，試花桃樹。愔愔坊陌人家，定巢燕子，歸來舊處。　黯凝佇。因念個人癡小，乍窺門戶。侵晨淺約宮黃，障風映袖，盈盈笑語。　前度劉郎重到，訪鄰尋里，同時歌舞。惟有舊家秋娘，聲價如故。吟牋賦筆，猶記燕臺句。知誰伴、名園露飲，東城閒步。事與孤鴻去。探春盡是，傷離意緒。官柳低金縷。歸騎晚、纖纖池塘飛雨。斷腸院落，一簾風絮。

瑣窗寒　越調

暗柳啼鴉，單衣佇立，小簾朱戶。桐花半畝，靜鎖一庭愁雨。灑空堦、夜闌未休，故人翦燭西窗語。似楚江暝宿，風燈零亂，少年羈旅。　遲暮。嬉游處。正店舍無烟，禁城百五。旗亭喚酒，付與高陽儔侶。想東園、桃李自春，小脣秀靨今在否。到歸時、定有殘英，待客攜尊俎。

風流子　大石

新綠小池塘，風簾動、碎影舞斜陽。羨金屋去來，舊時巢燕，土花繚繞，前度莓牆。繡閣鳳幃深幾許，聽得理絲簧欲說又休慮乖芳信未歌先咽愁近清觴、遙知新妝了、開朱戶應目待月西廂、最苦夢魂今宵不到伊行、問甚時說與佳音密耗寄將秦鏡偷換韓香天便教人霎時厮見何妨、

渡江雲 小石

晴嵐低楚甸暖回鴈翼陣勢起平沙、驟驚春在眼借問何時委曲到山家、塗香暈色盛粉飾爭作妍華、千萬絲陌頭楊柳漸漸可藏鴉、堪嗟清江東注畫舸西流指長安日下、愁宴闌風翻旗尾潮濺烏紗、今宵正對初弦月、傍水驛深艤蒹葭、沈恨處時時自剔燈花、

應天長 商調

條風布暖霏霧弄晴池塘徧滿春色、正是夜堂無月沈沈暗寒食、梁間燕前社客似笑我閉門愁寂、亂花過隔院芸香、滿地狼藉、長記那回時邂逅相逢郊外駐油壁、又見漢宮傳燭飛烟五侯宅、青青草迷路陌、强載酒細尋前跡、市橋遠柳下人家猶自相識、

荔枝香 歇指

照水殘紅零亂風喚去盡日測測輕寒簾底吹香霧、黃昏客枕無憀細響窗雨、看兩兩相依燕新乳、樓下水漸綠徧行舟浦暮往朝來心逐片帆輕舉、何日迎門小檻朱籠報鸚鵡共翦西窗密炬、

出版組印

謝朓詩寒城以眺平楚正蒼然

第二

夜來寒侵酒席、露微泣寫履初會、香澤方薰、無端暗雨催人、但怪燈偏簾捲、回顧始覺驚鴻去雲遠、大都世間最苦惟聚散、到得春殘看即是開離宴、細思別後、柳眼花鬚、更誰翦、此懷何處消遣、

還京樂大石

禁烟近、觸處浮香秀色、相料理、正泥花時候、奈何客裏光陰虛費、望箭波無際、迎風漾日黃雲委、任去遠、中有萬點相思清淚、　到長淮底過當時樓下、慇懃爲說春來羈旅況味、堪嗟誤約乖期、向天涯自看桃李、想而今應恨墨盈牋、愁妝照水、怎得靑鸞翼飛歸、教見憔悴

掃花遊雙調

曉陰翳日正霧靄烟橫、遠迷平楚、暗黃萬縷、聽鳴禽按曲、小腰欲舞、細繞回堤、駐馬河橋避雨、信流去、想一葉怨題、今在何處、　春事能幾許、任占地持杯、掃花尋路、淚珠濺俎、歎將愁度日、病傷幽素、恨入金徽、見說文君更苦、黯凝竚、掩重關徧城鐘鼓

文六 D 趙校

出版組印

片玉集卷之二

春景

解連環商調

怨懷無託嗟情人斷絕信音遼邈信妙手能解連環似風散雨收霧輕雲薄燕子樓空暗塵鎖一牀絃索想移根換葉盡是舊時手種紅藥汀洲漸生杜若料舟移岸曲人在天角謾記得當日音書把閒語閒言待總燒卻水驛春回望寄我江南梅蕚拚今生對花對酒爲伊淚落

玲瓏四犯大石

穠李夭桃是舊日潘郎親試春豔自別河陽長負露房煙臉憔悴鬢點吳霜細念想夢魂飛亂歎畫欄玉砌都換識始有緣重見 夜深偷展香羅薦暗窗前醉眠葱蒨浮花浪蘂都相識誰更曾擡眼休問舊色舊香但認取芳心一點又片時一陣風雨惡吹分散

丹鳳吟越調

迤邐春光無賴翠藻翻池黃蜂游閣朝來風暴飛絮亂投簾幕生憎暮景倚牆臨岸杏靨夭邪榆錢輕薄

片玉集 卷之二 一

晝永惟思傍枕睡縣無憀殘照猶在庭角。況是別離氣味坐來但覺心緒惡痛引澆愁酒柰愁濃如酒無計消鑠那堪昏暝簌簌半檐花落弄粉調朱柔素手問何時重握此時此意長怕人道著

滿江紅 仙呂

晝日移陰攬衣起春帷睡足臨寶鑑綠雲撩亂未忺妝束蝶粉蜂黃都褪了枕痕一綫紅生肉背畫欄脈脈悄無言尋棊局 重會面猶未卜無限事縈心曲想秦箏依舊尚鳴金屋芳草連天迷遠望寶香薰被成孤宿最苦是蝴蝶滿園飛無人撲

瑞鶴仙 高平

悄郊原帶郭行路永客去車塵漠漠斜陽映山落斂餘紅猶戀孤城欄角淩波步弱過短亭何用素約有流鶯勸我重解繡鞍緩引春酌 不記歸時早暮上馬誰扶醒眠朱閣驚飇動幕扶殘醉繞紅藥歎西園已是花深無地東風何事又惡任流光過卻猶喜洞天自樂

西平樂 小石

稺柳蘇晴故溪歇雨川迴未覺春賒駝褐寒侵正憐初日輕陰抵死須遮歎事逐孤鴻盡去身與塘蒲共

出版組印

文六 D 趙杪

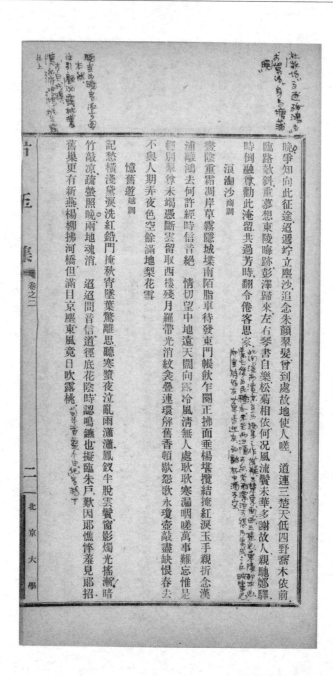

晚。爭知向此征途迢遞竚立塵沙迫念朱顏翠髮曾到處故地使人嗟 道連三楚天低四野喬木依前臨路欹斜重募想東陵晦跡彭澤歸來左右琴書自樂松菊相依何況風流鬢未華多謝故人親馳鄭驛時倒融尊勸此淹留共過芳時翻令倦客思家

浪淘沙 商調

晝陰重霜凋岸草霧隱城堞南陌脂車待發東門帳飲乍闋正拂面垂楊堪攬結掩紅淚玉手親折念漢浦離鴻去何許經時信音絕 情切望中地遠天闊向露冷風清無人處耿耿寒漏咽嗟萬事難忘惟是輕別翠尊未竭憑斷雲留取西樓殘月羅帶光消紋衾疊連環解舊香頓歇怨歌永瓊壺敲盡缺恨春去不與人期弄夜色空餘滿地梨花雪

憶舊遊 越調

記愁横淺黛淚洗紅鉛門掩秋宵墜葉驚離思聽寒螿夜泣亂雨瀟瀟鳳釵半脫雲鬢窗影燭光搖漸暗竹敲凉疏螢照晚兩地魂消 迢迢問音信道徑底花陰時認鳴鑣也擬臨朱戶歎因郎憔悴羞見郎招舊巢更有新燕楊柳拂河橋但滿目京塵東風竟日吹露桃

文六 D [illegible]校

出版組印

玉簫金管、才白復、生面是

片玉集卷之三

春景

驀山溪 大石

湖平春水、菱荇縈船尾、空翠入衣襟、拊輕根游魚驚避、晚來潮上、迤邐沒沙痕、山四倚、雲漸起、鳥度屏風裏、周郎逸興、黃帽侵雲水、落日媚滄洲、泛一棹夷猶未已、玉簫金管、不共美人游、因個甚、煙霧底、獨愛蓴羹美、漫寫黃冠注刺、翻出黃帽、此言其自己刻畫也

少年游 黃鐘

南都石黛掃晴山、衣薄耐朝寒、一夕東風、海棠花謝、樓上捲簾看、而今麗日明如洗、南陌暖雕鞍、舊賞園林、喜無風雨、春鳥報平安、前半回想筆韵

第二

朝雲漠漠散輕絲、樓閣淡春姿、柳泣花啼、九街泥重、門外燕飛遲、而今麗日明金屋、春色在桃枝、不似當時、小橋衝雨、幽恨兩人知、

秋蘂香 雙調

片玉集 卷之三 一

乳鴨池塘水暖，風緊柳花迎面。午妝粉指印窗眼，曲裏長眉翠淺。聞知社日停針綫，探新燕。寶釵落枕夢春遠，簾影參差滿院。

漁家傲 般涉

灰暖香融消永晝，葡萄架上春藤秀，曲角欄干羣雀鬭。清明後，風梳萬縷亭前柳。日照釵梁光欲溜，循堦竹粉霑衣袖，拂拂面紅如著酒。沈吟久，昨宵正是來時候。

第二

幾日輕陰寒惻惻，東風急處花成積。醉踏陽春懷故國，歸未得，黃鸝久住如相識。賴有蛾眉能暖客，長歌屢勸金杯側。歌罷月痕來照席，貪歡適，簾前重露成涓滴。

南鄉子 商調

晨色動妝樓，短燭熒熒悄未收。自在開簾風不定，颼颼，池面冰澌趁水流。早起怯梳頭，欲挽雲鬟又卻休。不會沈吟思底事，凝眸，兩點春山滿鏡愁。

望江南 大石

游妓散，獨自繞回堤。芳草懷煙迷水曲，密雲銜雨暗城西，九陌未霑泥。桃李下，春晚未成蹊。牆外見花

出版組印

文六 D 王校

尋路轉柳陰行馬過鶯啼無處不悽悽

浣溪沙 黃鍾

爭挽桐花兩鬢垂小妝弄影照清池出簾踏襪趁蜂兒　跳脫添金雙腕重琵琶撥盡四絃悲夜寒誰肯剪春衣

第二

雨過殘紅溼未飛珠簾一行透斜暉游蜂釀蜜竊香歸　金屋無人風竹亂衣篝盡日水沈微一春須有憶人時

第三

樓上晴天碧四垂樓前芳草接天涯勸君莫上最高梯　新筍已成堂下竹落花都上燕巢泥忍聽林表杜鵑啼

迎春樂 雙調

清池小圃開雲屋結春伴往來熟憶年時縱酒杯行速看月上歸禽宿　牆裹修篁森似束記名字會刊新綠見說別來長沿翠蘚封寒玉

第二

桃蹊柳曲閒蹤跡、俱曾是大堤客、解春衣貰酒城南陌、頻醉臥胡姬側、 鬢點吳霜嗟早白、更誰念玉溪消息、他日水雲身、相望處、無南北、

點絳脣 仙呂

臺上披襟、快風一瞬收殘雨、柳絲輕舉、蛛網黏飛絮、 極目平蕪、應是春歸處、愁凝竚、楚歌聲苦、村落黃昏鼓、

一落索 雙調

眉共春山爭秀、可憐長皺、莫將輕淚溼花枝、恐花也如人瘦、 清潤玉簫閒久、知音稀有、欲知日日倚欄愁、但問取亭前柳、

第二

杜宇思歸聲苦、和春催去、倚欄一霎酒旗風、任撲面桃花雨、 目斷隴雲江樹、難逢尺素、落霞隱隱日平西、料想是分攜處、

垂絲釣 商調

縷金翠羽妝成纔見眉嫵、倦倚繡簾看舞風絮、愁幾許、寄鳳絲鴈柱、春將暮向層城苑路鈿車似水時花徑相遇、舊遊伴侶、還到曾來處、門掩風和雨、梁燕語、問那人在否、一本宮字屬……平春將暮也一段。梁燕語一本作梁間燕語

片玉集版本：第一種：陳宋本。

1. 直齋書錄解題 宋樓鑰 集部、調詞 清真詞二卷(溧水本) 後集一卷。

2. 刘瑤 嚴州續志(景定) 清真詩餘。

3. 張炎詞源 圖法美成詞

4. 汲古閣六十家詞跋 美成長短句

5. 書錄解題 曹杓注清真詞二卷。

6. 陳元龍集注片玉詞十卷(存)

——以上為清真詞多不存。

第二種 清本

1. 毛晉汲古閣六十家，詞本(片玉詞)，出宋槧二集，二卷無注，不分類，共一百八十四首，補遺一卷十

首根據溧水本有蘂熙強煥序，不應稱片玉，當曰清真。

2a. 四庫本，西冷詞萃本，鄭大燁校為清真集。

2. 王鵬運四印齋詞叢本，景元巾箱本，稱曰清真集二卷，另有集外詞一卷(明抄本無注分類)，集外即汲古本補入

片玉集 卷之三

三

北京大學

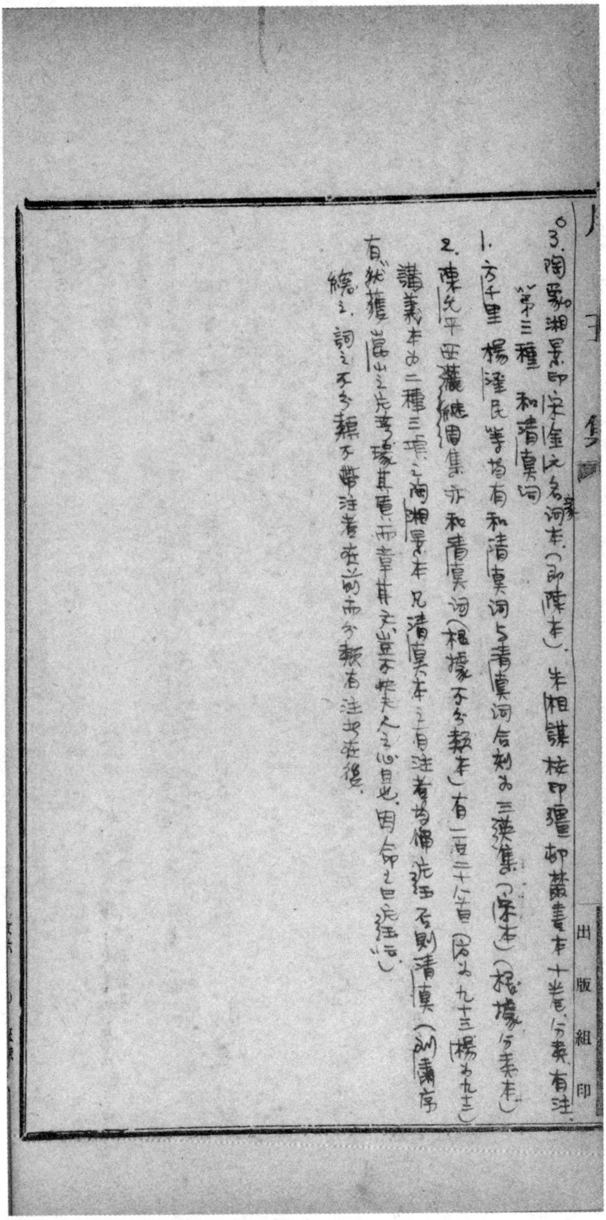
3. 陶刻湘景印宋金元名家詞本（即陶本）、朱祖謀校印彊邨叢書本十卷，分類，有注。
第三種 和清真詞
1. 方千里、楊澤民等均有和清真詞，與清真詞合刻爲三英集（宋本）（據分類本）
2. 陳允平西麓繼周集亦和清真詞（據不分類本）有一百二十八首（周爲九十三，楊爲九十二）
講義本爲二種三據之陶湘景本。凡清真本之有注者均備注，否則清真（劉肅序
有，然獲嵩山之先著，琢其辭而章其文，豈不快夫人之心目也。因命之曰詳注）
總之，詞之不分類不帶注者在前，而分類有注者在後。
出版組印

片玉集卷之四

夏景

滿庭芳中呂

風老鶯雛，雨肥梅子，午陰嘉樹清圓。地卑山近，衣潤費爐煙。人靜烏鳶自樂，小橋外、新綠濺濺。凭欄久，黃蘆苦竹，擬泛九江船。　年年，如社燕，飄流瀚海，來寄修椽。且莫思身外，長近尊前。憔悴江南倦客，不堪聽、急管繁絃。歌筵畔，先安簟枕，容我醉時眠。

隔浦蓮大石

新篁搖動翠葆，曲徑通深窈。夏果收新脆，金丸落、驚飛鳥。濃翠迷岸草，蛙聲鬧，驟雨鳴池沼。　水亭小，浮萍破處，簾花檐影顛倒。綸巾羽扇，困臥北窗清曉。屏裏吳山夢自到，驚覺，依然身在江表。

法曲獻仙音大石

蟬咽涼柯，燕飛塵幕，漏閣籤聲時度。倦脫綸巾，困便湘竹，桐陰半侵朱戶。向抱影凝情處，時聞打窗雨。　耿無語，歎文園、近來多病，情緒懶，尊酒易成閒阻。縹緲玉京人，想依然、京兆眉嫵。翠幕深中，對徽容、空在紈素。待花前月下，見了不教歸去。

片玉集　卷之四　一

過秦樓 大石

水浴清蟾、葉喧涼吹、巷陌馬聲初斷。閒依露井、笑撲流螢、惹破畫羅輕扇。人靜夜久凭闌、愁不歸眠、立殘更箭。歎年華一瞬、人今千里、夢沈書遠。　空見說鬢怯瓊梳、容消金鏡、漸嬾趁時勻染。梅風地溽、虹雨苔滋、一架舞紅都變。誰信無憀爲伊、才減江淹、情傷荀倩。但明河影下、還看稀星數點。

側犯 大石

暮霞霽雨、小蓮出水紅妝靚。風定、看步襪江妃照明鏡。飛螢度暗草、秉燭遊花徑。人靜、攜豔質追涼就槐影。　金環皓腕、雪藕清泉瑩。誰念省、滿身香猶是舊荀令。見說胡姬、酒壚寂靜。煙鎖漠漠、藻池苔井。

塞翁吟 大石

暗葉啼風雨、窗外曉色瓏璁。散水麝、小池東。亂一岸芙蓉。蘄州簟展雙紋浪、輕帳翠縷如空。夢遠別、淚痕重。淡鉛臉斜紅。　忡忡。嗟憔悴、新寬帶結、差豔冶都消鏡中。有蜀紙堪憑寄恨、等今夜、酒血書辭、翦燭親封。菖蒲漸老、早晚成花、教見薰風。

蘇幕遮 般涉

燎沈香、消溽暑。鳥雀呼晴、侵曉窺檐語。葉上初陽乾宿雨。水面清圓、一一風荷舉。故鄉遙、何日去。家住吳

出版組印

文六 D 王校

門久作長安旅五月漁郎相憶否小檝輕舟夢入芙蓉浦

浣溪沙

日射欹紅蠟蔕香風乾微汗粉襟涼碧紗對掩簟紋光 自翦柳枝明畫閣戲拋蓮的種橫塘長亭無事好思量

第二

翠葆參差竹徑成新荷跳雨淚珠傾曲欄斜轉小池亭 風約簾衣歸燕急水搖扇影戲魚驚柳梢殘日弄微晴

第三

薄薄紗廚望似空簟紋如水浸芙蓉起來嬌眼未惺忪 强整羅衣擡皓腕更將紈扇掩酥胸羞郎何事面微紅

第四

寶扇輕圓淺畫繒象牀平穩細穿藤飛蠅不到避壺冰 翠枕面涼頻憶睡玉簫手汗錯成聲日長無力要人凭

卷之四 二

點絳脣 仙呂

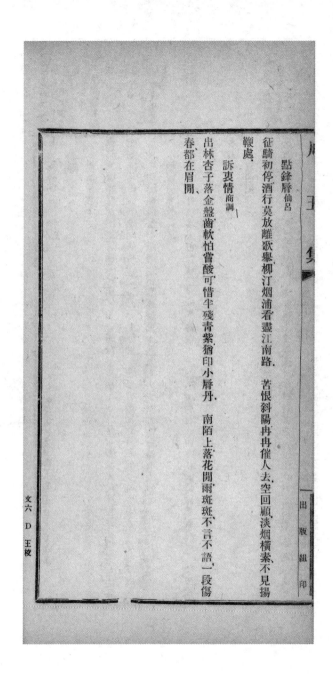

征騎初停，酒行莫放離歌舉。柳汀烟浦，看盡江南路。　苦恨斜陽，冉冉催人去。空回顧，淡烟橫素，不見揚鞭處。

訴衷情 商調

出林杏子落金盤，齒軟怕嘗酸。可惜半殘青紫，猶印小脣丹。　南陌上，落花閒，雨斑斑。不言不語，一段傷春，都在眉間。

出版組印

文六 D 王校

片玉集卷之五

秋景

風流子大石

楓林凋晚葉，關河迥，楚客慘將歸。望一川暝靄，鴈聲哀怨，半規涼月，人影參差。酒醒後，淚花消鳳蠟，風幕捲金泥。砧杵韻高，喚回殘夢，綺羅香減，牽起餘悲。　亭皋分襟地，難拚處，偏是掩面牽衣。何況怨懷長結，重見無期。想寄恨書中，銀鉤空滿，斷腸聲裏，玉筯還垂。多少暗愁密意，惟有天知。

華胥引黃鍾

川原澄映，煙月冥濛，去舟如葉。岸足沙平，蒲根水冷留鴈唳。別有孤角吟秋，對曉風鳴軋。紅日三竿，醉頭扶起還怯。　離思相縈，漸看看、鬢絲堪鑷。舞衫歌扇，何人輕憐細閱。點檢從前恩愛，但鳳牋盈篋。愁翦燈花，夜來和淚雙疊。

宴清都中呂

地僻無鐘鼓，殘燈滅，夜長人倦難度。寒吹斷梗，風翻暗雪，洒窗填戶。賓鴻謾說傳書，算過盡、千儔萬侶。始信得、庾信愁多，江淹恨極須賦。　淒涼病損文園，徽絃乍拂，音韻先苦。淮山夜月，金城暮草，夢魂飛去。秋

片玉集　卷之五　一

霜華入清鏡、歎帶眼都移舊處、更久長不見文君、歸時認否、

四園竹 小石 宜本作西園竹

浮雲護月、未放滿朱扉、鼠搖暗壁、螢度破窗、偸入書幃、秋意濃、閒佇立、庭柯影裏、好風襟袖先知、 夜何其、江南路繞重山、心知謾與前期、奈向燈前墮淚、腸斷蕭娘、舊日書辭、猶在紙、鴈信絕、清宵夢又稀、

齊天樂 正宮

綠蕪凋盡臺城路、殊鄉又逢秋晚、暮雨生寒、鳴蛩勸織、深閣時聞裁翦、雲窗靜掩、歎重拂羅裀、頓疏花簟、尚有練囊、露螢清夜照書卷、荊江留滯最久、故人相望處、離思何限、渭水西風、長安亂葉、空憶詩情宛轉、凭高眺遠、正玉液新篘、蟹螯初薦、醉倒山翁、但愁斜照斂、

木蘭花 高平

郊原雨過金英秀、風拂霜威寒入袖、感君一曲斷腸歌、勸我十分和淚酒、 古道塵清榆柳瘦、繫馬郵亭人散後、今宵燈盡酒醒時、可惜朱顏成皓首、 金英菊花也

霜葉飛 大石

露迷衰草、疏星挂、涼蟾低下林表、素娥青女鬥嬋娟、正倍添悽悄、漸颯颯丹楓撼曉、橫天雲浪魚鱗小、似

出版組印

文六 D 王校

故人相看又透入清暉半餉特地留照　迢遞望極關山波穿千里度日如歲難到鳳樓今夜聽秋風奈五更愁抱想玉匣哀絃閉了無心重理相思調見皓月牽離恨屛掩孤顰淚流多少

蕙蘭芳引 仙呂

寒瑩晚空點清鏡斷霞孤鶩對客舘深扃霜草未衰更綠倦游厭旅但夢繞阿嬌金屋想故人別後盡日空疑風竹　塞北氍毹江南圖障是處溫燠更花管雲牋猶寫寄情舊曲音塵迢遞但勞遠目今夜長爭奈枕單人燭

塞垣春 大石

暮色分平野傍葦岸征帆卸煙村極浦樹藏孤舘秋景如畫漸別離氣味難禁也更物象供瀟洒念多材渾衰減一懷幽恨難寫　追念綺窗人天然自風韻嫺雅竟夕起想思謾嗟怨遙夜又還將兩袖珠淚沈吟向寂寥寒燈下骨爲多惑瘦來無一把

丁香結 商調

蒼蘚沿堦冷螢黏屋庭樹望秋先隕漸雨淒迅澹暮色倍覺園林清潤漢姬紈扇在重吟玩棄擲未忍登山臨水此恨自古消磨不盡　牽引記試酒歸時映月同看鴈陣寶幄香纓薰鑪象尺夜寒燈暈誰念留

滯故國舊事勞方寸、惟丹青相伴、那更塵昏蠹損、

出版組印

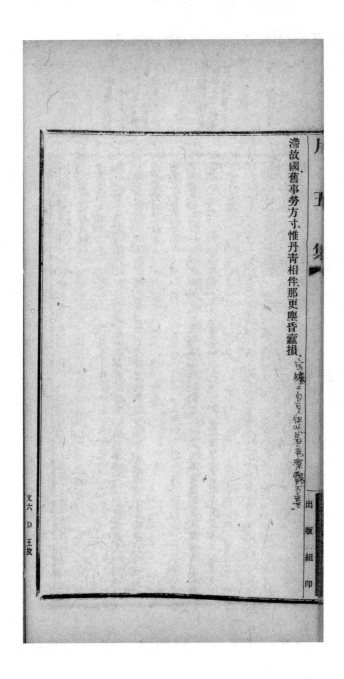

文六 D 王佼

2.《目録學發微》劄記/余嘉錫著,魏際昌批注

目錄學發微

武陵余嘉錫季豫述

開宗明義篇第一

目錄之學，由來尚矣！詩書之序，即其萌芽。及漢世劉向劉歆奉詔校書，撰爲七略別錄，而其體裁遂以完備。自是以來，作者代不乏人，其著述各有相當之價值。治學之士，無不先窺目錄以爲津逮，較其他學術，尤爲重要。今欲講明此學，則其意義若何？其功用安在，不可不首先敘明者也。

隋志言「劉向等校書，每一書就，向輒別爲一錄，論其指歸，辨其訛謬。敘而奏之。」章學誠所謂「劉向父子，部次條別，將以辨章學術。考鏡源流」也。校讎通義敘 其後作者，或不能盡符斯義，輒爲通人所詆訶，雖自通志藝文略目錄一家，已分四類，繼此枝分歧出，派別斯繁，不能盡限以一例；而要以能敘學術源流者爲正宗，昔人論之甚詳。此即從來目錄學之意義也。

吾國學術。素乏系統，且不注意於工具之述作，各家類然，而以目錄爲尤甚，故自來有目錄之學。有目錄之書，而無治目錄學之書。蓋昔之學者，皆熟讀深思，久而心知其意，於是本其經驗之所得以著書；至其所以然之故，大抵默喻諸已，未嘗舉以示人。今既列爲學科。相

與講求，則於此學之源流派別，及其體制若何？方法若何？胥宜條分縷析，舉前人之成例加以說明：使治此學者，有研究之資，省搜討之力，即他日從事著作，亦庶幾有成軌可循。今之所講，其意蓋在於此。

目錄之書有三類：一曰部類之後有小序，書名之下有解題者，書名下論說，名稱屢變，詳見目錄書之體制篇，今以普通均呼之爲解題，姑用以立說 二曰有小序而無解題者；三曰小序解題並無，祇著書名者。昔人論目錄之學，於此三類，各有主張，而於編目之宗旨，必求足以考見學術之源流，則無異議。今取諸家之說，分類撮舉之於下。

屬於第一類者，即有小序解題之書目。現存者如晁陳書目通考經籍考四庫提要之類是 隋書經籍志簿錄類論云，古者史官，既司典籍，蓋有目錄以爲綱紀，體制湮滅，不可復知。孔子删書，别爲之序，各陳作者所由。韓毛二詩，亦各相類。其實齊魯詩皆有序，清儒馬國翰陳壽祺諸家所輯遺說可考。此因齊詩魏代已亡，魯詩亡於西晉故但舉毛韓二詩耳 漢時劉向别錄劉歆七略剖條流，各有其部，推尋事跡，疑則古之制也。自是以後，不能辨其流别，但記書名而已。博覽之士，疾其渾慢，故王儉作七志阮孝緒作七錄，並皆别行，大體雖準向歆，而遠遘矣。

觀隋志之持論，掊擊諸家，推尊向歆，蓋以向之別錄，每書皆有敘錄，歆之七略，羣篇並舉指要：於書之指歸訛謬，皆有論辨，（見前）剖析條流，至爲詳盡，有益學術，故極推崇，荀勗中經簿，上承七略，下開四部，至爲重要，而隋志謂其「但錄題，及言其盛以縹囊，書用緗素，至於作者之意，無所論辨。」（見篇首總論，下同。）其於勗之不滿，溢於言表 此後自東晉義熙，以及宋齊梁陳隋，並有官撰目錄：而爲書皆祇數卷，並不著解題，所謂「不能辨其流別，但記書名而已」。至王儉依據七略，（玉海卷五十二，引儉序云：「今依七略更撰七志」）阮孝緒斟酌王劉（廣弘明集卷三七錄序云「今所撰七錄斟酌王劉」）是皆取法前修，宜可免於譏議。然於七志，則謂其「不述作者之意，但於書名之下，每立一傳，文義淺近，未爲典則。」於七錄，則謂其「分部題目，頗有次序，割析文義，淺薄不經。」由是言之：則凡目錄不著解題，但記書名者，固薄其渾漫，視爲無足重輕：即有解題者，若其識解不深，則爲美猶有憾。蓋王儉之志，惟詳於撰人事蹟，於指歸訛謬，少所發明：阮氏七錄，或亦同之。故雖號博覽之士，卒難辭淺薄之誚。觀其一則曰，「於作者之意，無所論辨。」再則曰「不述作者之意，未爲典則。」則知凡目錄之書。實兼學術之史，賬簿式書目，蓋所不取也。唐時目錄家，如毋煚釋智昇之徒，其所主張，率同斯旨。

唐毋煚古今書錄序見舊唐書經籍志　夫經籍者，開務成務，垂教作程，聖哲之能事，帝王之達典。去聖已久，開鑿遂多：苟不剖判條源，甄明科部，則先賢遺事，有卒代而不聞，大國經書，遂終年而空泯。使學者孤舟泳海，弱羽憑天，銜石塡溟，倚杖追日：莫聞名目，豈詳家代，不亦勞乎！不亦弊乎！將使書千帙於掌眸，披萬函於年祀　覽錄而知旨，觀目而悉詞，經墳之精術盡探，賢哲之睿思咸識：不見古人之面，而見古人之心，以傳後來，不愈其已。

唐釋智昇開元釋教錄序　夫目錄之興也，蓋所以別眞僞，明是非，記人代之古今，標卷帙之多少，摭拾遺漏，删夷駢贅，提綱舉要，歷然可觀也。

宋王堯臣等作崇文總目，每類有序，每書有釋，蓋祖向歆之成規　鄭樵作通志校讎畧，乃極不滿之，謂其文繁無用，清初朱彝尊，得總目鈔本於天一閣，已無序釋，因爲之跋，歸獄於樵，修四庫書時，即用其本著錄，提要信朱氏之說，所以罪樵者尤至　雖其考證不免謬誤，然可見編錄書目，均當有解題，乃爲盡善也。

朱彝尊曝書亭集崇文總目跋見卷四十四　崇文總目，當時撰定諸儒，皆有論說，凡一書大義，爲

朱氏名學勤字修伯閩人結一廬書目有崇文總目六十六卷自註謂全書皆有序釋其本今未見不知其言之信否

舉其綱，法至善也。其後若郡齋讀書志書錄解題等篇，咸取法於此。故雖書有亡失，而後之學者，覽其目錄，猶可想見全書之本末焉。范氏天閣一有藏本，展卷讀之，祇有其目，當日之叙釋，無一存焉。樂平馬氏經籍考，述鄭漁仲之言，以排叱諸儒，每書之下，必出新意著說，嫌其文繁無用。然則是書因漁仲之言，紹興中從而去其序釋也。

四庫全書總目崇文總目提要卷八十四目錄類原本於每條之下，具有論說。逮南宋時，鄭樵作通志始謂其文繁無用，紹興中遂從而去其序釋。考漢書藝文志，本劉歆七略而作，班固已有自註。案欲駁鄭樵之說，當詳考七略別錄之體例，今只舉班志爲說，不知樵說正是根據藝文志，是仍不足以服樵也。隋書經籍志，參考七錄，互注存佚，亦沿其例。案隋志佳處，在每類之序論，若只每書下注存佚，則其文亦已略矣。唐書於作者姓名不見紀傳者，尚聞有註文，以資考核。後來得略見古書之崖略。實緣於此，不得謂之繁文。鄭樵作通志略，務欲跨凌前人，而藝文一略，非目覩其書，則不能詳究原委、自揣海濱寒畯，不能窺中秘之全，無以駕乎其上，遂惡其害已而去之。此宋人忌刻之故智，非出公心。厥後托克托等作宋史藝文志，紕繆顛倒，瑕隙百出，於諸史志中最爲叢脞，是卽高宗誤用樵言。刪除序釋之弊流也。按宋史之叢脞，與鄭樵絕不相干，宋人官私書目，存於今者四家，晁氏陳氏二目，諸家藉爲考證之資，而尤袤遂初堂書

目錄學發微 三 北京大學

通考經籍考引用最多者為晁氏（郡齋讀書志）陳氏（直齋書錄解題）二家，凡于全部收入，次則崇文總目，周氏涉筆[illegible]……此外又采容齋隨筆[illegible]晦庵集[illegible]等之序跋論說，馬氏所自為之說者[illegible]而已。

目及此書，則若存若亡，幾希湮滅。是亦有說無說之明證矣。崇文總目之無序釋，與鄭樵初無關係。杭世駿道古堂集卷二十五，已駁朱氏之說，錢大昕養新錄卷十四，考之尤詳。

又直齋書錄解題提要　其例以歷代典籍，分為五十三類，各詳其卷帙多少，撰人名氏，而品題其得失，故曰解題，古書之不傳於今者。得藉是以求其崖略。其傳於今者，得藉是以辨其眞僞，核其異同。亦考證之所必資。

王鳴盛十七史商榷卷一　目錄之學，學中第一緊要事，必從此問塗，方能得其門而入。然此事非苦學精究，質之良師，未易明也。自宋之晁公武，下迄明之焦弱侯一輩人，皆學識未高，未足剖斷古書之眞僞是非，辨其本之佳惡，校其譌謬也。

孫詒讓溫州經籍志敘例籀廎述林卷九　中壘校書，是有別錄，釋名辨類，厥體綦詳。後世公私書錄，率有解題。自汳宋之崇文，逮熙朝之四庫，目誦所及，殆數十家。大都繁簡攸殊，而軌轍不異。而於篇題之下，眘迻叙跋，目錄之外，采證羣書，通考經籍一門，實剏茲例。朱氏經義考祖述馬書，益恢郛郭。觀其擇撢羣藝，研覈臧否，信校讐之總匯，攷鏡之淵棷也。

屬于第二類者：即有小序無解題之書目。如漢書藝文志，隋書經籍志是也。然漢志本之七畧，七畧元有解題，班固删去之，而但存其輯畧之文，散入各家之後以爲之序，此特欲删繁就簡，非以解題爲無用也。隋志因之，至于小序之作法，則章學誠辨章學術考鏡源流二語盡之矣。

章學誠校讐通義序　校讐之義，蓋自劉向父子。部次條別，將以辨章學術，考鏡源流，非深明於道術精微，羣言得失之故者，不足與此。後世部次甲乙，紀錄經史者，代有其人。而求能推闡大義，條別學術異同，使人由委溯源以想見於墳籍之初者，千百之中，不十一焉。

又原道篇一之三　劉歆七略，班固删其輯略而存其六。顏師古曰輯略謂諸書之總要，蓋劉氏討論羣書之旨也。此最爲明道之要。惜乎其文不傳。今可見者惟總計部目之後，條辨流別數語耳。按班固條辨流別數語，即是劉歆輯略。章氏以爲別有討論羣書之語，誤甚　卽此數語窺之，劉歆蓋深明乎古人官師合一之道，而有以知乎私門初無著述之故也。

又互著編三之一　古人著錄，不徒爲甲乙部次計。如徒爲甲乙部次計，則一掌故令史足矣：何用父子世業，閱年二紀，僅乃卒業乎？　按此語亦誤甚，漢志言，「劉向校書，每一書已，向輒條其篇目，撮其指意，錄而奏之。」蓋每書皆先校而後著錄，故今所傳向

目錄學發微

諸書叙錄，皆言「所校某書若干篇，除重復定著若干篇，已殺靑書可繕寫。」是校讎已定，書可繕寫之時，乃作一錄，故其事不得不緩。今乃言古人著錄，「父子世業，閱年三紀。」若向歆兩世相繼，僅成一書目者，亦可笑矣！蓋部次流別，申明大道，叙列九流百世之學使之繩貫珠聯，無少缺逸；欲人即類求書，因書究學。古人最重家學。叙列一家之書，凡有涉此一家之學者，無不窮源至委，竟其流別。所謂著作之標準，羣言之折衷也。

又補校漢書藝文志篇，漢書最重學術源流，似有得於太史叙傳，及莊周天下篇荀卿非十子之意。此叙述著錄，所以有關於明道之要，而非後世僅計部目者之所及也

朱一新無邪堂答問卷二 劉中壘父子成七略一書，爲後世校讎之祖。班志撮其精要，以著於篇後，謂小序 惟鄭漁仲章實齋，能窺所旨，商榷學術，洞徹源流，不惟九流諸子，各有精義，即詞賦方技，亦復小道可觀，目錄校讎之學，所以可貴，非專以審訂文字異同爲校讎也。世徒以審訂文字爲校讎，而校讎之途隘，以甲乙簿爲目錄，而目錄之學轉爲無用，多識書名，辨別板本，一書賈優爲之，何待學者乎？

案據風俗通引劉向別錄，釋讎校之義，言校其上下得謬誤爲校，詳見後板本序跋篇 則校讎正是審訂文字，漁仲實齋，著書論目錄之學，而目爲校讎，命名已誤，朱氏之說非也。特目錄不

出版組印

文一三 D 王校

專是校讎板本耳。

章氏著校讎通義，蓋將以發明向歆父子校讎之義例。然於向歆之遺說，實未嘗一考；僅就漢書藝文志參互鈎稽而爲之說。故其言曰：「劉歆七略亡矣，其義例之可見者，班固藝文志注而已。」互著篇三之二夫七畧別錄雖亡，其逸文尚散見於諸書。章氏時馬國翰洪頤煊姚振宗輯本，皆未出。章氏不長於考證，故未能搜討。况劉向校書叙錄，今尚存數篇，即別錄也。說見後。章氏僅知其校讎中祕，有所謂中書，外書，太常書，太史書，臣向書，臣某書；校讎條理篇七之二而於錄中立言，所以論其指歸，辨其訛謬者，置不一言。故其書雖號宗劉章氏書第二篇名宗劉。其實只能論班。其所最推重者，漢志總計部目之後條辨流別之語也，其所謂辨章學術，攷鏡源流者，亦即指此類之序言之，其意初不在解題之有無。不知劉向之別錄，其於學術源流，功用爲更大也。然章氏書雖多謬誤，而其人好爲深湛之思，往往發爲創論，暗與古合。即此「辨章學術，攷鏡源流二語，」亦非好學深思心知其意者不能道。以隋志及毋煚之說攷之，然後知此非章氏一人之私言，蓋天下之公言也。目錄家所當奉爲著蔡者矣，

屬於第三類者，即無小序解題之書目。現存者如唐宋明藝文志通志藝文略書目答問及各家藏書目錄皆是，此類各書，不辨流別，但

藏書家書目自明文淵閣書目（楊士奇撰）讀書齋志）以下其分類大抵雜亂無條理。

記書名，已深爲隋志所譏，然苟出自通人之手，則其分門別類，秩然不紊，亦足考鏡源流，示初學以讀書之門徑，鄭樵所謂類例既分，學術自明，不可忽也。

宋鄭樵校讎略（通志卷七十一）編次必謹類例論，學之不專者，爲書之不明也。書之不明者，爲類例之不分也。有專門之書，則有專門之學；有專門之學，則有世守之能。人守其學，學守其書，書守其類，人有存歿而學不息；世有變故而書不亡。以今之書校古之籍，百無一存。其故何哉？士卒之亡者，由部伍之法不明也。書籍之亡者，由類例之法不分也。類例分則百家九流各有條理。雖亡而不亡也。　又曰：類例既分。學術自明。以其先後本末具在。觀圖譜者可以知圖譜之所始。觀名數者可以知名數之相承。讖緯之學，盛於東都。音韻之學，傳於江左。傳注起於漢魏，義疏盛於隋唐　覩其書可以知其學之源流　或舊無其書而有其學者，是爲新出之學，非古道也。

又編次必記亡書論，古人編書，必究本末，上有源流，下有沿襲。故學者亦易學，求者亦易求。謂如隋人於歷一家，最爲詳明。凡作歷者幾人。或先或後，有因有革，存則俱存，亡則俱亡。唐人不能記亡書，然猶紀其當代作者之先後。必使具在而後已。及崇文四庫有

出版組印

文一三　D　王校

則書。無則否。不惟古書難求。雖今代憲章亦不備。又編次失書論　書之易亡，由校讎之人失職故也。蓋編次之時。失其名帙。名帙既失，書安得不亡也。

又泛釋無義論。古之編書，但標類而已，未嘗注解，其著注者人之姓名耳。（按劉向校書，其叙錄存者數篇，其所以爲說者至詳，安得謂只注人之姓名。）蓋經入經類，何必更言經。史入史類，何必更言史。但隨其凡目，則其書自顯。惟隋志於疑晦者釋之，無疑晦者則以類舉。今崇文總目出新意，每書之下，必著說焉（按此乃向歆王儉阮孝緒之成法，安得謂崇文總目始出新意。樵最推重隋志，不知何以於二書所叙源流，略不一致。）據標類自見，何用更爲之說。且爲之說者，已自繁已，何用一一說焉？至於無說者，或後書與前書不殊者，則强爲之說，使人意意。

章學誠校讎通義叙　鄭樵生千載而後，慨然有會於向歆討論之旨，因取歷朝著錄，略其魚魯豕亥之細，而特以部次條別，疏通倫類，考其得失之故，而爲之校讎。蓋自石渠天祿以還，學者所未嘗窺見者也。（按此是論樵之校讎略，非指其藝文略也。）鄭樵著通志。既作藝文畧，又自論其叙次之意。爲校讎一畧以發明之。樵既主張編書必究本

目錄學發微

末，使上有源流，下有沿襲，以存專門之學；則劉向每校一書，必撰一錄，足以考見學術之源流，實千古編目之良法。而樵獨注意於類例，謂類例既分，學術自明，遂譏崇文總目之序說爲泛釋無義。宜爲朱彝尊及四庫提要之所譏。然考之樵之藝文略，雖不免牴牾訛謬：而其每類之中，所分子目，剖析流別，至爲纖悉，實秩然有條理。蓋眞能適用類例，以存專門之學者也。如易一類，凡分古易，石經，章句，傳。注，集注，義疏。論說，類例，譜，考正，數，圖，音，纖緯，擬易，十六門，此鄭氏自創之新意，新舊唐志，雖開分子目，不若是之詳也。蓋樵所謂類例者，不獨經部分六藝，子部分九流十家而已。則其自謂類例既分。學術自明者，亦非過譽。然此必於古今之書不問存亡，概行載入，使其先後本末具在，乃可以知學術之源流。故又作編次必記亡書論，則樵之意可以見矣。後人譏樵，但編次歷代史志，不必眞見其書，以爲無裨考證，不知樵之意，在此不在彼也。但樵既已爲之於前，後人若復效之，則是疊牀架屋，徒取憎厭。故樵之作未有能效之者。乃緣此，但記書名之目錄，爭自將於樵，非樵之所樂聞也。書目之無序釋而有益於學術者，自樵之外，惟張之洞所作，庶幾近之自唐書以下史志，皆無序釋。千頃堂書目亦然。而同爲目錄學中重要之書，則以其包舉一代，爲考證所不可少。故又當別論。張之洞書目答問略例 讀書不知要領，勞而無功。知某書宜讀，而不得精校精注本，事倍

出版組印

功半。今爲分別條流，愼擇約舉。視其性之所近。各就其部求之。又於其中，詳分子目，以便類求。一類之中，復以義例相近者，使相比附，再敍時代，令其門徑秩然，緩急易見。凡所著錄並是要典雅記，各適其用。總期令初學者易買易讀，不致迷罔眩惑而已。（自注弇陋者嘗思廣其見聞，汎濫者當知學有流別。）張氏略例自言「詳分子目，以便類求，」「義例相近，使相比附，」則張氏蓋能適用鄭氏「類例既分學術自明，」之法者也。而其有功於學者，尤在「視其性之所近，使各就其部求之，」不愧爲指導門徑之書。蓋鄭氏之類例，在備錄存亡之書，以見專門學之先後本末，爲古人之意多。張氏之類例，在愼擇約舉，以使初學分別書之緩急，爲今人之意多也，編撰書目，不附解題，而欲使其功用有益於學術，其事乃視有解題者爲更難。

綜以上諸家之說觀之，則其要義可得而言。屬於第一類者，在論其指歸，辨其訛謬。屬於第二類者，在窮源至委，竟其流別，以辯章學術，考鏡源流。屬於第三類者，在類例分明，使百家九流，各有條理，並究其本末，以見學術之源流沿襲。（若欲便於讀者，則當令其門徑秩然，緩急易見。）以此三者互相比較，立論之宗旨，無不脗合。體制雖異，功用則同。蓋吾國從來之目錄學，其意義皆在辯章學術，考鏡源流，所由與藏書之簿籍，自名賞鑑，圖書館之編目，僅便檢查者異也。

目錄之書，既重在學術之源流，後人遂利用之考辯學術。此其功用固發生於目錄學之本身，而利被遂及於學者。然亦視其利用之方法如何，因以判別其收效之厚薄。今舉古人利用目錄學之最早者數事，以明其例

一曰以目錄著錄之有無，斷書之眞僞。

班固前漢書東方朔傳　朔之文辭，此二篇最善（按此二篇者答客難及非有先生論也。）其餘有封泰山，責和氏璧，及皇太子生，禖，屏風殿上柏柱，平樂觀賦獵，八言七言上下，從公孫宏借車，凡劉向所錄朔書具是矣。（師古曰，「劉向別錄所載」）世所傳他事皆非也（師古曰「謂如東方朔別傳及俗用五行時日之書，皆非實事也。」）

後漢書張衡傳，初光武善讖，及顯宗肅宗因祖述焉。自中興以後，儒者爭學圖緯，兼復附以妖言。衡因圖緯虛妄，非聖人之法。乃上疏曰，「劉向父子，領校祕書，閱定九流，亦無讖錄。（按錄謂別錄，即校書之序目也。言未爲讖作序目。）成哀以後，乃始聞之。」

二曰用目錄書，考古書之分合。

鄭玄目錄　曲禮者，以其篇記五禮之事，祭祀之說，吉禮也。此於別錄屬制度。（禮記正義卷一引）

後每篇引鄭目錄，皆有此於別錄屬某篇語，不備引。

又　名曰樂記者，以其記樂之義，此於別錄屬樂記　蓋十一篇合爲一篇，謂有樂本，有樂論，有樂施，有樂言，有樂禮，有樂情，有樂化，有樂象，有賓牟賈，有師乙，有魏文侯，今雖合此，略有分焉。禮記正義卷三十七引。

又　冠禮於五禮屬嘉禮大小戴及別錄此皆第一。儀禮正義卷一引，以後每篇引鄭目錄，具詳大戴與小戴及別錄次序之異同，今不備引。

三曰以目錄書著錄之部次，定古書之性質。

南史陸澄傳　又與王儉書，「鄭玄所注衆書，並無孝經，且爲小學之類，不宜列在帝典」儉答曰：「僕以此書明百行之首，實人倫所先，七略藝文並陳之六藝，不與蒼頡凡將之流也。」

四曰因目錄訪求闕佚。

隋書牛弘傳　弘以典籍遺逸，上表請開獻書之路，曰，「今御出單本合一萬五千餘卷，部帙之間，仍多遺闕，比梁之舊目，止有其半。至於陰陽河洛之篇，醫方圖譜之說，彌復爲少，若猥發明詔，兼開購賞，則異典必至，觀閣斯積。」

宋翔鳳過庭錄以子夏易傳爲韓嬰之孫韓商作今之子夏易傳乃唐張弧僞作見晁氏讀書志

目錄學發微

五曰以目錄考亡佚之書

隋書牛弘傳　案劉向別錄及馬宮蔡邕等所見當時有古文明堂禮，王居明堂禮，明堂圖，明堂大圖，明堂陰陽，太山通義，魏文侯孝經傳，並說古明堂事，其書皆亡，莫得而正。此弘所上明堂議中語

六曰以目錄書所載姓名卷數，考古書眞僞。

唐會要卷七十七　開元七年，詔子夏易傳，近無習者，令儒官詳定，劉知幾議曰，「漢書藝文志，易有十三家，而無子夏作傳者　至梁阮氏七錄，始有子夏易六卷，或曰韓嬰作，或曰丁寬作。然據漢書韓易十二篇，丁易八篇，求其符合，則事殊隳刺者矣，必欲行用，深以爲疑」司馬貞議曰，「案劉向七畧有子夏易傳，但此書不行已久，今所存多失眞本，荀勗中經簿云，子夏傳四卷，或云丁寬，是先達疑非子夏矣。又隋書經籍志云，子夏傳殘闕，梁六卷，今二卷。知其書錯謬多矣。又王儉七志引劉向七略云，易傳子夏韓氏嬰也，今題不載韓氏，而載薛虞記，其質粗略，旨趣非遠。無益後學」。

別錄成書未久，班固著書，即加引用，以張衡之博洽，攷學術之流源，亦據以爲斷．目錄學

出版組印

三國志引書目與廿二史劄記中之系多譌誤，錢大昕廿二史考異中亦有此条，校定比為精。文選注引書目在隋志相上，文選理學權輿。

之功用，依此可知，後人應用此學者，方法雖多，大抵不出此數類，（至用此種方法，於攷證是否精密，乃另一問題。）而古人皆已開其先聲。知此學之發達最早。至二六兩條所得功用，又非有解題不可。且目錄之功用，非僅如此而已。其尤重要者，在能用解題中之論斷，以辯章古人之學術。如班固引劉向語以論賈誼東方朔，引向歆語以論董仲舒，蓋皆七略別錄之說。尤非但記書名之目錄所能辦也。具載敍錄篇中，此不復詳。

雖然，以上所言數事，皆是用之以考古，則或疑爲考證家專門學問，非普通學人之所需。不知目錄之學，爲讀書引導之資　凡承學之士，皆不可不涉其藩籬，其義以張之洞言之最詳。張之洞輶軒語語學第二論讀書宜有門徑　汎濫無歸，終身無得　得門而入，事半功倍，或經，或史，或詞章，或經濟，或天算地輿，經治何經，史治何史，經經是何條　因類以求，各有專注，至於經注孰爲師授之古學，孰爲無本之俗學　史傳孰爲有法，孰爲失禮，孰爲詳審，孰爲疏舛　詞章孰爲正宗，孰爲旁門　尤宜抉擇分析，方不至誤用聰明，此事宜有師承。然師豈易得。書即師也。今爲諸君指一良師　將四庫全書總目提要讀一過，即略知學術門徑矣。

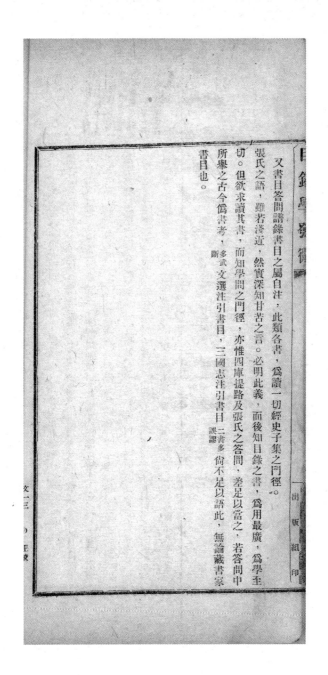

又書目答問講錄書目之屬自注，此類各書，爲讀一切經史子集之門徑。張氏之語，雖若淺近，然實深知甘苦之言。必明此義，而後知目錄之書，爲用最廣，爲學至切。但欲求讀其書，而知學問之門徑，亦惟四庫提路及張氏之答問，差足以當之，若答問中所舉之古今僞書考，多武斷文選注引書目，三國志注引書目二書多誤謬尙不足以語此，無論藏書家書目也。

釋名篇第二

目錄之名，起於劉向劉歆校書之時。漢書敘傳云，劉向司籍，九流以別，爰著目錄，略序洪烈。（藝文志敘）文選注引別錄列子目錄，（王康琚反招隱詩注）七略言「尙書有青絲編目錄」（文選任彥昇爲范始興求立太宰碑表注引）是其事也。

考漢志兵書略序云「孝武時，軍政楊僕摭拾遺逸，紀奏兵錄」，則校讐著錄，其來舊矣，特不知其時有目錄之名與否耳。其後鄭玄注禮，遂用別錄之體，作爲三禮目錄。（隋志禮類三禮目錄一卷鄭玄撰梁有陶宏景注亡）玄又作孔子弟子目錄一卷（見隋志論語類）以人名爲目，與書之目錄不同，然其命名，亦是沿於劉向也。四庫提要乃謂目錄之名，昉於鄭玄（卷八十五目錄類小序云「鄭玄有三禮目錄，此名所昉也」）失考甚矣。目錄之書，隋志謂之薄錄），舊唐志乃名目錄，自是以來，相沿不改。

案隋志自晉義熙以來新集目錄以下，命爲目錄者凡十六部，則目錄之名，爲晉以後之所通用。但用作部類之名，則始於舊唐志耳。

何謂目錄，目謂篇目，錄則合篇目及敘言之也。漢志言劉向校書，每一書已，輒條其篇目，撮其旨意，錄而奏之。

旨意即謂敍中所言一書之大意，故必有目有敍，乃得謂之錄，錄既兼包敍目，則舉錄可以該目。故向所奏上之篇目旨意，載在本書者，謂之錄，編集別行者，謂之別錄也。其所以又有目錄之名者。因向之著錄，起於奉紹校書。當時古書多篇卷單行，各本多寡不一。向乃合中外之書，除其重復，定著爲若干篇，遂著其篇目以防散佚，且以見定本之與舊不同，篇目之後，又作敍一篇，發明其意，隨書奏上。因編校之始，本以篇目爲主，故舉目言之，謂之目錄也。諸書所載向歆之奏，亦或謂之敍錄。晏子說苑山海經 蓋二名皆舉偏以該全，劉師培古書疑義舉例補有此例 相互以見意耳。實則錄當兼包敍目，班固言之甚明。其後相襲用，以錄之名專屬於目，於是有篇目而無敍者亦謂之目錄。又久之而但記書名不載篇目者，并冒目錄之名矣。

案向歆奏上之叙，今散見各書，或題目，或題叙錄，或不題名目，其例不一。然考戰國策叙云，「護左都水使者光祿大夫臣向言，舉此一句明例，以後銜名均略去， 所校中戰國策書」。末云：「臣向所校戰國策書錄」荀卿新書叙云「所校讎中孫卿書」末云，所校讎中孫卿書錄。列子云」所校中書列子五篇。中書列子猶云中列子書 末云：「臣向所校列子書錄」。以前後文義推之，則所校某書錄句，書字當屬上讀：猶言某書之錄也。知向但自名爲錄，實兼包篇目指意二者言之。楊僕所奏之兵錄，其體亦當如此。及各從其所重言之，有目錄叙錄之名。

錄○ 目……條其篇目（目錄）
　　 叙……撮其指意（叙錄）

於是或認錄爲目，或認錄爲叙。認錄爲目者，如論衡案書篇云「六略之錄，萬三千篇」此以篇目爲錄也（據七錄序六略之書，實只六百三家，則劉向之錄，亦當只六百三篇。今云萬三千篇者，以其書卷有一萬三千耳。卷即篇也。）文選任彥昇王文憲序云：「集錄如左」亦謂序後之篇目也　隋志集部之書，多有錄一卷，或云幷錄，幷錄目，此其間必有無序而只載篇目者矣。（集部又有注幷序錄幷例錄者，蓋亦以錄爲篇目也。）認錄爲叙者，如世說言語篇引邱深之文章錄，而文學篇又引作邱深之文章叙，是以叙與錄爲一事也。新唐志有殷淳四部書目序錄，別序錄於書目之外，其以錄之名專屬於序，尤爲明白。毋煚古今書錄序云「覽錄而知旨，觀目而悉詞」用意亦與滈同。自錄之一字，有此兩種解釋，於是目錄書又有序錄錄目二名。序錄者，劉向書目，目在叙前，後來體制變更，序在目前：既認錄爲目，故名序錄。（此與劉向叙錄用意不同）經則有沈文阿經典玄儒大義序錄（見隋志論語類）陸德明經典釋文序錄，史則有三國志叙錄（見隋志）南齊書序錄（見史通序例篇今南齊書無序錄）皆卽序目之意。錄目者，亦因目在書今存序後，既認錄爲序，則以目錄之名爲未安，故易爲錄目。隋費長房開皇三寶錄總目序云：「齊周陳並皆翻譯，弗刋錄目」。唐釋道宣大唐內典錄有「錄目始終序」一篇。釋智昇開元釋教錄有「歷代所出衆經錄目」一篇，亦卽序目之意也。一錄目之名，以字義互爲予奪，遂致紛紜糾錯如此。非細考之，不易得其端緒也。

何以謂目卽篇目也？目錄之體，起於詩書之序，所以條其篇目。（說本隋志薄錄類小序，已見前篇。）

趙岐孟子題辭　其篇目各自有名。（焦循五義曰，如梁惠王公孫丑滕文公離婁萬章告子盡心。）

按尙書百篇詩三百一十一篇逸周書七十篇，皆有序。古者序爲一篇，後人始引之各冠篇首。詩關雎序自「風風也」以下總論詩之綱領，舊說謂之大序。而尙書周書序，皆只分釋各篇，並無大序。是古之書序，皆所以條其篇目也。

其後司馬遷揚雄皆有自序，具載著述篇目甚詳。

案司馬遷揚雄自序，班固錄入漢書以爲列傳。遷自序於所作太史公書七十篇，皆有小序。雄自序於平生著作甚詳，亦載法言小序。是皆仿詩書之例。小序言作某篇第幾，譔某篇第幾，卽篇目也。司馬遷在劉向之前，揚雄與劉向同時，故向撰叙錄，亦用其例。其後班固作漢書叙傳，體制一仿史公，許愼作說文解字叙，至於所不知蓋闕如也之後，具錄十四篇之目，自一部一至亥部五百四十，而無小序，所謂條其篇目也。

及劉向奉詔校書，爲之著錄。考其戰國策錄，自稱「叙曰」，隨志亦云「每一書就，向輒撰爲一錄，叙而奏之，」知錄卽諸書之叙。又說苑錄曰「今以類相從，一一條別篇目」，知書錄當載篇目也。諸書所引七略別錄逸文，往往有篇目可考。儀禮禮記樂記三書，全書篇目具存，皆言某篇第幾，與史記法言自序同。至於賦詩，亦載篇目。今舉例於後，以證明之：

儀禮士冠禮疏　鄭玄云「大小戴及別錄，此皆第一」者。大戴戴聖與劉向爲別錄十七篇、次第皆冠禮爲第一，昏禮第二，士相見爲第三，自茲以下，篇次則異，故鄭云，「大小戴別錄，此皆第一」也。其劉向別錄卽此十七篇之次也。

經典釋文序　劉向別錄有四十九篇，其篇次與今禮記同。

案儀禮禮記疏，引鄭目錄，載別錄篇目次第甚詳。禮記各篇，又分屬制度，通論，明堂，陰陽，喪服。世子法，祭祀，子法，樂記，吉禮，吉事，十類。文繁不錄。

禮記樂記疏　按鄭目錄云「此於別錄屬樂記，蓋十一篇合爲一篇；謂有樂本有樂論，有樂施，有樂言，有樂禮，有樂情，有樂化，有樂象，有賓牟賈，有師乙有魏文侯（中略）劉向校書，得樂記二十三篇，著於別錄。今樂記所斷取十一篇，餘有十二篇，其名猶在三十四卷。記無所錄也。其十二篇之名，案別錄餘次奏樂第十二，樂器第十三，樂作第十四，意始第十五，樂穆第十六，樂律第十七。季札第十八，樂道第十九，樂義第二十，昭本第二十一，昭頌第二十二。竇公第二十三，是也。案別錄禮記四十九篇，樂記第十九，則樂記入禮記也，在劉向前矣。至劉向爲別錄時，更載所入十一篇，又載餘十二篇。總爲二十三篇也。

史記封禪書　使博士諸生，刺六經中作王制，　索隱，引劉向別錄云「文帝所造書，有本制，兵制，服制篇。」

案諸書如文選注北堂書鈔藝文類聚太平御覽之類，所引別錄可以考見篇目者甚多。至於淮南王劉向馮商等賦，皆有篇目尙存，文繁不備引。

諸書所引別錄，多零章斷句，不足考見全篇體例。今荀子書卷末正文之後，有書錄一篇。首題荀卿新書三十二篇，次即詳著篇目，自勸學第一至賦篇三十二，每條自爲一行，繼以護左都水使者光祿大夫臣向所校讐中孫卿書云云。前列篇目，後論旨意。合於班固之說。此眞當時奏上之舊式也。案今所傳劉向校定之書，如管子韓非子等，其書錄多爲後人所亂，或妄分卷數，或削去篇目。然戰國策晏子春秋亦尙存舊式。此獨舉荀子者，以楊倞序言改孫卿新書爲荀卿子，其篇第亦頗有移易。今錄中尙題荀卿新書，（荀字是後人妄改，叙仍作孫字）篇第亦與楊氏移易者人同。可信其爲劉向之舊。故舉以爲例。別錄全書，皆當似此，三禮目錄所言某篇別錄第幾，諸類書所言別錄有某篇，蓋皆就篇目中引用之耳。劉歆與楊雄從取方言書云，「屬聞子雲，獨採集先代絕言，異國殊語，以爲十五卷，其所解略多矣，而不知其目」。又云「今謹使密人奉手書，願頗與其最目，使得入錄」。書附言後方入錄者，欲入之七略也。是不必見其全書，但得其篇目，即可入錄矣。由斯以談，目錄之爲篇目而非書名，信有徵矣。

姚振宗別錄佚文叙　晏子孫卿子列子三書，叙奏之前，具載篇目，藝文志所謂條其篇目，撮其指意，其原書體製蓋如此。

自班固取七略作藝文志，删去其錄，於是佚書之篇目，遂不可復考。

漢書藝文志　歆於是總羣書而奏其七略，今删其要。以備篇籍。注「删去浮冗取其指要也」

案諸書所引七略多論作者旨意。文選揚雄諸賦，且有奏賦年月，是七略亦兼有目錄也

廣宏明集卷三，阮孝緒七錄序　固乃因七略之辭，爲漢書藝文志。

胡應麟經籍會通卷二　七略原書二十卷，班氏藝文僅一卷者固但存其目耳。案隋志七畧劉歆撰，共二十卷者，劉向之七畧別錄耳。「但存其目，」當作但存書名。

七志七錄古今書錄之屬，今皆亡佚。其錄中有篇目以否無以知之。若兩晉南北朝書目，只記書名。失目錄命名之旨矣。自宋以後，如崇文總目。郡齋讀書志，直齋書錄解題，四庫全書總目之流，每書之下，皆爲之說，即錄中之叙也。然未有一書能具篇目者。經義考小學考，專錄一門，宜可詳悉。乃寧錄無謂之序跋，不知出此。其諸書篇目，但載本書之中。本書亡則篇目與之俱亡，所存者但書名耳。而猶猥曰，目錄之書可以攷亡佚，此不察之說也。篇目之重要別具本篇，此不復詳。

何以謂錄兼篇目及旨意也？武帝時，楊僕始奏兵錄。向歆校書，將以進御，故用僕舊例。一書校竟，輒撰一錄，隨書奏上，謂之書錄。今存者九篇，即別錄也。

[illegible]

晏子叙錄　其六篇可常置旁御觀，

案漢書劉向傳言；「上方精於詩書，觀古文，詔向領校中存經秘書，」故向所作叙錄。多因事納忠。如戰國策錄云「亦可喜，皆可觀。」孫卿錄云「其書比於記傳，可以為法。」說苑錄亦云「皆可觀。」其意皆欲成帝觀之以為法戒，即其作列女傳以戒天子之意。

經籍會通卷二　向歆每校一書，則撮其指意錄而奏之。近世所傳列禦寇戰國策，皆有劉向題辭，餘可概見。因以論奏之言，附載各書之下，若馬氏通考之類。以故篇帙頗繁。

洪頤煊經典集林總目　今戰國策，山海經，說苑，管子，晏子，列子，鄧析子，荀卿子，俱有劉向奏，疑亦在別錄。以附專書，不復錄入卷中。

王國維觀堂別集後篇漢書藝文志舉例後序　今世所傳戰國策，晏子，荀子，列子，管子，皆有劉向所撰錄一篇，即別劉也。自注，世所傳關尹子，子華子，於陵子，皆有劉向所撰錄，鄧析子有劉歆所撰錄．均偽。

案今鄧析子書首有錄一篇，題為劉向。四庫提要卷一百，謂據書錄解題改正為劉歆，然書錄解題實無此語。考荀子不苟篇楊倞注云；「劉向曰；鄧析好刑名，操兩可之說，設無窮之辭，數難子產爲政，子產執而戮之。」意林卷一引劉向曰：「非子產殺鄧析，推春秋之，」皆與今本合。故嚴可均鐵橋漫稾卷五鄧析子叙仍定爲劉向。考證甚確。此錄既見引於楊倞馬總，是唐人所見，皆題劉向，必不而誤。然則非僞作也，惟關尹子，子華子，於陵子出宋明人僞撰，誠如王氏所說耳，洪氏所舉八篇內。山流經一篇。爲劉歆作。又宋本韓非子有序一篇。嚴可均疑爲劉向作，收入全漢文卷三十七劉向集中，考意林卷一引劉向云，「秦始皇重韓非書曰，寡人得與此人游，死不恨矣。李斯姚賈害之，與藥令自殺，始皇悔，遣救之，已不及。」與今韓非子序大同小異，嚴氏之說是也。故向歆叙錄，實存九篇。或題目錄。或題叙錄，其實一也。叙錄卽別錄，明見於七錄序。見後因此序在廣宏明集中，宋明講考證學者，多忽不觀，惟胡氏嘗讀二氏書，故能知之。馬國翰及洪氏輯別錄佚文不收叙錄。嚴氏取洪本附向集後，又別輯叙錄入集中；既不載其篇目，而佚文內所采諸書引別錄論管子，列子，鄧析子語，皆在今錄中，全篇具存，亦不取以對照。皆爲失考。近人章炳麟別有七略輯本。作徵七略一篇，載入檢論卷二。

亦謂諸書叙錄具在者，雖佗書徵引，皆不收錄，」未詳其意。實則凡輯佚書，隻字片言，苟有存者，皆當收入。況完篇乎？惟姚振宗所輯別錄，將此諸篇並已收入，其識高出前人遠矣。

別錄者，取衆書之錄，集爲一篇，於本書之外別行；如四庫全書，先有提要，後乃編爲總目、也。

阮孝緒七錄序　昔劉向校書，輒爲一錄，論其指歸，辨其訛謬，隨竟奏上。皆載在本書。時又別集衆錄，謂之別錄，卽今之別錄是也。

孫德謙劉向校讎學纂微　七錄序言「輒爲一錄」者，謂向所校書，悉撰有序錄也。以其載在本書，已行奏上，而學者不復得見，思欲別存一本：故將衆本序錄，別而集之。因稱之爲別錄。

案劉向每一書校竟，卽撰敘錄奏進，故云「隨竟奏上」後乃編集成書別行，以面學者。考四庫全書卷首上諭，初只令承辦各員，將書中要旨隱括，總叙崖略，粘開卷副頁右，用便觀覽。又云「其書足以啓牖後學，廣益多聞者，卽將書名摘出，撮取著書大旨，叙列目錄進呈。」於是：四庫全書處，進呈總目，於經史子集，俱撰有提要。後乃降旨，令將全書總目及各書提要，編刊頒行。其辦法正暗與古合。以此例彼。情事瞭如矣。

書錄本兼篇目指意二事　篇目已具詳如上，篇目之後，即校上之奏，其前略言校讎之事，至「以殺青書可繕寫，」餘皆論書中旨意語也。七錄序云：劉向校書，輒為一錄，論其指歸，辯其訛謬。」指歸即旨意，謂如戰國策敘「周室自文武始興」以下，論本書得失之語也　訛謬者。校讎之事，謂「本書字多脫誤為半字，以趙為肖，以齊為立」也，其於向之書敘體例。列舉允詳，然易漢志「條其篇目」句為「辨其訛謬，」是只詳於敘而略於目，蓋阮孝緒已不知錄中當有篇目，故其意側重於敘矣。

目錄本只稱為錄。班固謂劉向著目錄，而向書只名別錄，不名目錄者。以錄中本兼有目。猶之司馬遷楊雄敘，只名自敘，不名敘目也，蓋全舉之則名錄，兼包篇目旨意；偏舉之則為目錄，以敘在目後，校書編次本重在目也。意有輕重，詞有繁簡耳。

文選注引列子目錄曰：「至於力命篇，一推分命，」其語今在列子敘中。故知目錄當兼敘言之。不得獨呼篇目為目錄也。然如晉以後只記書名之目錄，不僅以篇目之目為書名，並錄亦古文多以漆書。後漢書杜林傳言林於西州得漆書古文尚書一卷。

移作書名矣。阮孝緒之七錄，元冲行之羣書四錄，毋煚之古今書錄，是皆師向之意，舉錄以該目，至於宋之崇文總目，每書皆有論說，此錄也，而只謂之總目。陳振孫之直齋書錄，命名頗與古合，而以爲未足，又益之曰解題。四庫全書之總目，名之曰目錄可矣，又別呼其叙爲提要。此皆誤以目與錄爲一事，於其書之叙錄，無以名之，而爲此紛紛也。

自來治目錄學者，代不數人，而著書者或亦未能深考。隋志于晉以後官撰書目，皆致不滿，故不獨體裁不能盡合，即名稱亦愈變而離其宗。記書名而謂之目錄，亦已久矣。後人相沿襲用，既有所本，未足深怪。固知積重難返，自不必是古非今。特既相與講此，不能不考其名之所由起。與其命名之義耳。

出版組印

文一三 D 趙校

篇目篇第三

班固曰：「劉向司籍，辯章舊聞。」又曰：「爰著目錄，略序洪烈。」後之論目錄者。大抵推本此意。章學誠又括之以二語曰：「辯章學術，考鏡源流。」由此言之，則目錄者，學術之史也。綜其體制，大要有三，一曰篇目，所以考一書之源流：二曰敘錄，所以考一人之源；三曰小序，所以考一家之源流。三者亦相爲出入，要之皆辯章學術也。三者不備，則其功用不全。今分別說之于後。

篇目之體，條別全書，著其某篇第幾，前篇敘之已詳。古之經典，書于簡策，而編之以韋若絲，名之爲篇。簡策厚重，不能過多。一書既分爲若干篇，則各爲之名，題之篇首，以爲識別，其用特以便檢察，如今本之題書根耳。其有古人手著之書，爲記一事或明一義，自爲起訖者，則以事與義題篇：如書之堯典舜典春秋之十二公爾雅之釋詁釋言等是也。其有雜記言行，積章爲篇，出於後人編次，首尾初無一定者、則摘其首簡之數字以題篇：論語之學而爲政孟子之梁惠王公孫丑是也。

島田翰古文舊書考卷一書册裝潢考　周時史策之外，官廷文書，類用木版，蓋便於更換

王國維簡牘檢署考載簡策之制最詳
周礼有百名以上書於策不及百名書於方之言
故中庸言文武之道布在方策
又周礼内史掌書王命以方出之
又古書之章句其章亦即小篇也古書多分章

，不復編綴。而學士所習，則多用竹。故周禮每言方版，而六經則皆稱簡策。其編策也，用韋與絲。史記云：「孔子晚喜易，韋編三絕。」北堂書抄引劉向別錄云，「孫子書以殺青簡，編以縹絲繩。」南史王僧虔傳云：「楚王家書青絲編，」大抵上品用韋，下品用絲也。其編連之法，上下各一孔，用韋又絲以貫其孔。古文冊作𠕁，釋名云：「編之如櫛齒相比也。」觀其字形，可以知其制也。島田氏此條，多本之汪繼培之周代書冊制度考但稍詳耳。而文中無一言及於汪氏，未免意存掠美。

凡以事與義分篇者，文之長短，自著書時既已固定，雖僅數簡，亦可自爲一篇。其他則編次之時，大抵量其字之多寡；度絲韋之所能勝，斷而爲篇。及縑帛盛行，易篇爲卷，一幅所容，與簡篇約略相當。故多以一篇爲一卷。然古人手著之文，其始不能規定字數；故有篇幅甚短者，則合數篇而爲卷。蓋過短則不能自爲一軸。過長則不便卷舒，故亦有分一篇爲數卷者：但大抵起於漢以後耳。

古文舊考卷一　大抵春秋以前，書籍皆用竹策。至六國以後始有用竹帛者。墨子曰：「書於竹帛，鏤於金石，」漢書藝文志曰「詩遭秦而全者，以其諷誦不專用竹帛故也。」此用帛之証。何謂卷子？可舒可卷，故云卷。卷子之興，始於用帛也，古者以一篇爲一編策一卷軸。漢志云「春秋古經十二篇，」是左氏經文，依十二公爲十二篇。又以數篇爲一編策一卷軸。漢志云：「經十一卷，」班注云：「公羊穀梁二家，」說者曰：「公穀經以閔公繫於莊公下」又云：「爾雅三卷二十篇。」乃知篇卷過少者，則以數篇爲一編策一卷軸矣。嚴可均鐵橋漫藁卷五桓子新論叙　隋志儒家桓子新論十七卷。後漢六安丞桓譚撰，舊唐志同。章懷法言「新論一曰本造，二王霸，三求輔，四言體，五見徵，六譴非，七啓寤，八袪蔽，九正經，十識通，十一離事，十二道賦，十三辨惑，十四述策，十五閔友，十六琴道，本造閔友琴道各一篇，餘並有上下。」注又引東觀記「光武讀之，敕言卷大，令皆別有上下，凡二十九篇。」案二十九篇而十七卷者，上下篇仍合卷，疑復有錄一卷，故十七卷。

案光武言卷大者，以其太長不便卷舒也。新論本十六篇，以卷大分爲二十九篇，篇即卷也。逮隋志所見本，仍以上下篇合爲一卷。此可見古書分合之不常矣。又按古人注書，與經別行，故經傳卷數各家不同。如春秋古經十二卷，而左傳乃三十卷是也。白杜預以傳附經，而其文字非十二卷所能容，遂不得不依傳之卷數矣。後人就本書作注者，往往往似此。如漢書百篇本一百卷，而應劭注本作一百一十五卷，顏師古注本作一百二十卷是也。

夫篇卷不相聯屬，則易於淩雜，故流傳之本，多非完書。又古書以一事爲一篇者，往往每篇別行。及劉向校書，合中外之本，删除重復，乃定著爲若干篇。故每書必著篇目於前者，所以防散失免錯亂也。

戰國策書錄　所校中戰國策書，中書餘卷，錯亂相糅莒。又有國別者八篇，少不足。臣向因國別者，略以時次之，分別不以序者，以相補。除復重，得三十三篇。

管子書錄　所校讎中管子書三百八十九篇，大中大夫卜圭書二十七篇，臣富參書四十一篇，射聲校尉立書十一篇太史書九十六篇，凡中外書五百六十四篇，以校除復重四百八十四篇，定著八十六篇。向所撰錄他篇多似此，舉此二篇爲例。

王國維觀堂集林卷十一太史公行年考　漢世百三十篇往往有寫以別行者。後漢書竇融傳「光武賜融以太史公五宗外戚世家魏其侯列傳」，又循吏傳「明帝賜王景河渠書」是也。

案後漢書清河孝王慶傳云：「帝將誅竇氏，欲得外戚傳，懼左右不敢使，乃令慶私從千

出版組印

文一三　D　王校

乘王求，夜獨內之。」注云：「前書外戚傳也。」是漢書亦有單行之篇也。

兩漢竹帛并行，故篇與卷尚不甚分。其有篇卷不同者，漢志必兼著若干卷若干篇。自簡策既廢，以卷代篇，七錄序後所附古書最，及隋書經籍志皆只計卷數，無稱篇者。傳寫之時，多所省併；而古書之篇數淆。自刻版既行，書册裝而爲本，一本所容，當古數卷。刻書著書者，以册之厚薄，意爲分合，而古書之卷數亦淆。於是有本是完書而以卷數之少疑其亡者；本是眞書而以卷數之多疑其依託者。使別錄篇目具存，或後人著錄能載篇目，則按圖索驥，不至聚訟紛紜矣。此篇目之善一也。

御覽卷六百六引風俗通　劉向別錄殺青者，直治竹簡書之耳。新竹有汗，善朽蠹，凡作簡者皆於火上炙乾之，陳楚間謂之汗，汗者，去其汗也。吳越曰殺，殺亦治也。向爲孝成皇帝典校書籍二十餘年，皆先書竹，改易刊定，可繕寫者以上素也

按此則向之校書，皆先書之竹簡，取其易於改治。逮校讎既竟，已無訛字，乃登之油素。是可見其時尚竹帛並用也。後漢書賈逵傳云：「帝令逵自選公羊嚴顏諸生高才者二十人，教以左氏，與簡紙經傳各一通。」是後漢時雖已用紙，而簡策尚與之並行矣。其他

目錄學發微

漢時用簡策之事尚多，不備引。

古文舊書考卷一　其不用簡與帛而專用紙者，蓋昉于晉。故大唐書儀載李虔續通俗文，太平御覽引桓玄僞事，並云桓玄令曰：「古者無紙故用簡，今諸用簡者，宜以黃紙代之，」是其證也。

古書名篇，有有意義者，書春秋爾雅之類是也，有無意義者，論孟之類是也。詩三百篇則兼用之。蓋其始本以爲簡篇之題識，其後遂利用之以表示本篇之意旨。若莊子之逍遙游齊物論，則由簡質而趨於華藻矣。自是以後，摘字名篇者乃漸少。故就其篇目，可以窺見文中之大意，古書雖亡而篇目存，猶可以考其崖畧，如樂記已亡之十二篇中，有季札第二十八，竇公第二十三，則知左傳季札觀樂之事，及周禮之大司樂章，皆在樂記之中矣。是此二篇雖亡，而其內容尚可知也。此篇目之善二也。

漢書藝文志，六國之君，魏文侯最爲好古，孝文時得其樂人竇公，獻其書　乃周官大宗伯之大司樂章也。注師古曰：「桓譚新論云　竇公年百八十歲，兩目皆盲　文帝奇之，問曰何因至此？對曰，臣年十三失明，父母哀其不及衆技，教鼓琴，臣導引無所服餌。」

出版組印

文一三〇　王校

凡引佚书，应注出处，不得竟据辑本。因辑本多舛误，且一书辑者数家，彼此不同，今使不注原书，则阅者无从检查也。惟辑本卷数多且早已通行者，如[illegible]大学之辑，则不妨[illegible]引用

按唐釋道宣集古今佛道論衡卷一，曹子建辨道論引桓君山云：「余前爲王莽典樂大夫，樂記言文帝得魏文侯樂人竇公」云云，與顏注所引新論，只數字不同，知樂記竇公篇乃記其獻書之事也。殿本漢書考證載齊召南云：「案竇公事見正史，必得其實」不知班志與新論，皆本之樂記也，王先謙補注亦不知引辨道論。又按詩三百篇，國風皆摘字名篇，大小雅及周頌乃有別爲篇目者，如雨無正常武酌桓賚般之類是也。（顧炎武日知錄卷二十一詩題一條論此甚詳。）

古書既多亡佚，後人不能盡見。好學之士，每引以爲恨。至宋人乃有輯佚書之法以濟其窮，至清而大盛；章宗源馬國翰嚴可均之流，其尤著也。諸家所輯之書，凡有篇目可考者，望文而知其義，則各歸之本篇。（嚴可均桓子新論叙諸引僅琴道有篇名餘則望文歸斷以便檢尋。）其無可考者，則以所出之書爲次序。亦或意爲先後，文義淩亂，無復條理。使目錄皆著篇目錄則無此患矣。此篇目之善三也。至如用篇目以考古書之眞僞，則其功用尤爲顯而易見者矣，釋氏目錄之書，如唐釋道宣之大唐內典錄釋智昇之開元釋教錄於諸經論，閒著篇目。蓋用晉人釋道安之成法，至宋王古之大藏聖教法寶標目，明釋智旭之閱藏知津，大經皆分篇分品，加以解釋，則更詳矣，向歆之成

法，儒者不知用，而方外用之，寧非恥乎？

世說新語雅量篇注　安和上傳曰，道安以佛法東流，經籍錯謬，更爲條章，標序篇目，爲之注解。

直齋書錄解題卷八　法寶標目十卷，戶部尚書三槐王右敏仲撰。以釋藏諸函，隨其次第爲之目錄，而釋其因緣，凡佛會之先後，華譯之異同，皆具著之。右旦之曾孫，入元佑黨籍。

按王古宋史附見江公望傳。書錄解題傳寫誤作右。古爲宋人甚明。閱藏知津卷四十四，及今佛藏本均題作元清源居士王古，非是。

宋志有羣書備檢，其書已亡。據晁陳書目所言，似是羣書之篇目。但既無敘錄，又所輯皆常見之書，僅更檢查，不足辯章學術；然其意固自可師也。或謂典籍浩如煙海，若著錄必標篇目，則卷帙滋多，坐長繁蕪，勢所不能。不知今日印刷便利，刻書極易，患不爲耳，豈厭其多？且如晁陳書目，皆只錄其藏書，其餘諸家，自四庫提要外，均有去取。擷其精華，擇要編目，亦尚有限。況可各就所長，只錄一門，如經義考史籍考之類。分之愈細，其書愈密。分工合作，自易爲功。雖曰茲事體大，要不妨姑存此說，蓋本篇研究學理，言其當然耳。初不敢强人以必從也。

宋史藝文志目錄類　石延慶馮至游校勘羣書備檢三卷

晁公武郡齋讀書志卷九　羣書備檢十卷　右未詳撰人，輯易書詩左氏公羊穀梁二禮論語孟子荀子楊子文中子史記兩漢三國志晉宋齊梁陳後周北齊隋新舊唐五代史書，以備檢閱。

陳振孫直齋書錄解題卷八　羣書備檢三卷　不知名氏　皆經史子集目錄。

按晁陳之語，皆不明瞭，然其爲羣書之篇目，則可以意會也。揆此書之用意，蓋與唐殷仲茂之十三代史目同，（見宋志及晁志）其體如今之索引。蓋便於檢查，亦目錄中應有之義也。考大唐內典錄卷十所錄陸澄續法論，凡雜文二百四十九篇，實是總集之體。道宣皆逐帙標其篇目，未嘗以繁蕪爲嫌。若以後世詩文集太多，一人或至數百卷，不能全載其目；則仿後漢書文苑傳之例，而變通之，著其詩賦銘贊各干篇，庶後之讀古書者，猶可考見其存亡闕失也。

目錄學發微

出版組印

文一三 D 王校

叙錄篇第四

叙錄之體，源於書叙，故劉向所作書錄，體制略如列傳，與司馬遷揚雄自叙，大抵相同。其先淮南王安作離騷傳叙，已用此體矣。

校讎通義漢志六藝篇　讀六藝略者，必參觀於儒林列傳，猶之讀諸子略，必參觀於孟荀管晏申韓列傳也。詩賦略之鄒陽枚乘相如揚雄等傳，兵書略之孫吳穰苴等傳，術數略之龜策日者等傳方技略之扁鵲倉公等傳，莫不皆然。孟子曰：「誦其詩，讀其書，不知其人可乎？」藝文雖始於班固，而司馬遷之列傳，實討論之。觀其叙述戰國秦漢之間，著書諸人之列傳，未嘗不於學術淵源，文詞流別，反復而論次焉。劉向劉歆，蓋知其意矣。故其校書諸叙論，既審定其篇次，又推論其生平，以書而言，謂之叙錄可也。以人而言，謂之列傳可也。史家存其部目於藝文，載其行事於列傳，所以詳略互見之例也。是以諸子詩賦兵書諸略，凡遇史有列傳者，必注有列傳三字於其下，所以使人參互而觀也。

姚振宗漢書藝文志條理叙錄　班氏既取七略以爲藝文志，又取別錄以爲儒林傳，考漢紀言「劉向典校經傳，考集異同，易始自魯商瞿子木，受于孔子，以授魯橋庇子庸，」云云，與儒林傳之文悉合，知儒林傳，亦本劉氏父子之輯略，而接其後事，終于孝平。故史通采撰篇云，「班固漢書，全同太史，太初已後，雜引劉氏新序說苑七略之辭，」今考新序說苑，載漢事無多，知所取于七略別錄者不少也，

按漢書王褒傳，所言九江被公誦楚辭，及丞相魏相奏知音善鼓雅琴者趙定龔德事，均與七略別錄同。知漢書諸著述家列傳，多本之別錄，所謂「太初已後，雜引劉氏」，不獨儒林傳也，余因以疑史通正史篇言「向歆相次，撰讀史記」卽是指七略別錄。因其體如列傳，故爲後人采入續史記之中，並非向歆實嘗修史，其說甚繁，茲不備論。

漢書淮南王傳　初安入朝，使爲離騷傳，旦受詔，日食時上　注師古曰「傳謂解說之，若毛詩傳」

楚辭卷一班孟堅離騷序　昔在孝武，博覽古文，淮南王安叙離騷傳，以國風好色而不淫，小雅怨誹而不亂，若離騷者，可謂兼之。蟬蛻濁穢之中，浮游塵埃之外，皭然泥而不滓，推此志雖與日月爭光，可也。又說五子以失家巷，謂五子胥也。及至羿澆少康貳姚有娀佚女皆各以所識，有所增損。

王逸楚辭章句叙　至于孝武帝恢廓道訓，使淮南王安作離騷經章句，則大義粲然。

隋志　始漢武帝命淮南王爲之章句，旦受詔，食時而奏之，其書今亡。

章炳麟檢論卷二徵七略　御覽引劉氏書，或云劉向別傳，或云七略別傳，今觀諸子叙錄，皆撮舉爵量事狀，其體與老韓孟荀儒林諸傳相類　蓋淮南王安爲離騷傳，太史公嘗舉其文以傳屈原，於古有徵，而晚近爲學案者，往往效之，兼得傳稱，有以也。　自注，班孟堅離騷序引淮南離騷傳文，與屈原列傳正同，知此傳非太史自纂也。

案劉安奉詔所作之離騷傳，據班固言有解五子，羿澆少康貳姚，有娀佚女之語，顏師古謂解說之如毛詩傳，其說確不可易。以其創通大義，章辨句釋，故王逸及隋志均謂之章句，非列傳之傳也。其「國風好色而不淫」云云，爲太史公所采者，當是離騷傳之叙。班固明云淮南王安叙離騷傳，此叙字即書叙之叙，不得作叙次解。觀史記屈原列傳多發明離騷之意，疑皆出自劉安叙中，不止班固所引數語。章氏謂此傳非太史自纂，誠然，然不得便指安所作之離騷傳爲列傳也。王逸所作離騷經叙用屈原本傳，略有改易，即是依仿安叙爲之。取兩者對勘，點竄之跡甚明　安作離騷傳既定章句，又爲之叙，而乃旦甫唐人为人作书序用列传体者十之八九看文苑英华序类可以知之。

目錄學發微

受詔，日食時便上，所以爲敏捷　而王念孫作讀書雜志深以其太速爲疑，因謂淮南王傳使爲離騷傳句，「傳當爲傅，傅與賦古字通，」引漢紀武帝紀，高誘淮南鴻烈解序及御覽皇親部十六引漢書，均作離騷賦爲證。見雜志漢書卷九其說雖亦似有依據，然何以解於班固所引之語乎，又何以王逸及隋志均謂之章句乎，是王氏作雜志時，於楚辭本書，未嘗一考也。以王氏讀書之精博，猶有此失，信乎考證之難！

漢魏六朝人所作書叙，叙其人平生之事蹟，及其學問得力之所在，漢無名氏徐幹中論序，文選中王文憲集序，即是此體，下至唐人，猶有效法之者。蓋叙錄之體，卽是書叙，而作叙法之，略如列傳；故知目錄卽學術之史也。

案古人書叙，此類甚多，不勝枚舉，考之嚴可均所輯全漢三國六朝文可得其概；此偶舉二篇爲例耳。唐人如王績東皋子集卷首，有呂才所作叙，純作傳體，他家亦多似此，兹不復詳。

王儉作七志隋志言其「不述作者之意。但於書名之下，每立一傳」是巳變叙之名。從傳之實：亦以叙錄之體。本與列傳相近也。其爲隋志不滿，蓋嫌其偏重事蹟，於學術少所發明耳。

出版組印　文一三　D　趙校

阮孝緒七錄。大畧相同。及釋僧祐道宣智昇之徒爲佛書作目錄，皆爲譯著之人作爲傳記。蓋其體制摹擬儒家，故與王阮不謀而合矣。

章宗源隋書經籍志攷證卷八　文選注本華字元虛。爲楊駿主薄（海賦註）「應據以百言爲一篇，謂之百一詩（百一詩註）棗據字道彥弱冠辟大將軍府。」（棗道彥雜詩註）「張翰字季鷹，文藻新麗。」（張季鷹雜詩註）高祖遊張良廟，令僚佐賦詩。謝瞻所造。冠於一時」（謝宣遠張子房詩註）並引今書七志。

又　孝經序正義「穀梁名俶字元始。」論語序正義「周生烈字文逸本姓唐魏博士侍中。」史記正義「甘公楚人戰國時作天文星占八卷。石甲魏人戰國時作天文八卷」（天官書）「太公兵法一袠三卷大公姜子牙，周文王師，封齊侯也。」（留侯世家）經典序錄「蜀才不詳何人」並引阮孝緒七錄。

按據章氏所引攷之，知此兩書幷詳於撰人事蹟矣。僧祐出三歲集記十五卷，現存佛藏，其第十三至十五卷，皆譯家傳記。道宣智昇二錄，每以一人之所譯著，彙其目於前，而後叙其人之始末，略如列傳，卽於傳中兼及其著作之意，疑其義例竊取王志也。

吾人讀書，未有不欲知其爲何人所著，其平生之行事若何，所處之時代若何，所學之善否若何者？此不獨爲發思古之幽情，亦孟子所謂知人論世也，古之爲目錄學者，於七略四部之書，皆嘗徧讀。當其讀書之時，其心之所欲知，正與吾輩相同。於是旁搜博考，不厭求詳。既已左右采獲，則自惜其爲之之勤，又知後之人亦甚須乎此也；於是本其研究之所得，筆之於書，以公諸世，故目錄書者，所以告學者以讀書之方，省其探討之勞也，若畏其繁難，置之不考，則無爲貴目錄書矣。然古今目錄書，能與此義完全相合者蓋寡。今於諸家所作叙錄，擇其所長，去其所短，約而論之。

凡考作者之行事，蓋有附錄，補傳，辯誤三例焉。別錄於史有列傳，事蹟已詳者，即翦裁原文入錄，是曰附錄，其例一也。但此在古人則可，今若從而效之，近於竄亂古史。似可變其成法，附錄本傳或家傳表誌於叙錄之前，即班志注有列傳四庫提要言事蹟具某史本傳之意也。

顧實漢書藝文志講疏（諸子略晏子條）班注有列傳者，師古謂太史公書，然班氏或注或不注，如老莊申韓有傳不注，蓋從略也。

按管子書錄云，「管子者，潁上人也，名夷吾號仲父」。其下即用史記原文，略有刪節，只增入「管仲於周，不敢受上卿之命，以讓高國，是時諸侯歸之，爲管仲城穀以爲乘邑，春秋書之褒賢也，」及「孔子曰，微管仲，吾其被髮左衽矣，」數語。後即引太史公論管子語，而終之曰，「九府書民間無有，山高一名形勢此因太史公言「余讀管氏牧民山高九府詳，言之也」故著此二語以見所校之管子與太史公所見之本不同也凡管子書，務富國安民，道約言要，可以曉合經義。」計此一篇，多出於本傳，向所自爲者無幾，又韓非子書錄，全用本傳，無所增刪，惟刪去所錄說難一篇耳。此即後人纂集或校刻古人書，附錄本傳及碑誌之法也。王先愼不能曉此，其作韓非子集解於序下注云，「此全鈔史記列傳，不得爲序」。不知古人之序，正是如此，不如後人好發空論也。或謂史傳人人所習見，何庸復錄。不知當劉向時太史公書不如今之家弦戶誦，故不得不採入錄中。且卽令人人習見，而載入本書，可省兩讀，亦甚便也，至用史記之文，而不明引史記，此則古人著作之例固然，章學誠言公之篇，論之詳矣。後世著書，體例日密，固不必效之也。班志於書名之下，每曰「有列傳」蓋既刪去書錄，則其人之始末不詳，注明有傳，令學者自檢尋之耳。如嫌複錄史傳爲繁文，則此例固可爲法。乃後來史志及目錄，皆不知採用。惟四庫提要於撰人之名氏爵里外，凡諸史有本傳或附見他傳者，必爲著明，眞能得班固之意者也。

別錄七略，於史有列傳而事蹟不詳，或無傳者，則旁採他書，或據所聞見以補之。七志七錄亦多補史所闕遺，是曰補傳，其例一也。後來如司馬光之於王通 見聞見後錄卷四 沈作喆之於韋應物 見趙與貴賓退錄卷九 胡震亨之於劉敬叔，見異苑卷首 皆爲作補傳，近人所作則更精，如孫詒讓之墨子傳，墨子間詁後語卷上 其最著者也。然目錄家乃多不解此，惟陸心源儀顧堂題跋，搜採作者事蹟，最爲精博。陸氏之學，亦偏於賞鑒，惟此一節，則軼今人而追古人矣。後之治目錄學者，所宜取法也。

按史記晏子列傳，但叙贖越石父及荐御者二事，此史公自悲身世有感而發，非作傳之正體，晏子叙錄皆删之，別叙其行事甚備，史記荀卿傳，寥寥數語，且不載其名，荀子書錄則云名況，且增益之至數倍，又如尸子，史記無傳。別錄則云，「楚有尸子，疑謂其在蜀。今案尸子書，晉人也，名佼，秦相衛鞅客也。衛鞅商君，謀事畫計，立法理民，未嘗不與佼規也。商君被刑，佼恐並誅，乃亡逃入蜀，自爲造此二十篇書，凡六萬餘言，卒因葬蜀」。史記孟子荀卿列傳集解引 此皆旁採他書以補史傳者也。趙定在太史公後。故史記無傳。別錄則云，「趙氏者，渤海人趙定也，宣帝時，元康神爵間，丞相奏能鼓琴者，渤海趙定梁德皆召入見溫室，使鼓琴待詔。定爲人尙清靜，少言語，善鼓琴，時閒燕爲散操，多爲之涕泣者」此條雜出諸書，洪頤煊合輯之，見經典集林卷十二及全漢文卷三十六 馮商亦在太史公後。七略則云，「商陽陵人，治易，事五鹿充宗，後事劉向，能屬文，後與梁棚俱待詔，頗序列傳，未卒，病死。」漢志師古注引 此以身所見聞，敍其事蹟者也。七錄所敍穀梁俶甘石申公事，皆史記所不載，蓋亦旁採他書。晁陳書目，於撰人之爵里，且有著有不著，亦間紀行事，然不能甚詳。四庫提要於撰人必著名字爵里，是矣。然多止就常見之書，及本書所有者載之，不能旁搜博考，故多云始末未詳，仕履無考，閒有涉及事蹟者，皆藉以發其議論，於其人之立身行己，固不暇致詳也。意蓋謂爲古書作提要，非爲其人作傳，但當述作者之意，而不必敍其行事；不知作者之事不可考，則其意惡乎知之，此與王儉之但立一傳而不述作者之意者，同爲各得其一偏而已。若其他書目則所述仕履，不過據書中所題銜名，雖別見他書，亦不肯一考。惟陸心源最熟於宋元人掌故，於提要所未詳者，輒博採羣書以補之；於其人之生平，述敍甚備，凡見於雜史方志文集說部者，皆所不遺，是眞能得向歆王阮之遺意者也。惟不能發明作者之意，是其所短耳。

班固取七略作藝文志，雖删去書錄，然尚閒存作者行事於注中。但意在簡質，不能詳備，則修史之體不得不然。隋志只載官爵宋明史志但紀姓名而已。惟新唐書於諸撰人未立傳者，則詳註始末於藝文志，如邱爲集下叙至百餘言，臚舉其平生孝行恭謹甚備，可謂知著錄之法，諸史皆不及也。

漢書藝文志　儒家晏子八體，名嬰，謚平仲，相齊景公，孔子稱善與人交，有列傳。鈎盾冗從李步昌八篇，宣帝時數言事。　道家辛甲二十九篇，紂臣，七十五諫而去，周封之　筦子八十篇，名夷吾，相齊桓公九合諸侯，不以兵車也，有列傳。　關尹子九篇，名喜，爲關吏，老子過關，喜去吏而從之。　田子二十五篇名駢齊人，游稷下號天口駢。　黔婁子四篇，齊隱士，守道不詘，威王下之。　鶡冠子一篇，楚人，居深山，以鶡爲冠。按此但就儒道二家載行事者略舉以明例，餘不備引。

新唐書藝文志別集類　邱爲集卷亡，蘇州嘉興人，事繼母孝。嘗有靈芝生堂下。累官太子右庶子，時年八十餘，而母無恙，給俸祿之半。及居憂，觀察使韓滉以致仕官給祿，所以惠養老臣，不可在喪爲異，惟罷春秋羊酒。初還鄉，縣令謁之，爲候門磬折，令坐，乃拜，里胥立庭下，既出，乃敢坐。經縣署，降馬而趨。卒年九十六。

焦循雕菰樓集卷十三上郡守伊公書　新唐書之例，凡人之不必立傳者，但書其爵里於書名之下，則列傳中省無限閒文。

別錄於撰人事蹟之傳訛者，則考之他書以辯正之，如鄧析子書錄是，蓋已開後來考據家之先聲矣。是曰辯誤，其例三也。四庫提要最長於攷據，然以例不載撰人行事，故其所辯正者，僅及於名姓爵里耳。

鄧析子錄　鄧析者鄭人也。好刑名：操兩可之說，設無窮之辭，當子產之世，數難子產爲政。記或云，子產執而戮之。於春秋左氏傳，昭公二十年而子產卒，子太叔嗣爲政，定公八年，太叔卒，駟歂嗣爲政，乃殺鄧析而用其竹刑，「君子謂子然於是乎不忠，苟有可以加於國家，棄其邪可也。靜女之三章，取彤管焉，竿旄何以告之，取其忠也。故用其道，不棄其人。詩云，蔽芾甘棠：勿翦勿伐，召伯所拔。思其人猶愛其樹，況用其道，不恤其人乎，子然無以勸能矣。」竹刑，簡法也，久遠，世無其書。子產卒後二十年而鄧析死，傳說或稱子產誅鄧析，非也。

按此蓋因荀子宥坐篇，呂氏春秋離謂篇，說苑指武篇（說苑雖出劉向，然是用古書編次，非所自撰，讀說苑叙錄自明，）均言子產殺鄧析，故引左傳辨其爲駟歂所殺，非子產也。

四庫提要卷三易類　童溪易傳三十卷，宋王宗傳撰。宗傳子景孟，寧德人，淳熙八年進士，官韶州教授，董眞卿以爲臨安人。朱彝尊經義考，謂是書前有寧德林焞序，稱與宗傳生同方，學同學，同及辛丑第，則云臨安人者，誤矣。　按此辯里貫之誤又　東谷易翼傳二卷，宋鄭汝諧撰，汝諧字舜舉，號東谷，處州人。陳振孫書錄解題云，仕至吏部侍郎，浙江通志則云，中教官科，遷知信州，召爲考功郎，累階徽猷待制。振孫去汝諧世近，疑通志失之。　按此辯仕履之誤

又　周易集解十六卷宋李杞撰。杞字子才，號謙齋，仕履未詳。考宋有三李杞：其一爲北宋人，官大理寺丞，與蘇軾相唱和，見烏臺詩案，一爲朱子門人，字良仲即嘗錄甲寅問答者；與作此書之李杞，均非一人，或混而同之誤也。　按此辯姓名之誤，餘不備引。

觀別錄七略之所紀載，於作者之功業學術性情，並平生軼事，苟有可考，皆所不遺。使百世

之下，讀其書者，想見其爲人，高者可以聞風興起，次亦神與古會。凡其人身世之所接觸，懷抱之所寄託，學者觀叙錄而已得其大概，而後還考之於其書，則其意志之所在，出於語言文字之表者，有以窺見其深」。斯附會之說，影響之談，無自而生；然後可與知人論世矣。

初學記卷七引別錄　公孫龍持白馬之論以度關。

文選嘯賦注引別錄　漢興以來，善雅歌者魯公虞公，發聲清哀，遠動梁塵，受學者莫能及也。

北堂書鈔卷一百四十四引七略　孝宣皇帝，詔徵被公，見誦楚辭。被公年衰老，每一誦輒與粥。

按前所引趙定一條，及此數條，皆是叙軼事以見其人之學術性情。

以上論考作者之行事

凡考作者之時代，亦有四例，一曰叙其仕履而時代自明。如別錄管子錄叙其事齊桓公，晏子錄叙其事齊靈公莊公景公，孫卿錄叙其齊宣王威王時始來游學，及春申君以爲蘭陵令是也。

藝文志小說家有雅語四篇，文選注所引虞[illegible]蓋雅語[illegible]敘錄中語

目錄學發微

漢志新唐志獨存此意，後來目錄家亦或因叙仕履牽連及之。然不著者居多。四庫提要以科目先後爲次序，善矣，而無科目者遂多不可考。此不知時代與著述關係之重要也。

漢志樂家　雅琴趙氏七篇，名定，渤海人宣帝時丞相魏相所奏　又小學家史籀十五篇，周宣王太史作大篆十五篇。　又急就一篇，元帝時黃門令史游作　又元尚一篇，成帝時將作大匠李長作。

新唐志易類　裴通易書一百五十卷，字又玄，士淹子，文宗訪以易義，令進取譔書。又盧行超易義五卷，字孟起，大中六合丞。

讀書志易類　周易微指，三卷。右唐陸希聲撰，希聲仕至右拾遺，大順中，棄官居陽羨。書錄解題易類　易證墜簡二卷毗陵從事建溪范諤昌撰，天禧中人。

所謂時代者，不只泛指爲漢唐宋明而已。當考其某帝或某年號，始能確定所生，及著書之時也。隋志全不注時代，如開卷第一條云，「歸藏十三卷，晉大尉參軍薛貞注，」此所謂晉者西晉耶，東晉耶，武帝時耶，元帝時耶，漢唐志及晁陳書目，亦多不著明者，蓋或不可考，或略也。謂宜畫一體例，每書必詳考之，不可考者亦明言時代未詳，庶免學者爲此一事，重

出版組印

文一三 D 王校

漢志注云道家云太公二百三十七篇呂望為周師尚父本有道者或有近世又以為太公術者所增加也

按藝文志皆本之劉歆七略此言近世指西漢之世然則太公書多漢人手筆為歆已明言之後人紛紛辨其非太公書以為偽作皆淘費矣

顏師古注用是六弢之即今之六韜漫也（沈濤銅熨斗齋隨筆謂即莊子則陽篇所謂仲尼問子

費考證。

一曰作者之始末不詳，或不知作者，亦考其著書之時代。別錄七畧及漢志所謂近世六國時武帝時之類皆是，後之目錄家知此者鮮矣。

漢志王史氏注引別錄　六國時人也。

戰國策錄　臣向以爲戰國時游士輔所用之國，爲之筴謀，宜爲戰國策。

文選劉子駿移書讓太常博士注引七畧　論語家近瑘琊王卿不審名，及膠東庸生皆以教。

又王文憲集序注引七略　太公金版玉匱雖近世之文，然多善者

漢志　禮家封禪議對十九篇武帝時也。　儒家周史六弢惠襄之間或曰顯王時或曰孔子問焉。　公孫固一篇十八章，齊閔王失國問之固因爲陳古今成敗也。　道家黃帝君臣十篇，起六國時，與老子相似也。　雜黃帝五十八篇，六國時賢者所作。　力牧二十二篇，六國時所作，託之力牧。　孫子十六篇，六國時。　捷子二篇，武帝時說。　曹羽二篇楚人武帝時說於齊王。　鄭長者一篇，六國時，先韓子，韓子稱之。　道

二十九　北京大學

家言二篇，近世不知作者。

一曰叙作者之生卒，并詳其著書之年月，此僅見於七略之紀楊雄，後來絶無沿用之者，自漢魏以後，知名之士，皆有別傳家傳，諸家別傳目錄詳見隋書經籍志考證卷十三皇甫謐至自作玄晏春秋，蓋皆太史公自叙，劉向叙錄之遺法。然或按年紀事，并錄平生著作，則視書叙爲更詳，其例已自七略開之。宋人注書，始追爲前人作年譜，如呂大防等之韓柳年譜，魯訔之杜工部詩譜之類。清儒踵而行之，且上及於周秦之人，如林春溥之孔孟年表，汪中之荀卿子賈誼年表，於辨章學術最爲有益。作自錄書者，雖不能於每書每人皆爲詳載，然於其人平生著作與時代關係最密者，苟有年月可考，固宜於叙錄內述及之也。

文選注引七略　子雲家牒言以甘露元年生也。王文憲集序注　甘泉賦永始三年待詔臣雄上。

羽獵永始三年十二月上。　長楊賦綏和元年上。並本賦注

按文選劉先生夫人墓誌注引七略曰：「楊雄卒，弟子侯芭負土作墓，號曰玄冢」，而藝文類聚卷四十引楊雄家牒同，惟楊雄卒作「子雲以天鳳五年卒」，蓋亦自七略轉引。是子雲生卒年月，並見於七略也。

漢志詩賦略　杜參賦顏師古注引劉歆曰：「參杜陵人，以陽朔元年病死，死時年二

十餘」。

一曰不能得作者之時，則取其書中之所引用，後人之所稱敘，以著其與某人同時，或先於某人，在某人後，以此參互推定之。其法亦創於劉向，漢志多用之，王儉及晁陳書目，亦頗有類此者，然不能多也。

列子錄　列子者鄭人也，與鄭繆公同時。

孫德謙漢書藝文志舉例稱茲時例　編藝文志於其人所生時世，必爲詳考之；苟無可攷，則付之闕如可也。漢志於農家宰氏尹都尉趙氏王氏四家注云，「不知何世」，是其義也。其間又有雖無可考，而取一人與之同時爲之論定，則並時之例生焉。漢志道家文子與孔子並時：老萊子云與孔子同時；名家鄧析云，與子產並時，成公生云與黃公等同時，惠子云與莊子同時，賦家宋玉云，與唐勒並時，在屈原後，張子僑云，與王褒同時也，莊葱奇云，枚皋同時，觀其所稱並時，或變文言同時，皆據世所共知，以定著書之人。孟子曰，「誦其詩，讀其書，不知其人，可乎，是以論其世也，」夫時世不明，則作者所言，將無以窺其命意，班氏稱並時者，實知人論世之資也。

按漢志道家，稱「鄭長者先韓子」見前陰陽家閭邱子在南公前，將鉅子先南公南公稱之；名家尹文子先公孫龍：墨家田俅子先韓子』：此以其爲後人所稱叙，而知其先於某家也。「又墨家墨子在孔子後」，及孫氏所引「宋玉在屈原後」，此以其書中所引用，而知其在某家後也　孫氏僅舉並時一例，尚未能窮其變。

顏氏家訓書證篇　易有蜀才注，江南學士，遂不知是何人。王儉四部目錄不言姓名，題云王弼後人。

讀書志卷一　周易啓源十卷，右蔡廣成撰，李邯鄲云，「唐人」田偉置於王昭素之下，今從李說。

按田偉之子鎬，有田氏書目，王昭素宋初人，置於王下，則亦以爲宋人也。

書錄解題卷三　春秋公羊傳疏三十卷，不著撰者名氏，唐志亦不載，廣川藏書志云，世傳徐彥撰，不知何據。然亦能知其定出何代，意其在貞元長慶後也。

作者所生之時代，較之名氏爵里，尤有關係。蓋名氏爵里關乎一人者也。時代則關乎當世者也。目錄之體源於詩書之序。太史公自序曰：「詩三百篇，大抵聖賢發憤之所爲作也。」詩大序之論詩也，謂之「主文而譎諫，言之者無罪，聞之者足以戒」。是以作者之姓名可不傳，而其時代不可不考，如不知作詩之時，時安知其發憤者果何所爲，譎諫者竟何所指乎，故詩序於作者初不求其人以實之，而時代則著之甚詳。如邶風柏舟序云，「柏舟，仁而不遇也，衛頃公之時，仁人不遇，小人在側，」是也。若周南序所謂「葛覃后妃之本也」之類，則敘事而時代自見。他皆似此，可以類推。後人著書，其動機至不一，雖不必盡由於發憤，而人生於世，不能不與時代相周旋，斯其動於中而發於外者，無不與時事相爲因緣，著作之時代明，則凡政治之情況，社會之環境，文章之風氣，思想之潮流，皆可以推尋想像得之，然後辯章學術，考鏡源流，乃有所憑藉，而得以着手，若并其所生之時代不之知，則何從辨其學術之派別，考其源流之變遷耶。

以上論考作者之時代

若夫考作者之學術，因以定其書之善否，此在目錄中最居重要，較之成一家之言者爲尤難，非博通古今，明於著作之體，好學深思，心知其意者不能辦。高才博學如劉向者，能有幾人，然成帝時奉詔校書，兵書則步兵校尉任宏，術數則太史令尹咸，方技則侍醫李柱國，向所校者，經傳諸子詩賦而已，蓋向之學，本於儒家，通經術，善屬文，故獨校此三略。其他則屬之專門名家，成帝不以責向，向亦不敢自任也。劉歆雖云無所不究，總羣書而奏其七略，然考之漢志數術方技二略班固獨無一字之注，諸書所引向歆書涉此兩略者，亦僅數條，皆不甚重要，恐尹咸李柱國未必能勝任，而歆亦未必果能徧究也。然則發蘭臺中祕之藏，進退古今作者，談何容易乎。

漢書劉向傳　更生以通達能屬文辭，與王褒張子僑並進，對獻賦頌凡數十篇。　又向爲人簡易，無威儀，廉靖樂道，不交接世俗，專積思於經術，晝誦書傳，夜觀星宿，或不寐達旦。　又歆河平中，受詔與父向領校祕書，講六藝傳記諸子詩賦數術方技，無所不究。又後領五經卒父前業，歆乃集六藝羣書種別爲七略。

夫欲論古人之得失，則必窮究其治學之方，而又虛其心以察之，平其情以出之，好而知惡，惡而知美，不持己見而有以深入乎其中，庶幾其所論斷，皆協是非之公。荀子正名篇曰，「有兼聽之明，而無奮矜之容，有兼覆之厚，而無伐德之色。」又曰，「以仁心說，以學心聽，以公心辨。」又大略篇曰，「是非疑，則度之以遠事，驗之以近物，參之以平心。」蓋學者之弊，患在不能平其心，故荀子於此，三致意焉。劉向之學，粹然儒者，而於九流百家，皆指陳利弊，不沒所長，於道法二家，皆言其所以然，以爲合於六經，可謂能平其心者矣。後之君子，徵論才與學不足辨此，才高而學博矣，而或不勝其門戶之見，畛域之私，則高下在心，愛憎任意，擧之欲使上天，按之欲使入地，是丹非素，出主入奴，黑白可以變色，而東西可以易位，此所以劉知幾論史，於才學之外，尤貴史識，見唐本傳而章學誠又益之以史德也。

孫德謙劉向校讐學纂微通學術篇　向於列子書錄云，列子者，蓋有道者也，其學本於黃帝老子，號曰道家，道家者，秉要執本清虛無爲按此下云及其治身接物務崇不競合於六經漢書元帝紀注引別錄云，申子學號曰刑名，刑名者，循名以責實，其尊君卑臣，崇上抑下按此下尚有合於六經也一句由此觀之，列申二家，所以次之於道法者，正通乎其學術，如其爲學之要指矣，苟從而類推之，蓋向之劃分種類，使非深通學術，具有宏識，何能一一而剖判析之乎，且見之師古注者，於墨家我子則曰爲墨家之學，於雜家尉繚子則曰繚爲商君學，是明明以二子學術，一則親傳墨家之道，一則列之雜家者，以雜本兼合名法耳。夫人於一切學術，苟非知之有素，則校讐一書，欲考其家數何在，則懷疑莫能定矣。即如我子尉繚必自我先通於墨與雜，然後學墨

目錄學發微　三十二　北京大學

子者則入於墨家，學商君者則入於雜。目覩其書，未有不應機立斷者，自來學術，不能無異同，而於孫卿書錄云，『孟子者，亦大儒，以人之性善，孫卿後孟子百餘年，以爲人性惡，故作性惡一篇以非孟子。並不有所偏主，但言兩家論性一善一惡而已，可知其通乎學術，故不加以討論也。

私人著述成一家之言，可以謹守家法，若爲目錄之書，則必博採衆長，善觀其通，猶之自作詩文，不妨摹擬一家，而操持一朝之選政，貴其兼收並蓄也，晁公武以元祐黨家，排詆王氏之學，頗嫌過甚，然其他立言，皆極矜愼。陳振孫尤謹於持論，多案而不斷，雖少發揮，猶可寡過。至四庫提要，修於學術極盛之時，纂修極天下之選，總其事者紀陸二人，又皆博學多聞，蓋向歆以後未嘗有也。然長於辨博，短於精審，往往一書讀未終卷，便爾操觚，其提要修飾潤色，出於紀氏一人之手。紀氏不喜宋儒，動輒微文譏刺，曲肆詆諆。他姑不論，如屢言朱子因劉安世嘗上疏論程伊川，故於名臣言行錄有心抑之，不登一字。不知朱子嘗受學於其外舅劉勉之，勉之之學出於安世，故朱於安世備極推崇，言行錄中載其事蹟多至三十七條，後集卷十二 紀氏竟熟視無覩 豈非挾持成見，先入爲主，故好惡奪於中，而是非亂於外乎。

出版組印

四庫提要卷一百十八　靖康緗素雜記，宋黃朝英撰。晁公武識其爲王安石之學，又識其解詩，芍藥握椒爲鄙褻。今觀其書，自芍藥握椒一條外，大抵多引據詳明，皆有資考證。公武自以元祐黨家世與數學相攻擊，故特摭其最謬一條，以相排抑耳。

按提要謂言行錄不登劉安世說見卷五十五盡言集，五十七名臣言行錄，一百二十一元城語錄條下。

朱熹晦菴集卷八十一跋劉元城言行錄　劉公安世，受學於司馬文正公，得不妄語之一言，拳拳服膺，終身不失，故其進而議於朝也無隱情，退而語於家者無愧辭，今其存而見於文字，若此數書者，凜然秋霜烈日相高也。熹之外舅劉聘君勉之，少嘗見公睢陽間，爲熹言其所見聞，與是數書略同，而時有少異。惜當時不能盡記其說。且其俯仰抑陽之際，公之聲容，猶怳若相接焉，而今亦不可復得矣。

夫考證之學，貴在徵實，議論之言，易於蹈空。徵實則雖或誤謬，而有書可質，不難加以糾正。蹈空則虛驕恃氣，惟逞詞鋒；人心不同，各如其面，此亦一是非，彼亦一是非，互相攻擊，終無已時，劉安謂屈原與日月爭光，而班固謂其露才揚己，劉向謂董仲舒伊呂無以加，而劉歆謂其未及乎游夏，父子旣分門戶，前賢亦異後生。然則尙論古人，欲求眞是，蓋其難矣。故自揣學識未足衡量百家，不如多攷証而少議論，於事實疑誤者，博引羣書，詳加訂正，至於書中要旨，則提要鈎玄，引而不發，以待讀者之自得之。若於學術源流，確有所見，欲指陳利弊，以端學者趨向，則詞氣須遠鄙倍，心術尤貴和平。讀劉向諸叙錄，莫不深厚爾雅，未嘗使氣矜才也。

班孟堅離騷序　今若屈原，露才揚已，競乎危國羣小之閒，以離讒賊。然責數懷王，怨惡椒蘭，愁神苦思，非其人忿懟不容，沈江而死，亦貶絜狂狷景行之士。多稱崑崙冥婚宓妃虛無之語，皆非法度之政，經義所載。謂之兼詩風雅，而與日月爭光，過矣。

漢書董仲舒傳　贊曰：劉向稱董仲舒有王佐之材，雖伊呂亡以加，筦晏之屬，伯者之佐，殆不及也。至向子歆以爲伊呂迺聖人之耦，王者不得則不興，故顏淵死，孔子曰天喪余，惟此一人爲能當之。自宰我子贛子游子夏不與焉。仲舒遭漢承秦滅學之後，六經離析，下帷發憤，潛心大業，令後學者有所統壹，爲羣儒首。然攷其師友淵源所漸，猶未及乎游夏而曰筦晏弗及伊呂不加過矣。至向曾孫龔，篤論君子也，以歆之言爲然。

出版組印

又別錄於諸書皆考作者之行事，論書中之指意，未嘗以空言臧否人物，即其論賈誼東方朔，亦皆就事實立言，故爲班固所稱引。惟戰國策叙，通篇以議論行之，則因其書雜成衆手，本無主名，無作者行事可考，又以其爲戰國時政治之史，故因陳仁義詐僞成敗之道，以戒人君，此乃因事納忠，故與他篇之體不同。至宋曾鞏奉詔校書，每書作序，模放此篇，皆空言無事實。此但可以入文集耳，不足以言目錄也。後人不明體制，爲古書作叙者，又從而效之，此猶因賈誼過秦而爭爲史論，游談不根，茲取厭耳。以此爲目錄，是以塲屋帖括之文爲史學也，一染此病，便無足觀，所宜深戒。

漢書賈誼傳　　劉向稱賈誼言三代與秦治亂之意，其論甚美，通達國體，雖古之伊管未能遠過也。使時見用，功化必盛，爲庸臣所害，甚可痛悼。

又傳東方朔傳贊　　劉向言，少時數問長老賢人，通於事及朔時者，皆曰朔口諧倡辯，不能持論，喜爲庸人誦說，故令後世多傳聞者。

按此與董仲舒贊所引皆別錄之文，又按向所言仲舒管晏弗及，伊呂不加，賈誼伊管未能遠過，皆是取其所著書，以與漢時所傳之伊尹大公書及管子晏子相較，論書非論人。歆

目錄學發微

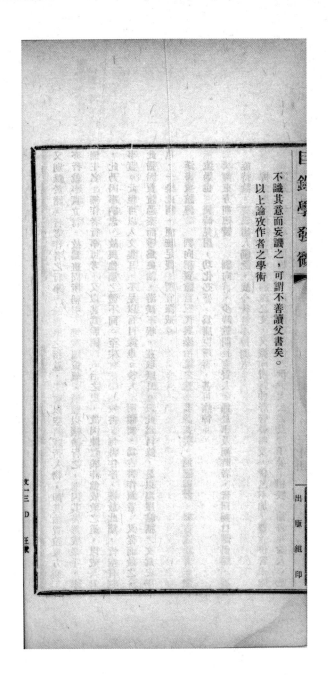

不識其意而妄議之，可謂不善讀父書矣。

以上論攷作者之學術

出版組印

文一三 D 王校

班志本無小序之名，此用舊唐志序所用小序名取藝文具之語（此田更指隋書經籍志言之）

小序篇第五

小序之體，所以辨章學術之得失也。劉歆嗣父之業，部次羣書，分爲六略，又叙各家之源流利弊，總爲一篇，謂之輯略，以當發凡起例。班固就七略删取其要以爲藝文志。因散輯略之文，分載各類之後，以便觀覽。後之學者不知其然，以爲七略只存其六，其實輯略之原文具在也。

漢志　哀帝復使向子侍中奉車都尉歆卒父業。歆於是總羣書而奏其七略，故有輯略，有六藝略，有諸子略，有詩賦略，有兵書略，有術數略，有方技略，今删其要以備篇籍。注師古曰：「輯與集同，謂諸書之總要。」

七錄序　子歆撮其指要，著爲七略，其一篇即六篇之總最，故以輯略爲名，

隋書經籍志考證卷八　今以諸書所引七略　如「詩以言情，情者信之符也，書以決斷，斷者心之證也。」自注初學紀文部御覽學部　漢志作「詩以正言，義之用也，春秋以斷事，信之符也」。

案此論六藝略語足知班固用輯略之文微有改易

姚振宗七略佚文叙　阮氏七錄叙目曰，「班固因七畧之詞，爲漢書藝文志。」是藝文志皆

班氏删省七略之文，亦即七略之節本也。又曰，「輯略卽六略之總最」，而志但載六略，不械及輯略，蓋輯略亦析入六略中。章氏校讐通義謂「班固删輯略而存其六者非也。其原書以總叙篇叙及門目，彙爲輯略一卷，略知釋文叙錄注解傳述人之體。又藝文志志序一篇，六略總叙六篇，每篇篇叙三十三篇，綜凡四十篇，除去班氏接記後事之語，皆輯略節文也。今幷以爲輯略本文。

吳承志橫陽札記卷九 漢書藝文志小學叙錄，（案吳氏所言叙錄皆指班志小序）「史籀篇者，周時史官教學童書也。與孔氏壁中古文異體。」書斷引作七略，據彼文知此篇純出於歆。司馬貞史記自序索隱引劉向別錄曰，「名家者流，出於禮官，古者名位不同，禮亦異數，孔子曰，必也正名乎。」與名家叙錄同，書詩禮春秋叙錄，與歆移太常博士書俱相近。然則此志諸錄，皆出輯略，無一篇自撰。

按阮孝緒謂「輯略卽六篇之總最」，六篇卽六略也。所謂總最者，謂每略每類編次既竟，又最而序之，及奏上七略之時，因總諸類之序，集爲一篇，故謂之輯略。取阮氏之語，詳審文義，細心參悟，自可了然明白也，班固取其文分散各類之後者，猶之詩序本自即王官中師之職，故不復言蓋出于某某矣。漢志云兵家者流，蓋出古司馬之職，王官之武備也。漢志諸子略皆作出于某某之官，獨縱橫家云蓋出于諸侯之守，四庫提要謂不知其為何語，其實廣弘明集及唐趙蕤長短經引此句皆作諸侯之官，守字乃傳刻之誤。

爲一篇，『毛公爲詁訓，乃分衆篇之義，各置於篇端』，（詩小雅南陔序鄭箋語）凡以便於讀者而已。自隋志叙采七錄爲文，獨删去其論輯略之語，顏師古注漢志，改六篇之總最爲羣書之總要，語意不甚明瞭，七錄既亡，其叙錄在釋藏，學者忽而不觀，於是從來無知班志每類小序之即輯略者。惟姚氏吳氏能知之，其言可謂發前人所未發，顧或謂章宗源所引七略語，與班志有異同，小學類言臣復續揚雄作十三章，顯係班氏所加。則小序未必即是輯略。不知史家採用前人，例有删潤。司馬遷采尙書左傳戰國策等書，班固采史記，皆多所筆削。豈如後人作史抄類書，直錄其文，一字不易哉，或又疑班志易書二家，均言劉向以中古輯校之，樂家又言劉向校書得樂記二十三篇，亦不類劉歆之語。愚謂此固不能定其必出於輯畧，然亦不能决其必不出於劉歆。蓋歆之於向，稱爲先君，初學記卷二十一引七略「尙書始歐陽氏，先君名之」，是其證。班固采入漢書，無謂他人父爲先君之理，故易爲劉向。此猶漢志馮商所續太史公下，顏注引七略「商後事劉向」歆必不直呼其父之名，亦是本作先君，引書者以嫌改之也。要之班固既自言删七畧之要以備篇籍，阮孝緒又言輯畧卽六篇之總最，則漢志六畧之序，必有十之八九出於劉歆，班氏特微有删潤，以其所采史記證之自明。特令七畧既亡，不能知其孰爲原文，孰出增改耳。

其後目錄之書，多仿輯畧之體，於每一部類，皆剖析條流，發明其旨，王儉七志謂之條例，許善心七林謂之類例，魏徵隋志毋煚古今書錄謂之小序。惜其書多亡，今其存者隋志而已。

隋志　儉又別撰七志，其道佛附見合九條，又作九篇條例，編乎首卷之中，文義淺近，未能典則。

按隋志謂儉所作爲條例，似乎是書之凡例。所以知其體裁同於輯略者；儉七志合佛道爲九條，而條例適得九篇，知其以每一篇論其一部之中所錄各書之源流，猶之劉歆六略，其總最即爲六篇耳。所異者儉之條例，但編首卷之中，不別爲一志，故七錄序言儉「以向歆雖云七略，實有六條，猶云實只六條故別立圖譜一志，以全七限」也，歆書本名曰略，而儉謂之六條，隋志亦謂儉書爲九條，知條例之條，是指部類言之，非謂條列凡例也。

隋書許善心傳　除秘書丞，于時祕藏圖籍，尚多淆亂。善心倣阮孝緒七錄，更制七林，

出版組印

文一三　D　王校

各爲總叙，冠於篇首。又於部錄之下，明作者之意，區別其類例焉。按通志校讎略有編次必謹類例論六篇，類例之名，出於此。但善心之類例，乃於每一部類，具叙作者之意，以明其著錄之例。樵之類例，則但分四部之書爲十二類，類之中又分爲若干家，家之中又分爲若干種。所謂必謹類例者，謹其分類之例而已，於每類作者之意，未嘗一言。二者似同而實異也。又按據此傳，知七錄於每一錄，各有總叙一篇，部錄之下，亦有小序，與漢隋志同。今廣宏明集所錄，特其全書之大叙耳。善心書隋唐志皆不著錄，隋志叙亦無一言及之。蓋成書未久，旋卽亡佚矣。通考於此條亦未採錄

舊唐志　煚等撰集，依班固藝文志體例，諸書隨部皆有小序，發明其指。近官撰隋書經籍志亦然。

又引毋煚等四部都錄序即古今書錄　煚之所修，（中略）所用書序，咸取魏文貞。所分書類，皆據隋經籍志。按據此知隋經籍志成於魏徵之手，四庫提要卷四十五云，「宋刻隋書之後，有天聖中校正舊跋，稱舊本十志內，惟經籍志題侍中鄭國公魏徵撰」，與此正合。理有未允，體有不通，此則事實未安。

目錄學發微

舊唐志據煚錄爲書，但紀部帙，不取小序，新志因之。

舊唐志敘　竊以紀錄簡編異題，卷部相沿，序述無出前修。今之殺青，亦所不取，但紀部帙而已，又毋煚等四部目及釋道目，並有小序，及注撰人姓氏，卷軸繁多，今並略之。但紀篇部，以表我朝文物之盛。按此與前所言近史官撰隋書經藉志，並因仍唐國史之文。

宋人所修國史藝文志，皆有部類小序，與漢隋志同，亦頗有所發明。而元修宋史，用唐志之例，剷而去之。由是自唐以下，學術源流，多不可攷，不能不追憾舊唐志之陋也。

按通考經籍考所引有三朝藝文志兩朝藝文志中興藝文志，而以三朝志爲多，又有四朝志，僅存部目，未引小序。彼爲一代之史，而每修一次，輒作一藝文志，史臣亦各以所見，別爲之序，如傳記天文二類，三朝志兩朝志皆有序，文史一類，三朝志及中興志亦各有序。不以重複爲嫌。然則舊唐志謂「相沿序述，無出前修」者，適以形其所見之陋也。

其他目錄之書，惟崇文總目每類有序，然尚空談而少實證，不足以繼軌漢隋　晁陳諸目，號爲佳書，晁氏但能爲四部各作一總序，乇於各類，無所論說。陳氏並不能爲總序，雖或間有

出版組印

文一三　D　王校

于文襄敏中手札皆修庫書時与陸耳山錫熊商榷体例者北平圖书館新印本

小序，惟說門目分合之意，於學術殊少發明也（書錄解題惟語孟，起居注時令，農家，陰陽家，音樂，詩集，章奏八類有序。）

四庫總目卷八十四崇文總目提要。其每類之序，見於歐陽修集者，祇經史二類，及子類之半。

至清修四庫提要，然後取法班魏，尋千載之墜緒，舉而復之。既有總叙，又有小序，復有案語。雖其間論辨考證，皆不能無誤，然不可謂非體大思精之作也。

四庫全書卷首凡例　一四部之首，各冠之總序，撮述其源流正變，以挈綱領。四十三類之首，亦各冠以小序，詳述其分併改隸，以析條目。如其義有未盡，例有未該，則或於子目之末，或於本條之下，附註案語，以明通變之由。

自是以後，諸家目錄，能述作者之意者。雖不可云絕無，至於每類皆爲之序，於以辯章學術考鏡源流，未有能辦之者。計現存書目，有小序者，漢志隋志崇文總目四庫提要四家而已。而崇文總目，尙未足爲重輕，蓋目錄之書，莫難於叙錄，而小序則尤難之難者。章學誠所謂「非深明於道術精微羣言得失之故者，不足與此。後世部次甲乙，紀錄經史者，代有其人。而求能推闡大義，條別學術異同，使人由委溯源，以想見墳籍之初者，千百之中，不十一

焉」。蓋謂此也。（章說見校讐通義敘）

敘錄體制，自古人所作書敘，及七略別錄，大抵相同。其謀篇行文，皆合律令。若小序之體，則漢志六篇已自不倖。故不可設爲一成之例，以繩後之作者。章氏之論文史也，以爲「撰述欲其圓而神，記注欲其方以智」，（書教下）持此以衡目錄，則敘錄者記注之事，小序者撰述之事也。夫圓則無方，神則無體，惡可於字句之間求之，雖然，因事爲文，文成法立，其意亦自可推，今取漢隋志之文，略著其概，以當舉隅。神而明之，存乎其人矣。

漢隋志皆有大序一篇，爲全書之綱領：其每一種後，輒爲一序，而每略每部之後，又總而論之；皆所以敘源流，明得失也。漢志於六藝九種，只敘聖人述作之意，而不參以論斷。次敘傳授之源流，於古今文及諸家傳注，頗著其善否。與劉歆讓太常博士書脗舉合，知其同出一手。然書之言恣肆，而志之言循謹。其總論痛陳學者煩碎之蔽，雖爲當時今文家而發，而語意含蓄，若泛爾言之，無所指斥者。蓋辨章學術，只須敷陳事實，明白是非，言外之意，讀者自能得之，無取意氣用事，極口詆諆，徒傷雅道也。觀漢志之言深厚爾雅，既不失學者之態度，又深得奏進之體。其措詞之矜慎，較之四庫提要蓋遠過之矣。

禮記即謂儀禮，因儀禮中有經有記，故漢人謂之禮記，非大小戴之禮記也。說見黃以周禮書通故卷六。

漢紀成帝紀云：魯恭王壞孔子宅，得古文尚書多十六篇，武帝時孔安國獻之，會巫蠱事，未列于學官。按魯恭王以武帝元光四年薨，未至武帝之末，孔安國早卒，未及巫蠱之事，皆當以漢紀爲正，今本漢志蓋後世妄人所改。

漢志書家小序　古文尚書者，出孔子壁中。武帝末，魯恭王壞孔子宅，欲以廣其宮，而得古文尚書及禮記論語孝經凡數十篇，皆古字也。孔安國者，孔子後也，悉得其書。以攷二十九篇，得多十六篇，安國獻之，遭巫蠱事，未列於學官。

按讓大常博士書云「及魯恭王壞孔子宅，欲以爲宮，而得古文於壞壁之中，逸禮三十九，書十六篇。天漢之後，孔安國獻之，遭巫蠱倉卒之難，未及施行」，與此並合。

又詩家小序　漢興魯申公爲詩訓故而齊轅固燕韓生皆爲之傳。或取春秋采雜說，咸非其本義　與不得已，魯最爲近之。又有毛公之學，自謂子夏所傳。

按此蓋不滿毛公之學，王先謙漢書補注卷三十六，於劉歆讓太常博士書校理舊文，得此三事句下，引葉德輝說謂「班志藝文，敘毛詩爲微詞，歆亦知毛詩不如書禮左傳之可信」。不知班志本之輯略，此正是劉歆之說，與讓太常博士書通篇不及毛詩，可以互證。

又禮家小序　禮古經者出於魯淹中及孔氏學七十篇，文相似，多三十九篇。（中略）多天子諸侯卿大夫之制，雖不能備，猶瘉倉等推士禮而致於天子之說。

按此即讓太常博士書，　至於國家將有大事，若立辟雍封禪巡狩之儀，則幽冥而莫知其

三十九

北京大學

藝文志有魯故二十五卷、魯說二十八卷，而無傳，儒林傳曰申公獨以詩經爲訓，故以教，亡傳，疑者則闕弗傳。與藝文志合。
齊詩有后氏傳、孫氏傳；韓詩有內傳外傳

目錄學發微

原，猶欲抱殘守缺」之意，所以臨憾於今文禮家之不備也。

又春秋家小序　丘明恐弟子各安其意以失其眞，故論本事而作傳，明夫子不以空言說經也（中略）。及末世口說流行，故有公羊穀梁鄒夾之傳。

案讓太常博士書云：「信口說而背傳記，是末師而非往古，謂左氏不傳春秋」，此故明著丘明論本事作傳，以破不傳春秋之說。

又案文藝略序所言學者之弊，與讓太常書文義重規疊矩，相爲應答，今取其文逐條分注於下，兩相對勘，既可知其實一人之作，亦以見立言有體，公家著述，傳疑信於千載，與私人論辨，爭勝負於一是者，固自不同也。

（一）志「後世經傳既已乖離，博學者又不思多聞闕疑之義，而務碎義逃難，便辭巧說，破壞形體。」書「往者綴學之士，不思廢絕之闕，苟因陋就寡，分文析字」。

（二）志「說五字之文，至於二三萬言，後進彌以馳逐，故幼童而守一藝，白首而後能言。」書「煩言碎辭學者罷老，且不能究其一藝」。

（三）志「安其所習，毀所不見，終以自蔽，此學者之大患也。」書「信口說而背傳記，

出版組印

文一三　D　王校

是末師而非往古，至於國家將有大事，若立辟雍封禪巡狩之儀，則幽冥而莫知其原。猶欲抱殘守缺，挾恐見破之私意，而無從善服義之公心。或懷妬嫉。不考情實，雷同相從，隨聲是非，以尙書爲備，謂左氏爲不傳春秋，豈不哀哉」。

以上兩相比校，觀其詞之詳畧，書則爲古文爭立之意多，志則恨傳註支離之意多。蓋古文不立，經雖闕而仍存，傳註支離，則經雖存而義晦矣。志爲千秋之經術計，不爲古文一家計，故意合而詞不同。其於今文家之專已守殘，排斥古學，只以「安其所習，毀所不見」二語括之，不似書詞之譏刺刻露。蓋志於書禮春秋條下，既已明著古文之善，於此自不必更多著語，以免黨同伐異之譏。然其詞過於深婉，含意未伸，故顏師古注，只循文解釋，（顏注云已所常習則保安之，未嘗見者則妄毀誹。）王先謙補注亦無所發明，皆不知爲指今古文之爭言之也。以劉歆主張古文之力如彼，而於七畧則立言和平如此，論述古今學術者，宜知所取法矣。歆人品至不足道，然好古博見彊志，（本傳語）故明於著述之體，是固不以人廢言也。

至於諸子數術方技諸略之序，皆先言其學之所自出，次明其所長，而終言其弊。其言皆深通乎道術之源，而確有以見其得失之故，殆無一字虛設。非如歐陽修之新唐志崇文總目，修飾文字，以聲調取勝，而於學術源流，非所措意，至於膚泛而無當也。

校讐通義原道篇之三　劉歆蓋深明乎古人官師合一之道，而有以知私門初無著述之故也。何則，其叙六藝而後，次及於諸子百家，必云某家者流，蓋出古者某官之掌，其流而爲某氏之學，失而爲某氏之弊。其云某氏之掌，卽法具於官，官守其書之義也。其云流而爲某家之學，卽官司失職，而師弟傳業之義也。其云失而爲某氏之弊，卽孟子所謂生心發政，作政害事，辨而別之，蓋欲庶幾於知言之學者也。由劉氏之旨，以博求古今之載籍，則著錄部次，辨章流別，將以折衷六藝，宣明大道，不徒爲甲乙紀數之書，亦以明矣。

姚振宗七略別錄佚文叙　七畧首一篇，（案謂輯略即漢志各類小序）蓋六略分門別類之總要也。大抵六藝傳記，則上溯於孔子，諸子以下，各詳稽其官守，皆一一言師承之授受，學術之源流，雜而不越，各有攸歸，釋文叙錄所載七經流別，蓋倣其體而小變之者也。

孫德謙劉向校讐學纂微究得失篇　昔荀卿之非十二子也，議者以其擯黜思孟相率而詆毀之，不知此篇之義，蓋亦取諸家得失爲之推究耳，故自它囂以下，既斥之爲欺惑愚衆矣，何必先稱其持之有故，言之成理。明乎此十二子皆有得有失者也。及太史談論六家要指有曰：「陰陽之術，大祥而衆忌諱，使人拘而多所畏，然其序四時之大順，不可失也」。至於儒墨名法，無不詳究其得失，反覆以申明之。可知古人於一切學術，得失昭然，非如後世觝排異已，黨同妬眞，而無服善從義之心者也。不然，荀子崇儒，史公宗道，若挾一隅之見，儒道以外，皆可謂有失而無得矣，况任校讎之責，論定羣書，固不聖膠執私意，一如四庫提要涉及宋學，必菲薄之。向於諸子一略，每言此其所長，及放者爲之，爲此說者，亦是攷究得失之意。

新唐志叙　自漢以來，史官列其名氏篇第，以爲六藝九種七略，至唐始分爲四類曰，經史子集。而藏書之盛，莫盛於開元，其著錄者五萬三千九百一十五卷，而唐之學者自爲之書又二萬八千四百六十九卷，嗚呼，可謂盛矣！六經之道，簡嚴易直而天人備，故其愈久而益明。其餘作者衆矣，質之聖人，或離或合。然其精深閎博，各盡其術，而怪奇偉麗，往往震發於其間，此所以使好奇愛博者，不能忘也。然凋零磨滅，亦不可勝數。豈其華文少實，不足以遠歟。而俚言俗說，猥有存者，亦有幸有不幸者歟。今著于篇，有其名而亡其書者，十蓋五六也，可不惜哉。

按漢志云「序六藝爲九種」者，蓋六藝爲七畧中之一略，就六藝中又分之爲九種，猶之「序詩賦爲五種，論次兵書爲四種」之類耳。漢志數術六種方技四種獨諸子稱十家新唐志乃云，「以爲六藝九種七略」，文義殆不可通。又經史子集，亦非自唐始分，詳見後沿革篇其於目錄源流之大端，且不能詳：其餘亦徒爲空言，抑揚唱歎，以盡文筆之姿勢而已。全篇僅略敘唐人繕寫書籍之事，於馬懷素之續七志元行沖之羣書四部錄毋煚之古今書錄，皆無一言及之，尙不如舊志能錄開元四部類例，及毋煚書錄序，爲足備考證也。其崇文總目各序，大抵似此，不備引

隋志大序說經籍之源流甚詳，足以上裨漢志之闕，章學誠持「六經皆史」之說，自以爲創獲，然隋志言「史官既立，經籍於是興焉」，已開章氏之先聲矣。其叙漢魏六朝目錄書體例，與七錄序互有詳略，皆可以供參考。

隋志叙　大道方行，俯龜象而設卦，後聖有作，仰鳥迹以成文。書契已傳，繩木棄而不用，史官既立，經籍於是興焉，夫經籍也者，先聖據龍圖，握鳳紀，南面以君天下者，咸有史官以紀言行，言則左史書之，動時右史書之，考之前載，則三墳五典八索九丘之類是

也。下逮殷周，史官尤備。周禮所稱天子之史凡有五焉。諸侯亦各有國史，分掌其職。暨夫周室道衰，紀綱散亂，孔丘以大聖之才，當傾頹之運，乃述易道而刪詩書，修春秋而正雅頌，壞禮崩樂，咸得其所。（以上文有刪節）

文史通義易教上篇　六經皆史也，古人不著書，古人未嘗離事而言理，六經皆先王之政典也。

其經子兩部小序，並依仿漢志，凡所論說，不能出劉班範圍，及其補叙源流，又多違失，四庫提要譏之，以爲在隋書諸志中爲最下。然史集道佛四部，爲漢志所未有，並能窮源竟委，自鑄偉詞。如序古史則推本於紀年，序起居注則推本於穆天子傳，序舊事知即周官太史掌萬民之約契與質劑，序職官知即御史所掌在位之名數，至於雜傳序言史傳當紀窮居側陋之士，足以正地理書不記人物之非，簿錄序言當辨流別，足以糾目錄書但記書名之失，皆獨具持識，通知著作之體。後世人人習讀，尚不能通其意。則知古人見聞較富，故能陳義高深，固不宜因偶有疏略，概肆譏彈也。

四庫總目卷四十五隋書提要　惟經籍志編次無法，述經學源流，每多舛誤；如以尚書二十八篇爲伏生口傳，而不知伏生自有書教齊魯間，以詩序爲衛宏所潤益，而不知傳自毛亨，以小戴禮記有月令明堂位樂記三篇，爲馬融所增益，而不知劉向別錄禮記已載此三篇，在十志中爲最下。案要卷三十二夏小正條下，謂「隋志根據七錄，最爲精核」，與此不同。

隋志雜傳序　周官閭胥之政，凡聚衆庶書其敬敏任卹者，族師每月書其孝悌睦婣有學者，黨正歲書其德行道藝者，而入之於鄉大夫。鄉大夫三年大比，考其德行道藝，舉其賢者能者而獻其書。王再拜受之，登于天府，內史貳之。是以窮居側陋之士，言行必達，皆有史傳。自史官曠絕，其道廢壞。武帝從董仲舒之言，始舉賢良文學。天下計書先上太史，善惡之事，靡不畢集，司馬遷班固，撰而成之，肱股輔弼之臣，扶義俶儻之士，皆有紀錄。而操行高潔，不涉於世者，史記獨傳夷齊，漢書但述楊王孫之儔，其餘皆略而不記。後漢光武始詔南陽撰作風俗，故沛三輔有耆舊節士之序，魯廬江有名德先賢之讚，郡國之書，由是而作。

按自萬季野斯同謂一統志不必及人物，閻潛邱若璩和之，見困學紀聞卷十古文尚書疏証卷六上四庫提要卷六十八地理類，小序，及太平寰宇記提要，遂痛詆樂史之載人物，以爲變古來地志之體例

出版組印

文一三　D　王校

。王謨作地理書抄通論，始云「隋志地理類叙，言摯虞畿服經民物風俗，先賢舊好，靡不畢悉，固已並郡國書而一之，則謂一統志不當幷載人物，未爲篤論」。乃知萬氏閻氏之說，皆未嘗細讀隋志之過也。以此言之，學者於隋志小序，未可忽視。

四庫提要之總叙小序，考證論辨，可謂精矣。近儒論學術源流者，多折衷於此，初學莫不奉爲津逮焉。其佳處讀其書可以知之，無煩贅頌。篇章甚繁。亦無從摘錄，大抵經部最精，實能言學術升降之所以然，於漢宋門戶，分析亦詳。其餘三部，則多言其著錄分門之例，於古人著作之意，發明較少，又往往不考本末，率爾立論，如以前所舉地理目錄兩類小序是也。其分類變更成法，亦有得有失。最誤者莫如合名墨縱橫於雜家，使漢志諸子九流十家，頓亡其三，不獨不能辨章學術，且舉古人家法而淆之矣，要其論列百家，進退古今作者，隋志以後，僅見此書，提要謬誤之處多，故後人遞有考訂。至於小序，則私家目錄，殆難繼軌也。

四庫提要雜家小序　　衰周之際，百氏爭鳴，立說著書，各爲流品漢志所列備矣。或其學不傳，後無所述，或其名不美，人不肯居；故絕續不同，不能一概著錄。後人株守舊文，於是墨家僅墨子晏子二書，名家僅公孫龍子尹文子人物志三書，縱橫家僅鬼谷子一書，亦別立標題，自爲支派，此拘泥門目之過也，黃虞稷千頃堂書目於寥寥不能成類者，併入雜家，雜之義廣，無所不包，班固所謂合儒墨兼名法也。變而得宜，於例爲善。今從其說。

案漢志所謂「兼儒墨合名法」者，乃集衆家之長，而去取別擇於其間，以自名其學，故曰「出於議官，知國體之有此，見王治之無不貫」。豈謂儒墨名法，皆可包入雜家哉，若如所言，則可併九流於一家，易子部爲雜部矣。至於歸併名墨縱橫，實用千頃堂之列，提要已明言之。近人張森楷貢闓書庫目錄輯略謂「四庫雜家，沿於明志，以明史欽定之故，不敢立異」，則非也。四庫分類，與明志不同者多矣，何謂不敢立異哉，黃氏書本是明志底藁，故史臣因之。提要此條，亦用黃例，遂偶相符合耳。

以上論篇目叙錄小序之體制，多推本劉班，實以唐以前目錄書亡於宋初，此事遂成絕學。宋之晁陳，清之紀氏，各以己意編錄論敍，按之劉畧班志，有合有不合，非古今人材智必不相及也。蓋學問之道，譬之傳薪，端賴古今相續不絕，始能發揮光大。訓詁考證，後之所以勝前者以此。獨目錄之學，古書既亡，近儒又鮮專家研究之者，惟姚振宗專治此學著書甚精 前無所承，後無所

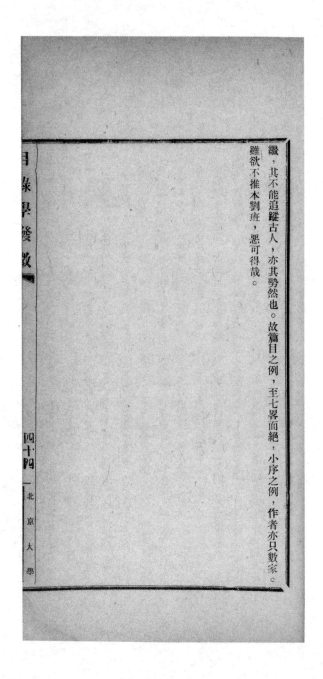

纖，其不能追蹤古人，亦其勢然也。故篇目之例，至七畧而絕，小序之例，作者亦只數家。雖欲不推本劉班，惡可得哉。

目錄學發微　四十四　北京大學

目錄學發微

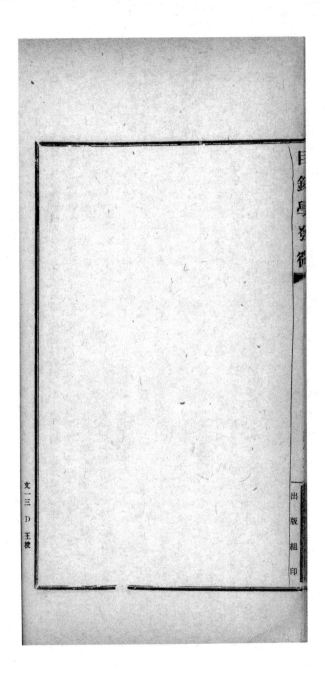

出版組印

文一三D 王校

板本序跋篇第六

以上三篇所言，皆就歷代目錄書，上自七略別錄下至四庫提要，參互鈎校，取其體制之善者論次之以明義例。夫目錄之學之衰也久矣．近代諸家，尙多不能逮晁陳。遑論向歆，雖然，自刻板既興，書冊之制度已變，著錄之法，自不能不由簡而趨於繁。故其體例之間，亦有後勝於前者二事。爲著目錄書所當採用者，一曰記板本，二曰錄序跋。

校書必備衆本，自漢已然，北齊樊遜所謂「劉向校書，合若干本以相比校」也。本之命名，由於校讐之時，一人持本，一人讀書。所謂本者，謂殺青治竹所書，改治已定，略無訛字，上素之時，即就竹簡繕寫，以其爲書之原本，故稱曰本，其後竹簡既廢，人但就書卷互相傳錄，於是本之名遂由竹移之紙，而一切書皆可稱本矣，鏤板既興，一書刻成，相率摹印，與殺青上素之義，尤相符合，故又有板本之稱。

北齊書卷四十五樊遜傳　七年（天保七年也）詔令校定羣書。遜乃議曰「案漢中壘校尉劉向受詔校書，每一書竟表上，輒云臣向書，長水校尉臣參書，大夫公太常博士書，中外書，合若干本，以相比校，然後殺青」。

目錄學發微　四十五　北京大學

明陸深河汾燕閒錄（在儼山外集也）引隋文帝詔云「廢像遺經，悉令雕版」，因謂雕版始于隋。明胡應麟經籍會通[illegible]者，引以為據，後之言版本者多從之。然細讀[illegible]中[illegible]雕版考之說，不知隋文之詔出于隋費長房歷代三寶記，原文是作「廢像遺經，悉令雕撰」，謂雕像撰經，非謂雕版也。

文選魏都賦注　風俗通曰：『按劉向別錄，讎校，一人讀書，校其上下得謬誤為校，一人持本，一人讀書，若怨家相對。』

按島田翰古文舊書考，卷二雕版淵源考引顏氏家訓江南書本，謂「書本之為言，乃對墨版言之，之推北齊人，則北齊時已知墨版，」葉德輝書林清話卷一書之稱本篇，謂『今人稱書之下邊曰書根，本者因根而記數之詞，劉向別傳不曰持卷而曰持本，則為摺本可知：』皆誤。刻版之興，始於唐末，宋朱翌猗覺寮雜記卷下，所謂『雕印文字唐以前無之，唐末益州始有墨版也。』劉向校書已云持本，其時石經之制尚且未有，安得有墨版乎。至於書之摺而為冊，亦起於唐，歐陽修歸田錄卷二云，『唐人藏書，皆作卷軸，其後有葉子，其制似今策子。凡文字有備檢用者，卷軸難數卷舒，故以葉子寫之。』程大昌演繁露卷七云，「今之書冊，乃唐之葉子，古未有是也。」二書所言，最為明白，元吾衍閒居錄云，「古書皆卷軸，以卷舒之難，因而為摺，久而摺斷，復為薄帙，原其初則本於竹簡絹素云。」是則摺疊之制，起於卷子之後，糊蝶裝以前，亦決非兩漢之時所有也，殺青上素，已見前註。

出版組印

文一三　D　王校

書林清話卷一版本之名稱篇　宋岳珂九經三傳沿革例書本內列有晉天福銅版本，此板本二字相連之文，然珂爲南宋末人，是時版本二字，沿用久矣。

宋人刻書，亦合衆本，校讎石林燕語卷八所謂「宋景文用監本手校西漢，末題用十三本校」一是也。案明南監本列有宋景文參校諸本目，實十六本。至於公私書目著錄羣書，初不著明何本。自尤袤遂初堂書目，始兼載衆本，遂爲後來言板本者之濫觴。

四庫總目，卷八十五，遂初堂書目提要　其例略與史志同，惟一書而兼載數本，以資互考，則與史志小異耳。

書林清話卷一古今藏書家紀板本篇　古人私家藏書，必自撰目錄，今世所傳宋晁公武郡齋讀書志，陳振孫直齋書錄解題，無所謂異本重本也，自鏤版興，於是兼言板本，其例創於宋尤袤遂初堂書目，目中所錄，一書多至數本，有成都石經本，祕閣本，舊監本，京本，江西本，吉州本，杭本，舊杭本，嚴州本，越州本，湖北本，川本，川大字本，川小字本，高麗本，此類書以正經正史爲多，大約皆州郡公使庫本也。

夫古人之備致衆本，原以供讐校。後之言版本者，搜羅雖富，或藏而不讀，流爲收藏賞鑒二。

范氏天一閣書目、丁氏八千卷樓書目皆只注刊本、鈔本，亦言刊于何時、鈔于何人，其他書目多類此

派。遂有但記撰人之時代。分帙之簿翻，以資口給，甚至未窺作者之意旨，徒知刻書之年月，如全祖望洪亮吉之所譏者。且校讐文字，辨別板本，雖爲目錄之所有事，今皆別自專門名家，欲治其學，當著專篇。茲之所言，詳有體制，重在考訂，他姑從略，顧謂當紀板本者，蓋言所著敘錄，於書名之下，當載依據何本也。

全祖望鮚埼亭集卷三十二叢書樓書目序　今世有所謂書目之學者矣，記其撰人之時代，分帙之簿翻，以資口給，即其有得於此者，亦不過以爲撏撦獺祭之用。

洪亮吉北江詩話卷三　藏書家有數等，得一書必推求本原，是正缺失，是謂考訂家，如錢少詹大昕戴吉士震諸人是也。次則辨其板片，注其錯譌，是謂校讐家，如盧學士文弨翁閣學方綱諸人是也。次則搜采異本，上則補石室金匱之遺亡，下可備通人博士之瀏覽，是謂收藏家，如鄞縣范氏之天一閣，錢唐吳氏之瓶花齋，崑山徐氏之傳是樓諸家是也。次則第求精本，獨嗜宋刻，作者之旨意縱未盡窺，而刻書之年月最所深悉，是謂賞鑒家，如吳門黃主事丕烈鄔鎮鮑處士廷博諸人是也。又次則於舊家中落者，賤售其所藏，富室嗜書者，要求其善價，眼別真贋，心知古今，閩本蜀本，一不得欺，宋槧元槧，見而即識，

出版組印

文一三　D　王校

錢大昕有竹汀日記鈔，皆記平生所見善本，則錢亦非不知版本者

何焯之義門讀書記，亦書估以校本沿校勘著名之書，但其書多評文之語，不專校勘

明末收藏以錢謙益爲大宗，有絳雲樓藏書目（陳景雲注，粤雅堂本）。按樓在錢氏書時便已燒燬

是謂掠販家，如吳門之錢景開陶五柳湖州之施漢英諸書估是也。蓋書籍由竹木而帛而紙；由簡篇而卷，而册，而手抄，而刻版，而活字；其經過不知其若干歲。繕校不知其幾何人。有出于通儒者，有出於俗士者。於是有斷爛而部不完，有删削而篇不完，有節鈔而文不完。有脫誤而字不同，有增補而書不同，有校勘而本不同。使不載明爲何本，則著者與讀者所見迥異。敘錄中之論說，不能不根據原書。吾所舉爲足本，而彼所讀爲殘本，則求之而無有矣。吾所據爲善本，而彼所讀爲誤本，則考之而不符矣。吾所引爲原本，而彼所讀爲別本，則篇卷之分合，先後之次序，皆相剌謬矣。目錄本欲示人以門徑，而彼此所見非一書，則治絲而棼，轉令學者瞀亂而無所從，此其所關至不細也。反是則先未見原書，而執殘本誤本別本以爲之說，所言是非得失，皆與事實大相逕庭，是不惟厚誣古人，抑且貽誤後學，顧廣圻所謂「某書之爲某書，且或未確，烏從論其精觕美惡」也。然善本不易得，且或不之知，況人之所見不同，善與不善，亦正未易論定。以四庫館聚天下之書，而提要所據，尙不能無誤。著書之人，類多寒素，豈能辨此。惟有明載其爲何本，則雖所論不確，讀者猶得據以考其致誤之由，學者忠實之態度，固應如此也。

目錄學發微

顧廣圻思適齋文集卷十二石研齋書目序　蓋由宋以降，板刻衆矣。同是一書，用較異本，無弗夐若徑庭者。每見藏書家目錄，經某書史某書云云，而某書之爲何本，漫然不可別識。然則某書果爲某書與否，且或有所未確，又烏從論其精觕美惡耶。

張之洞輶軒語語書學　善本之義有三：一足本，無闕卷，未删削。二精本，一精校，一精注。三舊本，一舊刻，一舊鈔。

四庫提要所載某處採進本，某人家藏本，乃著其書之所從得，與板本無異。提要間記版刻，以見其爲善本足本，惜全書不能一律，以致多無可考。其他諸家紀板本者：如尤袤遂初堂書目開收藏家之派，錢曾讀書敏求記開賞鑒家之派，毛扆汲古閣秘本書目開掠販家之派，盧文弨羣書拾補開校讎家之派，皆非考學術源流之書。惟周中孚之鄭堂讀書記，朱緒曾之開有益齋讀書志。楊守敬之日本訪書志，其庶幾洪氏所謂考訂家乎。

張之洞書目答問譜錄類　目錄之學，若遂初堂明文淵閣焦竑經籍志葉竹堂世善堂絳雲樓述古堂敏求記天一閣傳是樓汲古閣季滄葦浙江採進遺書文瑞樓愛日精廬各家書目，或略或誤，或別有取義，乃藏書家所貴，非讀書家所亟，皆非切要。

出版組印

文一三　D　趙校

于文襄南湖文集內有琉璃廠書肆記，繆荃孫藝風堂集內有琉璃廠書肆後記，此二篇可考有清一代北平書業盛衰。

編書目以書者載明為何本，蓋以為主載刻書之年月地，書之地、刻書之人，然後某本之為某本始確有可考，否則但標某本或不免名是而實非也。

四庫總目卷八十七讀書敏求記提要　其分別門目，多不甚可解。其中解題，大略多論繕寫刊刻之工拙，於考證不甚留意。然其述授受之源流，究繕刻之同異，見聞既博，辨別尤精。但以版本而論，亦可謂之賞鑒家矣。

書林清話卷七汲古閣刻書之四　毛氏汲古閣藏書，當時欲售之潘稼堂太史耒，以議價不果，遂歸季滄葦御史振宜。黃丕烈士禮居叢書中所刻毛扆汲古閣珍藏秘本書目，所載價目，即其出售時所錄也。

古者目錄家之書，論學術之源流者，自撰敘錄而已。未嘗迻錄他人之序跋也。惟釋藏中之梁釋僧祐出三藏集記十五卷，自卷六至卷十二，皆錄各經典序文，不知爲所自創，抑是取法古人。其後道宣智昇皆用其例，間錄作者自序。至宋馬端臨文獻通考經籍考始全採前人之書，自爲之說者甚少。自崇文總目晁陳書目外，時從文集及本書抄出跋序，並於雜家筆記摘錄論辨，間有書亡而序存者，亦爲錄入。凡書名下無卷數者，皆是也。既不完備，且亦不可勝採，頗近爲例不純。然其體制極善，於學者深爲有益。如李燾之文簡集已亡，通考採其序跋三十三首，考證精確，遠出晁陳之上。尚惜其盡就一時所見，隨手抄錄，於唐宋文集，不能廣

目錄學發微

盧氏之前有四庫全書考證一百卷，皆係四庫書館所作辯正之校勘記。盧氏之後有陸心源群書校補，即用盧氏之法，以宋元本校通行本，列其校記成書。

今人王重民有日本訪書志補一卷，北平圖書館排印本。

思此等有發凡標目，係代人所作，從自改為新書，讀書記僅存十二卷，非其全豪。其中議論大抵依附四庫提要，不能有所發明，但於四庫所撫之書亦頗有所考證。

爲搜羅耳。

孫詒讓溫州經籍志敘例　至於篇題之下，旮逐序跋，目錄之外，采證羣書，通考經籍一門，實創茲例。詳見前第一篇

朱彝尊經義考全用其體，可謂善於取法。但宋以後人所作書序好借題發揮，橫空起議，而以古文家爲尤甚，徒溷篇章，無關學術。朱氏僅考經義，所收猶不至甚濫。若推廣其例於四部，則文人應酬之作，書估牌記之咨，將並登著錄。論文則文以載道，談詩則窮而後工，刻板則校對無訛，專利則翻刻必究，連篇累牘，令人生厭。所貴刪削繁文，屏除套語也。

四庫總目卷八十五經義考提要　每一書前列撰人姓氏，書名卷數，次列存佚闕未見字，次列原書序跋、諸儒論說，及其人之爵里，彝尊有所考正者，即附案語於末。惟序跋諸篇，與本書無所發明者，連篇備錄，未免少冗。

朱氏之後，謝啓昆之小學考，張金吾之愛日精廬藏書志，阮元之天一閣書目等，並沿其例。謝氏於採及他書者，明著出處，張氏於文之習見者，頗有別裁，皆青出於藍，後來居上。至孫詒讓之溫州經籍志，斟酌諸家，擇善而從，條貫義例，益臻邃密矣。第孫氏於宋元叙跋，

出版組印

文一三　D　趙校

楊守敬刻古逸叢書，譚取唐人著述及宋元刻本海外刻其一二，葉摹仿極精。

楊氏所藏書今歸故宮博物院，編有觀海堂書目。

悉付掌錄，遂寫元文，不削一字，鄙意於此，猶有商量，蓋若於本書無所發明，卽宋元何所愛惜，且元文若果繁蕪，似不如削除枝葉也。

溫州經籍志敘例　敘跋之文，雅俗雜糅，宋元古帙，傳播浸希，自非謬悠，悉付掌錄。明氏以來，畧區存汰。大抵源流綜悉，有資考校，義旨閎眇，足供誦覽，凡此二者，並爲擷采。或有眘士剿剽，雅馴既少，書林衒鬻，題綴猥多，則廑存凡目，用歸簡要（原注，張氏藏書志於習見之書序跋，皆僅存目，今略仿其例。）若編帙既亡，孤文廑在，則縱有疵纇，不廢遂謄。復以馬朱兩考，凡錄舊文，不詳典據，沾婿塗竄，每異本書，偶涉讐勘，輒滋牴牾。今亦依張志之例，凡舊編具在者，並遂寫元文，不削一字，年月繫銜，一仍其舊。其有名作孤行，散徵他籍者，則備揭根抵，並著卷篇，庶使覽者得以討原，不難覆檢。至於辨證之語，剌劉叢殘，實難稽覈。朱考概標其曰，（按朱考不引書名，但標某人曰）尤爲疏略。今則直冠書名，用懲肊造。（原注謝啓昆小學考，已有此例，特此書名之下，彙及卷數與彼小異耳。）有刪無改，亦殊專輒。

夫班固漢書採史公之自叙，錄法言之篇目，誠以學問出於甘苦，得失在乎寸心，自我言之，不如其人自言之深切著明也。論賈誼東方朔，則徵信於劉向，論董仲舒則折衷於劉歆，誠以則古稱先，述而不作，前賢既已論定，後人無取更張也。考訂之文，猶重證據。是故博引繁稱，旁通曲證。往往文累其氣，意晦於言。讀者乍觀淺嘗，不能得其端緒。與其錄入篇內，不如載之簡端，既易成誦，又便行文。此所以貴與創之於前，竹垞踵之於後，體制之善，無間然矣。

凡此四篇，徵向歆之三體，取尤馬之二例，尙論千古，不名一家。但讀書既慚未博，立論亦復多疏。發凡起例，勉附於擁彗淸塵，糾繆訂訛，所望夫鴻才碩學云耳。

源流篇第七上　周至三國

典籍之興，由來尙矣。既用簡牘編而爲册，則篇目先後，宜有次第。隋志云「古者史官既司典籍，蓋有目錄以爲綱紀，體制湮滅，不可復知」。「蓋」者疑之之詞，經傳無徵，難可臆決，以理推之，想當然耳。

志又推本詩書之序，以爲目錄之緣起。案此二書，漢宋諸儒，紛如聚訟，作者既難確指，則時代亦未可質言。惟周易十翼，有序卦傳，漢志以爲孔氏爲之，其文見引於荀子淮南，淵源極古，篇中條列六十四卦之名，蓋欲使讀者知其篇第之次序，因以著其編纂之意義，與劉向著錄「條其篇目撮其旨意」之例同。目錄之作，莫古於斯矣。

吳承志橫陽札記卷一　荀子大畧篇「易之咸見夫婦，夫婦之道。不可不正也，君臣父子之本也」。序卦傳云「有天地然後有萬物，有萬物然後有男女，有男女然後有夫婦，有夫婦然後有父子，有父子然後有君臣，有君臣然後有上下，有上下然後禮義有所錯。」注言「咸卦之義也。」漢書藝文志云「孔子爲序卦」，原出於此。淮南子繆稱訓引易曰，「剝之不可以遂盡，序卦傳作「剝者剝也，物不可以終盡」。故受之以復」亦序卦文。

元李治敬齋古今黈卷一　歐陽公不信周易繫辭，而於序卦則未嘗置論。此蓋孔子見古之易書，其諸卦前後相連，悉已如是，因而次第之，以爲目錄云耳，初非大易之極致也，欲以爲義文之深旨，則謬矣。

盧文弨鍾山札記卷四　吾以爲易之序卦傳，非卽六十四卦之目錄歟。史漢諸序：殆昉於此。至於總校羣書，勒成目錄，論者皆謂始於向歆。考其義例，粲然大備，遂令千載而下，莫能繼軌。夫莫爲之前，雖美弗彰，向歆當篳路藍縷之時，遽能完密如此。揆之事理，竊謂不然。案漢志兵書略序云『漢興，張良韓信序次兵法，凡百八十二家，删取要用，定著三十五家。諸呂用事而盜取之。武帝時，軍政楊僕，捃摭遺逸，記奏兵錄，猶未能備』。是則高祖武帝之時，皆嘗校理兵書。故知校書之職，不始劉向也。劉向所作敘錄，皆言守著爲若干篇；而志敘張良韓信之序次兵法，亦言定著，是亦當有校讐奏上之事，與劉向同。太史公自序云「秦撥去古文，焚滅詩書，故明堂石室，金匱玉版，圖籍散亂。於是漢興，蕭明次律令，韓信申軍法，張蒼爲章程，叔孫通定禮儀，則文學彬彬稍進，詩書往往閒出矣。」案此數事，多在高祖時，蕭何律令，張蒼章程，叔孫禮儀，固自爲漢家一代制作。至於韓信之申軍法，卽漢志之序次兵法，其爲校理舊書，可以斷言，特曾否編定目錄，則不可知耳。

漢書高帝紀　天下既定，命蕭何次律令，韓信申軍法，張蒼定章程，叔孫通制禮儀，陸賈造新語。又與功臣剖符作誓，丹書鐵誓，金匱石室，藏之宗廟，雖日不暇給，規摹弘遠矣。

案太史公自序又云，『遷爲太史令，紬史記石室金匱之書，』索隱云，『石室金匱，皆國家藏書之處，』則此節所云『明堂石室金匱玉版圖籍散亂』者，指秦時國家所藏之書散亂失次也。秦本紀敘李斯焚書奏云：『臣請史官非秦紀皆燒之，非博士官所職，天下敢有藏詩書百家語者，悉詣守尉雜燒之，所不去者，醫藥卜筮種樹之書。』然則秦之史官及博士官，尙有藏書矣。故鄭樵通志校讐略云：『蕭何入咸陽，收秦律令圖書，則秦未嘗無書籍也。』蕭何傳云『沛公至咸陽，何獨先入收秦丞相御史律令圖書藏之，沛公具知天下阸塞，戶口多少，彊弱處，民所疾苦者，以何得秦圖書也。』漢書藝文志云『漢興，改秦之敗，大收篇籍』疑亦指蕭何收書事言之。下文廣開獻書之路。非一時事，又刑法志云；『相國蕭何，攈摭秦法，取其宜於時者，作律九章。張蒼傳云：『好書律歷，秦時爲御史，主柱下方書，』又云，『遷爲計相，漢六年蒼迺自秦時爲柱下御史，明習天下圖書計籍，又善用算律歷，任敖傳云：『蒼爲計相時，緒正律歷，至於爲丞相，孝文四年卒就之，故漢家言律歷者本張蒼，著書十八篇，言陰陽律歷事。』藝文志陰陽家張蒼十六篇叔孫通傳云『高帝悉去秦儀法爲簡易，羣臣飲爭功，上患之。通說上曰：「臣願頗采禮，與秦儀雜就之，」上曰可試爲之。』是則蕭何之律令，張蒼之章程，叔孫通之禮儀，皆是以秦之圖籍爲本。韓信所序次之兵法，當亦是得之於秦，故太史公同叙之於秦圖籍散亂之下。以史記與漢書志傳合觀之自明。班固移太史公語入高紀，益以陸賈造新語一句，實則新語乃賈所自造，與秦之圖籍無與，非太史公之意也。或謂秦既燒詩百家語，安得兵書獨存。考秦本紀云：『侯生盧生乃亡去，始皇大怒曰，吾前收天下書，不中用者盡去之，悉召文學方術士甚衆，欲以與太平，方士欲練以求奇藥。』然則秦之所去，特彼以爲不中用者耳。始皇暴主，蕭何刀筆吏，其視兵法自較詩書爲有用，故始皇不燒之，何又從而收之也，韓信之死在高祖十一年，其與張良序次兵法，又在其前數年。當在六年貶淮陰侯以後其時去秦亡未久，而得兵法乃至百八十二家之多，此豈老屋壞壁中所能得者哉。故余謂官校書籍自高祖時始，班志言之甚明。而七錄序隋書經籍志玉海藝文類通考經籍考及其他諸書，凡叙經籍源流者，皆無一言及於此事，不可謂非失之眉睫之前者矣。

又案漢書高紀「張蒼定章程」注引如湻曰『章，歷數之章術也。程者，權衡丈尺斗斛之平法也。』考魏劉徽九章算經序云『周公制禮而有九數，九章是矣。漢北平侯張蒼，大司農中丞耿壽昌。皆以善算命世。蒼等因舊文之遺殘，各稱删補；故校其目，與古或異，周禮保氏注：『鄭司農云，「九數：方田，粟米，差分，少廣，商功，均輸，方程。嬴不足，旁要，今有重差夕桀勾股也。」賈疏云『方田以下皆依九章算術而言。重差夕桀勾股，漢法增之。今九章以勾股替旁要。』劉徽所謂校其目與古或異者指此。而所論者多近語也。」九章算術內有長安上林之名，乃漢人之語。故曰近語。四庫提要卷一百七疑「上林苑在武帝時，蒼何緣預載，」不知此耿壽昌語也。徽序見九章卷首。其說與如湻合。（據顏師古漢叙書例。如湻亦魏人則與劉徽相去不遠。）知所謂章術者，即九章算術。今所傳劉徽所注，猶是張蒼重定之本，疑蒼之定章程，亦兼校定古籍。秦時所遺柱下方書，皆嘗序次，不獨自著書，猶之韓信自有書三篇，而兵法三十五家皆其所序次，惜他無證據，姑從闕疑。

劉向奏上羣書，皆「條其篇目，撮其旨意」謂之書錄。而漢志云『武帝時軍政楊僕，紀奏兵錄』，兵錄者兵書之錄也，其體例當與劉向書錄同。然則僕校兵書，已有奏上之敍錄，亦以明矣。志言，『孝武帝世書缺簡脫，禮壞樂崩，聖上喟然而稱，曰「朕甚閔焉！」於是建臧書之策，（法如湻曰，『劉歆七略曰，「外則有太常太歸傅士之藏，內則有延閣廣內秘室之府。」』）置寫書之官，下及諸子傳說，皆充秘府。考武帝本紀，此詔在元朔五年，僕之奏兵錄，當在是時。時方大舉伐匈奴，以兵事爲急，故僕校上兵書。至其他經傳諸子，既置寫書之官，亦當有校讐之事，特不知曾否著錄也。

漢書武帝紀　元朔五年夏，六月，詔曰：『蓋聞導民以禮，風之以樂，今禮壞樂崩，朕甚閔焉。故詳延天下方聞之士，咸薦諸朝。其令禮官勸學，講議洽聞，舉遺興禮以爲天下先。太常其議予博士弟子，崇鄉黨之化，以厲賢材焉。』（儒林傳亦載此詔。蓋置博士弟子與藏書寫書，皆一時之事，紀志傳分紀之。）

案酷吏楊僕傳但言『以千夫爲吏，河南守舉爲御史，稍遷至主爵都尉，』不載其爲軍政之官。軍政百官表不載，惟胡建傳云「守軍正丞，」注「師古曰，南北軍各有正，正又置丞。」考百官公卿表於元狩四年書「中尉丞陽僕爲主爵都尉，」中尉丞秩千石，主爵秩二千石。蓋由御史遷軍政，再遷中尉丞，然後爲主爵都尉，故言稍遷。元狩四年上距元朔五年，元朔紀元盡六年明年改元元狩僅五年餘，僕中間尙經中尉丞一任，則其爲軍政當在元朔之末。故知其校兵書與置寫書之官，正同時之事也。

宣帝之時，后倉在曲臺校書，著曲臺記。則校書之事，在西漢時幾於累朝舉行，以爲常典，雖其所校，或僅談兵，或祇議禮，偏而不全，規模未廓，然大輅推輪，不可誣也。

漢書儒林傳　后倉說禮數萬言，號曰后氏曲臺記。注：服虔曰，「在曲臺校書著記，因以爲名，」

文選齋竟陵文宣王行狀注引七略　宣皇帝時行射禮，博士后倉爲之辭，至今記之曰曲臺記。

及至成帝被覽古文，然後求天下之書，合中外之本，乃於河平三年，詔劉向劉歆典領讎校。向等每校一書，輒爲一錄，其後纂集別行，謂之別錄，會向卒。哀帝使歆卒業，於是歆復著

出版組印

文一三　D　王校

爲七略。漢書隋志及七錄序論之備矣。

漢書成帝紀　河平三年秋，八月，光祿大夫劉向校中秘書，謁者陳農使使求錄書於天下

又藝文志　至成帝時，以書頗散亡，使謁者陳農求遺書於天下，詔光祿大夫劉向校經傳諸子詩賦，步兵校尉任宏校兵書，太史令尹咸校數術，侍醫李柱國校方技。每一書已，向輒條其篇目，撮其指意，錄而奏之，會向卒，哀帝復使向子侍中奉車都尉歆卒父業。歆於是總羣書而奏其七略，故有輯略，（注師古曰輯與集同謂諸書之總要）有六藝略，有諸子略，有詩賦略，有兵書略，有術數略，有方技略。

又楚元王傳　上方精於詩書，觀古文，詔向領校中五經秘書。　又歆字子駿，少以通詩書能屬文召見成帝，待詔宦者署，爲黃門郎。河平中，受詔與父向領校秘書，講六藝傳記諸子詩賦數術方技，無所不究，向死後，歆復爲中壘校尉。哀帝即位，大司馬王莽舉歆宗室有材行，爲侍中太中大夫，遷騎都尉奉車光祿大夫，貴幸，復領五經，卒父前業。歆乃集六藝羣書總別爲七略，語在藝文志。

案據漢書所言，蓋當時部次羣書，分爲六類，向自任六藝諸子詩賦三類，而任宏等三人

目錄學發微

以專門名家分任其一。然此乃謂校讎之事耳，至於撰次敘錄，則向總其成而歆佐之，不復專責之任宏等。觀志言「向輒條其篇目，撮其旨意錄而奏之，」傳言歆講六藝傳記，諸子詩賦，數術，方技，無所不究。所言獨不及兵書，或兵家之學非歆所長。是知羣書之錄，皆出之向歆父子矣。向所撰洪範五行傳論，及列女傳，新序，說苑，據本傳言均成於校書之時，而五行志引洪範論每條分載向歆之說，初學記卷二十五引別錄云：「臣向與黃門侍郎歆所校列女傳，種類相從爲七篇」。隋志雜傳類「列女傳十五卷。劉向撰，列女傳頌一卷，劉歆撰，」是二人分撰傳頌。然隋杜臺卿玉燭寶典卷二，云「劉向五行論云，𥻂化爲玄蝡入王宮，歆父子素有異同之論，歆列女傳褒姒傳化爲玄蚖字與五行論不同」，卷十二又引劉歆女傳魯之母師一條，均直指列女傳爲歆撰，與漢書隋志均不合。蓋向凡有撰述，歆無不參與者。此亦自來治目錄學者所不及知也。

阮孝緒七錄序見廣宏明集卷三漢惠四年，始除挾書之律。其後開獻書之路，置寫書之官。至孝成之世，頗有亡逸。乃使謁者陳農，求遺書於天下；命光祿大夫劉向及子俊歆等，孫星衍續古文苑卷十一注云，案俊當作伋，漢書向本傳云，長士伋，以易教授，官至郡守，不云曾受詔校書，阮此言疑出別錄七略也。讎校篇籍，每一篇已，輒錄而奏之，會向喪

出版組印

文一三D 千枚

亡，帝使歆嗣其父業，乃徙溫室中書於天祿閣上，歆遂總括羣篇，奏其七略。又昔劉向校書，輒爲一錄，論其指歸，辨其訛謬，隨竟奏上，皆在本書。時又別集衆錄，謂之別錄是也。子歆撮其指要，著爲七畧。其一篇即六篇之總最，故以輯略爲名。次六藝略，次諸子略，次詩賦略，次數術略，次方技略。

北堂書鈔卷九十九引劉歆集序　歆字子駿，受詔與父向校衆書，著七略以剖判百家。

隋書經籍志　七略別錄二十卷，劉向撰，七略七卷，劉歆撰。新舊唐志通志略同崇文總目晁陳志均不著錄

案隋志叙向歆校書之事即參用漢志及七錄序，別無異聞，茲不備引。七錄序言「歆總括羣篇，奏其七略，後漢蘭臺，猶爲書部；又於東觀及仁壽閣，撰集新記，校書郎班固傅毅，並典秘籍」「猶爲書部」者承歆奏七略言之，謂依七略分類爲書之部次也。然不云嘗撰目錄，東觀及仁壽閣所撰之新記，即謂東觀漢記，乃當時國史，非目錄書。隋志叙此事文義不明，後人遂誤以東觀書部爲書目矣。

隋志　光武中興，篤好文雅，明章繼軌，尤重經術。四方鴻生鉅儒，負袠自遠而至者，不可勝算。石室蘭臺，彌以充積。又於東觀及仁壽閣集新書，校書郎班固傅毅等典掌焉，

目錄學發微

並依七略而爲書部。固又編之以爲漢書藝文志。

案七錄序所言蘭臺書部，乃泛指部次之事，蓋謂庋藏圖書之分類法也。又云東觀仁壽閣撰集新記者，後漢書班固傳言，「顯宗召詣校書部，除蘭臺令史，與前睢陽令陳宗，長陵令尹敏，司隸從事孟異，共成世祖本紀，遷爲郎，典校秘書，固又撰功臣平林新市公孫述事，作列傳載記二十八篇，」是其事也，史通正史篇。敘其始末甚詳，唐六典卷九亦云，「東觀所撰書，謂之東觀漢記。」今稱之爲新記者漢人呼史書爲記，故司馬遷書，謂之太史公記，新記之名，所以別於前漢之史記，猶言新史云耳。隋志改撰集新記爲集新書，蓋不知其爲指東觀漢記。玉海卷五十二書目類，因立東觀仁壽閣新書一條，近人作書目長編者，又承其誤，題爲東觀仁壽閣書部，注曰漢班固傅毅賈逵，此因後漢書文苑傳，言「以毅爲蘭臺令史，與班固賈逵共典校書」故補入賈毅之名。不悟書部不得爲書名，蘭臺東觀，雖同爲後漢藏書之所，然七錄序及隋志，均不言當時嘗撰目錄，疑班固傅毅等雖典祕籍，然只是校讎典掌，未能如向歆父子之著錄也。

出版組印

文一三　D　王校

舊唐志　後漢蘭臺石室東觀南宮諸儒撰集，部次漸增。

班固撰漢書藝文志，自言就劉歆七略「删其要以備篇籍；又於篇末總數之下，自注云「入三家五十篇，省兵十家。」蓋除所新入及省併者外，其他所著錄，皆全本之劉歆，其小序亦錄自輯略，特微有增删改易，劉知幾所以譏爲因人成事也。

史通書志篇　但班固綴孫卿之詞，以序刑法，探孟軻之語用裁食貨；五行出劉向洪範，藝文取劉歆七略；因人成事，其目遂多。

後漢書作者甚衆，今知其有藝文志者，惟袁山松一家，見於阮氏七錄，胡應麟以爲謝承書者，誤也。其書已亡，崇文總目及宋志，均不著錄，蓋亡於唐末五代。體例不可復考。

七錄序　固乃因七略之辭，爲漢書藝文志，其後有著述者，袁山松亦錄在其書。　又袁山松後漢藝文志書續古文苑注云「此下當有脫文」「案八十七家亡。

通志校讎略編次必記亡書論　阮孝緒作七錄已，亦條劉氏七畧，及班固漢志，袁山松後漢志，魏中經，晉四部，所亡之書爲一錄，

胡應麟經籍會通卷二　阮錄又有後漢藝文志目若干卷，第云八十七家亡，而不著存數。

案范志無藝文一類，（案今後漢書志，乃司馬彪續漢志，此云范志誤也。）蓋謝承書也。

章宗源隋書經籍志考證卷一　後漢書九十五卷，本一百卷，晉秘書監袁山松撰。舊唐志一百二卷，新唐志一百一卷，又錄一卷，通志校讐略言有藝文志。宏簡錄載梁七錄內有後漢書藝文志若干卷，不著名山松證以通志當卽袁氏之志。

案七錄序兩言袁氏山松，廣宏明集各本皆同。鄭樵通志卽本之七錄，胡氏曾見廣宏明集者。其書中引用阮序極詳，乃以爲謝承書，此不可解，章氏僅自宏簡錄轉引，疑其未見阮序也。　又案史通書志篇云：『班漢定其流別，編爲藝文志，論其妄載，事等上篇，（上篇謂天文志知幾以爲史不當有天文藝文五行等志故云妄載）續漢已還，祖述不暇。夫前志已錄 而後志仍書，篇目如舊，頻煩五出，何異以水濟水，誰能飮之者乎？』知幾立論之謬不待言，但云「續漢以還，祖述不暇，」而今司馬彪續漢志尙存，並無藝文志，則此續漢二字，蓋泛指諸家後漢書言之，疑他家亦或有志藝文者，不止袁山松也。其云『前志已錄，後志仍書』，知其體仍兼錄前朝書，並不斷代。七錄序所謂後有著述袁山錄在其書者，蓋略言之，非謂僅錄後漢人之著述也。

三國之時，魏秘書郎鄭默，始制中經。七錄隋志不言其體例有所變更，知其分類猶沿七略。但其書不見著錄，蓋荀勗新簿既行，默書遂廢不用耳。

七錄序　魏晉之世，文籍逾廣，皆藏在秘書中外三閣。魏秘書郎鄭默删定舊文，時之論者，謂爲朱紫有別。

隋志　董卓之亂，獻帝西遷，圖書縑帛，軍人皆取爲帷囊，所取而西，猶七十餘載。兩京大亂，掃地皆盡。魏氏代漢，采綴遺亡，藏在秘書中外三閣，魏秘書郎鄭默始制中經。

初學記卷十二引王隱晉書　鄭默，字思元，爲秘書郎，删省舊文，除其浮穢，著魏中經簿。中書令虞松謂默曰：「而今而後，朱紫別矣。」（今晉書默附其父鄭袤傳文略同，惟浮穢下無魏中經簿一句。）

源流篇第七中　晉至隋

晉武帝太康二年，得汲冢古文竹書，以付秘書，於是荀勗撰次之；因鄭中經，更著新簿。遂變七略之體，分爲甲乙丙丁四部，是爲後世經史子集之權輿，特其次序子在史前。隋志謂其

「但錄題，及言盛以縹囊，書用緗素，至於作者之意，無所論辯」。「但錄題」者，蓋謂但記書名；「盛以縹囊，書用緗素」，則惟侈陳裝飾，是其書並無解題。而今穆天子傳，載有勗等校上序一篇，其體畧如劉向別錄，與隋志之言不合。據晉書勗傳，則勗之校書，起於得汲冢古文，或勗等只於汲冢書撰有敘錄，他書則否也。中經簿新舊唐志均著錄，至宋遂佚。

七錄序　晉領秘書監荀勗，因魏中經，更撰新簿，雖分為十有餘卷，而總以四部別之。惠懷之亂。其書略盡。　又晉中經簿四部書一千八百八十五部，二萬九百三十五卷，其中十六卷佛經，書簿少二卷，不詳所載多少，一千一百一十九部亡，七百六十六部存。

隋志　秘書監荀勗，又因中經，更著新簿　分為四部，總括羣書。此下記四部分類，詳見後類例沿革篇，大凡四部，合二萬九千九百四十五卷。但錄題，及言盛以縹囊，書用緗素，北堂書鈔卷一百四引晉中經簿云「盛書用皂縹囊布裏，書函中皆有香囊一。太平御覽卷七百四引晉中經簿云，「盛書有縑囊布囊緗囊」均可為隋志此二句之證。至於作者之意，無所論辯。惠懷之亂，京華蕩覆，渠閣文籍，靡有孑遺　又晉中經十四卷，荀勗撰。

晉書荀勗傳　荀勗，字公曾，潁川潁陰人，領秘書監。及得汲郡冢中古文竹書詔勗撰次之以爲中經，列在秘書。

荀勗等上穆天子傳序　古文穆天子傳者，太康二年汲縣民不準，盜發古冢所得書也。皆竹簡素絲編。以臣勗前所攷定古尺度。其簡長二尺四寸，以墨書，一簡四十字。汲者，戰國時魏地也。案所得紀年，蓋魏惠成王子，今王之冢也，于世本蓋襄王也。（中略）其書言周穆王遊行之事。春秋左氏傳曰『穆王欲肆其心，周行於天下，將皆使有車轍馬跡焉』，此書所載則其事也。王好巡狩，得盜驪騄耳之乘，造父爲御，以觀四荒，北絕流沙，西登昆侖，見西王母，與太史公記同。

案晉書束晳傳言，「汲郡人不準發魏襄王墓，或言安釐王冢」，據此序則是襄王墓也。當時所得書，束晳傳及杜預左傳後序孔疏所引王隱晉書，紀載互有詳略，茲不備引。

北堂書鈔一百一　荀勗讓樂事表云，『臣掌著作，又知祕書，今覆校錯誤，十萬餘卷書，不可倉卒，復兼他職，必有廢頓者也』。

按中經簿書僅二萬餘卷，此云十萬餘卷者合重復各本計之。

舊唐志後序　魏武父子，採掇遺亡，至晉總括羣書，裁二萬七千九百四十五卷。及永嘉之亂，洛都覆沒，靡有孑遺。

五胡之亂，不減焚書。迨及東晉，收集散亡，李充作晉元帝書目，但以甲乙丙丁四部爲次，又將中經新簿之乙丙兩部先後互換。由是史居子前，經史子集之次序，遂一定不可移易矣。元帝書目，隋志不著錄，僅見於七錄序中。

七錄序　江左草創，十不一存，後雖鳩集，淆亂已甚。及著作佐郎李充，始加刪正。因荀勗舊簿四部之法，而換其乙丙之書，沒略衆篇之名，總以甲乙爲次。自時厥後，世相祖述。

又晉元帝書目四部三百五袠，三千一十四卷。

隋志　東晉之初，漸更鳩聚。著作郎李充，以勗舊簿校之，其見存者但有三千一十四卷。充遂總沒衆篇之名，但以甲乙爲次。自爾因循，無所變革。

晉書李充傳　李充，字弘度，江夏人，爲大著作郎。于時典籍混亂，充刪除煩重，以類相從，分爲四部，甚有條貫。秘閣以爲永制。

舊唐志後序　江袠所存官書，凡三千一十四卷。

晉安帝義熙四年，邱深之又作新集目錄三卷，七錄隋志均不敘其事，其詳不可得聞。唐志尚著錄，至宋亦亡。

七錄序　晉義熙四年秘閣四部目錄（續古文范注云案此下當有脫文）

隋志　晉義熙以來新集目錄三卷。

舊隋志　義熙以來新集目錄三卷，丘深之撰。　新志同。

案七錄與隋志所載，皆即一書。丁國鈞補晉書藝文志采七錄隋志，分為二書，非也。（黃逢元補志，只著錄義熙四年秘閣四部目錄，不引隋志考其異同，亦非，）丘深之即丘淵之，宋書附見顧琛傳云，「丘淵之，字思玄，吳興烏程人，」唐人避諱改淵為深也。傳不言撰目錄，蓋史略之。

有宋一代，累撰目錄：其在文帝元嘉八年，則有謝靈運之書：營陽王景平中，則有殷淳之書：蒼梧王元徽元年，則有王儉之作。然隋志及舊唐志著錄者，王儉一家而已。而殷淳書獨見於新唐志，則馬懷素所謂『古書近出，前志闕而未編』者也。

七錄序　宋祕書監謝靈運，丞王儉，齊秘書丞王亮，監謝朏等，並有新進，更撰目錄。

宋秘書殷淳撰大四部目。　又宋元嘉八年秘閣四部目錄一千五百六十四袠，一萬四千五百八十二卷，五十四袠四百三十八卷佛經。　又元徽元年秘閣四部書目錄二千二十袠，一萬五千四十七卷。

隋志　其後中朝遺書，稍流江左。宋元嘉八年，秘書監謝靈運，造四部目錄，大凡六萬四千五百八十二卷。元徽元年，秘書丞王儉，又造目錄，大凡一萬五千七百四卷。　又宋元徽元年四部書目錄四卷，王儉撰。新唐志同，舊唐志作元徽元年書目四卷。

舊唐志後序　至宋謝靈運，造四部書目錄，凡四千五百八十二卷。其後王儉復造書目凡五千七十四卷。

案謝靈運書目存書卷數，隋志太多，舊唐志太少，當以七錄序爲正　蓋隋志六萬乃一萬之誤，舊唐志則與王儉條皆脫去一萬字故也。胡應麟經籍會通卷一，錄舊唐志此序，謂其記累世藏書卷軸，多與隋志不同，槩當從此爲正，不知其何所據而云然。　又案宋書及南史謝靈運傳，但云『爲秘書丞，坐事免，』不言撰書目。

宋書殷淳傳　殷淳，字粹遠，陳郡長平人也。少帝景平初，爲秘書郎，衡陽王文學，祕書丞，中書黃門侍郎，在秘書閣撰四部書目，凡四十卷，行於世。

新唐志　殷淳四部書目序錄三十九卷。案淳宋人，新書列在隋牛弘王劭之下，非是。

南齊書王儉傳　王儉。字仲寶，琅邪臨沂人也。解褐祕書郎，太子舍人，超遷祕書丞。上表校墳籍，依七略撰七志四十卷，上表獻之。表辭甚典。又撰定元徽四部書目。

王儉元徽書目，仍依四部次序，蓋以遵祕閣之制。儉又別撰七志，則依七略之體，蓋以成一家之言，疑元徽書目乃官書，而七志則私家撰述也。然既經表上，則亦同於官書矣。

七錄序　儉又依別錄之體，撰爲七志，其中朝遺書，收集稍廣。然所亡者猶大半焉。餘詳後類例篇

隋志　儉又別撰七志。以下記分類詳類例篇然亦不述作者之意，但於書名之下，每立一傳；而又作九篇條例，編乎首卷之中。文義淺近，未爲典則。

新唐志　王儉今書七志七十卷，賀蹤補注。舊唐志脫注字，賀蹤梁時官學士，見梁書劉峻傳。　又今書七志七十卷，王儉撰。

文選任彥昇王文憲集序　元徽初，遷秘書丞，於是采公曾之中經，刊弘度之四部，依劉歆七略，更撰七志。　又所撰古今集記今書七志爲一家言，不列於集。

按彥昇撰序，竟不道及元徽書目，蓋以公家薄籍，不足以當著述也。南齊書本傳，敘撰七志，在定元徽書目之前七錄隋志則言撰目錄在前，疑當依七錄。

其後南齊王亮謝朏等，復撰目錄。梁武右文，著錄彌富；任昉劉孝標尤極著作之選，昉與殷鈞撰秘閣書目，孝標與丘賓卿撰文德殿書目。而東宮之書，又別有撰著。昉所私藏，亦自登簿。江左篇章，於斯爲盛。故阮氏七錄，得取資焉。

七錄序　齊末兵火，延及秘閣　有梁之初，缺亡甚衆　爰命秘書監任昉，躬加部集。又於文德殿內，別藏衆書，使學士劉孝標等，重加校進。又分數術之文，更爲一部，使奉朝請祖暅撰其名錄。其尚書閣內別藏經史雜書，華林園又集釋氏經論，自江左篇章之盛，未有踰於當今者也。又齊永明元年秘閣四部目錄五千新足合二千三百三十二袠，一萬八千一十卷。　又梁天監四年文德正御及術數書目錄，合二千九百六十八袠二萬三千一百六卷，秘書丞殷鈞撰秘閣四部書，少於文德書，故不撰其數也。

隋志　齊永明中，秘書丞王亮監謝朏，又造四部書目，大凡一萬八千一十卷。齊末兵火延燒秘閣，經籍遺散。梁初秘書監任昉，躬加部集，又於文德殿內，列藏衆書，華林園中，總集釋典，大凡二萬三千一百六卷，而釋氏不豫焉。梁有秘書監任昉殷鈞四部目錄，又文德殿目錄，其術數之書，更爲一部，使奉朝請祖暅撰其名，故梁有五部目錄。昉又梁天監六年四部書目錄四卷梁鈞撰　梁東宮四部目錄四卷，劉遵撰　梁文德殿四部目錄四卷劉孝標撰

案梁書及南史王亮謝朏本傳，均不言其在南齊時撰目錄事，僅見於七錄序及隋志。然志不錄其書，蓋隋時已亡。又梁書劉遵傳，亦不言其曾撰東宮目錄，惟言「除中庶子，在東宮，以舊恩偏蒙寵遇，同時莫及」而已。

梁書任昉傳　任昉，字彥昇，樂安博昌人。高祖踐阼，拜黃門侍郎，尋轉御史中丞秘書監，領前軍將軍。自齊永元以來，秘書四部，篇卷紛雜，昉手自讎校，由是篇目定焉。家雖貧，聚書至萬餘卷，率多異本。昉卒後，高祖使學士賀蹤，共沈約勘其書目；官所無者，就昉家取之。

案此言勘其書目，蓋謂昉自藏之書目。觀七錄序言徧致宋齊已來王公紳縉墳籍之名簿，

目錄學發微　六十　北京大學

知當時私家藏書皆有目錄，其見有史者莫早於昉，是爲後來私家藏書目之權輿。

又殷鈞傳　殷鈞，字季和，陳郡長平人也，天監初起家秘書郎，太子舍人，司徒主簿，秘書丞。鈞在職啓校定秘閣四部目，更爲目錄。

案據隋志序，則任昉與殷鈞同撰目錄，而簿錄類著錄梁天監六年四部目錄只題鈞一人之名，七錄序亦但目爲鈞作，未詳其故，

梁書文學傳　劉峻，字孝標，平原平原人天監初召入西省與學士賀蹤典校秘書。

舊唐志　梁天監四年書目四卷，丘賓卿撰。　新志同。新志有劉遵東宮書目，舊志無。

按丘賓卿梁書及南史均無傳，不知其爲何人。其書隋志亦不著錄，及詳考之，實即隋志之劉孝標梁文德殿四部目錄也。七錄序言『又於文德殿內，別藏衆書，使學士劉孝標等重加校進，』序末古今書最內有『梁天監四年文德正卿及術數書目錄』是知文德校書正在天監四年。賓卿之書，時代卷數皆相合，知即一書，賓卿蓋亦校書學士之一人。玉海卷五十二，以爲殷鈞書者，誤也。隋書經籍志考證亦承其誤。七錄序及隋志言文德書殿術數更爲一部，爲

祖暅所撰。然據七錄。則文德殿目已包括術數書在內。即隋志所謂五部目錄，而志錄劉孝標書仍稱爲四部，亦非是。祖暅南史作祖暅之字景爍，附見其父沖之傳，言其有巧思入神之妙，但不載其曾撰術數書目。

南朝書目，自王儉七志外，皆用荀勗李充舊規，以四部爲次，至普通中，處士阮孝緒，始復斟酌劉歆王儉之義例，撰成七錄，分爲內外篇，內篇五錄，特於經史子集之外，益以術伎而已，蓋本於文德殿目錄，而小變之。詳見後類例沿革篇孝緒自言總集宋齊已來衆家之名簿，又言以所見聞校之官目，是則凡當時目錄所有，皆加采輯，不必親見其書，此則阮氏之創例。後來鄭樵馬端臨焦竑之徒於所未見之書，輒據他家入錄，蓋昉於此。又六代以前，撰書目者，大抵供職秘閣，校讎官書，即王儉七志，亦成於官秘書丞之日。孝緒心慕高隱，身居韋布，乃以文獻爲己任，廣爲搜集，補中秘藏書所不逮，裒然成一大著作，是亦前此所未有也。

七錄序　孝緒少愛墳籍，長而弗倦。臥病閑居，傍無塵雜，晨光纔啓，緗囊已散，宵漏既分，緣褰方掩，猶不能窮究流略，探盡秘奧。每披錄內，省多有缺案此謂任昉劉孝標祖暅所撰之目錄然其遺文隱記，頗好搜集。凡自宋齊已來，王公搢紳之館，苟能蓄聚墳籍，必思致其名簿。凡在所遇，若見若聞，校之官目，多所遺漏。遂總集衆家，更爲新錄。其方內經史至於術伎，合爲五錄，謂之內篇。方外佛道，各爲一錄，謂之外篇。凡爲錄有七，故名七錄。有梁普通四年仲春十有七日，於建康禁中里宅，始述此書。　新集七錄內篇圖書。凡五十五部，六千二百八十八種，八千五百四十七袠，四萬四千五百二十六卷。　內篇五錄四十六部，三千四百五十三種，五千四百九十三袠，三萬七千九百八十三卷。　外篇二錄，九部，二千八百三十五種，三千五十四袠，六千五百三十八卷。原文總數分數之後，均詳具若干袠，若干卷爲經書，若干爲圖或圖符，今略去。其分類細目，詳見後類例篇。

隋志　普通中，有處士阮孝緒，沉靜寡慾，篤好墳史，博采宋齊已來，王公之家，凡有書記，參校官簿。更爲七錄，以下記分類見類例篇其分部題目，頗有次序，割析文義，淺薄不經。

·又七錄十二卷，阮孝緒撰。新舊唐志同。

梁書處士傳　阮孝緒，字士宗，陳留尉氏人也。大同二年卒，年五十八，門徒誄其德行，謚曰文貞處士。所著七錄等書二百五十餘卷，行於世。

按南史隱逸傳作「所著七錄削繁等一百八十一卷。」考孝緒所著書七種，附見七錄序後，卷數與南史合。然其中並無七錄，削繁者，孝緒嘗作正史刪繁也。

經籍會通卷一　阮孝緒七錄總目，蓋梁世薦紳家藏，併在其中，秘書或因任昉之舊。孝緒之撰七錄，得其友劉杳之力爲多。杳又自撰古今四部書目，亦是私家撰述，隋志不著錄。書僅五卷，蓋不如七錄之詳，故其亡獨早　然有梁一代，遂有官撰之目三，私撰之目二，如任昉輩藏書簿錄，尙不在此列，可謂盛矣！

七錄序　通人平原劉杳從余遊，因說其事。杳有志積久，未獲操筆，聞余已先着鞭，欣然會意。凡所抄集，盡以相與，廣其聞見，實有力焉。斯亦康成之於傳釋，盡歸子愼之書也。

梁書文學傳　劉杳，字士深，平原平原人也。少好學，博綜羣書，沈約任昉以下，每有遺妄，皆訪問焉。自少至長，多所著述，撰古今四部書目五卷行於世。

案七錄序謂杳未獲操筆，而杳實有成書，疑即其所抄集之底稾，後人傳之也。

梁元帝性好聚書，又勤於著述，平侯景之後，嘗詔周宏正等分校經史子集。（見觀我生賦自注詳類例篇）

及江陵之破，取所聚圖書十餘萬卷盡焚之，竟不聞有目錄傳世：當出編校未終，旋致覆沒故也。

金樓子聚書篇　吾今年四十六歲，自聚書來四十年，得書八萬卷，河間之侔漢室，頗謂過之矣。

南史元帝紀　性愛書籍，既患目，多不自執卷，置讀書左右，番次上直，晝夜爲常，略無休已。及魏軍逼，乃聚圖書十餘萬卷盡燒之。

顏之推觀我生賦自注見北齊書本傳　王司徒表送秘閣舊事八萬卷案王司徒者王僧辯也，此正言平侯景後送書之事。乃詔比校部分，爲正御副御重雜三本。又北於墳籍少於江東三分之一，梁氏剝亂，散逸湮亡。惟孝元鳩合通重十餘萬，史籍以來，未之有也，兵敗悉焚之，海內無復書府

隋志　梁武敦悅詩書，下化其上，四境之內，家有文史。元帝克平侯景，收文德之書，及公私經籍，歸於江陵，大凡七萬餘卷。周師入郢，咸自焚之。

舊唐志後序　梁元帝克平侯景，收公私經籍，歸於江陵，凡七萬餘卷，蓋佛老之書計於其間。及周師入郢，咸自焚煬。

案通鑑卷百六十五云，「城陷，帝入東閤竹殿，命舍人高寶善焚古今圖書十四萬卷。」考異曰，「隋經籍志云，焚七萬卷南史云，十餘萬卷，按正僧辯所送建康書已八萬卷，並江陵舊書豈止七萬卷乎，今從典畧。」余以觀我生賦注考之，則其所燒者實十餘萬卷，而七萬餘卷者，王僧辯破侯景後所得書也，賦注言八萬卷舉成數言之合之帝平生所聚書，正當得十餘萬卷。隋志承上文言之，不數其自聚之書耳。惟是金樓子云，『四十六歲，得書八萬卷，』此則甚有可疑。考王僧辯以承聖元年三月平侯景，十一月帝即位，三年帝崩，年四十七。當四十六歲時，侯景之平已踰年；文德殿之書，必已早送至江陵，安得尙只八萬卷，聚書篇於所得數帙數卷皆記之，何以於此事獨置之不言，且其文自比河間之侔漢室，明是未即位時之語，今年四十六歲及聚書四十年句，必皆傳寫之誤金樓子序云。『學以凡庸，早賜茅社，胙土瀟湘，晚居外相，」又云『昔爲殂豆之人，今成介冑之士，智小謀大，功名其安在哉。』考太清三年，侯景寇沒京師，密詔以帝爲侍中，假黃鉞大都督中外諸軍事司徒承制，所謂晚居外相也。故知此書當作於未平侯景以前，斷未至四十六歲明矣此篇意在考目錄源流，於歷代藏書之事，不盡臚舉特以江陵之火，爲書籍之一大厄，而昔人考之不詳，故聊復言之。

有陳一代，嘗鳩集遺佚，隋志載其書目數種，然大率不著撰人名氏。志稱「隋氏平陳，所得之書，紙墨不精書亦拙惡。」蓋江左偷安，未遑經術，掇拾殘賸，無足觀矣。

隋志　陳天嘉中，又更鳩集，考其篇目，錄闕尚多。　又陳秘閣圖書法書目錄一卷。

按此爲書畫目錄　陳天嘉六年壽安殿四部目錄四卷　陳德敎殿四部目錄四卷　陳承香殿五經史記目錄四卷

按新舊唐志，只存天嘉書目一種。

自晉元渡江，中原淪於異族，日尋干戈，迄無甯宇，絃誦旣衰，經籍道熄。惟苻堅姚興，粗能安集，慕尙華風，文敎頗盛。然史文闕略，蘭臺東觀之制，靡得而聞。

隋志　其中原則戰爭相尋，干戈是務，文敎之盛，苻姚而已。宋武入關，收其圖籍，府藏所有，纔四千卷。赤軸青紙，文字古拙。

元魏崛興，底定中原，爰及孝文，彌敦儒術，文藝之興，於斯爲盛。其時書秘丞盧昶，撰有甲乙新錄，然隋志略而不言。其書名爲甲乙，或是只錄六藝諸子，抑舉甲乙以該丙丁，皆不

出版組印

文一三　D　王校

司知。荀勗中經甲部紀六藝小學，乙部有諸子兵書術數，東晉李充始以史傳爲乙部。北魏與東晉隔絕，未必沿用其例，故只疑錄經子也。

隋志　後魏始都燕代，南略中原，粗收經史，未能全具。孝文徙都洛邑，借書於齊，秘府之中，稍以充實，暨於爾朱之亂，散落人間。　又魏闕書目錄一卷。

魏書儒林孫惠蔚傳　世宗即位之後，按世宗者文帝子宣武帝廟號自冗從僕射，遷秘書丞。惠蔚既入東觀，見典籍未周，乃上疏曰，『秦棄學術，禮經泯絕，漢興求訪，典文載舉，暨光武撥亂，日不暇給，而入洛之書，二千餘兩。魏晉之世，尤重墳典，收亡集逸，九流咸備。觀其鳩閱史篇，訪購經論，紙竹所載，略盡無遺。臣學闕通儒，厠班秘省，忝官承乏，惟書是司。而觀閱舊典，先無定目，新故雜糅，首尾不全。有者累帙數十，無者曠年不寫。或篇第褫落，始末淪殘，或文壞字誤，謬爛相屬。篇第雖多，全定者少。臣請依前丞臣盧昶所撰甲乙新錄，欲裨殘補闕，損併有無，校練句讀，以爲定本，次第均寫，以爲常式。其省先無本者，廣加推尋，搜求令足，然經記浩博，諸子紛綸，部次既多，章篇紕繆，當非一二校書，歲月可了。今求令四門博士及在京儒生四十人，在秘書省，專精校考，參定字義。如蒙聽許，則典文允正，羣書大集。』詔許之。

按盧昶所撰甲乙新錄，僅見於此。考魏書昶附見其曾祖盧玄傳，末云，『轉秘書丞，景明初，除中書侍郎。』景明爲宣武帝即位後改元，則其官秘書丞撰新錄，正在孝文帝時。惠蔚此疏論校書之事劇詳，北史刪削太多。玉海卷五十二僅就北史錄其數句，通考經籍考遂併不載。今詳錄之。

北齊之政，上暴下亂，然於文史，亦頗留意。高洋嘗令樊遜校書，隋志謂『迄於後主之世，校寫不輟』，牛宏言『驗其本目，殘闕猶多，』見後隋文條下是當時亦撰有目錄，而求之史傳，並無其文。

隋志　後齊遷鄴，頗更搜聚，迄於天平武平，校寫不輟。

北齊書文苑傳　樊遜，字孝謙，河東北猗氏人也。七年，文宣之天保七年也詔令校定羣書供皇太子，時秘府書籍，紕繆者多，遜乃議曰，「按漢中壘校尉劉向，受詔校書，每一書竟表上，輒言臣向書，長水校尉臣參書，大夫公太常博士書，中外書，合若干本，以相比校，然後殺青。今所讎校，供擬極重，出自蘭臺，御諸甲館，向之故事，見存府閣，即欲刊定，必籍衆本。太常卿邢子才，太子少傅魏收，吏部尙書辛術，司農少卿穆子容，前東門郎司馬子瑞，故國子祭酒李業興，並是多書之家，請牒借本，參校得失。」秘書監尉景移尙書都坐，凡得別本三千餘卷，五經諸史，殆無遺闕。

按此事玉海通考俱不載，故錄之以補闕遺。遜之此議，與孫惠蔚之疏，並可以見北朝之文化焉。

時有宋孝王者，撰朝士別錄，後改爲關東風俗傳，專記北齊時鄴下之事，中有墳籍志。後來郡縣方志多志藝文，蓋昉於此，其所列書名，唯取當時撰著，劉知幾亟稱之，遂爲千頃堂書目及明史藝文志所取法焉。此雖私家一隅之家，又非目錄專書，而其有關著作源流，亦不細矣。

史通書志篇　藝文一體，古今是同，詳求厥義，未見其可。愚謂凡撰志者，宜除此篇；必不能去，當變其體。近者宋孝王關東風俗傳，亦有墳籍志，其所撰皆鄴下文儒之士，校讎之司，所列書名，唯取當時撰者。習茲楷則，庶免譏嫌。語曰，『雖有絲麻，無棄菅蒯，』於宋生得之矣。

北史宋隱傳　逡瑍（道瑍隱族裔孫）從孫孝王，爲北平王文學，求入文林館不遂，因非毁朝士，撰朝士別錄。會周武滅齊，改爲關東風俗傳，更廣聞見，勒成三十卷以上之。言多妄謬，篇第冗雜，無著述體。

北周政教，優於高齊。然時際喪亂，雖復收書；所得甚少。明帝嘗令羣臣於麟趾殿校書，足徵留心文史。唐封演言『後周定目，書止八千』（見封氏見聞記卷二）是則保定之時，（武帝年號）嘗編書目。然周書隋志及牛弘表皆不叙及，所未詳也。

隋志　後周始基關右，外逼彊鄰，戎馬生郊，日不暇給。保定之始，書只八千，後稍加增，方盈萬卷。周武平齊，先封書府，所加舊本，纔至五千。

周書明帝紀　帝幼而好學，及即位，集公卿已下有文學者八千餘人於麟趾殿。刋校經史，

隋文即位。從牛宏之言，遣使搜書，民間異本，往往間出。平陳之後，得其經籍，編次繕寫，撰爲開皇四年四部目錄。其後又有八年之目錄，史不言其何以重修。又有香廚目錄，亦不言香廚之所在，故不可考。當時搜訪，每書一卷，賞絹一匹，宋嘉祐時猶率行之。校寫既定，本卽歸主。清修四庫全書，亦仿其例。其求之之法，可謂密矣。

隋志　隋開皇三年，秘書監牛弘，表請分遣使人，搜訪異本。每書一卷，賞絹一匹，校寫既定，本即歸主。於是民間異書，往往間出。及平陳已後，經籍漸備，檢其所得，多太建時書，紙墨不精，書亦拙惡。於是總集編次，存爲古本。召天下工書之士，京兆韋霈南陽杜頵等於秘書內補續殘缺，爲正副二本，藏於宮中。其餘以實秘書內外之閣，凡三萬餘卷。　又開皇四年四部目錄四卷，開皇八年四部目錄四卷，香廚目錄四卷

舊唐志　隋開皇四年書目四卷，牛弘撰。　新志同。

北史牛弘傳　牛弘，字里仁，安定鶉觚人也。開皇初，授散騎常侍秘書監。弘以典籍遺逸，上表請開獻書之路曰，『昔周德既衰，舊經紊棄。孔子以大聖之才，開素王之業，憲章祖述，制禮刊詩，正五始而脩春秋，闡十翼而宏易道。及秦皇御宇，呑滅諸侯，（案隋書本傳此下有『任用威力，事不師古，始下焚書之令，行偶語之刑』四句。）先王墳籍，掃地皆盡，此則書之一厄也。漢興，建藏書之策，置校書之官：至孝成之代，遺謁者陳農，求遺書於天下，詔劉向父子讎校篇籍，漢之典文，於斯爲盛。及王莽之末，（隋書有長安兵起宮室圖書二句）並從焚燼，此則書之二厄也。光武嗣興，尤重經誥，未及下車，先求文雅。至肅宗親臨講肄，和帝數幸書林。其蘭臺石室，鴻都東觀，秘牒

自宋以前書籍皆用黄紙，大抵先寫後潢，齊民要術内有潢紙法

五厄之後，隋末王世充之亂為第六厄，安史之亂為第七厄，黄巢之亂為第八厄，金兵入據汴京為第九厄，明末李張之亂為第十厄

堙委，更倍於前。及孝獻移都，吏人擾亂，圖畫縑帛，圖畫隋書作圖書當從之皆取爲帷囊，此則書之二厄也。魏文代漢，更集經典，皆藏在秘書內外三閣，遣秘書郎鄭默刪定舊文，論者美其朱紫有別。晉氏承之，文籍尤廣。晉秘書監荀勗，定魏內經，更著新簿。隋書云，『雖古文舊簡猶云有缺，新章後錄，鳩集已多。』屬劉石憑陵，從而失墜。此則書之四厄也。永嘉之後，寇竊競興，其建國立家，雖傳名號，憲章禮樂，寂焉無聞。劉裕平姚，收其圖籍，五經子史，纔四千卷，皆赤軸青紙，文字古拙，並歸江左。隋書文字古拙句下作『僭僞之盛，莫過三秦，以此而論，足可明矣。故知衣冠軌物，圖畫記注，播遷之餘，皆歸江左。』此言以三秦之盛，藏書尚不過如此，是文物圖記，已於晉室東渡之時，歸於江左矣。北史刪去數句，便非原書之意。宋秘書丞王儉，依劉氏七略，撰爲七志。梁人阮孝緒，亦爲七錄，總其書數三萬餘卷。及侯景度江，破滅梁室，秘省經籍，雖從兵火。其文德殿內書史，宛然猶存。蕭繹據有江陵，遣將破平侯景，收文德之書，及公私典籍重本七萬餘卷，悉送荆州。及周師入郢，繹悉焚之於外城，所收十纔一二，此則書之五厄也。後魏爰自幽方，遷宅伊洛，日不暇給。經籍闕如。周氏創基關右，戎車未息，保定之始，書止八千，後加收集，方盈萬卷。高氏據有山東，初亦採訪，驗其本目，殘缺猶多。及東夏初平，遷其經史四部，重雜三萬餘卷，所益舊書，五千而已。今御出單本，合一萬五千餘卷，部帙之間，

出版組印

文一三 D 王校

仍有殘闕，比梁之舊目，止有其半。至於陰陽河洛之篇，醫方圖籍之說，彌復爲少。臣以經書至仲尼迄今。數遭五厄，興集之期，屬膺聖代。今秘藏見書，亦足披覽，但一時載籍，須令大備，不可王府所無，私家乃有，若猥發明詔，兼開購賞，則異典必致，觀閣斯集。」上納之，於是下詔獻書一卷，賚縑一疋，一二年間，篇籍稍備。

案牛弘此表，隋書較詳，北史大有刪削，文較簡淨。通考經籍考采用北史，今亦從之。但於其文義不完者，更採隋書補入注中，隋志總叙，卽用弘表及七錄序綴輯成篇，但彼此互有詳略，故仍錄之以資參考，不嫌繁複也。

開皇十七年秘書丞許善心，復撰七林，既有總叙，又能明叙作者之意。蓋七略之後，僅有此書。似較七志七錄，猶或過之。（隋志言七志不叙作者之意，七錄淺薄不經。）惜佚而不傳。隋志已不著於錄。乃志序亦無一言及之，則史氏之疏也，唐志又有王劭開皇二十年書目，隋書北史本傳亦不叙其事。觀開皇時書目之屢修，則知隋之求書也勤矣；

隋書許善心傳　許善心，字務本，高陽北新城人也，十七年，除秘書丞，于時秘臧圖籍，尙多淆亂。善心放阮考緒七錄，更製七林，各爲總叙，冠於篇首，又於部錄之下，明作

目錄學發微

者之意，區分其類例焉，又奏追李文博陸從典等學者十許人，正定經史錯謬。

舊唐志，隋開皇二十年書目四卷，王劭撰。　新志同。

煬帝嗣位，性好讀書，西京所藏至三十七萬卷，命柳顧言等除其複重，得正御本三萬七千餘卷。大業正御書目錄，蓋緣此而作。唐初平王世充，載以又都，多沒於河，獨得其目錄。其後修五代史，因就加增損，以爲隋書經籍志。或謂隋志本之七錄者，非也。但志言其目錄殘缺之餘，尚有八萬九千餘卷，則與正御本之數不合。　或柳顧言，詮次之後，續有增益，別編目錄歟。

隋志　煬帝卽位，秘閣之書，限寫五十副本，分爲三品。上品紅瑠璃軸，中品紺瑠璃軸，下品漆軸。於東都觀文殿東西廂，構屋以貯之。東屋藏甲乙，西屋藏丙丁。又聚魏以來古跡名畫，於殿後起二臺，東曰妙楷臺，藏古跡，西曰寶臺，藏古畫。又於內道場集道佛經，別撰目錄。大唐武德元年，克平僞鄭，盡收其圖書，及古跡焉。命司農少卿宋遵貴，載之以船，泝河西上，將致京師。行經底柱，多被漂沒，其所存者，十不一二。其目錄亦爲所漸濡，時有殘缺。今考見存，分爲四部，合條爲一萬四千四百六十六部，有八萬九千

出版組印

文一三　D　王校

六百六十六卷。其舊錄所取，文義淺俗，無益教理者，並刪去之。其舊錄所遺，辭義可采，有所弘益者，咸附入之。　又隋大業正御書目錄九卷。法書目錄六卷。雜儀注目錄四卷。

北史　隋西京殿有書三十七萬卷。煬帝命秘書監柳顧言等詮次，除其重複猥雜，得正御本三萬七千餘卷，納於東都修文殿。又寫五十副本。簡爲三品，分置西京東都宮省官府，其正御書皆裝翦華綺，寶軸錦標。於觀文殿前爲書室十四間，窗戶褥幔，咸極珍麗。此據玉海卷五十二引，不知出北史何篇，俟更詳檢之。

源流篇第七下　唐至清

唐高祖武德初，得隋舊書八萬餘卷，又從令狐德棻之請，購募遺書，由是圖籍略備。太宗即位，魏徵復奏請校定羣書，然不聞編撰目錄。

舊唐志序　隋世簡編最爲博洽，及大業之季，喪失者多。貞觀中，令狐德棻魏徵相次爲秘書監，上言經籍亡逸，請行購募，幷奏引學士校定。羣書大備。

按據列傳，德棻購書之請，在武德中官秘書丞之時。惟魏徵之奏引學士校書，在貞觀二年耳。志序遂幷敘入貞觀中非也。

又後序　國家平王充，即王世充避太宗諱去世字收其圖籍，泝河西上，多有沈沒，存者重復八萬卷。

新唐志序　初隋嘉則殿書三十七萬卷，武德初有書八萬卷，重複相糅　王世充平，得隋舊書八千餘卷。太府卿宋遵貴監運東都，浮舟泝河，西致京師。經砥柱，舟覆，盡亡其書。貞觀中，魏徵虞世南顏師古，繼爲秘書監，請購天下書，選五品以下子孫工書者爲書手繕寫，藏於內庫，以宮人掌之。

案隋志言，『平僞鄭收其圖書，行經底柱，多被漂沒，存者十不一二。攷見存有八萬九千六百六十六卷。』與舊志後序合　蓋就嘉則殿書三十七萬餘卷之中。只有八萬餘卷，尙有重復，故言十不一二。者如新志言八千餘卷，則只百分之一二矣。而又言舟覆盡亡其書，則是一卷不存，其謬如此。此事關係書之存亡。玉海藝文書目類及通攷經籍考，皆只引新志，不知其誤，故爲攷正之。

又案顏師古傳言『太宗令師古於秘書省，考定五經，既成，頒之天下，又刋正奇書難字』蓋即在是時。文繁不錄。

玄宗開元三年，令馬懷素褚旡量，整比內庫舊書。懷素因請續王儉七志，從之。會懷素卒，書竟不就。又詔秘書官草定四部，踰年不成。七年，乃以元行冲代懷素，遂成羣書四錄二百卷，九年，奏上之。觀其卷帙之富，疑其用劉向王儉之例，每書皆有叙錄。雖成之過促，致爲毋煚所不滿，然其書之浩博如此，則自淸修四庫總目以前所未嘗有也。而宋人皆未見其書，遂至隻字不存，可不惜哉！

舊唐志序　開元三年，左散騎常侍褚無量馬懷素侍宴，言及經籍。玄宗曰，『內庫皆是太宗高宗先代舊書，常令宮人主掌，所有殘缺，未遑補輯，篇卷錯亂，難於檢閱。卿試爲朕整比之。』至七年，詔公卿士庶之家，所有異書，官借繕寫。及四部書成，上令百官入乾元殿東廊觀之，無不駭其廣。九年十一月，殷踐猷王愜韋述余欽毋煚劉彥眞王灣劉仲等，重修成羣書四錄二百卷，右散騎常侍元行冲奏上之。　又羣書四錄二百卷，元行冲撰。新唐志與舊志序同，無行冲名，劉冲作王仲邱，

新唐書儒學馬懷素傳　馬懷素，字惟白，潤州丹徒人。玄宗詔與褚無量同爲侍讀。有詔句校秘書。是時文籍盈漫，皆炱朽蟫斷，籤牓紛舛。懷素建白，願下紫微黃門，召宿學巨儒

，就校繆闕。又言自齊以前舊籍，王儉七志已詳，請採近書篇目，及前志遺者，續儉志以藏秘府。詔可。案懷素傳，新書較舊書爲詳，然此處舊書云，『是是秘書省典籍散落，條疏無叙，懷素上疏曰，「南齋已前墳籍舊編，王儉七志以後著述，其數盈多。隋志所書，亦未詳悉，或古書近出，前志闕而未編；或近人相傳，浮詞鄙而猶記。若無編錄。難辯淄澠。望括檢近書篇目，并前志所遺者，續王儉七志，藏之秘府。』新書以例不錄駢文，遂縮簡其詞，致使懷素修書之意不明，即拜懷素祕書監，乃詔國子博士尹知章等分部撰次。然懷素不善著述，未能有所緒別。會卒，詔秘書官並號修書學士，草定四部，人人意自出，無所統一，踰年不成。有司疲於供擬，太僕卿王毛仲奏罷內料。又詔右常侍褚無量、大理卿元行沖，考絀不應選者。無量等奏修讚有條。宜得大儒綜治。詔委行沖。八年按當作九年四錄成，上之，學士無賞擢者。

舊唐書韋述傳　開元五年，秘書監馬懷素受詔編入圖書，乃奏用左散騎常侍元行沖並述等二十六人，同於秘閣，詳錄四部書　懷素尋卒。行沖代掌其事，五年而成。其總目二百卷。

案毋煚云。首尾三年，而此云五年者，通修續七志之始及羣書四錄之成計之也。新書述傳乃云，『馬懷素奏述與諸儒，即秘書續七志，五年而成。』不知續七志本未成書，舊書所指，乃元行沖奏上之四錄耳。

舊唐書元行沖傳　元行沖，新書云元澹字行沖以字顯河南人。開元七年，拜太子賓客，弘文館學士。先是祕書監馬懷素。集學者續王儉今書七志　散騎常侍褚无量，於麗正殿校寫四部書。事未就而懷素無量卒。詔行沖總代其職。於是行沖表請通撰古今書目，名爲羣書四錄。歲餘書成，奏上。上嘉之。

案以新舊書參互考之，蓋懷素欲於南齊以前之墳籍，補王儉所無，七志以後之著述，改隋志之失，故請續修七志。七志有者卽不復著錄，行沖則就見存之書，通貫古今，不問以前著錄之有無，故不必襲用七志之體。

其時有修書學士毋煚者，自懷素在時，卽與修撰。至是四錄成。煚又自著古今書錄四十卷，每部皆有小序，每書皆注撰人名氏，有釋有論。然卷帙少於四錄。蓋如別錄之外，又有七略舊志載其自序，頗指陳四錄之失。是則因隨衆修書，其志不行，故別成著述，追雪遺恨。既與班固之因人成事者殊科，亦與簡明目錄之剪裁提要者不同。煚又有開元內外經錄十卷，錄釋道經，至宋皆亡。然舊唐書經籍志，全抄自古今書錄，但去其小序論釋耳。猶可見其時藏書之大略也。

清繆荃孫有[illegible]藝文志注四卷，以[illegible]為主，而以[illegible]低一格，附於每條之後，并考其本末，存於注中，稿存江安傅氏。

日本人藤原佐世（唐昭宗時人）日本國見在書目（古逸叢書本）所收多[illegible]者多，足補兩唐志之闕。

北平圖書館藏有鈔本見在書目注，不著撰人，其注簡略不佳。

舊唐志　自後毋煚，又略爲四十卷，名爲古今書錄。

又引毋煚序　曩之所修，禮有未愜，追怨良深。（中略）昔馬談作史記，班彪作漢書，皆兩葉而僅成。劉歆作七略，王儉作七志，踰二紀而方就。孰有四萬卷目，二千部書，名目首尾三年，便令終竟。欲求精悉，不其難乎？所以常有遺恨，竊思追雪。乃與類同契，積思潛心，審正舊疑，詳開新制。永徽新集，神龍舊書，則釋而附也。未詳名氏，不知部伍，則論而補也。空張之目，則檢獲便增。未允之序，則詳宜別作。紕繆咸正，混雜必刊。改舊傳之失者三百餘條，加新書之目者六千餘卷。凡四部之錄四十五家，都管三千六十部，五萬一千八百五十二卷，成書錄四十卷。其外有釋氏經律論疏，道家經戒符籙，凡二千五百餘部，九千五百餘卷，亦具翻譯名氏，序述指歸，又勒成目錄十卷，名曰開元內外經錄。

案毋氏指陳曩之所修未愜之處有五，祕書多闕，而諸司墳籍不暇討論，一也。永徽已來，新集不取，神龍已來，近書未錄，二也。書閱不徧，或不詳名氏，未知部伍，三也。書多闕目，空張篇第，四也。書序取魏文貞，書類據隋經籍志，理有未允，五也。以其

出版組印

文一三　D　趙校

文太繁，故檃括其大意如此，觀其所言，其不滿於同時撰修諸人者，深矣。所指五失，其前三者，雖四庫提要亦不免蹈其覆轍，蓋亦古今官書之通弊也。其所自著，於四錄大有更張，第不知能實踐其言否，惜其書已亡，無從一考也。

又按毋氏古今書錄，新唐志宋志均著錄，然郡齋讀書志卷九引國史，已謂『毋煚所著不存』，紹興祕書省四庫闕書目卷一目錄類，有「古今書錄四十卷」，注云，「闕」。疑宋志虛列其目，不足據也。（毋氏開元內外經錄，新志在道家類釋氏條下，宋志不著錄。）其時又別有開元四庫書目四十卷，見於崇文總目，（見原本卷二十三，不著撰人名氏，非毋煚書，亦見通志藝文略。唐宋志均不著錄。）是宋初尚存。歐陽修等修唐書藝文志，當卽據此書。至天寶三載四庫更造書目，唐會要雖詳載其經史子集之卷數，然崇文目已不著錄，疑修等亦未之見也。（詳提要篇）

玉海卷五十二引集賢注記（唐韋述撰）　開元十年九月，張說都知麗正殿修書事，秘書監徐堅爲副，張悱改充知圖書括訪異書使。天寶三載，閏二月，更造四庫書籍。（會要作六月四庫更造書目）

唐之圖籍，經安祿山黃巢之亂，累致散佚。雖旋加搜採，而昭宗遷洛，遂復蕩然。蓋牛弘所言五厄之後，三百年間，又經三厄矣。

舊唐志序　毋煚古今書錄，大凡五萬一千八百五十二卷。祿山之亂，兩都覆沒，乾元舊籍，亡散殆盡，肅宗代宗，崇重儒術。屢詔購募。文宗時，鄭覃侍講禁中，以經籍道喪，屢以爲言。詔令秘閣搜訪遺文，日令添寫。開成初，四部書至五萬六千四百七十六卷。及廣明初，黃巢干紀，再陷兩京，宮廟寺署，焚蕩殆盡，曩時遺籍，尺簡無存。及行在朝，諸儒購輯，所得無幾。昭宗即位，志弘文雅，秘書省奏曰，當省元掌四部御書十二庫，共七萬餘卷。廣明之亂，一時散失。後來省司購募，尚及二萬餘卷。及先朝再幸山南，尚存一萬八千卷。京城制置使孫惟晟，收在本軍。其書籍並望付當省，校其殘缺，漸令補輯，從之。及遷都洛陽，又喪其半。

案宋志有唐秘閣四部書目四卷，唐四庫搜訪圖書目一卷，並不著撰人及時代。其搜訪目。證以舊志所言，蓋在文宗時也。

五代喪亂相尋，世衰文弊。後唐漢周雖常募民獻書，然史言乾祐（漢隱帝年號）詔下，鮮有應者；則唐周可知。故並無目錄傳世。惟唐明宗長興三年，從馮道之請，刻九經版，至周廣順三年刻成。斯其有巧經籍甚大，不可不書也。

舊五代史卷四十三唐明宗紀　長興三年二月辛未，中書奏請依石經文字(案謂唐開成石經)刻九經印板，從之。

宋失名愛日齋叢鈔卷一　通鑑，「後唐長興三年二月，辛未，初令國子監校定九經，雕印賣之。」又云，「自唐末以來，所在學校廢絕。蜀毋昭裔出私財百萬營學館，且請刻版印九經，蜀主從之。由是蜀中文學復盛。」又云，「唐明宗之世。宰相馮道李愚，請令判國子監田敏校定九經，刻版印賣，朝廷從之。後周廣順三年，六月丁巳，板成獻之。由是雖亂世，九經傳布甚廣」，此言宰相請校正九經印賣，當是前長興三年事，至是二十餘載始辦。

宋太祖建隆之初，纔有書萬二千餘卷，乾德時已有史館新定書目。其後削平諸國，輒收其圖籍。至眞宗時，詔編館閣圖籍目錄，又有太淸樓四部書目。宋志並不著錄，蓋旋即亡佚。

玉海卷五十二引國史志　乾德六年史館新定書目四卷

宋志序　宋初有書萬餘卷。其後削平諸國，收其圖籍，及下詔遣使購求散亡，三館之書，(案集賢院史館昭文館爲三館)稍復增益。太宗始建崇文院，而徙三館之書以實之。又分三館書萬餘卷，別

錢東垣等崇文總目輯釋每條之下凡有原釋二字者皆總目原文，其無此二字者則東垣等所加也，後人往往並引為崇文總目誤矣

爲書庫·目曰秘閣。眞宗時；命三舘寫四部書二本，置禁中之龍圖閣，及後苑之太清樓。已而王宮火，延及崇文秘閣，書多煨燼。其僅存者，遷于右掖門外。謂之崇文外院。命重寫書籍，選官詳覆校勘。　又太清樓書目四卷

玉海卷五十二　咸平元年十一月·以三館秘閣書籍，歲久不治，詔朱昂杜鎬劉承珪整理，著爲目錄。三年二月，昂等受詔編館閣圖籍目錄，至是奏御。原注中興書目有皇朝秘書目一卷，十九門六千七百九卷。不知作者。

又景德四年三月，召輔臣對於苑中，登太清樓觀太宗聖製御書，及新寫四部羣書。上親執目錄，令黃門舉其示書之。

仁宗景祐初，詔王堯臣等仿開元四部錄之體。著爲目錄。慶歷元年成書，賜名崇文總目，凡六十六卷。現存之目錄專書，莫古於斯矣。

宋志序　仁宗既新作崇文院，命翰林學士張觀等編四庫書，倣開元四部錄，爲崇文總目，凡三萬六百六十九卷。　又王堯臣歐陽修崇文總目六十六卷。

玉海卷五十二　慶歷元年十二月，已丑，翰林學士王堯臣等上新修崇文總目六十卷。原注：堯臣與聶寃卿郭稹呂公綽王洙歐陽修等撰，以四館書幷合著錄，中興書目六十六卷，國史志崇文總目六十六卷，序錄一卷　景祐元年閏六月，以三舘秘閣所藏，有

謬濫不全之書。辛酉，命翰林學士張觀，知制誥李淑宋祁，將館閣正副本書看詳，定其存廢。僞謬重復，並從删去。內有差漏者。令補寫校對。倣開元四部，約國史藝文志，著爲目錄，仍令翰林學士盛度等看詳。至是上之。

其後神宗熙寧，哲宗元祐時，均有書目。然通考不著其事。至徽宗時。崇文目中所有之書，已頗亡失。致和中，乃以續得之書增入之，改名秘書總目。書亦不傳。

玉海引中興書目　熙寧七年國子監書總一百二十五部。今存書目一卷。

又引會要　元祐二年六月八日，祕書省言秘寫祕閣黃本，以崇文總目比校別造書目。

又引中興書目，秘書省書目二卷。原注凡一萬四千九百餘卷

宋志序　徽宗時，更崇文總目之號爲祕書總目。

按據玉海及通考，蓋於崇文總目有所增補，非僅更其號也，宋志誤。

通考卷一百七十四經籍攷　大觀四年，秘書監何志同言，慶歷間嘗命儒臣集四庫爲籍，名曰崇文總目，距今未遠也。按籍而求之，十纔六七。號爲全本者，不過二萬餘卷，而脫簡斷編，亡散缺逸之數浸多。謂宜視舊錄所未有者，頒其名數求訪。卽從其請，政和七年

，校書郎孫覿言，景祐中仁宗詔儒臣即祕書所藏，編次條目，所得書以類分門，賜名崇文總目，神宗以崇文院爲秘書省，釐正官名，獨四庫名尙循崇文舊目。頃因臣僚建言訪求遺書，今累年所得，總目之外，已數百家，幾萬餘卷。乞依景祐故事，詔秘書省官，以所訪遺書，討論撰次，增入總目，合爲一書。乞別製美名，以更崇文之號。迺命覿及著作佐郎倪濤校書郎汪藻劉彥通撰次，名曰祕書總目。

按此宋會要之文，玉海引之較略。秘書總目宋志不著錄，雖不詳其卷數，然崇文總目已六十六卷，今更增益數百家，則卷帙當更加多 近人作書目長編，因明修補本玉海『合爲一書』句，誤作『合爲一卷』，遂據以入錄云，『秘書總目一卷』，是未覩其上文增入總目之語也。

靖康之難，書籍蕩然。高宗渡江，網羅散失，館閣益富。至孝宗淳熙時，遂編爲中興館閣書目。寧宗嘉定間，又編定續書目。陳振孫頗譏其失。其書宋末尙存，玉海所引書目續書目皆此二書也。今亦佚矣。

宋史欽宗紀　靖康二年四月，庚申朔，金人以帝及皇后太子北歸，太淸樓祕閣三館書，天下州府圖，府庫畜積，爲之一空。

宋志序　迨夫靖康之難，而宣和館閣之儲，蕩然靡遺　高宗移蹕臨安，乃建祕書省於國史院之右，搜訪遺闕，屢優獻書之賞。四方之藏，稍稍復出，而館閣編輯，日益以富矣。當時類次書目，得四萬四千四百八十六卷。至甯宗時，續書目又得一萬四千九百四十三卷。視崇文總目又有加焉。

按中興館閣書目，編孝宗於淳熙四年，非高宗時所類次，宋史之謬如此。

又　陳騤中興館閣書目七十卷，序例一卷。張攀中興館閣續書目二十卷。

通考經籍考　高宗渡江，書籍散佚。獻書有賞，或以官，故家藏者，或命就錄，鬻者悉市之。淳熙四年，秘書少監陳騤言，中興館閣藏書，部次漸廣，乞倣崇文總目類次。五年書成，（玉海云凡五十二門）較崇文所載，實多一萬三千八百一十七卷。嘉定十三年，以四庫之外，書復充斥。詔秘書丞張攀等續書目，又得一萬四千九百四十三卷。紹定辛卯火災，書多闕。

陳振孫直齋書錄解題卷八　中興館閣書目三十卷，秘書監臨海陳騤叔進等撰，淳熙五年上之。中興以來，庶事草創，網羅遺逸，中秘所藏，視前世獨無歉焉，殆且過之。其間考究疏謬，亦不免焉。　又館閣續書目三十卷，秘書丞吳郡張攀從龍撰，嘉定十三年上，以淳熙後所得書續纂，草率尤甚。

宋時國史凡四修。每修一次，輒有藝文志　其每類皆有小序，通考倘間引之，並條列其部類及卷數甚詳。其續修也，大抵以後之所得，補前之所無。惟中興藝文志，似是據書目續書目，及嘉定以前書爲一編。元人修宋史，卽據此四志，刪除重復，合爲一志焉。

有宋一代求書之事，通考玉海及續通鑑長編，言之詳矣。其收藏校讎之事，又有程俱之麟臺故事，（五卷武英殿本。其十萬卷樓重刻原本作四卷。）陳騤之南宋館閣錄，及無名氏之續錄（各十卷，只有抄本。）紀載之，學者得以考焉。此篇意在詳於唐以前，故於宋人，惟叙其官修之書目而已。

元起漠北，武功之盛，超軼前代。及入中國，亂多治少，其於文教，蓋有未遑。雖亦常設秘書監，立興文署，刊刻諸經子史。然未嘗如唐開元，宋慶歷之撰修目錄。惟至正時曾以秘書監所藏古書名畫，編號繕寫，今亦不傳。可見者惟王士點等之秘書監志中，錄其藏書之大略而已。

四庫提要卷七十九　秘書監志十一卷，元王士點商企翁同撰。士點有禁扁已著錄。（按提要卷

（六十八禁扁條下云士點字繼志東平人。）企翁字繼伯。曹州人．官著作佐郎　其書成於順帝至正中。凡至元以來，建置遷除典章，無不具載，司天監亦附錄焉。其所記錄，多可以資考核。（案此書各家書目均只舊抄本民國五年丙辰始以活字印行）

元秘書監志　至元十年正月，立秘書監，掌圖書經籍。十一月，太保大司農奏興文署掌雕印文書，屬秘書監。　又至正二年五月，準監丞王道關奏，竊惟古之書庫有目，圖書有題，所以謹儲藏而便披玩也。伏覩本監所藏。多係金宋流傳，及四方購納。名書名畫，不爲少矣。專以祇備御覽也。然自至元迄今。庫無定數，題目簡帙。寧無紊亂。應預將經史子集。及歷代圖書，隨時分科，品類成號，他時奉旨，庶乎供奉有倫，因得盡其職也，合無行下秘書庫，依上類編成號，置簿繕寫。

按據此則元亦有圖書之簿籍。其體蓋如明之文淵閣書目。

朱彝尊經義考卷二百九十四　按元秘書志十一卷，至正二年，著佐郎王士點，著作佐郎商企翁同編　統計經類四百一十六部，四千三百四册．而史子集不與焉。元之儲藏富矣，惜不分著其目　而洪武初修元史，命呂復歐陽佑等采書北平　當時若一關取，則諸書具在，以撰藝文志無難。顧元史闕焉。不能不致憾於宋王諸公也。

明初滅元收其圖籍，永樂徙都，移置北京。至正統時，楊士奇始撰文淵閣書目，不分經史子集，惟以千字文編號，每號若干櫥，有册數而無卷數。自古目錄，無若是之陋者，遂開後來藏書目之一派。錢大昕謂爲內閣之簿帳，蓋得其實。

明志序　明太祖滅元都，大將軍收圖籍，致之南京；復詔求四方遺書，設秘書監丞，尋改翰林典籍以掌之。永樂北京既建，詔修撰陳循，取文淵閣書一部至百部，各擇其一，得百櫃運致北京。正統間，士奇等言文淵閣所貯書籍，有祖宗御製文集，及古今經史子集之書，向貯左順門北廊，今移於文淵閣東閣。臣等逐一點勘，編成書目，案文淵閣書目前載楊士奇題本，作臣等逐一打點清切，編置字號，寫完一本，總名文淵閣書目，請用寶鈐識永久藏弄。題本作永遠備照，庶無遺失，制曰可。

錢大昕潛研堂文集卷二十九跋文淵閣書目　此目不過內閣之簿帳，初非勒爲一書，如中經簿崇文總目之比。必以撰述之體責之，未免失之苛矣

周中孚鄭堂讀書記卷三十一　文淵閣書目二十卷，讀書齋叢書本 明楊士奇編。四庫全書著錄作四卷。焦氏經籍志千頃堂書目俱作十四卷。疑十字誤衍。此本因依元編字號而分之，故有

出版組印

文一三 D 趙校

二十卷也，其書以千字文排次，自天字，至往字，凡二十號五十櫥，共貯七千二百九十七種，每種但著書名冊數，而無撰人卷數。案原書於撰人姓名亦間有著者但缺者居多耳甚至於往字三櫥之新志，大半並其冊數而不著，致覽者茫然自失。如此著錄，從來官撰私著所未有也。

至神宗萬曆時，中書舍人張萱等，取閣中書重加檢校，編爲內閣藏書目錄，分爲部類，並注撰人姓名。亦間有解題，然其文甚略，於原書卷數不盡著，體例亦未盡善，而較之楊士奇目，差可備考。今欲窺有明一代之儲藏，惟此二書而已。若焦竑之國史經籍志，抄撮史志，多非實有其書，不足據也，元明兩代學術之陋，可於其目錄書卜之矣。

丁丙善本書室藏書志卷十四　內閣藏書目錄八卷。抄本 右目略注撰人姓名官職書之全闕，而部類參差，殊鮮端緒。末葉記云，『萬歷三十三年，歲在乙巳，內閣敕房辦事大理寺左寺副孫能傳，中書舍人張萱，秦焜，郭安氏，吳大山，奉中堂諭校理並纂輯。』

案此書四庫不著錄，近人張鈞衡刻入適園叢書第二集。

清至康熙時，天下大定，留意文籍，內庭新藏之書，多由儒臣摘叙簡明畧節，附夾本書之內見四庫提要卷首上諭今故宮圖書館所藏書尚間存有此種夾片，但未編成目錄，乾隆三十七年，詔求遺書。四方之書既集，乃開館編纂，分爲應刻應鈔應存目三種書並從朱筠之請，於永樂大典內搜輯佚書。於流傳甚罕者，則壽之梨棗。爲武英殿聚珍版叢書，於有裨實用者：則皆繕寫校讎，彙爲四庫全書，貯之文淵閣。於俚淺譌謬無可採者，則只存書名：注出畧節，謂之存目，每書皆校其得失，撮舉大旨，敍於本書卷首，此亦朱筠所奏請：名曰提要，綜各書之提要，合爲四庫全書總目。又因卷帙太繁，繙閱不易，另輯簡明目錄一編。至四十六年，全書告成，藏其底本於翰林院書復別鈔數部，建閣於圓明園瀋陽熱河及浙江兩省，與文淵閣而已。在鎭江金山者曰文宗，揚州大觀堂者曰文匯，杭州西湖者曰文瀾。士子有願讀中秘書者在京許赴翰林院，在外許赴三閣閱覽傳鈔，頗與今之圖書館相似。諸藏書家鈔本，多出於此。好事者往往取以刻入叢書。於一代文化，不爲無助焉。惜乎於四庫失收之書，未能續加搜求，隨時編目；持較唐宋之屢次修纂者，猶不能無愧色耳。

清文獻通考卷二百二十四經籍考　　四庫全書總目二百卷，簡明目錄二十卷，乾隆四十七年奉勅編。臣等謹案乾隆三十七年，詔求遺書。四方大吏，悉心採錄。江南浙江好古之士，各以其藏書來獻。旋因安徽學政朱筠言，永樂大典中多人間未見之本，命開四庫全書館

出版組印

文一三　D　趙校

於翰林院，遴選儒臣，詳審編覈，又設局於武英殿，專司繕錄之事。凡經史子集條分得失：其善本則著錄，其外間所稀覯者，則以聚珍版廣厥流傳，其餘則附見存目，每校一書，進呈乙覽。館臣次第甄錄，四十六年，編定全書三萬六千册。從古圖書之備，未有盛於此者。復綜各書提要，合爲總目。又專輯著錄各書，括其簡要，爲簡明目錄。

以上所言，大抵國家藏書目錄。蓋自漢楊僕劉向之著錄，皆起於奉詔校書，魏晉南北朝，則大抵爲祕書監丞之職掌。其以處士而著書，阮孝緒一人而已。宋齊以來，王公搢紳之名錄，梁任昉之目錄，史皆不載，然可見私家藏書之目，六朝已有之。宋李淑謂始於唐吳兢之西齋書目者非也。但自唐以前，書既不傳，體制不可復考。宋以後作者甚多，今擇取其要，論其得失，別具專篇，此不復詳

玉海引李淑邯鄲書目序　儒籍肇劉略荀簿王志阮錄，迄元毋迺備。藏家者唯吳齋著目吳氏西齋書目一卷，見新唐志宋志郡齋讀書志

約而論之，歷代之目錄盛者，其學術亦盛。目錄衰者，其學術亦衰。若其舉世均不留意於此，則必適值其國不治，茲篇所敘，亦古今得失之林也。

文一三 D 趙校

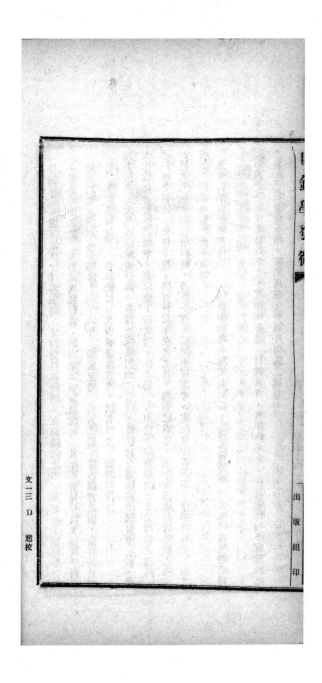

出版組印

類例沿革篇第八附表

自漢以上固已有目錄，隋志舉詩書之序以爲源起，此如太史公之自序，但爲一書之篇目而已。一書之中，簡篇既宜有先後，則其次序自當有義，不可隨意信手。如積薪然也。故必分別部居。不相雜厠。於是書有虞夏商周，詩有風雅頌，而史有本紀表書世家列傳，以爲全書之綱領 作序之時，舉當篇之小題，納之於總稱之下，而屬之以大名。然後誦讀有倫，取攜甚便。此大名總稱小題者，猶之後世之部次也。

詩國風疏　詩者，一部之大名，國風者，十五國之總稱。

禮記曲禮疏　禮記者，一部之大名，曲禮者，當篇之小目　按大名小目又謂之大題小題，見詩釋文。

漢韓信楊僕，始校兵書，其次序之法，不可得而考。至劉向合天下之書，爲之校讐定著，作爲叙錄，然只載在本書。及子歆卒父之業，始奏七略，序次羣書爲六畧三十八種。後漢三國承之，無所改易。至晋荀勗作中經新簿，始變七略之法，爲甲乙丙丁四部。其後齊王儉又依七略作爲七志，梁阮孝緒復斟酌劉王之閒，以撰七錄。而自晋宋至今官撰目錄，則皆用四部，凡每略分爲若干種，每部分爲若干類，每類又分若干子目，即所謂類例也。但漢晋齊梁尚無此名。惟隋書許善心傳，言『善心更制七林，區分類例』，詳見前小序篇類例之名，蓋起於此。鄭樵通志校讎略，有編書必謹類例論六篇，謂『學之不專者，為書之不明也，書之不明者，為類例之不分也。類例分則百家九流各有條理，雖亡而不能亡』。又曰，『類例既分，學術自明，以其先後本末具在』。詳見前 蓋古之編書目者，無不有類例。然特以為部次之法而已，未嘗言其重要。言類例之重要者，自樵始。焦竑國史經籍志，更本其說而推演之，以為「類例不分則書亡」。夫書之亡不亡，亦自有幸有不幸。觀牛弘所言五厄，大抵以兵火為最多，不盡關於類例不明。然編撰目錄必明類例，則固不易之說也。

大凡事物之繁重者，必馭之以至簡，故網有綱，裘有領。書之類例，文字之部首，皆綱領也。說文敘曰，『其建首也，立一為耑，方以類聚，物以羣分，同牽條屬，共理相貫，雜而不越，據形系聯，引而申之，以究萬原。』此分類之法也。說文以九千三百餘字，而統之以五百四十部，七畧以六百三家一萬三千二百一十九卷，而屬之以六略三十八種，此七略總數見七錄序 其意同，故其法同，所以便檢查也。既欲分門類，固不可無義例，於是說文以同意相受者歸於一部，七略以學出某官者歸於一家，使知其意者因以求其字，通其學者可以求其書，而檢查乃益便。然說文之字，盡於部中，雖以一二字爲一部無害也。若書時除目錄之外，別有物在。其庋藏也，有閣有殿，有館有庫，分屋列架，故各類相較，不能過多，亦不能過少。隋志言『隋煬帝秘閣之書，於東都觀文殿構屋以貯之，東屋藏甲乙，西屋藏丙丁。唐會要言開元時集賢院書，分經史子集四庫。度荀勗之分四部，其義不過如此。甲乙丙丁者，其藏書之處所用之標題符號耳。即劉歆之六略，何獨不然。章學誠『謂古人著錄，不徒爲甲乙部次計：』校讎通義互著篇又曰，『藝文一志，實爲學術之宗，明道之要，而後人著錄，乃用之爲甲乙計數而已矣』。其陳義甚高。實則目錄之興，本以爲甲乙計數；而『學術之宗，明道之要，』特因而寓之而已。譬之易本爲卜筮，而以寓天人之理；春秋本爲記事，而以寓褒貶之義。古今學術，其初無不因事實之需要而爲之法，以便民用；傳之久，研之精，而後義理著焉。必欲以易爲卦歌，春秋爲朝報，固未可；而謂其始本不爲此而作，則亦非也。夫言理者必厲於事，事理兼到而後可行。故類例雖必推本於學術之原，而於簡篇卷帙之多寡，亦須顧及。蓋古之著目錄者，皆在蘭臺秘閣，職掌圖書，故必兼計儲藏之法，非如鄭樵焦竑之流，仰屋著書，按目分隸而已也。故如文淵閣書目，但以千字文編號，每號爲若干櫥，李蒲汀書目，上虞羅氏玉簡齋刻本但

目錄學發微 七十九 北京大學

分房屋朝東朝西，一屋幾櫃，一櫃幾層者，固絕不足以語類例；而於劉班之著錄，求之過深，或責之過苛者，亦未達古人之意也。

鄭樵焦竑之論類例，皆取義於兵法，樵譬之以部伍，竑喻之以進退，其說甚精。今即以兵法言之，有師旅卒伍，而後部伍有法，進退有度，所以御衆也，而其『二千五百人爲師，五百人爲旅』，固一成而不可易。書之有部類，猶兵之有師旅也。雖其多寡不能如卒伍之整齊畫一，而要不能大相懸絕，故於可分者分之，可合者合之。七略之變爲四部，大率因此，不獨爲儲藏之不便也，卽其目錄之篇卷，亦宜略使之相稱。蓋古書旣用卷軸，則不宜於過長。劉歆七畧即爲七卷，而宋梁陳隋之四部目錄皆四卷故胡應麟曰「自唐以後，四部卷數相當。」經籍會通卷二七略四部之分合，可因此而得其故矣。

通志校讐略編次必謹類例論　士卒之亡者，由部伍之法不明也。書籍之亡者，由類例之法不分也。類例分，則九流百家皆有條理，雖亡而不亡也。巫醫之學，亦經存沒而學不息，釋老之書，亦經變故而書常存。觀漢之易書甚多，今不傳，惟卜筮之易傳，法家之書亦多，今不傳，惟釋老之書傳。彼異端之學能全其書者，專之謂矣。此篇上節見開宗明義篇，當參看。

又　類書如持軍也；若有條理，雖多而治，若無條理，雖寡而紛。類例不患其多也，患處多之無術耳。

國史經籍志卷三　記有之，「進退有度，出入有局，各司其局。」（禮記曲禮注云，局部分也，疏云，明君以軍行之禮，）書之有類例，亦猶是也　故部分不明則兵亂，類例不立則書亡。向歆剖判百家，條綱粗立，自是以往，書名徒具，而流別莫分。官籐私楮，喪脫幾盡，無足怪者。嘗觀老釋二氏，雖歷廢興而篇籍具在，豈盡其人之力哉。二家類例既明，世守彌篤，雖亡而不亡也。

以上總論類例

劉歆七略，有輯略，有六藝略，有諸子略，有詩賦畧，有兵書略，有術數略，有方技略。阮孝緒云，「其一篇即六篇之總最，故以輯略爲名。」蓋輯略卽班志之小序，實只六略。故論衡云，「六略之書，萬三千篇。」（對作篇）其中　又分六　藝爲九種，諸子爲十家，詩賦爲五種，兵書爲四種，數術爲六種，方技爲四種。故漢志云「大凡書六略三十八種」。然當劉向校書時，已分爲六部，歆特因其成例序次之而已。

漢書劉歆傳曰，「歆乃集六藝羣書，種別爲七畧，」種別者，謂書之部次，即類例也。又贊曰，「七略剖判藝文，綜百家之緒，」剖判者，取古今之藝文分析之也，蓋亦即指類例而言。隋志曰：「劉向別錄，劉歆七略，剖析條流，各有其部，」語意尤爲明白。知編書必謹類例，固非鄭樵之創論，特漢時尚無類例之名，又古人言簡，說之不詳耳。

向歆類例，分爲六畧，蓋有二義：一則因校書之分職，一則酌篇卷之多寡也。所謂因校書之分職者，七略著錄之書，雖只一萬三千餘卷，然一書有數本，則篇卷增多，如荀子僅三十二篇，而中書乃三百二十二篇，其多乃至十倍　則合各書復重之本，少亦當有四五萬卷。一一爲之刪除定著，又須字字刊其譌謬，然後作爲書錄，自其一人之精力所能辦，故向歆相繼領校祕書，（見向傳）又謂之領主省。其下所置官屬，謂之校祕書，又謂之校治。以後世之制明之，領校者，蓋全書之總裁而兼總纂，而校治則分校官也。領校之下，又有任宏等三人分任一門，以爲之輔，其職頗似後世之總校。皆各用其所長。任宏爲步兵校尉，故校兵書；尹咸爲太史令，故校數術；李柱國爲侍醫，故校方技。以向本儒者，此類或非其所長，而技術之書，非深通其學者不能校也。

劉秀上山海經表　侍中奉車都尉光祿大夫臣秀領校秘書言，校秘書太常屬臣望，所校山

海經，凡三十二篇，（中略）建平元年四月丙戌，待詔太常屬臣望校治，侍中光祿勳臣龔，侍中奉車都尉光祿大夫臣秀，領主省，

校讎通義校讎條理篇　七略以兵書方技數術爲三部，列於諸子之外，至四部而皆列子類。然列其書於子部，可也。校書之人則不可與諸子同業也。必取專門名家，亦如太史尹咸校數術，侍醫李柱國校方技，步兵校尉任宏校兵書之例，乃可無弊。否則文學之士，但求之於文字語言，而術業之悞，或有因而受其累者矣。

按向校書時之官屬。除劉歆外。可考者有劉伋（見七錄序詳源流篇）班斿（漢書叙傳云斿與劉向校秘書）杜參。（見漢志詩賦畧，師古注引別錄）晏子書錄云，『臣向謹與長社尉臣參校讎，』列女傳錄云，『臣向與黃門侍郎歆所校列女傳，』（初學記卷二十五引）知參歆二人，皆助向校諸子者。若太常屬臣望，光祿勳劉龔，（龔向曾孫見董仲舒傳）校山海經，（見劉秀進山海經表）則在向死之後。蘇竟與劉歆校書，更在王莽時矣。（後漢書蘇竟傳，王莽時與劉歆等共典校書。）

所謂酌篇卷之多寡者：史出於春秋，後爲史部，詩賦出於三百篇，後爲集部。乃七略於史則附入春秋，而詩賦自爲一略者，因史家之書，自世本至漢大年紀，僅有八家四百一十一篇，不能獨爲一略，只可附錄，附之他略皆不可，故推其學之所自出，附之春秋。以人事譬之，

目錄學發微

此如大夫之有餘子，農夫之有餘夫也。詩賦雖出自三百篇，然六藝時僅六家四百一十六卷，而詩賦略乃有五種百六家千三百一十八篇，如援春秋之例附之於詩，則末大於本，不得不析出使之獨立，劉勰所謂「六藝附庸，蔚成大國，」（文心雕龍詮賦篇）此如「別子爲祖，繼別爲宗」也。阮孝緒七錄序，於七畧分合之故，之言甚明。後世如馬端臨胡應麟，猶能知此意。而鄭樵乃謂世本諸書，不當入春秋類。然樵又嘗曰，「月令乃禮家之一類，以其爲書之多，故爲專類。」夫可以書之多而分，獨不可以書之少而合乎。樵之予奪不一，宜其爲章學誠之所譏。古今門類分合之故，正可由此以攷學術之盛衰，不可執後世之類例以議古人也。

七錄序　劉氏之世，史書蓋寡，附見春秋，誠得其例。七路詩賦不從六藝時部，蓋由其書既多，所以別爲一略。

通考卷一百九十一　按班孟堅藝文志七略無史類，以世本以下諸書附於六藝略春秋之後。蓋春秋即古史，而春秋之後，惟秦漢之事，編帙不多，故不必特立史部。

經籍會通卷二　劉歆七略詩賦一畧，則集之名所由昉，而司馬氏書尚附春秋之末，此時史籍甚微，未足成類也。鄭以史記不當入經，蓋未深考此耳。

一出版組印

文一三－D　王校

通志校讐略編次不明論　漢志以世本戰國策秦大臣奏事漢著記爲春秋類，此何義也。

校讐通義補校漢藝文志篇　詩賦篇帙繁多，不入詩經，而自爲一略。

又鄭樵誤校漢志篇　鄭樵譏漢志以世本戰國策秦大臣奏事漢著記爲春秋類，是鄭樵未嘗知春秋之家學也。漢志不立史部，以史家之言皆得春秋之一體，書部無多，附著春秋，最爲知所原本。又國語亦爲國別之書，同隸春秋，樵未嘗譏正國語，而但譏國策，則所謂知一十而不知二五者也。

至於論語孝經小學之附六藝，則因其皆當時學校誦習之書也。論語孝經，漢人皆謂之傳記，論語書多，故自爲一類。孝經則附以五經雜議爾雅弟子職諸書，皆後世之五經總義，特當時尚無此名，故姑附之於此而總以孝經題之耳。小學書爲學童所必讀亦以次入焉。漢志云，「劉向校經傳諸子詩賦」，於六略中獨變六藝之名。劉歆傳云，「講六藝傳記諸子詩賦數術方技無所不究」於六藝諸子之閒，忽著傳記兩字，明六藝之中，除五經以外，皆傳記也，班固之記事，可謂苦心分明矣。而或者猶以爲劉班獨尊孔子之書爲經，故著之於六藝略。劉向儒者固當尊孔，然此則非其義也。

趙岐孟子題辭　孝文皇帝欲廣遊學之路，論語孝經孟子爾雅皆置博士。後罷傳記博士，獨立五經而已。

漢熹平石經序記北京圖書館拓本　本上缺按上文云以經本各一通此處本字上疑當亦是經字及傳記論語即詔所校定。

姚振宗七略佚文敘　漢書儒林傳，依功令，但載易書詩禮春秋五經，其餘謂之傳記。故論語孝經小學三家，唯見藝文志。

王鳴盛蛾術篇卷一　論語孝經皆記夫子之言，宜附於經，而其文簡易，可啓童蒙，故雖別爲兩門，其實與文字同爲小學。小學者，經之始基，故附經也。

王國維觀堂集林卷四漢魏博士考　案傳記博士之罷，錢氏大昕以爲即在置五經博士時，漢武帝建元五年也錢氏說見潛研堂文集卷九其說蓋信。然論語孝經孟子爾雅，雖同時並罷。其罷之之意則不同。孟子以其爲諸子而罷之也。至論語孝經，則以受經與不受經者皆誦習之，不宜限於博士，而罷之者也，劉向父子作七略六藝一百三家，於易書詩禮樂春秋之後，附以論語孝經原注爾雅附小學三目。六藝與此三者，皆漢時學校誦習之書，以後世之制明之；小學諸書者，漢小學之科目；論語孝經者，漢中學之科目；而六藝則大學之科目也，武帝罷傳記博士，專立五經，乃除中學科目於大學之中，非遂廢中小學也。(以下所引證據甚詳，今姑從略。)

按王氏解論語孝經小學附入六藝之故，謂皆漢時學校誦習之書，其說甚精。惟謂論語孝經爲漢中學之科目，則余頗疑之。蓋大學小學之名，爲漢所固有，無俟取譬後世之制，而漢人文字中無有言及中學者。及讀玉燭寶典卷一引崔寔四民月令云，「正月農事未起，命成童以上，(注年十五以上至三十)入大學，學五經，師法求備，勿讀書傳。(嚴氏全後漢文卷四十七輯四民月令此條據齊民要術卷三輯入無師法以下八字)研凍釋，命幼童(注謂十歲以上至十四)入小學，學書篇章。」(注謂六甲九九急就三蒼)又卷十一引云，「十一月，硯水凍，命幼童讀孝經論語篇章，入小學。」(原無入字據要術卷三引補)然後知論語孝經，亦漢人小學書也。其言十一月入小學，讀孝經論語，與魏志邴原傳注引原別傳「鄰有書舍，原遂就書，一冬之間，誦孝經論語」之言，尤爲相合。夫謂之鄰里書舍，則仍是小學耳。

陰陽家之與數術，漢志以爲同出於羲和之官。而數術獨爲一略者，固因一言其理，一明其數，亦由數術之書過多，(六種百九十家二千五百二十八卷)猶之詩賦之於三百篇耳。章學誠遂謂當以陰陽諸篇付之尹咸，恐亦未是。觀司馬談之論六家要指，(見太史公自序六家者陰陽儒墨名法道德也)已有陰陽一家，則自當入之諸子。使漢志出三百篇以入詩賦，章氏能不議其後乎。大抵七畧別錄，雖意在『辯章舊聞』。班固賓戲語然於條別學術之中，亦兼顧事實。阮孝緒之論史書詩賦，可謂通人之見矣。

校讐通義校讐條理篇　七畧以兵書方技數術爲三部，列於諸子之外者，諸子立言以明道，兵書方技數術皆守法以傳藝，虛理實事，義不同科故也。至四部而皆列子類矣。

又漢志諸子篇　諸子陰陽之本敍，以謂皆「出於羲和之官，」數術六種之總叙，又云「皆明堂羲和下史之職也。」今觀陰陽部次所叙列，本與數術之天文五行不相入，則劉班叙例之不明，不免後學之疑惑矣。蓋諸子略中陰陽家乃鄒衍談天鄒奭雕龍之類，空論其理，而不徵其數者也。數術略之天文歷譜諸家，乃泰一五殘日月星氣以及黃帝顓頊日月宿歷之類，顯徵度數而不衍空文者也。其分門別類，固無可議。惟於叙例亦似鮮有發明耳。然道器合一，理數同符，劉向父子校讐諸子，而不以陰陽諸篇，付之太史尹咸，以爲七種之綱領。固已失矣。叙例皆引羲和爲官守，則又不精之咎也。

案章氏理數之說甚精，可謂妙悟。至謂陰陽家與天文五行不相入，則非是，考陰陽家有宋司星子韋齊鄒衍二家之書。論衡變虛篇引子韋書錄序奏，「子韋曰、君出三善言，熒惑宜有動。於是候之，果退舍」。宋景公時熒惑守心事，見呂氏春秋制樂篇，淮南子道應訓，新序雜事篇 書錄序奏，即劉向別錄也，是陰陽家何嘗不言天文。七略曰，『鄒子有終始五德，言土德從不勝，木德繼之，金德次之，火德次之，水德次之，』文選卷十九應吉甫華林園集詩注引， 是陰陽家何嘗不言五行。漢志陰陽二十一家三百六十九篇，今已一篇不存，何所考而知其引義和爲官守爲叙次不精乎。夫不思多聞闕疑之義，而便辭巧說毀所不見，此學者之大患也。

以上論七略

自向歆以六略部次羣書。七錄序謂『東漢蘭臺猶爲書部』。王隱晉書叙鄭默著魏中經簿，均見源流篇上 亦不言其於類例有所變更。至荀勗晉中經新簿，始分四部，此學者所共知也。然漢魏之閒，實已先有四部之名，孔融文曰，『證案大較，在五經四部書。』魏文帝自叙云，『及長而備歷五經四部，史漢諸子百家之言。』以四部置之經子史之外，則非荀勗之四部矣。所指爲何等書，無可考證。以意度之，七畧中六藝凡九種，而劉向傳但言「詔向領校中五經祕書。」蓋舉易書詩禮春秋立博士者言之，則曰五經，並舉樂言之，則曰六藝，更兼論語孝經小學言之。則爲九種。漢末人以爲於九種之中獨舉五經，嫌於不備，故括之曰五經四部，四部者卽指六藝略中之樂論語孝經小學也。此雖未有明證，而推測情事，或當如此。

御覽卷六百八引孔融與諸卿書　鄭康成多臆說，人見其名學爲有所出也。證案大較要在五經四部書，如非此文近爲妄矣。

錢大昕潛研堂文集卷十三答問十　魏文帝典論自叙，稱「五經四部，史漢諸子百家之言，靡不備覽。」（魏志文帝紀注引）所謂四部者似在五經諸子之外，亦不知其何所指。

案北史祖珽傳，又有五經三部之稱。當時目錄皆用四部分類，行之已久。所謂三部，蓋即指子史集，與後漢時之五經四部不同。

以上論漢魏時之四部

荀勗中經分爲四部，一曰「甲部，」紀六藝及小學：二曰「乙部，」有古諸子家，近世子家，兵書，兵家，術數，三曰「丙部，」有史記，舊事，皇覽簿，雜事：四曰「丁部，」有詩賦，圖讚，汲冢書。（見隋志序）其曰甲乙丙丁，猶漢志之六略，後世之經史子集，其六藝小學等十四目，猶漢志之三十八種，隋志之五十五篇，即後世四部中之門類也。

案荀勗中經，隋唐志皆十四卷。然七錄序云，「晉中經簿書簿少二卷，不詳所載多少」

，則勗原書當有十六卷。蓋四部各得四卷，正是因書之多寡分合之以使之勻稱。自梁時亡其二卷，隋志不注明殘缺，而後世多不曉其意矣。

勗之甲部，即七略漢志之六藝，後世之經部，蓋歷代惟經學著述極富，未嘗中輟，舊書雖亡，新製復作，故惟此一部，古今無大變更。

其乙部則合漢志之諸子兵書數術爲一部，(四部中皆無方伎，蓋已統於術數之中。)爲後世子部之祖。考漢諸子十家，惟儒道陰陽三家有西漢末人之著作，(儒家有劉向揚雄，道家陰陽幷有近世不知作者。)餘若縱橫雜家，皆至武帝時止，農家至成帝時止，小說家至宣帝時止。而名墨二家，則祇有六國人書。可以見當前漢時諸子之學，已在若存若亡之閒。由漢至晉，中更王莽董卓之亂，其存焉者蓋寡矣。中經著錄之古諸子凡若干家，今無可考。七錄子兵錄中陰陽部農部各止一種，(此所謂一種即一家非漢志三十八種之種)墨部四種，縱橫部二種而已。儒道雜三部最多，恐有大半是晉以後之新著。以此推之，晉時子部之書，當亦無幾。此所以合漢志四略之書歸於一部也。

中經新簿之類例，以分古諸子家近時子家爲最有條理。蓋自漢而後，不獨名法之學失其傳，卽他家亦多無師法，非復周秦之舊。取後世之書强附九流，按門分隸，是猶呂奪嬴宗，牛繼馬後，問其名則是，考其實則非也，張之洞書目答問，以周秦諸子，自爲一類，昔嘗詫爲特識，今乃知源出於勗耳。至兵書之外，又有兵家，不知以何爲別，豈以漢志著錄者爲兵書，周七略之舊名近世爲兵家耶，然立名未安，此則勗之疏也。

書目答問子部注　周秦諸子，皆自成一家學術。後世羣書，其不能歸入經史者，强附子部，名似而實非也。若分類各冠其首，愈變愈歧，勢難統攝。今畫周秦諸子聚列於首，以便初學尋覽。漢後諸家，仍依類條列之。

史書本附春秋，中經簿始自六藝內析出。然分門未久，其書不能甚多。詩賦在漢志雖有五種百六家，然至晉當已亡失大半，新作蓋亦無幾。胡應麟謂此時史集二部尙希，其說是也。故丙丁兩部之中，史記舊事即故事雜事即雜史皆史也，而皇覽簿則非。皇覽乃類書之祖，隋志言梁有六百八十卷，故能以一書自爲一類。詩賦圖讚皆集也，而汲冢書則非，蓋爲此兩部之書過少，故取無類可歸之書，分別附入，以求卷帙勻稱。後人頗譏議其雜糅；實則荀勗亦自覺之，是以不立部名，但以甲乙丙丁爲目，則固不得而議之矣。持以較後世之經史子集，雖亦約略近似而其實非也。汲冢所得書，晉書束皙傳詳載其目，其中四部之書皆有，中經不使之各歸其類，而幷附於丁部，王鳴盛以爲不可解。余謂此無不可解也。蓋當時官收得汲冢竹書，武帝以付秘書，雖以今文寫之，而其簡策必仍藏秘府。以其皆科斗字，不與他書同，故不可以相雜廁，乃取原書與所寫之本，并貯一處，以便相校讎。以其自爲一類也，故附諸四部之末。猶後世藏書目以宋元本別著於錄，而今之圖書館有善本書庫之比耳。

晉書束皙傳，　太康二年，汲郡人不準發魏襄王墓，或言安釐王冢，得竹書數十車，大凡七十五篇，漆書，皆科斗字。初發冢者燒策照取寶物。及官收之，多燼簡斷札。文既殘缺，不復銓次，武帝以其書付秘書較輟次第，尋考指歸，而以今文寫之。

王鳴盛十七史商榷卷六十七　隋經籍志分經史子集四部。案四部之名，起晉荀勗中經簿。尋前後著錄家，皆分爲七，如劉歆七略，王儉七志，阮孝緒七錄，皆雜亂繁碎。惟荀勗稍近理。然子不當先史，詩賦等下，忽有汲冢，亦不可解。且甲乙丙丁，亦不如直名經史子集。故隋志依用而又改移之。

案王氏嘗謂「目錄之學，學中第一緊要事」。見商榷卷一 故其所著蛾術編，第一門即說錄，書凡分十門 皆言目錄之事。然實於此學所得不深。如此條所言，都無是處。其謂經史子集爲隋志所改移，亦不免汩於俗說。王氏以博洽名，然尚如此。其餘諸家，更不勝其駁，故皆略之。通考卷一百七十四引宋葉夢得過庭錄云，『古書自唐以後，以甲乙丙丁，略分爲經史子集四類』，此亦用新唐志之說，知其沿譌已久。

以上論荀勗四部

中經四簿，子居史前，東晉李充，爲元帝作書目，始將其乙丙兩部之書互換，由是四部之序次始定，七錄序又言「充沒略衆篇之名，衆篇之名，謂荀勗之六藝小學古諸子家，近世子家等分類之名也。總以甲乙爲次」。蓋當時僅有書三千一十四卷，以上均詳源流篇中古今著錄，未有更少於此者，若復强分門類，則一類之中，不過數卷；故總而錄之，不復條別，亦不得已之變例也。本傳言其以類相從，則其次序之間，仍按書之體例。所異者，不標類名耳。

文選卷四十六王文憲集序注　臧榮緒晉書曰，李充，字弘度，爲著作郎，于時典籍混亂，充删除煩重，以類相從，分而四部。甚有條貫，祕閣以爲永制。五經爲甲部，史記爲乙部，諸子爲丙部，詩賦爲丁部。

按今晉書李充傳無五經爲甲部以下四句，御覽卷二百三十四引晉中興書亦無此四句。玉海卷五十二引充傳，有五經爲甲，史記爲乙，諸子爲丙，詩賦爲丁四句，在分爲四部之下，似卽自文選注轉引。余疑此四句，乃李善釋四部之義，非臧書所有。玉海雜入充本傳之中，蓋非也。錢大昕元史藝文志及潛研堂答問，見文集卷三即據文選注此條爲說。今人讀錢氏書有不能得其出處者矣。

隋志簿錄所著錄之書目，自宋至隋，除七志七錄外，皆以四部爲名，蓋并用李充之次序，所謂「秘閣以爲永制」者也。南朝人呼四部，只謂之甲乙丙丁。然考顏之推觀我生賦自注，則梁元帝時校書，已分經史子集四部。後人信歐陽修新唐志序之謬說，見小序篇以爲名起於唐者，非也。南北朝書目，今并已佚，其分類之例，不可得而考矣。

南史何憲傳，博涉該通，羣籍畢覽。任昉劉渢，共執秘閣四部書，試問其所知，自甲至丁，書說一事，并叙述作之體，連日累夜，莫見所遺。

顏之推觀我生賦自注見北齊書本傳王司徒表送秘閣舊書八萬卷，乃詔比校部分，爲正御副御重雜三本，左民尙書周弘正，黃門郞彭僧朗，直省學士王珪，戴陵校經部。左僕射王褒，吏部尙書宗懍，員外郞顏之推，直學士劉仁英校史部，廷尉卿殷不害，御史中丞王孝純，中書郞鄧藎，金部郞中徐報校子部，右衛將軍庾信，中書郞王固，晉安王文學宗菩業，直省學士周確校集部也。

錢大昕元史藝文志　自劉子駿校理秘文，分羣書爲六略，是時固無四部之名，而史家亦未別爲一類也，晉荀勗撰中經簿，始分甲乙丙丁四部，而子猶先於史。至李充重分四部，五經爲甲部，史記爲乙部，諸子爲丙部，詩賦爲丁部，而經史子集之次始定。厥後王亮謝朏任昉殷鈞撰書目，皆循四部之名，雖王儉阮孝緒析而爲七，祖暅別而爲五；然隋唐以來志經籍藝文者，大率用李充部敘而已。

按自來敘四部源流者，惟錢氏之説最爲明確。

隋唐之時，四部之名仍爲甲乙丙丁，亦或謂之經史子集，蓋甲乙者舉其部言之，經史者舉其書言之也。故新舊唐志二名兼用，曰某部某錄，自宋以後，始無復有以甲乙分部者矣。

隋志　東都觀文殿，東屋藏甲乙，西屋藏丙丁。

隋書牛宏傳　及東夏初平，獲其經史四部重雜三萬餘卷。

唐六典卷八　宏文館典書二人，館中有經史子集四部之書，使典之也。

又卷九　集賢殿書院，書有四部，一曰甲爲經，二曰乙爲史，三曰景爲子，四曰丁爲集

出版組印

，故分爲四庫。

又卷十　秘書郎掌四部之圖籍，分庫以藏之，以甲乙景丁爲之部目，甲部爲經，其類有十。乙部爲史，其類一十有三。景部爲子，其類一十有四。丁部爲集，其類有三舊唐志云，『四部者，甲乙丙丁之次也，甲部爲經』云云，與此略同。

又卷二十六　司經局洗馬，掌經史子集四庫圖書刋輯之事。　又校書正字，掌校理刋正經史子集四庫之書。

按就以上所引觀之，知隋唐時仍以甲乙丙丁分部。新舊唐志均謂之『甲部經錄，乙部史錄，丙部子錄，丁部集錄』，是其證矣。惟隋志只題經史子集，删去甲乙丙丁之名，特史家省文耳。而王鳴盛遂謂『甲乙丙丁不如直名經史子集，隋志依荀而又改移之，唐宗以下爲目者皆不能達』。見商榷卷六十七不知兩唐志皆不直名經史子集也。以今之言四部者多同王氏，故不可不辯。

夫部類之分合，由於書之多寡。書之多寡，可以卜學之盛衰　四部之所以不能復返爲七略者，因其學既衰，其書遂寡也。此其故章氏通義說之詳矣。四部之法，行之既久，人情安於所習，皆以爲便。其間雖有李淑鄭樵之徒，紛紛改作，取四部之書，離析之爲若干類詳見後然一家之言，人所不用。經史子集之名，遂相沿至今不廢。

校讐通義宗劉篇　七畧之流而爲四部，如篆隸之流而爲行楷，皆勢之所不容已者也。史部日繁，不能悉隸以春秋家學，四部之不能返七略者一。名墨諸家，後世不復有其支別，四部之不能返七略者二。文集熾盛，不能定百家九流之名目，四部之不能返七略者三。鈔輯之體，既非叢書，又非類書，四部之不能返七略者四。評點詩文，亦有似別集而非別集，似總集而非總集者，四部之不能返七畧者五。凡一切古無今有，古有今無之書，其勢判如霄壤。又安得執七畧之成法，以部次近日之文章乎。

以上論經史子集四部

自荀勗李充之後，秘閣藏書，皆以甲乙丙丁爲部次。官撰書目，必依所藏之書著錄，制度所係，不能以私意變更，王儉在宋時撰元徽書目，仍用四部之法。然儉意不謂然，故又依劉歆七畧。別撰七志。「一曰經典志，紀六藝小學史記雜傳。二曰諸子志，紀今古諸子。三曰文翰志，紀詩賦。四曰軍書志，紀兵書。五曰陰陽志，紀陰陽圖緯，六曰術藝志，紀方伎。七曰圖譜志，紀地域及圖書。其道佛附見，合爲九條」。以上見隋志序 觀其分部大抵祖述劉氏，亦步亦趨。書本九篇而必裁之爲七，殆如七啓七命之摹擬七發，務在規撫形似而已。

七錄序　王儉七志，改六藝爲經典，次諸子，次詩賦爲文翰，次兵書爲軍書，次數術爲陰陽，次方技爲術藝。以向歆雖云七略，實有六條，故別立圖譜一志，以全七限。其外又條七略及二漢藝文志中經簿所闕之書，並方外之經佛經道經，各爲一錄。雖繼七志之後，而不在其數。

經籍會通卷二　王儉七志，前六志咸本劉氏六略。但易其名。而益以圖譜及佛道二家。名雖曰七，實九志也。

錢大昕潛研堂文集卷十三答問十　宋元徽初，祕書丞王儉撰七志，蓋仿漢之七略；而改輯略爲圖譜，案輯略與圖譜實不同，此句微欠分析。又附入老釋書，則儉自立新意也。

王儉圖譜一志，最爲鄭樵所稱。實則各書之圖，本可隨類附入。儉第欲足成七篇之數，故立此志耳，未必如樵所云云也。魏晉以後，史書日多，自當別爲一部。以七略之合於春秋也，則亦合之。釋道之經，七略所無，則錄其書而不敢列其名。其弊皆在刻意摹古。四部之隸屬羣書，本不能無失。而儉之必欲返之於七略，亦未見其爲得也。其間小有變更者，劉以論語孝經附於六藝，而王志經典孝經居前；劉以陰陽入子，在九流之內，王名數術爲陰陽，則其諸子志必無此一家，此皆不明向歆序次之意，既不從四部，又變七略而不得其當，不免進退失據。近人章太炎以其合史於經，合於古文家之說，從而稱之，所謂不虞之譽也。惟其兼載二漢所闕之書，使後人得有所考，其例極善。

通志圖譜略索象篇　漢初典籍無紀，劉氏七略，只收書不收圖。蕭何之圖，自此委地。後之人將慕劉班之不暇，故圖消而書日盛。惟任宏校兵書，有圖四十卷，載在七略，獨異於他。王儉作七志，六志收書，一志專收圖譜，謂之圖譜志。不意末學而有此作也。

經典釋文敍錄　五經六籍次第互有不同，如禮記經解之說，以詩爲首，七略藝文志所記，用易居前，阮孝緒七錄亦同此次，而王儉七志孝經爲初。

章炳麟國故論衡中原經篇　經與史自爲部，始晉荀勖爲中經簿。以甲乙丙丁差次，非舊法。七略太史公書在春秋家。其後東觀仁壽閣諸校書者，若班固傅毅之倫。未有變革，訖漢世依以第錄。雖今文諸大師，未有經史異部之錄也　荀勖分四部，本已陵雜。丙部錄史記，又以皇覽與之同次，無友紀，不足以法。後生如王儉，猶規其過。

按章氏此篇意在駁今文家春秋經不爲史之說，言各有當，本不爲目錄而發。

又　七志本同七畧，但增圖譜道佛耳。其以六藝小學史記雜傳同名爲經典志，而出圖緯使入陰陽。卓哉！二劉以後，一人而已。

按七略本無圖緯，中經亦不知歸入何部。隋志皆附經部。圖緯之學，出於陰陽，王儉合爲一志，固自可從。

通志校讎略編次必記亡書論　古人編書，皆記其亡闕，所以仲尼定書，逸篇具載。案尚書逸篇亡於秦火，序書之時，幷無逸篇，此說不確。王儉於七志已。又條七略及二漢藝文志魏中經所闕爲一志。阮孝緒作七錄已，亦條劉氏七略及班固漢志袁山松後漢志魏中經簿晉四部所亡之書爲一錄。案阮書並無此錄，但條其存亡之數於序後耳。隋朝又記梁之亡書。及唐人收書，只記其有，不記其無，是致後人失其名系。

夫古之作書目者，皆先校書而後著錄，故因書分類，就目檢書。以此部類多寡之間，極費斟酌。王儉七志作於宋時，宋之官書，仍分四部，而儉七志獨爲九類。此蓋自爲一家之言，並不按書編目，故史書雖多，仍可附經。圖譜雖少，自可成志。離書與目而二之，自儉始矣。

以上論王儉七志

六朝官撰目錄，皆只四部而已。惟梁劉孝標撰文德殿書目，分術數之文，更爲一部，使奉朝請祖暅撰其名，謂之五部目錄。詳見源流篇中 蓋取七略中數術方技之書，自子部內分出，使專門名家，司其校讎也。此最得漢人校書分部之意。阮孝緒因之作七錄，一曰經典錄，紀六藝，二曰記傳錄，紀史傳，三曰子兵錄，紀子書兵書，四曰文集錄，紀詩賦，五曰技術錄，紀數術，謂之內篇。即用經史子集之次，稍變其名。而以數術別爲一錄。師文德殿目之成例也。若除其外篇佛道二錄，而第就內篇數之，則名爲七錄，實五錄耳。王阮二家雖同法七略，而王一意返古，阮之類例，則斟酌於古今之間，就書之多少分部，不徒偏重理論，自序言之甚明。後人泛以王阮並稱者，非也。

七錄序　今所撰七錄，斟酌王劉。王以六藝之稱，不足標牓經目，改爲經典，今則從之，故序經典錄爲內篇第一。劉王並以衆史合於春秋。劉氏之世，史書甚寡，附見春秋，誠得其例。今衆家記傳，倍於經典，猶從此志，實爲繁蕪。且七畧詩賦，不從六藝詩部，蓋由其書既多，所以別爲一略。今依擬斯例，分出衆史，序記傳錄爲內篇第二。諸子之稱。

劉王幷同。又劉有兵書略，王改兵爲軍，兵書既少，不足別錄，今附於子末。總以子兵爲稱。故序子兵錄爲內篇第三。王以詩賦之名，不兼餘制，故改爲文翰，竊以頃世文詞，總謂之集，變翰爲集，于名猶顯。故序文集錄爲內篇第四。王以數術之稱，有繁雜之嫌，故改爲陰陽；方技之言，事無典據，又改爲藝術。竊以陰陽偏有所繫，不如數術之該通。術藝則濫六藝與數術，不逮方技之要顯。故還依劉氏，各守本名。但房中神仙，既入仙道，醫經經方，不足別創。故合術伎之稱，以名一部，爲內篇第五。王氏圖譜一志，劉略所無，劉數術中雖有歷譜，而與今譜有異，竊以圖畫之篇，宜從所圖爲部，故隨其名題，各附本錄。譜既記注之類，宜與史體相參，故載於記傳之末。自斯已上，皆內篇也。

灊研堂答問十　梁秘書監任昉殷鈞，亦還四部目錄，而術數之書，別爲一部，故稱五部目錄。阮孝緒更爲七錄。其前五錄，蓋沿五部之舊，然則齊梁四部，亦史先於子可知矣。

案據七錄序，五部目錄乃劉孝標交德殿目錄，非任昉殷鈞之書。錢氏蓋誤讀隋志。說詳源流篇七錄外篇二：一曰佛法錄，二曰仙道錄。隋志謂六曰佛錄七曰道錄，非是。考漢志道家在諸子，神仙在方技，本非一家。其時尙未有佛，道士之經，亦出東漢以後。荀勗作中經簿時，佛經尙只十六卷。

目錄學發微

見七錄序其書既少，蓋在近世子家，道經當亦同例。王儉作七志，以此二家幷非七畧所有，遂從附見：不在七志之內。至梁而佛經大盛，嘗於華林園中總集釋典，文德五部目錄，釋氏不與焉。見隋志道家之經，較少於佛，猶在諸子。孝緒七錄，根據五部目錄，故以佛法爲外篇，又用王儉之例，立仙道一錄以配之，然子兵錄內仍有道部。蓋外篇所錄，皆道經及神仙家言也。

七錄序　釋氏之教，實被中土：講說諷味，方軌孔籍。王氏雖載於篇，而不在志限，即理求事，未是所安，故序佛法錄爲外篇第一。仙道之書，由來尙矣，劉氏神仙陳於方技之末，王氏道經，書於七志之外。今合序仙道，錄爲第二。王則先道而後佛，今則先佛而後道。蓋所宗有不同：亦由其教有淺深也。

經籍會通卷二　阮孝緒七錄，又本王氏而加紀傳，幷諸子兵書爲子兵，陰陽術藝爲技術，又益以佛道二家。史書至是漸盛，與經子竝列。而佛道二家之說，大行中國矣。

按史自荀勗時已不附春秋，然丙部猶附以皇覽，至李充以後，乙部蓋已純爲史書。觀李善文選王儉集序注可知，非至梁始盛也，此由不知七錄出於五部目錄之故。

以上論阮孝緒七錄

出版組印

文一三　D　趙校

唐魏徵修隋書經籍志，分爲經史子集，而唐之宏文館，集賢院，秘書省藏書，亦分四庫。歐陽修新唐志序遂曰，『至唐始分爲四類，曰經史子集』。後人不復見六朝四部目錄，亦以爲自隋志始，今考隋志四部之後，附有道佛經二篇，但錄其每類卷數，而人載書名，道經分經戒，餌服，房中，符錄（七錄作符圖）四類，與七錄全同，（卷數亦多相合）篇後，有小序一篇，至二三千言，敘其源流甚悉。故名爲四部，實六部也。取以較阮氏七錄，但裁其術伎一錄，還之諸子耳。隋之藏書，以大業爲盛，有大業正御書目錄，又於內道場集道佛經，別撰目錄。唐平王世充，收其圖書。隋志言「考其目錄見存，分爲四部」。然則志之所書皆用隋目編次。隋道佛經既別有目錄，故隋志亦從附見。尋隋之所以別二氏於四部之外者，蓋用七錄之例，新舊唐志合佛道於諸子道家之中，錄其著述而斥其經典，後人編目，大抵不外取法隋唐二志而已。

以上論隋志四部

合而觀之，七略之變而爲四部，不過因史傳之加多而分之於春秋，因諸子兵書數術方技之漸少而合之爲一部；出數術方伎則爲五，益之以佛道則爲七，還數術方技則爲六，幷佛道則復爲四：分合之故，大抵在諸子一部。互相祖述，各有因革，雖似歧出枝分，實則同條共貫也。

惟王儉志在復古，書本九篇，强分七部，以六朝之著述，合西漢之門類，削趾適屨，勢所不行。故許善心之七林，不見著錄，馬懷素之續志，竟未成書。然則後人猶欲用七略舊例部次羣書者，亦可已矣。

郡齋讀書志卷一　劉歆始著七略，至荀勗分爲四部，蓋合兵書術數方技於諸子，自春秋類摘出史記，別而爲一，六藝諸子詩賦皆仍歆舊。其後歷代所編書目，如王儉阮孝緒之徒，咸從歆例。案王阮名同實異 謝靈運任昉之徒，咸從勗例。唐之分經史子集，藏於四庫，是亦祖述勗而加詳焉。歐陽公謂始於開元，案歐公但謂始於唐 誤矣；

潛研堂答問十　隋唐以後叙書目者，大率循經史子集之次，而子家寥寥，常幷釋道方技而一之，自道學興於宋儒，人人各有語錄，而儒家之書亦滋多矣。

夫古今作者，時代不同，風尙亦異。古之學術，往往至後世而絕，後之著述，又多爲古代所無，四部之法，本不與七畧同，史出春秋，可以自爲一部，則凡後人所創作，古人所未有，當別爲部類者，亦已多矣。限之以四部，而强被以經史子集之名，經之與史，史之與子，已

出版組印

多互相出入，又於一切古無今有，無部可歸之書，悉舉而納之子部 藝術入而琴棊書畫爲子，譜錄入（自農家分出）而草木鳥獸亦爲子矣。類書隋志附之雜家，（唐志自爲一類）至四庫總目而叢書亦附雜家矣，（附存目謂之雜編，明志入之類書。）名實相舛，莫此爲甚。故經史子集之分部，尙不如甲乙丙丁混而名之之爲得也。

唐宋以後，著述日繁。核其體例，多非古之四部所能包。宋人已覺其不安，故崇文總目書錄解題，雖按四部分類，而無經史子集之名。李淑鄭寅遂別爲部類。淑邯鄲圖書志，於經史子集四志外，益以藝術志，道書志，書志，畫志，而爲八。寅鄭氏書目，於經史子文四錄外，益以藝錄，方技錄，類錄而爲七。觀其所增之部，大抵用阮孝緒之意，自子部內分出耳，至樵之通志畧，經類外有禮樂小學，諸子類外有天文五行藝術醫方類書，合之史類文類而爲十二。仍以子部內分出者爲多。其出禮樂於經者，以其中儀注俗樂之書，不可雜於經也。至清孫星祠堂書目，史學之外，有地理金石，諸子之外，有天文醫律類書書畫，合之經學小學詞賦而爲十。（以上各家均詳見分部異同表）此二家者，皆不復用四部之名，又多所離析分合，雖或有當有不當，然可見經史子集，非一成不易之法矣。其他家書目，亦多自爲義例者。海或雜亂無條理，或本之此諸家而少變之，紛紛甚多，不暇悉論也。

以上總論沿革

自來言及書目，輒曰經史子集四部。實則自齊梁以後，已嘗數變矣。今之學術，日新月異而歲不同，决非昔之類例所能賅括，夫四部可變而爲五。（祖暅）爲六，（隋志）爲七，（阮孝緒許善心鄭寅）爲八，（李淑）爲九，（出儉）爲十，（孫星衍）爲十二，（鄭樵）今何嘗不可爲數十，以至於百乎。必謂四部之法不可變，甚且欲返之於七畧：無源而强祖之以爲源，非流而强納之以爲流，甚非所以『辨章學術考鏡源流』也

藏書之目，所以供檢閱。故所編之目與所藏之書必相副，收藏陳設之間，當酌量卷册之多少厚薄，從來官撰書目，大抵紀載國家藏書，是以門類不能過於繁碎，甲乙之薄，與學術之史，本難强合爲一，劉歆七略，收書不多，又周秦學術，至漢雖有廢興，而古書尙存，篇卷約略相當，故即按書分隸，因以剖判百家，尙不甚難，然史附春秋，而詩賦別爲一略，已不能不牽就事實，後世之書日多，而學有絕續，體有因創，少止一二，多或千百，其數大相逕庭。爲書目者，既欲便檢查，又欲究源流，於是左支右絀，顧此失彼，而鄭樵焦竑之徒，得從

出版組印

文一三 D 王校

而議其後，亦勢之所必至也。至今而檢查之目，學術門徑之書，愈難强合。知叢書一類，自當析之各隸本門，而藏書之際，勢不能分置數十處，若造簿籍而必用七略四部之法，未有不爲所困者矣。

自阮孝緒作七錄，自言「致王公搢紳之名簿，凡在所遇，若見若聞，更爲新錄」夫以所見聞者入錄，則有其名不必有其書，是已離書與目而爲二，與藏書家之目不同。然當用卷軸之時，猶或爲篇幅所限制。今既積葉而成册，雖以一行爲一葉可也，數百葉爲一册亦可也。一二書爲一部不爲少，千百書爲一部不爲多，此眞可按書之性質分部，因以辨章學術，考鏡源流矣，既非如文淵閣之按橱編號，何必限其部數爲七爲四哉。

張之洞謂有藏書家之書目，有讀書家之書目。余謂藏書家之書目，如今圖書館所用者，但以便檢查爲主。無論以筆畫分，以學術分，或以書類人，或以人類書，皆可：兼而用之尤善。俟治圖書館學者討論之。若讀書家之書目。則當由專門家各治一部。兼著存佚闕未見，合別錄藝文志與儒林文苑傳爲一，曲盡其源流，以備學術之史。此意已於叙錄諸篇言之詳矣。夫既各治其書，則一切七略四部之成法，舉不足以限制之。即鄭樵『有專門之書則有專門之學

出版組印

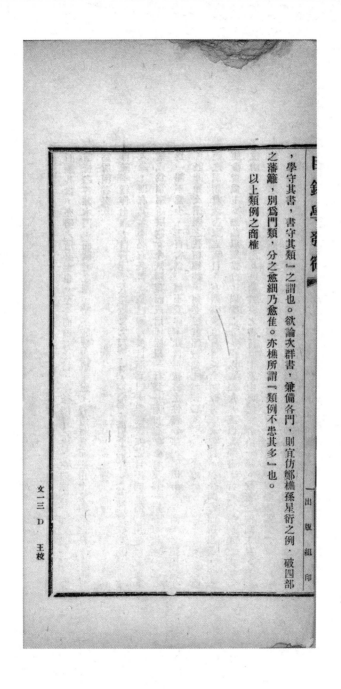

，學守其書，書守其類」之謂也。欲論次群書，兼備各門，則宜仿鄭樵孫星衍之例，破四部之藩籬，別爲門類，分之愈細乃愈佳。亦樵所謂「類例不患其多」也。

以上類例之商榷

文一三 D 王校

古今書目分部異同表叙例

叙曰，史記紀傳之外，復有表之一體，梁書劉杳傳，引桓譚新論云，「三代世表，旁行斜上，並效周譜，」由是言之，表之從來遠矣。凡著作中如遇頭緒煩複，非文字所能形容者，惟表可以曲盡其事。使綱舉而目張，執簡以馭繁，使讀者持以上下相比，縱橫相較，珠聯繩貫，一目了然。然爲之者甚勤而觀之者甚厭，以其無興趣之可尋也。四庫提要卷四十五曰「史家之難，在於表志，而表文經緯相牽，或連或斷，可以考証而不可以誦讀，學者往往不觀。」斯言允矣。古今書目之部類，互有不同，幾於千端萬緒，歧路之中又有歧焉，然其因革損益，皆有其漸，不比而觀之，不能得其所以然。如列之一幅之中，參互鈎稽，則於分合出入之間，有以心知其意，蓋七略四部，同條共貫，相爲因緣，雖變而未嘗變也。既已盡其源流，又以見其初非一成不易之法，神而明之，斯在善學者矣。初本欲作一部類表，然古目錄書多已亡佚。有知其部分而不得其類別者，如經史子集，定於李充，此古今著錄之大關鍵，豈可不知，若但就現存之諸史藝文志，表而列之，則以爲四部始於隋志矣。如此亦何取乎有此表也。故博考羣書，製爲二表，一曰分部異同表，二曰分類沿革表，而沿革表文太繁，又分爲四部。大抵務窮其變，故凡因襲前人，無大異同者，不屢臚列焉。聞近人多有作此者，余未能悉見，然用意雖同，體制徵引，未必盡合，夫亦各行其是而已。分類沿革表未成容俟續出，

表例

一七略四部名異而實同荀勗李充取六略之書合之爲四王儉阮孝緒又取四部之書分之爲七觀其分部之性質實於根本無所改革今以經史子集相沿較久故仍以此爲綱其不同者皆分別歸納其中以便觀覽

二隋唐志及古今書錄皆用李充之法但亦微有不同故仍分別著之以期詳盡

三隋志言文德殿目錄其術數之書更爲一部使奉朝請祖暅撰其名故梁有五部目錄此亦當載入表者但其餘四部之名不可知故不列入而著其說於此

四自宋以後目錄皆統於四部然猶有李淑鄭樵鄭寅孫星衍四人輒思改革雖用其說者甚少然亦著錄分部之變例可供學者之參考者也二鄭以類書自爲一類張之洞於四部之外別錄叢書皆有理致故亟取之其他取法此數家以意分合者姑從略焉

五王儉之圖譜志張之洞之叢書別錄皆非四部所能包故皆別爲一闌若夫類書隸之子部雖有未安然自隋志以來相沿既久此是表其源流并非別謀改造故從其朔著之云耳

古今書目分部異同表

書名	序例	經	史
七略 漢志	輯略一 漢志散入六篇後說見前	六藝略二	七錄序云劉氏史書附見春秋
荀勗晉中經簿 見隋志		甲部一 六藝及小學等書	丙部三 有史記舊事皇覽簿雜事
李充晉元帝書目 據臧榮緒晉書		甲部一 五經爲甲	乙部二 史記爲乙
王儉七志 隋志	條例九篇 編入首卷	經典志一 紀六藝小學史記雜傳	
阮孝緒七錄 廣弘明集卷三		經典錄內篇一 隋志云紀六藝	記傳錄內篇二
隋志	小序 按在部類後	經	史
毋煚古今書錄 舊唐志	小序 同上	甲部經錄	乙部史錄
舊新唐志		甲部經錄	乙部史錄
李淑邯鄲圖書志 讀書志卷九		經志一	史志二
通志藝文略		經類第一 禮類第二 樂類第三 小學類第四	史類第五
鄭寅鄭氏書目 書錄解題卷八		經錄一	史錄二
孫星衍祠堂書目		經學第一 小學第二	地理第五 史學第七
書目答問		經部	史部

3.《殷墟文字研究》釋解/唐蘭著,魏際昌批注

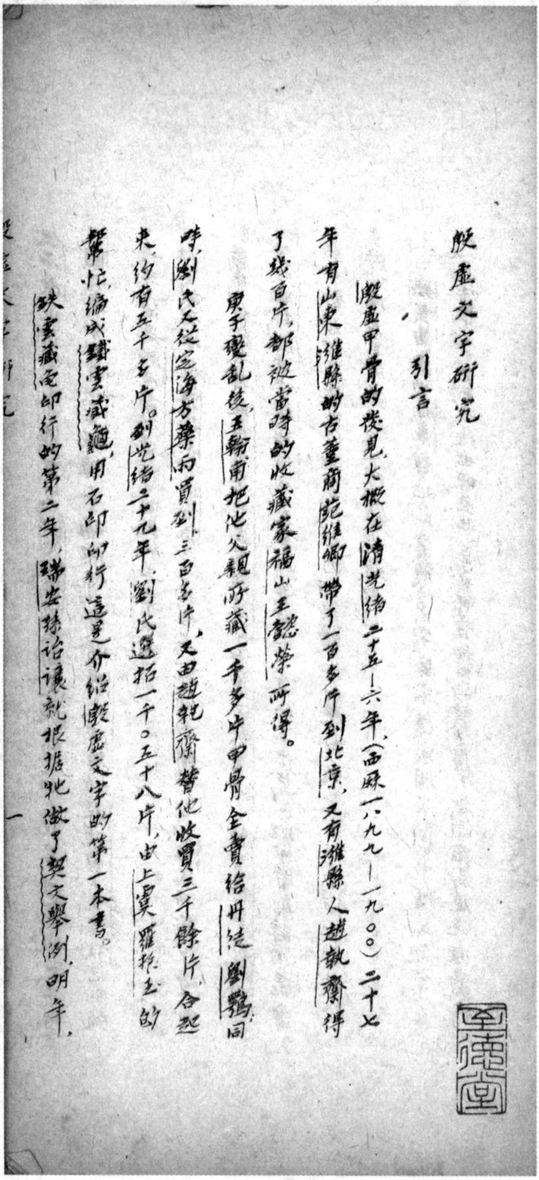

殷虛文字研究

一、引言

殷虛甲骨的發見，大概在清光緒二十五—六年（西曆一八九九—一九〇〇）二十七年有山東濰縣的古董商范維卿帶了一百多片到北京，又有濰縣人趙執齋得了幾百片，都被當時的收藏家福山王懿榮所得。

庚子變亂後，王翰甫把他父親所藏一千多片甲骨全賣給丹徒劉鶚，同時，劉氏又從定海方藥雨買到三百多片，又由趙執齋替他收買三千餘片，合起來，約有五千多片。到光緒二十九年，劉氏選拓一千〇五十八片，由上虞羅振玉的幫忙，編成鐵雲藏龜，用石印印行。這是介紹殷虛文字的第一本書。

鐵雲藏龜印行的第二年，瑞安孫詒讓就根據他做了契文舉例。明年，

殷虛文字研究　一

做名原，也曾引用了龜甲文。契文舉例是研究殷虛文字最早的書，但一直到民國六年才由羅振玉根據手稿印行，那時羅氏所著的殷商貞卜文字考已出版了六年，便是殷虛書契考釋也出版三年了。

說到甲骨，羅振玉和王國維兩人的姓名，就容易聯想到。羅氏所藏甲骨有數萬片，前後共輯殷虛書契，殷虛書契後編，殷虛書契菁華，鐵雲藏龜之餘，殷虛古器物圖錄，殷虛書契續編等六書，所著錄之甲骨，約五千片，大概甲骨刻辭中最重要的材料，大部在他所編的書裏，印刷都很精，所以單就流布材料而論，他對於殷虛的功績，在目前是任何人所不能比擬的。

鐵雲藏龜的自序裏，把[illegible]字釋成申字，[illegible]字釋成開字，[illegible]字釋成角字，又說「其祘乙子、己子、癸子，皆後世所無也」。可見甲骨初出的時候，學者們雖知道是殷商所遺留的貴重文獻，但沒有法子認識她們的文字。孫詒讓對於古金文是有功夫的，但是契文舉例卻錯誤很多，這裡面一半是要歸咎於鐵雲藏龜的印本太糊塗。

羅氏繼孫氏研究，他憑藉着實物和很精的拓本，比較有利。因為新材料的發見，像由紀數字從而定十為七字，由干支表而定早為巳字，凶為子字，自然較舊釋準確。(圖二)到他做考釋時候，據說「可識之文，遂幾五百」，王國維就作而歎曰：「自三代以後，言古文者，未嘗有是書也」；又說：「竊歎先生此書詮釋文字，恆得之於天人之表」，恭維得未免太過火。羅書所認錯的字很多，而且時常把鄉壁虛造的病，開後來治甲骨文字學者的惡例。但是他究竟開了研究殷虛文字的先路，王襄所做的殷虛書契類纂，商承祚的殷虛文字類編，都是沿襲他的考釋，而改用說文解字的編次。

因王國維的卜辭中所見先公先王考印行，甲骨文字的價值更提高了，這裡面蘊蓄着多數

二

殷虛文字研究

的史料，可以和古書互相發明，可以斷數千年來史書上的疑案。他在續考裡曾把本已斷析而且分在兩處的獸骨併合起來，這種方法，是常為近時學者所利用的。（圖二）

他在戩壽堂殷虛文字考釋裡，很有些發明，像釋𠂤為旬，釋㠯為𨡨之類，在文字學上很有貢獻。

在羅、王兩位以後的學者，像日本人林泰輔，加拿大人明義士，[illegible]都曾努力搜集材料；最近，容庚輯殷契卜辭，商承祚輯殷契佚存，都有許多重要材料。在這裡，我們所該特別提到的，是中央研究院。

從民國十七年到現在，研究院在安陽小屯發掘，已出了報告三冊。據聞所得甲骨有幾萬片，但是已經印行的，只有南陽董作賓所手寫的新獲卜辭寫本，僅僅三百八十一片，此外，像三个獸骨刻辭（圖三）和大龜四版，雖也有印本，但大部份——幾乎是全部份的——材料，一般學者

文八一 E

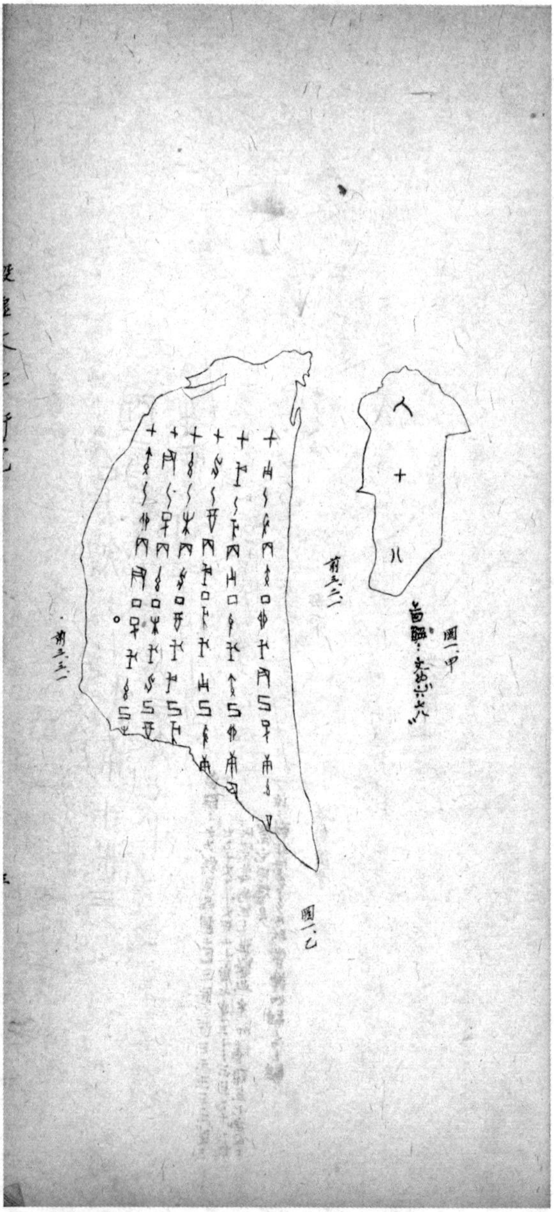
圖一甲
前二三二
前二三一
圖一乙

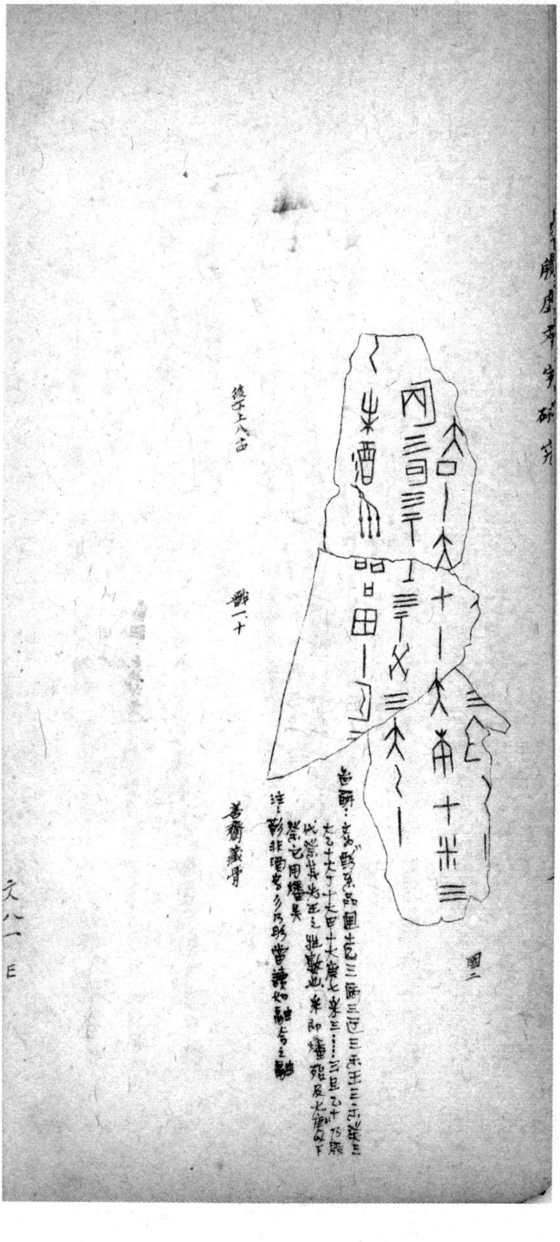
善齋藏骨
圖二

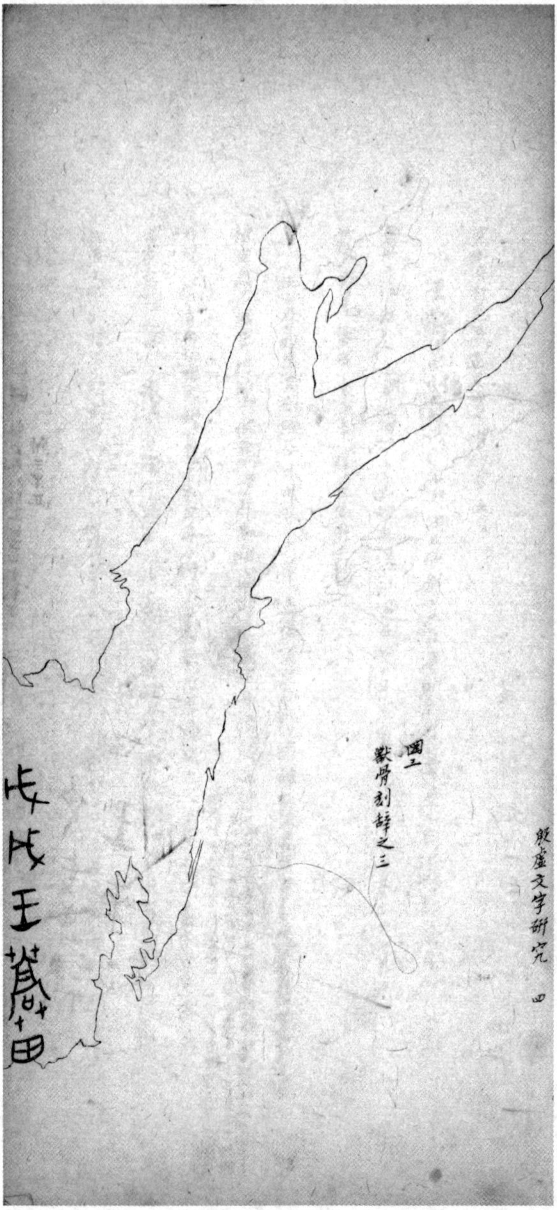
圖三
獸骨刻辭之三
殷虛文字研究 四

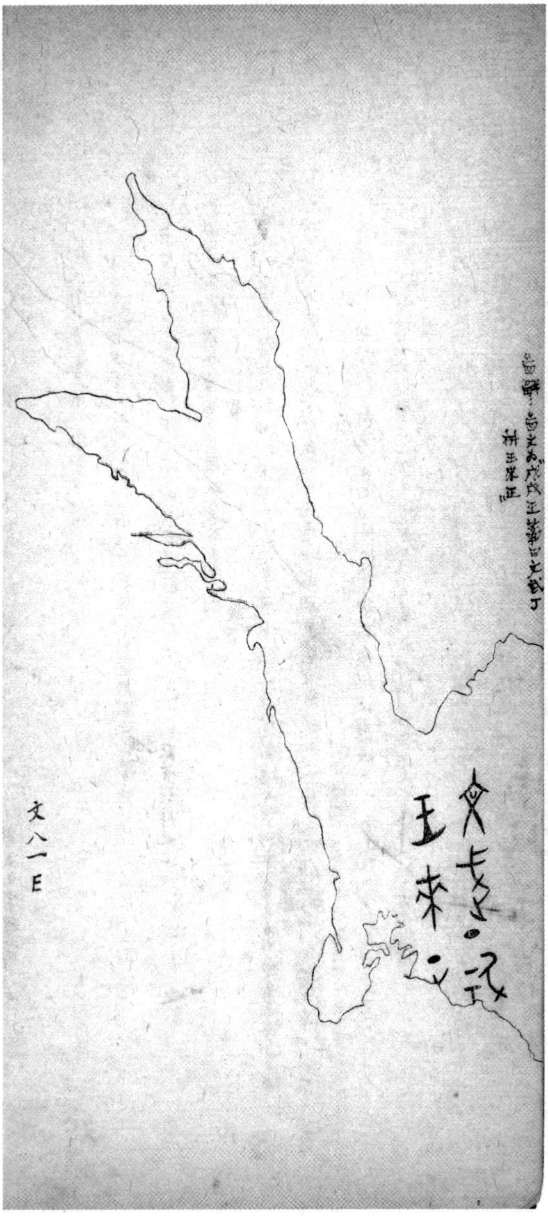
文八一E

完全沒有見過，這是很可惜的事情。

董氏近作甲骨文斷代研究例，他主張㱿貞、出貞等的㱿或出都是人名，他們都是「貞人」——我的意思應該稱卜人——是一個很重要的發明。郭沫若做甲骨文字研究和卜辭通纂考釋，也常有許多創見。（繇釋文為王十，釋㞢為有之類）

從甲骨的發見到現在，才卅五—六年，這樣短促的時間裡，許多學者研究所得的成績，固然不能算很壞，但我們所引為缺憾的是還沒有統制這種文字的方法，正像劉鐵雲所說，「以六書之指推求鐘鼎，多不合，再以鐘鼎體勢推求龜板之文，又多不合，蓋去上古愈遠，文字愈難推求。」一班學者除了用金文和小篆來同殷虛文字比較以外，沒有別的方法，但殷虛文字的特異點太多，於是只好憑自己的聰明去瞎猜胡想了，這是象什麼形，那是會什麼意，各人有他自己的想法，而不要文字學上的根據，這種現象，實在是研究殷虛文字的

五

殷虛文字研究

障礙。

近時學者對甲骨的研究，都偏重史料一方面，我以為史料的研究固然重要，可是文字學上的探求，尤其重要。我們假如疏忽了這種基礎的工作，那所考定的史料就很難置信。

我們要先把殷虛文字弄清楚，我們需要整理殷虛文字的方法，下面的編次就是依我所創立的新方法；這本來不限於甲骨文字，同樣也適用於彝器文字。我們應用這種方法，才可使古文字學脫離說文解字——或小篆——而獨立。

唐蘭 二十一年九月

文八一 五

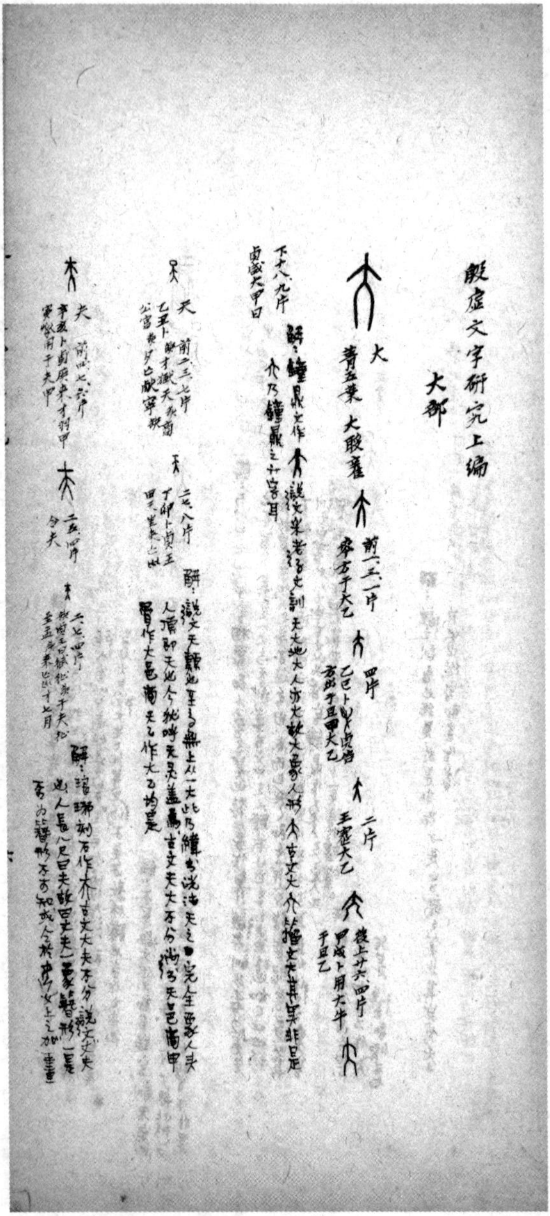

殷虚文字研究上编

大部

大 青五叶 大鼎 蓋

前一、三、一片 于大乙

四片 乙巳卜 于且甲大乙

二片 王 大乙

后上廿六、四片 甲戌卜用大牛于且乙

下十八、九片 贞岁大甲曰

解：鐘鼎文作 說文 古文大 籀文大其实非是 乃鐘鼎之十字耳

天 前二、三、七片

二、六八片 丁卯卜贞王

解：說文天顛也至高無上从一大

夫 前四、七、六片

二五、四片 令夫

六七、四片

解：說文丈夫

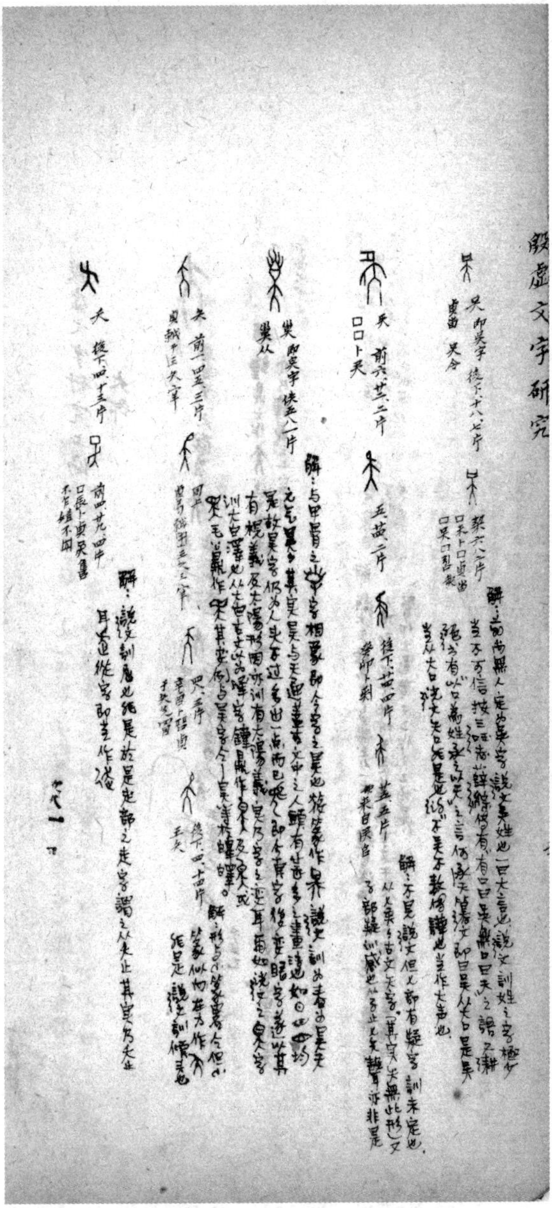
殷虛文字研究

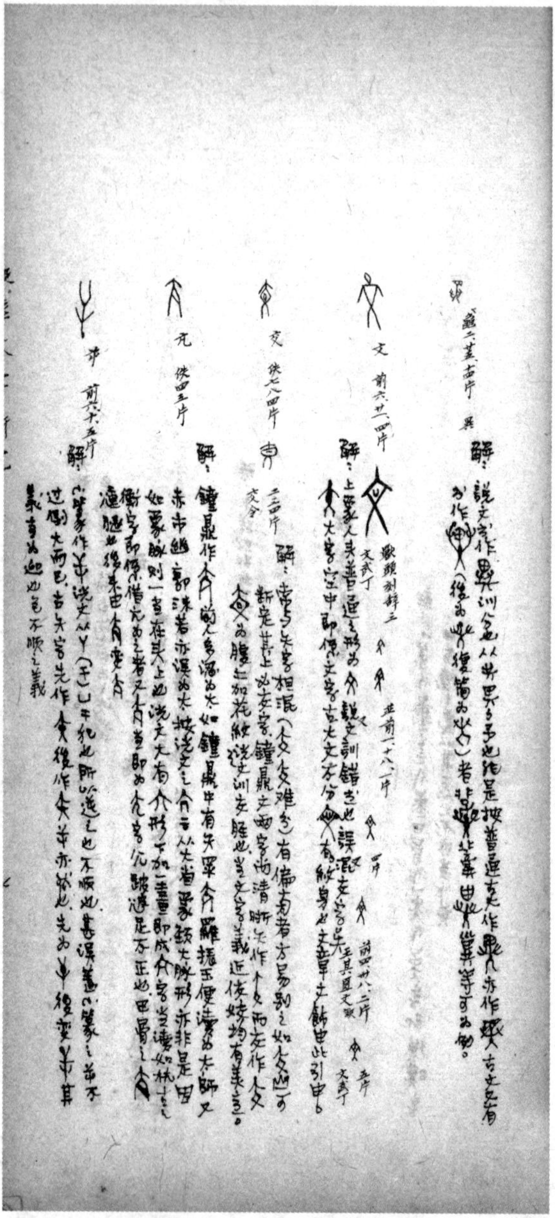

龜二、五三、十五片 異

解：說文古文作[illegible]訓分也从廾畀予也非是按甲骨文作[illegible]亦作[illegible]古文多有如作[illegible]（從人）復或作[illegible]者[illegible]等字均如此。

文 前六、廿二、四片 歐頭刻辭三 文武丁 並前一、十八、一片 前四、卅八、二片 五片 文武丁

解：上象人頭首之形如[illegible]說文訓錯畫也誤混文字字矣古人文身之文字中[illegible]文字古大文或[illegible]有紋身也文章之飾由此引申。

交 佚七八四片 二四片 交令

解：[illegible]與矢字相混（[illegible]交難分）有偏者方易別之如[illegible]可斷定其上為交字鐘鼎文西字尚清晰作[illegible]而交作[illegible]為腹上加花紋說文訓交脛也其文字義近[illegible]均有美意。

亢 佚四三片

解：鐘鼎作[illegible]說文多混為大如鐘鼎中有矢字[illegible]羅振玉便誤為太師又赤市[illegible]郭沫若亦誤為太按說文之[illegible]云从大省象頸大脈形亦非是因如象脈則一畫在其上如說文大有[illegible]形下加一畫即成[illegible]字之意如[illegible]之衡字即係借亢為之者又[illegible]即為亢字亢[illegible]足不正也[illegible]遷之[illegible]有變[illegible]

屰 前六、十六、五片

解：[illegible]象作[illegible]說文从干（干）[illegible]犯也所以逆之也不順也甚誤[illegible]過倒大而已古文字先作[illegible]後作[illegible]亦[illegible]也先為[illegible]後變[illegible]其義當為逆也為不順之義

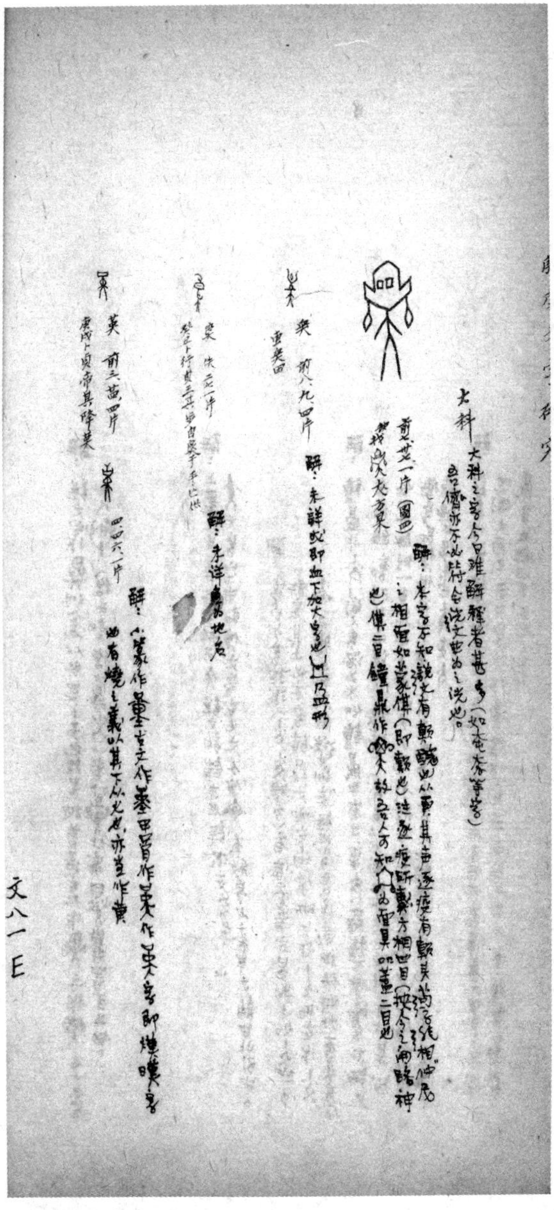
[illegible]

大[illegible]

大[illegible]之字今日難解釋者甚多（如[illegible][illegible]等字）

[illegible]僖亦不必符合說文也。

[illegible]　貳芝一片（圖四）

[illegible][illegible][illegible]大方[illegible]

辭：本字不知，說文有魌，醜也，从鬼其聲，逐疫有魌頭，[illegible]相仲尼之相，面如蒙倛（即魌也）註云：疫所魌，方相四目（按今之開路神也）倛二目，鐘鼎作[illegible]，故吾人可知[illegible]為四目，倛二目也

[illegible]　英　前八、九、四片　辭：未詳，或即血下加大字也，[illegible]乃盈形

重英四

[illegible]　[illegible]　後二之一片

癸丑卜行貞王其步自[illegible]于[illegible]亡巛

辭：未詳，[illegible]為地名

[illegible]　英　前二、茜、四片

庚戌卜貞帝其降英

[illegible]　四、四六、一片

辭：小篆作[illegible]，古文作[illegible]，甲骨作[illegible]作[illegible]字，即熯[illegible]字，亦有燒之義，以其下从火也，亦並作黄

文八一E

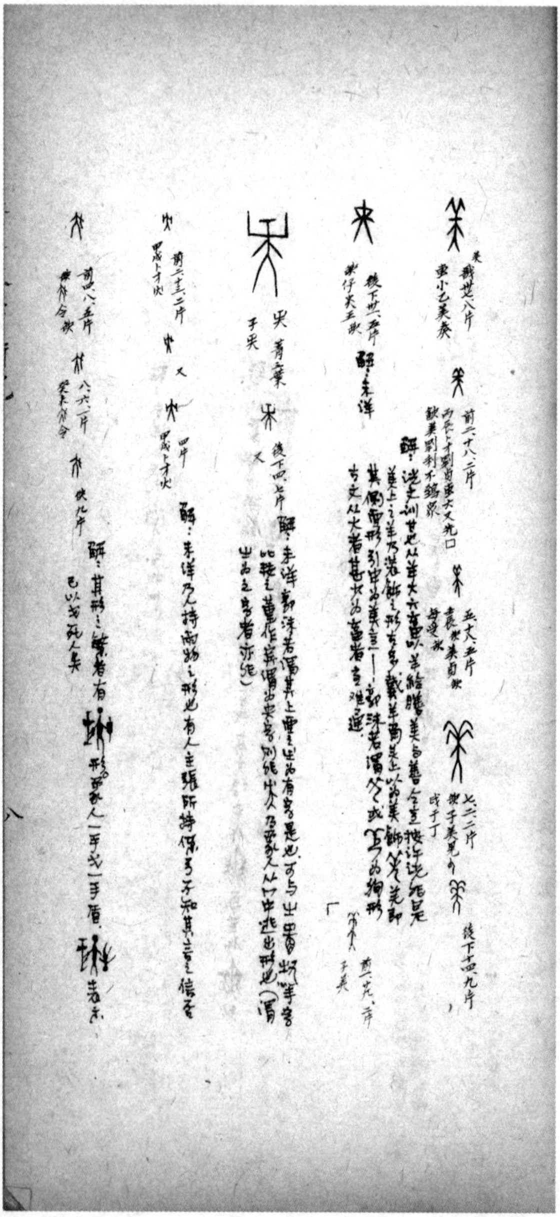
前二十八、二片
五大八、五片
七、二二片
後下十四、九片
後下廿一、五片
解：未詳
後下四、七片
前六十三、二片
前四八、五片
八六、一片

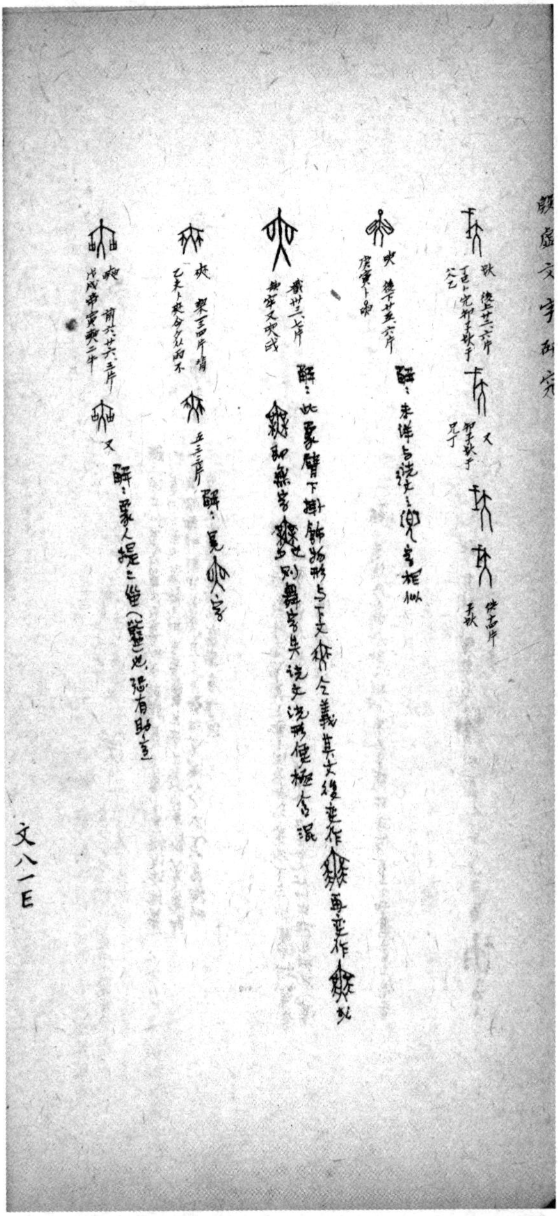

殷虛文字研究

解：未詳，與說文之兌字相似

解：此象臂下掛飾物形，與下文今義，其文復變作……再變作……矣。……則舞字矣，說文說形便極含混

解：見……字

解：象人提之……也，疑有助意

文八一E

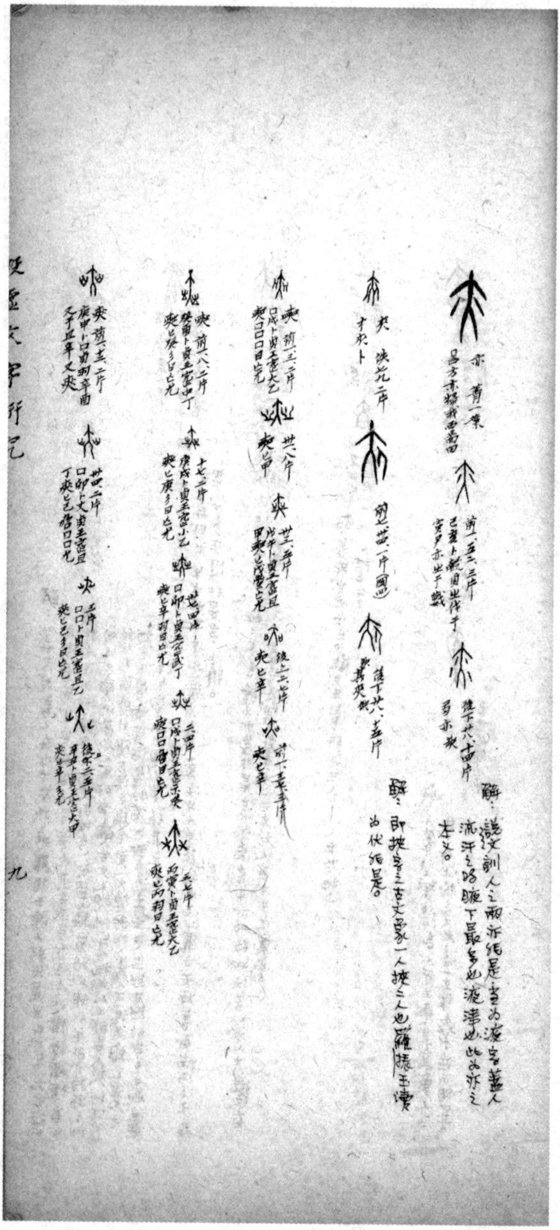
殷虛文字研究

解：說文訓人之兩亦，徐是書為液字，蓋人流汗之路腋下最多也。液，津也。此為亦之本文。

解：即挾字之古文，象一人挾二人也。羅振玉讀為伏，殆是否。

九

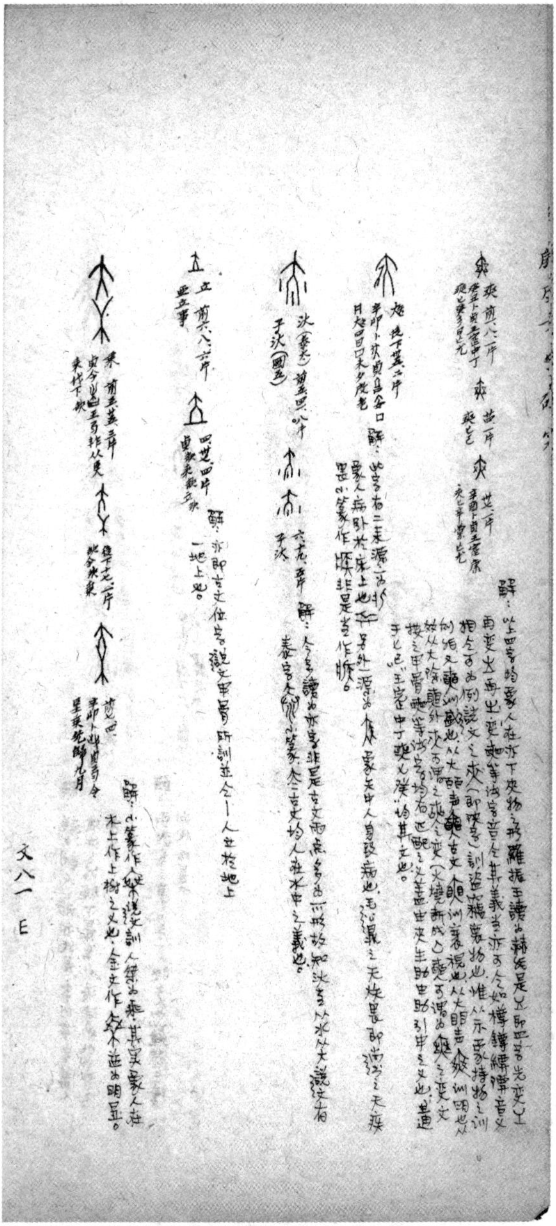
解：亦即古之位字。說文甲骨所訓並今一人立於地上
一地上也。
解：小篆作□說文訓人樂也乘。其實象人在木上作上樹之文也。金文作□益為明顯。
文八一
E

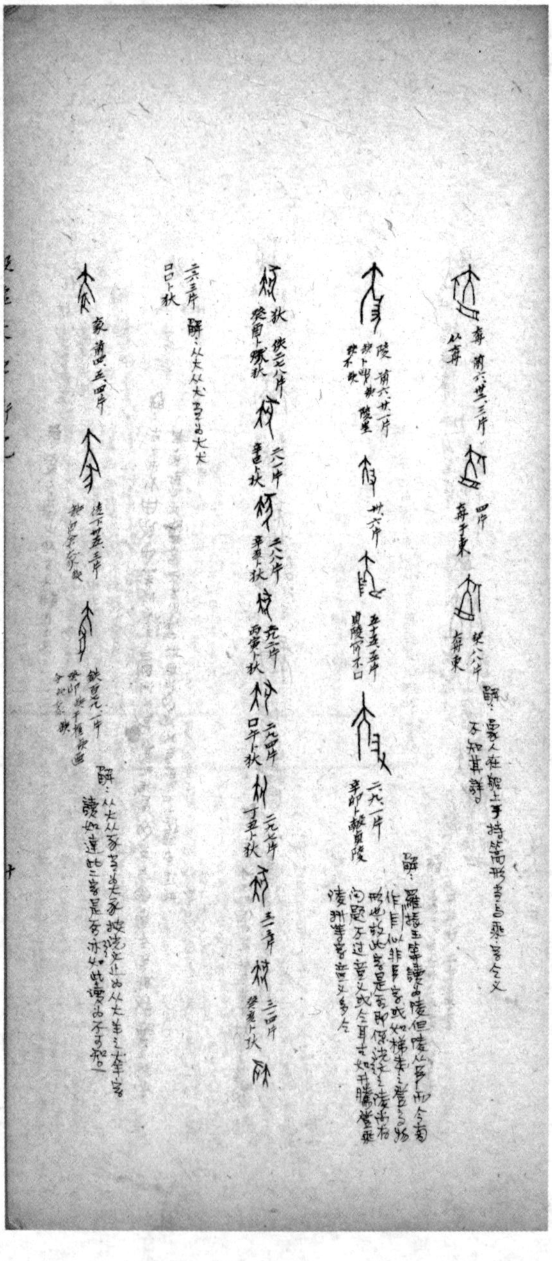
弃 前六、廿三片
从弃
四片
弃于東
弃東
不知其詳
陵 前六、廿一片
廿六片
二六一片
狄 鐵二七八片
六八一片
二八八片
二九四片
二九七片
三一二片
家 前四、五四片
鐵百九、一片

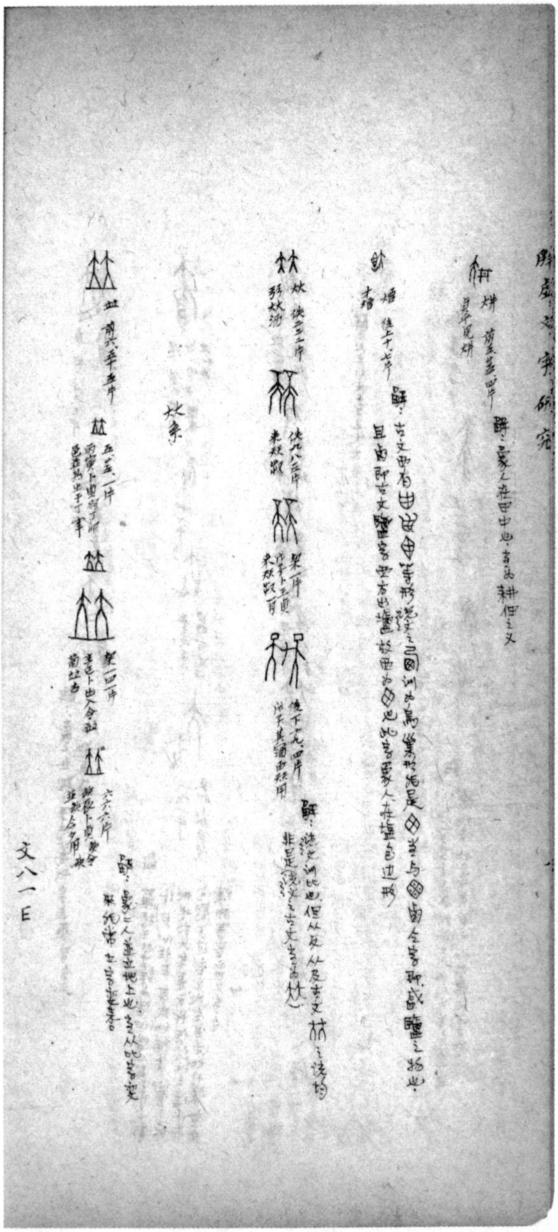
文八一E

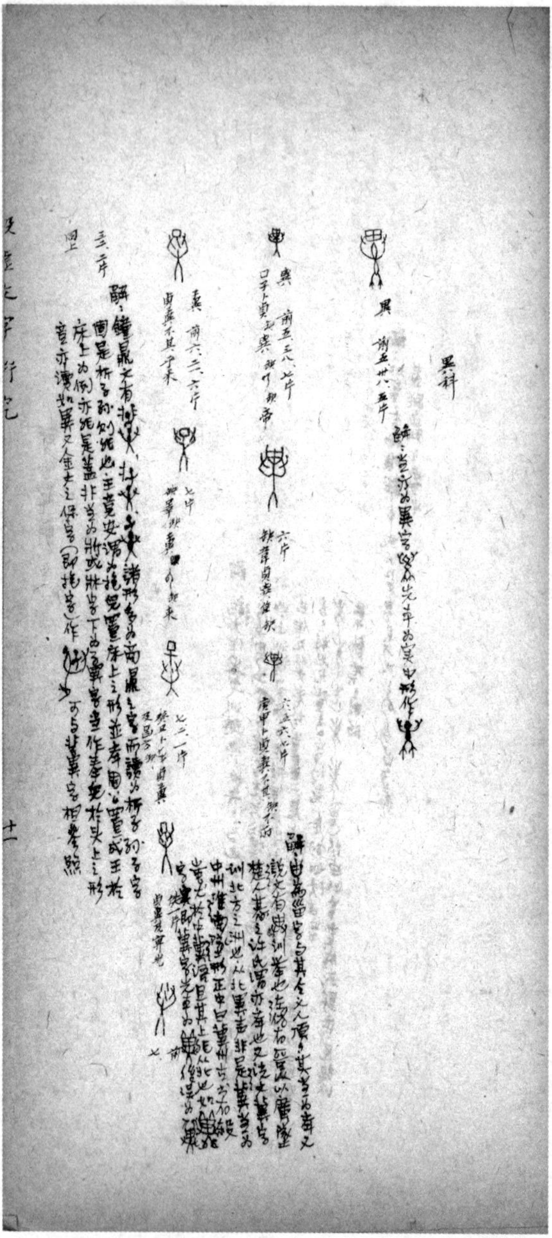

異科

[甲骨字形] 異 前五、卅八、五片

說：當亦為異字，象人光其首之形，作[甲骨字形]

[甲骨字形] 異 前五、三八、七片 口子卜貞王異 卯帝

[甲骨字形] 六片 貞異

[甲骨字形] 六五、六、七片 庚申卜貞異不 卯不府

說：由為甾字，與其合文人頂上其首之為異之。說文有𡿺訓崙也，謂與以屬陸。楚人甚之，許氏謂亦崙也，又謂之異字。訓北方之洲也，从北異聲，非是異字之為。中州淮南陰形正中曰冀州，古文加。當之於冀，冀謂且其上毛从北也，如[甲骨字形]

[甲骨字形] 異 前六、二、六片 由異不其乎來

[甲骨字形] 七片 貞異 來

[甲骨字形] 七、二、一片 癸巳卜王貞異

[甲骨字形] 後一片 貞異

[甲骨字形] 前七

三、二片

四

說：鐘鼎文有[甲骨字形]、[甲骨字形]、[甲骨字形]諸形，多為商鼎之字，而讀為析子孫之字，固是析子孫之形也。王竟安謂為抱兒置床上之形，並舉周公置成王於床上為例，亦非是，蓋非其為床之形。下之子、異字皆作手於頭上之形，音亦讀如異，又金文之保字（即抱字）作[甲骨字形]，可與異字相參照。

殷虛文字新記 十一

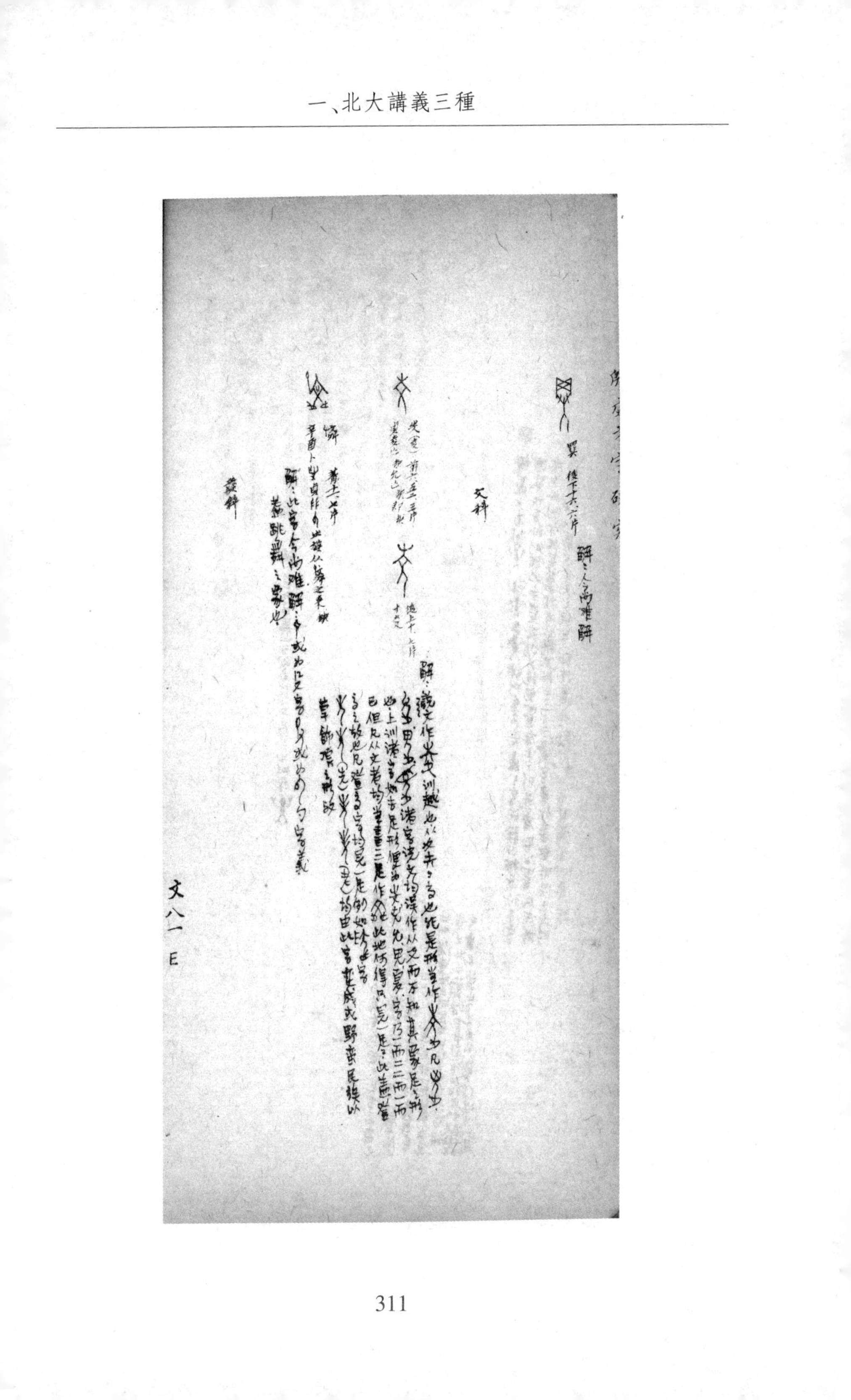

殷虛文字研究

[illegible] 後下十六、六片　解：人名，尚難解

文科

[illegible] 前六、五二、三片

[illegible] 後上十、七片

解：說文作[illegible]，訓越也，从文，[illegible]也。此是[illegible]作[illegible]也，凡[illegible]也。[illegible]諸字說文均誤作从文，而不知其象足之形也。上訓諸字如吉足形，但[illegible]光、先、[illegible]字乃一而二而三而已。但凡从文者均[illegible]二足作[illegible]，此地何得只[illegible]足？此蓋[illegible]之故也。凡[illegible]字均[illegible]足，如[illegible]（[illegible]）[illegible]（[illegible]）均由此字[illegible]成或野[illegible]民族以羊飾[illegible]之形故。

[illegible] 菁十、七片

辛酉卜[illegible]貞[illegible]

解：此字今尚難解。[illegible]或為[illegible]字，[illegible]或為[illegible]字義。蓋[illegible]之象也。

[illegible]

文八一

E

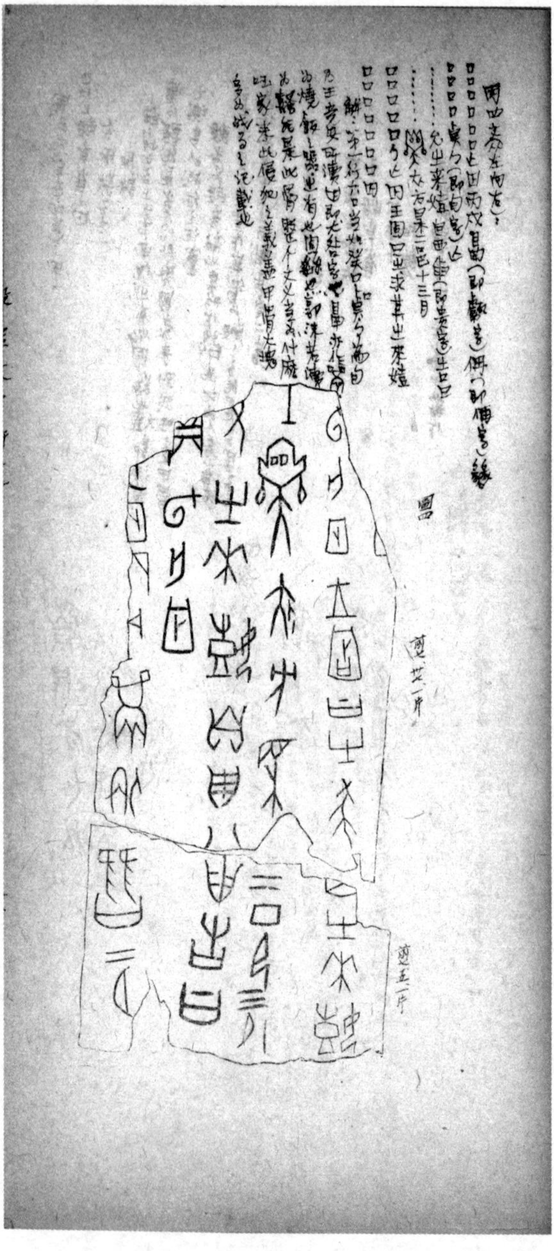

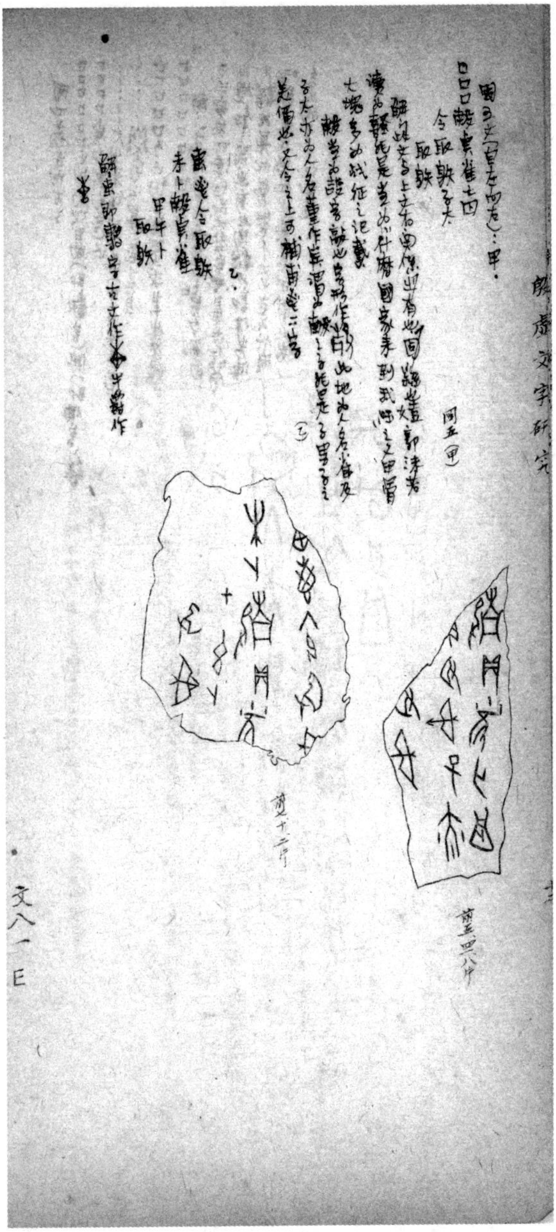
殷虛文字研究
同五（甲）
文八一E

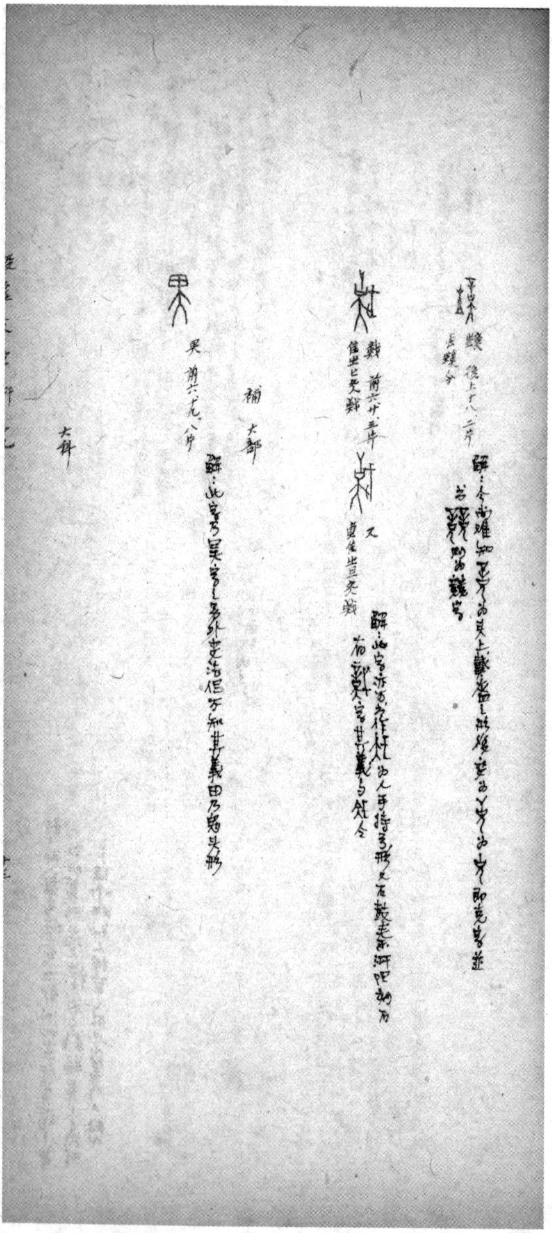

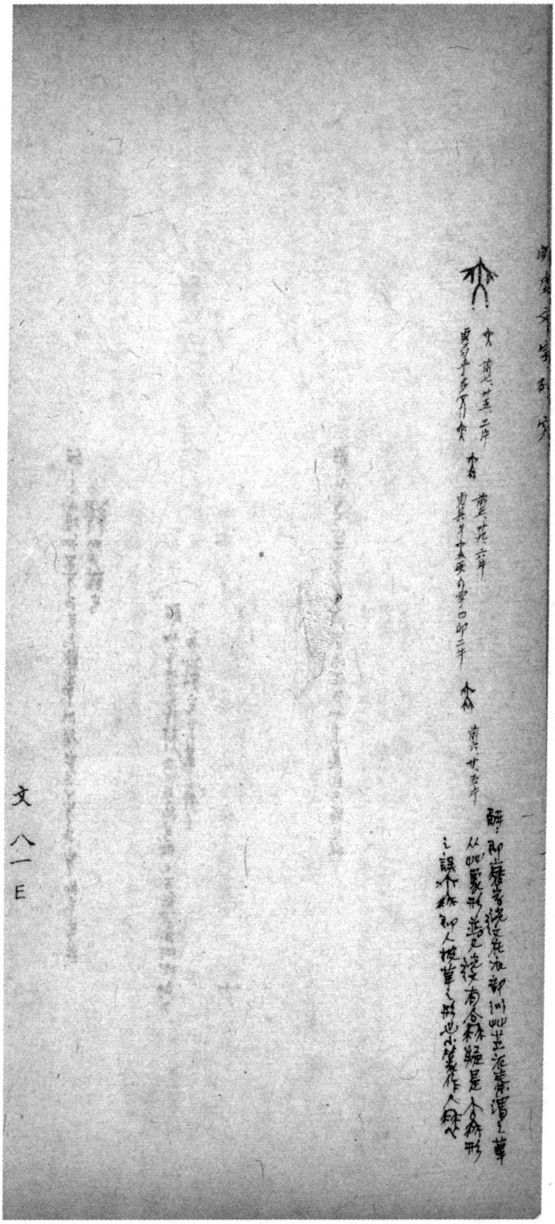
前七、廿三、二片
前六、廿、五片
文八一E

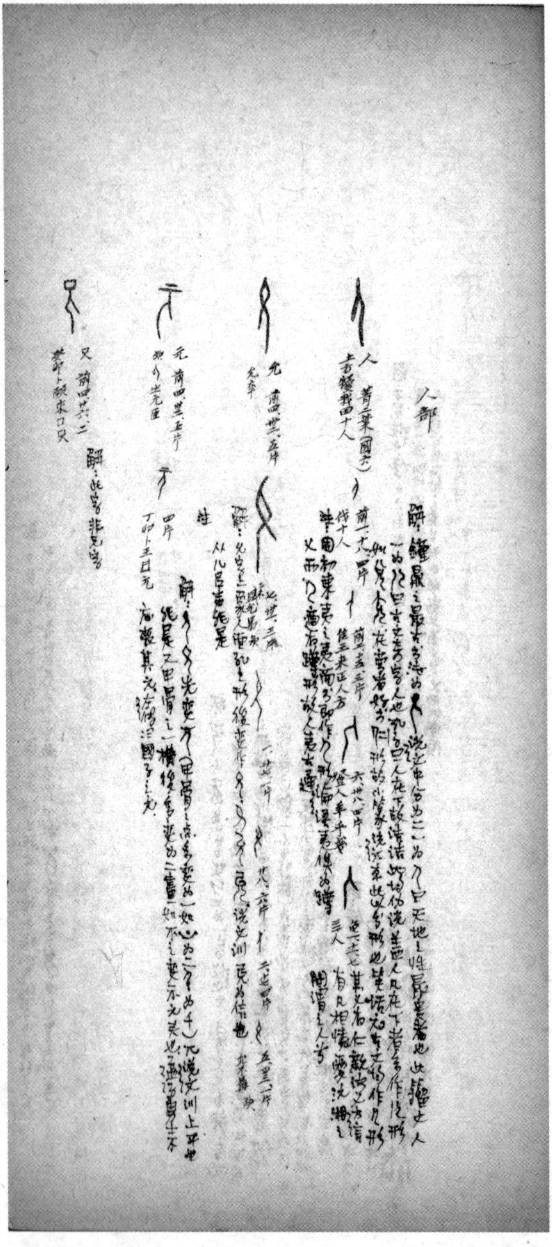

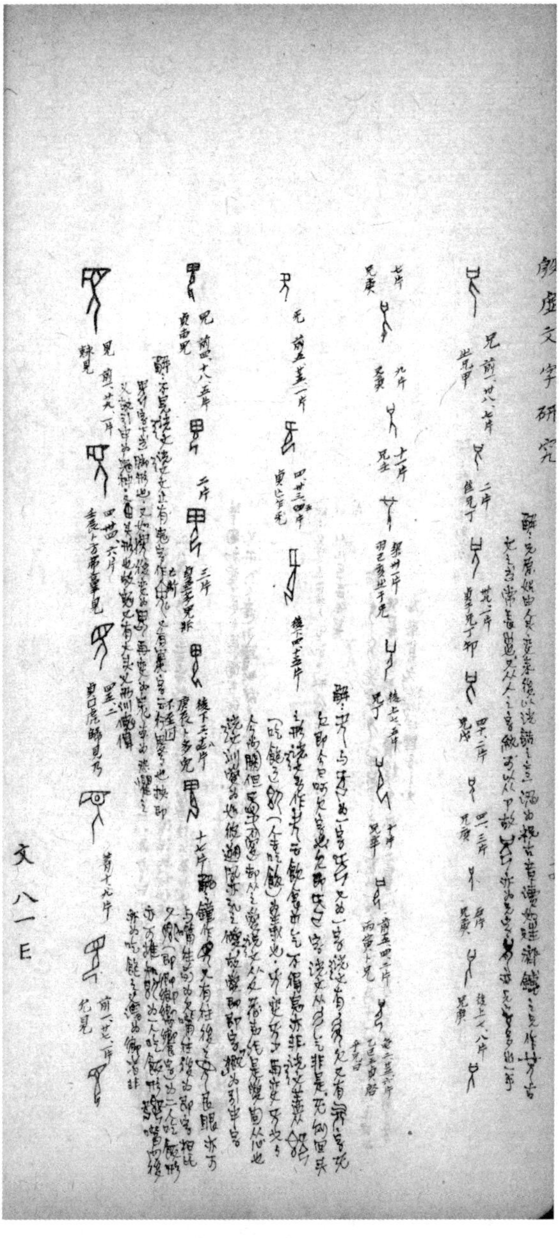
殷虚文字研究
文八一E

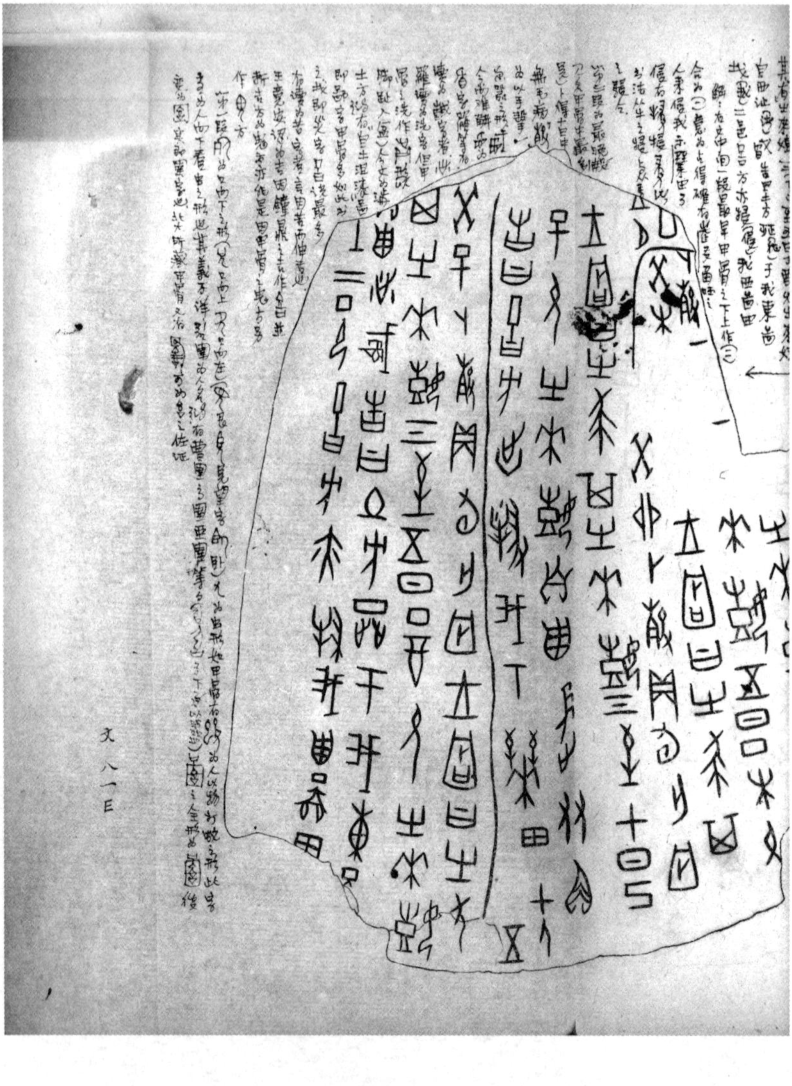
文 八一E

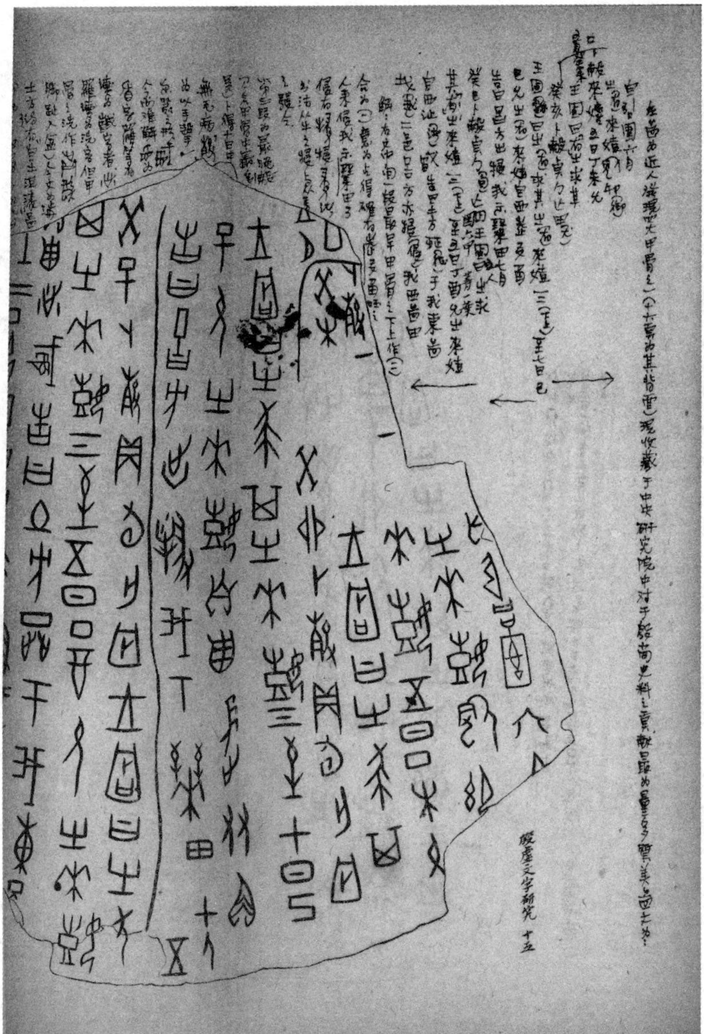
殷虛文字研究 十五

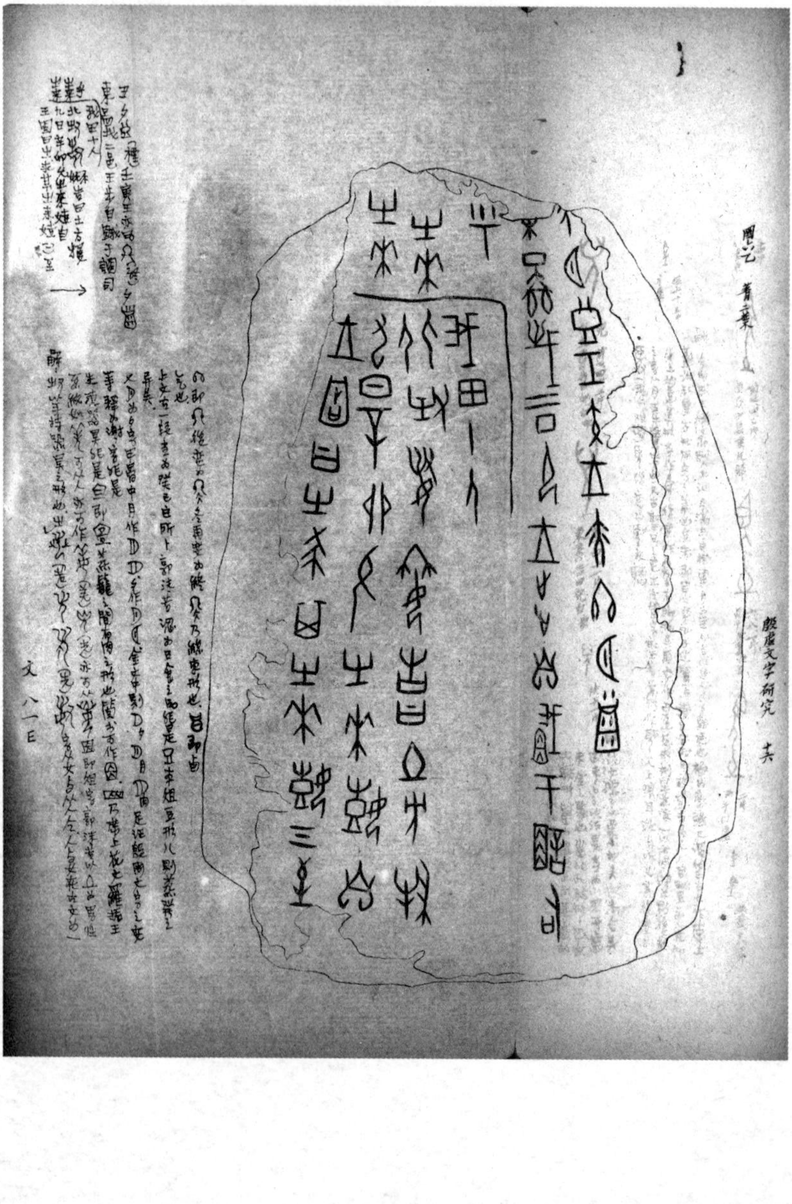

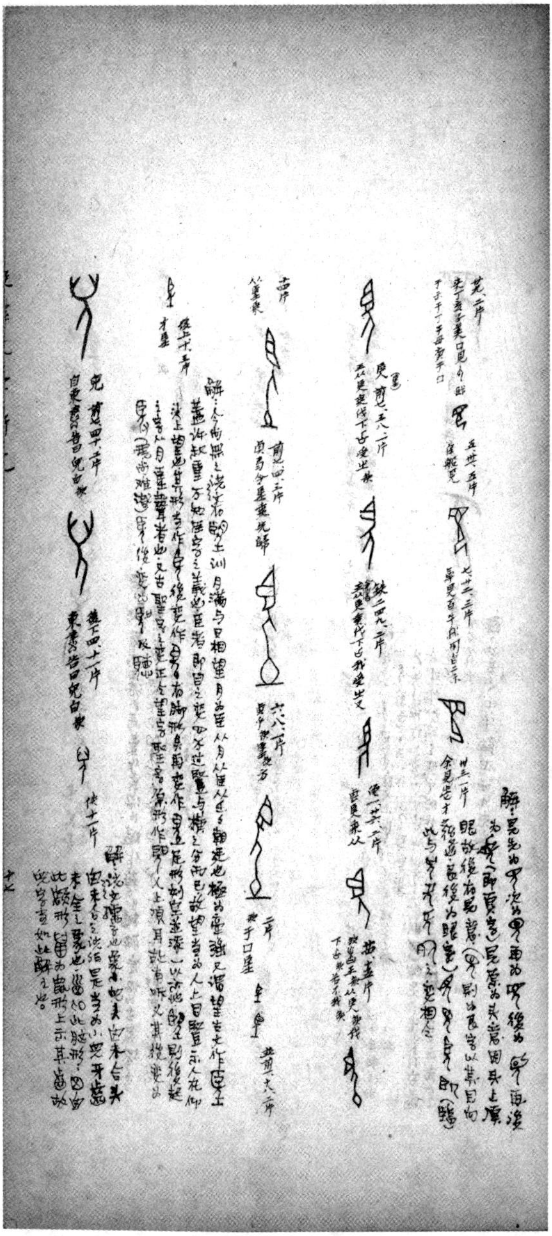

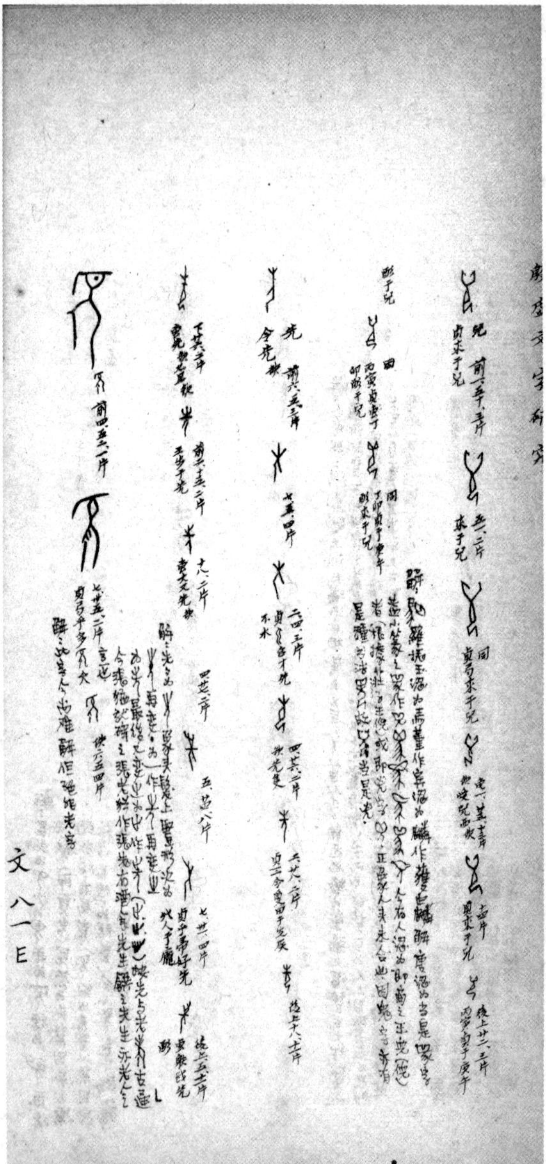
殷虚文字研究

文八一E

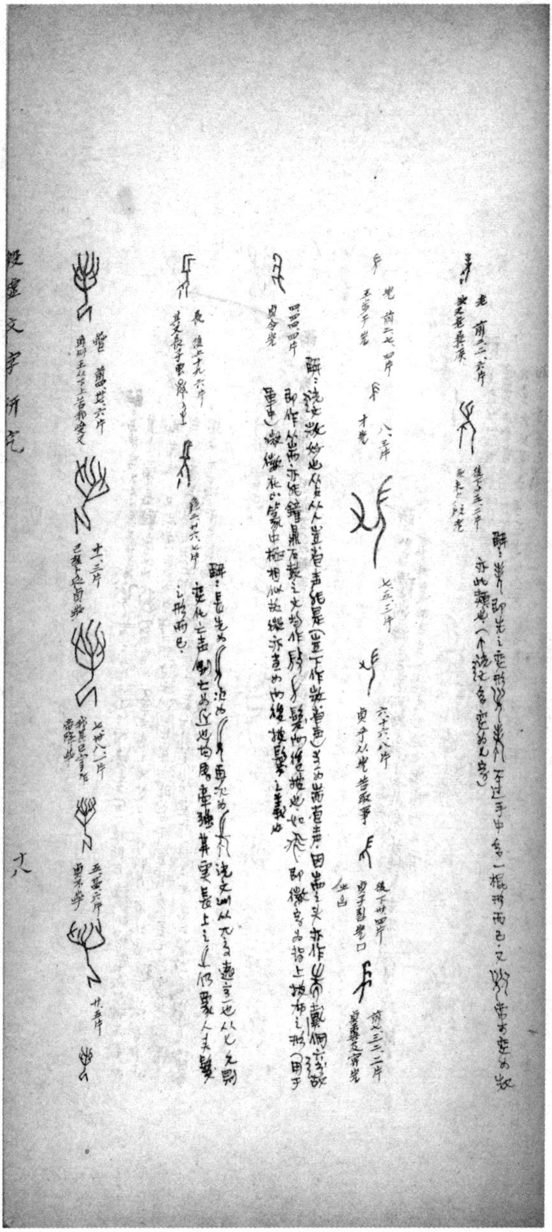

[illegible] 老 前二、六片 [illegible]老其[illegible]

[illegible] 後下三五、二片

辭：[illegible]即老之變形，[illegible]不過手中多一柺杖而已。又[illegible]常有變化之故，亦此類也（以說從多變化之字）。

[illegible] 光 前二七、四片 王[illegible]

[illegible] 八、三片 才光

[illegible] 七五、三片

[illegible] 六十六、八片 貞于从光告取事

[illegible] 後下廿四片 貞于[illegible]光口 [illegible]

[illegible] 前七、三三、二片 [illegible]

[illegible] 四四、四片 貞令光

辭：說文：微，妙也。从人从[illegible]，豈省聲。[illegible]（[illegible]下作[illegible]）[illegible]因[illegible]之文亦作[illegible]……即作[illegible]，亦既鐘鼎石鼓之文均作[illegible]，[illegible]髮而[illegible]也。如[illegible]即微字，爲指上披[illegible]之形。（[illegible]）[illegible]。[illegible]在[illegible]中極相似，故[illegible]亦[illegible]後披髮之義也。

[illegible] 長 後上十九、六片 [illegible]長[illegible]

[illegible] 後二十六、七片 [illegible]之形而已。

辭：長[illegible][illegible]也，[illegible]也，[illegible]。說文：[illegible]从兀[illegible]遠[illegible]也，从匕[illegible]……變化亡[illegible]……其實長上之[illegible]象人[illegible]髮。

[illegible] 前四、五、六片 [illegible]

[illegible] 十、三片 [illegible]

[illegible] 七、卅八、二片 [illegible]

[illegible] 五、四六片 [illegible]

[illegible] 廿五片

殷虛文字研究　十八

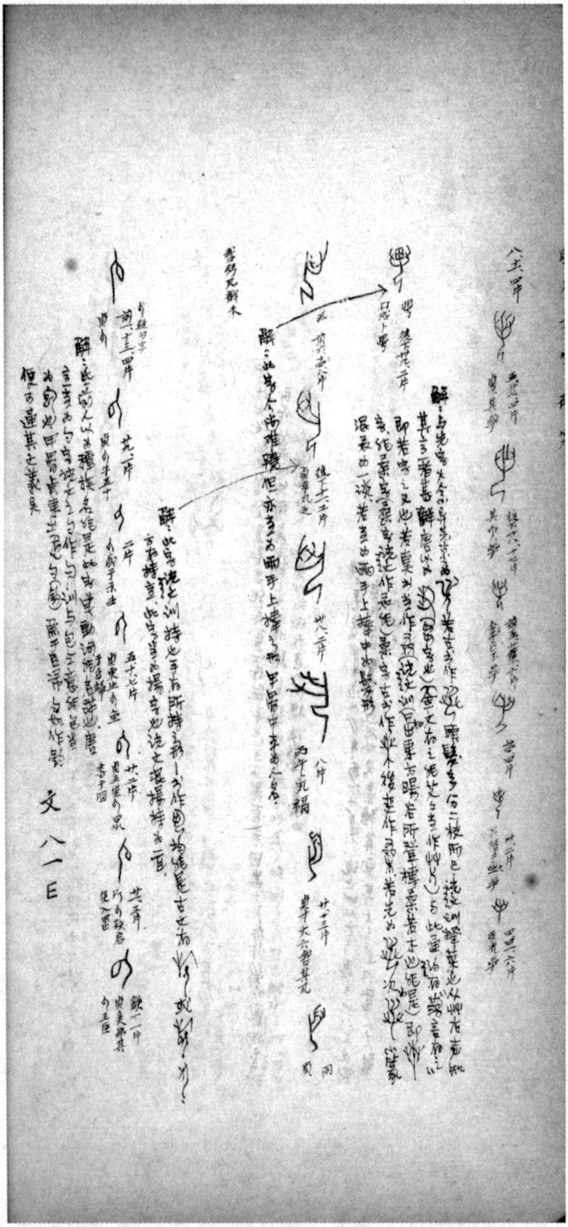

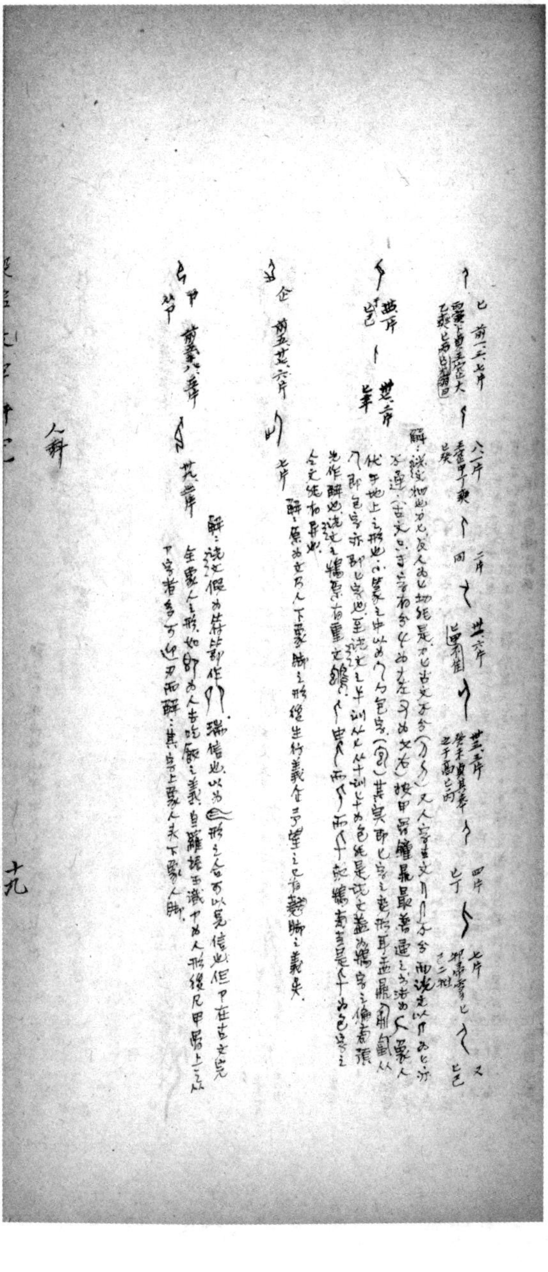

解：説文：卩，瑞信也。以為（）形之合可以見信也。但卩在古文亦象全象人之形，如卲為人坐跪飯之義。自羅振玉識卩為人形，後凡甲骨上之从卩字者多可迎刃而解。其字上象人身，下象人腳。

十九

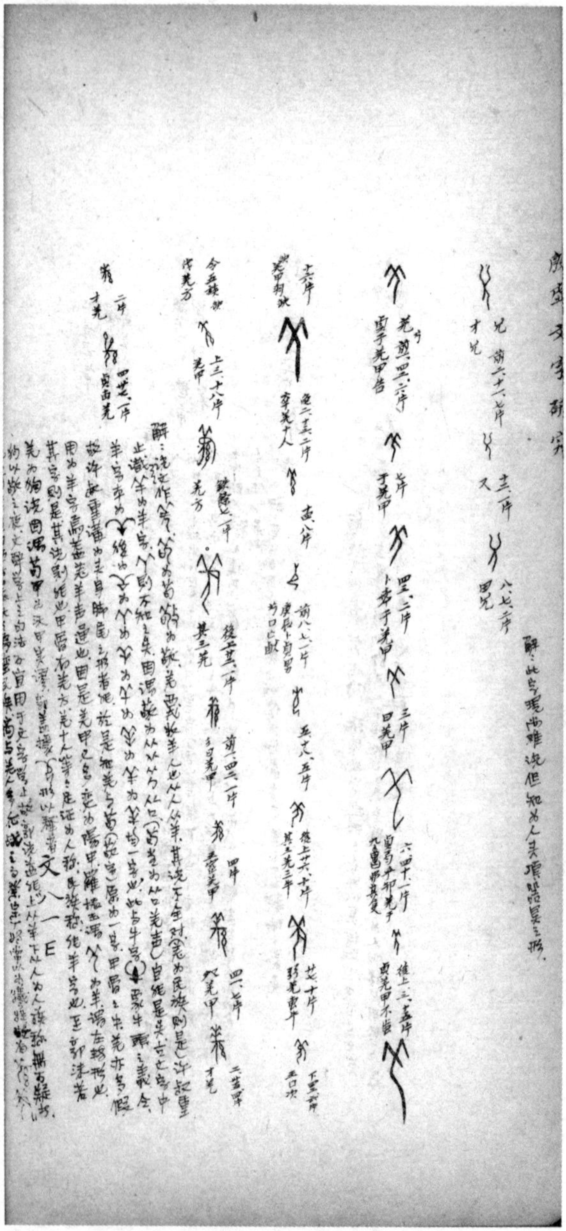

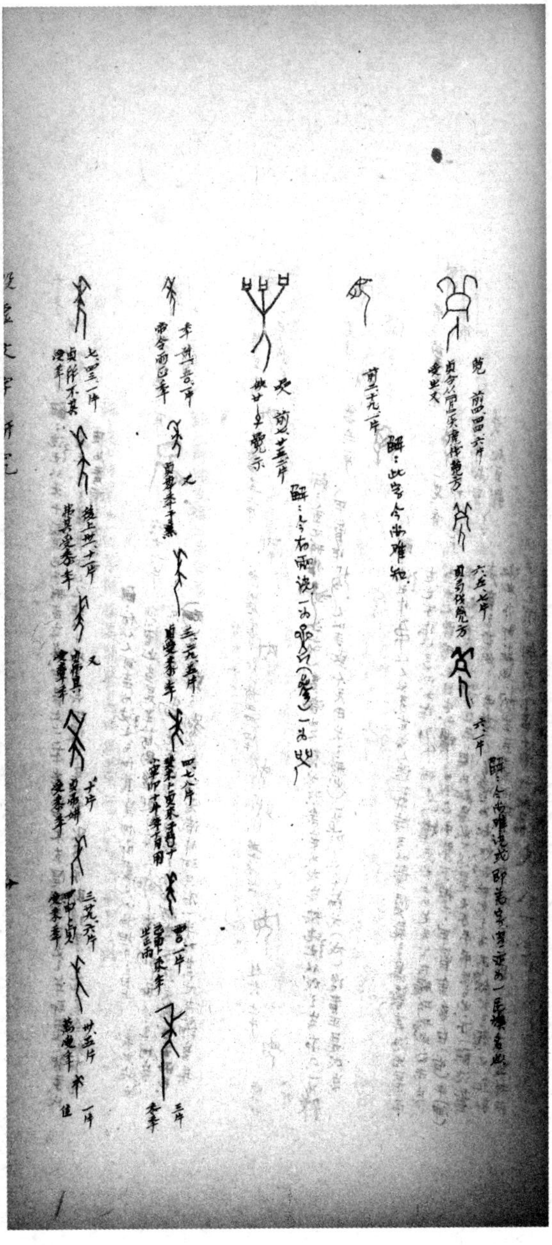
此字今尚難知

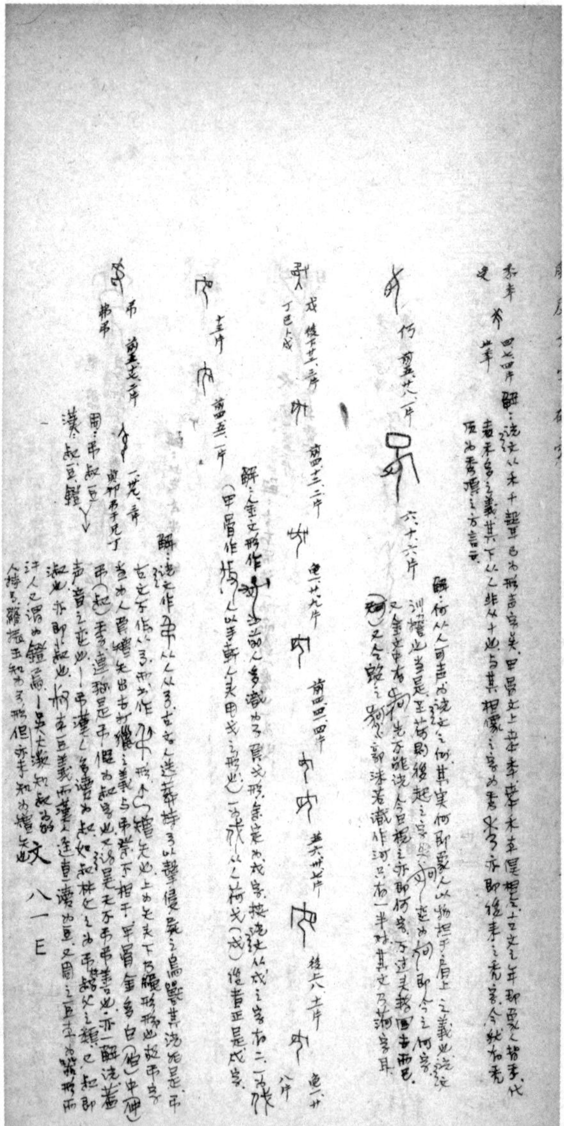

[illegible]

黍年 [illegible] 華 四七四片 解：說文从禾于聲，已為形聲字矣。甲骨文上[illegible]年，[illegible]木草[illegible]相[illegible]，古文之年即象人背禾，代表禾多之義。其下从人，非从千也。与其相[illegible]之字為秀[illegible]，亦即後來之秃字。今秋[illegible]秃反為秀，[illegible]之方言云。

[illegible] 何 [illegible]片 [illegible] 六十六片 解：何从人可聲。說文之何，其實何即象人以物担于肩上之義也。說文訓擔也，当是。至荷則後起之字矣。[illegible]可，並為何，即今之何字。又金文中有[illegible]，先不能識，今日視之亦即何字，不过[illegible]已。[illegible]又金[illegible]之[illegible]，郭沫若識作河，只有一半对，其文乃[illegible]字耳。

[illegible] 戌 後[illegible]片 丁巳卜戌 [illegible] [illegible]片 [illegible] [illegible]片 [illegible] [illegible]片 [illegible] [illegible]片 [illegible] 後[illegible]片 [illegible] [illegible]片 解：金文形作[illegible]，前人多識為子負戈形，余定為戌字。按說文从戊之字有二：一為[illegible]（甲骨作[illegible]，从人以手執人，夫甲戈之形也），一為戒，从人荷戈（戍），後者正是戍字。

[illegible] [illegible]片 [illegible] [illegible]片

[illegible] 弔 [illegible]片 弔弔 [illegible] [illegible] [illegible]

周：弔叔[illegible]

漢：叔[illegible]

解：說文作弔，从人从弓，古之人送葬持弓以驅侵尸之鳥獸。其說非是。弔古文不作从弓，而多作[illegible]形，[illegible]矰矢也，上為矢，下為繳形[illegible]。[illegible]

文 八一 E

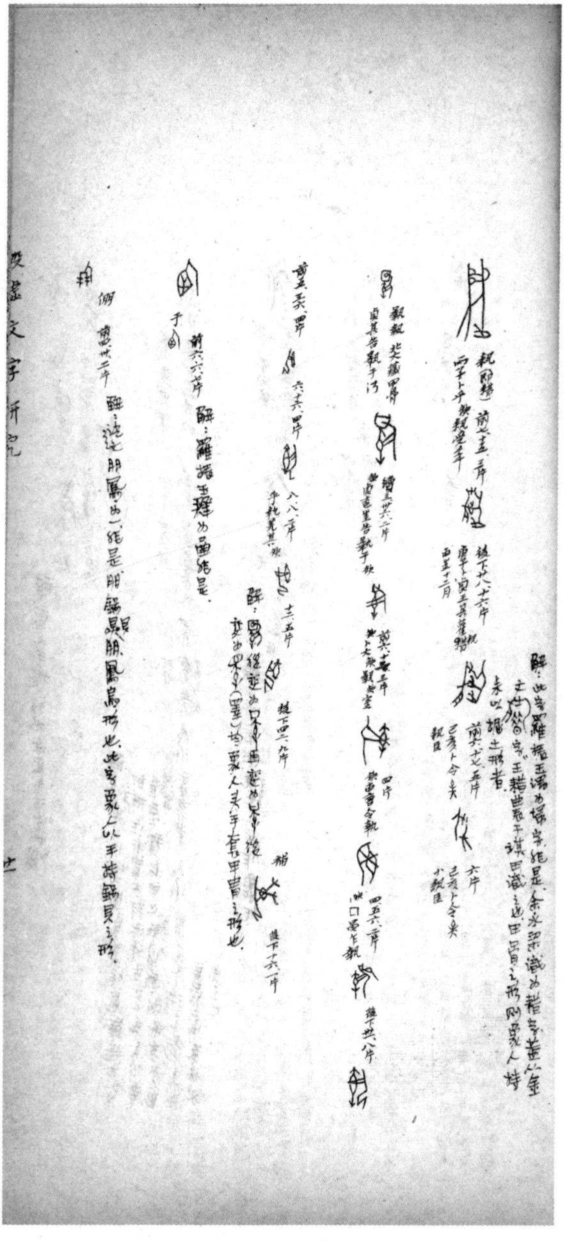

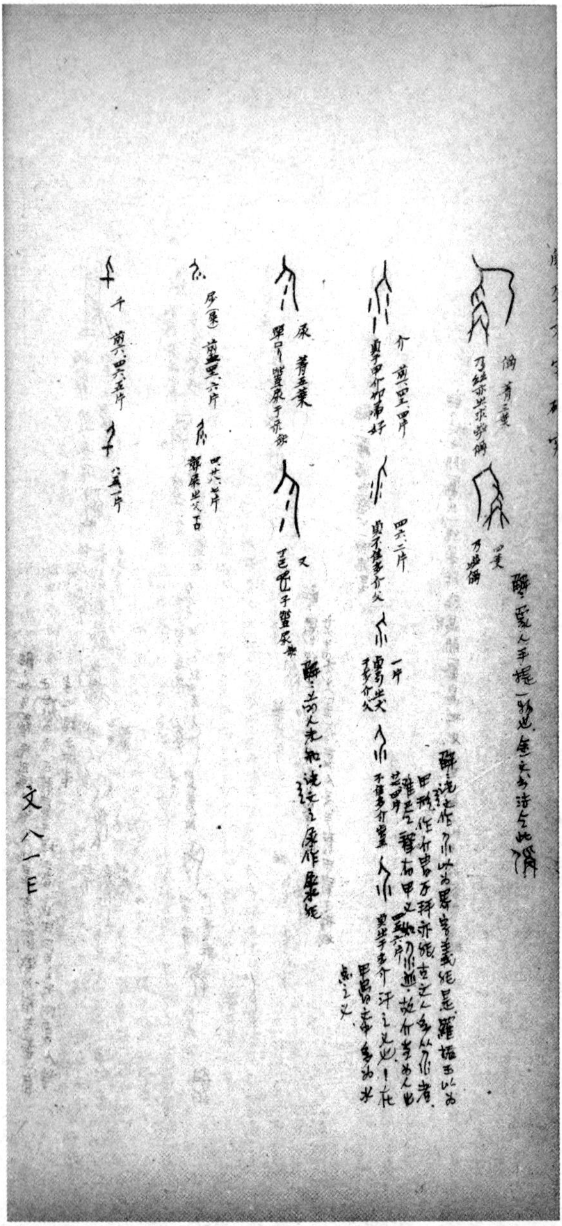
文八一E

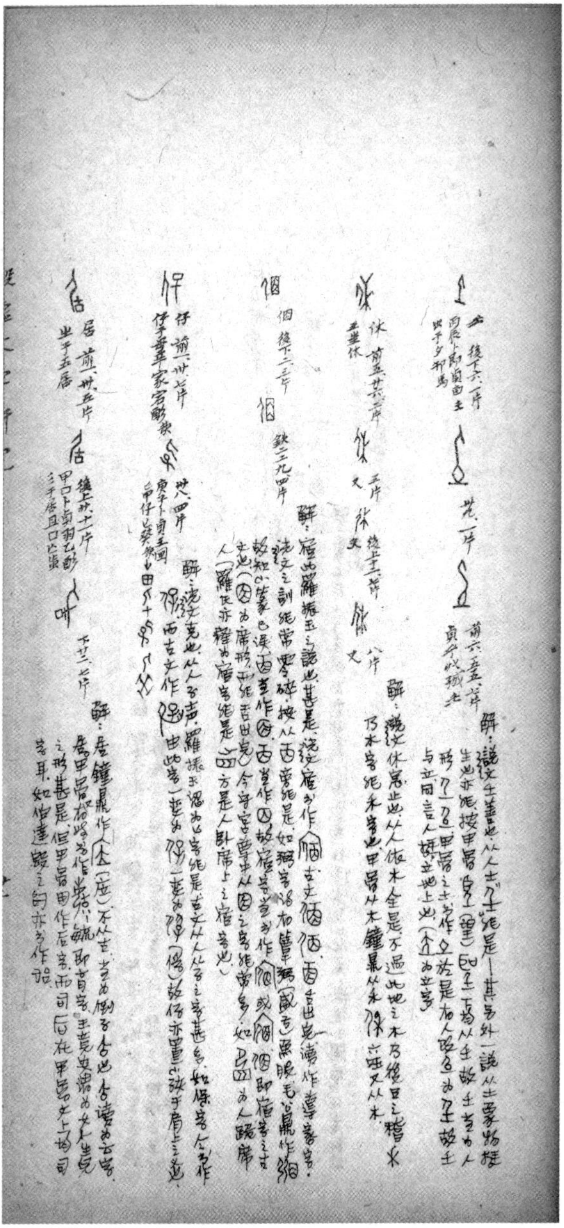

壬 後下六、一片 丙辰卜即貞㞢壬 㞢于夕祁馬

花、一片

前六、三五、一片 貞乎戍㦰壬

解：說文壬善也，从人士，壬說是。一其另外一說从土，象物挺生也，亦說。按甲骨（望）〔从〕壬，下為从壬，故壬當為人形。甲骨之壬或作，於是為人跂立之形，故壬與立同，言人挺立地上也。（立）為立字。

休 前五、廿六、二片 㞢涉休

文 五片 休 文 後上、十二、一片

文 八片

解：說文休息止也，从人依木，全是。不過此地之木乃後日之禾，乃木字，說禾字也。甲骨从木，鐘鼎从禾，亦從又从木。

佰 後下二、二片

鐵二九四片

解：宿，此羅振玉之說也，甚是。說文宿古作，古文，。說文之訓說當零碎。按从西旁說是。如獨字所从蒦（蔑）从眼毛，鼎作，故知小篆已誤西，西當作，西當作，故宿字當作，或，即宿字之古文也，（因）為席形，說舌出說，今字宿从因之字說當多，如為人踞席之形，人（羅氏亦釋為宿字說是）方是人臥席上之宿字也。

仔 前一、卅、七片 仔乎舞家宮酌秋

卅八、四片 庚子卜貞王囗令仔止癸秋⋯田

解：說文克也，从人子聲。羅振玉謂為此字說是。古文从人从子之字甚多，如保字金文作，西古文作，由此字一變為，一變為（保），故仔亦當說孩子肩上之意。

居 前一、卅、五片 㞢于五居

後上、廿、十二片 甲口卜貞翌乙酌 三于居且口亡

下廿二、七片

解：居，鐘鼎作（居），不从古，當為倒子之形也。居甲骨居字作，即育字。羅先生以為此字之形甚是，但甲骨由作居字，而司在甲骨文上均為司字耳。如伯達殷之司亦作䛐。

殷虚文字研究

舟 後下卅六.四片

解：从人从舟，余疑其為服字。原来像人在船上為服，今以篆文作服矣。

从 前五.三.二片 貞□□从□□方

从 □□

从 二九.四片 貞从□

从 後上廿八.九片 □□方余从□

解：即今之從字。从、从說文云：从，相聽也。甚多，如从之為从，又為從。故從說文云：從，隨行也。如從者之訓，从與从之形……

北 前四.三五片

北 六八.七片 于自北

北 後下卅五.一片 □□□于北□□

解：人相背而馳也。說文云：北，乖也。是矣。背北之引申意也。古文北為背，故北方之北由背後之背生出者也。

化 菁六葉 □□□□□化于□

解：象人往上下來，故有變化義，又有死義，如殂，且此化者無使土親膚，化者即死者也。

人系

文八一E

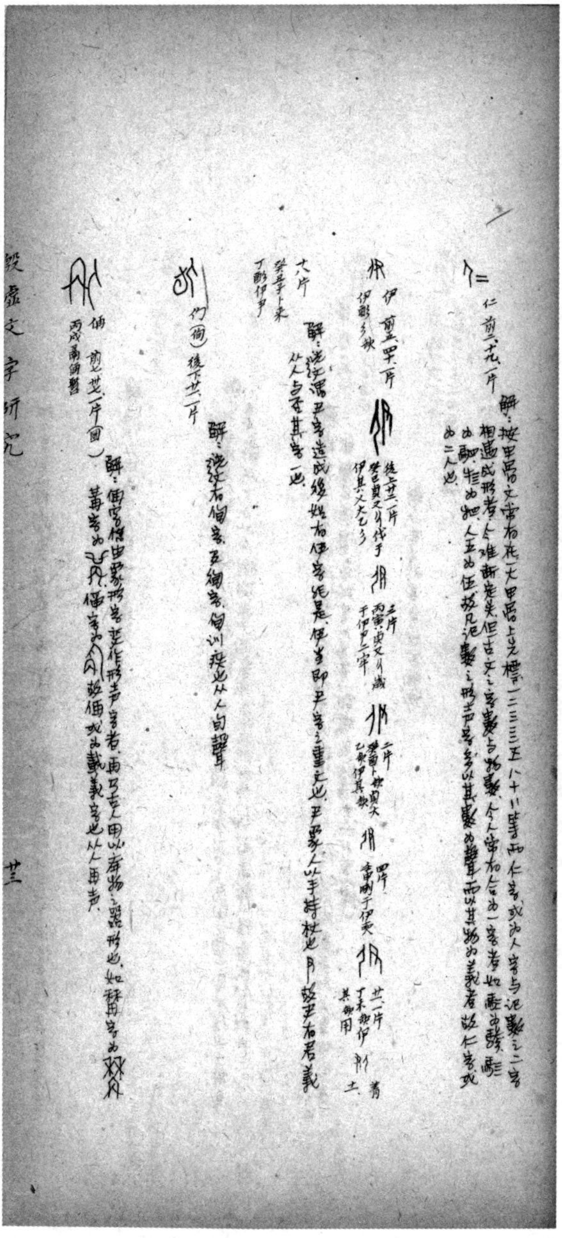

仁 前二.十九.一片
解：按甲骨文常有在一大甲骨上先標一二三三五八十二等而仁字或为人字与二之二字相連成形者，今难断定矣。但古文之字象与物象，今人常相合为一字者，如鬳为鬳彡，也駟，犃为牭，人王为任，故凡从象之形声字多以其象为聲而以其物为義者，故仁字或为二人也。
伊 前五.四十.一片 伊彫彡秋
後上廿二.一片 癸巳贞又彳伐于伊其又大乙彡
二片 丙寅贞又彳歲于伊尹二宰
二片 癸酉卜旅贞大乙歲伊其歲
四片 重酉于伊奭
廿一片 丁未酌伊 其御用
十八片 癸亥卜來丁酌伊尹
解：說文謂尹字造成後始有伊字，征是，伊当即尹字之重文也。尹象人以手持杖也，故尹有君義，从人与尹其字一也。
仴（徇） 後下廿二.一片
解：說文有徇字，无徇字，徇训疾也，从人旬聲。
佣 前七.廿一.一片（回） 丙戌甬佣
解：佣字係由象形字變作形声字者。甬乃古人用以存物之器形也，如犄字为，蒲字为，佣字为，故佣或为載義字也，从人甬声。
殷虛文字研究 廿三

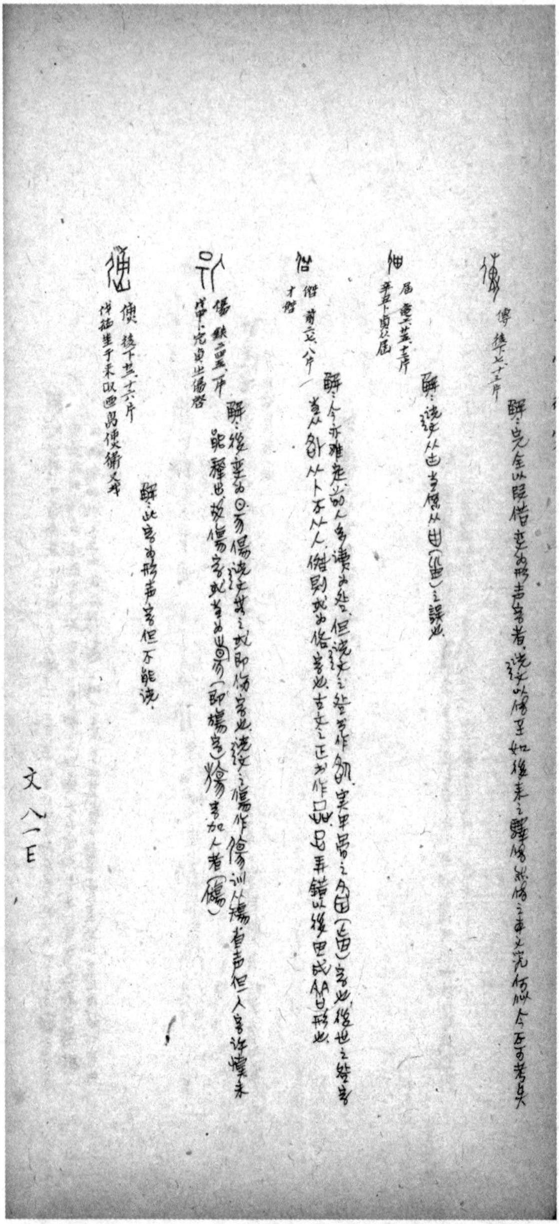

[illegible] 傳 後上七，十三片

解：完全以假借字為形声字者，说文以傳至如後來之驛傳，然傳之本义究何似今不可考矣

[illegible] 屈 後上廿三，十三片 弗其卜貞以屈

解：说文从出，此字从甾（凷）之誤也.

[illegible] 偕 前六，八片 才偕

解：今亦难定，前人多讀为皆，但说文之皆字作[illegible]，实甲骨之[illegible]（凷）字也，後世之皆字乃从[illegible]从卜不从人，偕則或为俗字也，古文之正书作[illegible]，且再錯以後由成[illegible]形也.

[illegible] 傷 鐵二四三，一片 戊申卜宍貞出傷啓

解：從某為易傷，说文甚之或即傷字也，说文之傷作[illegible]，训从[illegible]省声，但人字許慎未能釋出，故傷字或[illegible]为[illegible]（即煬字）[illegible]字加人者（[illegible]）

[illegible] 便 後下廿三，十六片 伐[illegible]生于來以西爲便衛又戎

解：此字为形声字，但不能读.

文 八一E

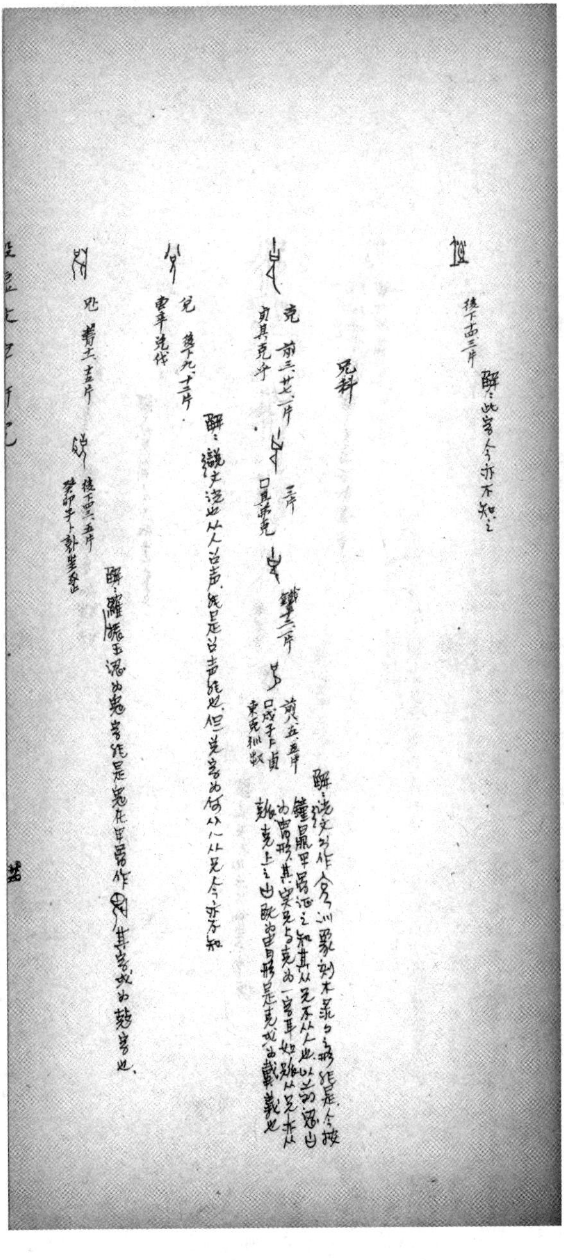

殷虚文字研究

兄彔 从兄之字鐘鼎甚多，如[illegible]、[illegible]。

 兄州 前六、五三、六片

解：从兄从州，今不知其音义

 [illegible] 前六、[illegible]、片 發見

 七、五、三片 鐵巾 [illegible] 車鐵

 契[illegible]片

 後下[illegible]、[illegible]片

解：从兄从衣，亦不知其音义

 冂兄 後下廿六、八片 卣冂兄田[illegible]

解：今亦不知其音义

竞文科

文八一E

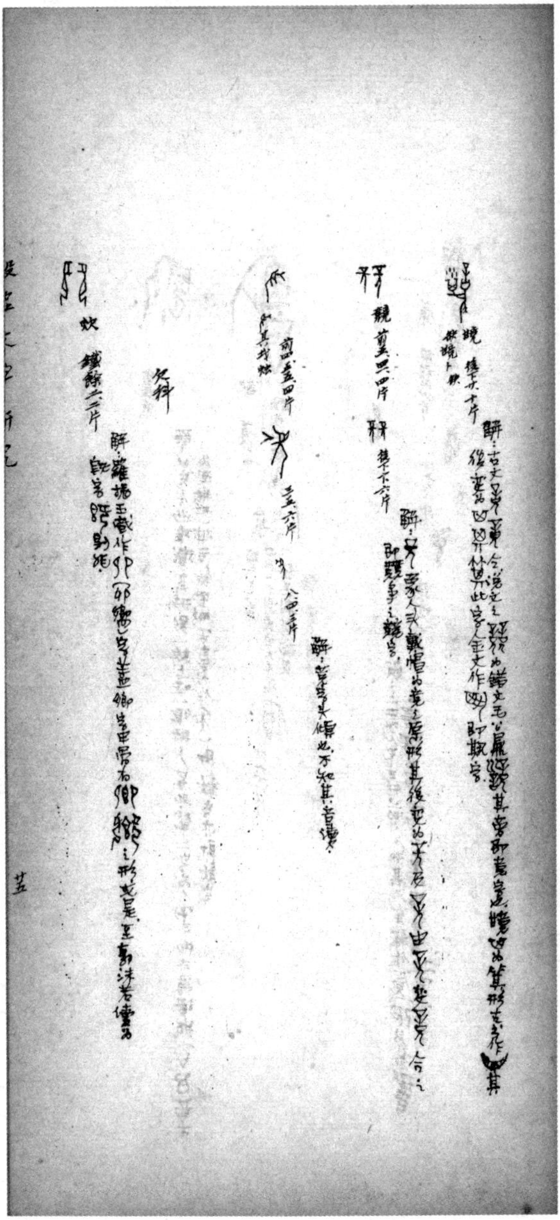

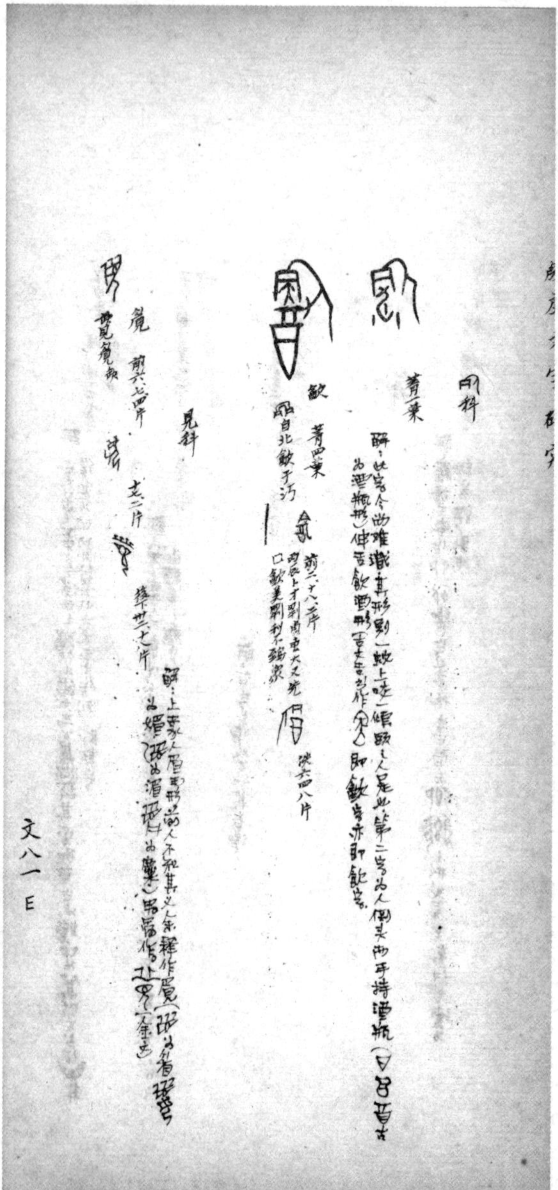
殷虛文字研究
欠部
菁一葉
歙
菁四葉
見部
覺
前六七四片
文八一
E

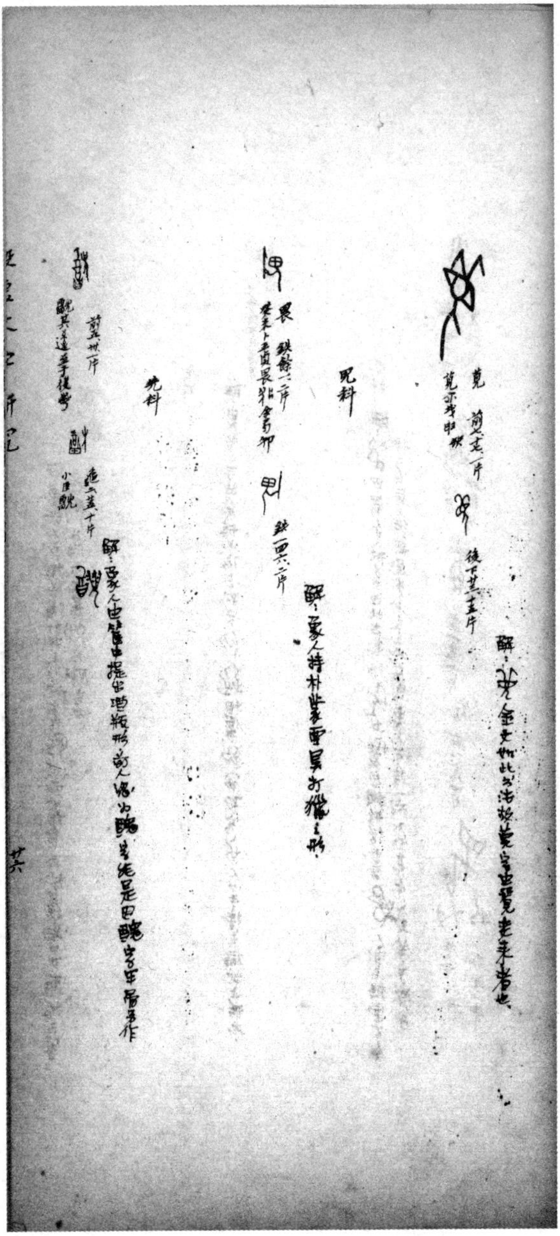
萈　前六·十七·一片
後下卅三·十五片
兕料
畏　鐵餘一·二片
鐵一四六·二片
前五·卅一片
廿六

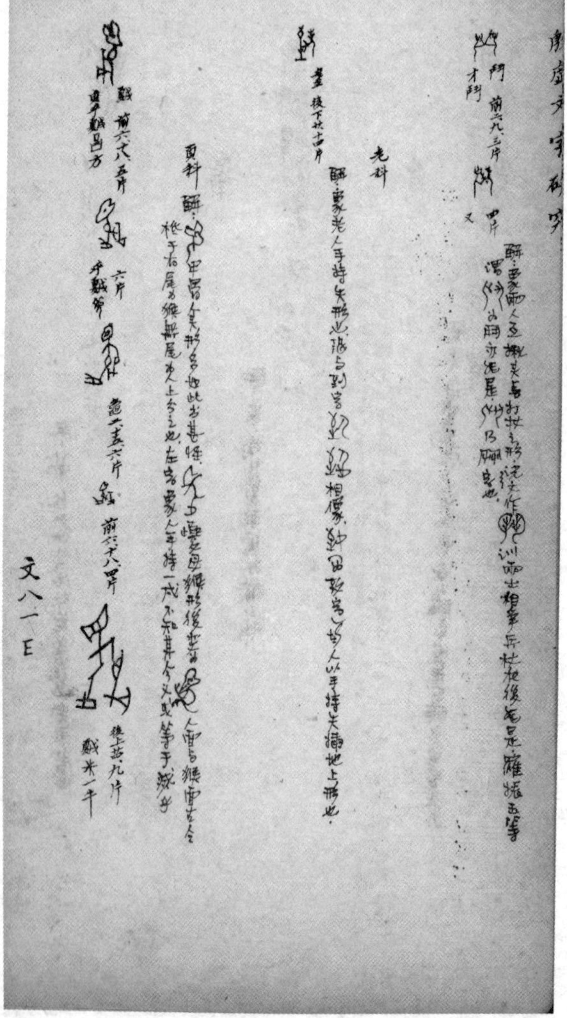

殷虛文字研究

[illegible] 鬥 前六九、三片 [illegible] 四片

才鬥 文

解：象兩人互撇其首打投之形，說文作[illegible]訓兩士相對兵杖在後象是雁擬亞等

謂[illegible]之鬥亦為是，[illegible]乃鬥字也。

先斜

[illegible] 埶 後下廿十四片

解：象光人手持矢形也，張与到字[illegible] [illegible]相像，[illegible]因數字了古人以手持矢插地上形也。

頁斜

解：[illegible]田昌金矣形多也此字甚怪，[illegible]與[illegible]形後世字[illegible]人甫与獵甫古今

杖于右尾为獵無尾为人上分之也，左字象人手持一戈不知其今义或等于戮字

[illegible] 戮 前六六八、五片

[illegible]戮[illegible]方

[illegible] 六片

[illegible]戮[illegible]

[illegible] 龜一、五、六片

[illegible] 前六六八、四片

[illegible] 後上廿五、九片

戮米一千

文八一E

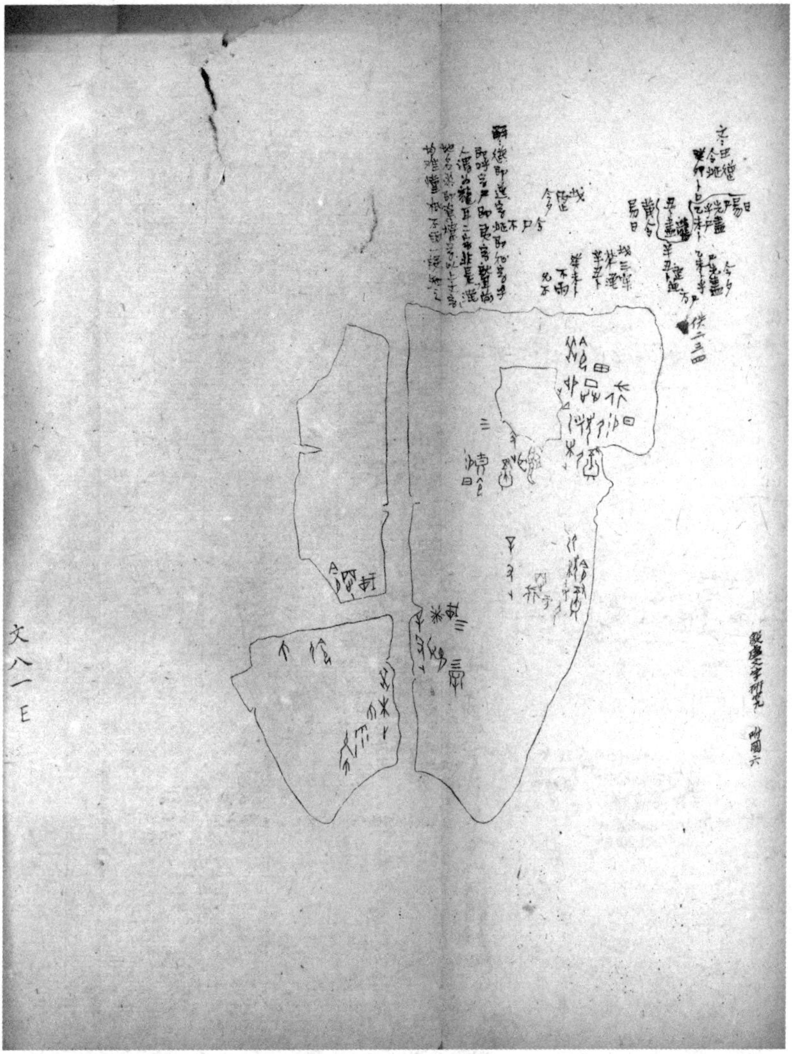
殷虛文字研究　附圖六
文八一E

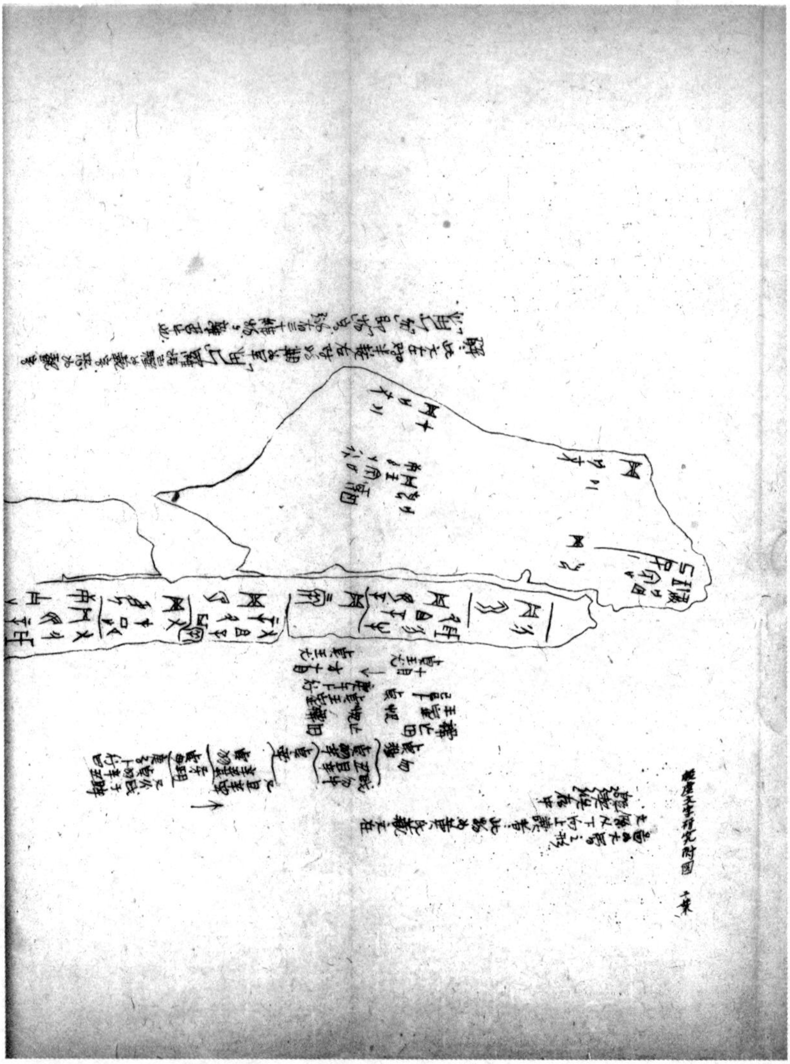

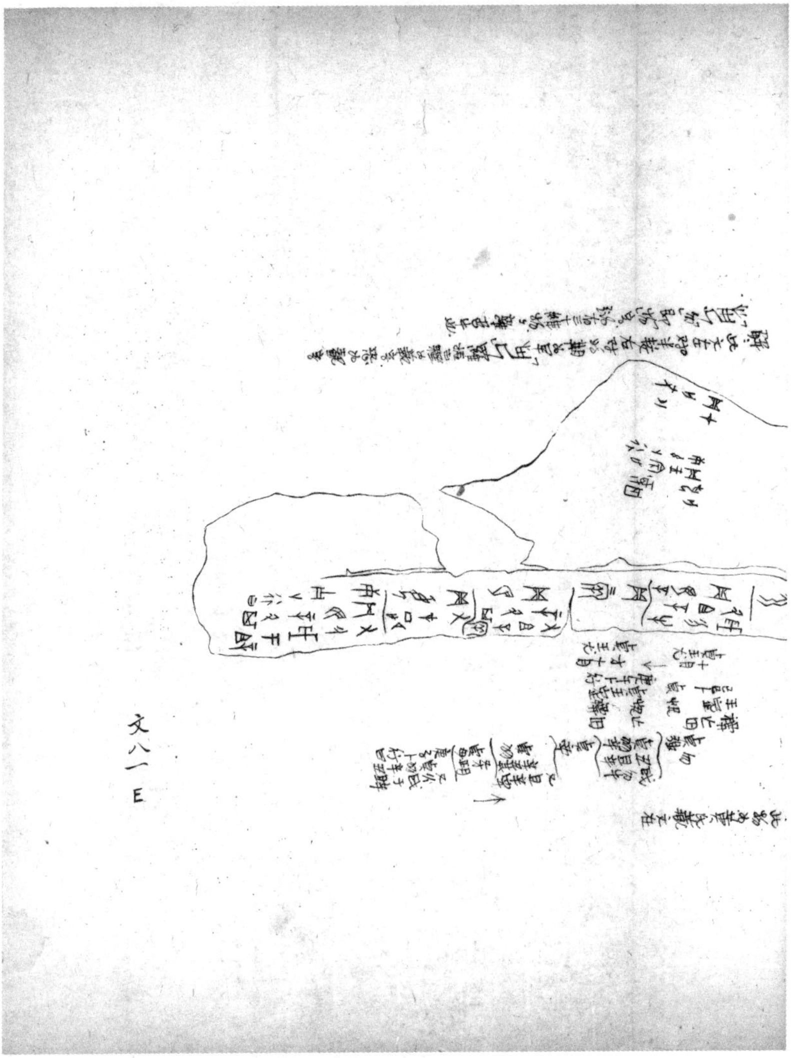

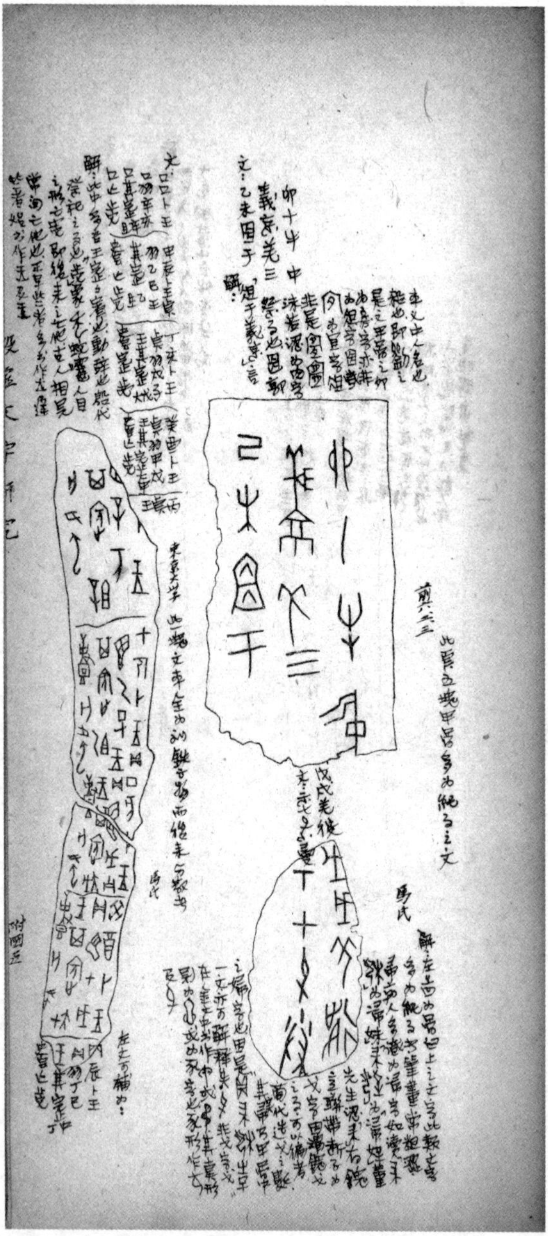

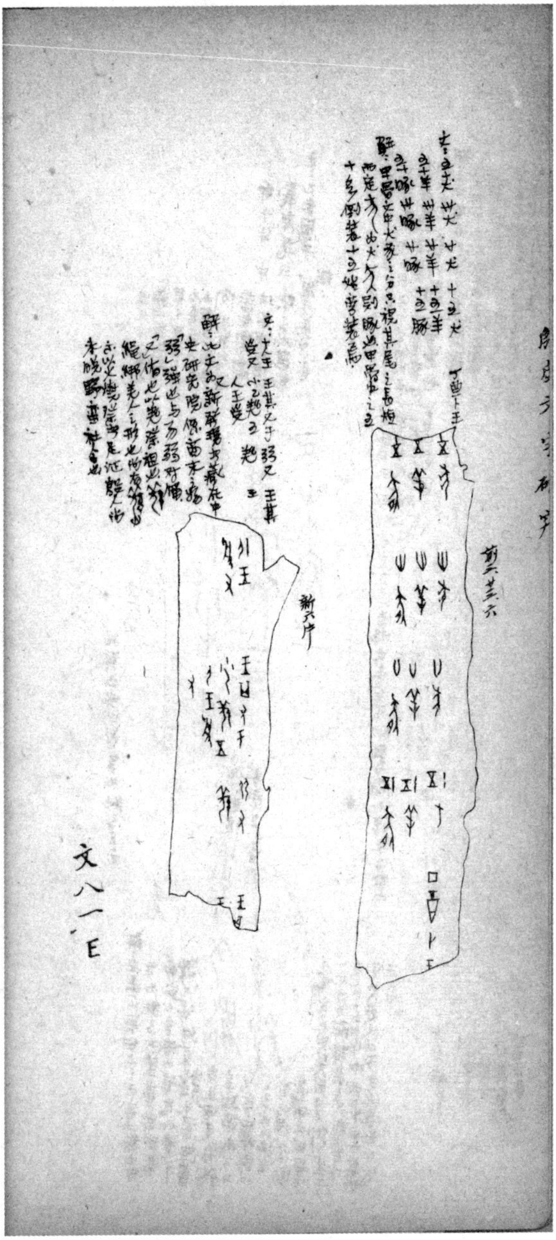
文八一E

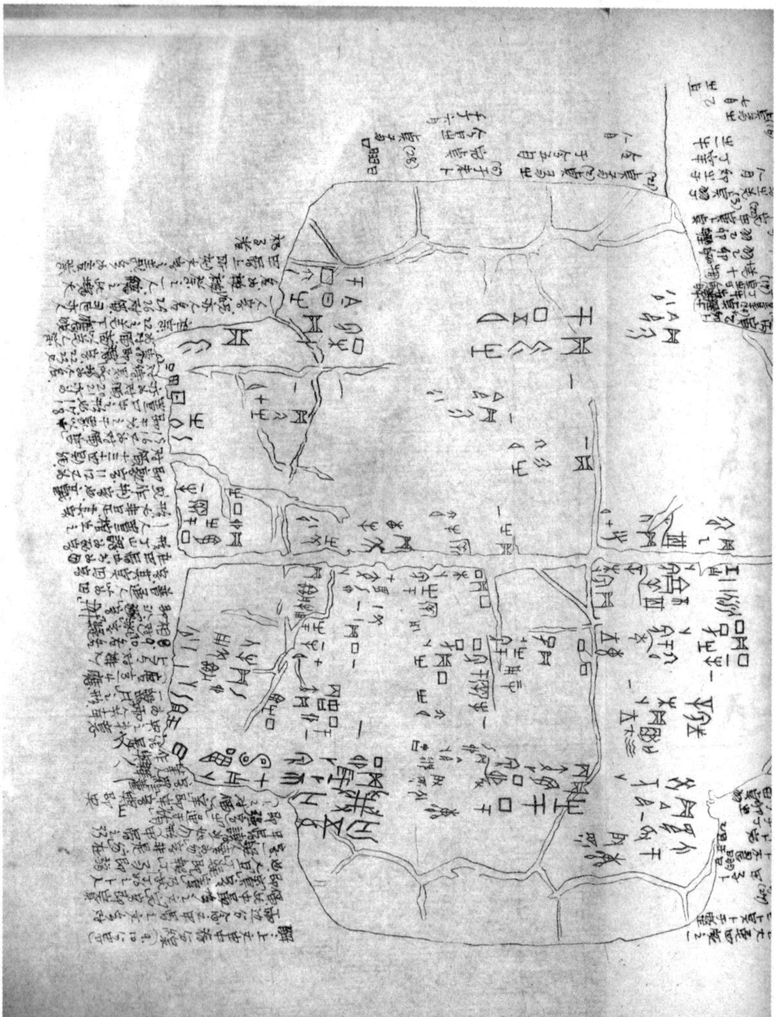

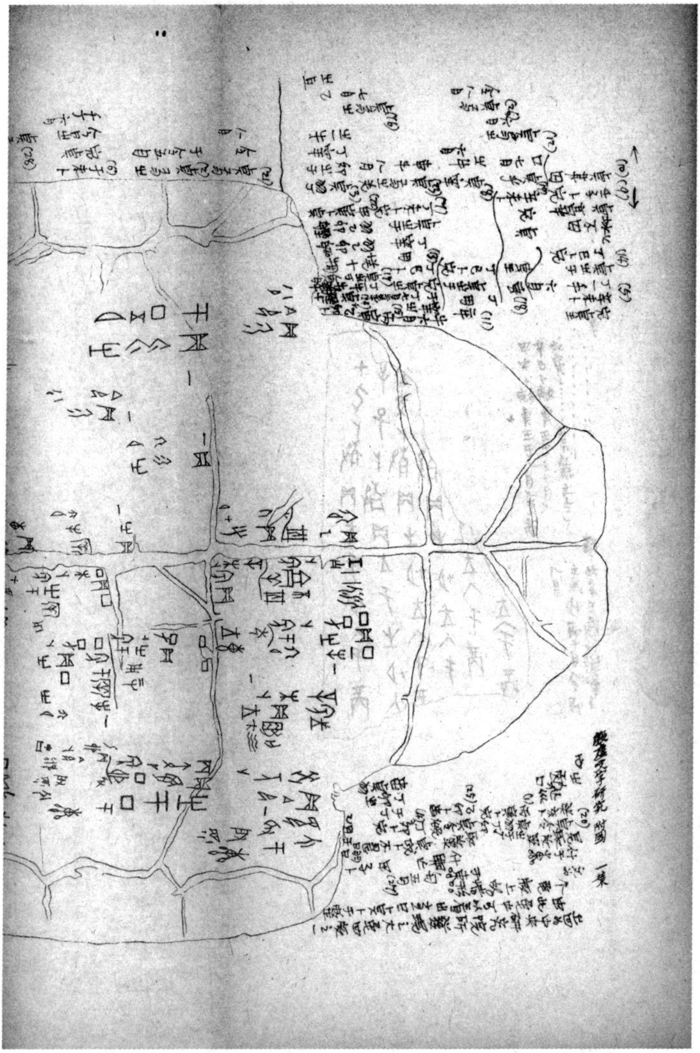

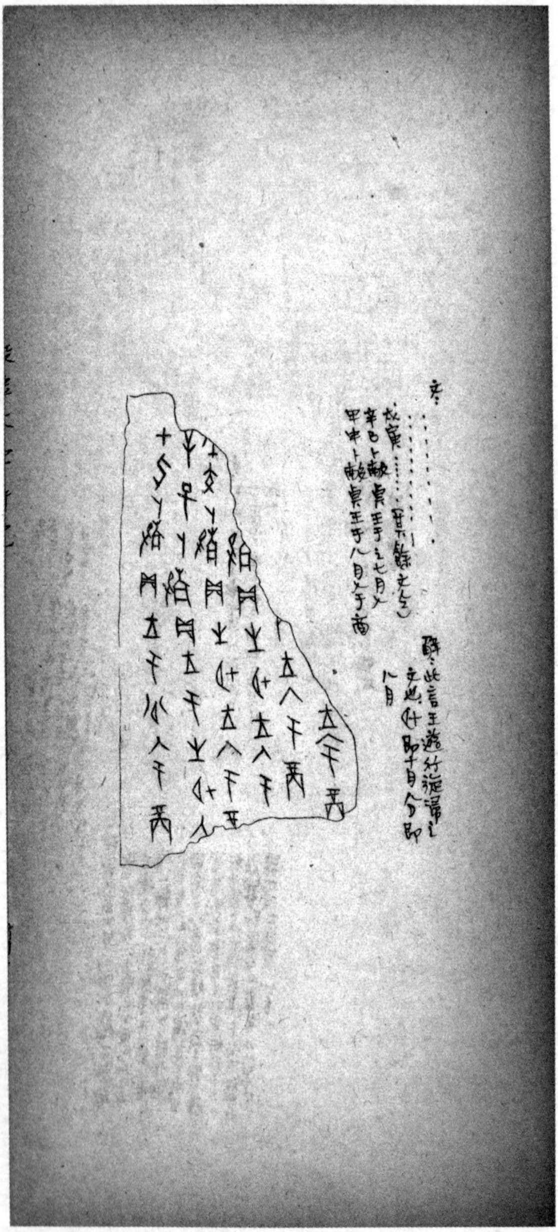

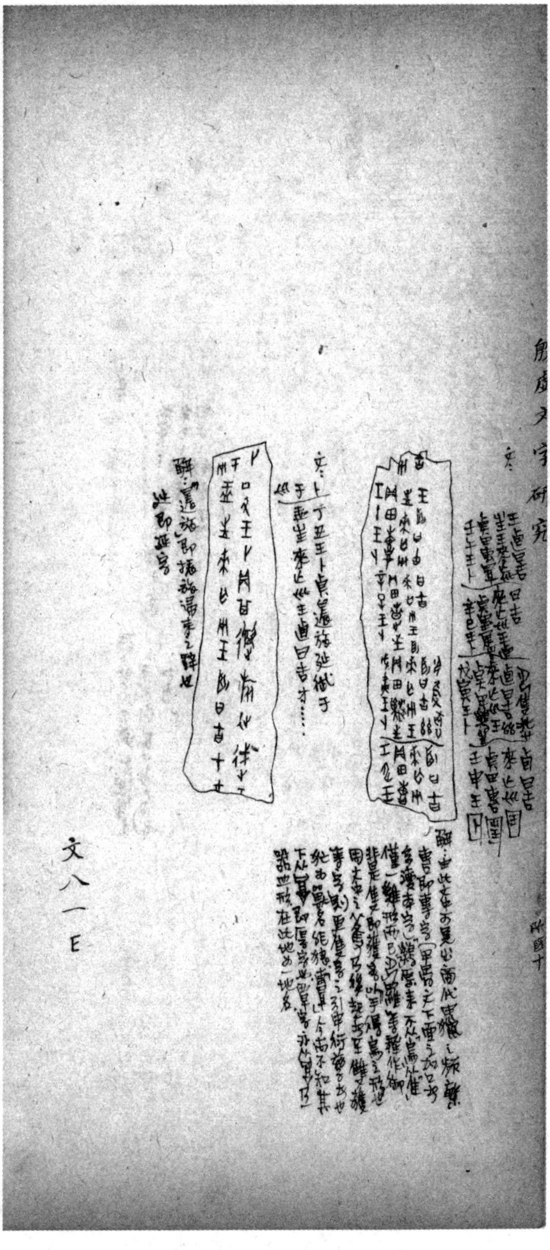
殷虛文字研究
文八一E

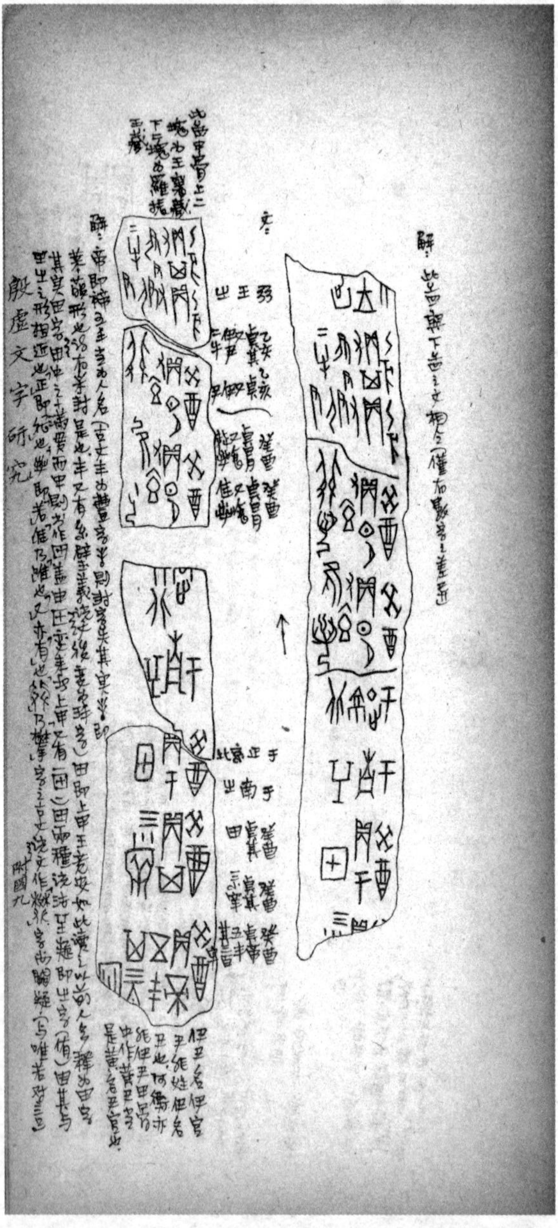
殷虚文字研究
附圖九

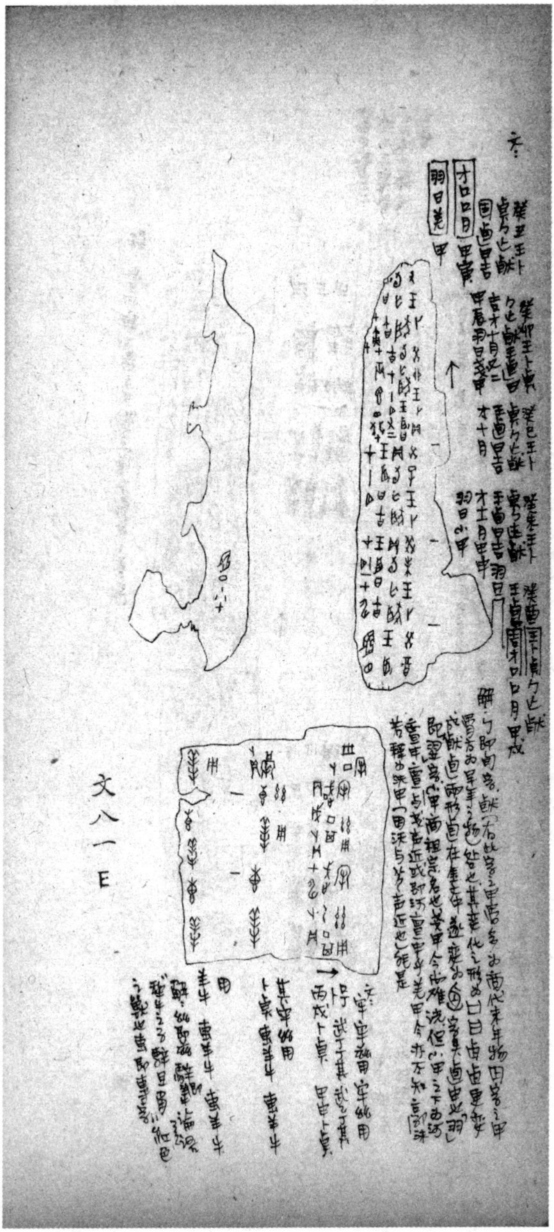
文八一 E

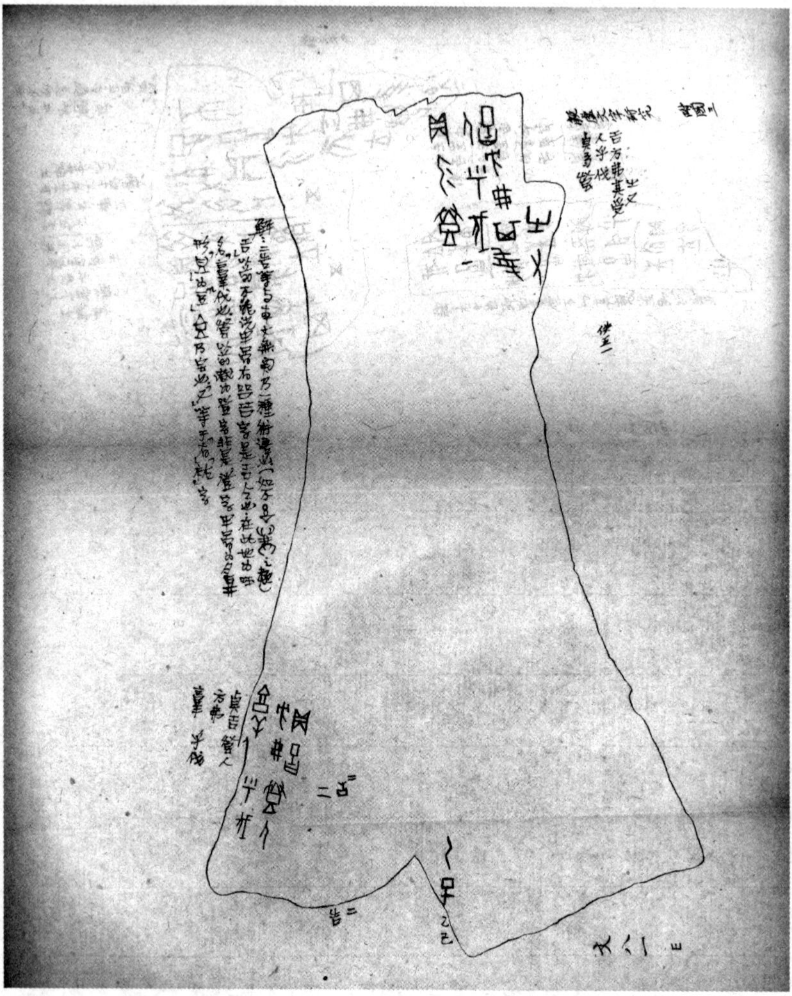

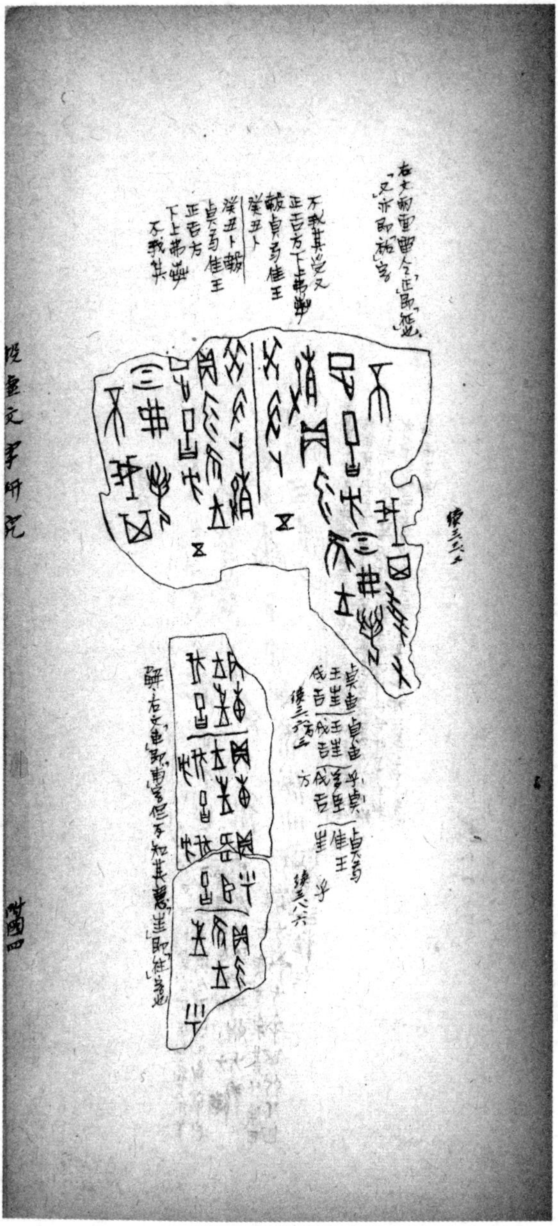
殷虛文字研究
附圖四

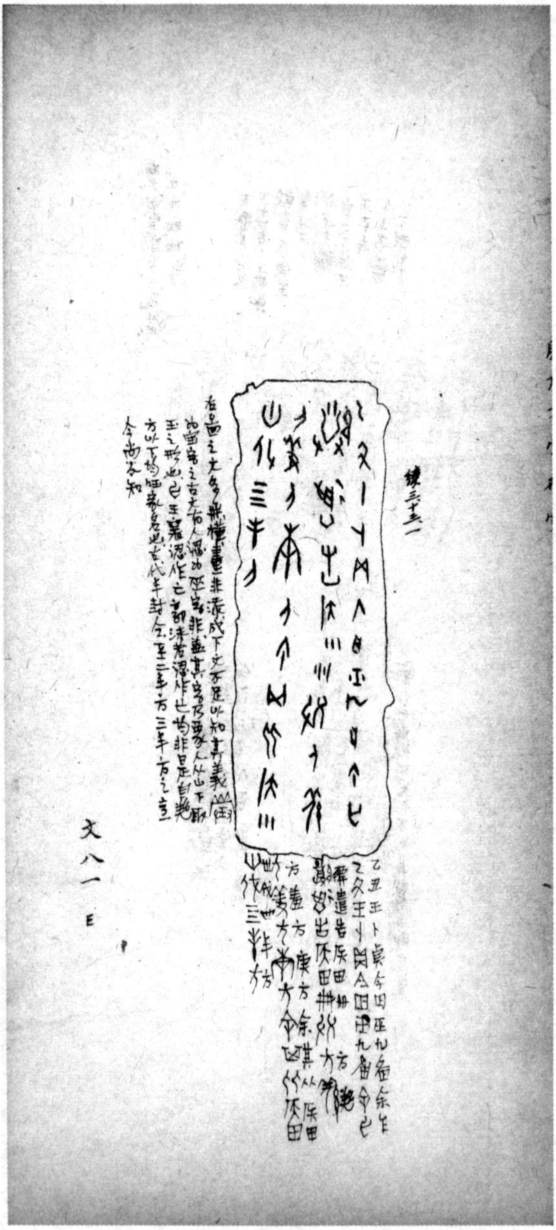
文八一

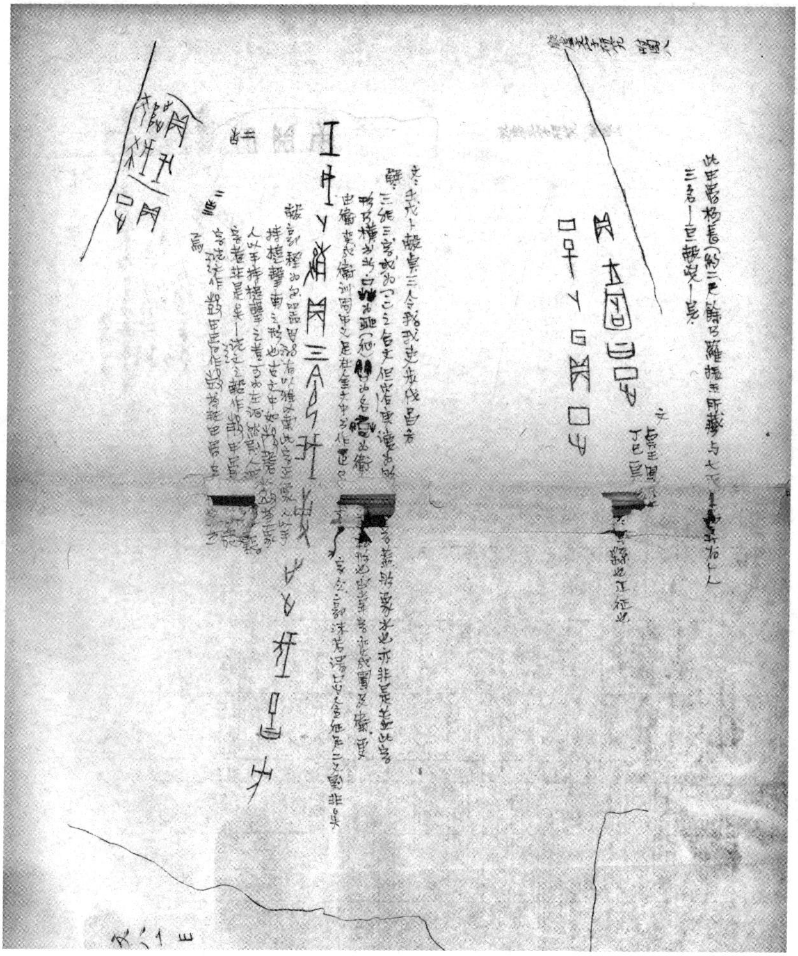

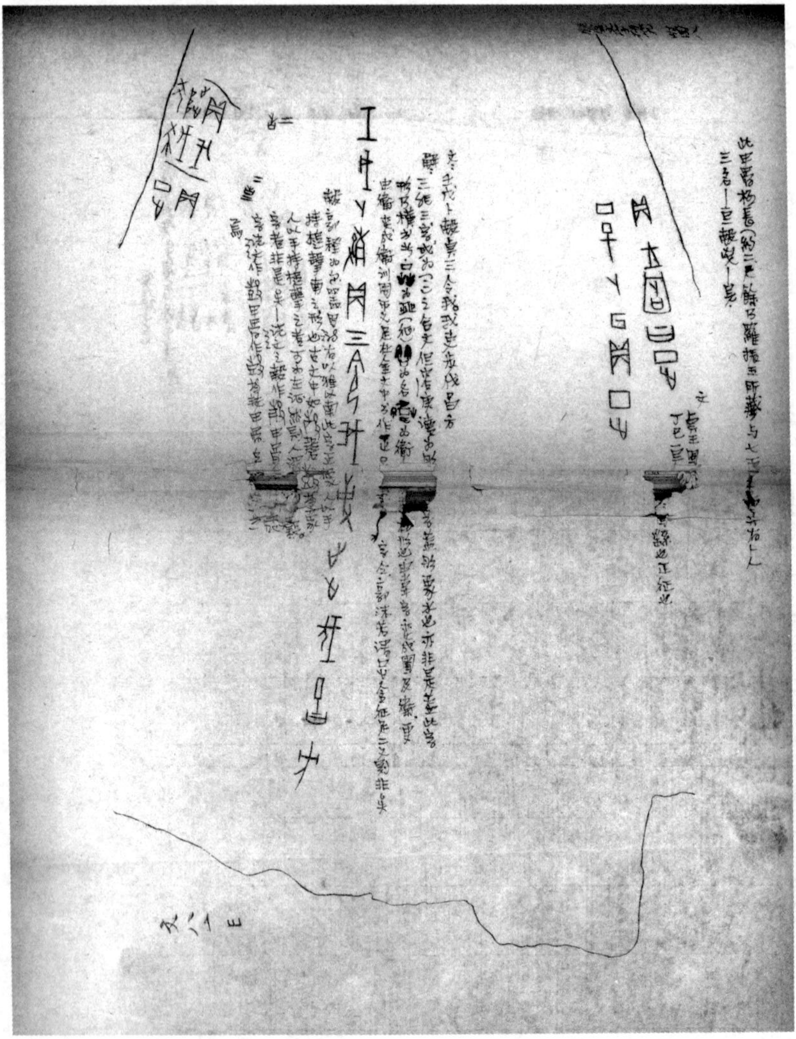

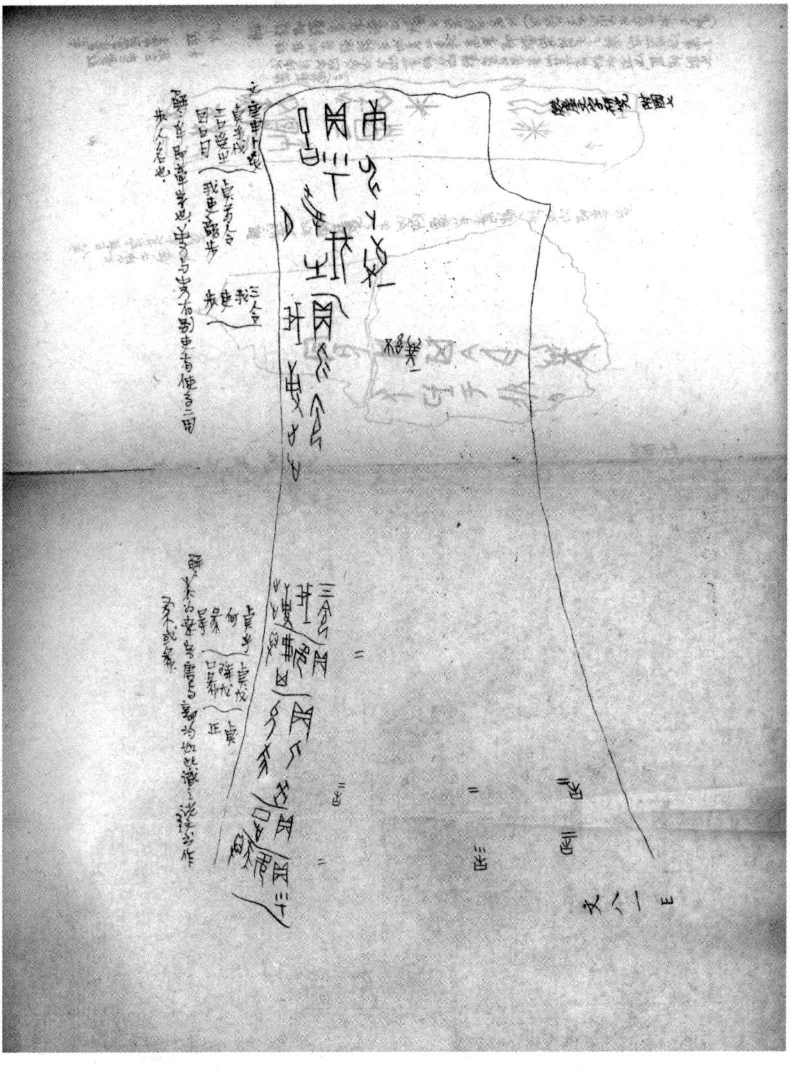

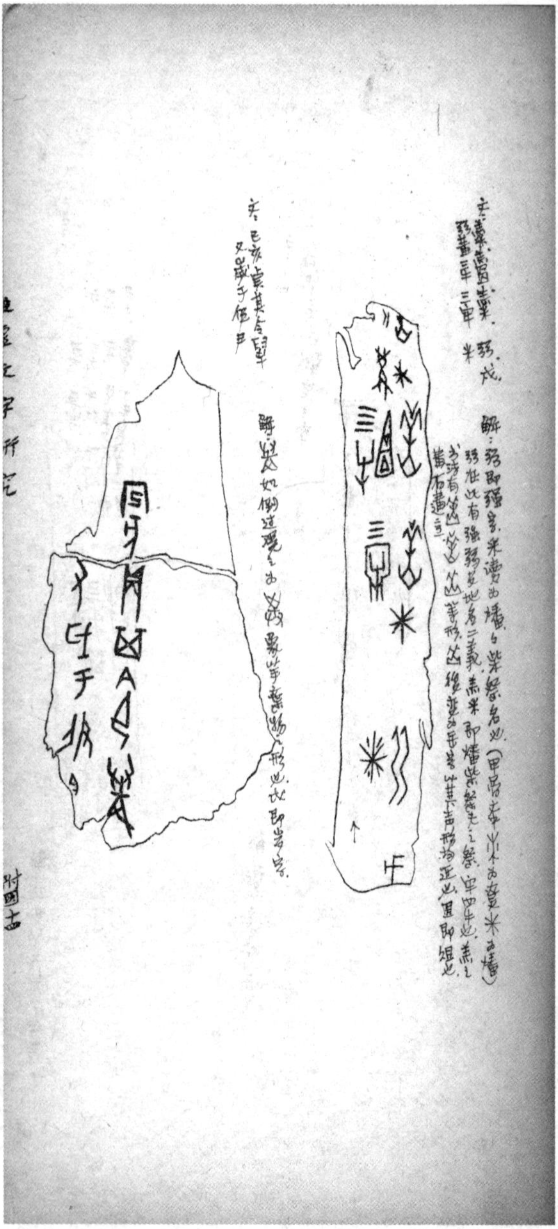

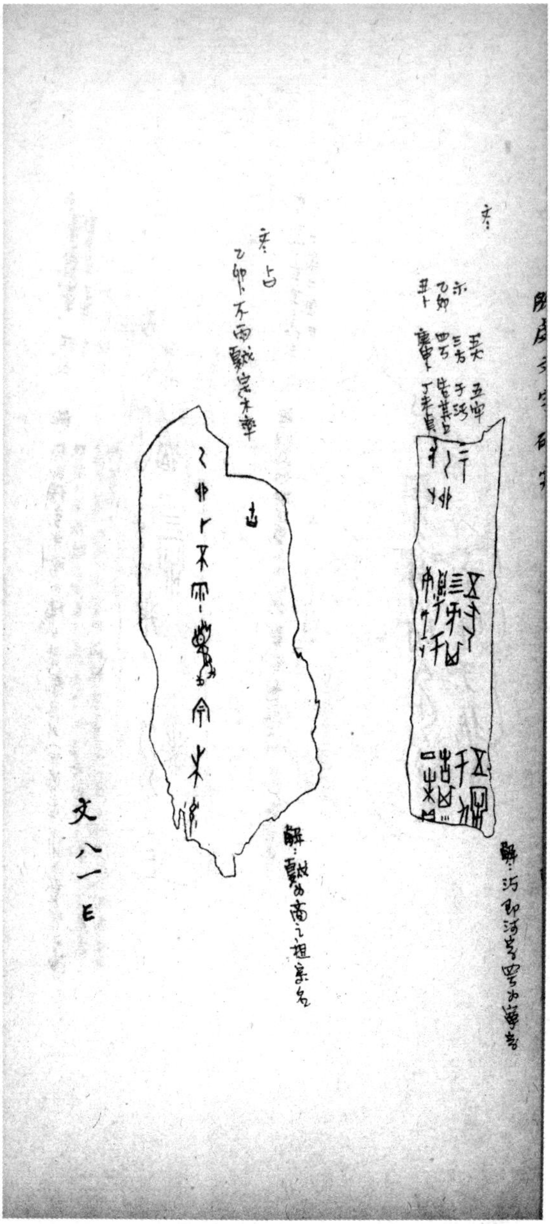

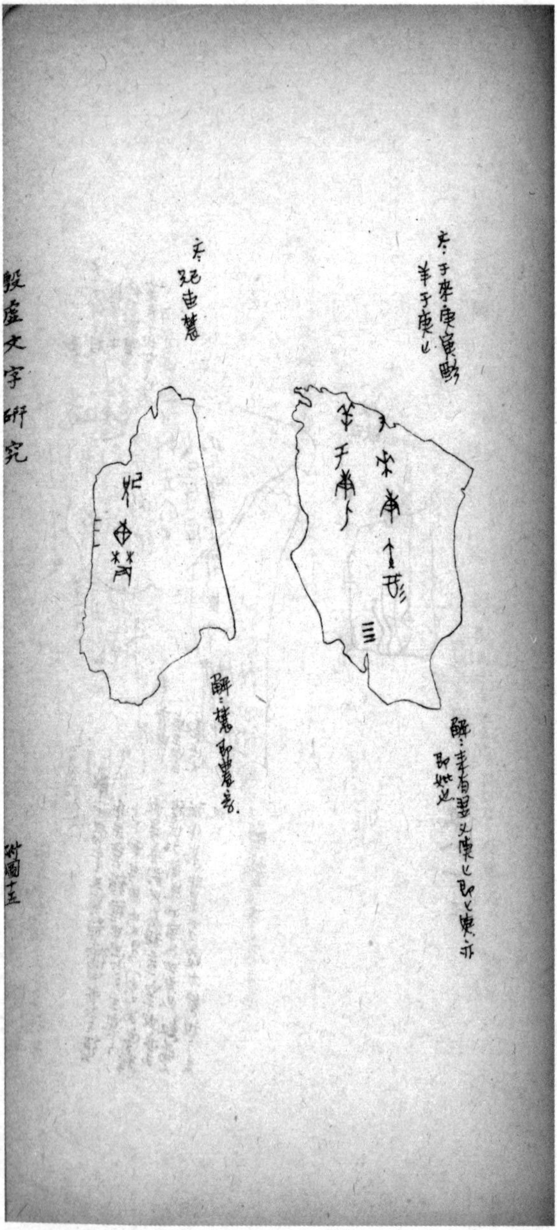
殷虛文字研究
附圖十五

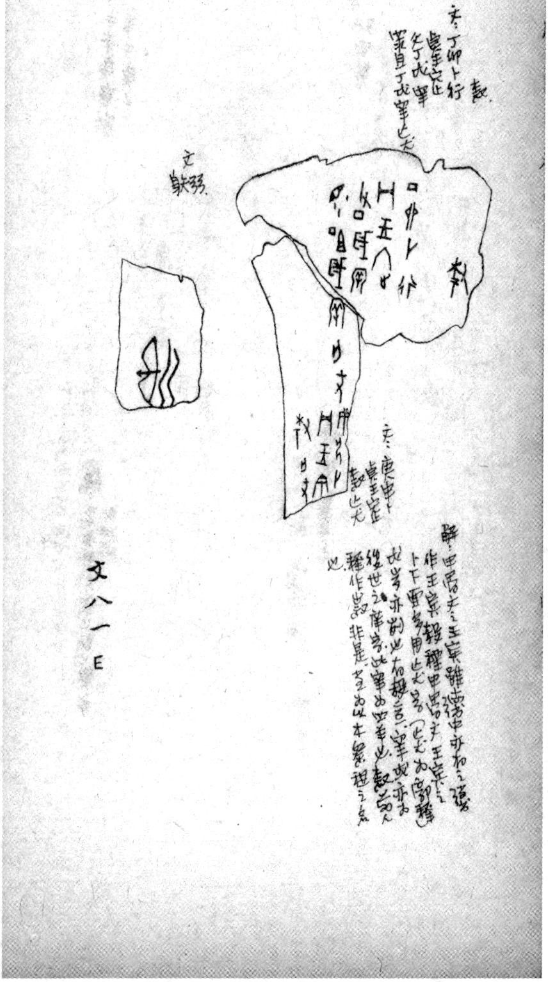
文八一

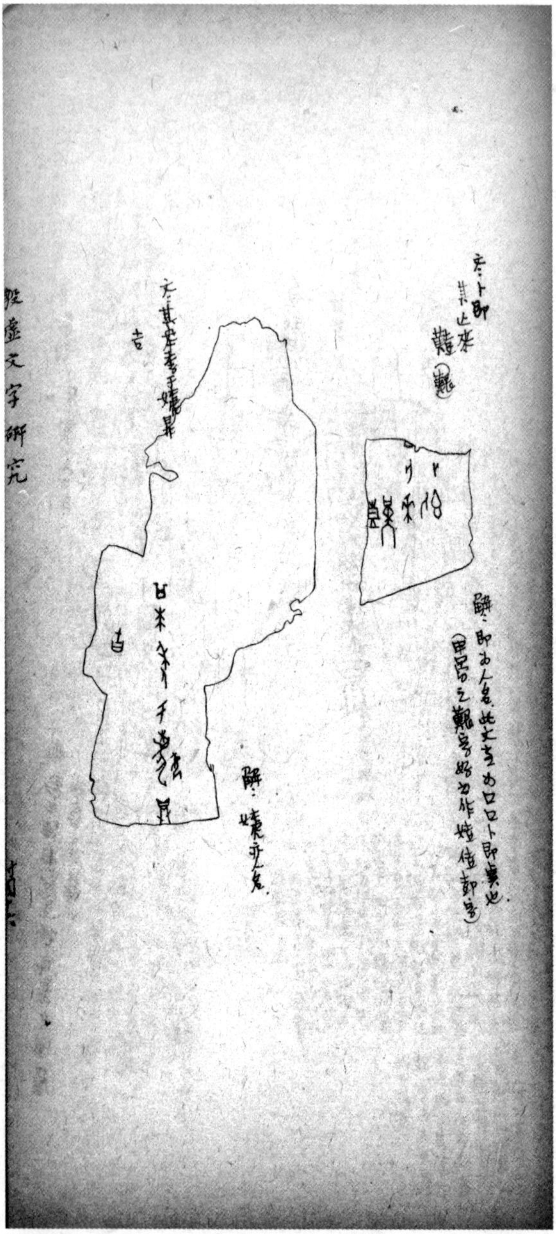
殷虛文字研究

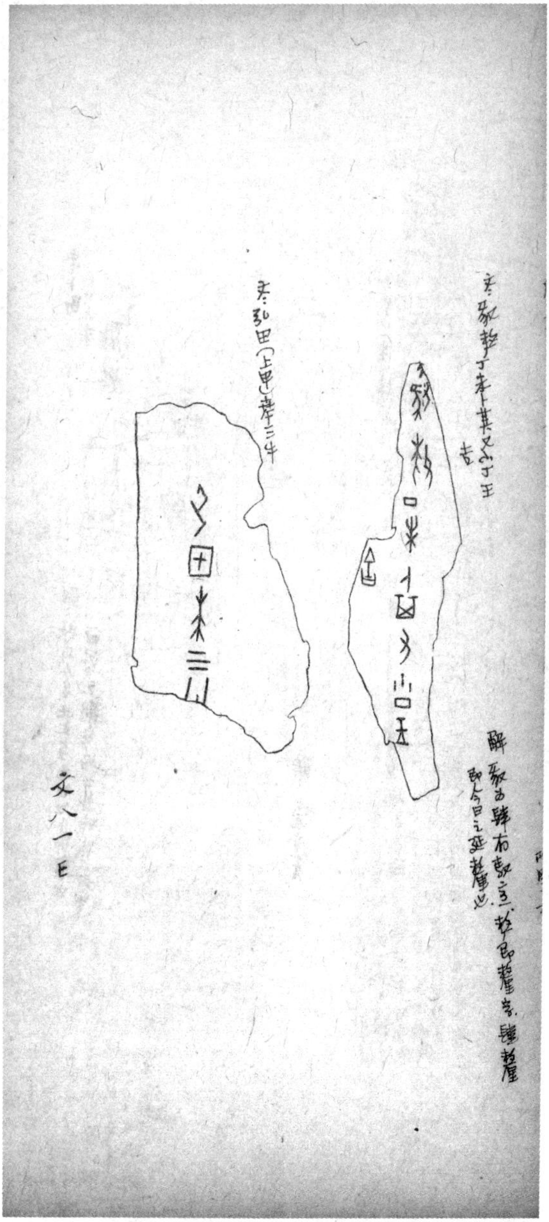

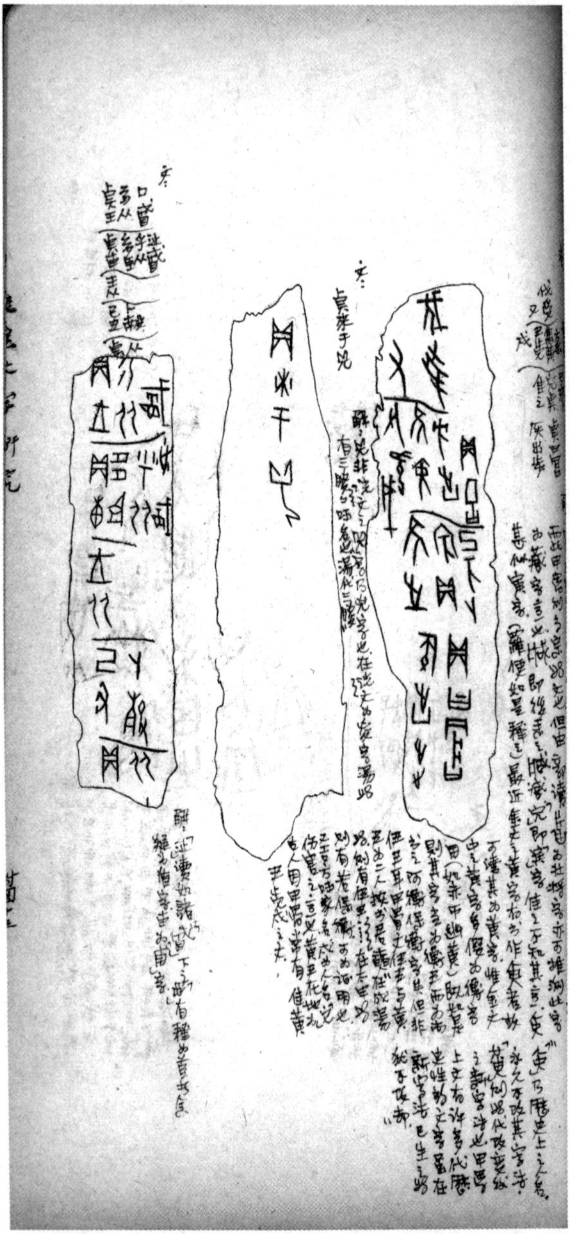

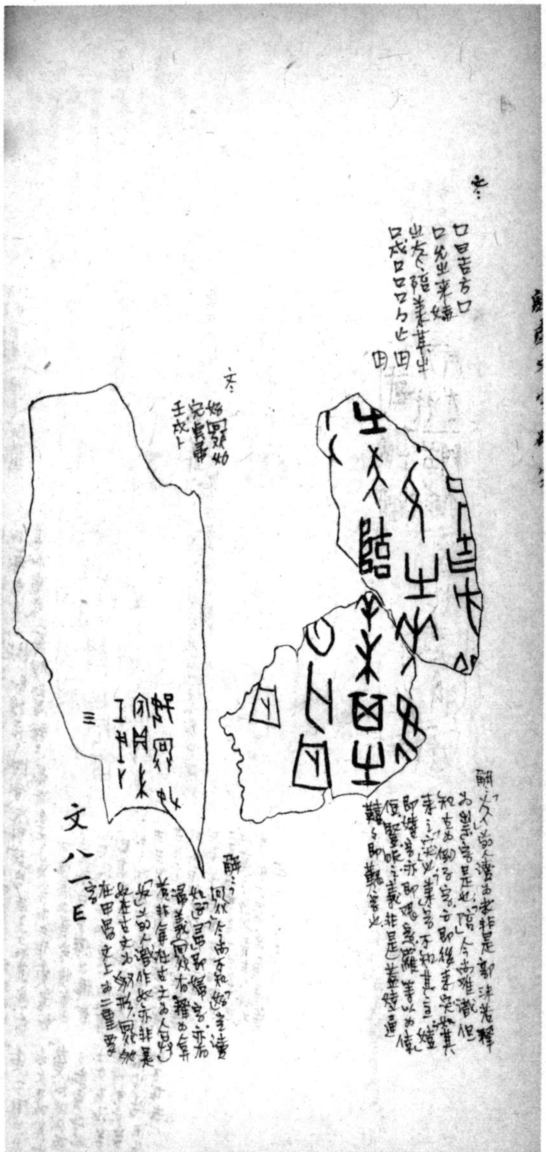

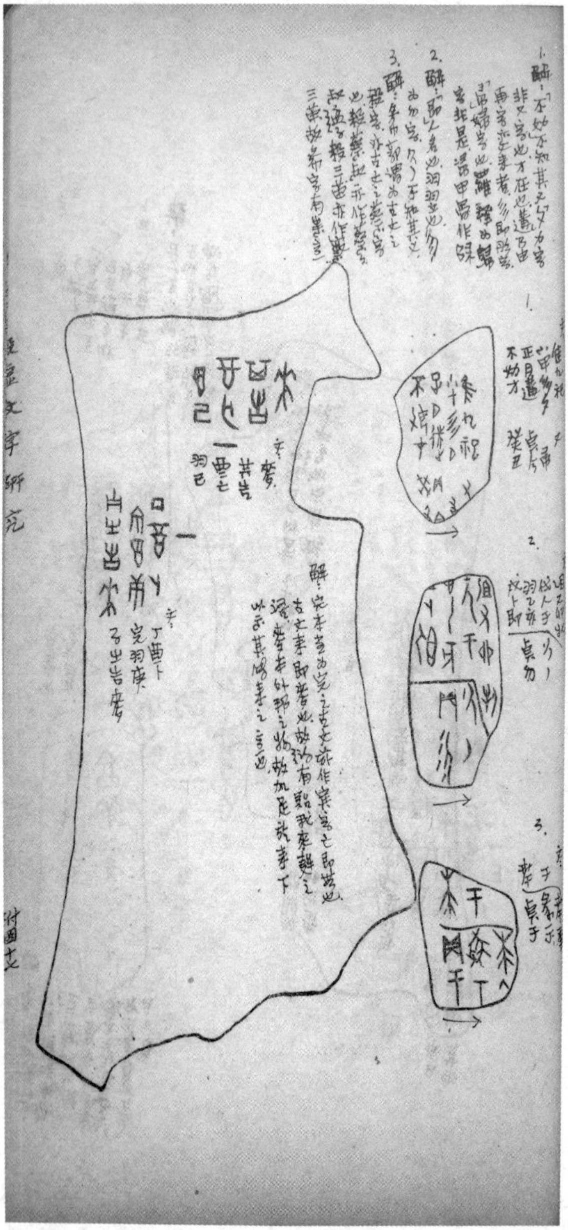

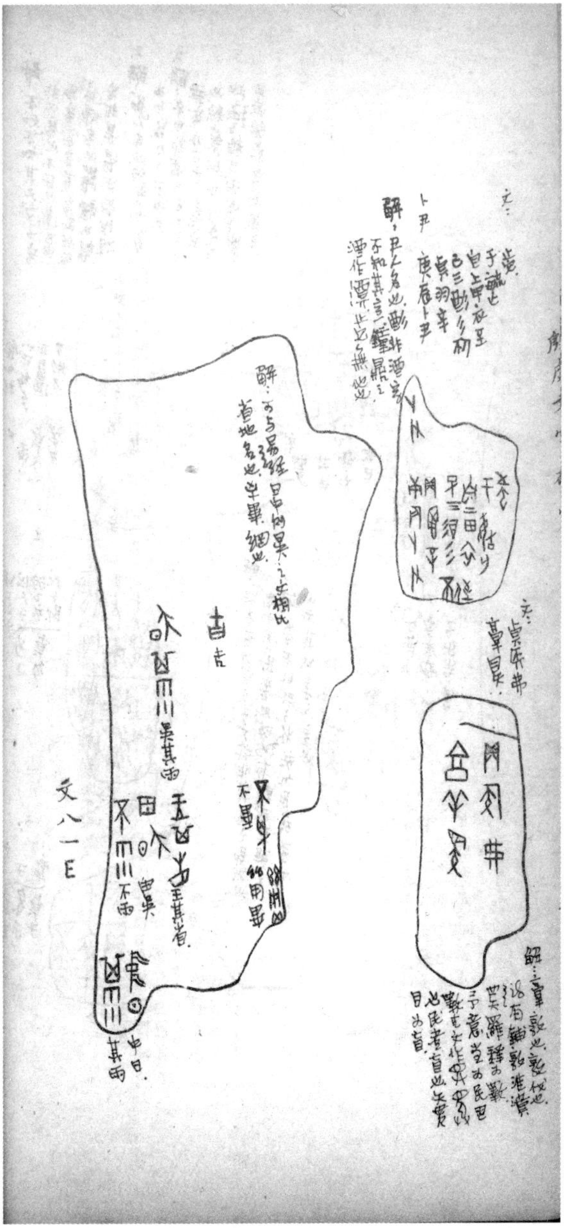
文八一E

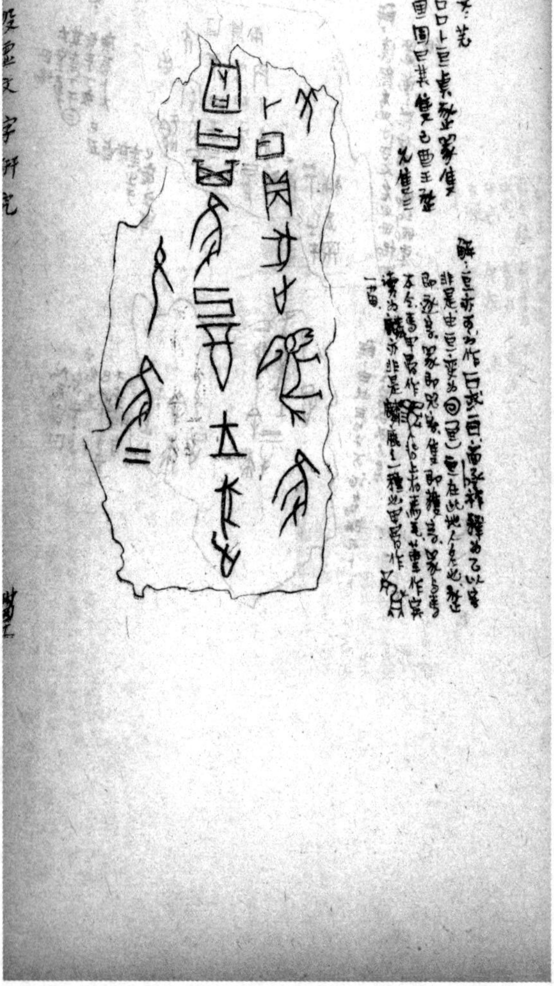

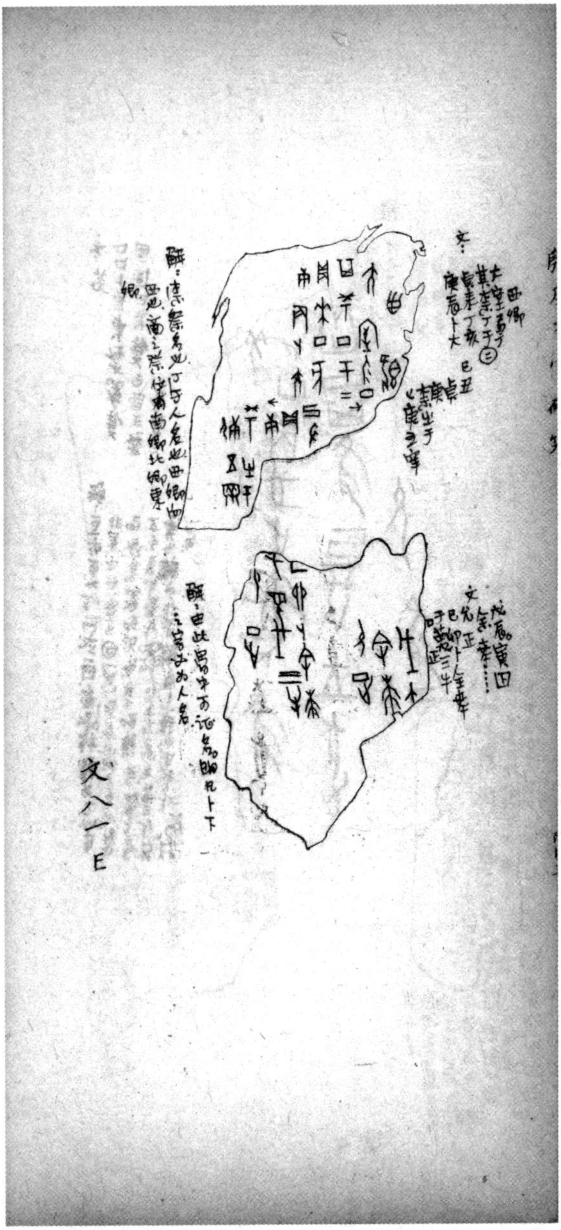

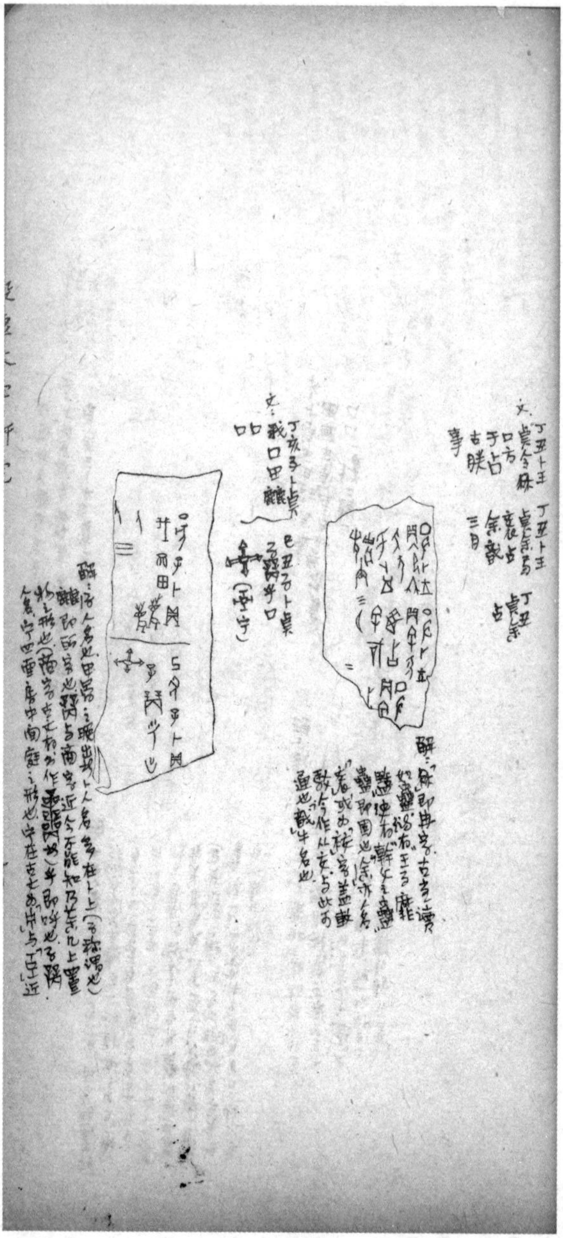

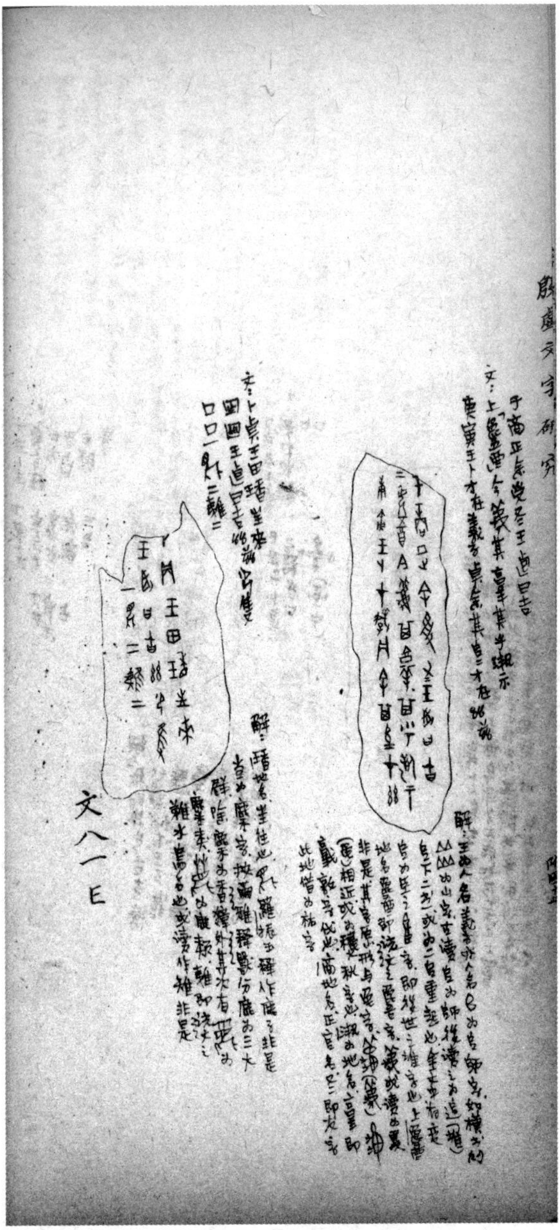
殷虛文字研究
文八一
E

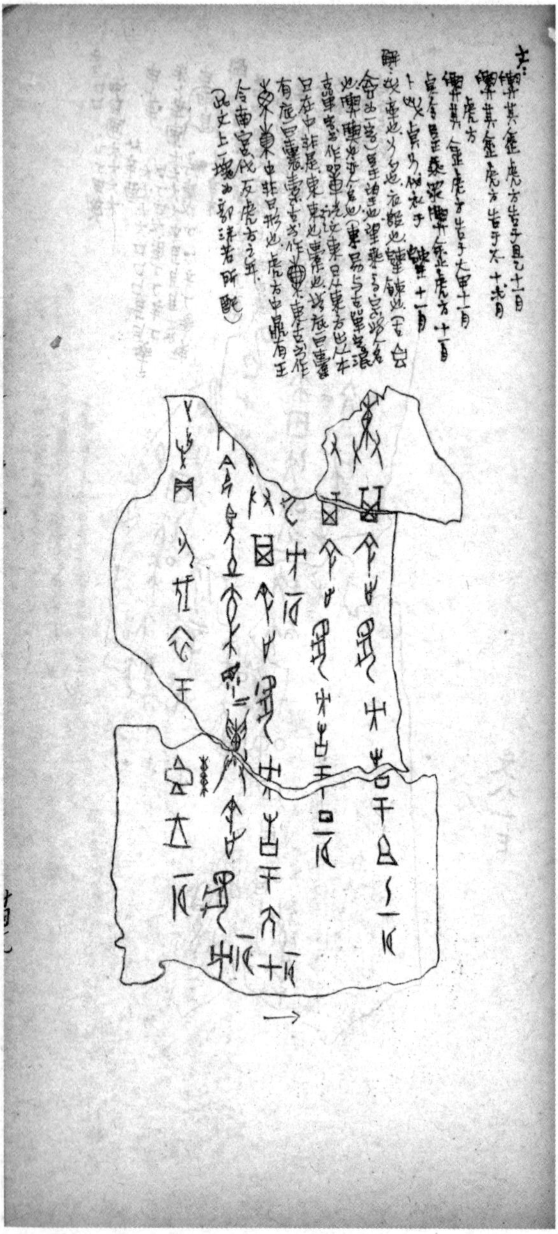

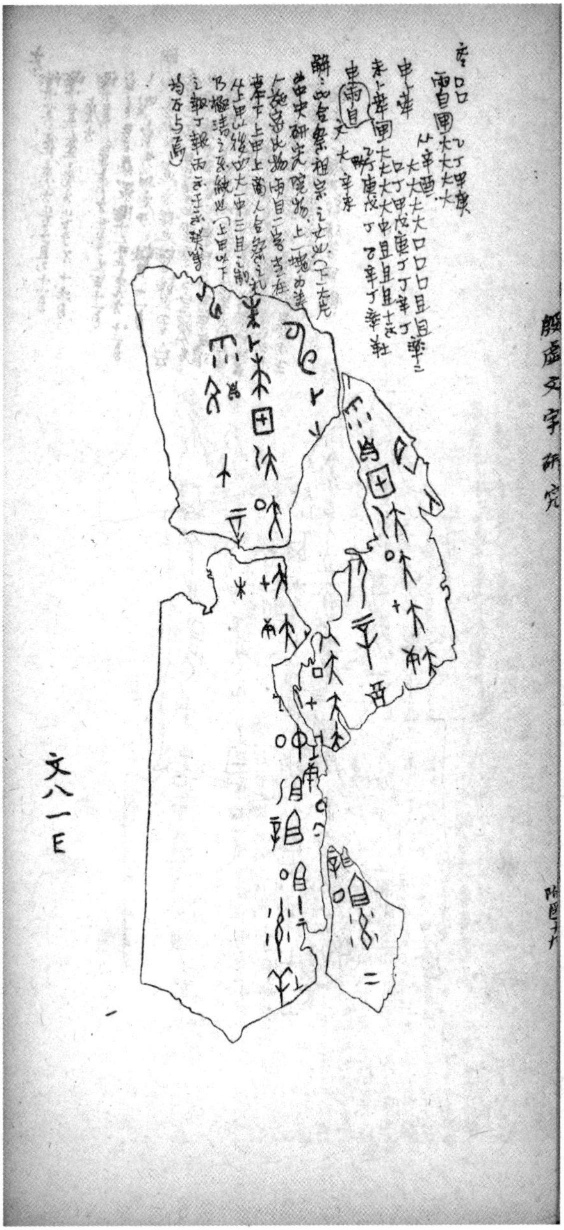
殷虛文字研究
文八一E

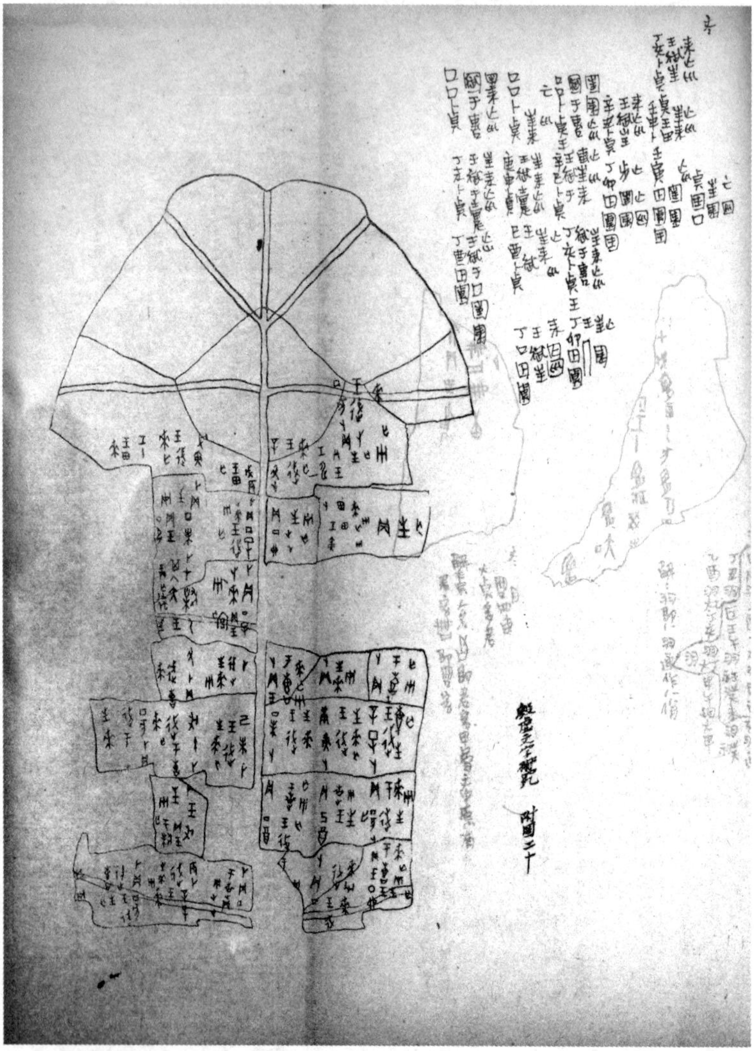

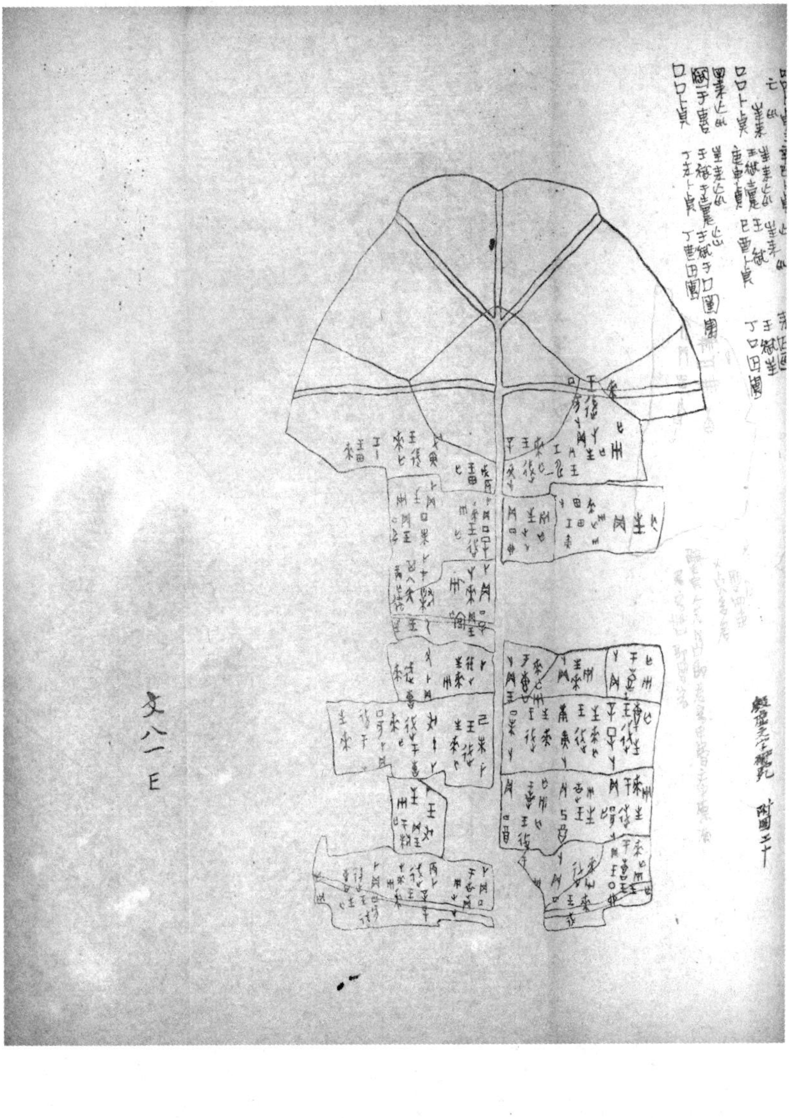
文八一E
殷虛文字研究 附圖二十

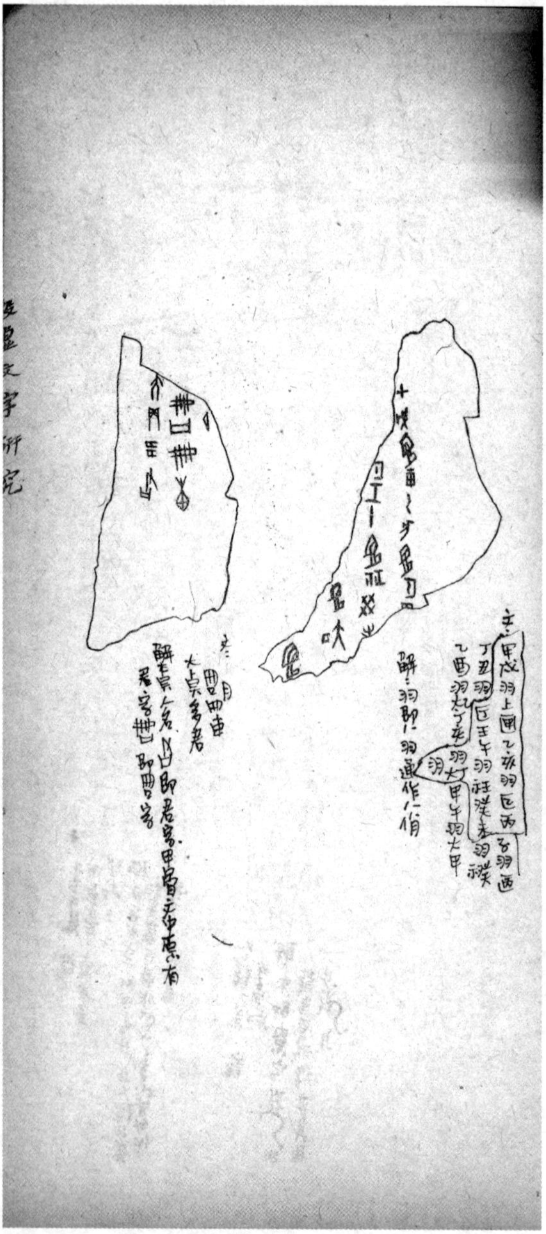

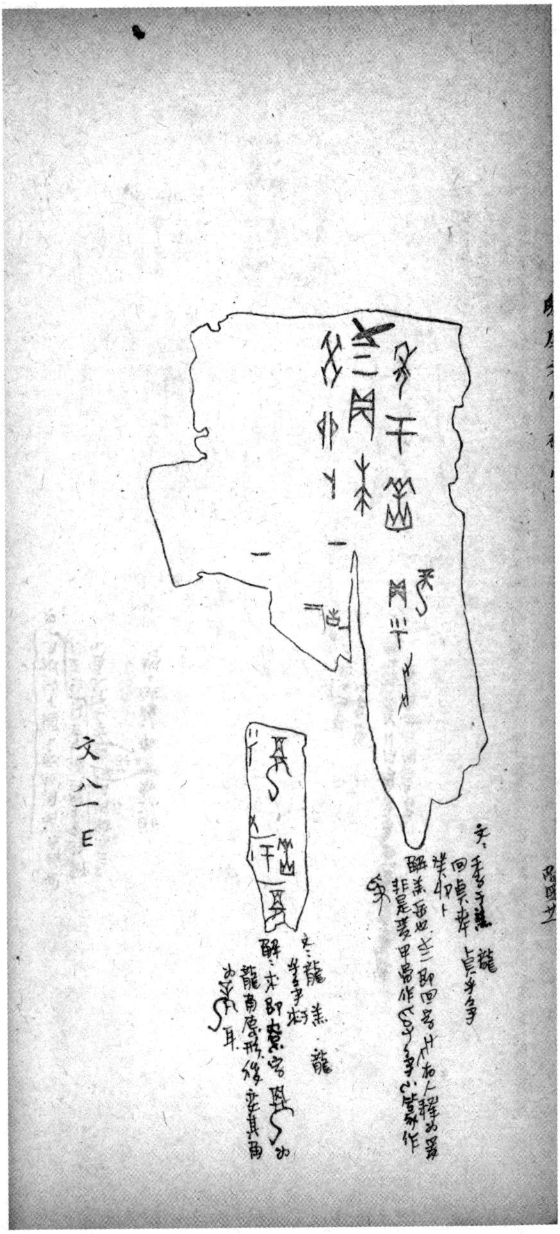
文八一E

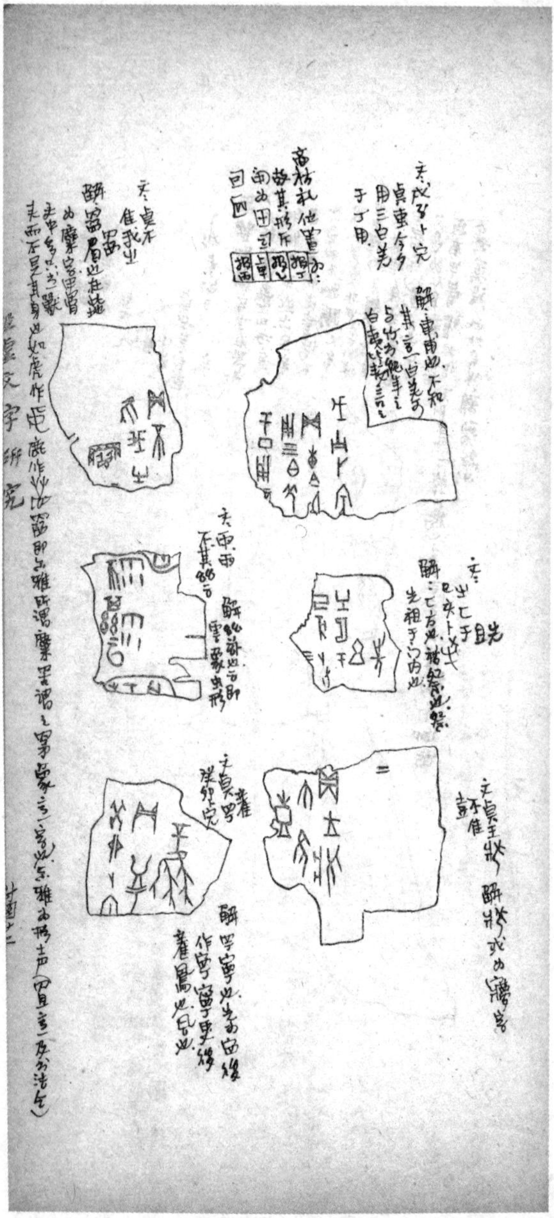

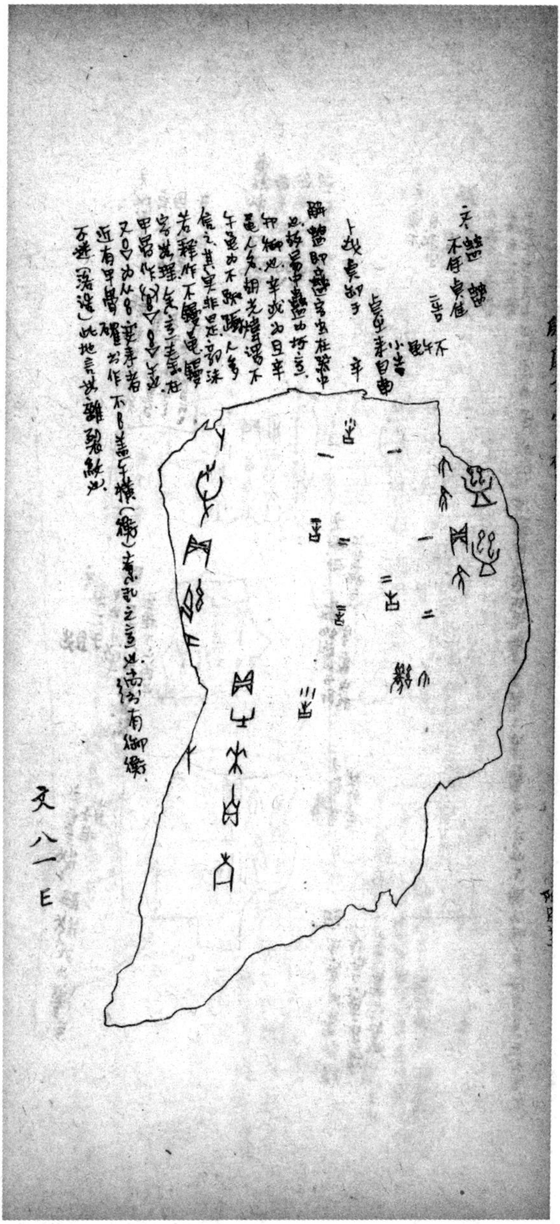
文八一

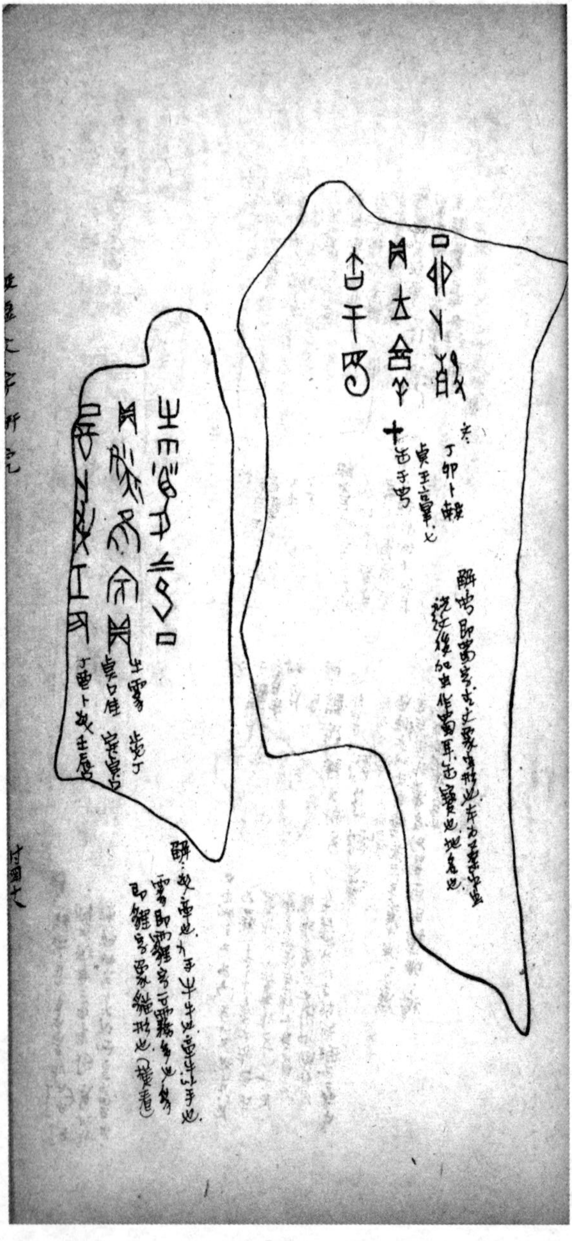

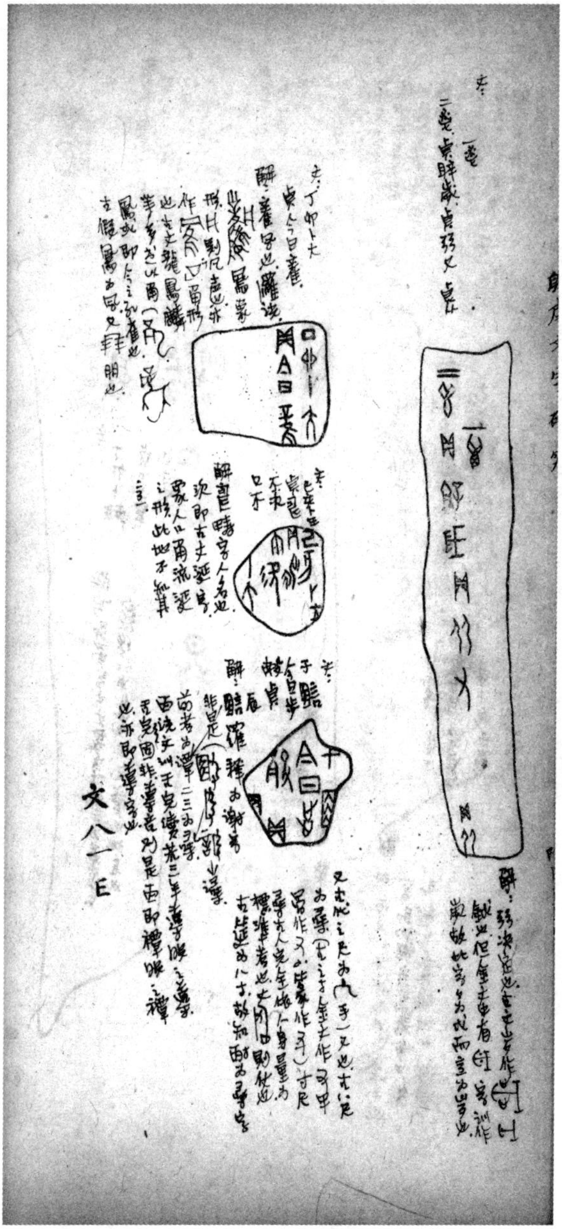

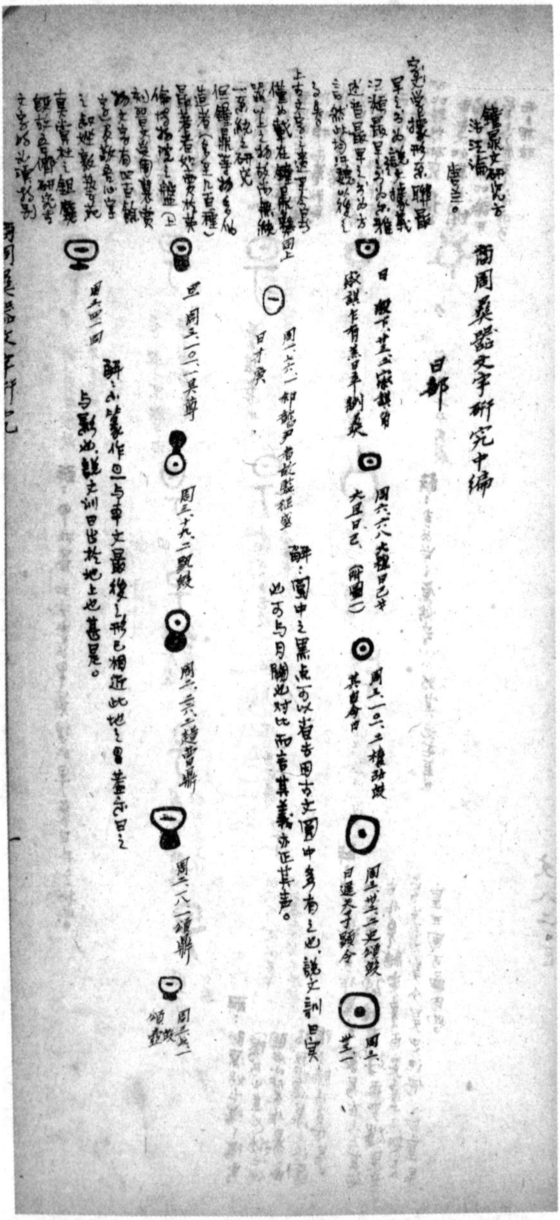

商周彝器文字研究中编

日部

日 殷下、廿二、宰椃角

周六、六八

周三、一○六、二

周三、廿二、二 史頌簋 日遲天子顯令

周一、六六、一 日才庚

解：圜中之黑点，可以看出因古文圜中多有之也。說文訓日實也，与月闕也对比而言其義，亦從其声。

周三、一○一 吳尊

周三、十九、二

周二、六六、二 趙曹鼎

周二、八一 頌鼎

頌壺

解：小篆作日，与本文最後之形已相近。說文訓日出於地上也，甚是。

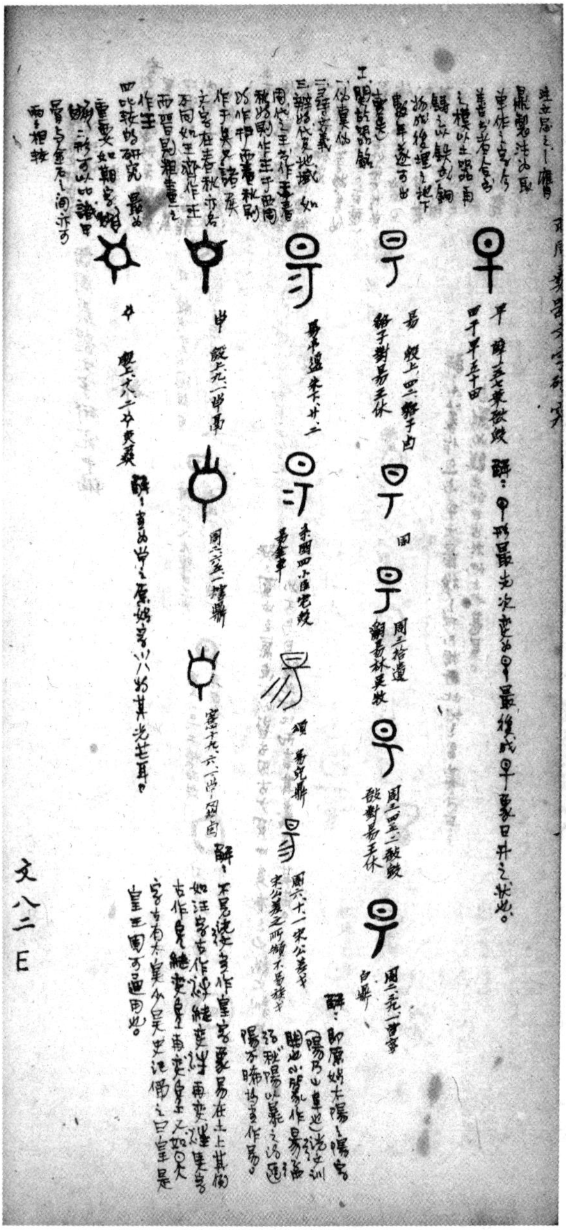
文八二
E

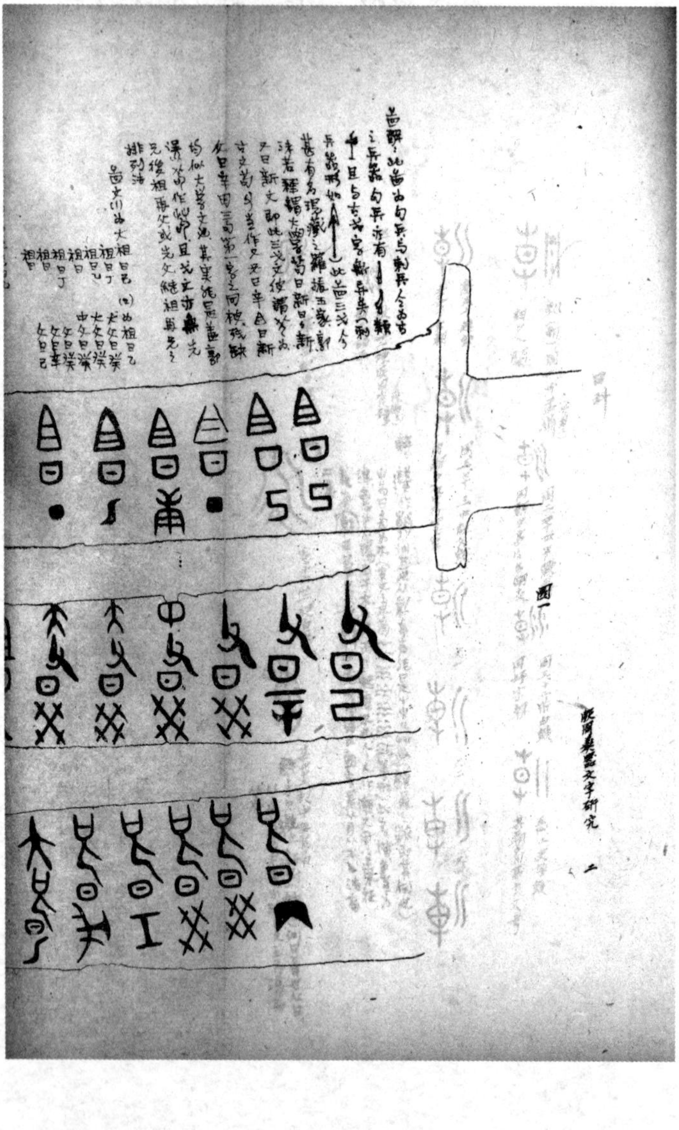
殷周彝器文字研究
圖一

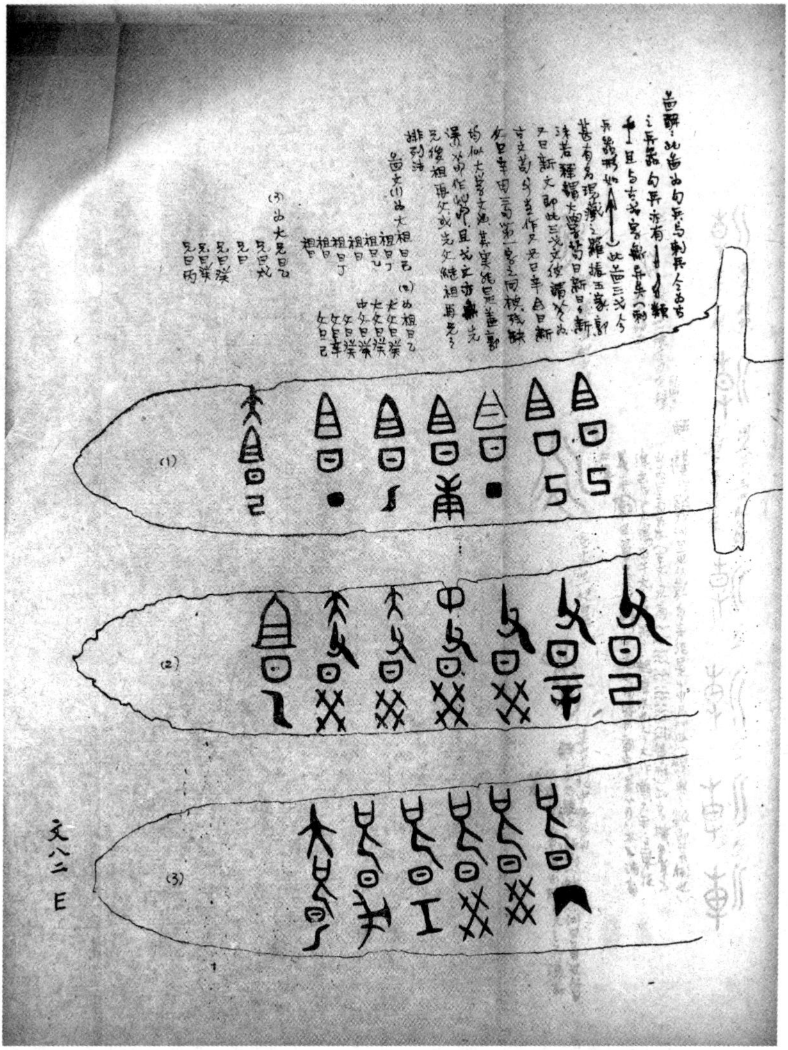

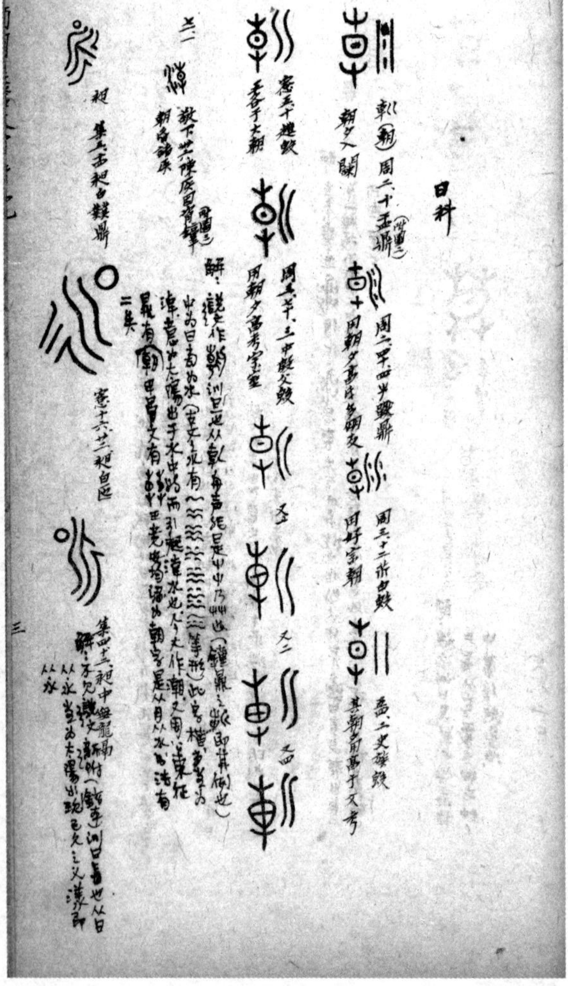

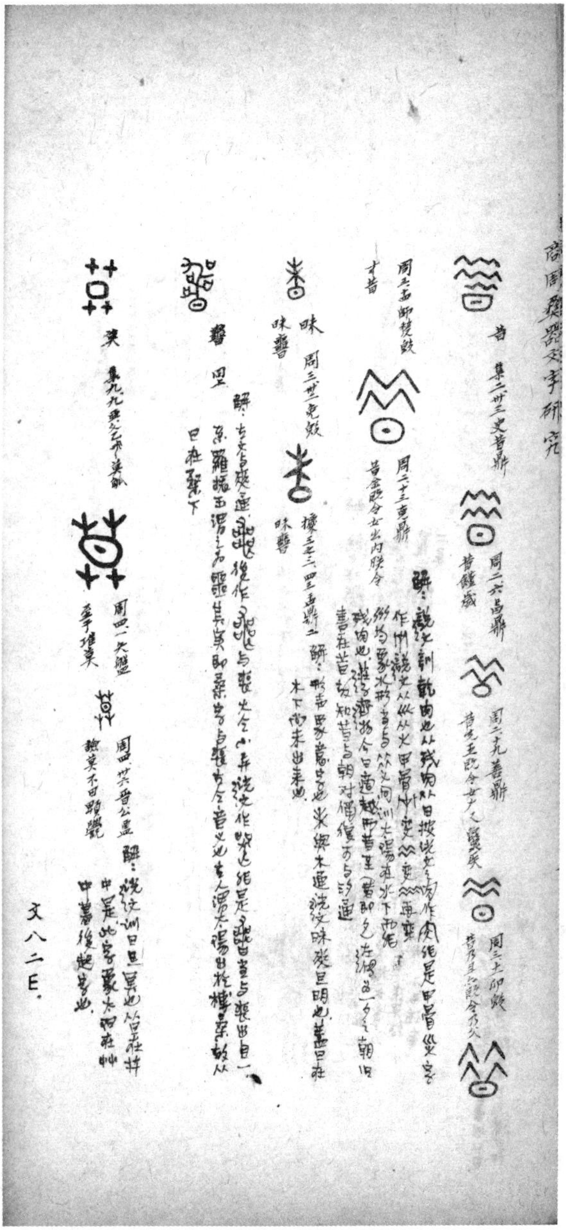

商周彝器文字研究
文八二E

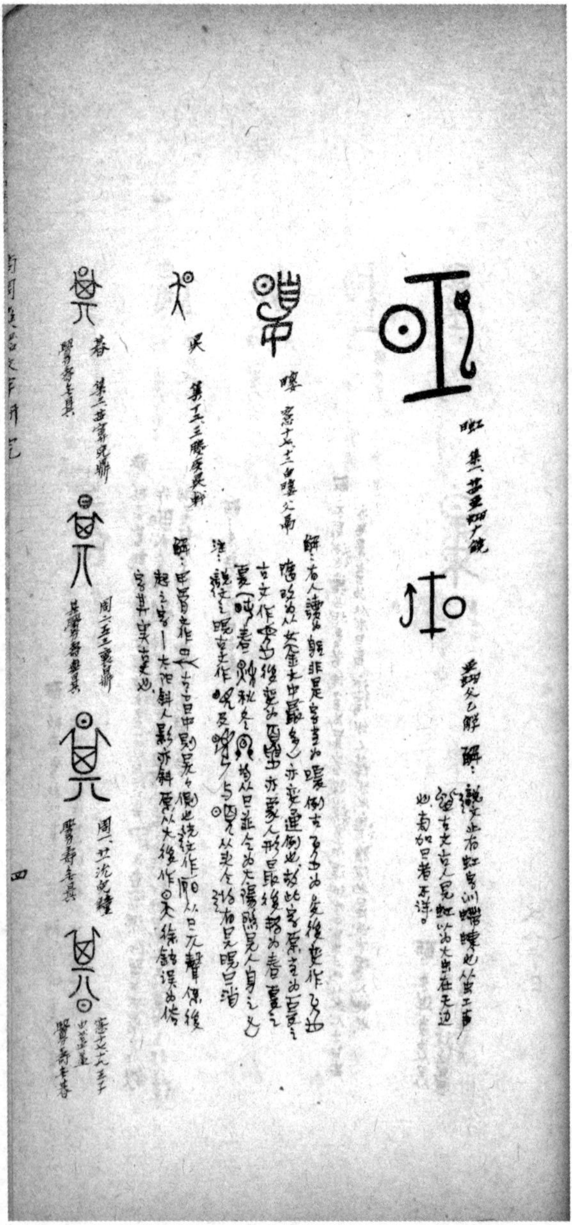

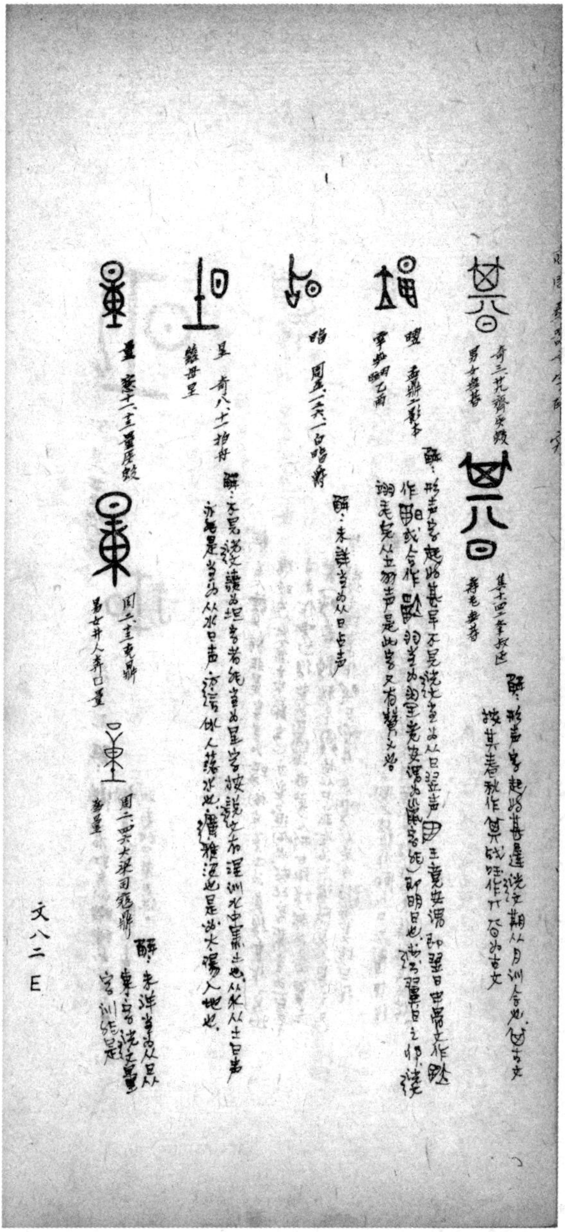
文八二
E

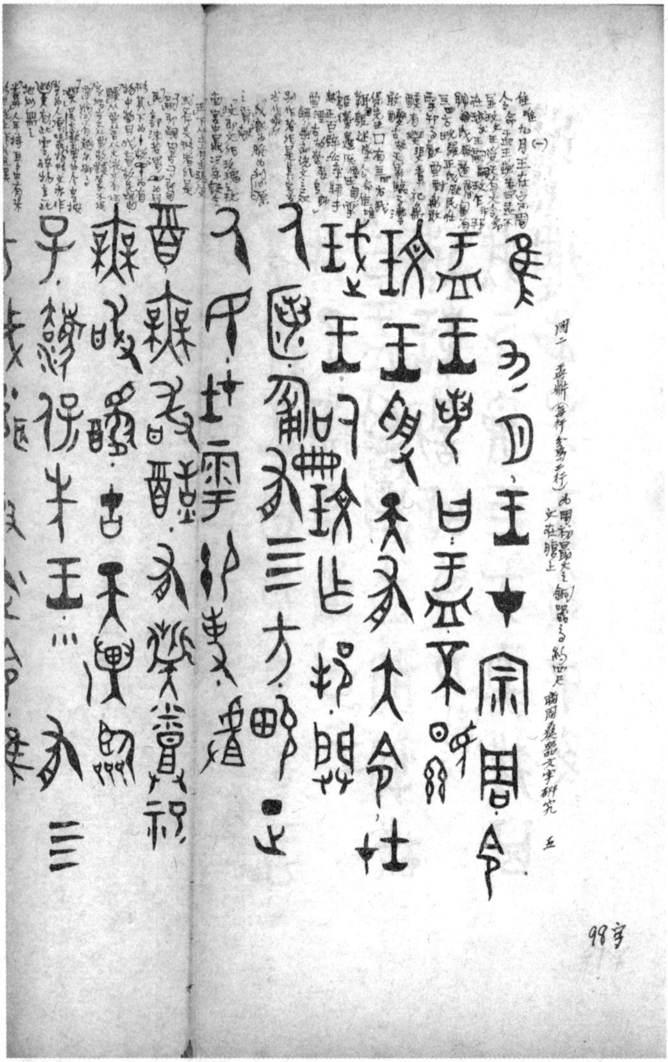
圖二 盂鼎
商周彝器文字研究 五
99字

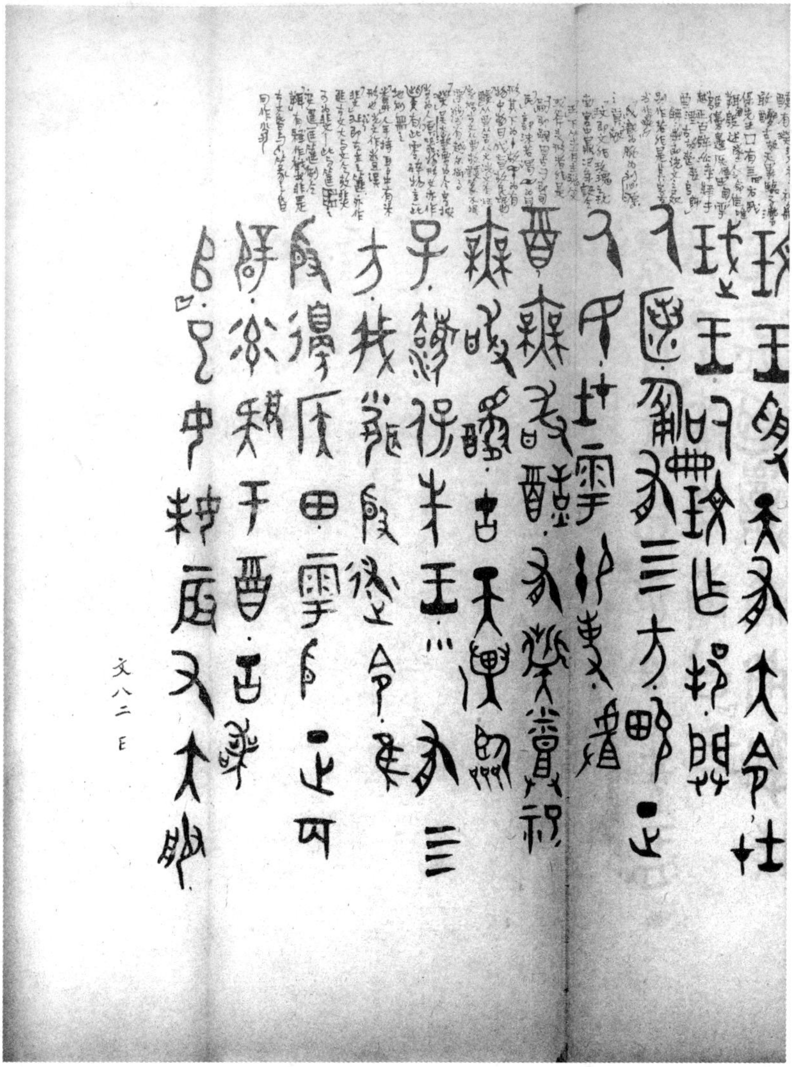
文八二

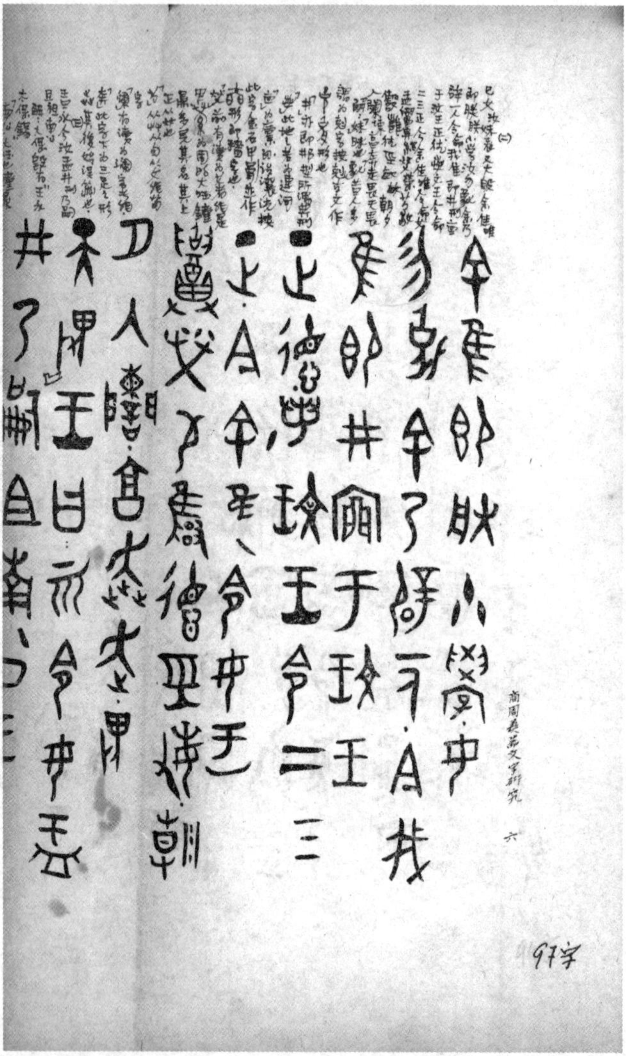
商周彝器文字研究　六
97字

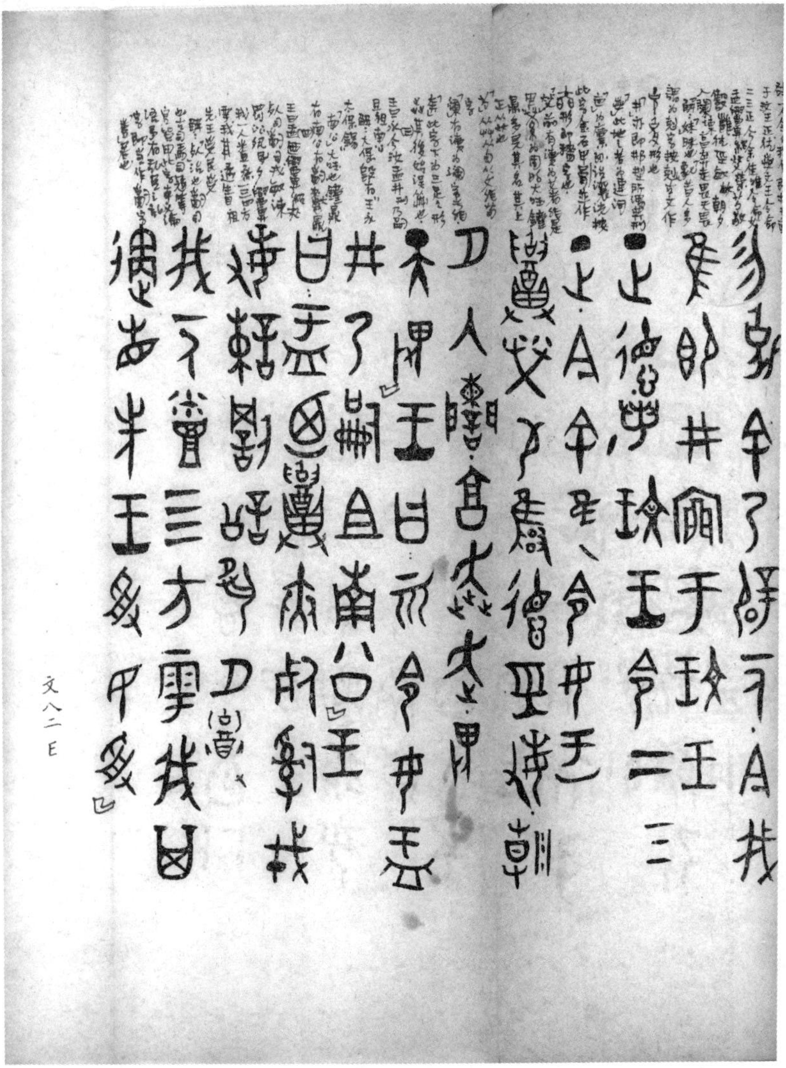
文八二E

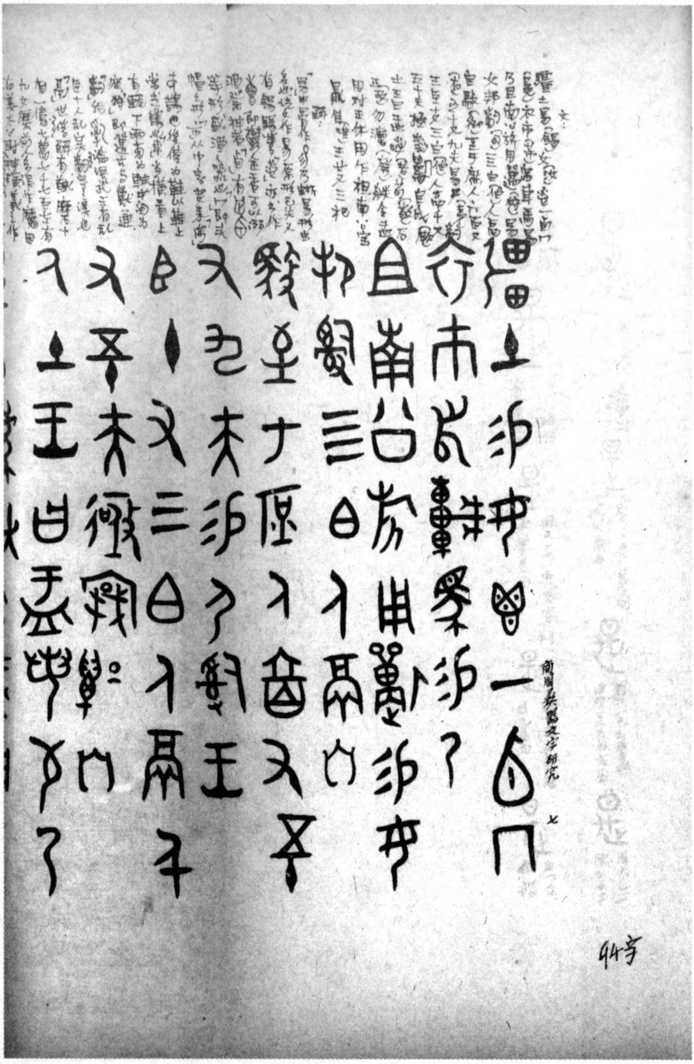

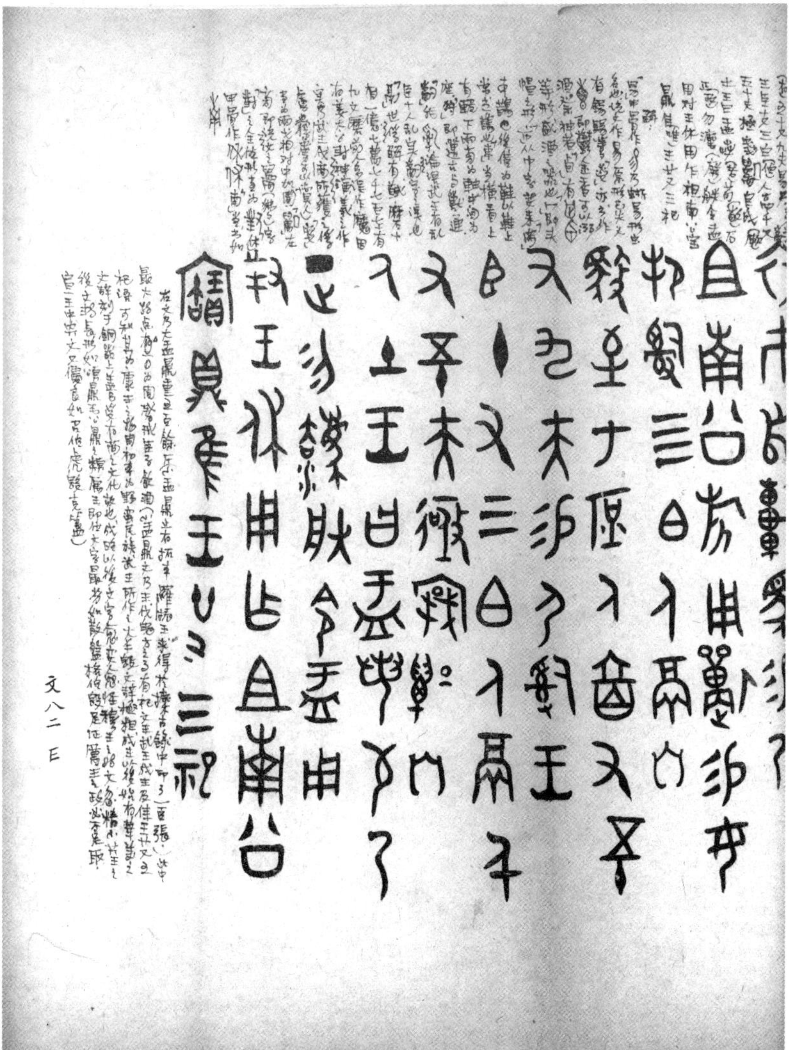
文八二 E

是

周二七五三 是𪇰毁

周二五毛公𪓐鼎 是用壽考

周二一毛公厝鼎 𠚕唯是喪我或厤

周二八七一 陳公子子

𢐗遅父甗 子子孫孫是尚

周一一𨨮鎛 金萬是台

周五卌一叔㚸寗鉼 永寶是尚

周一二九余義鐘 (?)民是尚

周一七八 邾謡

尹者故䗖𨘵望 余是尚

八

文八二 E

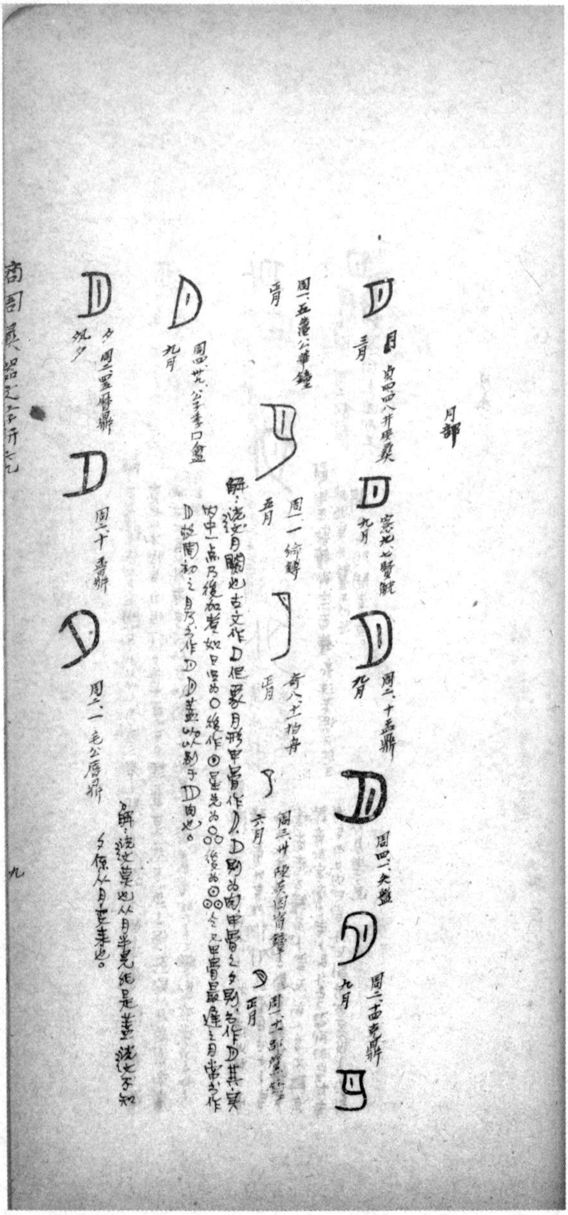

月部

月 貞四四八井侯彝 青

寰九七豐觥 九月

周二、十五鼎 背

周四一、矢盤

周二、十四克鼎 九月

周一、五䣄公華鐘 青

周一一 綸鎛 五月

奇八、十一伯舟 青

周三、卅 陳侯因資錞 六月

周一十 部鐘 正月

解：說文月闕也古文作D但象月形甲骨作D、D則為肉甲骨之夕則亦作D其實D中一點乃後加者如日字為○後作⊙是先為○○後為⊙⊙今之甲骨最遲之月字亦作D故周初之月字亦作D D蓋皆以別于D肉也。

周四、廿、公子季口盤 九月

夕 周二、[illegible]曆鼎 夙夕

周二十 壽鼎

周二、一 毛公厝鼎

解：說文莫也从月半見絶是甚說文不知夕原从月省來也。

商周彝器文字研究

九

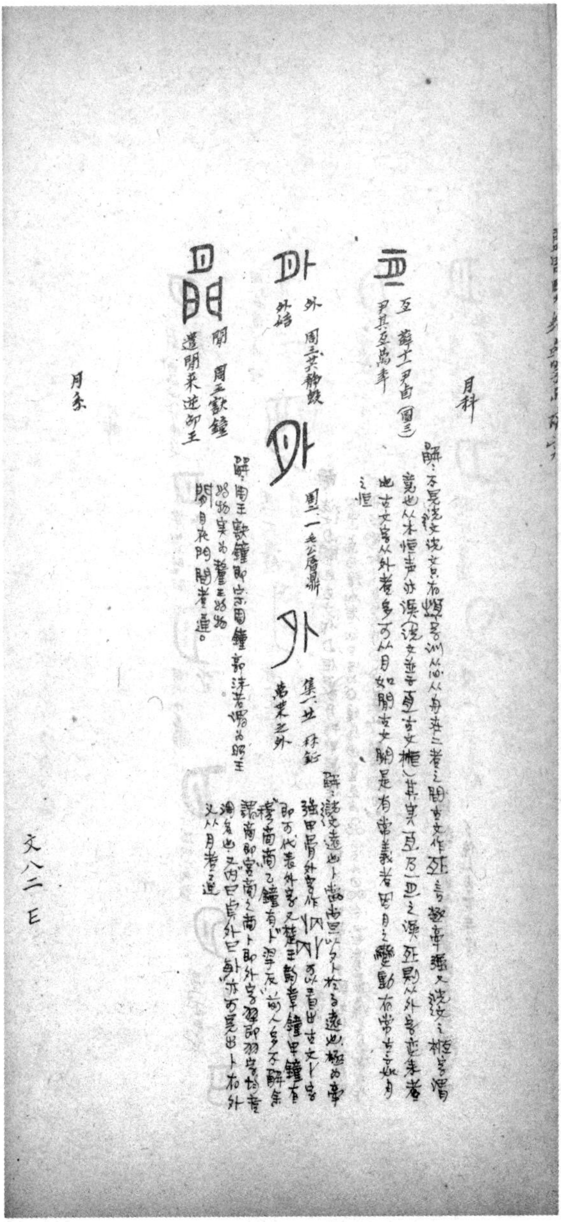

文八二
E

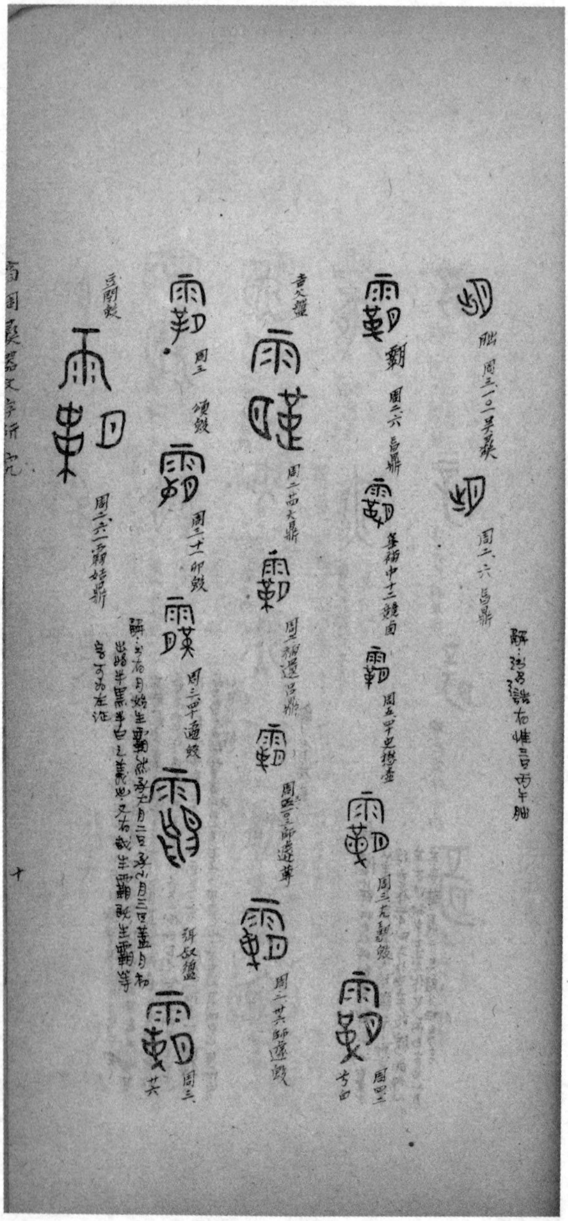

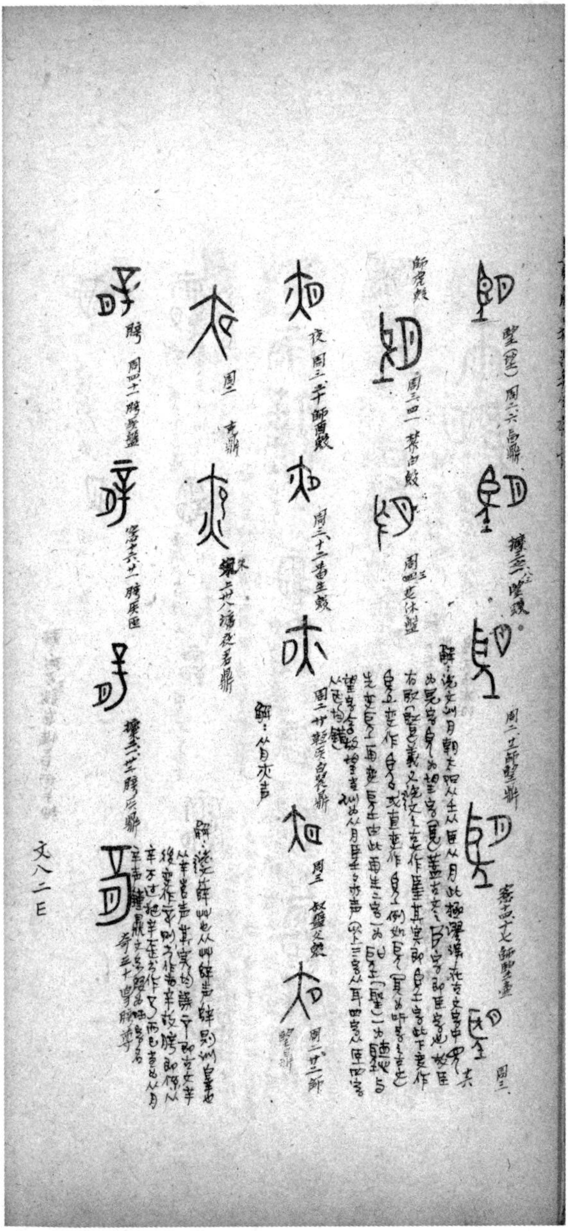

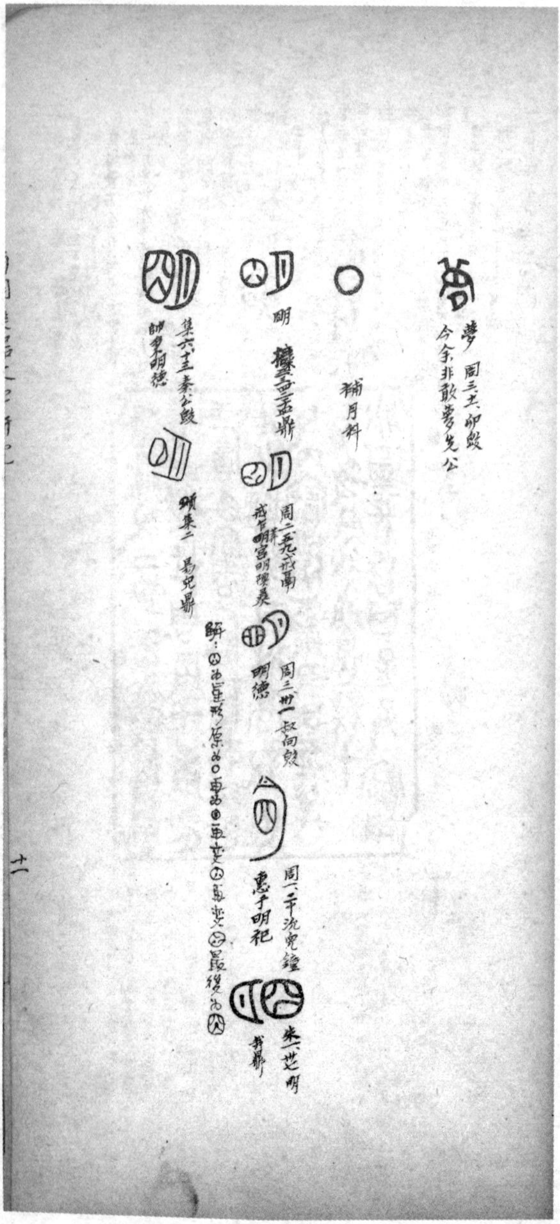
夢 周三、廿六、卯殷
今余非敢夢先公
補月料
朙
[illegible]盂鼎
周二、五九、戒鬲
戒乍[illegible]朙宮明禋彝
周三、卅一 叔向殷
明德
周一、廿 沇兒鐘
惠于明祀
朱一、芝明
我鼎
集六、十三 秦公殷
帥秉明德
續集二 昜兒鼎
解：[illegible]為窗形，原為○ 再為[illegible] 再變[illegible] 再變[illegible] 最後為[illegible]

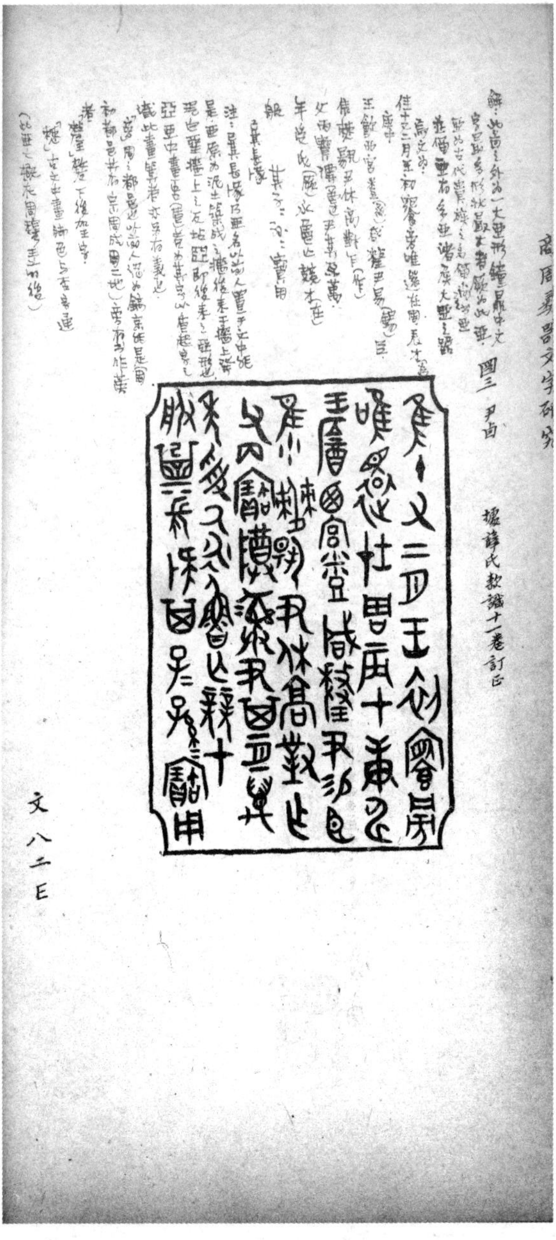
據薛氏款識十二卷訂正
文八二E

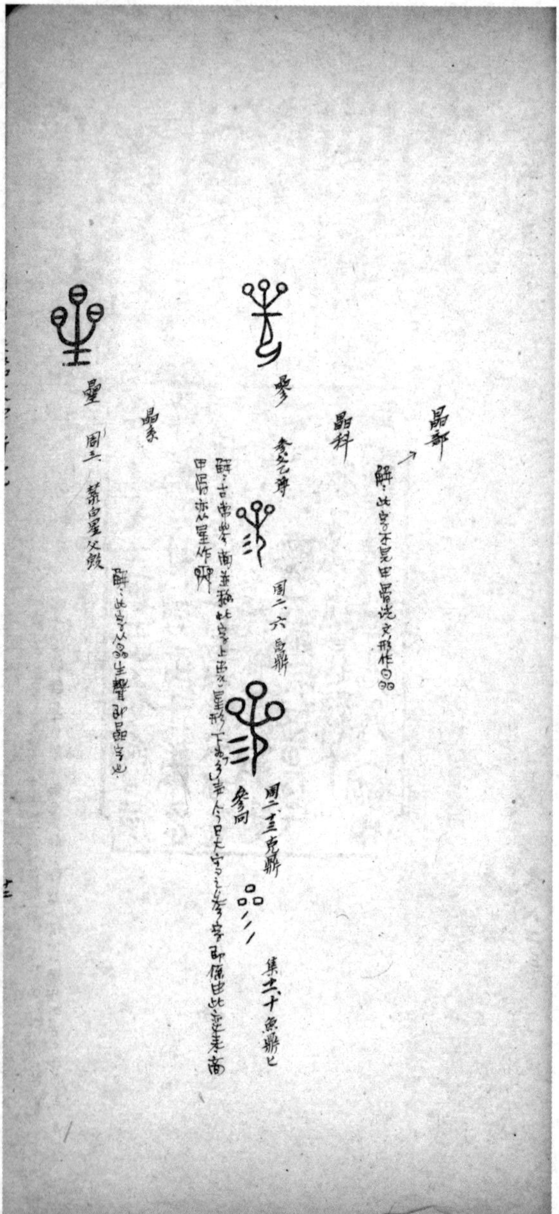

晶部

解：此字不見甲骨說文，形作晶

晶科

曑 參父乙尊

周二、六 烏鼎

周二、三 克鼎

集十、十 魚鼎匕

參同

解：古帶參商並稱，此字上象三星形，下从彡聲。今日大字之參字即係由此字變來。商

甲骨亦从星作

晶象

曐 周二、 蔡白星父簋

解：此字从晶生聲，即晶字也。

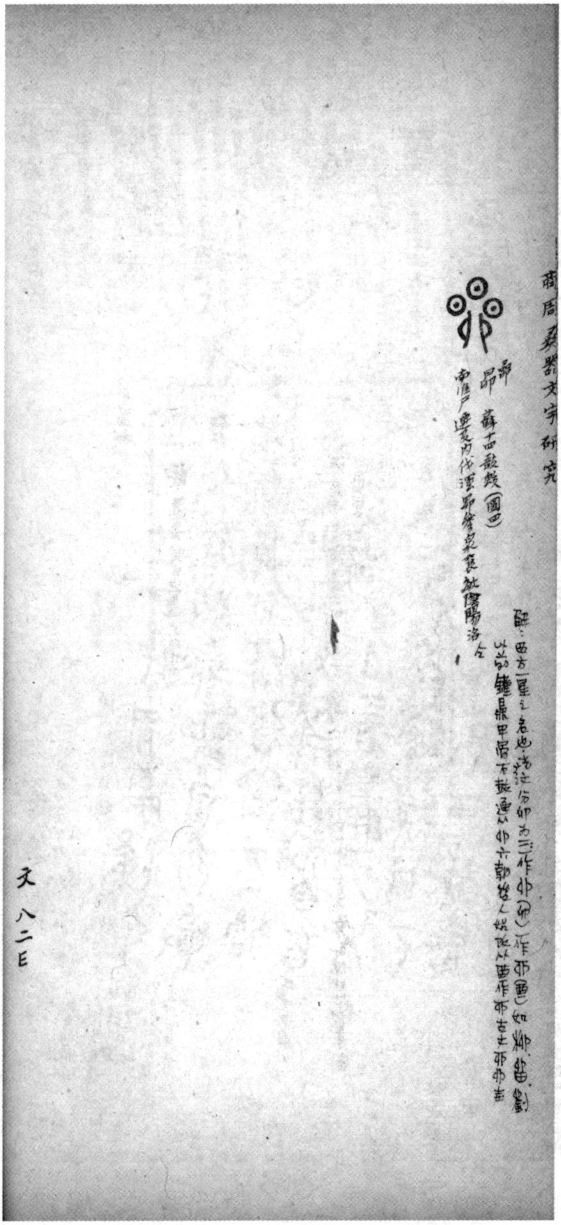
商周彝器文字研究
昴 蘇古西殷毀(圖四)
南淮尸遷殳內伐洭昴參泉裕敏陰陽洛今
說：西方一星之名也。說文分卯為二，作卯(丣)，作丣(酉)，如卯、留、劉
以為鐘鼎甲骨不辨，遂從卯，亦韵後人疑從酉作丣，古文丣卯也
文 八二E

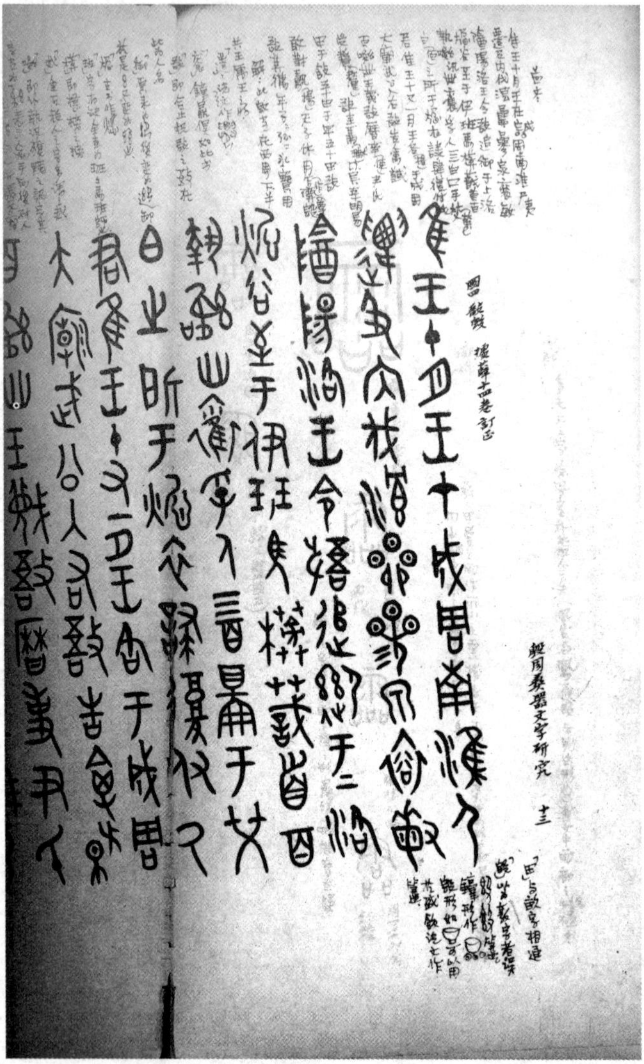
殷周彝器文字研究 十三
四 敔簋 據蘇十四卷訂正

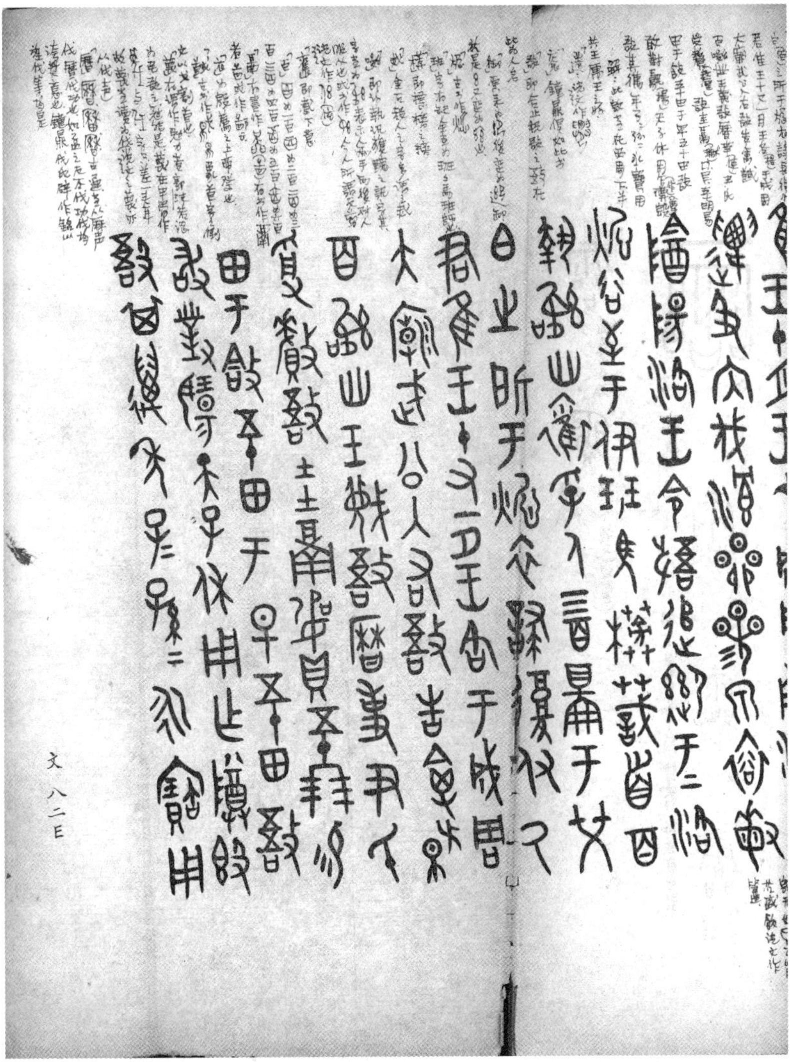

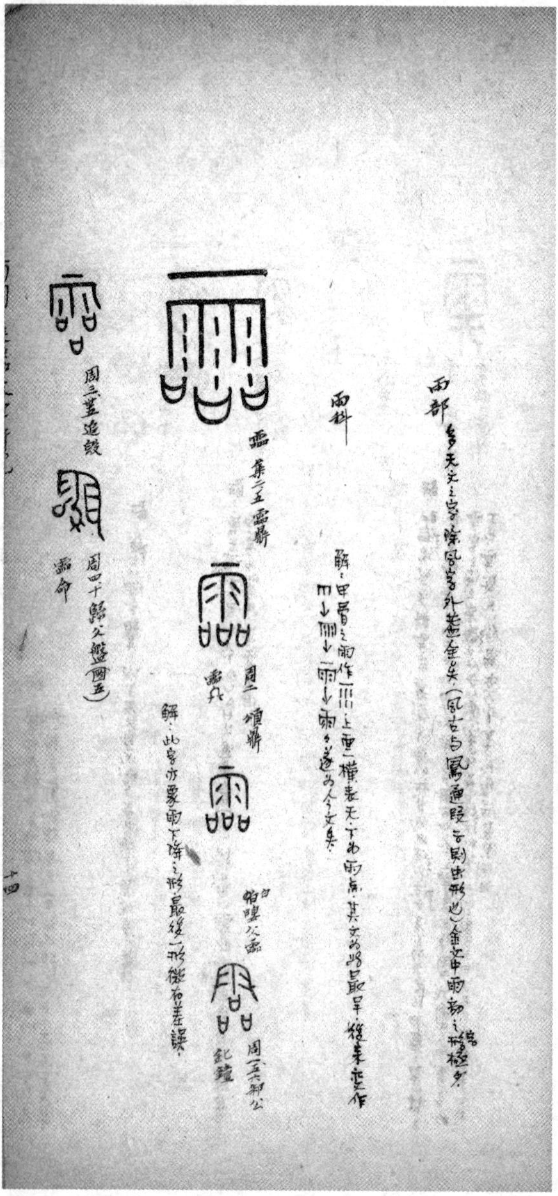

雨部 多天文之字，除風字外，並金矣。（風古與鳳通假，古則出形也）金文中雨部之字形極多。

雨

解：甲骨之雨作，上一橫表天，下為雨點。其字為最早，後來變作↓↓↓雨，遂為今文矣。

霝 集二五霝鼎

周二 頌鼎 霝人

伯嘾父霝

周一五六 邾公釛鐘

解：此字亦象雨下降之形，最後一形縱有差誤。

周三 簋追簋

周四十 鼄父盤（四五） 霝命

十四

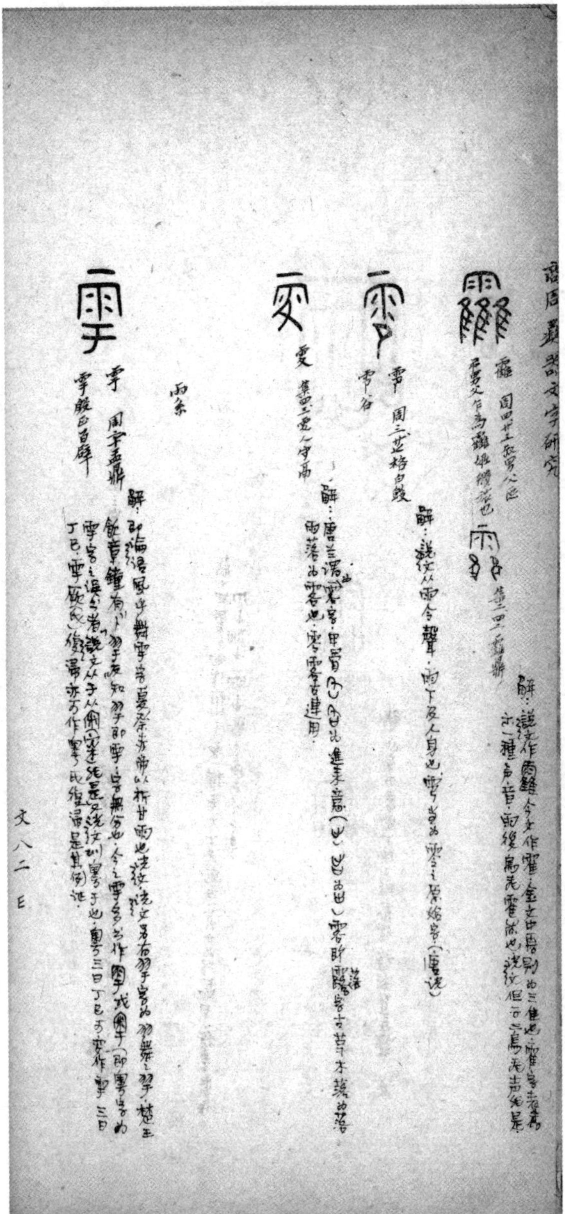

商周彝器文字研究

霝 [illegible]

解：說文作[illegible]，今文作霝，[illegible]

霝 周三[illegible]

解：說文从雨令聲。雨下及人身也。[illegible]零之原始字（唐說）

[illegible]

解：唐蘭謂[illegible]字，甲骨[illegible]零所[illegible]草木[illegible]落
雨落為零[illegible]也，零[illegible]古通用。

雩 周[illegible]

解：[illegible]論語風乎舞雩[illegible]
[illegible]說文从于[illegible]

文八二
E

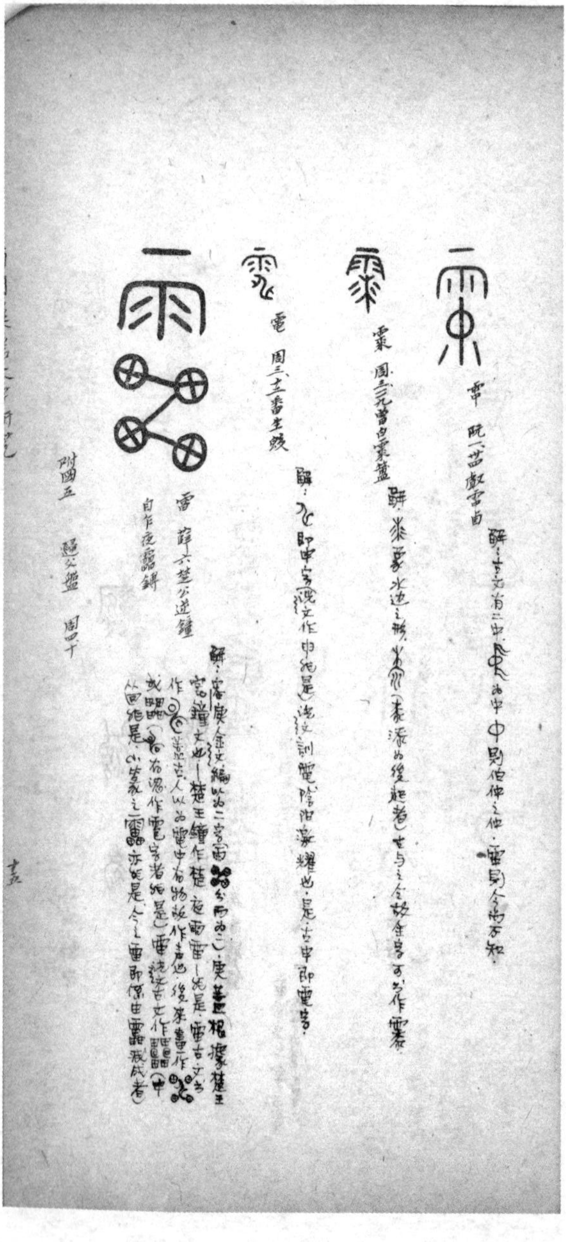
雷 既一、茜 獻雷卣
解：古文有二申，[illegible]與申中，中即伯仲之仲，雷則今尚不知。
霥 周三、九 曾伯霥簠
解：米象水滴之形，[illegible](表滴而後起者)古与之合，故金字可以作霥。
電 周三、十三 番生𣪘
解：[illegible]即申字(說文作申非是)，說文訓電陰陽激耀也，是古申即電字。
雷 薛六 楚公逆鐘 自作夜雷鎛
解：容庚金文編以為二字[illegible]分而為二，實誤。根據楚王寶鐘文也(楚王鐘作楚，夜雷即是)，雷古文作[illegible]，蓋古人以為雷中有物故作声也。後來尚作[illegible]或[illegible]，有漏作雷字者非是。雷說文古文作[illegible](中从回非是)，小篆之靁亦非是，今之雷即係由靁減成者。
附四五 [illegible]父盤 周四十
十五

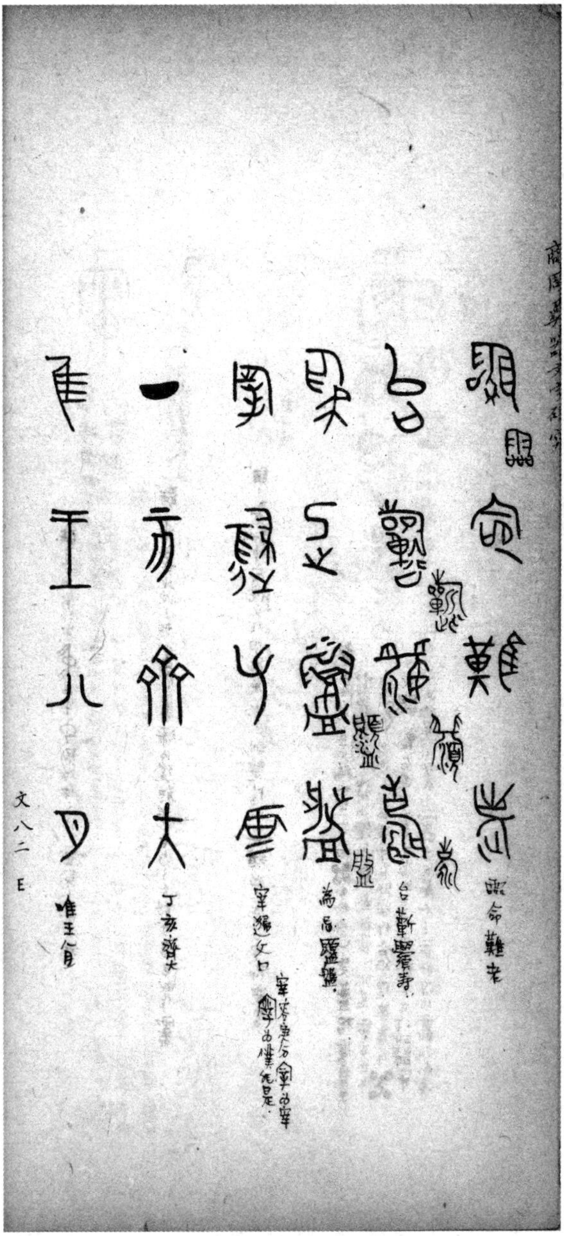

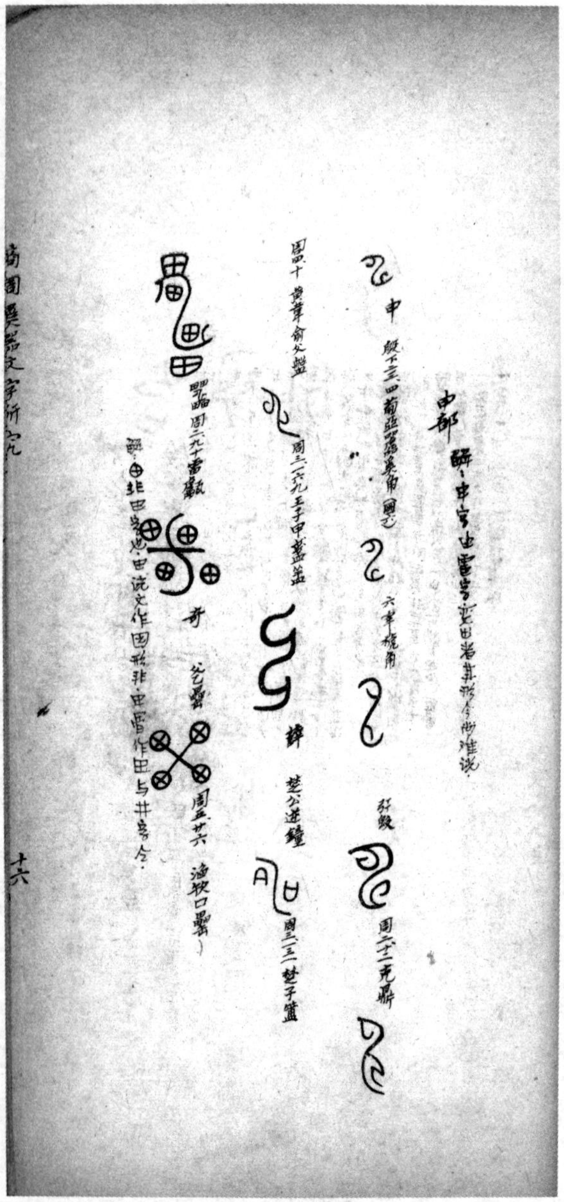
申部
解：申字古當字，变田者其形，今从唯说。
申 殷下三·四 （圖乙）
六年琥角
孖毀
周二十二 克鼎
周四十 俞父盤
周三一六九 王子申盞盂
楚公逆鐘
周三一三一 楚子簠
周二九十 雷甗
奇
周五廿六
解：⊕非田字也，田说文作囲形非，田当作田与井字合。
商周彝器文字研究
十六

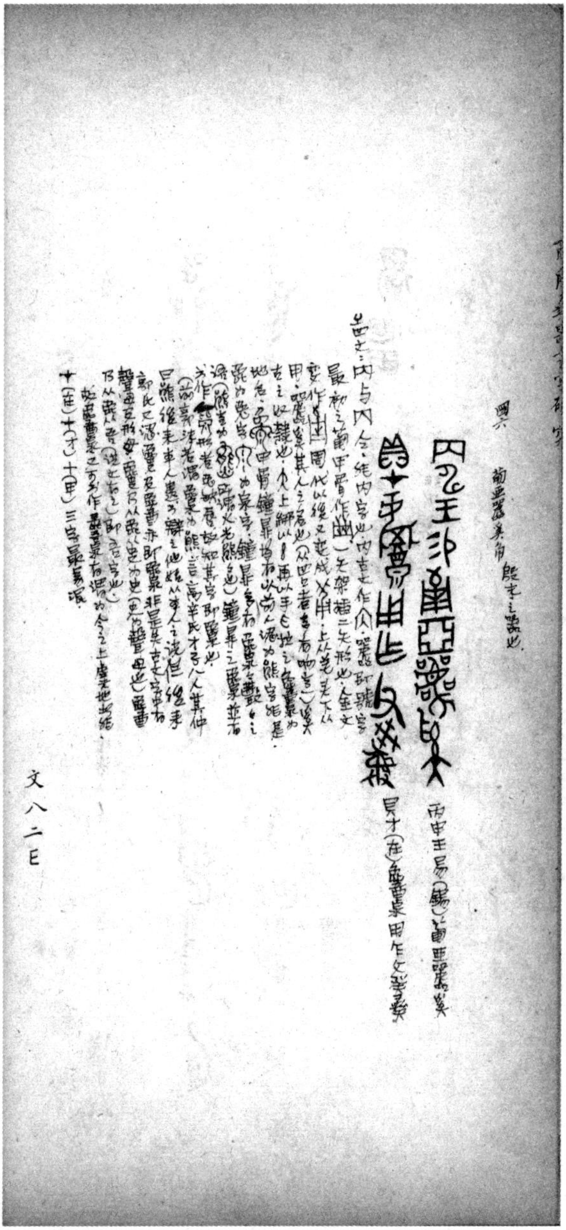

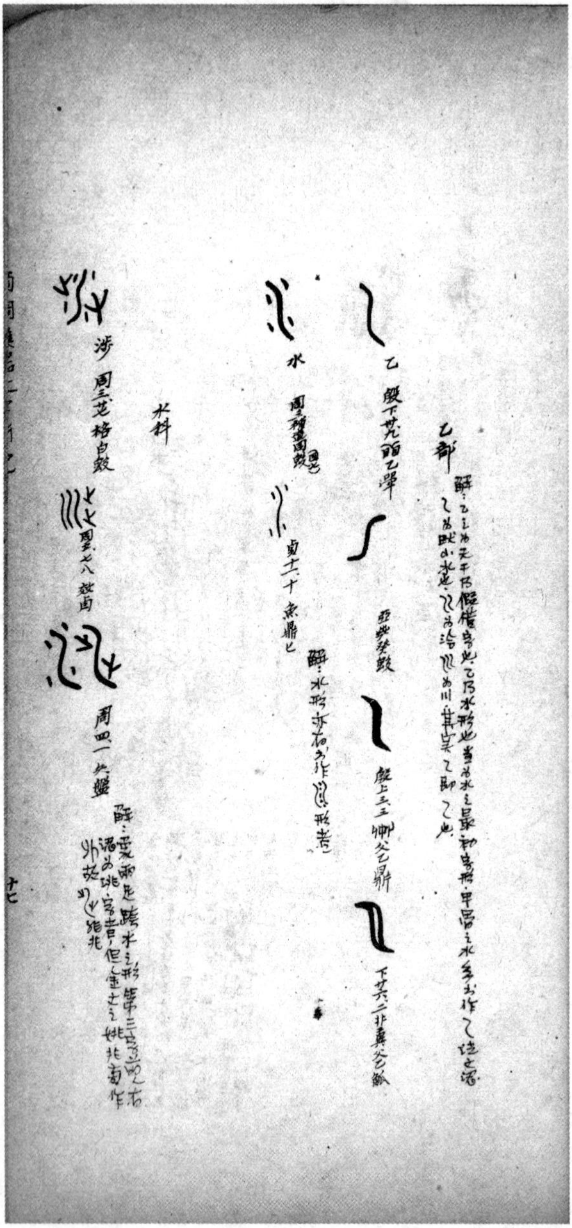
乙部
乙
水
水料
涉
周四一
十七

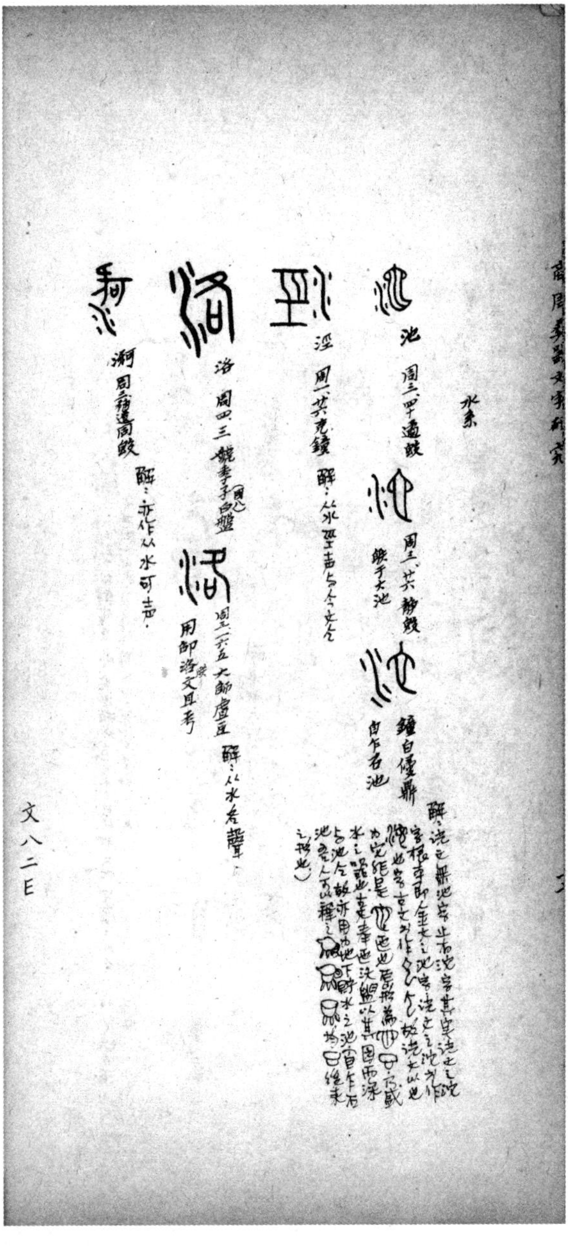

商周彝器文字研究

水系

池 周三、四十五遹敦

周三、六十六静敦 錄于大池

鐘白侵鼎 白乍旅池

涇 周一、六十五克鐘 解：從水巠聲與今文合

洛 周四、三 號季子白盤(周八)

周三、一六五 大師虘豆 用邵洛（朕）文且考 解：从水各聲

滒河 周三、蓊遣南敦 解：亦作从水可声

文八二E

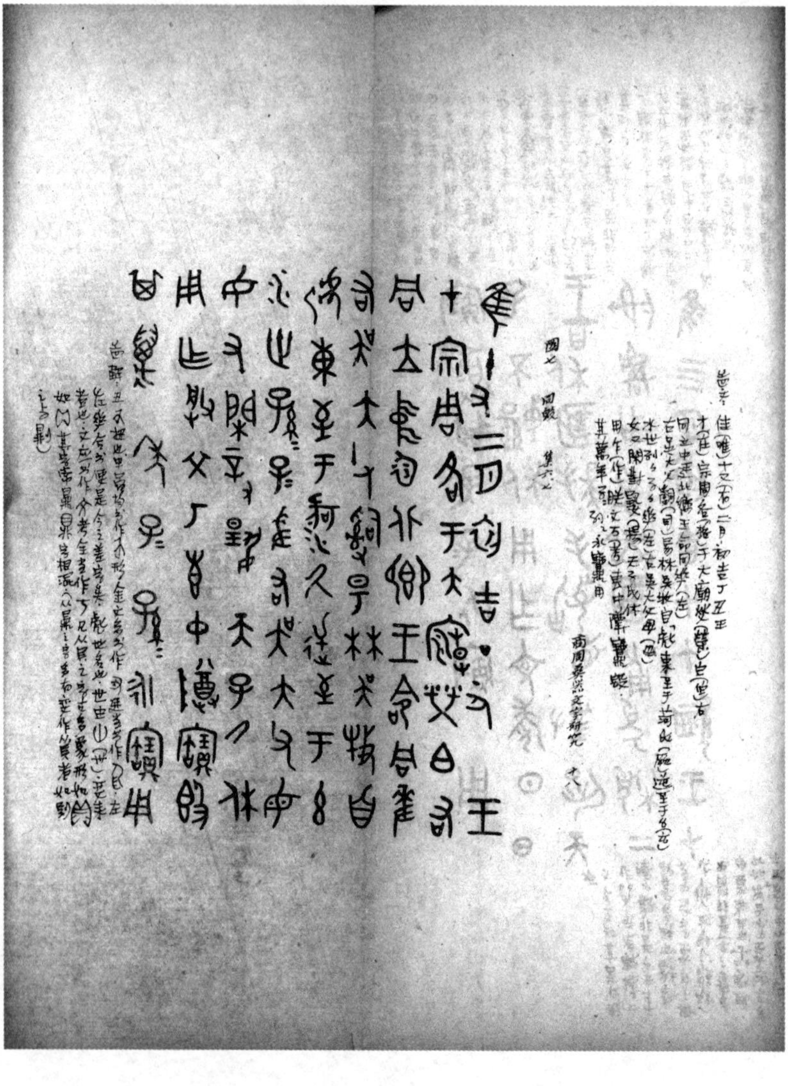

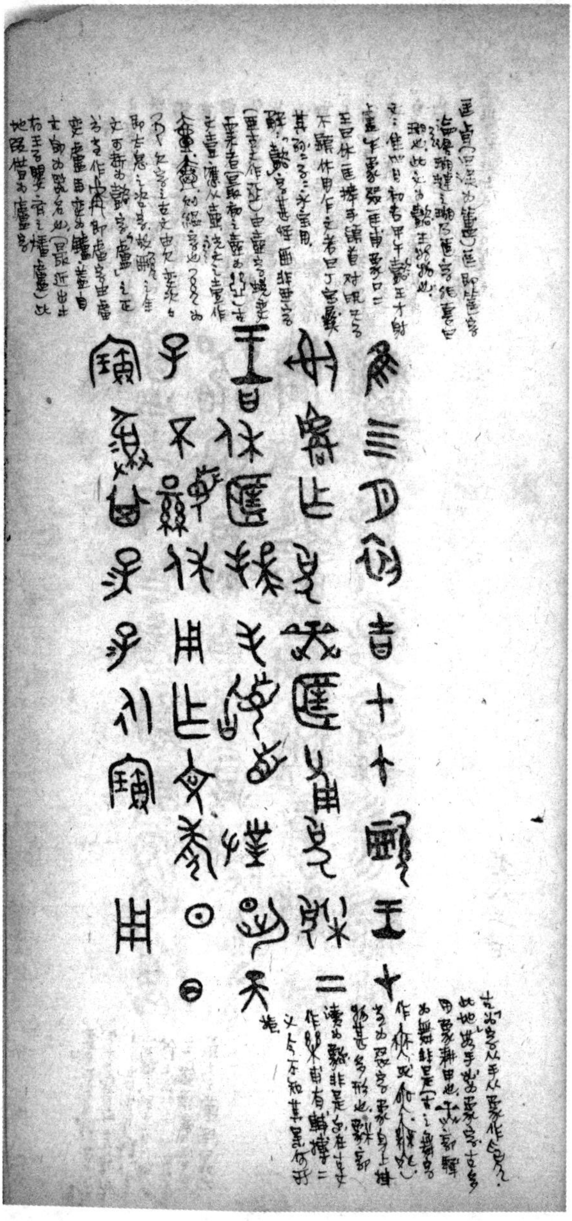

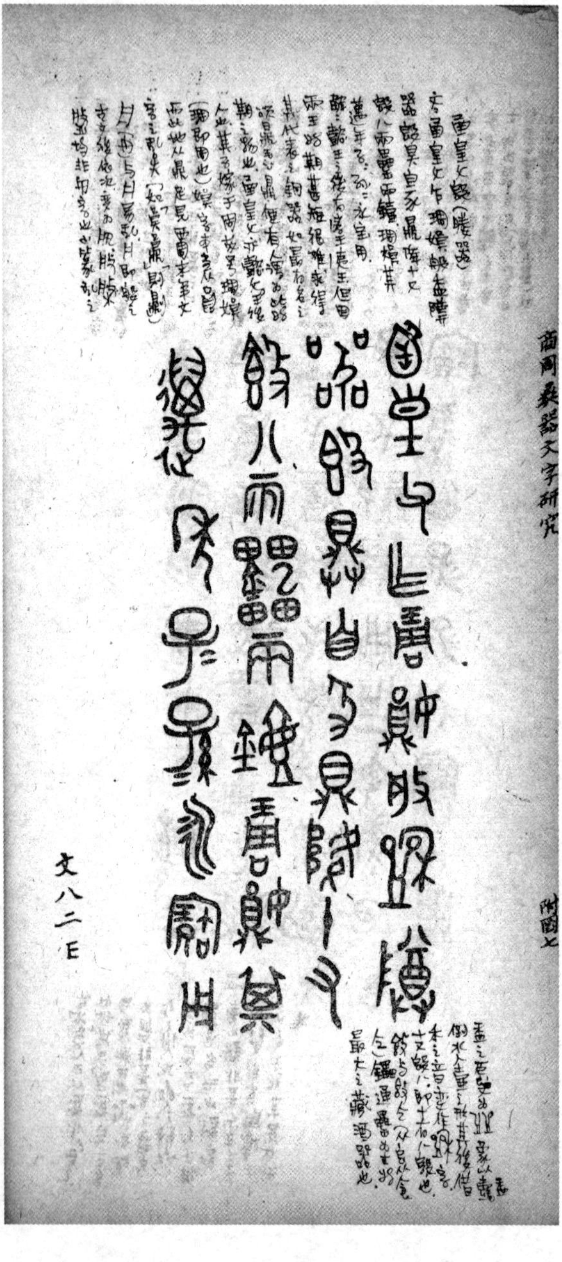
商周彝器文字研究
附圖七
文八二E

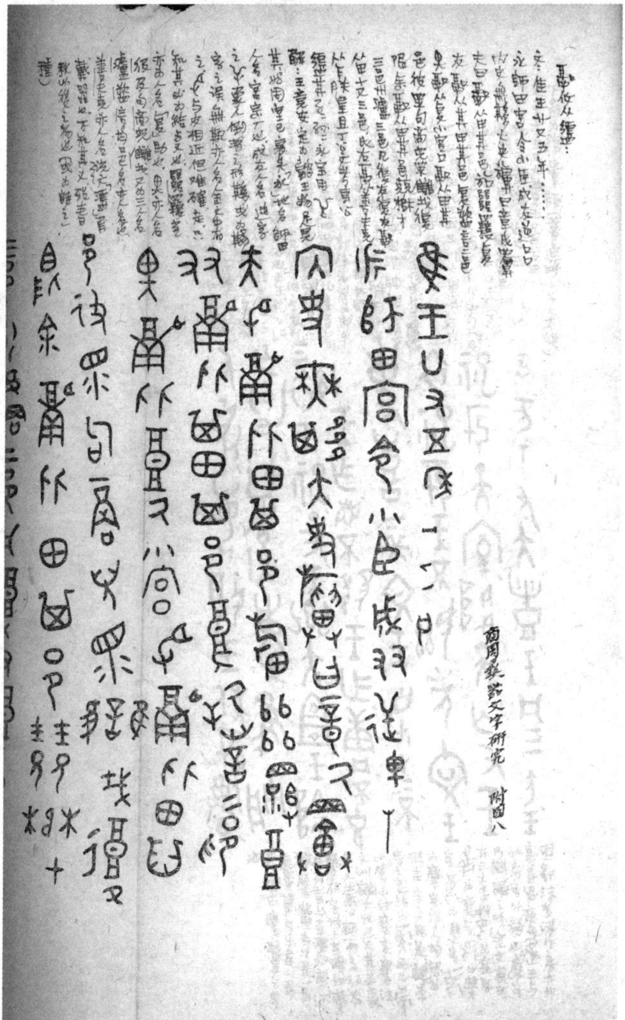
商周彝器文字研究 附圖八

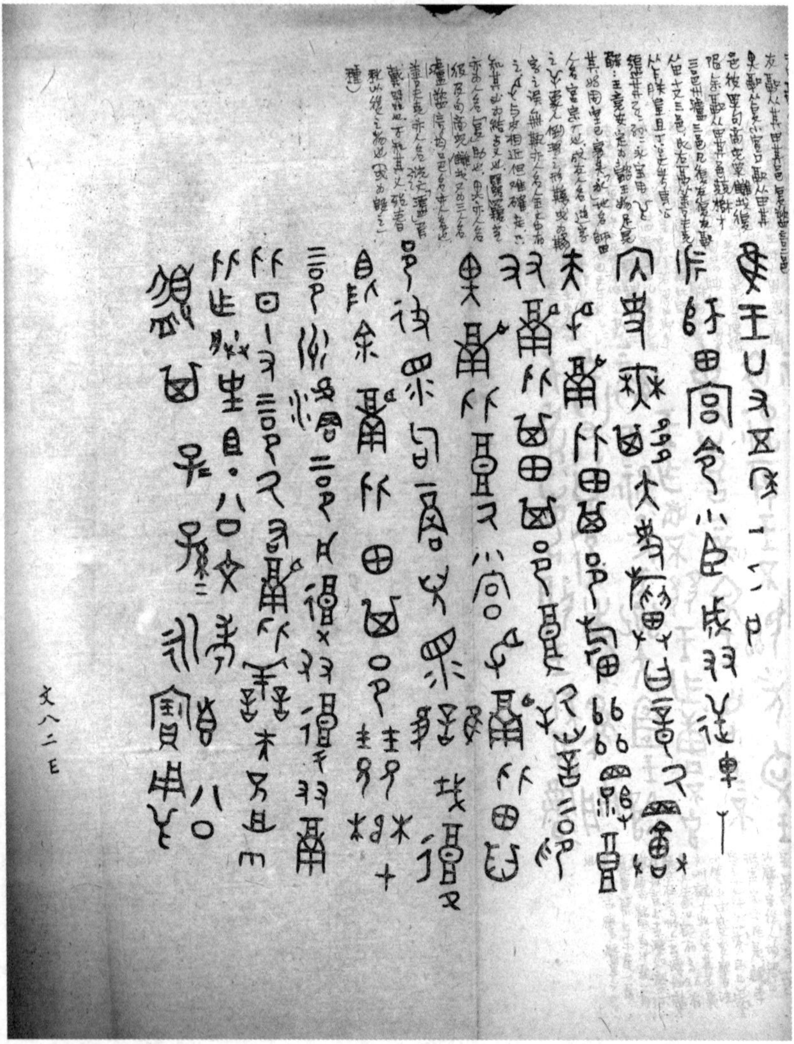
文八二E

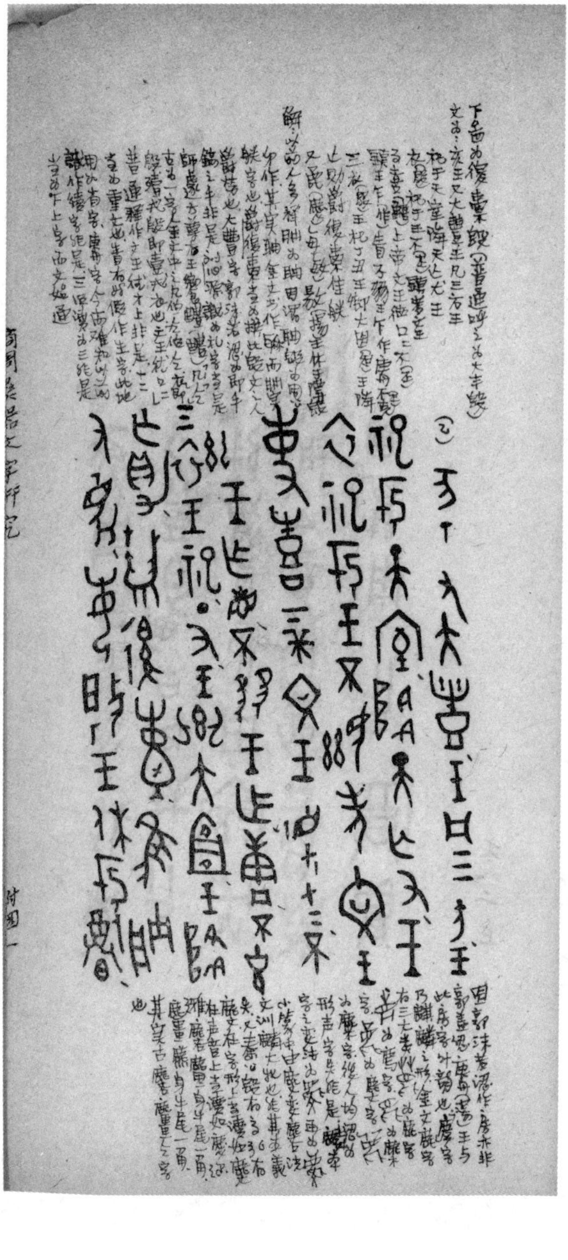
商周彝器文字研究
附圖一

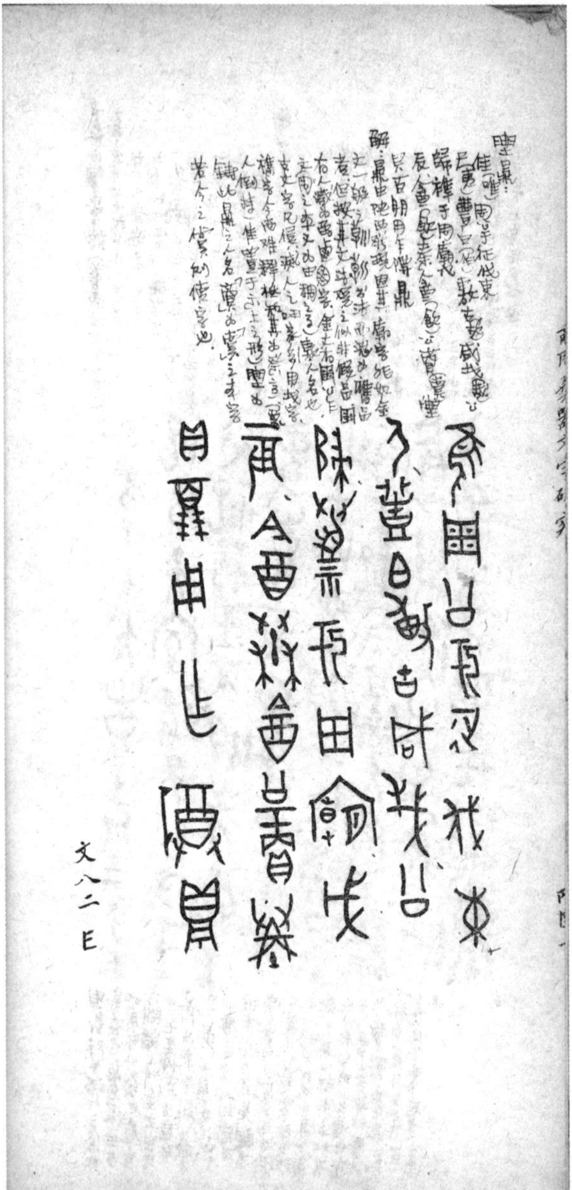
文八二 E

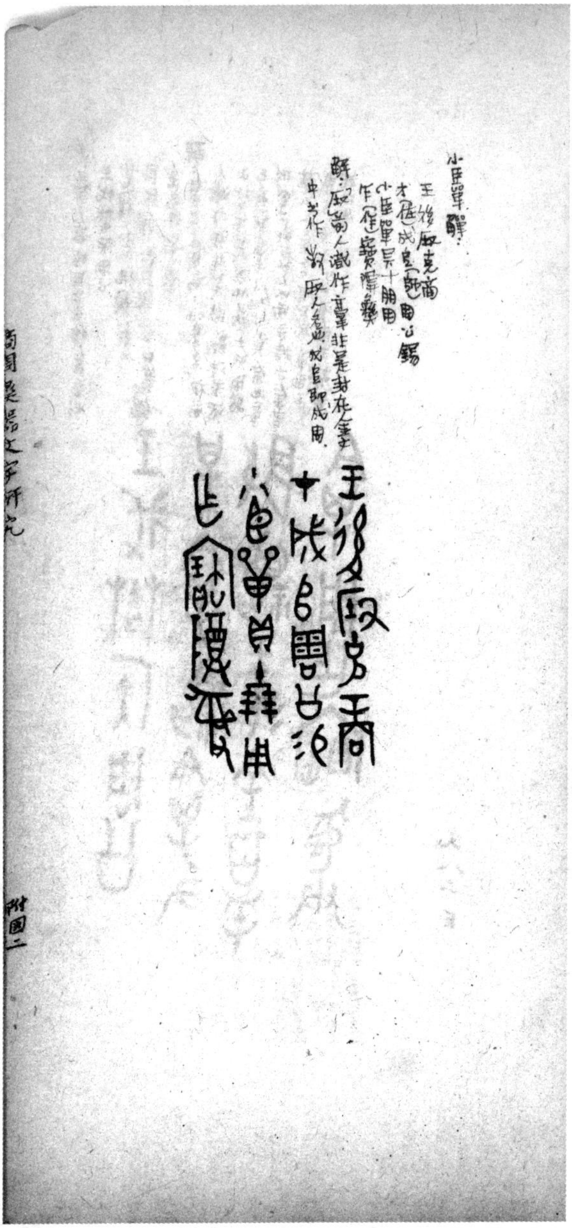
商周彝器文字研究
小臣單觶：
王後𠬝克商
才（在）成𠂤（師）周公錫
小臣單貝十朋用
作（乍）寶尊彝
解：𠬝前人識作亢非是
成𠂤即成周
附圖二

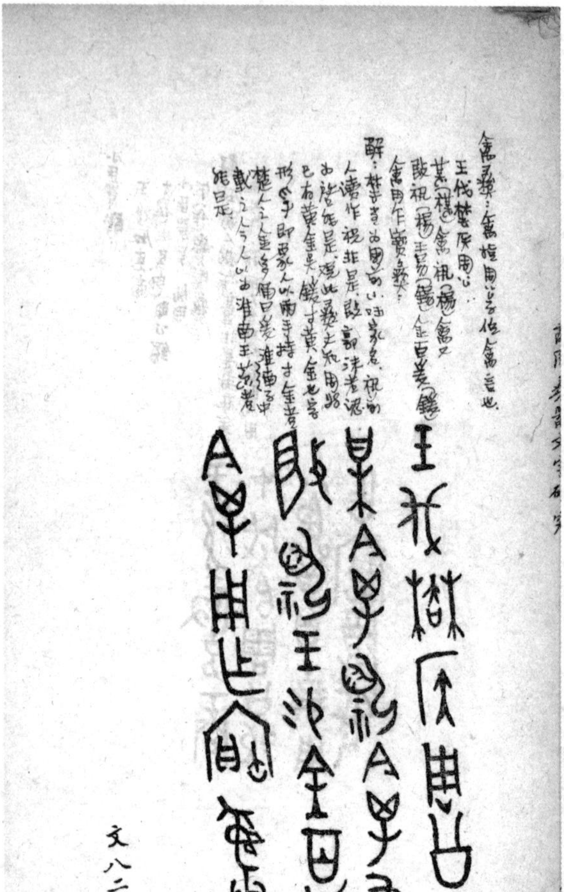

文八二
E

遹卣跋：

遹卣也從王伐反荊孚金用乍宗室寶䵼彝

辭：此昭王時器也 [illegible]

[illegible]

附圖四

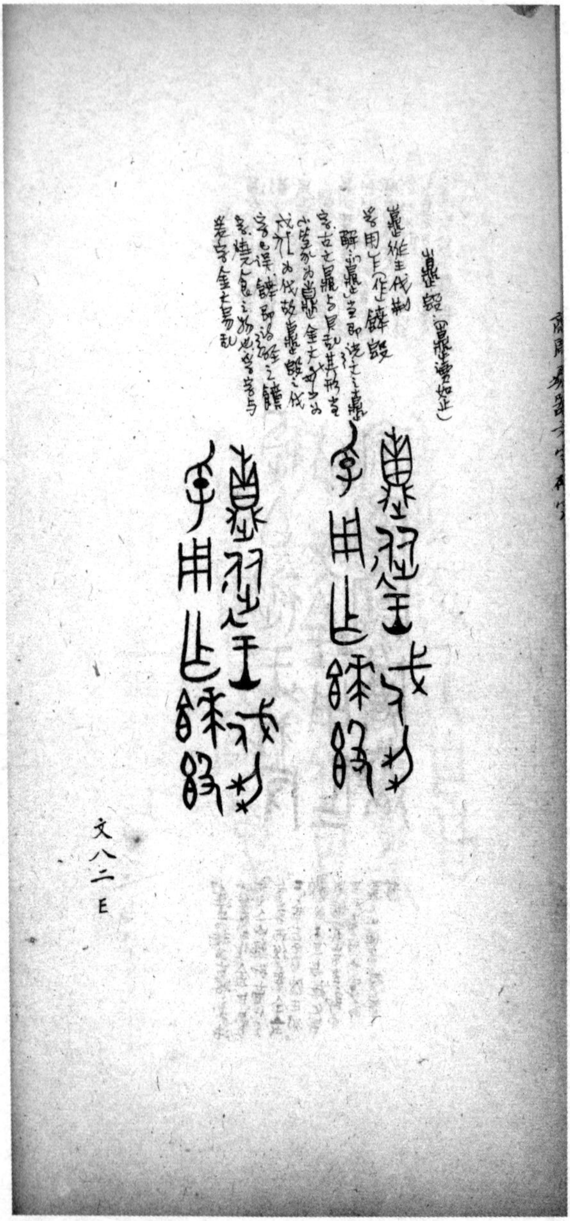
文八二 E

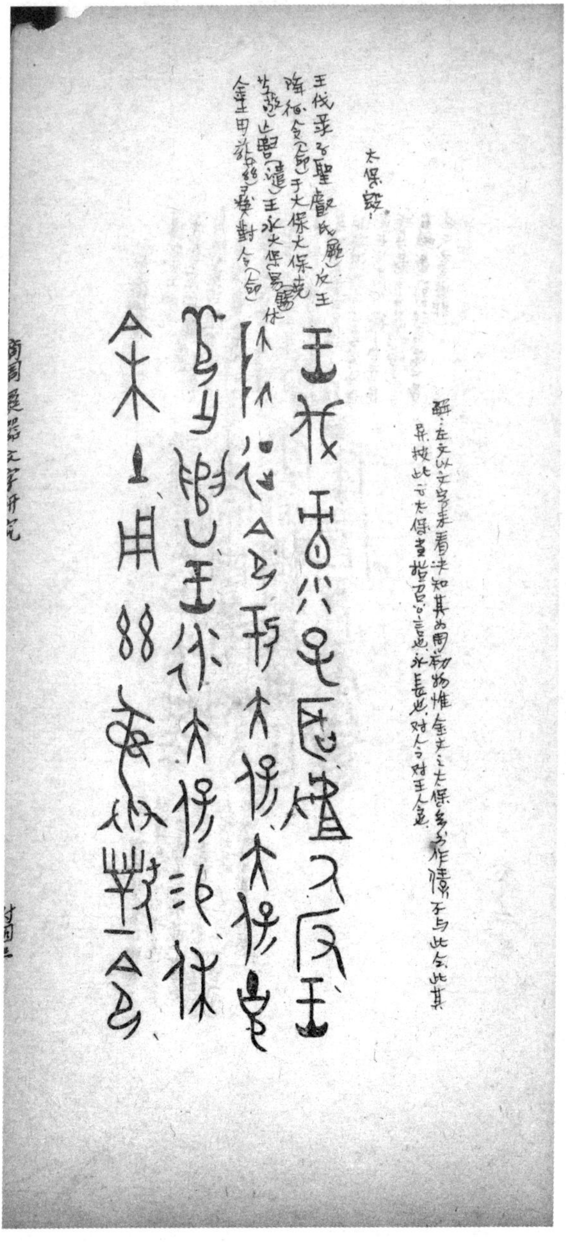
商周彝器文字研究
太保𣪕：
王伐录子聖（听）𢽾（厥）反王降征令（命）于大保大保克芍（敬）亡遣（谴）王永大保易（锡）休余土用兹（丝）彝對令（命）
解：在文以文字来看决知其为周初物惟金文之太保多写作倸不与此合此其异。按此之太保当指召公言也。永，長也。对令即对王之命也。
附圖三

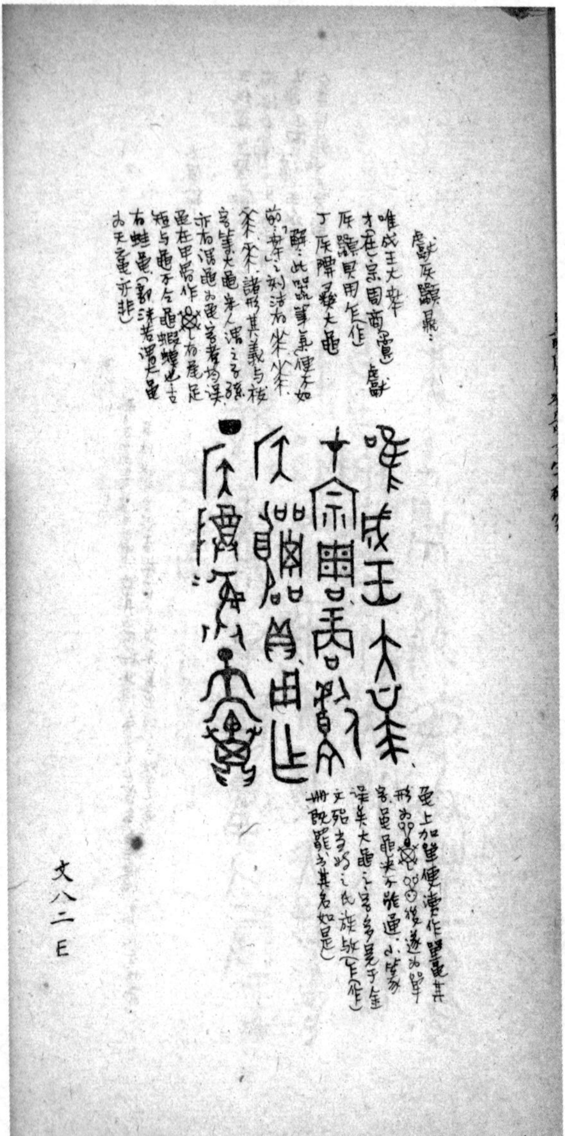
文八二 E

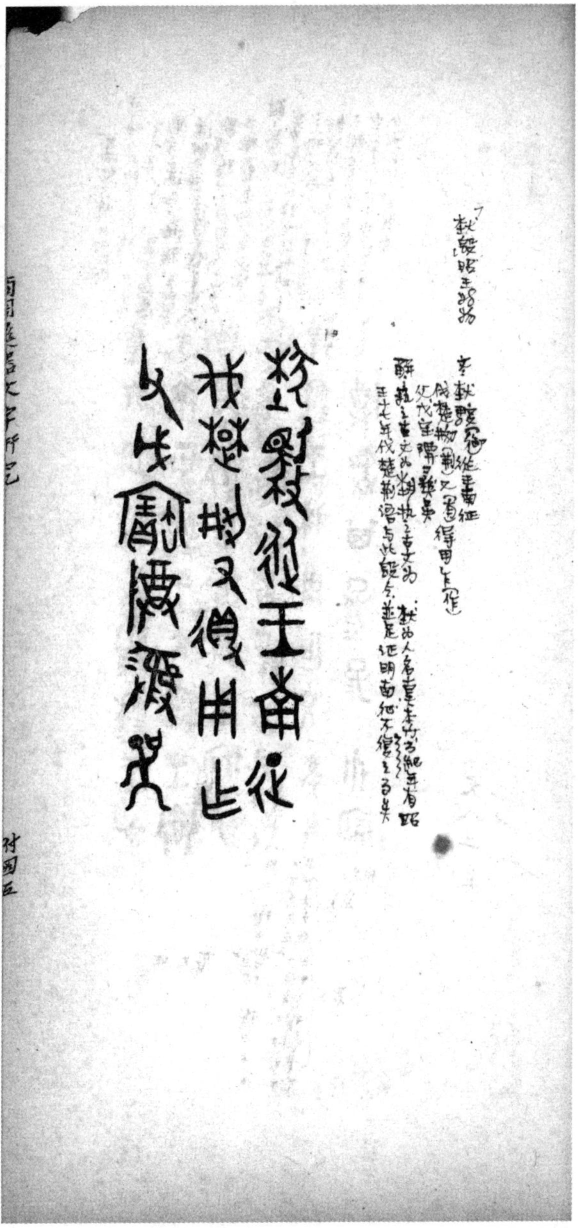

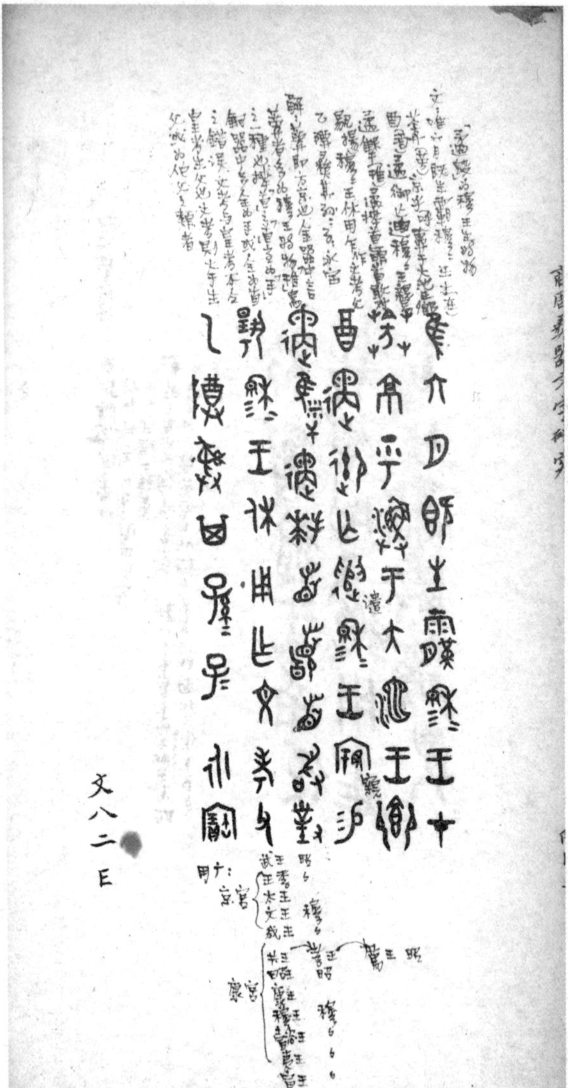

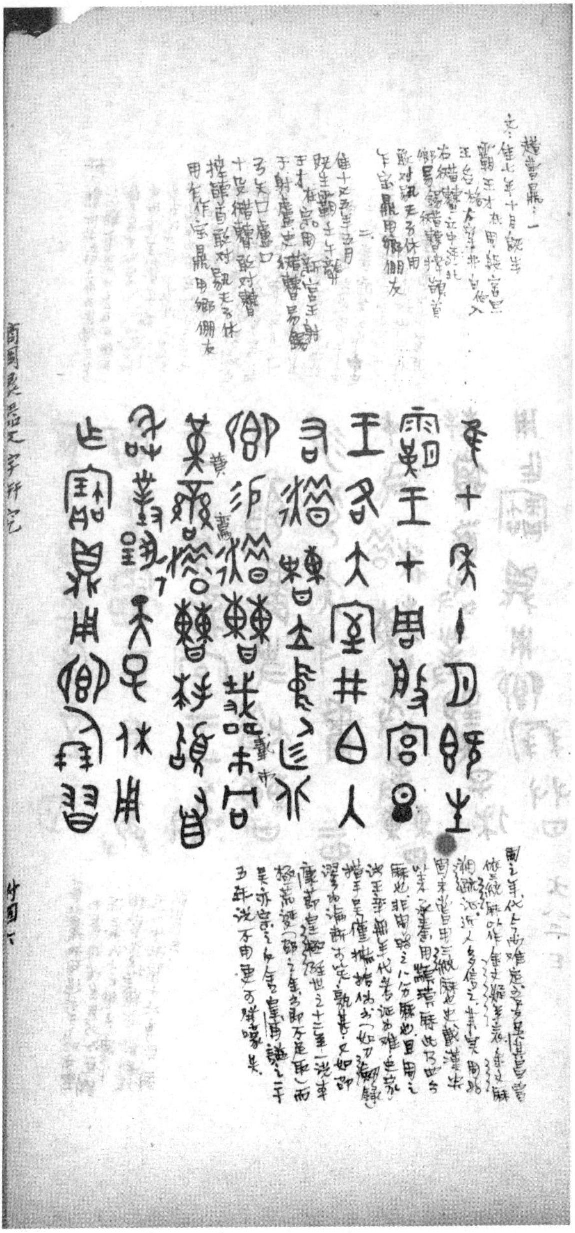
商周彝器文字研究
廿四下

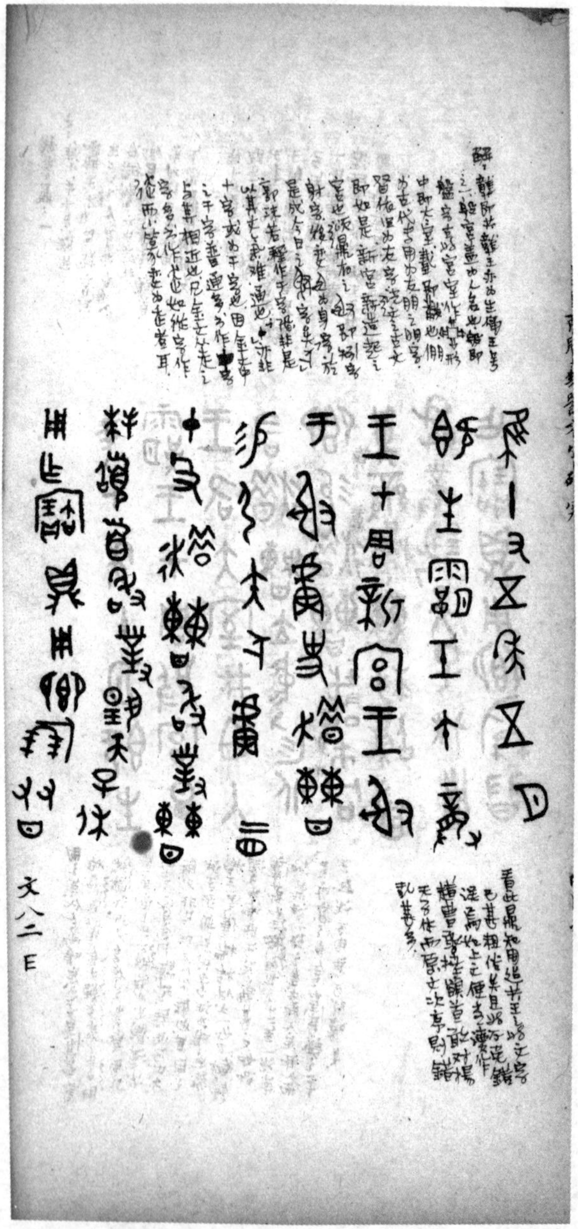

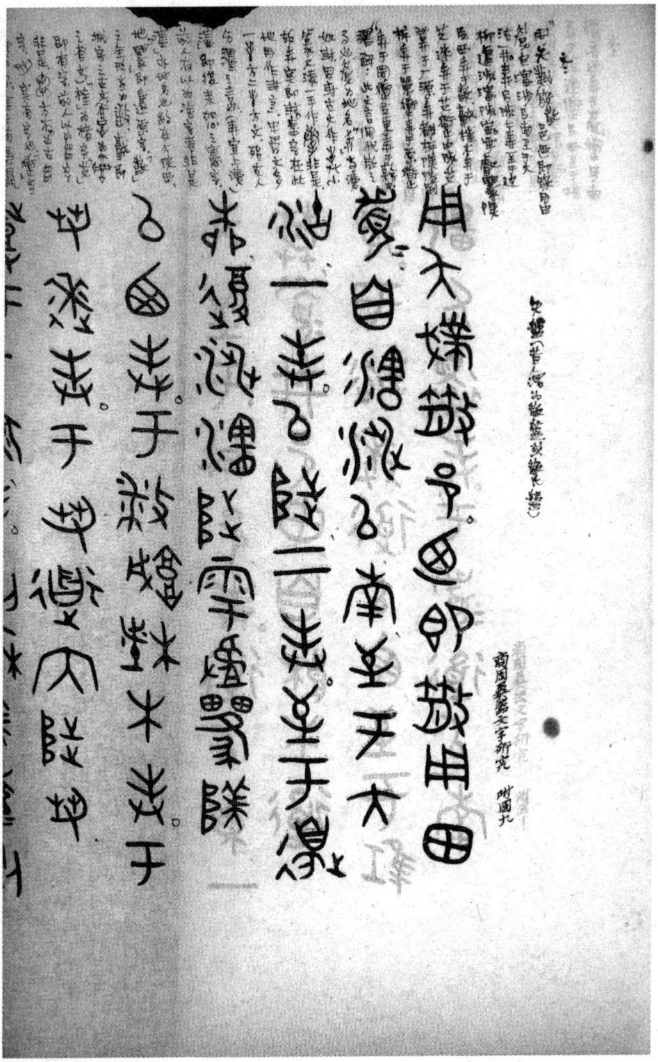
商周彝器文字研究　附圖九

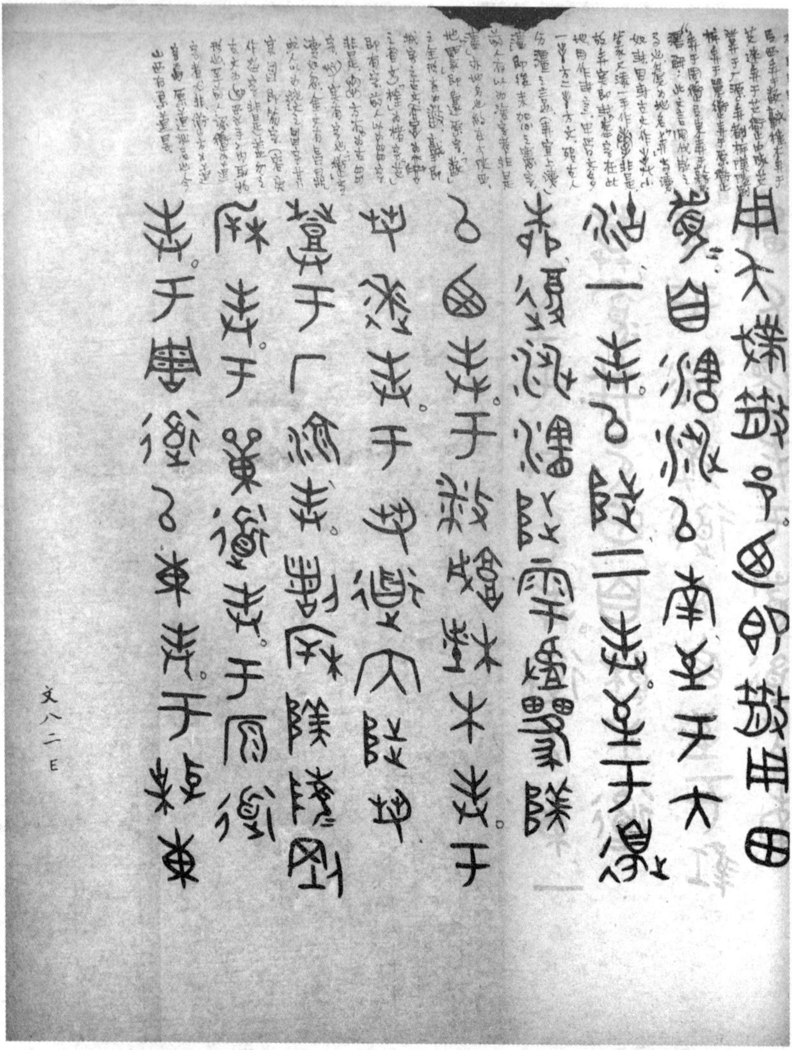
文八二E

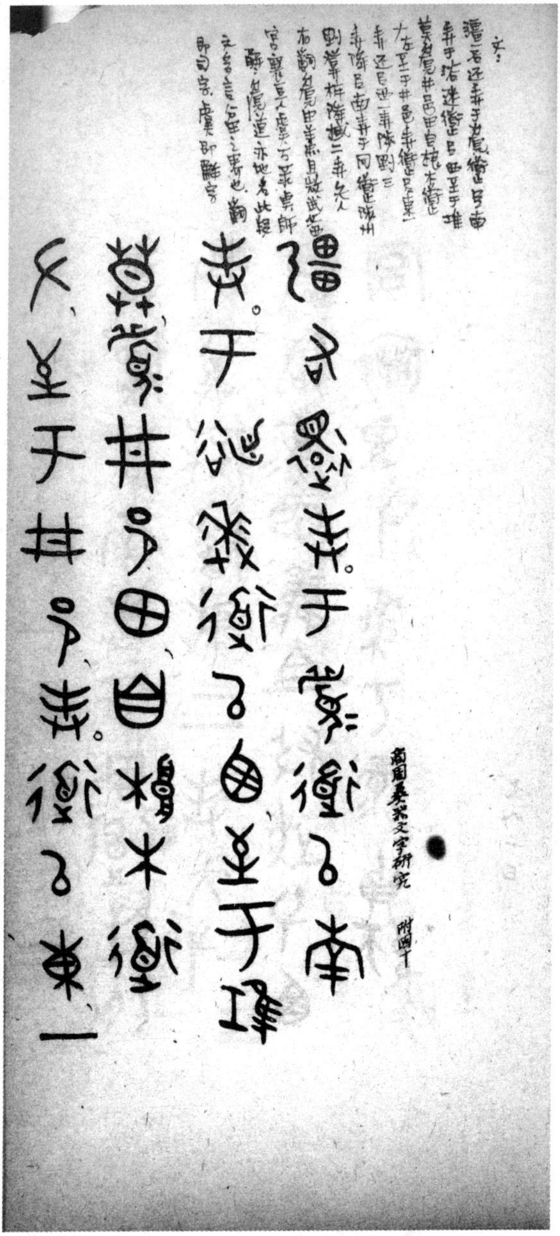
商周彝器文字研究 附圖十

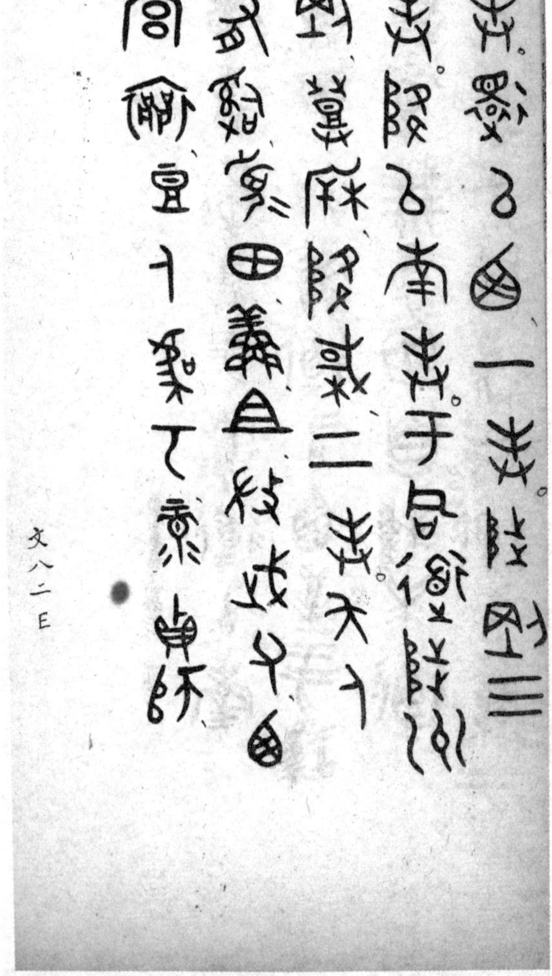
文八二E

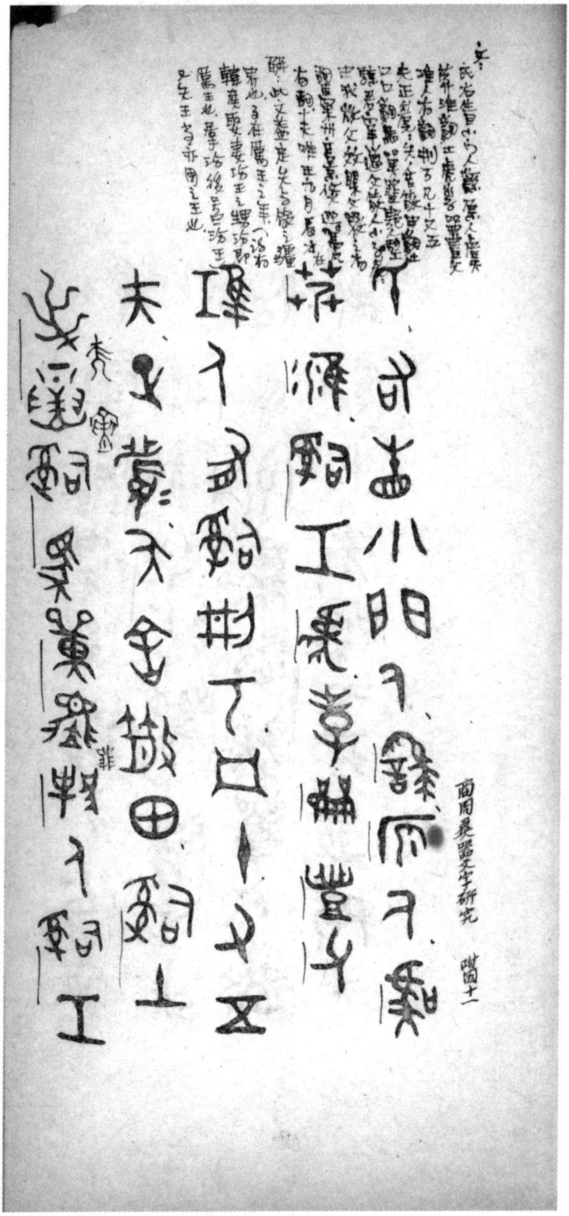
商周彝器文字研究
附四十一

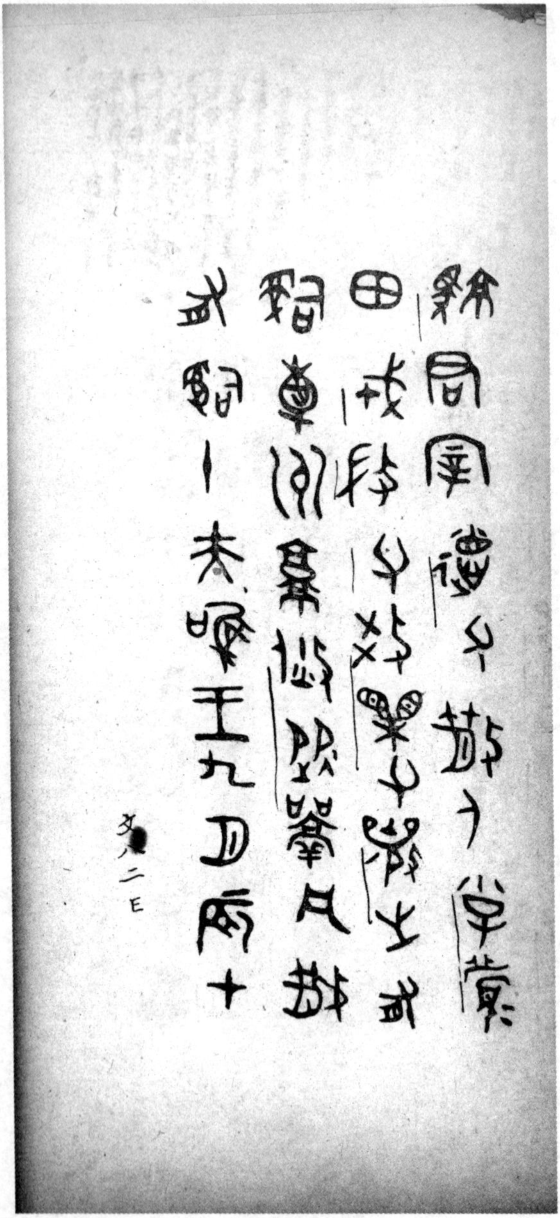

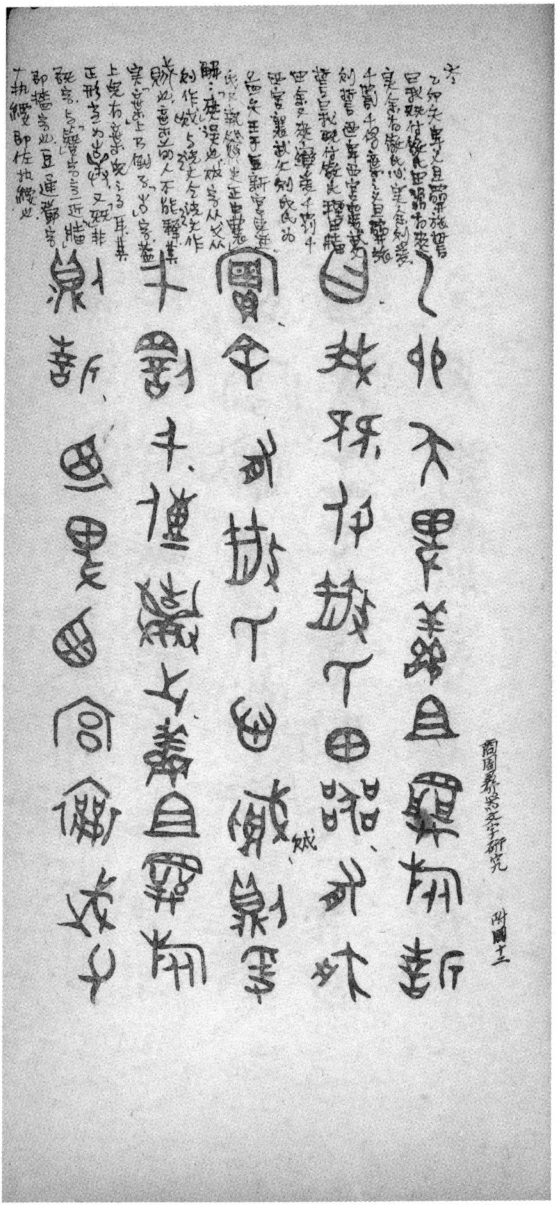
商周彝器文字研究　附圖十三

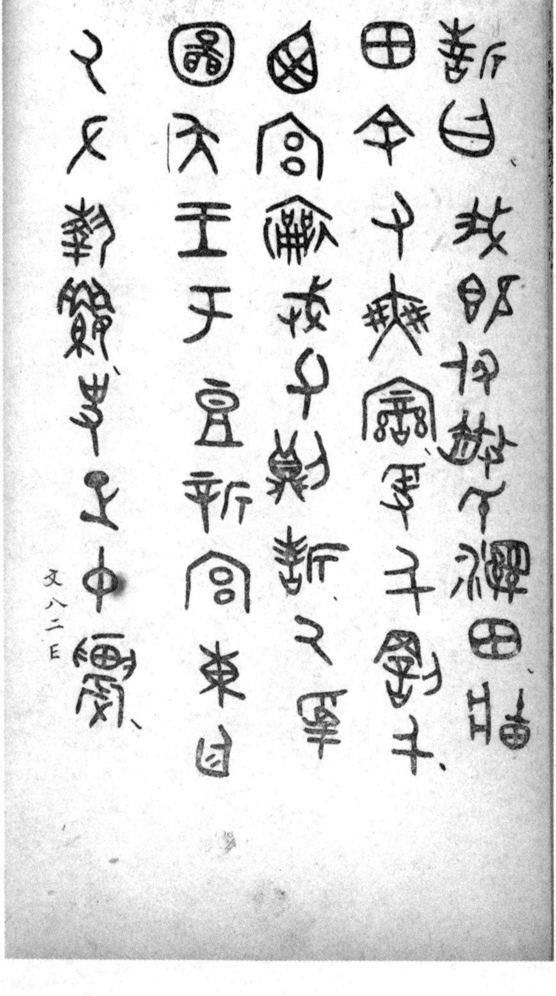

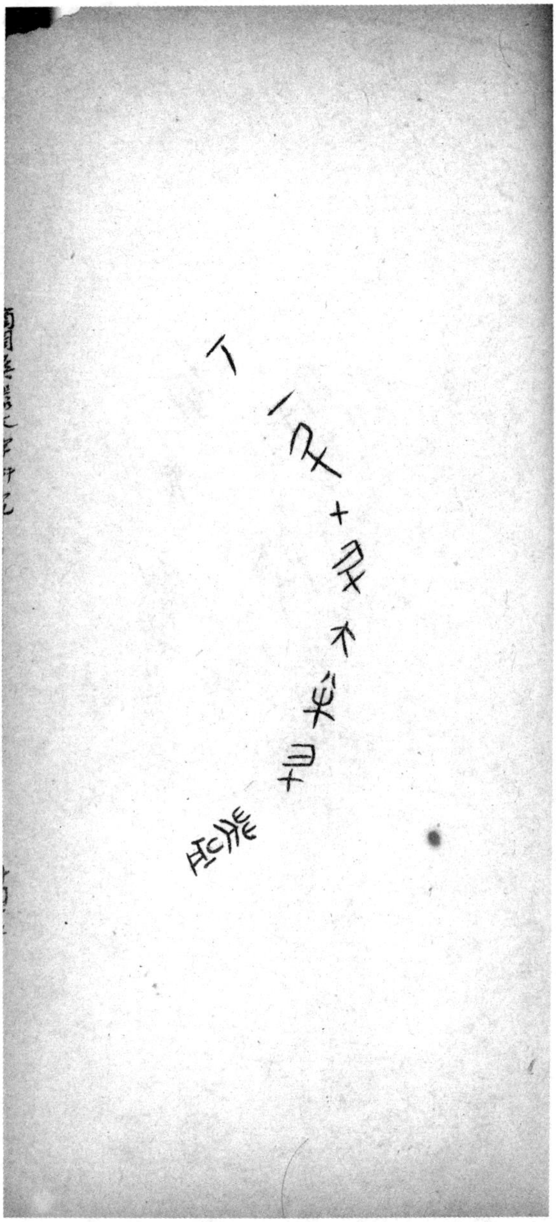

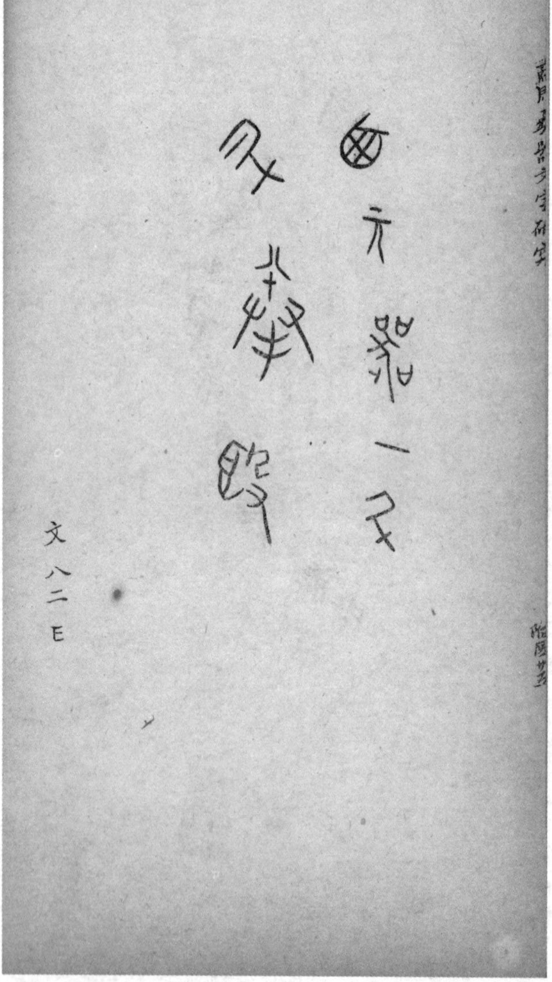
文
八二
E

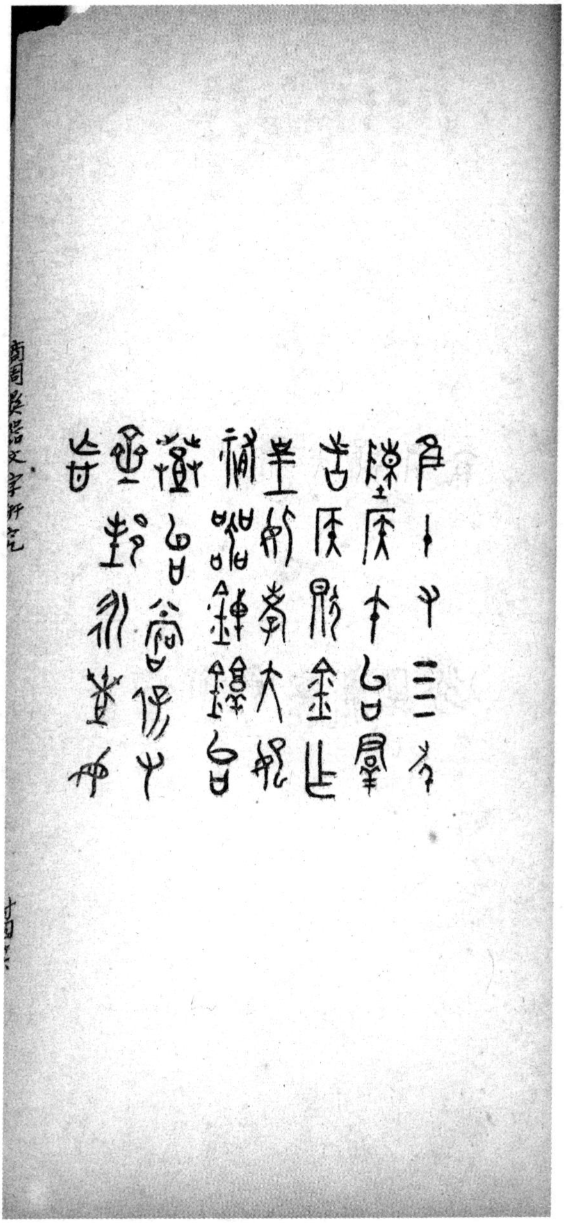
商周彝器文字研究

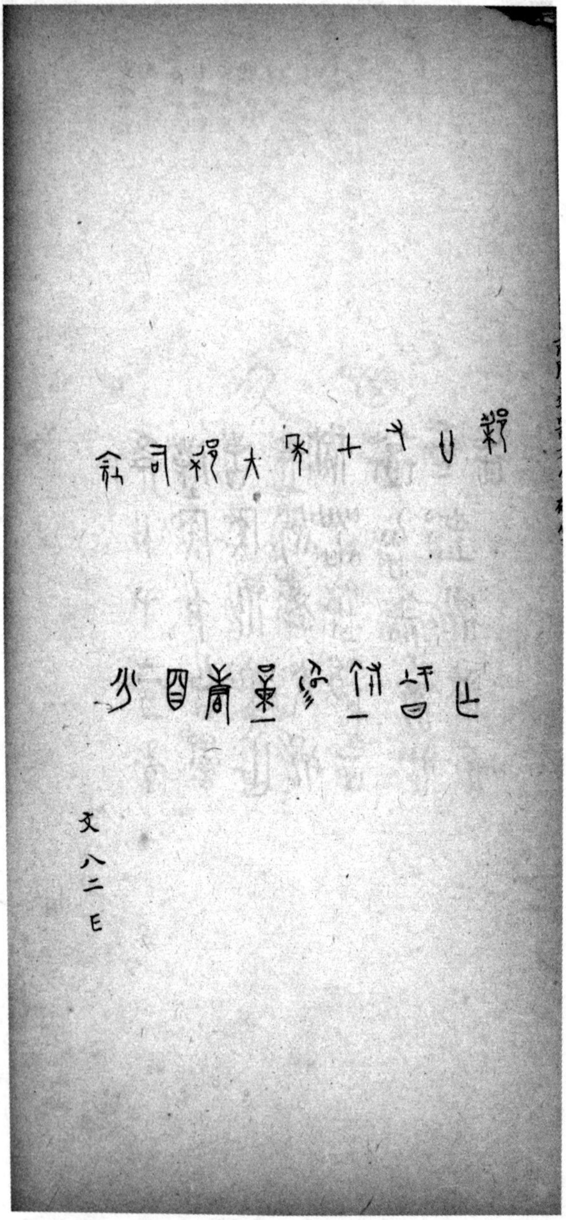
文八二E

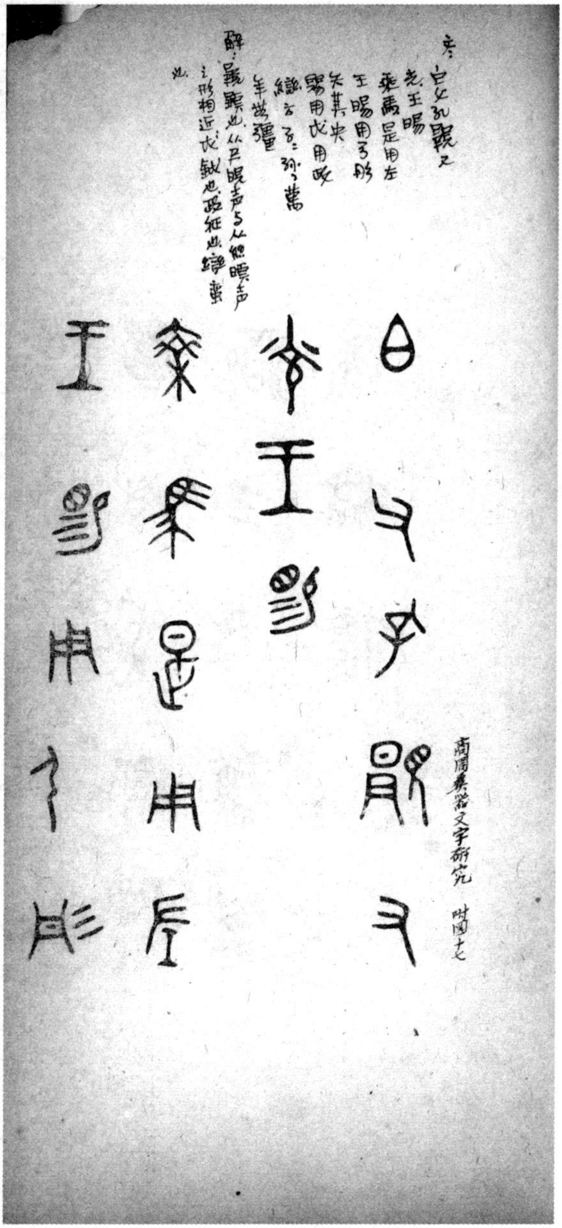
商周彝器文字研究　附圖十七

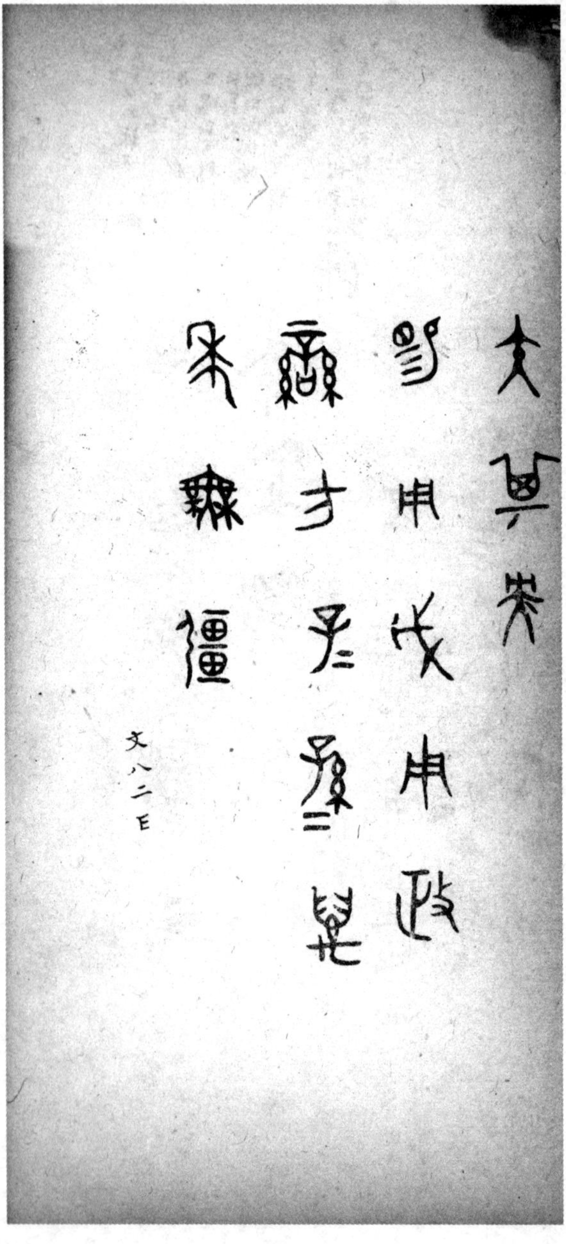
文八二E

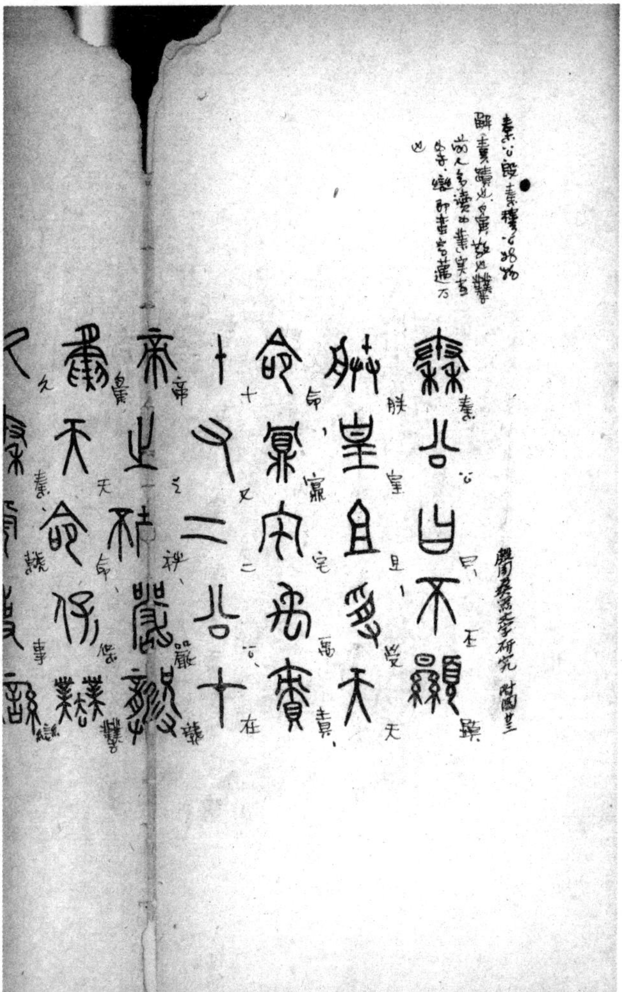

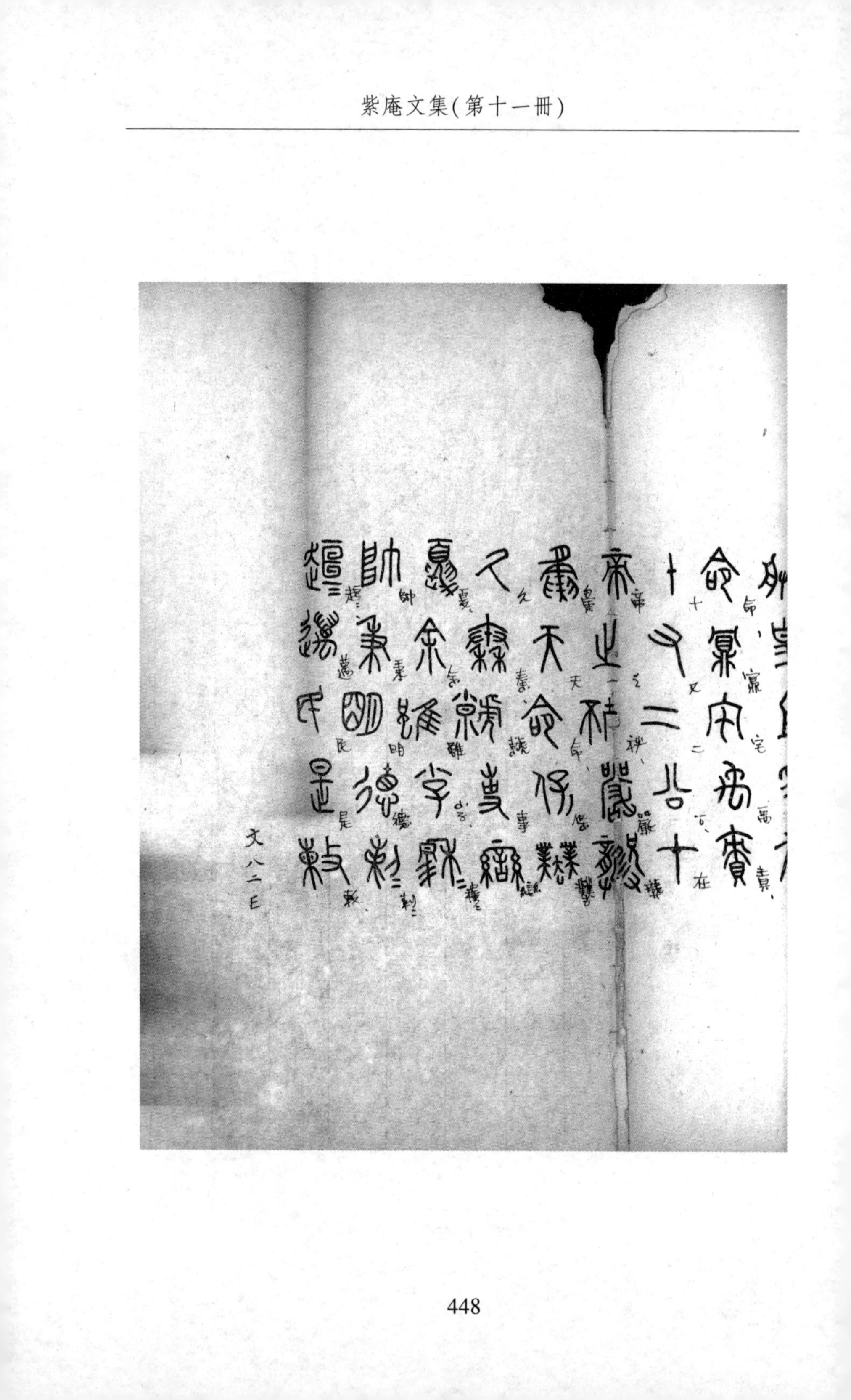

命寡宅西責
十又二古在
帝之秩嚴龔
皇一命保嫢
久天虢事總
憂秦雖字擭
帥秉明德剌
趣邁民是教

文八二E

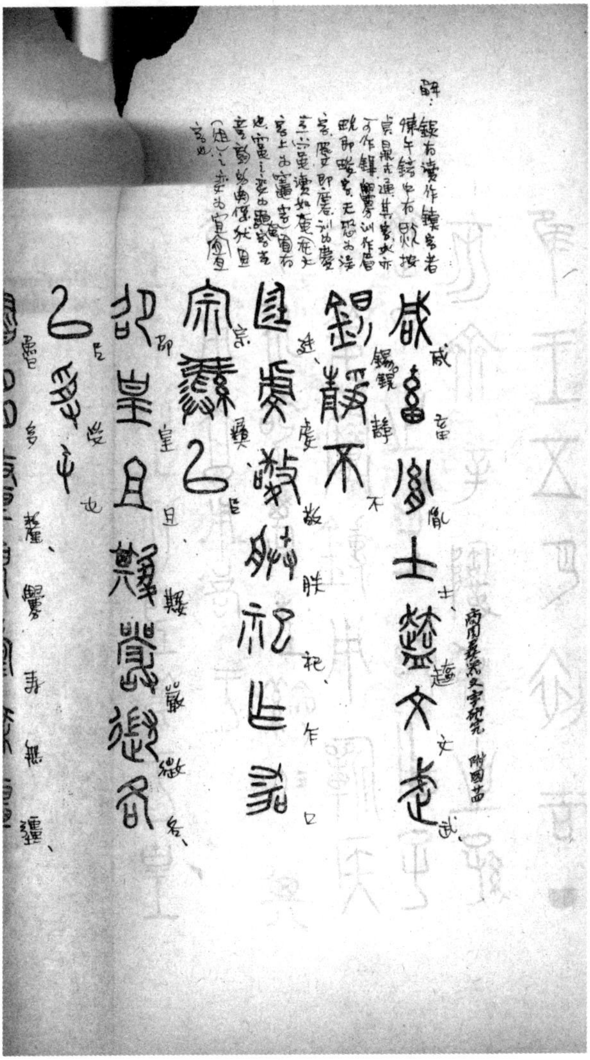

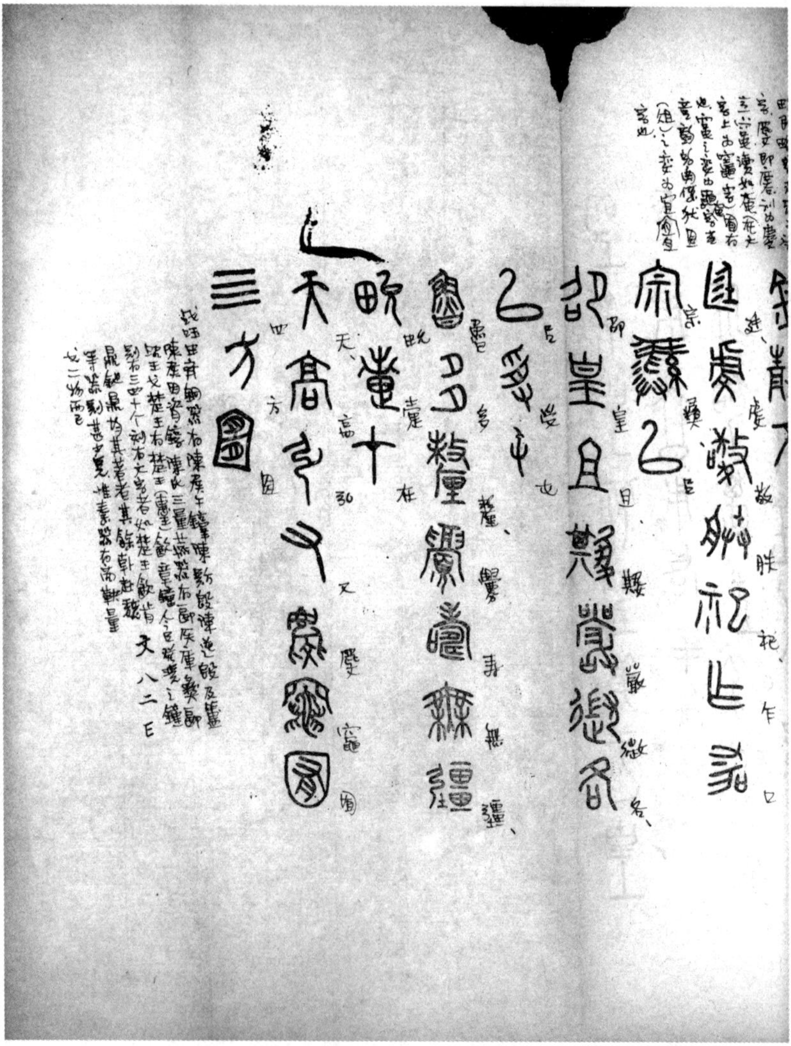

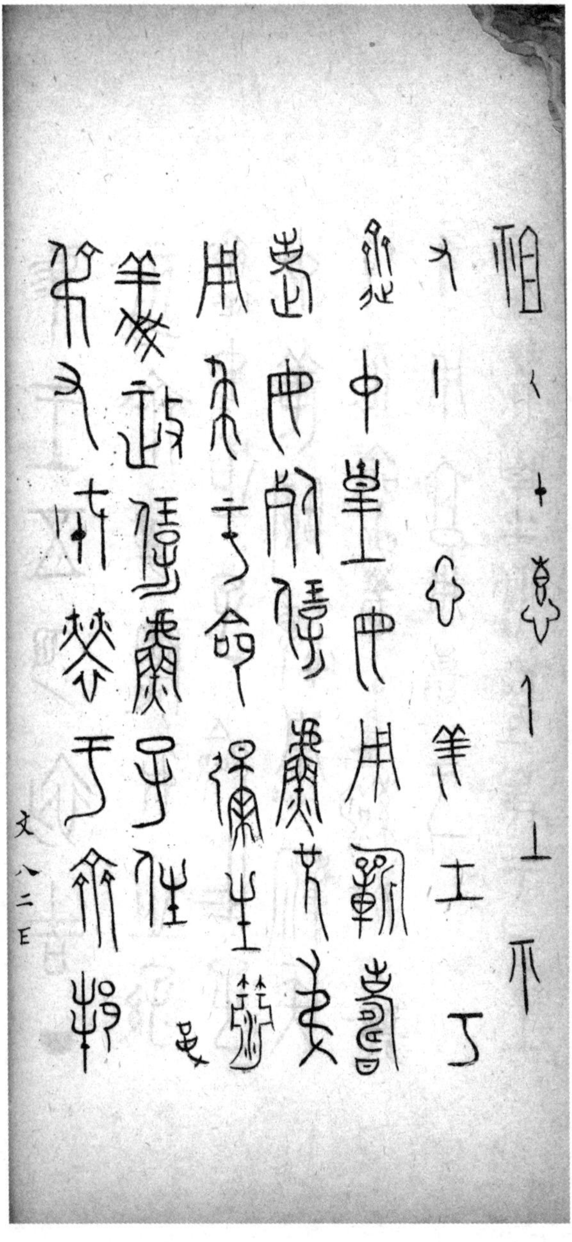

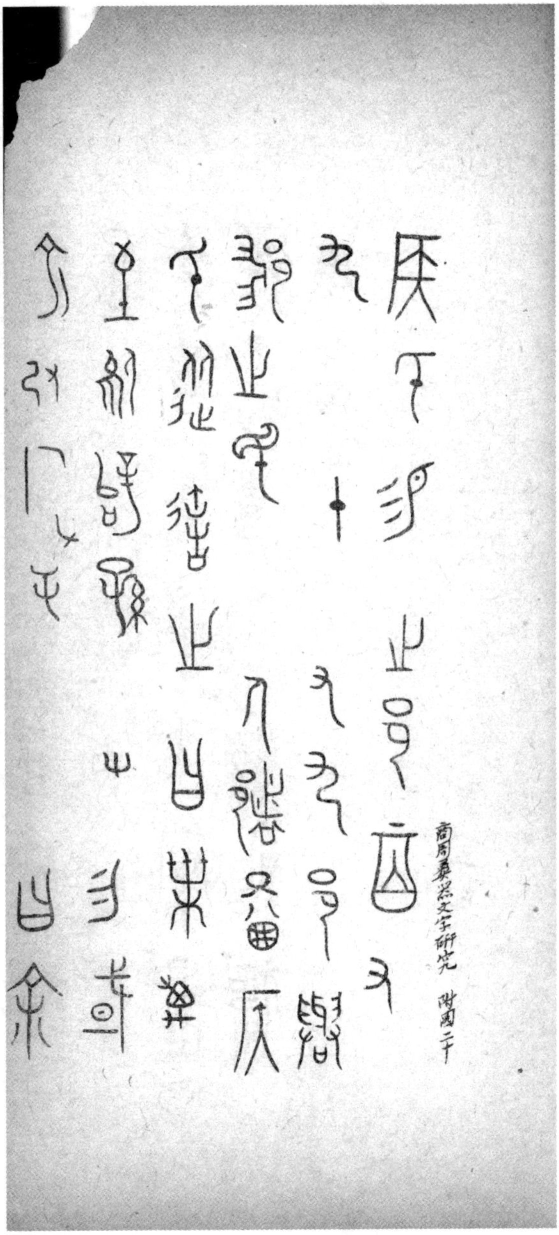
商周彝器文字研究 附圖二十

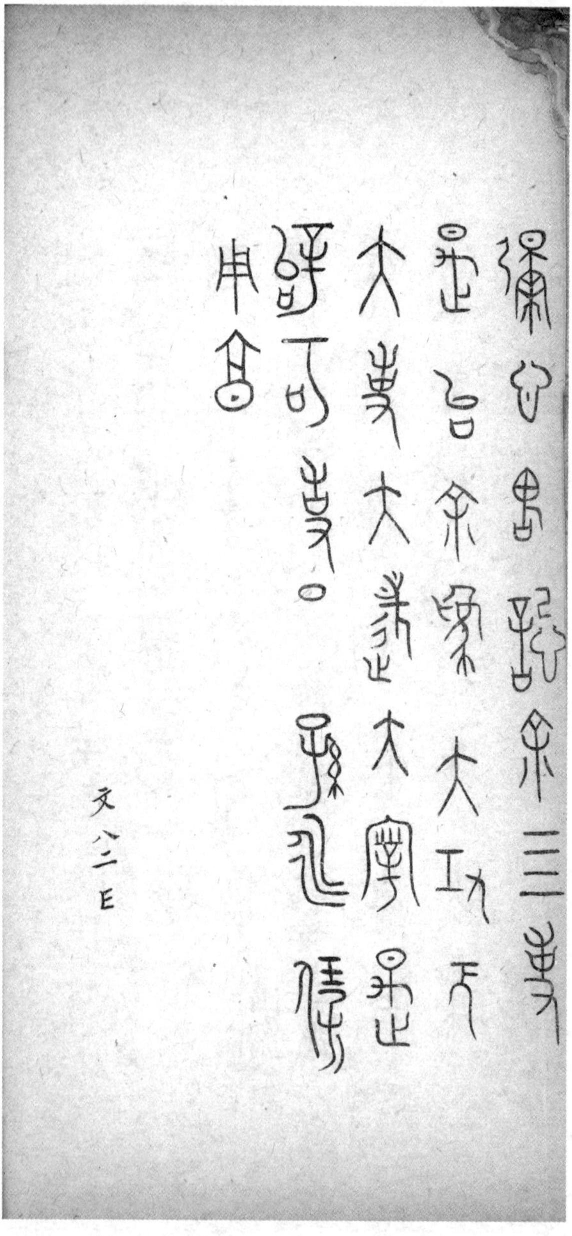

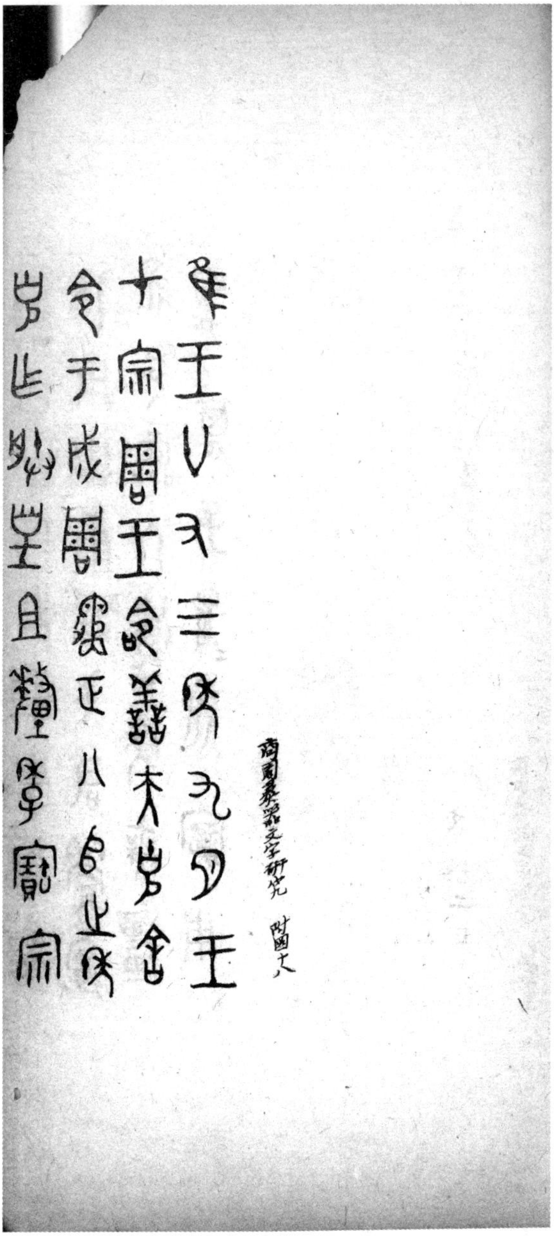
商周彝器文字研究 附圖六

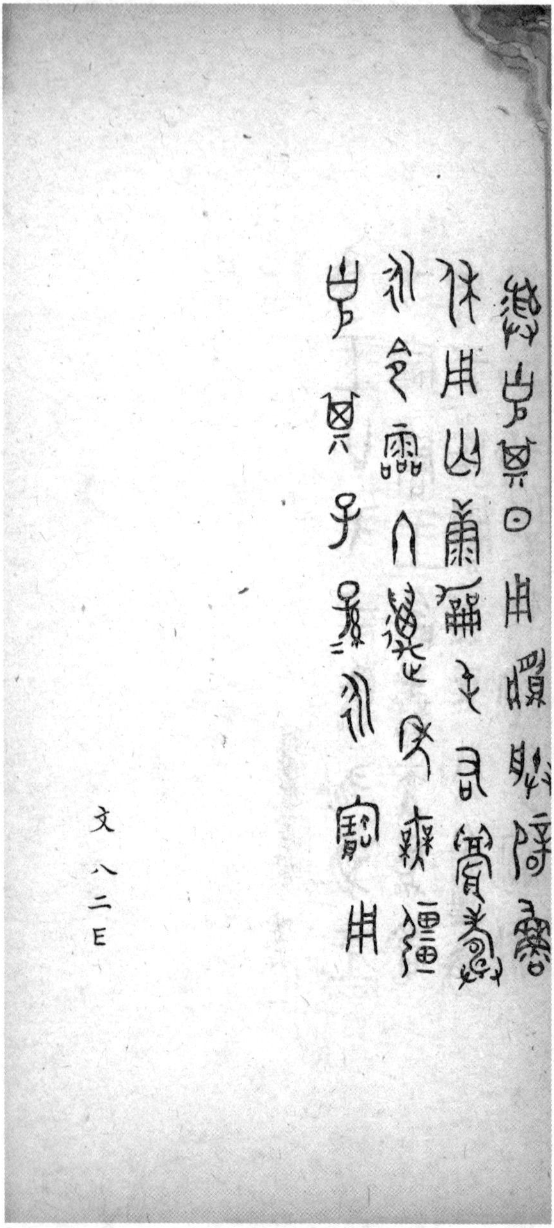
文八二E

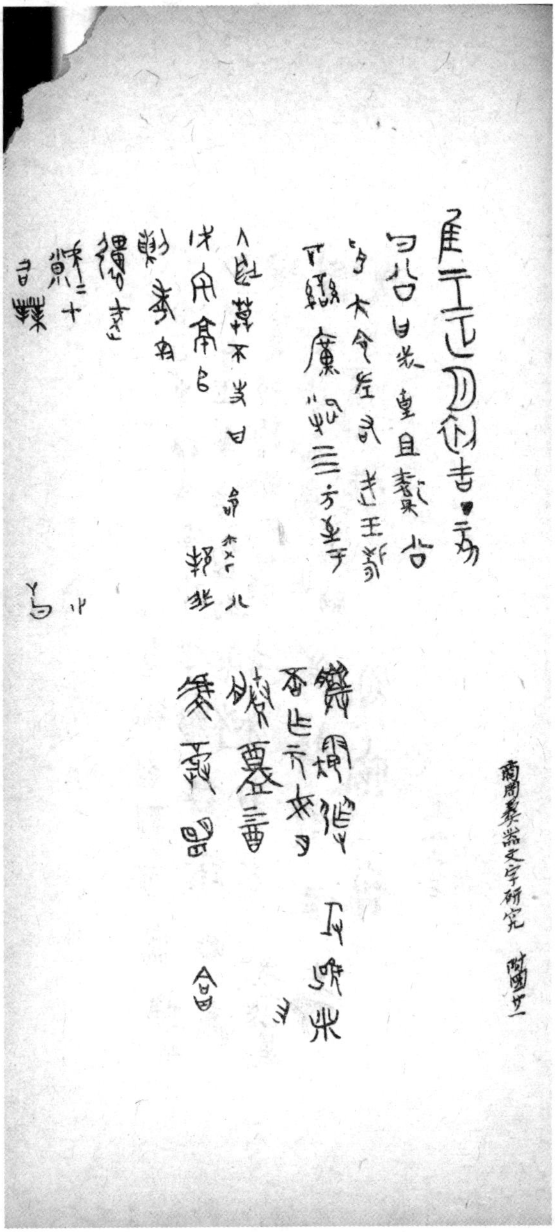
商周彝器文字研究 附圖廿一

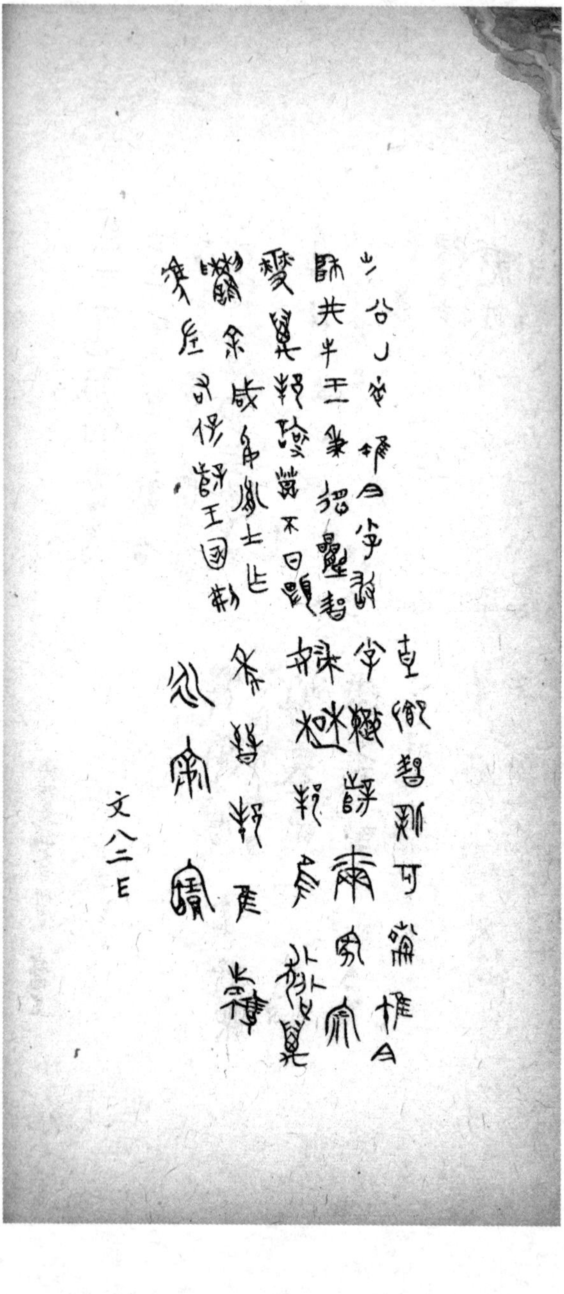

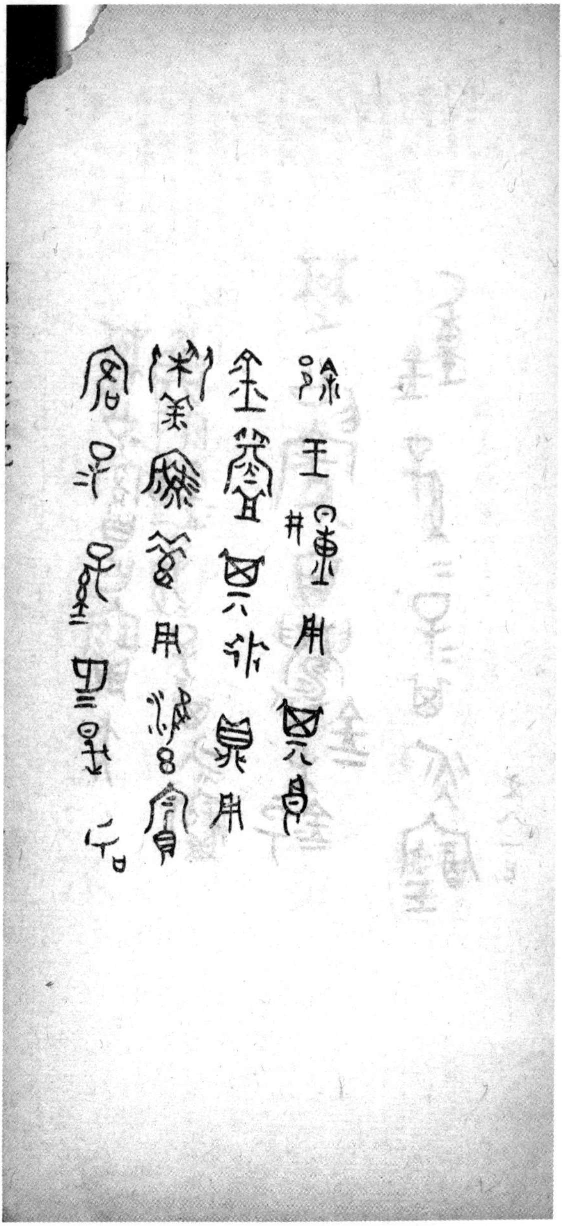

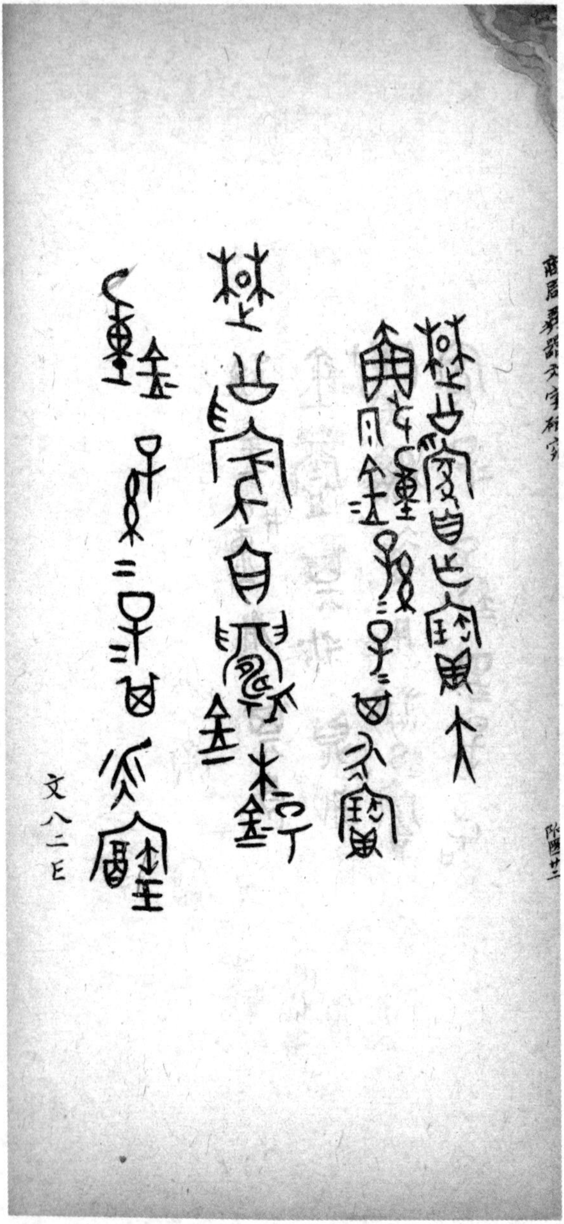
文八二E

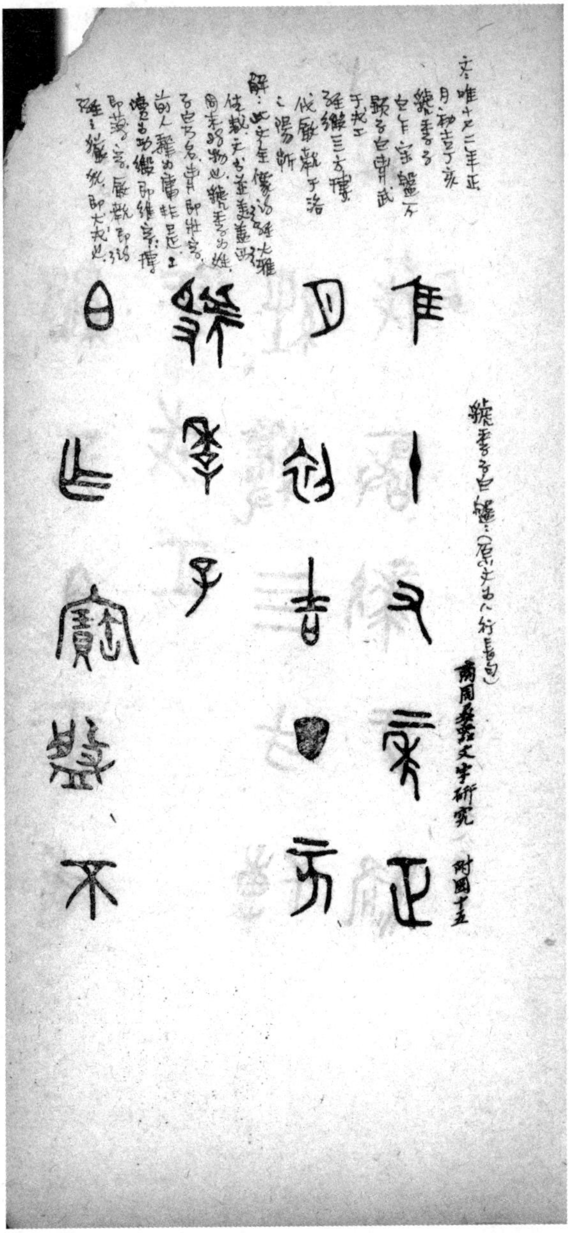

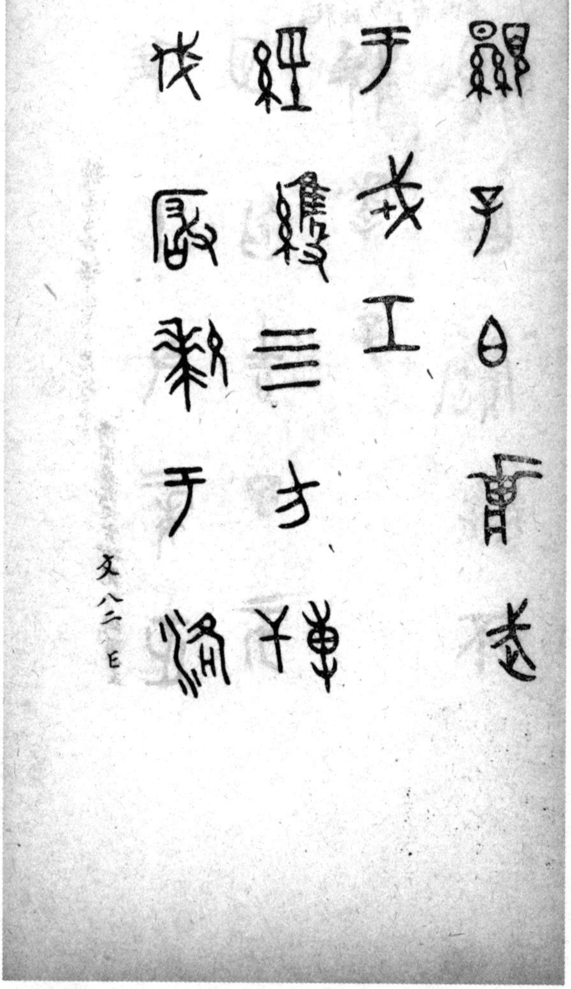

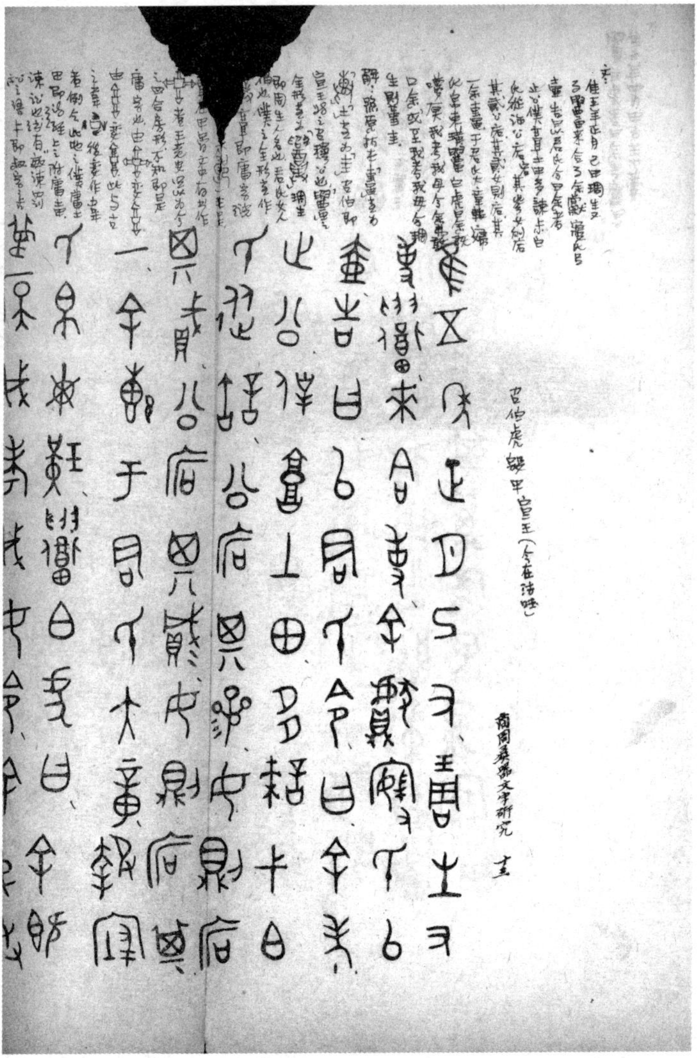
商周彝器文字研究

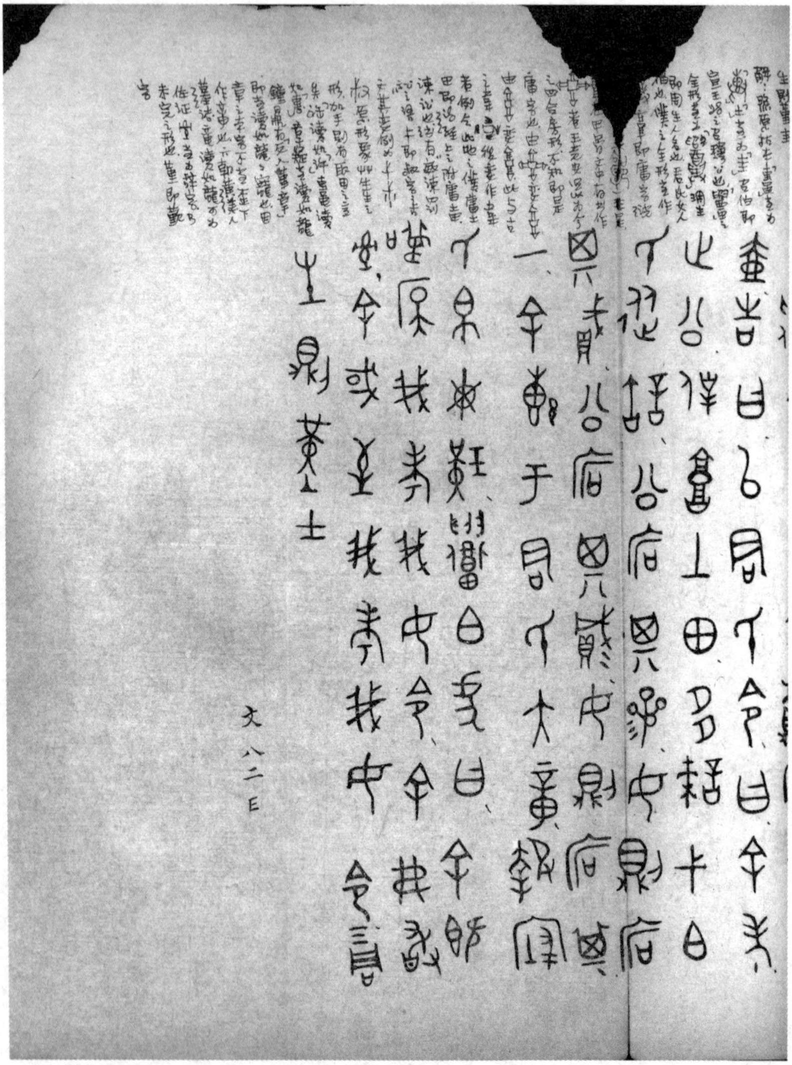

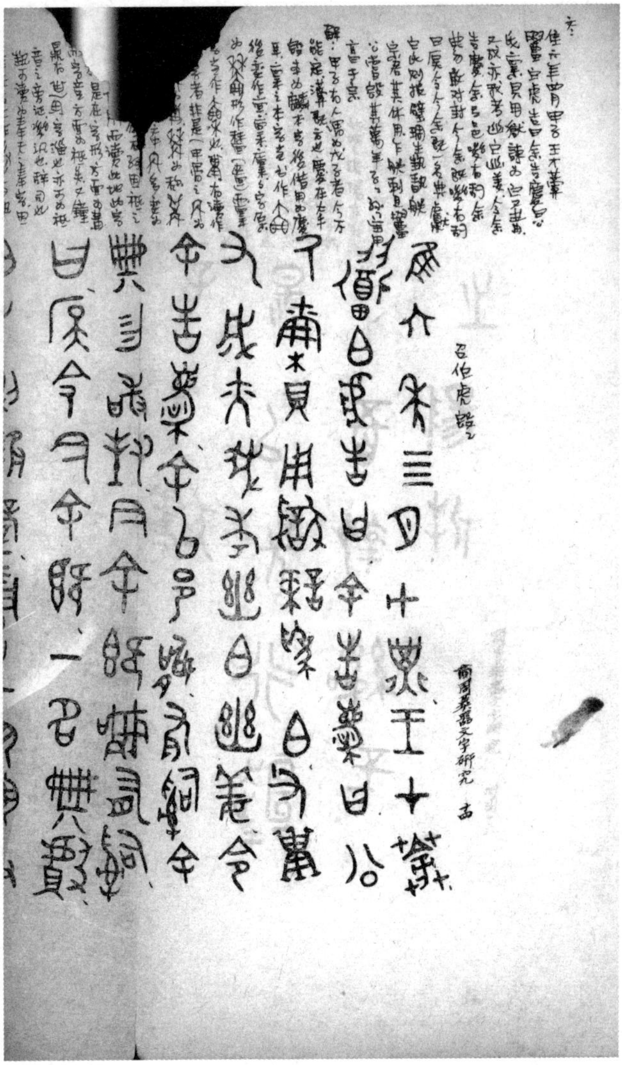
商周彝器文字研究

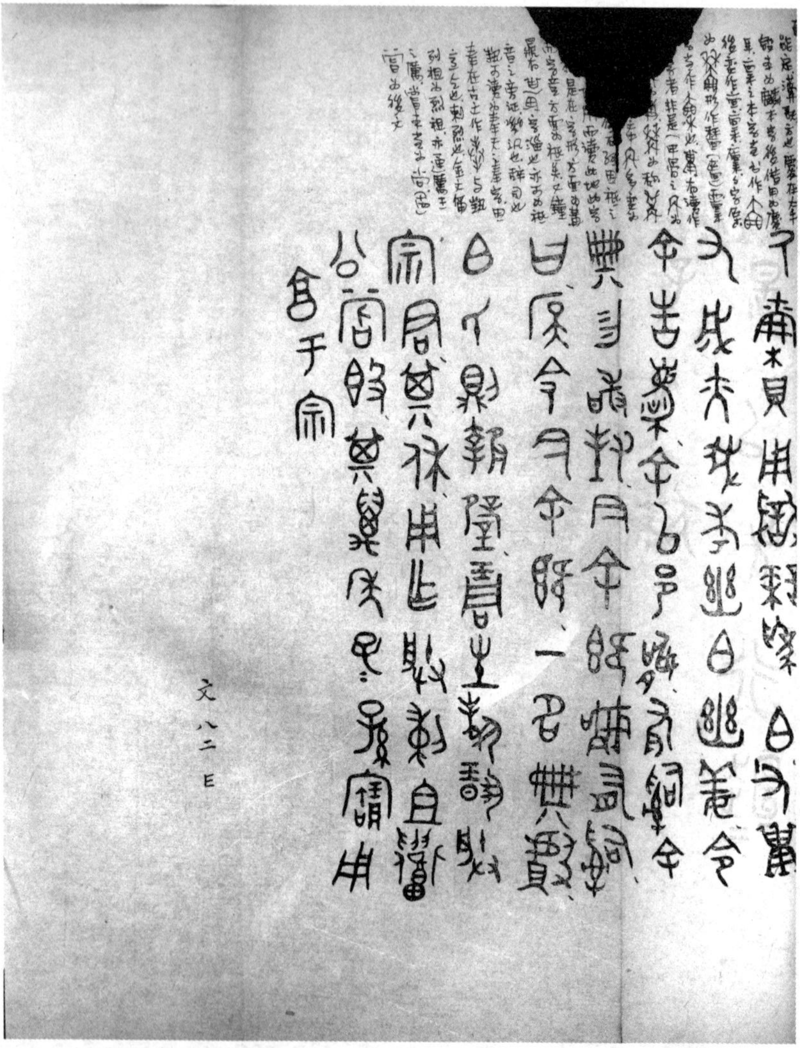

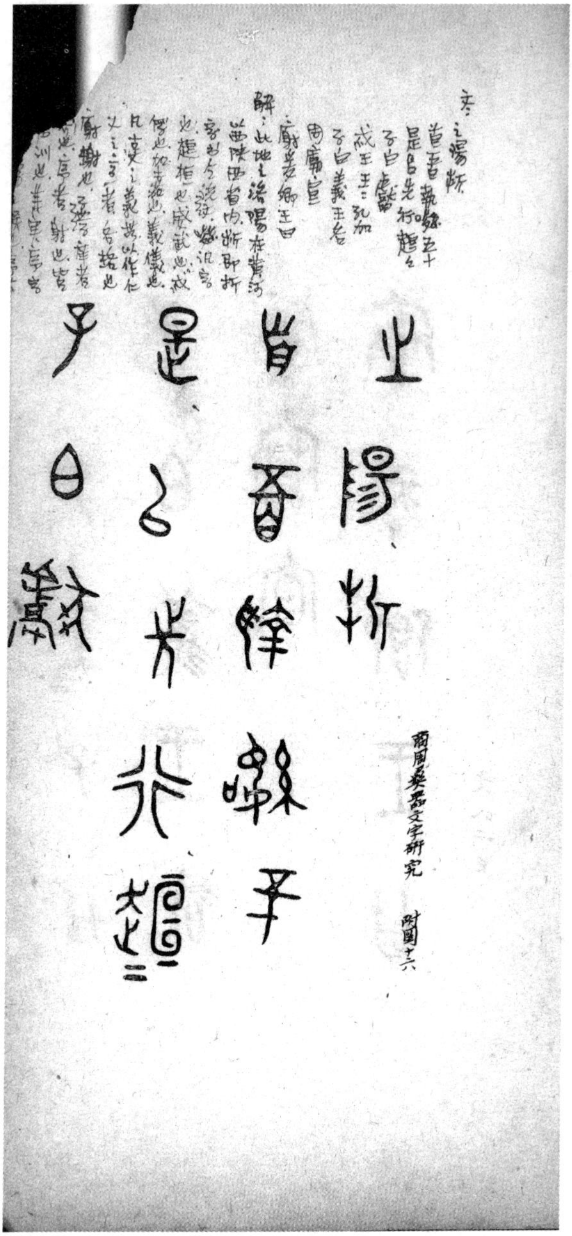
商周彝器文字研究　附圖十六

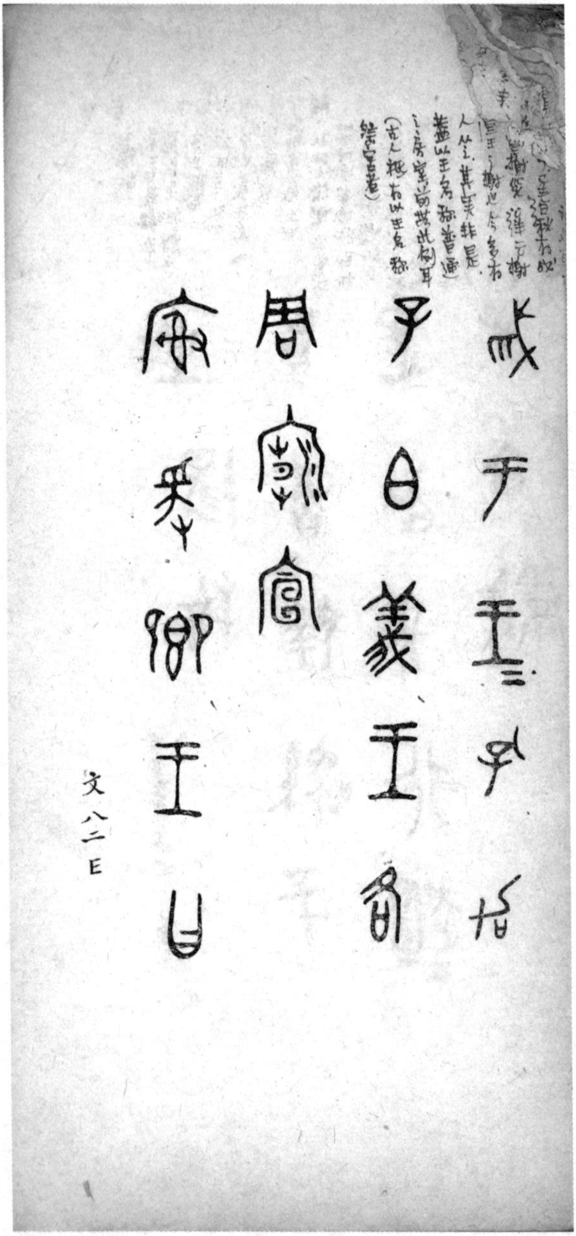
文八二E

二、文學選論二種

1. 楚辭綜論

前　缺

三、汉高祖和楚声"大风歌"

周末大乱，秦以武力胜：摧"诗书"，夭公士，耗矣！高祖出身草泽，尤屑屑不喜儒，方其挟剑以争天下，诸客冠儒冠来者，辄解其冠溺其中。与人言常大骂"竖儒"，至于即位之后，乃过鲁以太牢祠孔子。盖晚节末路，稍好文治。抑叔孙、陆贾之化也。

夫秦取六国暴虐其众（如坑赵降卒四十万），四方怨恨，而楚尤愤，欲得当以报，语曰："楚虽三户，亡秦必楚"，何其气亦何盛也！秦皇患之，遂为东游，以有所厌塞，于是江湖激昂之士，多好楚声。高祖起于丰沛之间，其地亦故楚也，天下已定，因征黥布，还过沛，留置酒沛宫，尽召故人父老子弟佐酒，自击筑楚歌曰：

"大风起兮云飞扬，威加海内兮归故乡，安得猛士兮守四方！"

按项羽败于垓下曾自为歌诗曰：

"力拔山兮气盖世，时不利兮骓不逝。骓不逝兮可奈何，虞兮虞兮奈若何！"

天津市红星装订厂 20×20=400 第 6

两歌皆为"楚声"。只是一个成功后悲怆，一个失败后哀鸣，情态不同，内容迥异，却都唱了出来。并可见当日"楚声"影响之大了。高帝还有《鸿鹄歌》一首，则是完体四言的。《史记·高帝纪》：高帝欲立戚夫人子赵王如意，后不果。戚夫人涕泣。帝曰："为我楚舞，我为若楚歌。"其旨言太子得四皓为辅，羽翼成就，不可易也。

"鸿鹄高飞，一举千里，羽翼已就，横绝四海。横绝四海，又可奈何！虽有缯缴，尚安所施？"

这说明着"楚声"以并有不带"兮"字的腔调，而且组织结构（就是说"章法"）颇接近于《三百篇》，更可佐证南北文艺交流的情况，是由来已久的。换句话讲，早期的"楚声"（此指汉初而言），是短小精悍可以歌唱的，还不曾作入铺张堆砌为人作嫁的境地的。

四、汉武帝刘彻是赋的倡导者

自秦始皇破灭六国统一天下（公元前221年）以来，文学也与其它的学术一样，受专制的火焰的焚烧，而成为灰烬，战国时光华烂烂的文艺作品，不复再现，所有者仅庞杂的《吕氏春秋》与李斯的拟古颂功的诸刻石而已。汉之初年，因黑暗之势力仍未除去，故亦无大作家出现。至惠帝四年（公元前191年），残酷无比之"挟书律"宣告废除，文艺学术始渐渐的有人去注意。以后，便酿成了枚乘、司马相如，贾谊，司马迁、扬雄、王充、诸人的时代。大概当时的作家，可以分为赋家、历史家、及论文家三派（有的兼为两派名家，如班固，虽是历史家，也是赋家，贾谊是论文家和赋家，扬雄就更复杂了，赋家、论文家、小学家均是）。值得提出的是汉武帝刘彻（公元前140年——公元前87年），即位之初，即好辞赋，其自作亦甚秀美《汉志》所载自造赋二篇，《李夫人歌》及《秋风辞》即其代表作。

《秋风辞》（行幸河东——今山西境内

装订线

天津市红星装订厂 20×20=400　第8页

在黄河以东者——时所作）：

"秋风起兮白云飞，草木黄落兮雁南归。兰有秀兮菊有芳，怀佳人兮不能忘，泛楼船兮济汾河，横中流兮扬素波。箫鼓鸣兮发棹歌，欢乐极兮哀情多，少壮几时兮奈老何！

这首辞是刘彻抒发内心的悲哀的：贵为天子，富有四海，文治武功，强兮胜祖，除了不能長生不老，还有什么可以哀伤的呢？所以辞之结语，极耐寻味。再看他的《李夫人歌》：

"是耶非耶？立而望之，翩何姗姗其来迟"。

《汉书·外戚传》：夫人早卒，方士齐少翁言能致其神，乃夜張灯烛，设帷帐，令帝居帐中，遥望见好女如李夫人之貌，不得就视，帝愈悲感，为作诗"。他这倒是真情实感，辞调也清新，接近他们的祖宗高帝刘邦的风格，不过在思想性上讲，可就差得远啦（刘彻不过是在贪恋長生和美人姿色的），但他对于文学的提倡之功，还是不可抹煞的。

装　订　线

中　缺

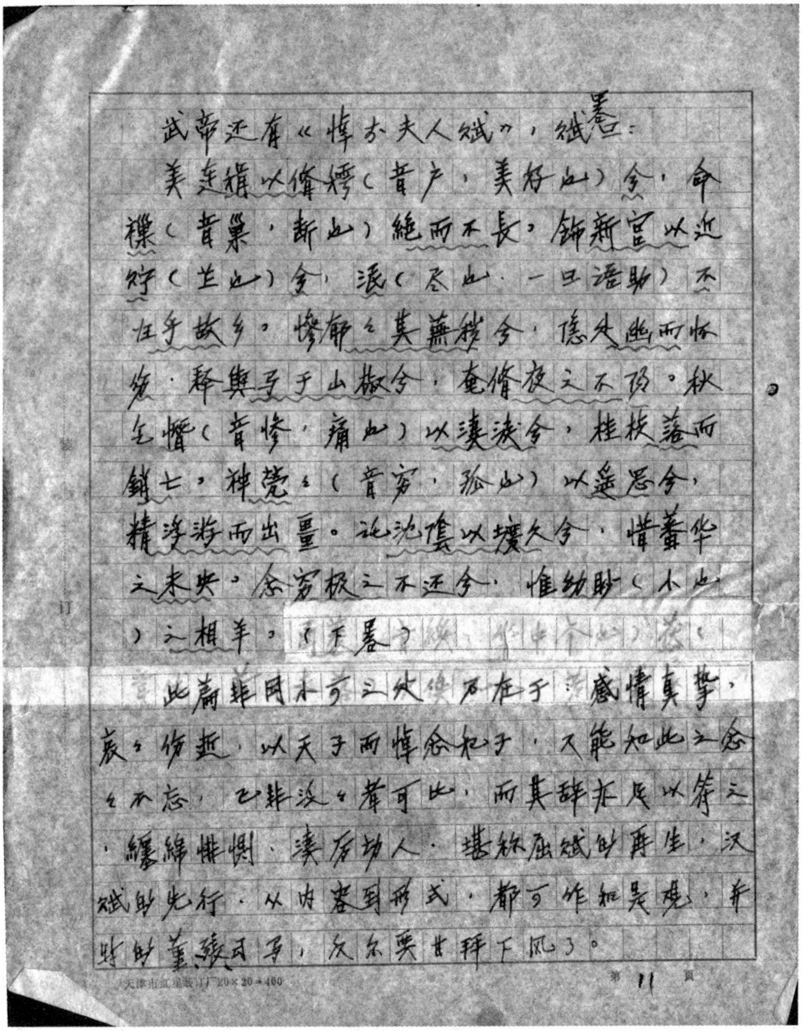

武帝还有《悼李夫人赋》，赋曰：

美连娟以修嫮（音户，美好也）兮，命樔（音巢，断也）绝而不长。饰新宫以延贮（竚也）兮，泯（尽也，一曰语助）不归乎故乡。惨郁郁其芜秽兮，隐处幽而怀伤。释舆马于山椒兮，奄修夜之不阳。秋气憯（音惨，痛也）以凄泪兮，桂枝落而销亡。神茕茕（音穷，孤也）以遥思兮，精浮游而出畺。托沉阴以圹久兮，惜蕃华之未央。念穷极之不还兮，惟幼眇（小也）之相羊。（下略）

此篇非同小可之处，乃在于：感情真挚，哀哀伤逝，以天子而悼念妃子，又能知此之念念不忘，已非泛泛者可比，而其辞亦足以称之，缠绵悱恻，凄戾动人，堪称屈赋的再生，汉赋的先行，从内容到形式，都可作如是观，并时的董贾马子，亦尔要甘拜下风了。

天津市□□装订厂 20×20=400　第 11 页

按汉高帝爱楚声，文帝、景帝世多化之，以故武帝也特别喜好楚辞，（他曾使淮南王安为《离骚》作传，安越宿即录呈上），虽启新声，亦不过楚人之遗调而已）据上面录引的材料而言，已足证明他的词藻美丽，楚音婉婉，上有好者下必有甚，并时诸赋家之望风而至异曲同功，有由然矣，必须说清楚的是：班马（司马相如）扬雄诸人，为人作缘歌功颂德，铺陈堆砌斐然成章的大赋，反尔不知武帝来得真实自如接近屈赋的风格了。尽管他讲的是男女之情帝妃之爱，与《离骚》的爱国主义，忠君思想，不可同日而语。

唐人柳宗元（773—819）说："殷周之前，其文简而野，魏晋以降则荡靡，得其中者汉氏。汉氏之东，则既衰矣。当文帝时始得贾生明儒术，武帝尤好焉，而公孙弘、董仲舒、司马迁、相如之徒作，风雅益盛，敷施天下。自天子至公卿大夫士庶人咸通焉。于是宣于诏策，达于奏议，讽于辞赋，传于歌谣。由高帝迄于哀、平、王莽之诛，四方之文章，盖烂然矣，然则西京大学，固当以武帝时为极盛。

12

中　缺

六、枚乘的"七发"：

"赋"原是诗之一体，自屈原宋玉以后，《诗经》里的简短的抒情诗歌已不复见，代之者乃为冗长的辞赋。屈宋诸人之作，犹满含着优美的抒情的诗意，到了汉代，作赋者大都雕饰浮辞，敷陈故实，作者的情思已不复见于字里行间，故几不能称之为"诗"。然而这种"赋"体，在当时却甚发达，帝王如武帝及淮南王之流，都甚喜之，作者且借此为进身之階。

最初的作者为陆贾，然不甚成功。其后有贾谊（公元前200—168），怀才而不得志，作《怀沙》《鵩鸟》诸赋，为汉代最带有个性之赋家，但他的论文却较他的赋为尤重要。其当以作赋著名者为枚乘、司马相如、东方朔诸人。

枚乘字叔，淮阴人，死于公元前141年，尝游于吴及梁，所著有《七发》诸赋》，而以《七发》为最著。《七发》的结构，颇似《楚辞》中的《招魂》《大招》，显然是受了他们很深的影响；赋言楚太子有疾，吴客往见之，欲以要言妙道说而去之。乃说以妙歌、美食、弛

第16页

中　缺

言邪气入内而为逆，其坚若结也。管子曰：邪气袭内，玉色乃衰。《素问》岐伯曰：邪气内著，绝人长命。《说文》：輵，车輵大鍇也。块有气结之义），纷屯澹淡，唏嘘烦酲（纷屯澹淡，愦耄烦闷之貌。歔欷同嘘唏，啼貌。《方言》：哀而不泣曰唏嘘。病酒曰酲，酲音呈），惕惕怵怵（圭言《尚书》曰：怵惕惟厉，中夜以兴。《素问》：岐伯曰：不得卧者，是阳明之逆）瞑，合目也）。虚中（《素问》：精气夺则虚）重听（耳聋），恶闻人声（《黄帝八十一问》：阳病，恶闻人声），精神越渫（《吕氏春秋》：精神劳则越，高诱曰：越，散也。又渫音薛，也是散的意思），百病咸生。聪明眩曜（眩曜，惑乱貌），悦怒不平。久执不废，大命乃倾。太子岂有是乎？（郑玄《礼记》注云：废，止也。毛苌诗传曰：废，犹去也）。太子曰：谨谢客，赖君之力，时时有之，然未至于是也。客曰：今夫贵人之子，必宫居而闺处，内有保母，外有傅父，欲交无所（《礼法》：古者男子，外有傅父，内有慈母。其次为保母。郑玄曰：保母，安其居处者也），饮食则温淳甘膬（温淳，厚味；膬，脆，易破，即今之脆字），腥醲肥厚（腥音星，肉之精者；醲，厚酒），衣裳则杂遝曼煖（曼，轻细；遝音沓，杂遝），燂（火热）烁（亦是热）热暑。虽有金石之坚，犹将销铄而挺解也（铄，消也；挺，犹动也），况其在筋骨之间乎哉：故曰：纵耳目之欲，恣支体之安者，伤血脉之和，且夫出舆入辇，命曰蹷痿之机（高诱曰：蹷机，门内之位也。乘辇于宫中，游翔至于蹷机，故曰务以佚也。）洞房清宫，命曰寒热之媒（《吕氏春秋》：室大多阴，台高多阳。多阴则蹷，多阳则痿，此阴阳不适之患也。高诱曰：蹷，逆寒疾也。痿蹷，不能行也），皓齿娥眉，命曰伐性之斧（高诱曰：皓齿谓齿知瓠犀也，郑国淫僻灭亡，故曰伐性之斧也），甘脆

天津市红星装订厂 20×20=400　　第 15 页

中　缺

骋、游观、射猎；望涛之乐。太子不为之动。最后语以方术之士有资略者如：庄周、魏牟、杨朱、墨翟、便蜎、詹何（《吕氏春秋》：中山公子牟谓詹何身在江海之上，心居魏阙之下。高诱曰：子牟，魏公子也；詹子，古得道者也。《淮南子》高诱注：蜎环，白公时人。《七略》：蜎子名渊，楚人也。三文虽殊，其实一人）之伦，与论"天下之精微，理万物之是非（《家语》：卜商好论精微，时人无以尚也。孙卿子曰：是是非非，谓之智也）以及孔老，孟子，机与"览观"、"持筹而算之"使之万不失一，大弥天下之"要言妙道"，太子病始霍然。

它这里采用"问答"体，以四言开始，间以杂言（六、七言杂用），形式新颖自由，有继承，有发展，汉代的赋家遂多起而效尤。

晋傅玄《七模序》曰：昔枚乘作《七发》

天津市红星装订厂 20×20=400　第 20 页

而屬文之士，若：傅毅、刘广、崔駰、李尤、桓麟、崔琦、刘梁、桓彬之徒，承其流而作之者紛焉：《七激》《七兴》《七依》《七说》《七蠲》（蠲音楚，免殘除）《七舉》之篇，於通儒大才，马季長（融）、張平子（衡），亦引其源而广之。马作《七广》，張造《七辯》，或以恢大道而导幽滞，或以黜瑰奓（音咤，張也，开也）而託讽咏，揚暉播烈，垂于后世者，凡十余篇。

又徐师曾《文体明辨》曰：按"七"者，文章之一体也，词虽八首，而问对凡七，故谓之"七"，则"七"者问对之别名，而《楚辞》《七谏》之流也。盖自枚乘初撰《七发》，而傅毅《七激》、張衡《七辯》、崔駰《七依》、崔瑗《七苏》、马融《七广》、曹植《七啟》、王粲《七释》、張协《七命》、陆机《七徵》、桓麟《七说》、左思《七讽》，相继有作。王粲之《七释》，僉曰：妙哉，吾无间矣。若《七依》之卓轹一致，《七辯》之缠綿精巧，《七启》之奔逸壮丽，《七释》之精密闲理，亦近代之所希也。

挚虞《文章流别论》曰："《七发》造于枚乘，借吴楚以为客主。先言而舆入辇蹶痿之损，深宫洞房寒暑之疾，靡曼美色宴安之毒，厚味暖服淫曜之害，宜听世之君子，要言妙道，以疏神导体，蠲（音juān，免除也）淹滞之累。既设此辞，以显明去就之路，而后说以声色逸游之乐。其说不入，乃陈圣人辩士讲论之娱，而霍然疾瘳。此固膏粱之常疾，以为匡劝，虽有甚泰之辞，而不没其讽谕之义也。其流遂广，其义遂变，率有辞人淫丽之尤矣。崔骃（？—92东汉）既作《七依》，而假非有先生之言曰：呜呼！扬雄有言：童子雕虫篆刻。俄而曰：壮夫不为也。孔子疾小言破道。斯文之族，岂不谓义不足而辩有余者乎？赋者将以讽，吾恐其不免于劝也。"

七、东方朔的《七谏》，更是追踪"楚辞"的

现在让我们再看看东方朔这个怪才（武帝时以滑稽善辩著称的才士）所作的《七谏》，追悯屈原以述其志的"汉赋"，就会更加清楚这个"七"字类的文字，受了"楚辞"的多大影响了。它的解题说道：

七谏者，东方朔之所作也。谏者，正也，谓陈法度以谏正君也。古者人臣三谏不从，退而待放。屈原与楚同姓，无相去之义，故加为七谏，慇懃之意，忠厚之节也。或曰：七谏者，法天子有诤臣七人也。东方朔追悯屈原，故作此辞以述其志，所以昭忠信矫曲朝也。

此乃刘向（约前77—前6）这位西汉中年伟大的文献整理家与著述家编集《楚辞》时，对于《七谏》所作的"小序"，应该是恰如其分的。王逸（东汉文学家，有《楚辞章句》，也长于辞赋，《九思》即其所作）注曰："前汉东方朔，字曼倩，为太中大夫，免为庶人，后常为郎，上书自讼，不得大官，故求试用"故有此作

，他在小标题上，也取法于《九歌》《九章》，分为：《初放、沈江、怨世、怨思、自悲、哀命、谬谏》等七章，其辞亦足以副之，盖借他人的酒杯，浇自己的块垒之作。兹撮其大要如下：

①《初放》："平生于国兮，长于原壄"（平，屈原名。野言少生于楚国与君同朝，而长大见弃于山野也，有始无终，心尊伤之）。"王不察其长利兮卒见弃乎原野（这是说怀王不察己之忠谋可以安国利民，反信谗言终弃我于原壄，而不还也）。"穷怨君之不寤兮，吾独死而后已"（结语再言怀王闇惑，终不觉悟，今我独抱忠信死于山野中）

②《沈江》："惟往古之得失兮（讲此古今言人君得贤则安，失贤则危，禹汤以王，桀纣以亡）览私微之所伤（伤，害也。此言人君私爱佞谗，受其微言，伤害贤臣，如楚之无极等人即是）。"浮云陈而蔽晦兮，使日月乎无光。忠臣贞而欲谏兮，谗谀毁而在旁（是说奸邪在侧，使君不听。

天津市红星装订厂20×20=400　　第 24 页

臣虽忠正，畏诛而不敢言），最后只有"赴湘沅之流澌（《说文》：澌，水索也）兮，恐逐波而复东。怀沙砾而自沉兮，不忍见君之蔽壅（闭、塞）。"已心清洁，不能久居浊世，故自沉湘水以死，以免久见怀王宠信奸佞而忧伤。

②《怨世》：此以小人道长，君子道消为恨，所谓鸟兽不可与同群，不得不自沉以求超脱。其言亦极痛切也。如："枭鸮既以成群兮，玄鹤弭翼（停飞不舞）而屏移（势地引退）；蓬艾亲入御于床笫（笫音姊，也是床。《方言》云：陈楚间语。又《说文》：床箦也，即床版）兮，马兰（恶草）踸踔而日加（踸踔，行无常貌。此言臭兰暴长茂盛，踸音琛，踔音罩）。弃捐药芷与杜衡兮，余奈世之不知芳何！（药芷杜衡，都是香草，所以譬况贤人君子）。世人不知香臭"小人居势，忠正草芥"，还是自沉了事吧！他喊天道："皇天既不纯命兮，余生终无所依。愿自沉于江流兮，

絶橫流而徑逝，寧爲江海之泥塗兮，安能久見此濁世"！亦是在絶叫：宁委命于江流作爲泥沙，也不忍久見貪濁之俗的。

④《怨思》：这从一起首的"賢士窮而隱處兮，廉方正而不容"，就可以看出苗头了，代屈原作自我嗟嘆的。"行明白而曰黑兮，荆棘聚而成林"，这是接着就又说讒賊顛倒黑白蒙蔽視听，使人进用无由之怨。那現象也必然是賢者弃損閭巷，小人来近左右啦，不是呀？"賢者蔽而不見兮，讒諛进而相朋。梟鴞并进而俱鳴兮，鳳皇飛而高翔。願一往而徑逝兮，道壅絶而不通"。結局呢：小人相举而諂议，賢知隱而深藏，即是想見君一尽忠言，亦无路可以通达，岂不哀哉。

⑤《自悲》："居愁懃（懃，一作苦）其誰告兮，独永思而忧悲"！也是一开头就綻露出来愁苦的情調的：言已既被放逐于山泽之中，悲苦万分，无由申诉，惟有独自忧戚而已。但是，我行止端方毫不内疚，

天津市紅星裝訂厂 20×20=400 第 26 頁

而且越来越坚贞，絶不退缩"内自省而不慙兮，操愈坚而不衰"，絶望的是，流放已逾三载，年华日益老大，君王尚无召回的命令，那就只能怪该去如此了："隐三年而无决兮，岁忽忽其若颓。怜余身不足以卒志兮，冀一见而复归，哀人事之不幸兮，属天命而委之咸池（咸池，天神也）"。因此，心如汤沸，久病不瘥，跟小人如冰炭不相容，誓不两立了。"身被疾而不间（间，瘳也）兮，心沸热其若汤，冰炭不可以相并兮（并，立）吾固知乎命之不长"（言冰见炭则消，炭得冰则灭，知我命之不会长久，行将消灭也）。下面它那年尚未老，独死异乡，不知鸟兽失群，犹有相应相求的话，就不只凄苦而亦恨恨不已啦："哀独苦死之无乐兮，惜予年之未央（未央，年尚少也）。悲不反余之所居兮，恨离予之故乡（不得还归见故居也）。鸟兽惊而失群兮，犹高飞而哀鸣（刺同位之人，寧无相念之意也）。狐死必首丘兮，夫人孰能不反其真情（真情，本心也。言狐犹向丘穴，鸟有人死而不念故乡之理）真是分痛已极，入后"白玉为面，琬琰为心，浮云相送，驾龙以驰"等语，就更是讹体楚辞，尤而效之了。

5《哀命》：还直表示的是爱国忠君的思想：点出人物，指明地点，公开哀用，犯而不校。如次列诸语："哀时命之不合兮，伤楚国之多忧（已生不辰，国家多忧）。内怀情之洁白兮，遭乱世而离尤（以心志洁白而得罪于众人）。恶耿介之直行兮，世溷浊而不知（溷音混，水浊）。何君臣之相失兮，上沉湘而分离（言谗佞加害，使明君放逐忠臣也）。测汨罗之湘水兮，知时固而不反（言已沈身汨水，终不还楚国也）。此章比兴较多的例子如："从水蛟而为徒兮，与神龙乎休息（身喻德如蛟龙而潜匿也，乎一作而）。何山石之崭岩兮，灵魂屈而偃蹇（山石高峻，非己所居，灵魂偃蹇难止，欲去之也）。含素水而蒙深兮，日眇眇而既远（素水，白水也。言虽远行，不失清白之节。蒙深一作蒙蒙）。哀形体之离解兮，神罔两而无舍（身衰身体支离，远行倦怠，精神失常，无所止息也）。惟椒兰之不反兮，魂迷惑而不知路（王逸云：椒，子椒；兰，子兰。不肯反己也）。以下，象这样的句子，就更说得明确了：痛楚国之流亡兮，哀灵修之过到（楚国危亡，由于怀王之罪我失贤。到，至也）。念女媭之婵媛兮，涕泣流乎於悒。於悒，增欷貌。女须屈原姊，婵媛，犹牵引也。此句原是《离骚》）。词意虽亦恺切，惟稍嫌其重见，新义不多。

2《谬谏》：全章从始至终，都是怨恨怀王的，"怨灵修之浩荡兮（此亦《离骚》原句。灵修谓怀王也。灵，神也。修，远也，能神明远见者，君德也。王逸说）。夫何执操之不固（操，志也。固，坚也。此言怀王信用谗佞，志趣不坚，常常变移也）。接着便是一系列的怨恨之辞了。萧悔甚長（共计八十二句，以带语助词的"兮"字，而竟体七言者为主）。兹仅依次录其对比承转较好的句子如次："玉与石其同匮兮（匮，匣也），贯鱼眼与珠玑（圆泽为珠，廉隅为玑。玉石杂存，鱼目混珠，以言楚怀不辨贤愚也）。驽骏杂而不分兮（驽，劣马，良马为骏），服罢牛而骖骥（在辕为服，外套为骖，驾罢牛而骖以骐骥，才力不同也）。年滔滔而自远兮（滔滔，行貌。远，一作往）。寿冉冉而愈衰（冉冉，重言，指无终而言，有行进之意）。下面的一段就忒好："却骐骥而不乘兮，策驽骀而取路（骀音台，《玉篇》：驽马衔脱也）。当世岂无骐骥兮，诚无王良之善驭（王良，春秋时之善御者。王逸云：晋大夫邮无恤子良也）。见执辔者非其人兮，故驹跳而远去。不量凿而正枘兮（量，度也。正，方也。枘音芮，盖柄），恐矩矱之不同。"这是一类上下两句互相矛盾的句子，多一半是以物方人的。

下面的大組，则是同为一体之类了："同音相和兮（谓轻浊也），同类相似（谓好恶也）。飞鸟号其群兮（号，和鸣），鹿鸣求其友（鹿得美草，口甘其味，则求其友而号其侣）。故叩宫而宫应兮（叩，击也），弹角而角动（弹，揳也。揳音屑，撚也，读若年上声，拨弄，挑动）。虎啸而谷风至兮，龙举而景云往（《易》曰：云从龙，风从虎。《新序》引孔子曰：虎啸而谷风起，龙兴而景云见）。音声之相和兮，言物类之相感也。

从上分述《七谏》已毕。它使我们的感觉是：托为屈子之情，其言亦颇相似。从小标题上即可以觇知。问题在于并无新意，依样画葫芦，有许多句子甚至是直接抄自楚辞的。然而不管怎么说："七"之一体，是直接因袭自"楚辞"的，它和"赋"这个文体，是并行于西汉之中季的这一事实，却是无法否认的。从而"楚辞"只是"辞"，并无"赋"之称。《离骚》至王逸已有"经"之号，而《九歌》《九

天津市红星装订厂 20×20=400　　第 31 页

章》《九辩》《天问》《招魂》《远游》《渔父》等篇，不只不称曰"赋"，就是西汉人淮南小山所作的《招隐士》，枚乘的《七发》，严忌的《哀时命》，王褒的《九怀》，刘向的《九叹》，以及东汉王逸的《九思》，虽然都是追怀夫子，喜其节行，妙其丽雅，骋辞以赞的，也都未尝公开以"赋"命名。因此种种，大可以认为"赋"之为题，是从《荀子》的《赋篇》开始的，至汉武仲舒而定体，还是与枚乘《七发》等作并行的了。

天津市红星笺订厂 20×20=400　　第32页

附录：《史记·滑稽列传》东方朔传》：

司马贞索隐曰：《楚辞》云："将突梯滑稽，如脂如韦"。崔浩云：滑音骨，滑稽，流酒器也。转注吐酒，终日不已，言出口成章，词不穷竭，若滑稽之吐酒，故扬雄《酒赋》云：鸱夷滑稽，腹大如壶，尽日盛酒，人复借沽，是也。又姚察云：滑稽犹俳谐也。滑读如字，稽音计也。言谐语滑利，其知计疾出，故云滑稽。

朔本传

武帝时，齐人有东方生名朔（前154—前93），以好古传书，爱经术，多所博观外家之语。朔初入长安，至公车上书（《汉仪注》：公车司马掌殿司马门，夜徼宫，天下上事及阙下，凡所征召皆总领之，秩六百石）。凡用三千奏牍，公车令两人共持举其书，仅然能胜之。人主从上方读之，止，辄乙其处，读之二月乃尽。诏拜以为郎，常在侧侍中，数召至前谈语，人主未尝不说也。时诏赐之食于前，饭已，尽怀其余肉持去，衣尽污。数赐缣帛，檐（音担·

天津市……20×20=400　　第33页

即是房檐，亦用作担字）揭（高举也）而去。徒用所赐錢帛，取少妇于長安中好女，率取妇一岁所者即弃去，更取妇，所赐錢財尽索之于女子。人主左右諸郎半呼之"狂人"。人主聞之，曰："令朔在事，无为是行者，若等安能及之哉！"朔任其子为郎，又为侍謁者，常持节出使。朔行殿中，郎谓之曰："人皆以先生为狂"。朔曰："如朔等，所谓避世于朝廷間者也。古之人，乃避世于深山中"。时坐席中，酒酣，据地歌曰："陆沉于俗，避世金马门，宫殿中可以避世全身，何必深山之中，蒿庐之下"。金马门者，宦者署门也，门旁有铜马，故谓之曰金马门。

时会聚宫下博士诸先生与论议，共难之曰："苏秦、張仪，一当万乘之主，而都卿相之位，泽及后世。今子大夫修先王之术，慕圣人之义，讽诵诗书百家之言，不可胜数，著于竹帛，自以为海内无双，即可谓博闻辩智矣。然悉力尽忠以事圣帝，旷日持久，积数十年，官不过侍郎，位不过执戟，意者尚有遗行邪？其

装订线

故何也？"东方生曰："是固非子所能备也。彼一时也，此一时也，岂可同哉！夫张仪苏秦之时，周室大坏，诸侯不朝，力政争权，相禽以兵，并为十二国，未有雌雄，得士者强，失士者亡，故说听行通，身处尊位，泽及后世，子孙长荣。今非然也，圣帝在上，德流天下，诸侯宾服，威振四夷，连四海之外以为席，安于覆盂，天下平均，合为一家，动发举事，犹如运之掌中，贤与不肖，何以异哉？方今以天下之大，士民之众，竭精驰说，并进辐凑者，不可胜数，悉力慕义，困于衣食，或失门户，使张仪，苏秦与仆并生于今之世，曾不能得掌故，安敢望常侍郎乎？传曰："天下无害灾，虽有圣人，无所施其才，上下和同，虽有贤有贤者，无所立功。"故曰：时异则事异。虽然安可以不务修身乎？《诗》曰："鼓钟于宫，声闻于外。鹤鸣九皋，声闻于天"。苟能修身，何患不荣！太公躬行仁义七十二年，逢文王，得行其说，封于齐，七百岁而不绝，此士之所以日夜孜孜，修学行道，不敢止也。今世之

天津市红星装订厂 20×20=400　　第 35 页

处世之士，时虽不用，崛然独立，块然独处，上观许由，下察接舆，策同范蠡，忠合子胥，天下和平，与义相扶，寡偶少徒，固其常也。子何疑于余哉！"于是诸先生默然无以应也。

建章宫（在长安县西北二十里故城中）后阁重栎（栏楯之下，有重栏处）中有物出焉，其状似麋。以闻，武帝往临视之。问左右群臣习事通经术者，莫能知，诏东方朔视之。朔曰："臣知之，愿赐美酒粱饭大飧臣，臣乃言。"诏曰："可"。已又曰："某所有公田鱼池蒲苇数顷，陛下以赐臣，臣朔乃言"。诏曰："可"。于是朔乃肯言，曰：所谓驺牙（此乃朔以意立名而偶中也，以有九牙齐等，故云）者也。远方当来归义，而驺牙先见。其齿前后若一，齐等无牙，故谓之驺牙"。其后一岁所，匈奴混邪王果将十万众来降汉，乃复赐东方朔钱财甚多。

至老，朔且死时，谏曰："《诗》云：'营营青蝇止于蕃，恺悌君子，无信谗言，谗言罔极，交乱四国'，愿陛下远巧佞，退谗言。"

中　缺

八、淮南小山的《招隐士》

王逸（《楚辞》注者）说：“《招隐士》者，淮南小山之所作也。昔淮南王安，博雅好古，招怀天下俊伟之士，自八公之徒，咸慕其德而归其仁（《神仙传》曰：八公诣门，王执弟子之礼，后八公与王俱仙去），各竭（一作擅），著作篇章，分造辞赋，以类相从，故或称“小山”或称“大山”，其义犹《诗》有《小雅》《大雅》也。小山之徒，闵伤屈原，又怪其文，昇天乘云，役使百神，似若仙者。虽身沈没，名德显闻，与隐处山泽无异。故作《招隐士》之赋，以章其志也。（一作“云尔”）其辞曰：

“桂树丛生兮（桂树芬香以兴屈原之忠贞也）山之幽（远去朝廷而隐藏也）。偃蹇连蜷兮（容貌美好德茂盛也）枝相缭（纠，也）此言树之美貌，以喻屈原之美行）。山气巃嵸兮（巃嵸，云气貌。巃一作巄，嵸音总，山秀貌）石嵯峨（高貌），溪谷崭岩兮（险峻貌）水曾波（流速，迅疾）

天津市红星表门厂 20×20=400　　第 38 页

猨（一作蝯）狖（黑猿，音柚）群啸兮，（呼叫至今）虎豹嗥（音豪，咆哮），此言野兽生于山野，此非贤者之偶），攀援桂枝兮，聊淹留（周旋山野，立踟蹰也）。王孙游兮（隐士避世在山隅，屈原楚之同姓，故曰王孙），不归（违弃室家）。春草生兮萋萋（草色，春日万物萌芽，蠢动）。岁暮兮（年齿已老，寿命日衰）不自聊（中心烦乱，常含忧也），蟪蛄鸣兮（夏蝉，一曰秋蝉）啾啾（众声）。坱兮轧（云相映貌），山曲岪（音佛，山曲也），心淹留兮（志望绝也）恫慌忽（忧思深也，恫音通，痛也）。罔兮沕（沕音勿，精气失也），憭兮栗（心剥切也，憭音了），虎豹穴（既危苦，又近虎豹之穴），丛薄深林兮（薄，深草曰薄，攒刺棘也）人上栗（恐惧变色）。嵚（音钦）岑（一作崟音吟。嵚岑，山高险）碕（音绮）礒（音义。碕礒石貌，又山形也）兮，碅（音困）磳（音增）磈（音威）硊（音危，以上四字并为石貌）。树轮相纠兮（交错扶疏，纠，纷也，轮，横枝也），林木茷（音跋，木枝叶盘纡貌）骫（音委，屈曲也），青莎（草名，根为香附子），杂树兮（此言草木杂居），薠草（薠一作蘋）靃靡（靃一作藿，音霍，草弱貌）这句话是说：弱草随风披敷），白鹿麏麚（音君和加，麚，牝鹿，是在说：众兽同游）兮，或腾或倚（走往异趣），状貌崟崟兮（崟音吟，地高险也）峨峨（峨音蚁，头角高貌，（这儿的意思是：它们的头角不一样），凄凄兮漇漇（漇音徙，湿润，光滑，诸兽的皮毛光滑若洗），猕猴兮熊罴（百兽俱也），慕类兮以悲（哀己不遇也）人不知兽），攀援桂枝兮（配比香木誓同志也）聊淹留（踟蹰低徊，以待明时），虎豹斗兮（残贼之兽忿争怒也），熊罴咆（贪杀之兽，跳梁而吼），禽兽骇兮（雉兔之辈惊奔走也）忘其曹（远离侪辈，丧群失偶），王孙兮归来（旋反旧邑，重入故

天津市红旗装订厂 20×20=400　　第 40 页

字），山中兮不可以久留（诚多患害，难于隐居）。

这篇赋的格调，几乎可以说是《九歌》《大招》的“再版”，除掉了它不“说神谈鬼”不讲“美人香草”以外，（只用桂树桂枝来譬说屈原和贤者），其特色是恶化了那个高山峻岭、草木丛生、虎豹熊罴横行的野兽之地，说是凛乎其不可留也，借以招唤隐者（暗指屈原）之归来。所以，虽是汉人之作，完全可以纳入“楚辞”之林。

天津市红星装订厂 20×20=400　　第 41 页

九、说严夫子的《哀时命》

刘向叙曰：《哀时命》者，严夫子之所作也。夫子名忌（王逸注曰：忌，会稽吴人，本姓庄，当时尊尚号曰夫子，避汉明帝讳曰严，一云名忌，字夫子），与司马相知俱好辞赋，客游于梁，梁孝王甚奇重之，忌哀屈原受性忠贞，不遭明君而遇暗世，斐然作辞，叹而述之，故曰哀时命也。

它这篇赋的第一句话就是："哀时命之不及古人兮，夫何予生之不遘时（遘，遇也）"，这不但点了题，同时也定了调子，再看结尾的"愿壹见阳春之白日兮，恐不终乎永年"！更可以说是首尾呼应悲哀到底了，看不到春日的阳光，便将短命死去哟，虽然此处分别用了"愿"字（这只是希望）与"恐"字（怕终于免不了）。

篇中模仿《离骚》以物方人的句子，有不少值得择录的知言避世远游，采美石佳木的"愿至昆仑之悬圃兮，采钟山之玉英（王逸言：钟山在昆仑山西北，淮南言钟山之玉，烧之三

天津市红星装订厂 20×20＝400 第 42 页

日其色不爽，言欲采而食之以延寿也）。擥瑶木之橝（大枒也，木名）枝兮，望阆风之板桐（板桐山名，在阆风之上），是说打算游山逛景，以登天庭，藉以消愁解闷。但是并不可能，因为，障碍重重，自己又不能插翅飞渡："弱水汩其为难兮（弱水，西域绝远之水，乘毛车以渡者，颜师古说），路中断而不通。势不能凌波以径度兮，又无羽翼而高翔。然隐悯而不达兮，独徙倚而彷徉"。上天无路，也只好徘徊于山泽之间了。

接着，作者所说的衣冠佩饰，神气飞扬之处，同样相当的精美，他描写道："冠崔嵬而切云兮，剑淋离而从横（淋离，長貌），衣攝叶以储与兮（不舒展貌），左袪（袖也）挂于榑桑，右衽拂于不周兮，六合不足以肆行（此言道德盛大，无所不包也）。而且才高志大，直接跟唐尧舜禹打交道啦。他说："上同凿枘于伏戏兮，下合矩矱于虞唐。愿尊节而式高兮，志犹卑夫禹汤。"就是说禹汤都不在话下了。气魄还是够大的。

装 订 线

天津市红星装订厂20×20=400　　第 43 页

此外，本篇和别的汉人哀悼屈原的手法一样，也是充分地发扬了他的忠君和疾恶朋党的精神，那辞调显得美好，如：

虽知困其不改操兮，终不以邪枉害方（公正也）；世并举而好朋兮，壹斗斛（音解胡）而相量（持其贪佞之心，以量清洁之士也）；众比周以肩迫兮（比，亲也，周，合也），贤者远而隐藏；为凤皇作鹑（音存）笼兮，虽翕（音吸，合也）翅其不容（合敛羽翼，也容纳不下身体）；灵皇（指代楚怀王）其不寤（同悟字）知兮，焉（无从也）陈词而效忠；俗嫉妒而蔽贤兮，孰知余之从容。

因为是汉人之辞，比起当日楚人之作，就通畅近易多了，但在风格上却相差无几，下面这几句辞也比拟得很有造诣：

骋骐骥于中庭兮，焉能极夫远道（言促狭之处，不得展足以行走也）；置猨狖于櫺槛兮（櫺音零，阶除栏），夫何以责其捷巧；驷跛鳖而上山兮，吾固知其不能陞

天津市红星装订厂 20×20=400　第 44 页

。释管晏而任臧獲兮（臧：为人所践系也，获：为人所系得也），何权衡之能称，

三物用非其地，不能发挥作用以后，节以先贤管晏之不得其所自况，既此物，又此人，相得益彰，别开生面，下面写居处的一段，也很有特色。

凿山楹而为室兮，下被衣（洗涤）于水渚（水涯），雾露濛濛其晨降兮，云依斐（音非）而承宇（言幽居山谷，云雾迷濛，下罩于屋宇之上也），虹霓纷其朝霞兮，夕淫淫而淋雨（虹霓朝霞，夕有淋雨），怊（音超，悲也）茫茫而无垠兮，怅远望此旷野（山居逢雨，满目凄凉，倍增惆怅）。

由客观的景色，陪衬主观的孤苦，语云："泪眼看花花不语"，况是野外逢淋雨，岂能不忘生悲凄，接着抒写出来的"游仙"之辞以及"鸾鹥、蛟龙"的物比，同样的给人以美感，尽管它们是些抽象的空想的文句：

下垂钓于溪谷兮，上要求于僊者，与赤松而结友兮，比王侨而为耦，使枭杨先导

天津市红星纸厂 20×20=400　第 45 页

中　缺

十、刘向的《九叹》浅析

作者刘向（约前77—前6）是西汉的经学目录学家。本名更生，字子政。沛（今江苏省沛县）人。汉皇族楚元王交四世孙。治《春秋穀梁传》。曾任宣帝谏大夫、散骑、宗正、给事中等职。用阴阳灾异推论朝政得失，屡上书劾奏外戚专政。成帝时任光禄大夫，终中垒校尉。向校阅群书，撰成《别录》，为我国"目录学"之祖。又采取《诗》《书》所载贤妃贞妇，兴国显家可法则，及孽嬖乱亡者，序次为《列女传》八篇，以戒天子。采传记行事著《新序》《说苑》凡五十篇。所作《九叹》附丽楚辞，尤为著称。（事详《汉书本传》）。

"向以博古敏达，典校经书，辩章旧文，追念屈原忠信之节，故作《九叹》。叹者，伤也，息也。言屈原放在山泽，犹伤念君，叹息无已。所谓赞贤以辅志，骋词以曜德者也"（王逸语）。按文凡：《逢纷》《离世》《怨思》《远逝》《惜贤》《忧苦》《愍命》《思古》《远游》九篇，其都是摹拟《离骚》追踪《九歌》的。

天津市红星装订厂 20×20＝400　　第 47 页

》之语，比比皆是，如：

首章《逢纷》先点出身云：“余伯庸之末胄兮（胄，后也，四岳之裔），谅皇直之屈原（谅，信也）。云余肇祖于高阳兮，惟楚怀之婵连（婵连，族亲也，言屈原与怀王俱颛顼之孙也）。这不就是滥觞于《离骚》的吗？“辞灵修而陨志兮，吟泽畔之江滨”（此言屈原与怀王辞诀，长吟江泽之涯也），辞意更明确了，是来自《渔父》等篇啦。而“身永流而不还兮，魂长逝而常愁”之语，则仍是愁念楚国生死以之的精神了。它这辞章的特点为每篇之尾，都有一个“叹曰”，而且往往在这里直接点题，如“遭纷逢凶蹇离尤兮，垂文扬采遗将来兮”，即是说，自己遭逢祸殃，不得行道，惟有垂文典雅以遗后人了。既嵌入了“纷逢”二字，也道出了屈原的一生。

二章《离世》有一新辞，即“灵怀”所以称“楚怀王”，而“兆出名曰正则兮，卦发字曰灵均，余幼既有此鸿节兮，长愈固而弥纯”，毫无疑问也是脱胎于《离骚》的。不过，硬把它说成是卜筮而来的结果，其中"九年之中不竟反兮，思彭咸之水游，惜师延之浮渚兮（师延纣臣，为殷纣作新声北里之乐，纣失天下，抱乐器自投濮水而死，濮水在今河南省，旧卫国地。史事見《史记·卫世家》），赴汨罗之長流"，思欲自沈于水与波臣为伍之言，从内容到形式，都是屈子的旧腔调，見于"叹曰"中的"去郢東迁，余谁慕兮"，既布其志，又布其辞，也无别样。

《怨思》的"郁郁忧毒，黄昏長悲"，更是有加无已了：尽管自己是"光明齐于日月兮，文采耀于玉石（发文序词，烂然成章，光风霁月，肝胆照人），也无济于世，因为"时之溷浊，世俗殽乱，年岁既晏，无从容与（以待明君之恣）了。"叹曰"里的"汪骸旧邦，莫谁语兮，長辞远逝，乘湘去兮"（言已放汪骸骨于楚国而众不知，故冀長诀乘水而放远去也），惟"汪骸旧邦"前所未見，殆"狐死必首丘"之"新语"耳。

《远逝》真是《远游》的翻板，自房毫无问

天津市红星装订厂20×20=400 第49页

题，但"信上皇而质正，合五岳与八灵，讯九魁（音祈，星名）与六神。"特别是"指列宿以白情兮，诉五帝以置词。北斗为我折中兮，太一（神名）为余听之"，又有点儿"天问"的味道啦。而"佩苍龙之蚴（音秋，虬龙貌）虬兮，带隐虹之逶蛇（隐，大也。逶蛇，長貌），曳彗星之皓旰（旰音汗，光也）兮，抚朱爵（神鸟名）与鵔（音迅，似山鸡而小）鸃，游清灵之飒戾兮（飒戾，清凉貌）服云衣之披披（叠言，長貌），杖玉华与朱旗兮，垂明月之玄珠，举霓旌之墆（音帝，障蔽）翳兮，建黄纁（即黄昏。黄昏时天地色玄黄，故云）之总旄（总，合也），则与《九歌》的辞色相出入了。

《惜贤》的开始，作者把自己摆了出来，说："览屈氏之《离骚》兮，心哀哀而怫郁。声嗷嗷（叠言，呼声）以寂寥兮（寂寥，空无人民之貌），顾仆夫之憔悴（言已思为屈原诉理冤结，嗷嗷而呼，可是空无民众，响应绝小）。这是作者别有辞色之处。下此："挟芳香而扶蕙兮，佩江蓠之斐斐（斐一作菲，斐斐，重言，往来也）。握申椒与杜若兮，冠浮云之峨峨（高貌）。登长陵而四望兮，览芷圃之蠡蠡（圃，野树，蠡蠡犹历历，行列貌）。游兰皋与蕙林兮，睨玉石之嵾嵯（倾视为睨，嵾嵯，不齐貌），扬精华以眩燿兮（炫燿，光貌），芳郁渥而纯美，结桂树之旖旎（盛貌）。纫荃蕙与辛夷（纫，结也）。芳若兹而不御兮，捐林薄而菀死（菀音郁，积也）。此言屈原修行众善若此而不见用，将弃林泽菀积而死，是在恨怨志不成功不立也。它的特点在于：屈原以"蕙、芷、江蓠，申椒、杜若、桂树"之类的香草以譬喻美人，这儿则系比道德行的，也称用而不衰吧。至于提出了：王子侨、申徒狄、许由、伯夷、介子推、申生、伍子胥，与王子比干这些遭难的先贤以为陪衬，殿即从"叹曰"的尾语，"丁时逢殃，可奈何兮，劳心悁悁（悁音绢，悁悁，重言，郁郁悲貌），涕滂沲兮，"满可以反映出来作者的心情了。"悁资"之至。

《忧苦》有"叹《离骚》以扬意兮，犹未

殚于《九章》"之内，是用屈原的口气直接谈及自己的作品的。这一篇的特点是从第一句"悲余心之悁悁兮，哀故邦之逢殃"起，就不断地哭哭啼啼，紧接之而来的"倚石岩以流涕兮，忧憔悴而无乐"；"独愤积而哀娱兮，翔江洲而安歌"；"外彷徨而游览兮，内恻隐而含哀"；"长嘘吸以于悒兮，涕横集而成行"；"涕流交集兮，泣下涟涟"，直至"叹曰"中的"登山长望，中心悲兮。菀彼青青，泣如颓兮，留思北顾，涕渐渐兮"等等，不下十句，可谓"善哭"者矣，而题曰"忧苦"，未免不切实际！（不知说它是"悲苦"或为"哀愁"）

《愍命》所以指斥颠倒人事贤愚不分。本来应该"逐下袟（谓英御）于后堂兮，迎宓妃于伊雒（宓妃，神女，栖于伊雒），刜谗贼于中廇兮，选吕管于榛薄。（吕尚、管仲也。刜音拂，去也。廇音溜，中廇，指中庭而言）。他的理想是"丛林之下无怨士，江河之畔无隐夫"。但是，当日的情况却是"今反表以为里兮，颠裳以为衣"；"却骐骥以转运兮，腾驴驘以驰逐"。"藏瑉石于金匮兮，捐赤瑾于中庭"。"莞芎弃于泽洲兮（莞，夫蓠也。芎，芎穷也，皆是香草。按莞即白芷，芎乃香蒲），瓟（瓠）蠡（瓢）蠹于筐（方形）簏（圆形）。""麒麟奔于九皋兮，熊罴群而逸囿"。"折芳枝与琼华兮，树枳棘与薪柴。掘荃蕙与射干（香草）兮，耘藜藿与蘘荷（耘，耔也。蘘荷，蓴菹也。藿，豆叶）。它这不但以物比人优劣相对的写，而且例证以历史人物。如应该"迎宓（音密）妃于伊雒"，"选吕（尚）管（仲）于榛薄（草莽之丛）"，不此之务，反尔"戚（亲也）宋万于两楹，废周（公）邵（公）于遐夷（远方）"，又对比着说："蔡女（贤女）黜而出帷，戎妇入而綉服"；"庆忌囚于阱室（庆忌，吴之公子，勇而有力。阱，深陷也），韩信蒙于介胄"，都是颠倒使用贤能受屈之事，除了自悯厄运，还能怪些什么呢！

《思古》者，怀旧也。"叹《离骚》之微文兮，冀灵修之一悟。还余车于南郢兮，复往轨于初古"，便是此篇的题旨。行文的特色在于多用叠言，加深语气。如"冥冥深林兮，树木郁郁"；"山参差以嶄岩兮，阜杳杳以蔽日"；"悲余心之悁悁兮，目眇眇而遗泣"；"风骚屑（风声貌）以摇木兮，云吸吸以湫戾（吸吸，云动貌；湫戾，犹卷戾也）""以戾"发披披以鬤鬤（鬤鬤乱貌），魂俇俇（惶遽貌，俇音诳）而南行"，等，即是：甚至"叹曰"之中，也有"容与汉渚，涕渐渐（不断也）兮"，"寥哀怆欷，心离离兮（离离，剥裂貌）。之句，可以想见其哀思之深了。

《远游》与《远逝》，无论从题目从内容上看，都是近似的。对比一下屈子的《远游》，也差不多。"文采铺发，遂叙妙思，托配仙人，与俱游戏，周历天地，无所不到，然犹怀念楚国，思慕旧故，故忠信之笃，仁义之厚也。"（《楚辞·远游》王逸注），同样可以概括本篇。只是在文章的第一段和结尾时，笔法略有不同。《远游》的是："悲时俗之迫阨兮，愿轻举而远游"，乃系一语道破的，终曰："与泰初而为邻"（与道並也）。庄子曰：泰初有

天津市红旗装订厂 20×20=400　　第 54 页

无无有无居，按《骚经》九章，皆记游天地之间，以泄愤懑，卒从彭咸之所居，以毕其志，独此章不同）。《九叹》的《远游》是："悲余性之不可改兮，屡惩艾而不迻（迻，迁徙也，通作移），又偏了西由，才比拟着传说中的仙人说："譬若王侨之乘云兮，载赤霄而凌太清"，一下子就上了天，并说是："欲与天地参寿，日月比荣"，结尾的"叹曰"，则以蛟龙自比，升入帝宫，"摇翘奋羽，驰风骋雨，游无穷兮"，其精神较之屈子的《远游》，反而高旷豁达了。当然，在辞章上，则既不如屈作之优美，也没有屈子的丰富，篇幅短小，后不如前。

十一、王逸笔下的《九思》：

汉代中南郡（即今湖北省江陵县）王逸（叔师）是注《楚辞》的，这事大家都知道，可是，同时他还是一位博学多能的辞赋家。《九思》即其所作，就不见得人人熟知了。按《九思》章句说他：“博雅多览，读《楚辞》而伤愍屈原，故为之作解。又以为屈原终没之后，忠臣介士，游览学者，读《离骚》《九章》之文，莫不怆然心为悲感，高其节行，妙其丽雅。至刘向王褒之徒，咸嘉其义，作赋骋辞以赞其志，则皆列于谱录，世世相传。

按唐人皮日休（约834—约883）曰：“屈平既放，作《离骚》经，正诡俗而为《九歌》，辩穷愁而为《九章》，是后词人摭而为之。若宋玉之《九辩》，王褒之《九怀》，刘向之《九叹》，王逸之《九思》，其为清怨素艳，幽快古秀，皆得芝兰之芬芳，鸾凤之毛羽也。扬雄有《广骚》，梁竦有《悼骚》，不知王逸奚罪其文，不以二家之述为《离骚》之两派也”（《皮子文薮·九讽叙》）

这是说，直至皮日休的眼里，刘（向）王（逸）之作，犹被如此看重，可见两人在“汉赋”中的创作地位了。“章句”继续说：“逸与屈原同土共国，悼伤之情，与凡有异。窃慕向褒之风，作颂一篇，号曰《九思》，以裨其辞，未有解说，故聊叙训谊焉。”按王逸不应自为注解，恐其子延寿之徒为之尔。《九思》凡分《逢尤》《怨上》《疾世》《悯上》《遭厄》《悼乱》《伤时》《哀岁》及《守志》九篇。

中 缺

，求轩辕兮索重华（谓黄帝尧舜之圣明也），世既卓兮远眇眇（卓，远也，言前圣远不可得也。）結果还是一个失望。"哀平（楚平王）差（吴王夫差）兮迷谬愚，""忌嚭兮郢吴虚（楚大夫费无忌，吴大夫宰嚭，虚，空也，忌嚭佞伪，蛊惑其君而败二国，使郢和姑苏成为废墟也）。此类君臣，触目皆是，因而"仰長叹兮气馆結（馆音噎，义亦同）、悒殟（即愠字）絶兮咶（息也，乎刮切）复苏"，生得死去活来，它这里也有一个新辞汇，即是"美闺"（楚怀王之所居也）"念美闺兮奠重荣"。

《愍上》主要的是恨楚之令尹子兰。他说：。"令尹兮謷謷（重言，丑语，不听话言），群司兮譨譨（多言也，譨，奴侯切），此盖上官大夫之流），哀哉兮淈淈（淈音骨，一国并乱也），上下兮同流（君臣昏昧，恶无别也）。它这里"重言"使用得好，继之而来的："雾露兮霏霏（集貌）""猕猴兮徽徽（章眉，相随貌）"尾声"则是"惆怅兮自悲，伫立兮忉怛"，反正是快活不了，上无真援，出多环视呀。

《疾世》也是说的走投无路，但不自悲弃："周徘徊兮汉渚（汉水之涯）"，"言旋迈兮北徂"、"遵河皋兮周流"、"沥沧海兮东游"、"沐盥浴兮天池"（天池则沧海也）"就周文兮邠岐"、"踰陇堆兮渡漠，过桂车兮合黎（均西北高地）"望江汉兮濩渃（音获若，大水也）"，可见是均东西南北天上地下求索圣君贤相之真情，迷离失所，毫无收获之后，只好返还江汉，望国伤怀了！所以它的主旨是："惟天禄兮不再，背我信兮自违"。（虽然福不再至，也不能背忠弃信，与时浮沉。

《悯上》，怜惜楚怀之被群小包围也。它说："哀世兮睩睩（音禄，睩睩，视貌），諓諓兮嗌喔（諓音浅，上声，巧言也。嗌音益，喔音屋，嗌喔，容媚之声）。众多兮阿媚，骫（一作委）靡兮成俗（委靡，面柔也）。贪枉兮党比，贞良兮茕独"，这不是活画一幅忠贞高洁的诗人自画像吗？

天津市印刷装订厂 20×20=400　　第 55 页

附(一)《楚辞》板本序录

一、《四库全书总目提要：集部一：楚辞类》云："裒(音褒，聚也)屈宋诸赋，定名《楚辞》，自刘向始也。后人或谓之"骚"，故刘勰品论《楚辞》以"辨骚"标目。考史迁称屈原放逐，乃著《离骚》，盖举其最著一篇，《九歌》以下，均袭"骚"名，则非事实矣。《隋志》"集部"，以《楚辞》别为一门，历代因之。盖汉魏以下，赋体既变，无全集皆作此体者。它集不与《楚辞》类，《楚辞》亦不与它集类，体例既异，理不得不分著也。

注家由东汉至宋，递相补苴，无大异词，迨于近世，始多别解，割裂补缀，言人人殊，错简说经之术，蔓延及于词赋矣。

二、《楚辞》章句十七卷。汉王逸撰。逸字叔师，南郡宜城人，顺帝时官至侍中，事迹具《后汉书：文苑传》。旧本题校书郎中，盖据其注是书时所居官也。初刘向裒集屈原《离骚》《九歌》《天问》《九章》《远游》《卜居》《渔父》；宋玉《九辩》《招魂》；景差《大招

》，而以贾谊《惜誓》，淮南小山《招隐士》，东方朔《七谏》，严忌《哀时命》，王褒《九怀》，及刘向所作《九叹》，共为《楚辞》十六篇，是为总集之祖。

逸又益以己作《九思》，与班固二叙为十七卷，而各为之注。其《九思》之注，洪兴祖疑其子延寿所为。然《汉书·地理志》、《艺文志》即有自注，事在逸前，谢灵运作《山居赋》，亦自注之。安知非用逸例耶？旧说无文，未可遽疑为延寿作也。

三、《楚辞补注》十七卷：宋洪兴祖撰。兴祖字庆善。陆游《渭南集》有兴祖手帖跋，称为洪成季庆善，未之详也。丹阳人，政和中登上舍第，南渡后召试，授秘书省正字，历官提点江东刑狱，知真州（即今江苏仪征县）、饶州（即今江西省鄱阳县）。后忤秦桧，编管昭州（即今广西平乐县）卒。事迹具《宋史·儒林传》。周麟之《海陵集》，有兴祖赠直敷文阁制，极褒其编纂之功，盖桧死乃昭雪也。

兴祖是编，列逸注于前，而一一疏通证明

，补注于后。於逸注多所阐发，又皆以"补曰"二字别之，使与原文不乱，亦异乎明代诸人，窜改古书，恣情损益（汉人则注书简质，又往往举其训诂，而不备列其考据），于《楚辞》诸注之中，特为善本。故陈振孙称其用力之勤，而朱子作"集注"，亦多取其说云。

四、《楚辞集注》八卷（辩证二卷，后语六卷）宋朱子撰。以后汉王逸章句，及洪兴祖补注二书，详于训诂，未得意旨，乃隐括旧编，定为此本。以屈原所著廿五篇为《离骚》，宋玉以下十六篇为《续离骚》，随文诠释，每章各系以"兴、比、赋"字，如《毛诗》传例。其订正旧注之谬误者，别为《辩证》二卷附焉。自为之序。《楚辞》旧本，有东方朔《七谏》王褒《九怀》刘向《九叹》王逸《九思》，晁本删《九思》一篇。是编并削《七谏》《九怀》《九叹》三篇，益以贾谊二赋。陈振孙《书录解题》谓以《七谏》以下，词意平缓，意不深切、如无病而呻吟者也。然则是书大旨，在以灵均放逐寓宗臣之感，以宋玉《招魂》抒故旧之

後　缺

2. 元曲選

[illegible]

元曲選注

元散曲選

天淨沙 [illegible] 元馬致遠(1)

秋思 [illegible]

枯藤老樹昏鴉，小橋流水人家，古道西風瘦馬，夕陽西下，斷腸人在天涯。

(1) 馬致遠，字東籬，江浙行省務官

[illegible]

落梅風① 元張可久(2)

西湖 [illegible]

東風景，西子湖，濕冥冥柳烟花霧，黃鶯亂啼蝴蝶舞，幾秋千打將春去。

①「落梅風」，元代散曲小令調名。②張可久，字小山，慶元人，以路吏轉首領官（明李中麓謂：即民务官，如今之税課局大使）又嘗為桐廬典史。有「小山樂府」（「散曲丛刊」本）。

月籠沙，十年心事成琵琶。相思懶看幃屏畫，人在天涯。春殘荳蔻花，情寄鴛鴦帕，香冷荼蘼架。舊遊台榭，曉夢窗紗。

錦纏頭，粉箋依按舞涼州。佳人一去春殘後，香冷云兜。晴山翠愁，綠水羅裙皺，細柳宮腰瘦，黎花暮雨，燕子空樓。

賣花聲（懷古）

美人自刎烏江岸，戰火曾燒赤壁山，將軍空老玉门关，傷心秦漢，生民塗炭，讀書人一声長嘆。

罵玉郎帶過感皇恩採茶歌 元鍾嗣成(1)

風流得遇鸞凰配。恰比翼，便分飛，綠云易散玻璃脆，読揣地釵股折，廝琅地寶鏡虧，撲通地銀瓶墜(2)。香冷金猊，燭暗羅幃，支剌地搅断离腸，撲速地淹殘淚眼，吃搭地鎖定愁眉。天高雁杳，月皎烏飛，暫別离。且寧耐，好將息。你心知，我誠实。有心誰怕隔年期。去后須憑灯报喜，來时常听馬頻嘶。

(1) 鍾嗣成，号丑斋，大梁人。有「馮驩收券」等雜劇七种，不傳。他的「錄鬼簿」二卷，为研究元曲作家及作品的重要書籍。其散曲散見選本。

(2) 「白氏長慶集」卷四「井底引銀瓶」：「井底引銀瓶，銀瓶欲上絲繩絕。石上磨玉簪，玉簪欲成中央折。」「読揣」「廝琅」

元明清文学

2

「撲通」皆象声詞。

漢高祖還鄉　　睢景臣

「哨遍」社長排门告示，但有的差使無推故，這差使不尋俗，一壁廂納草也根，一邊又要差夫索应付，又言是車駕——都說是鑾輿（二）——今日還故鄉。王鄉老执定瓦臺盘，趙忙郎抱着酒葫蘆，新刷来的头巾，恰糨（三）来的綢衫，暢好是粧么大户（四）！

「耍孩兒」瞎王留引定夥喬（五）男女，胡踢蹬（六）吹笛擂鼓。（七）人馬到莊门，匹頭裡（八）几面旗舒，一面旗，白胡闌套住個迎霜兔；一面旗，紅曲連打着畢月烏；一面旗，雞学舞；一面旗，狗生雙翅；一面旗，蛇纏葫蘆（九）。

「五煞」紅漆了叉，銀錚（十）了斧，甜瓜苦瓜黄金鍍，明晃晃馬鐙鎗尖上挑（十一），白雪雪鵝毛扇上鋪（十二）。這几个喬人物，拿着些不曾見的器仗，穿着些大作怪的衣服。

「四煞」轅條上都是馬，套頂上不見驴，黄羅傘柄天生曲，車前八個天曹判，車後若干遞送夫（十三）。更几个多嬌女（十四），一般穿着，一樣粧梳。

「三煞」那大漢下的車，众人施礼数，那大漢覷得人如無物。众鄉老屈脚舒腰拜，那大漢挪身着手扶。猛可里（十五）擡頭覷，覷多时，認得熟，氣破我胸脯！

「二煞」『你須身姓劉？您妻須姓呂！把你兩家兒根脚從頭数，你本身做亭長，耽幾盞酒；你丈人教村学，讀幾卷書。曾在俺莊東住，也曾與我喂牛切草，拽壩扶鋤。

「一煞」『春採了桑，冬借了俺粟，零支了米麥無重数，换田契，強秤了麻三秤，還酒債偷量了豆幾斛，有甚胡突處（十六）明标着册曆，見（十七）放着文書！

「煞尾」『少我的錢，差發（十八）内旋撥還，欠我的粟，税糧中私准除。只道「劉三」誰肯把你揪捽住？白什么改了姓，更了名，唤做漢高祖！』

（一）睢景臣，字景賢，揚州人，大德七年，由揚赴杭，與鍾嗣成

3

許衮，心性聰明，酷嗜音律，維揚諸公作高祖還鄉套數，曼暨作哨徧一套，出語新奇，諸公皆出其下（見「錄鬼簿」）太和正音譜評其詞云：「如鳳管秋声。」　(二)鑾輿，天子之車　(三)𦆭，鞭梁　(四)暢好句，暢好，元俗語，猶今言恰好，么，上　，粧么猶云「作態」。大户，富户也。　(五)喬，元俗語，謂粧飾也。　(六)瞎王留胡踢蹬，皆鄉曲人之小名。王留是元代戏曲中村農的通称。「男女」，男子之賤称。元曲中僕人对主人常自称「男女」。　(七)一彪，元俗語，猶今一隊也。　(八)匹頭裡，當前也，匹，或为劈。　(九)一面旗以下五短句第一面月旗，第二面日旗，胡闌，環也，曲連，圈也。第三面舞鳳旗，第四面飛虎旗，第五面蟠龍旗，　(十)銀錚句至甜瓜句，鎗，各本俱作錚，非是，按陶九成輟耕錄有「鎗金銀法。」自註『鎗，去声。』鎗，今作戗。水滸，西遊皆有『戗金』一詞，即今俗所謂金瓜錘，　(十一)明晃晃句，謂鍍金鐙也，長方形而四小足，頗似馬鐙，　(十二)白雪雪句，謂掌扇也，　(十三)天曹判，递送夫，均護衛之誤会，天曹判，猶言陰间判官，　(十四)多嬌女，謂宫女，　(十五)猶可里，忽然间，(十六)胡突，與糊塗同。　(十七)見，同現。　(十八)差發，黑韃事略：「其賦斂謂之差發，賴馬而乳，須羊而食，皆視民户畜牧之多寡而征之，猶漢法之上供也。」

元雜劇選

竇娥冤　驚天动地竇娥冤(一)　元关漢卿

「外(二)扮監斬官上云」下官，監斬官是也。今日處决犯人，着做公的把着巷口，休放往来人间走，「淨扮公人鼓三通，鑼三下科。劊子磨旗(三)、提刀，押正旦帶枷上。劊子云」行动些！行动些！監斬官去法場上多时了。「正旦唱」

「正宫」「端正好」没来由犯王法，不提防遭刑憲，叫声屈动地驚天，頃刻間遊魂先赴森羅殿。怎不将天地也生埋怨。

「滚繡球」有日月朝暮懸，有鬼神掌着生死权，天地也只合把清濁分辨，可怎生糊突了盗跖、顔淵，為善的受貧窮更命短，造惡的

6

「劊子做開刀正旦倒科」「監斬官驚云」呀！真個下雪了，有這等異事。「劊子云」我也道平日殺人，滿地都是鮮血，這個竇娥的血，都飛在那丈二白練上，並無半點落地，委实奇怪。「監斬官云」這死罪必有冤枉，早兩樁兒应驗了，不知亢旱三年的說話准也不准。且看後来如何，左右，也不必等待雪晴，便与我抬他屍首，還了那蔡婆婆去罷。「眾应科抬屍下」關漢卿（一二二四——一三〇七）号已齋叟，大都人，金亡入元，曾至杭州。

註：(一)竇娥冤本事：寒士竇天章有女端雲与蔡婆婆為養媳，及長成婚未几，蔡子死，有賽盧医者，負蔡銀，蔡往索，賽欲以繩勒斃蔡，張某与子驢兒見而救之，得免，於是二人要蔡婆媳招贅，竇娥不允，二人遂留居蔡舍，会蔡病，驢兒乘机毒之，誤殺其父，誣竇娥，竇娥卒以冤死，後其父為廉訪使，竇娥之冤乃白，此其第三折。 (二)外是外旦或外末的省称，是正旦正末以外的次要脚色，故称外。 (三)磨旂「東京夢華錄」七：「駕登宝津楼」：「子弟所呈馬騎，先一人空手出馬，謂之引馬，次二人磨旂出馬，謂之开道。」磨旂是开路的兵卒用旂趕散閒人的動作。 (四)也麽哥，語辞。 (五)兀的，這個。 (六)咱，即「者」字音轉，与「則箇」同。 (七)瀽，倒也，傾也，此言澆奠。「賺蒯通」第二折「快活三」：「瀽碗漿飯水，燒一陌紙錢灰」。一陌兒，陌是一百錢的通称。 (八)葫芦提，糊塗兩字的衍音，見「明道雜志」，此与渾淪衍為囫圇同例。 (九)萇弘，「莊子：外物」：「萇弘死于蜀」。 (十)東海有孝婦，少寡，亡子，养姑甚謹，姑欲嫁之，終不肯，姑謂鄰人曰：『我老，久累丁壯，奈何？』自經死。姑女告婦殺母，吏驗治，孝婦有誣服，竟斬，郡中枯旱三年。見漢書卷七十一于定国傳。 (十一)每，同「們」字。

西廂記第四本第二折（拷紅）　　元王德信（实甫）

（夫人引倈上云）這几日竊見鶯鶯語言恍惚，神思加倍，腰肢体态，比向日不同。莫不做下来了(一)麽？（倈云）前日晚夕，奶奶睡了，我見姐姐和紅娘燒香，半晌不回来，我家去睡了。

（夫人云）這端事都在紅娘身上，喚紅娘来！（徠喚紅科）（紅云）哥々，喚我怎麼？（徠云）妳妳知道你和姐姐去花園裡去，如今要打你哩。（紅云）呀！小姐，你帶累我也！小哥哥，你先去，我便来也。（紅喚旦科）（紅云）姐姐，事發了也，老夫人喚我哩，卻怎了？（旦云）好姐姐遮蓋咱！（紅云）娘呵，你做的隐秀(二)者，我道你做下来也。（旦念）月圓便有陰雲蔽，花發須教急雨催。（紅唱）

「越調」「鬥鵪鶉」則着你夜去明来，到有箇天長地久，不爭你握雨攜雲，常使我提心在口(三)。則合帶月披星，誰着你停眠整宿？老夫人心數多，情性㑇(四)；使不着我巧語花言，將沒做有。

「紫花兒序」老夫人猜那窮酸做了新婿，小姐做了嬌妻，這小賤人做了牽頭。俺小姐這些时春山低翠，秋水凝眸，別样的都休，試把你裙帶兒拴，紐门兒扣，比着你舊时肥瘦，出落得精神，別样的風流。

（旦云）紅娘，你到那裡小心回話者！（紅云）我到夫人處，必问：『小賤人！

「金蕉葉」我着你但去處行監坐守，誰着你迤逗的胡行乱走？』若问着此一節呵如何訴休？我便索與他箇「知情」的犯由(五)。

姐姐，你受責理当，我圖甚麼来？

「調笑令」你繡幃裡效綢繆，倒鳳顛鸞百事有，我在窗兒外幾曾輕咳嗽，立蒼苔將繡鞋兒冰透。今日箇嫩皮膚倒將粗棍抽，姐々呵，俺這通殷勤的着甚来由？

姐姐在這裡等着，我過去說過呵，休欢喜；說不過，休煩惱。（紅見夫人科）（夫人云）小賤人，为甚麼不跪下！你知罪麼？（紅跪云）紅娘不知罪。（夫人云）你故自口强哩。若实說呵饒你，若不实說呵，我直打死你這箇賤人！誰着你和小姐花園裡去来？（紅云）不曾去，誰見来？（夫人云）欢郎見你去来，尚故自推哩。（打科）（紅云）夫人休閃了手，且息怒停嗔，听紅娘說：

「鬼三台」夜坐时停了針繡，共姐姐闲窮究(六)，說張生哥哥病久，咱兩箇背着夫人，向書房问候[illegible]呵，他說甚麼？（紅云

元明清文学

）他諕來，道「老夫人事已休，將兒変为讎，着小生半途喜变做憂。』他道：『紅娘你且先行，教小姐权时落後。』

〔夫人云〕他是箇女孩兒家，着他落後怎広！（紅唱）

「禿廝兒」我則道神鍼法灸，誰承望燕侶鶯伴；他兩箇經今月餘則是一處宿，何須一一问緣由！

「聖藥王」他每不識憂，不識愁，一双心意兩相投，夫人得好休，便好休，這其間何必苦追求？常言道『女大不中留』

（夫人云）這端事都是你箇賤人，（紅云）非是張生，小姐，紅娘之罪，乃夫人之過也。（夫人云）這賤人到指下我來，怎広是我之過？（紅云）信者人之根本，『人而不信，不知其可也，大車無輗(七)，小車無軏(八)，其何以行之哉？』当日軍围普救，夫人所許退軍者，以女妻之，張生非慕小姐顏色，豈肯區區建退軍之策，兵退身安，夫人悔卻前言，豈得不为失信乎？既然不肯成其事，只合酬之以金帛，令張生捨此而去，卻不当留請張生於書院，使怨女曠夫，各相早晚窺視，所以夫人有此一端，目下老夫人若不息其事，一來辱沒相国家譜；二來張生日後名重天下，施恩於人，忍令反受其辱哉？使至官司，夫人亦得治家不嚴之罪，官司若推其詳，亦知老夫人背義而忘恩，豈得为賢哉？紅娘不敢自專，乞望夫人台鑒：莫若恕其小過，成就大事，撋(九)之以去其污，豈不为長便乎？

「麻郎兒」秀才是文章魁首，姐姐是仕女班頭；一個通徹三教九流，一個曉盡描鸞刺繡。

「么篇」世有、便休，罷手、大恩人怎做敌頭？起白馬將軍故友，斬飛虎叛賊草寇。

「絡絲娘」不争和張解元参辰卯酉(十)，便是與崔相国出乖弄醜，到底干連着自已骨肉，夫人索窮究。

（夫人云）這小賤人也道的是，我不合养了這箇不肖之女，待経官呵，玷辱家門，罷罷！俺家無犯法之男，再婚之女，與了這廝罷，紅娘，唤那賤人來；（紅見旦云）且喜——姐

元明清文学

姐！那棍子則是滴溜々在我身上，吃我直說過了，我也怕不得許多，夫人如今喚你來，待成合親事，（旦云）羞人答答的，怎麼見夫人？（紅云）娘根前有什么羞？

「小桃紅」當日個月明纔上柳梢頭，卻早人約黄昏後，羞的我腦背後將牙兒襯著衫兒袖，猛凝眸，看时節則見鞋底尖兒瘦。一個恣情的不休，一個啞声兒厮耨。呸！那其间可怎生不害半星兒羞！

（旦見夫人科）（夫人云）鶯々，我怎生抬举你来？今日做這等的勾當，則是我的孽障（十一），待怨誰的是！我待經官来，辱沒了你父親，這等事不是俺相国人家的勾当，罷々々！誰似俺养女的不長俊（十二）！紅娘，書房裡喚將那禽獸来！（紅喚末科）（末云）小娘子，喚小生做甚麼？（紅云）你的事發了也，如今夫人喚你来，將小姐配與你哩，小姐先招了也，你過去，（末云）小生惶恐，如何見老夫人，当初誰在老夫人行說来？（紅云）休佯小心，過去便了。

「小桃紅」既然泄漏怎干休？是我相投首（十三），俺家裡陪酒陪茶到（十四）撋就，你休愁，何須約定通媒媾？我棄了部署（十五）不收，你元来苗而不秀（十六）。呸！你是個銀样鑞鎗頭（十七）

（末見夫人科）（夫人云）好秀才呵，豈不聞「非先王之德行不敢行」，我待送你去官司裡去来，恐辱沒了俺家譜，我如今將鶯々與你为妻，則是俺三輩兒不招白衣（十八）女婿。你明日便上朝取应去，我與你养著媳婦，得官呵，来見我。駁落（十九）呵，休来見我。（紅云）張生早則喜也。

「東原樂」相思事，一筆勾，早則展放從前眉兒皺，美愛幽欢恰动头。既能勾，張生，你覷兀的般可喜娘龐兒也要人消受。

（夫人云）明日收拾行装，安排果酒，請長老一同送張生到十里長亭去。（旦念）寄語西河隄畔柳，安排青眼送行人。（同夫人下）（紅唱）

「收尾」来时節画堂簫鼓鳴春晝，列著一对兒鸞交鳳友，那其间纔受你說媒紅，方吃你謝親酒（並下）

祥

10

(一) 做下来了——出了事情，這裏指男女自由結合。

(二) 隐秀——這裏是藏而不露，不教人家知道的意思。

(三) 提心在口——害怕，擔憂。

(四) 㑇——厲害，精灵古怪。

(五) 知情的犯由——知情，曉得情況，犯由：罪狀，全文的意思是：把所知道的全說出来。

(六) 窮究——談話，聊天、說根底情由。

(七) 輗（ㄋㄧ）——古代大車的轅子上的横木。

(八) 軏（ㄩㄝ）——古代小車的轅子上的横木。

(九) 撋（ㄖㄨㄣ）——「撋就」的省称。本来是摩搓的意思，這裡當作『作成』『撮合』解釋。

(十) 参辰卯酉——傳說参辰是兩個互不相見的星，卯酉是对立的时辰，這裏是用作『对頭』解釋。

(十一) 孽障——罪孽、寃家。

(十二) 長俊——体面

(十三) 投首——自首，自己揭發自己的罪過。

(十四) 到——就是倒轉過来的「倒」（ㄉㄠ）字俺家裏陪酒陪茶到撋就』的意思是：男女兩家成就婚姻本来应該由男家主动地向女家送礼求婚，現在倒轉過来由女家主动地做了。

(十五) 部署——元代練武的老師傅叫做部署。

(十六) 苗而不秀——引自「論語」的「子罕」篇，這裏的意思是：沒出息，不中用。

(十七) 銀样鑞（ㄌㄚ）鎗頭——鑞就是錫。『銀样鑞鎗頭』的意思與『花木瓜』（第三本第三折）相同：中看不中用。

(十八) 白衣——沒有功名，官職的人。

(十九) 駁落——沒有考取，失敗。

第三折

（夫人長老上云）今日送張生赴京，就十里長亭，安排下筵席，我和長老先行，不見張生小姐来到，（旦末紅同上）（旦云）今日送張生上朝取应，早是离人傷感，况值那暮秋天氣，好煩惱人也呵！悲欢聚散一杯酒，南北東西萬里程。

「正宫」「端正好」碧雲天，黄花地，西風緊，北雁南飛，晓来誰染霜林醉？総是离人淚。

「滚繡毬」恨相見得遲，怨歸去得疾，柳絲長玉驄(一)难繫，恨不得倩疎林挂住斜暉。馬兒迍迍的行，車兒快快的隨，卻告了相思迴避(二)，破題兒(三)又早别离。听得道一声「去也」鬆了金釧；遥望見十里長亭，減了玉肌，此恨誰知！

（紅云）姐姐今日怎庅不打扮？（旦云）你那知我的心哩！

「叨叨令」見安排着車兒，馬兒，不由人熬熬煎煎的氣。有甚庅心情將花兒、靨兒，打扮的嬌嬌滴滴的媚。准備着被兒，枕兒，則索昏昏沉沉的睡。淡今後衫兒，袖兒，都揾湿做重重疊々的淚，兀的不悶殺人也庅哥，兀的不悶殺人也庅哥！久已後書兒，信兒，索與我㥏々惶々的寄。

（做到了科，見夫人了）（夫人云）張生和長老坐，小姐這壁坐，紅娘将酒来。張生，你向前来，是自家親眷，不要迴避。俺今日將鶯々與你，到京師休辱末了俺孩兒，挣揣(四)一箇状元回来者。（末云）小生託夫人餘蔭，憑着胸中之才，覷官如拾芥(五)耳。（潔云）夫人主張不差，張生不是落后的人。（把酒了、坐）（旦長吁科）

「脱布衫」下西風黄葉紛飛，染寒煙衰草萋迷。酒席上斜簽着坐的，蹙愁眉死臨侵地(六)

「小梁州」我見他閣淚汪汪不敢垂，恐怕人知。猛然見了把頭低，長吁氣，推整素羅衣。

「幺篇」雖然久後成佳配，奈时间怎不悲啼。意似癡，心如醉，昨宵今日，清減了小腰圍。

（夫人云）小姐把盞者！（紅遞酒了，旦把盞長吁科云）請喫酒！

「上小楼」合欢未已，離愁相継。想著俺前暮私情，昨夜成親，今日别離。我諗知這幾日相思滋味，卻元来此别離情更加十倍。

「幺篇」年少呵輕遠别，情薄呵易棄擲。全不想腿兒相压，臉兒相偎，手兒相攜，你與俺崔相国做女婿，妻榮夫貴，但得箇並頭蓮，煞强如状元及第。

（夫人云）紅娘把盞者！（紅把酒科）（旦唱）

「滿庭芳」供食太急，須臾對面，頃刻別離。若不是酒席間子母每当迴避，有心待與他舉案齊眉，雖然是廝守得一时半刻，也合著俺夫妻每共桌而食。眼底空留意，尋思起就裏，險化做望夫石。

（紅云）姐々不曾吃早飯，飲一口兒湯水。（旦云）紅娘呵，甚麼湯水嚥得下！

「快活三」將来的酒共食，嘗著似土和泥；假若便是土和泥，也有些土氣息，泥滋味。

「朝天子」煖溶々玉醅，白冷々似水，多半是相思淚。眼面前茶飯怕不待(七)要吃，恨塞滿愁腸胃，蝸角虛名(八)，蠅頭微利(九)，拆鴛鴦在兩下裏。一個這壁，一個那壁，一遞(十)一声長吁氣。

（夫人云）輛起車兒(十一)，俺先回去，小姐隨後和紅娘来。（下）

（末辭潔科）（潔云）此一行別無話說，貧僧准备買登科錄看。做親的茶飯少不得貧僧的。先生在意，鞍馬上保重者！從今經懺無心礼，專聽春雷第一声（下）（旦唱）

「四邊靜」霎时间杯盤狼籍，車兒投東，馬兒向西，兩意徘徊，落日山横翠，知他今宵宿在那裡，有夢也难尋覓。

張生，此一行得官不得官，疾早便回来。（末云）小生這一去，白奪一箇狀元，正是：青霄有路終须到，金榜無名誓不歸。（旦云）君行別無所贈，口占一絕，為君送行：棄擲今何在，当时且自親，還將舊来意，憐取眼前人。（末云）小姐之意差矣。張珙更敢憐誰？謹賡一絕，以剖寸心：人生長遠別，孰與最関親？不遇知音者，誰憐長歎人？（旦唱）

「耍孩兒」淋漓襟袖啼紅淚，比司馬青衫更溼，伯勞東去燕西飛，未登程先問歸期，雖然眼底人千里，且盡生前酒一杯，未飲心先醉，眼中流血，心裡成灰。

「五煞」到京師服水土，趁程途節飲食，順时自保揣(十二)身体。荒村雨露宜眠早，野店風霜要起遲，鞍馬秋風裡，最难調護，最要扶持。

「四煞」這憂愁訴與誰？相思只有知，老天不管人憔悴，淚添九曲黄河

13

潑，恨壓三峰華岳低，到晚來悶把西樓倚，見了些夕陽古道，衰柳長隄。

「三煞」笑吟吟一處來，哭啼啼往自歸。歸家若到羅幃裏，昨日箇繡衾香暖留春住，今夜箇翠被生寒有夢知，留戀你別無意，見据鞍上馬，閣不住淚眼愁眉。

（末云）有甚言語囑付小生咱？（旦唱）

「二煞」你休憂文齊福不齊，我則怕你停妻再娶妻，你休要一春魚雁無消息！我這裏青鸞有信頻須寄，你卻休金榜無名誓不歸。此一節君須記；若見了那異鄉花草，再休似此處棲遲。

（末云）再誰似小姐？小生又生此念。（旦唱）

「一煞」青山隔送行，疏林不做美，淡烟暮靄相遮蔽，夕陽古道無人語，禾黍秋風听馬嘶。我为甚麼懶上車兒內，來时甚急，去後何遲？

（紅云）夫人去好一會，姐姐，咱家去！（旦唱）

「收尾」四圍山色中，一鞭殘照裏，遍人間煩惱塡胸臆，量這些大小車兒如何載得起？

（旦紅下）（末云）僕童趕早行一程兒，早尋箇宿處，淚隨流水急，愁逐野雲飛。（下）

(一) 玉驄——青白雜毛的馬叫做驄，這裡就是指馬而言。

(二) 廻避——告退，躲開，這裏是，相思剛剛結束。

(三) 破題兒——宋人經義的起首幾句，叫做破題（後来八股文中也用這名称）。這兒是開始，起頭兒的意思。

(四) 掙揣——奪取。

(五) 拾芥——芥：小草，拾芥是輕而易举的意思。

(六) 死臨侵地——沉默。

(七) 怕不待——怎麼不，何嘗不。

(八) 蝸角虛名——引自「莊子」的「則陽」篇：蝸牛觸角的兩個国家为了互相爭奪地盘而战爭，結果損失很重，得不償失，這裏「蝸角」是細微的意思，蝸角虛名，微小而空虛的名誉。

(九) 蠅頭微利——引自漢代班固的「难莊論」：世人競爭利益，就像蠅子追逐肉汁一样，在這裡也是細微的意思。

14

(十) 遞——彼此相互接續不断。

(十一) 輛起車兒——登上車輛。

西廂記諸宮調

「--------後数日生行，夫人暨鶯送於道，法聰與焉。經於蒲西十里小亭置酒，悲欢离合一尊酒，南北東西十里程。

（大石調）（玉翼蝉）蟾宫(1)客，赴帝闕，相送臨郊野。恰俺與鶯鶯鴛幃暫相守，被功名使人离缺，好緣業(2)，空悒怏，頻嗟歎，不忍輕离别，早是恁悽悽凉凉受煩惱，那堪値暮秋时節，雨兒乍歇，向晚風如凓冽(3)那聞得衰柳蝉鳴悽切，未知今日别後，何时重見也，衫袖上盈盈揾淚不絶。幽恨眉峰暗結，好难割捨，縱有千种風情何處説？

（尾）莫道男兒心如鉄。君不見滿川紅葉，盡是离人眼中血。

（越調）（上平西纏令）景蕭々、風淅々，雨霏々，对此景怎忍分离？僕人催促，雨停風息日平西。断腸何时處唱陽関(4)，執手臨岐。蝉声切；声細；角声韻；雁声悲。望去程依約天涯，且休上馬，若無多淚與君垂。此際情緒你争知？更説甚湘妃！

（鬥鵪鶉）囑付情郎：『若到帝里，帝里酒釅花濃，萬般景媚，休取次(5)共别人便学連理！少飲酒，省遊戏，記取奴言語，必登高第，專听着伊家宝冠霞帔。妾守空閨，把门兒緊闭；不拈絲管，罷了梳洗。你咱是必把音書寄。』

（雪裡梅花）『莫煩惱！莫煩惱！放心地！放心地！是必——是必休恁做病做氣！俺也不似别的，你情性俺都識。臨去也！臨去也！且休去，听俺劝伊。』

（錯煞）我郎休怪強牽衣，问你：「西行幾日歸」着路裏(6)小心呵且須在意，省可裡(7)晓眠早起，冷茶飯莫吃；好将息，我專倚着门兒專望你」

生與鶯难别，夫人勸曰：「送君千里，終有一别。」

（仙呂調）（戀香衾）苒苒征塵动行陌，杯盤取次安排，三口兒連法聰外，更無别客，與水似夫妻正美满，被功名等闲离拆。然(8)終須相見，奈时下难捱！君瑞啼痕污了衫袖，鶯々粉淚盈腮，一個止不定長吁，一個頓(9)不开眉黛。君瑞道：「闺房裏保重！」鶯々道：「途路

15

上寧耐！』两邊的心緒，一样的愁懷。

（尾）僕人催促，怕晩了天色，柳隄兒上把瘦馬兒連忙解，夫人好毒害，道：『孩兒每回取個坐兒來！』

生辭夫人及聪，皆曰：『好行！』夫人登車，生與鶯别。

（大石調）（驀山溪）离筵已散，再留戀应無計，煩惱的是鶯々，受苦的是清河君瑞。头西下控着馬，東向馭坐車兒，辭了法聪，别了夫人，把鐏俎收拾起，临行上馬，還把征鞍倚，低語使紅娘，更告一盏，以为别礼，鶯々君瑞彼此不勝愁；厮覷者，總無言，未飲心先醉。

（尾）𣢾的离杯長出口兒氣，比及道得個「我兒將息」，一盏酒裡，白冷冷的滴、半盏来淚。

夫人……「教郎上路……日色晩矣！」……啼哭，又賦詩一首贈郎；詩曰：「……置今何道，当时且自親，還将舊来意，憐取眼前人。」

（黄鐘宮）（出隊子）最苦是离别，彼此心頭难棄捨，鶯々哭得似痴呆，臉上啼痕都是血；有千种恩情何處説？夫人道：「天晩教郎疾去。」怎奈紅娘心似鐵，把鶯々扶上七香車，君瑞攀鞍空自攧，道得個「兒家寧耐(些)些！」

（尾）馬兒登程，坐車兒歸舍，馬兒往西行，坐車兒往東拽，兩口兒一步兒离得遠如一步也。

（仙吕調）（點絳唇纏令）美滿生离，据鞍兀兀离腸痛，舊欢新寵，变作高唐夢，回首孤城，依約青山擁，西風送，戍楼寒重，初品梅花弄！

（瑞蓮兒）衰草萋萋一徑通，丹楓索索滿林紅，平生蹤跡無定著，如断蓬，听塞鴻啞々的飛過暮雲重！

（風吹荷葉）憶得枕鴛衾鳳，今宵管半壁兒沒用，觸目悽凉千萬种，見滴流々的紅葉，淅零零的微雨，率刺刺的西風。

（尾）驢鞭半裊，吟肩双聳，休问离愁輕重，向個馬兒上駝也駝不动。

离蒲西行三十里，日已晩矣，野景堪画。

（仙吕調）（賞花时）落日平林噪晩鴉，風袖翩翩瘦馬，一徑入天涯；荒凉古岸，衰草带霜滑，瞥見個孤林端入画，离落蕭疏带淺沙

16

一個老大伯捕魚蝦。橫橋流水，茅舍映荻花。

（尾）駝腰的柳樹上有漁槎，一竿風旆茅簷上挂，澹煙瀟灑，橫鎖着兩三家。

生投宿於村店。

注釋：

(一)蟾宮 科舉时代，秀才应举，考期在農曆八月中旬，故登第者曰折桂，蟾宮，月也，神話謂月中有桂樹，蟾宮客，猶言登第之人，折桂之人。

(二)緣業 緣業本佛家語，緣，猶言關係。業，亦通「孽」緣業，後又轉为冤孽，或作冤業，又或作業冤，王西廂「五百年風流業冤」是也

(三)風如漂冽，「如漂」，疑当作「如凜」凜冽，寒也．

(四)唱陽关 唐王維渭城曲：「渭城朝雨浥輕塵，客舍青青柳色新，勸君更進一杯酒，西出陽关無故人。」後每歌之以送别，謂之陽关曲云。

(五)取次 猶言等閒，容易、輕易、今言隨便，或曰隨々便便地。

(六)着路程 猶言上路，到路上．

(七)省可裡 不可，休要，别。

(八)絲 疑誤，似當作縱或縱然．

(九)捕 断也

(十)寧耐 意謂当愁而不愁，猶今言控制，自制，寧，疑是「忍」之音轉。

董解元 錄鬼簿「前輩已死名公有樂府行於世者」首列董解元，注曰：「大金章宗（公元一一九〇——一二〇八）时人，以其創始，故列諸首。」案解元者，宋元以来秀才之尊称，話本中，雜劇中往々而有。然則非名也。太和正音譜「傑作」一百五人，亦首列董解元，注曰：「仕於金，始製北曲。」董氏既为秀才，不应出仕，至云「始製北曲」此亦不可信，諸宮調北宋已有之，不始於金，然作者多不傳。董西廂独盛行，後人乃竟謂董氏「創始」耳。

-7-

散曲

借马　　马致远

〔般涉〕〔耍孩儿〕近来时買得匹蒲梢骑。气命㈠儿般看承爱惜。逐宵上草料数十番。喂飼得膘息胖肥。但有些穢污却早忙刷洗，微有些辛勤便下骑。有那等無知輩，出言要借，對面難推。

〔七煞〕懒習習牽下槽，意遲遲背後隨。气忿忿懒把鞍来備。我沉吟了半晌語不語。不曉事顏人知不知，他又不是不精细。道不得他人弓莫挽，他人马休骑。

〔六煞〕不骑呵，㊁西棚下凉处拴，骑时節揀地皮平处骑。將青青嫩草頻頻的喂。歇时節肚帶鬆鬆放，怕坐的困尻包儿㊂款款移。勤觑着鞍和轡，牢踏着宝鐙，前口兒休題。

〔五煞〕飢时節喂些草，渴时節飲些水。着皮膚休使麄氈屈。三山骨休使鞭来打，磚瓦上休教穩着蹄。有口話你明明的記。飽时休走，飲了休馳。

〔四煞〕抛糞时教乾处抛，綽尿时教净处尿，拴时節揀個牢固樁橛上繫。路途上休要踏磚塊，过水处不教踐起泥。这马知人義。似云長赤兔，如翼德烏骓。

〔三煞〕有汗时休去簷下拴，渲㊃时休教侵着頹。軟煮料草鍘底细。上坡时款把身来聳，下坡时休叫走得疾。休道人忒寒碎。㊄休教鞭颩㊅着马眼，休教鞭擦損毛衣。

〔二煞〕不借时悪了弟兄，不借时反了面皮。马儿行囑咐叮嚀記。鞍心马户將伊打，刷子去刀莫作疑。㊆只嘆的一声長吁气。哀哀怨怨，切切悲悲。

〔一煞〕早晨间借与他，日平西盼望你。倚門專等来家内。柔腸寸寸因他断，側耳頻頻聽你嘶。道一声好去，早两淚双垂。

〔尾〕没道理，没道理，忒下的。㊇忒下的。恰才说来的話君專記，一口气不違借与了你。

秋思㊈

〔双調〕〔夜行船〕百歲光阴如夢蝶。重回首往事堪嗟。昨日春来，今朝

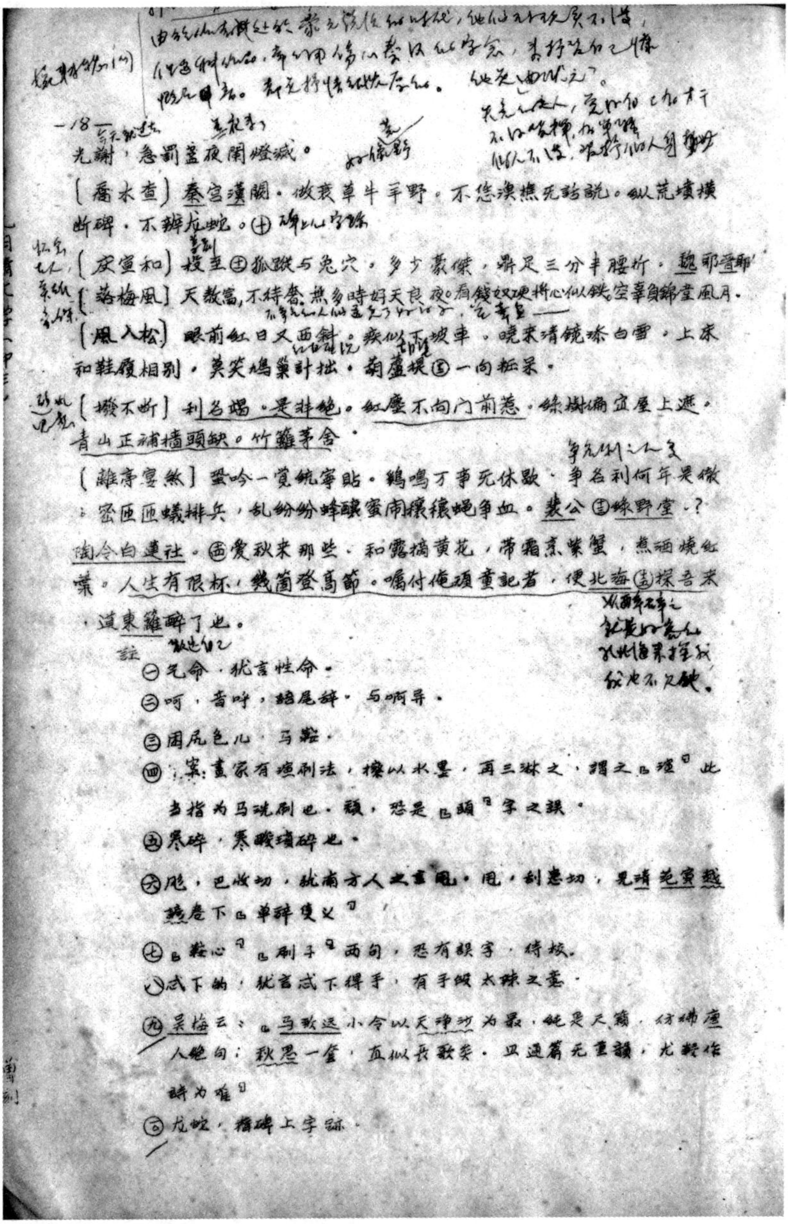

—18—

光謝，急罰盞夜闌燈滅。

〔喬木查〕秦宮漢闕。做衰草牛羊野。不恁漁樵無話說。縱荒墳橫斷碑，不辨龍蛇。㈩

〔慶宣和〕投至㈠狐蹤与兔穴，多少豪傑，鼎足三分半腰折。魏耶晉耶？

〔落梅風〕天教富，不待奢。無多時好天良夜。看錢奴硬將心似鐵，空辜負錦堂風月。

〔風入松〕眼前紅日又西斜，疾似下坡車。曉來清鏡添白雪，上床和鞋履相別。莫笑鳩巢計拙，葫蘆提㈢一向粧呆。

〔撥不断〕利名竭，是非絕。紅塵不向門前惹，綠樹偏宜屋上遮，青山正補墻頭缺。竹籬茅舍。

〔離亭宴煞〕蛩吟一覺纔寧貼，鷄鳴万事无休歇。争名利何年是徹：密匝匝蟻排兵，乱纷纷蜂釀蜜，闹攘攘蝇争血。裴公㈢綠野堂，陶令白蓮社。㈣愛秋來那些，和露摘黄花，带霜烹紫蟹，煮酒燒紅葉。人生有限杯，幾箇登高節。囑付俺頑童記者，便北海㈤探吾來，道東籬醉了也。

註

㈠气命，犹言性命。

㈡呵，音呼，語尾辞。与㗂异。

㈢困尻色儿，马鞍。

㈣案：畫家有渲刷法，擦以水墨，再三淋之，謂之「渲」。此当指为马洗刷也。頳，恐是「頭」字之誤。

㈤寒碎，寒酸瑣碎也。

㈥胞，巴收切，犹南方人之言咆。甩，刮患切，見靖节賓越繡巷下「单辞隻义」。

㈦「鞍心」「刷子」两句，恐有誤字，待校。

㈧忒下的，犹言忒下得手，有手段太辣之意。

㈨吴梅云：「马致远小令以天净沙为最，純是天籟，彷彿唐人絕句；秋思一套，直似長歌矣。以通篇无重韻，尤幹作詩为难」

㈩龙蛇，指碑上字跡。

十一 投至，犹言待到也。

十二 葫蘆提，胡塗也。亦作『葫蘆蹄』『鶻鶯啼』。

十三 裴公，唐裴度。

十四 陶令，晋陶潛。案，晋高僧慧远与居士刘程之等结社于廬山，曰：白蓮社。辞晋无名氏蓮社高賢传：陶潛不信佛法，仅相过从，未嘗入社也。

十五 孔融，漢献帝时为北海相，世称孔北海；好客，嘗自謂座上客常满，尊中酒不空，見后汉书卷一百本传。此言即有好客如孔北海者来探我，我亦高卧不起，以醉辞之。

漢宮秋　　马致遠

第三折

（番使擁旦上，奏胡乐科，旦云：）妾身王昭君，自从选入宫中，被毛延寿将美人圖点破，送入冷宫。甫能得蒙恩幸，又被他献与番王形象。今擁兵来索，待不去，又怕江山有失；没奈何将妾身出塞和番。这一去，胡地风霜，怎生消受也！自古道：『紅顏勝人多薄命，莫怨春风當自嗟。』(一)（駕引文武内官上，云：）今日灞桥餞送明妃，却早来到也。（唱：）

【双调新水令】錦貂裘生改尽漢宮妝，我則索看昭君畫圖模樣。舊恩金勒短，新恨玉鞭長。本是对金殿鴛鴦(二)分飛翼，怎承望！

（云：）您文武百官計議，怎生退了番兵，免明妃和番者。（唱：）

【駐馬聽】宰相每商量，大国使还朝多賜賞。早是俺夫妻悒怏，小家兒出外也搖裝(三)。尚兀自渭城衰柳助凄凉，共那灞桥流水添惆悵。偏您不断腸，想娘娘那一天愁都擫在琵琶上。

（做下马科）（与旦打悲科）（駕云：）左右慢慢唱者，我与明妃餞一盃酒。（唱：）

【步步娇】您将那一曲陽关休轻放，俺咫尺如天樣，慢慢的捧玉觴。朕本意待尊前挨些时光，且休問劣了宫商，您則與我半句儿俄延着唱。

（番使云：）請娘娘早行，天色晚了也。（駕唱：）

〔落梅风〕可憐俺别離重，你好是歸去的忙。寡人心先到他李陵〔四〕臺上，回頭兒却纔魂夢里想，便休題貴人多忘。

（旦云：）妾这一去，再何时得見陛下？把我汉家衣服都留下者。（詩云：）正是：今日漢宮人，明朝胡地妾；忍着主衣裳，为人作春色！〔五〕（留衣服科）（駕唱：）

〔殿前歡〕則甚麽留下舞衣裳，被西风吹散舊时香。我委实怕宫車再过青苔巷，猛到椒房，那一会想菱花鏡里妆，风流相，兜的又横心上。看今日昭君出塞，幾时似苏武还鄉？

（番使云：）請娘々行罢，臣等来多时了也。（駕云：）罢罢罢，明妃你这一去，休怨朕躬也。（做别科，駕云：）我那裏是大漢皇帝！（唱：）

〔鴈儿落〕我做了别虞姬楚霸王，全不見守玉关征西將。那裏取保親的李左車，送女客的蕭丞相〔六〕？

（尚书云：）陛下不必掛念。（駕唱：）

〔得勝令〕他去也不沙架海紫金梁，枉養着那边庭上铁衣郎。您也要左右人扶侍，俺可甚糟糠妻〔七〕下堂？您但提起刀鎗，却早小鹿兒心头撞〔八〕。今日央及煞娘娘，怎做的男兒当自強！

（尚书云：）陛下，咱回朝去罢。（駕唱：）

〔川撥棹〕怕不待放絲韁，咱可甚鞭敲金鐙響。你管燮理阴阳，掌握朝綱，治国安邦，展土开疆；假若俺高皇，差你个梅香，背井离鄉，卧雪眠霜，若是他不戀您春风畫堂，我便官封你一字王〔九〕。

（尚书云：）陛下不必苦死留他，着他去了罢。（駕唱：）

〔七弟兄〕説甚麽大王不當戀王嬙，兀良〔十〕，怎禁他臨去也回頭望！那堪这散风雪旌節影悠揚，动关山鼓角声悲壮。

〔梅花酒〕呀！俺向着这迥野悲凉。草已添黄，兔草迎霜。犬褪得毛蒼，人搠起纓鎗，马負着行装，車运着餱糧，打獵起圍场。他他他，伤心辞漢主；我我我，携手上河梁(七)。他部從人穷荒，我鑾輿返咸阳。返咸阳，过宮墙；过宮墙，遶廻廊；遶廻廊，近椒房；近椒房，月昏黄；月昏黄，夜生凉；夜生凉，泣寒螿；泣寒螿，綠紗窗；綠紗窗，不思量！

【收江南】呀！不思量，除是鉄心腸鉄心腸，也愁淚滴千行。美人圖今夜掛昭阳，我那里供养，便是我高燒銀燭照紅妝(八)。

（尚书云：）陛下回鑾罢，娘娘去远了也。（駕唱：）

【鴛鴦煞】我煞大臣行說一个推辞謊，又則怕笔尖兒那火編修講。不見他花朵兒精神，怎趁那草地里风光？唱道竚立多时，徘徊半晌，猛聽的塞雁南翔，呀呀的聲嘹喨，却原来滿目牛羊，是兀那載離恨的氈車(三)半坡裏響。（下）

（番王引部落擁昭君上，云：）今日漢朝不棄旧盟，將王昭君与俺番家和親。我將昭君封为寧胡閼氏，坐我正宮。两国息兵，多少是好，傳下号令，大家起行，望北而去。（做行科）（旦问云：）这裏甚地面了？（番使云：）这是黑龍江，番漢交界去处；南边屬漢家，北边屬我番國。（旦云：）大王，借一盃酒，望南澆奠，辞了漢家，長行去罢。（做奠酒科，云：）漢朝皇帝，妾身今生已矣，尚待來生也。（做跳江科）（番王驚救不及，歎科，云：）嗨！可惜，可惜！昭君不肯入番，投江而死。罢罢罢，就葬在此江边，号为青塚者。我想来，人也死了，枉与漢朝結下这般讎隙，都是毛延寿那厮搬弄出来的。把都兒(四)，將毛延寿拿下，解送漢朝处治。我依舊与漢朝結合，永为甥舅，却不是好？（詩云：）則为他丹青畫誤了昭君，背漢主暗地私奔；將美人圖又来哄我，要索取出塞和親。豈知道投江而死，空落的一見消魂。是这等奸邪逆賊，留着他終是禍根；不如送他去漢朝哈喇(五)，依还是甥舅禮，两国长存。（下）

(一)「紅顏」二句是宋欧阳修「明妃曲」的原句

〔二〕李白宫中行乐詞：「玉楼巢翡翠，金殿鎖鴛鴦。」

〔三〕摇装——或作遥装。南北朝至明代的一种习俗：将有远行的人，事先择一个吉日出门，親友在江边餞行，上船移棹即返，另日再出发，叫做摇装。（見明姜準「岐海瑣談」）

〔四〕李陵——字少卿，汉代勇将，因兵少战敗，投降匈奴。「李陵台往事休：」（元馮子振黑漆弩至上京曲）

〔五〕李白王昭君詩：「今日漢宫人，明朝胡地妾。」陳师道古意詩「忍着主衣裳，与人作春妍。」

〔六〕李左車、蕭丞相——蕭丞相，指蕭何。两人都是漢初的謀臣，有功于漢，史书上他們没有送親的事；因为漢元帝的大臣们对外束手无策，只会主張派昭君和番，所以这里用反話譏責他们。

〔七〕糟糠妻——指貧賤时共过患难的妻子。宋弘对漢光武説：「貧賤之交不可忘，糟糠之妻不下堂。」

〔八〕小鹿兒心头撞——小鹿兒撞，小鹿兒跳，元曲习用語。因緊張而心头跳动，就像小鹿撞觸心头一样。

〔九〕一字王——遼代有「一字王」之称，如趙王、魏王之类，都是国王，地位較尊貴。若郡王，则必两字，如混同郡王，蘭陵郡王之类，较一字王稍卑。見「随园随笔」。元代也有一字王、两字王的差别，漢代没有这个名称，这是借用的。

〔十〕兀良——語詞，无义；有时用以表示驚訝的意思，略如「啊呀」。

〔十一〕李陵别苏武詩句。

〔十二〕苏軾「海棠」詩句。

〔十三〕氈車——金国的后妃所坐的車子，用錦緣青氈作車盖，叫做氈車。

〔十四〕把都兒——或作把阿秃儿，拔突，巴图鲁。蒙古語：勇士。

〔十五〕哈剌——或作阿闌。蒙古語：殺。

-23-

第四折

（駕引内官上，云：）自家漢元帝，自從明妃和番，寡人一百日不曾設朝。今當此夜景蕭索，好生煩惱。且將這美人圖掛起，少解悶懷也呵，（唱：）

〔中呂粉蝶兒〕寶殿凉生，夜迢迢六宫人静。對銀臺一點寒燈，枕席間，臨寢處，越顯的吾當薄倖。萬里龍廷，知他宿誰家一靈真性。

（云：）小黄门，你看爐香盡了，再添上些香。（唱：）

〔醉春风〕燒盡御爐香，再添黄串餅〔一〕。想娘娘似竹林寺〔二〕，不見半分形；則留下这个影影。未死之时，在生之日，我可也一般恭敬。

（云：）一时困倦，我且睡些兒。（唱：）

〔叫聲〕高唐夢，苦难成。那裏也愛卿愛卿，却怎生無些靈聖？偏不許楚襄王枕上雨雲情。

（做睡科）（旦上，云：）妾身王嬙，和番到北地，私自逃回。兀的不是我主人！陛下，妾身来了也。（番兵上，云：）恰纔我打了个盹，王昭君就偷走回去了。我急急趕来，進的漢宫，兀的不是昭君！（做拏旦下）（駕醒科，云：）恰纔見明妃回来，这些兒如何就不見了？（唱：）

〔剔銀燈〕恰纔这搭兒單于王使命，呼唤俺那昭君名姓；偏寡人唤娘娘不肯燈前應，却原来是畫上的丹青。猛聽得仙音院鳳管鳴，更説甚簫韶九成〔三〕。

〔蔓青菜〕白日裏無承應，教寡人不曾一覺到天明，做的个團圓夢境。（鴈叫科，唱：）却原来鴈叫長門两三聲，怎知道更有箇人孤另！

（鴈叫科）（唱：）

〔白鶴子〕多管是春秋高，觔力短；莫不是食水少，骨毛輕？待去後，愁江南網羅寬；待向前，怕塞北雕弓硬。 曾刻

〔么篇〕傷感似替昭君思漢主，哀怨似作薤露〔四〕哭田横〔五〕，淒愴

似和半夜楚歌声，悲切似唱三疊陽関令。

（雁叫科）（云:）則被那潑毛團〔六〕叫的悽楚人也。（唱:）

〔上小楼〕早是我神思不寧，又添個寃家纏定。他叫得慢一會兒，緊一會兒，和盡寒更。不争〔七〕你打盤旋，這搭裏同聲相應，可不差訛了四時節令？

〔么篇〕你却待尋子卿覓李陵。對着銀臺，叫醒咱家，對影生情。則俺那遠親的漢明妃雖然得命〔八〕不見你個潑毛團，也耳根清淨。

（雁叫科）（云:）這雁兒呵。（唱:）

〔滿庭芳〕又不是心中愛聽，大古似林鶯嚦嚦，山溜泠泠。我只見山長水遠天如鏡，又生怕誤了你途程。見被你冷落了瀟湘暮景，更打動我邊塞離情。还說甚過留聲〔九〕，那堪更瑤堦夜永，嫌殺月兒明！

（黄门云:）陛下省煩惱，龍體为重。（駕云:）不由我不煩惱也。（唱:）

〔十二月〕休道是咱家動情，你宰相每也生憎。不比那雕梁燕語，不比那錦樹鶯鳴。漢昭君離鄉背井，知他在何處愁聽？

（雁叫科）（唱:）

〔尧民歌〕呀呀的飛過蓼花汀，孤雁兒不離了鳳凰城。畫簷間鉄馬響丁丁，寶殿中御榻冷清清，寒也波更，蕭蕭落葉聲，燭暗長門靜。

〔隨煞〕一聲兒遶漢宮，一聲兒寄渭城，暗添人白髮成衰病，直恁的吾當可也勸不省。

（尚书上云:）今日早朝散後，有番国差使命綁送毛延寿来，說因毛延寿叛国敗盟，致此禍釁。今昭君已死，情願两國講和。伏候聖旨。（駕云:）既如此，便將毛延寿斬首，祭獻明妃。着光祿寺大排筵席，犒賞來使回去。（詩云:）葉落深宮雁叫时，夢回孤枕夜相思；雖然青塚人何在，还为蛾眉斬畫師。

题目　沉黑江明妃青冢恨

正名　破幽梦孤雁漢宫秋

〔一〕黄串餅——或作黄篆餅，放在香爐裏薰燒的香餅。

〔二〕竹林寺——佛教傳說中神僧、羅漢所住的灵境；时隐时現，凡人不易到达。

〔三〕簫韶九成——簫韶，傳說是上古虞舜时代的乐名。九成，是九变的意思。每曲一終必变更音調，共变更九次。

〔四〕薤（ㄒㄧㄝ）露——古代送丧的歌曲名。

〔五〕田横——秦末齐国人。齐王被擄，田横自立为齐王，失敗，退去海上。漢高祖派人召降，他走到中途，自殺。他的部下五百多人听到这个消息，都自殺而死。

〔六〕毛團——对禽兽的蔑称；这里指雁。

〔七〕不爭——不要紧，不在乎，无所謂。有时含有如果，只为的意思。

〔八〕得命——命窮，薄命。

〔九〕過留聲——諺語『雁過留聲』的省語。

曾训

-26-

梁山泊李逵負荊雜劇　　元 康进之〔一〕撰

第一折

（冲末扮宋江，同外扮吴学究，净扮鲁智深，领卒子上。宋江詩云：）澗水潺潺遶寨門，野花斜插滲青巾。杏黄旗上七箇字，替天行道救生民。某，姓宋名江，字公明，綽号順天呼保義者是也。曾为鄆州鄆城縣把筆司吏，因帶酒殺了閻婆惜，迭配江州牢城。路經这梁山過，遇見晁蓋哥哥，救某上山。後來哥哥三打祝家莊身亡，衆兄弟推某为頭領。某聚三十六大夥，七十二小夥，半垓來的小僂儸，威鎮山東，令行河北。某曾的是兩箇節令：清明三月三，重陽九月九。如今遇这清明三月三，放衆弟兄下山，上墳祭掃。三日已了，都要上山。若違令者，必當斬首。（詩云：）俺令雖人不怕，只放你三日嚴假；若違了半個时辰，上山來决無乾罷。（下）（老王林上，云：）曲律〔二〕竿頭懸草稕〔三〕，綠楊影裏撥琵琶。高陽公子〔四〕休空過，不比尋常賣酒家。老漢姓王名林，在这杏花莊居住，開着一個小酒務兒〔五〕，做些生意。嫡親的三口兒家屬：婆婆早年亡化过了，止有一个女孩兒，年長十八歲，唤做満堂嬌，未曾許聘他人。俺这裏靠着这梁山較近，但是山上頭領，都在俺家買酒吃。今日燒的鏇鍋兒熱着，看有甚麽人來。（净扮宋刚，丑扮鲁智恩上）（宋刚云：）柴又不貴，米又不貴。兩個油嘴，正是一对。某乃宋刚，这个兄弟叫做鲁智恩。俺与这梁山泊較近，俺兩個则是假名托姓，我便認做宋江，兄弟便認做鲁智深。來到这杏花莊老王林家，買一鍾酒吃。（見王林科，云：）老王林，有酒麽？（王林云：）哥哥，有酒有酒，家裏請坐。（宋刚云：）打五百長錢〔六〕酒來。老王林，你認得我兩人麽？（王林云：）我老漢眼花，不認的哥哥们。（宋刚云：）俺便是宋江，这个兄弟便是鲁智深。俺那山上頭領，多有來你这裏打攪，若有欺負你的，你上梁山來告我，我与你做主。（王林云：）你山上頭領，都是替天行道的老漢，並沒有這事，只是老漢不認的太僕〔七〕，休怪休怪。早知太僕來到，只合遠接；接待不及，勿令見罪。老漢在這裏，多虧了頭領哥哥，照顧老漢。（做遞酒科，云：）太僕，請滿飲此盃。（宋剛飲科）（王林云：）再將酒來。（魯智恩飲酒科，云：）哥哥好酒。（宋剛云：）老王，你家裏还有甚麼人？（王林云：）老漢家中并無甚麼人，有個女孩兒，喚做滿堂嬌，年長一十八歲，未曾許聘他人。老漢別无甚麼孝順，着孩兒出来，與太僕遞鍾酒兒，也表老漢一点心。（宋剛云：）既是閨女，不要他出来罷。（魯智恩云：）哥哥怕甚麼？看他出来。（王林云：）滿堂嬌孩兒，你出来。（旦兒扮滿堂嬌，云：）父親喚我做甚麼？（王林云：）孩兒，你不知道，如今有梁山上宋公明，親身在此，你出來遞他一鍾兒酒。（旦兒云：）父親，則怕不中麼？（王林云：）不妨事。（旦兒做見科）（宋剛云：）我一生怕聞脂粉氣，靠後些！（王林云：）孩兒，与二位太僕遞一鍾兒酒。（旦做遞酒科）（宋剛云：）我也遞老王一鍾酒。（做與王林酒科）（宋剛云：）你這老人家，这衣服怎麼破了？把我这紅絹褡膊與你補这破處。（老王林接衣科）（魯智恩云：）你还不知道，纔比这杯酒是肯酒〔八〕，这褡膊是紅定〔九〕，把你这女孩兒与俺宋公明哥哥做壓寨夫人。只借你女孩去三日，第四日便送來还你。俺回山去也。（領旦下）（王林云：）老漢眼睛一對，臂膊一雙，只看着这个女孩兒，似这般可怎麼了也！（做哭科）（正末扮李逵做帯醉上，云：）吃酒不醉，不如醒也。俺，梁山泊上山兒李逵的便是。人見我生得黑，起個綽號，叫俺做黑旋風。奉宋公明哥哥將令，放俺三日假限，踏青賞翫，不免下山，去老王林家，再買幾壺酒，吃個爛醉也呵。（唱：）

仙呂點絳唇〕飲興難酬，醉魂依舊。尋村酒，恰問罷王留〔十〕。（云：）向王留道，那裏有酒？那廝不說便走，俺喝道，走那裏去？被俺趕上，一把揪住，張口毛恰待要打，那王留道，休打休打，爹爹，有。

—28—

（唱：）王留道，兀那裏人家有。

〔混江龍〕可正是清明時候，却言風雨替花愁。和風漸起，暮雨初收。俺則見楊柳半藏沽酒市，桃花深映釣魚舟。更和這碧粼粼春水波紋縐，有往來社燕，遠近沙鷗。

（云：）人道我梁山泊無有景致，俺打那廝的嘴！（唱：）

〔醉中天〕俺這裏霧鎖着青山秀，烟罩定綠楊洲。（云：）那桃樹上一個黃鶯兒，將那桃花瓣兒啗阿啗阿，啗的下來，落在水中，是好看也。我曾聽的誰說來，我試想咱：哦！想起來了也，俺学究哥哥道來。（唱：）他道是輕薄桃花逐水流。（云：）俺綽起這桃花瓣兒來，我試看咱。好紅的桃花瓣兒！（做笑科，云：）你看我好黑指頭也！（唱：）恰便是粉襯的這胭脂透。（云：）可惜了你這瓣兒，俺放你趁那一般的瓣兒去。我與你趕，與你趕，貪趕桃花瓣兒。（唱：）早來到這草橋店垂楊的渡口。（云：）不中，則怕悞了俺哥哥的將令，我索回去也。（唱：）待不吃呵，又被這酒旗兒將我來相迤逗〔二〕。他他他，舞東風在曲律杆頭。

（云：）兀那王林，有酒麽？不則這般白吃你的，與你一抄碎金子，與你做酒錢。（王林做拏淚科，云：）要他那碎金子做甚麽？（正末笑科，云：）他口裏說不要，可揣在懷裏。老王，將酒來。（王林云：）有酒有酒。（做篩酒科）（正末云：）我吃這酒在肚裏，則是翻也翻的；不吃，更待乾罷。（唱：）

〔油葫蘆〕往常時酒債尋常行處有，十欠着九。（帶云：）老王也，（唱：）則你這杏花莊壓盡他謝家樓。你與我便熟油般造下春醅酒，你與我花羔般煮下肥羊肉。一壁廂肉又熟，一壁廂酒正篘〔三〕，抵多少錦封未拆香先透，我則待乘興飲兩三甌。

〔天下樂〕可正是一盞能消萬種愁。（云：）老王也，喒吃了這酒呵，（唱：）把煩惱都也波丢，都丢在腦背後，這些時吃一個沒了休。（帶云：）我醉了呵，（唱：）遮莫我倒在路邊，遮莫我臥在壟頭。（做吐科，云：）老王休怪〔四〕，（唱：）直醉的來在這搭裏嘔。

-29-

（云:）老王，這酒寒，快鏇熱酒来。（王林云:）老漢知道（做换酒科，哭云:）我那滿堂嬌兒也！（正末云:）快䤼热酒来，（王林又哭云:）我那滿堂嬌兒！（正末云:）老王，我不曾與你酒錢来？你怎麽這般煩惱？（王林云:）哥哥，不干你事，我自有撇不下的煩惱哩，你則吃酒。（正末唱:）

〔賞光時〕㗰兩個每日尊前語話投，今日呵，为甚将咱佯不倸？（王林云:）你不知道，我自嫁我的女孩兒，为此着惱。（正末唱:）哎！你箇呆老子，暢好是忒㧐摟（尙）（云:）比似你這般煩惱，休嫁他不的。（王林哭科，云:）哎的！我那滿堂嬌兒也！（正末唱:）你何不養着他，到蒼顏皓首？（云:）你曉的世上有三不留麽？（王林云:）哥，是那三不留？（正末云:）蠶老不中留，人老不中留（唱:）呆老子，常言道：女大不中留。

（云:）我向你，那女孩兒嫁了箇甚麽人？（王林云:）哥，我那女孩兒嫁人，我怎麽煩惱？則是悔氣，被一箇賊漢奪將去了。（正末做打科，云:）你道是賊漢，是我奪了你女兒来？（唱:）

〔金盞兒〕我這裏猛睜眸，他那裏巧舌頭，是非只為多開口。但半星兒虛謬，惱翻我，怎干休！一把火將你那草團瓢（闺）燒成為腐炭，盛酒甕摔做碎瓷甌。（帶云:）綽起俺兩把板斧来，（唱:）砍折你那蟠根桑棗樹，活殺您那㒰角木黄牛。

（云:）兀那老王，你説的是，萬事皆休；説的不是，我不道的饒你哩。（王林云:）太僕停嗔息怒，聽老漢慢慢的說與你聽。有兩個人来吃酒，他説：我一箇是宋江，一箇是魯智深。老漢便道：元是梁山泊上太僕，我無甚孝順，我只一箇十八歲女孩兒，叫做滿堂嬌，着他出来拜見，與太僕遞一杯兒酒，也表老漢的一點心。我叫出我那女孩兒来，與那宋江、魯智深遞了三杯酒，那宋江也回遞了我三鍾酒，他又把紅褡膊揣在我懷裏。那魯智深説：這三鍾酒是肯酒，這紅褡膊是紅定；俺宋江哥哥有一百八箇頭領，單只少一箇人哩。你將這十八歲的滿堂嬌，與俺哥哥做箇壓寨夫人，则今日好日辰，俺兩箇便上梁山泊去也。許我三日之後，便送女孩兒來家。他兩箇說罷，就將女孩兒領去了。老漢偌大年紀，眼睛一對，臂膊一雙，则覷着我那女孩兒。他平白地把我女孩兒強擄將去，哥，教我怎麼不煩惱？（正末云：）有甚麼見證？（王林云：）有紅絹褡膊，便是見證。（正末云：）我待不信來，那箇士大夫有這東西？老王，你做下一甕好酒，宰下一箇好牛犢兒，只等三日之後，我輕輕的把着手兒，送將你那滿堂嬌孩兒來家，你意下如何？（王林云：）哥，你若送將我那女孩兒來家，老漢莫要說一甕酒，一箇牛犢兒，便殺身也報答大恩不盡。（正末唱：）

〔賺煞〕管着你目下見讎人，則不要口似無梁斗〔六〕，一句句言如劈竹。（帶云：）宋江休，（唱：）不爭你這一度風流，倒出了一度醜。暢今番潑水難收，到那裏向緣由，怎敢便信口胡謅？则要你肚囊裏揣着狀本熟，不要你將無來作有，则要你依前來依後〔七〕。（云：）我如今回去，見俺宋公明，數說他這罪過，就着他辭了三十六大夥、七十二小夥，半垓來小僂儸，同着魯智深，一徑離了山寨，到你莊上。那时節，我若叫你出來，你可休似乌龜一般縮了頭，再也不肯出來。（王林云）老漢若不見他，萬事休論，我若見了他，我認的他兩箇，恨不的咬掉他一塊肉來，我怎麼肯不出見他？（正末云：）老王，兀的不是俺宋江哥哥？他這般也。老兒，俺鬬你耍哩。（唱：）你可也休翻做了鑞鎗頭〔八〕。（下）

（王林云：）李逵哥哥去了，我也收拾過鋪面，專等三日之後，送滿堂嬌孩兒來家。滿堂嬌孩兒，则被你痛殺我也！（下）

〔一〕 康進之——棣州人。作劇二種，現存李逵負荊。

〔二〕 曲律——彎曲，屈折的意思；簡言为『曲律』，複言为『乞留曲律』。

〔三〕 草稕（ㄓㄨㄣˋ）——或作草團。縛草为圈，挑挂在門首，作为酒店的標識；就是酒帘，幌子一类的東西。

(四) 高陽公子——或称高陽酒徒。酈食其，高陽人。漢高祖初起兵的時候，他去求見，漢高祖以为他是一個儒者，不肯接見；他就嚷道：我是高阳酒徒，不是儒者！這四個字後來就成了歡喜喝酒的人的代称。

(五) 酒務兒——宋代設有酒務官，分務管理榷酒的事。酒是專賣品，因称酒店为酒務，或酒务兒。

(六) 長錢——对短錢而言。古时以八十或九十个钱当作一百，叫做短陌或短钱；十足的一百個，叫做長錢。

(七) 太僕——本是古代官名，職掌輿马及牧畜等事；後来当做对綠林好漢的称呼。

(八) 肯酒——訂婚酒；表示女方同意。

(九) 紅定——古代，訂婚的时候，男家送給女家的聘礼酒物擔子上，纏繳花紅，叫做「繳擔紅」；就是「紅定」。

(十) 王留——王留，沙三，伴哥，牛表，牛觔等，都是元剧中对人物常用的姓名，犹如說張三，李四，阿宝，小弟之类。

(十一) 逈(ㄊ)逗(ㄉㄡ)——勾引，招惹。

(十二) 篘(ㄔㄡ)——用竹編成的濾酒器具；曲中多作動詞用，濾酒的意思。

(十三) 俫——或作唻，来。語句中或語尾的助詞，無義。略同于啦，哩。

(十四) 㧐㨃——一般是性情剛傻，兇狠的意思；這裏是固執，呆板的意思。

(十五) 團瓢——或作團標，團焦，就是草房。

(十六) 口似無梁斗——斗，古代盛酒漿的器具，上有提梁，可以持拿。口似無梁斗，比喻說話沒有憑据，不可靠的意思。

(十七) 依前來依後——所講的話，要前后一致，不要改变的意思。

(十八) 鑞鎗頭——鑞，鉛錫合金，鑞做的鎗頭不銳利，比喻中看不中用。

元明清文学(中三)

曾永

-32-

第二折

(宋江同吳学究、魯智深領卒子上)(宋江詩云:)旗幟無非人血染,燈油盡是腦漿熬。鴻嗉肝肺扎絲(一)尾,狗咽骷髏抖摟毛。某乃宋江是也。因晴明節令,放衆頭領下山踏青賞翫去了。今日可早三日光景也,在那聚義堂上,三通鼓罷,都要來齊。小僂儸,寨门首覷者,看是那一箇先來。(卒子云:)理会得。(正末上,云:)自家李山兒的便是。將着這紅褡膊,見宋江走一遭來。(唱:)

[正宮端正好]抖摟着黑精神,扎煞開黄髭髮(二),則今番不許收拾。俺可也磨拳擦掌,行行裏,按不住杀撞心頭氣。

[滾繡毬]宋江咻,這是甚所為,甚道理?不知他主着何意,激的我怒气如雷。可不道他是誰,我是誰,俺兩箇半生來,豈有些嫌隙,到今日却做了日月交食。不爭幾句閒言語,我則怕惡識多年舊面皮,展轉猜疑。

(云:)小僂儸報復去,道我李山兒來了也。(卒子做報科,云:)喏,報的哥哥得知,有李山兒來了也。(宋江云:)着他過来。(卒子云:)着過去,(做見科)正末云:)學究哥哥,喏!帽兒光光,今日做箇新郎;袖兒窄窄,今日做箇嬌客。俺宋公明在那裏?請出來和俺拜兩拜。俺有些零碎金銀在這裏,送給嫂嫂做拜見錢。(宋江云:)這廝好無禮也!與學究哥哥施禮,不與我施禮。這廝胡言亂語的,有甚麽說話。(正末唱:)

[倘秀才]哎!你箇刎頸的知交慶喜。(宋江云:)慶什麽喜?(正末唱:)則你那壓寨的夫人在那裏?(指魯智科,云:)禿驢,你做的好事來!(唱:)打乾淨毬兒(三)不道的走了你。(宋江云:)怎麽?智深兄弟,也有你那?(正末唱:)强賭當(四),硬支持,要見個到底。

(宋江云:)山兒,你下山去,有什麽事,何不就明對我說?(正末做惱不言語科)(宋江云:)山兒,既然不肯和我說,你就對學究哥哥根前說破。(正末唱)

〔滚繡毬〕俺哥哥要娶妻，這禿廝會做媒。（宋江云：）智深兄弟，說你會做什麼媒來。（魯智深云：）你看這廝，到山下去噇似了多少酒，醉的來似踹不殺的老鼠一般，知他支支的說甚麼哩。（正末唱：）元來個梁山泊，有天無日。（做拔斧斫旗科）（唱：）就恨不斫到這一面黃旗！（眾做奪斧科）（宋江云：）你這鐵牛，有甚麼事，也不查個明白，就提起板斧來，要斫倒我杏黃旗，是何道理？（学究云：）山兒，你也忒口快心直哩！（正末唱：）你道我忒口快，忒心直，還待要獻勤出力。（做喊科，云：）眾兄弟們，都來！（宋江云：）都來做甚麼？（正末唱：）則不如做箇會六親慶喜的筵席。（宋江云：）做甚麼筵席？（正末唱：）走不了你箇撮合山〔六〕師父唐三藏，更和這新女壻郎君，哎你箇柳盜跖，看那個便宜。

（宋江云：）山兒，你下山，在那裏吃酒，遇着甚人？想必說我些甚麼，你從頭兒說，則要說的明白。（正末唱：）

〔倘秀才〕不爭你搶了他花朵般青春艷質，這其間抛閃殺那草橋店白頭老的。（宋江云：）這事其中必有暗昧。（正末唱：）這樁事分明甚暗昧，生割捨，痛悲悽。（帶云：）宋江咪，（唱：）他其實怨你。

（宋江云：）元來是老王林的女孩兒，說我搶將來了。休道不是我，便是我搶將來，那老子可是喜歡也是煩惱？你說我試聽。（正末唱：）

〔叨叨令〕那老兒，一會家便哭啼啼在那茅店裏，（帶云：）覷着山寨，宋江，好狠也！（唱：）他這般急張拘諸〔七〕的立。那老兒，一會家便怒吽吽在那柴門外，（帶云：）哭道，我那滿堂嬌兒也！（唱：）他這般乞留曲律的氣。（宋江云：）他怎生煩惱那？（正末唱：）那老兒，一會家便悶沉沉在那酒甕邊，（帶云：）那老兒，拿起瓢來，揭開蓆墩，舀一瓢冷酒來汨汨的嚥了。（唱：）他這般迷留沒亂〔八〕的醉。那老兒，枕着一片蓆頭，便慢騰騰放在土坑上。（帶云：）他出的門來，看一看，又不見來，哭道，我那滿堂嬌兒也！（唱：）他這般壹留兀淥〔九〕的睡。似這般過不的也麼哥，似這般過不的也麼哥。（宋江云：）這廝怎的？（正末唱：）他道俺梁山泊，水不甜，人不義！

-34-

（宋江云：）學究兄弟，想必有那依草附木，冒着俺家名姓，做這等事情的，也不可知。只是山兒也該討個顯證，纔得分曉。（正末云：）有有有，這紅褡膊不是顯證？（宋江云：）山兒，我今日和你打個賭賽。若是我搶將他女孩兒來，輸我這六陽會首（一）；若不是我，你輸些甚麽？（正末云：）哥，你與我賭頭？罷您兄弟擺一席酒。（宋江云：）擺一席酒到好了，你須要配得上我的。（正末云：）罷罷罷，哥，倘若不是你，我情願納這顆牛頭。（宋江云：）既如此，立下軍狀，學究兄弟收着。（正末云：）難道花和尚就饒了他？（魯智深云：）我這光頭不賭他罷，省的你叫不利市。（做立狀科）（正末唱：）

〔一煞〕則為你兩頭白麵搬興廢（二），轉背言詞說是非，這廝敢狗行狼心，虎頭蛇尾。不是我節外生枝，囊裏盛錐。誰着你奪人愛女，逞己風流，被咱都知。（宋江云：）你看黑牛這村沙樣勢（三）那。（正末唱：）休怪我村沙樣勢，平地上起孤堆（四）。

（宋江云：）若不是我呵，我不道的饒了你哩！（正末唱：）

〔黃鍾尾〕那怕你指天畫地能瞞鬼，步線行針（五）待哄誰。又不是不精細，又不是不伶俐。（宋江云：）我和你就下山去。（正末唱：）下山寨，到那裏，李山兒，共質對，認的真，覷的實，割你頭，塞你嘴。（宋江云：）這鐵牛怎敢無禮？（正末唱：）非鐵牛敢無禮，既賭賽，怎翻悔？莫說這三十六英雄，一個個都是弟兄輩。（云：）衆兄弟每，都來聽着！（宋江云：）你着他聽什麽？（正末云：）俺如今和宋江、魯智深同到那杏花莊上，只等那老王林道出一個是字兒，你那做媒的花和尚，休要怪我，一斧分開兩個瓢，誰着你搠了一十八歲滿堂嬌！單把宋江一個留將下，待我親手伏侍哥哥這一遭。（宋江云：）你怎生伏侍我？（正末云：）我伏侍你！我伏侍你！一隻手揪住衣領，一隻手揝住腰帶，滴留撲（六）摔個一字；闊脚板踏住胸脯，舉起我那板斧來，覷着脖子上，可叉（七）！（唱：）便跳出你那七代先靈，也將我來勸不得。（下）

（宋江云：）山兒去了也，小僂㑩鞴兩匹馬來，某和智深兄弟，

親下山寨，與老王林筲對去走一遭。（詩云：）老王林出乖露醜，李山兒將沒做有。如今去杏花莊前，看誰輸六陽魁首。（同下）

(一)扎煞——或作參沙，一音之轉。參，張開；沙語助詞。扎煞，就是分開，撒開。

(二)髭(卩)鬚(ㄒㄩ)——鬍子。

(三)打乾淨毬兒——比喻置事事外，與己無關。這裏是說：魯智深既然作了媒人，就不能推脫責任。

(四)睹當——或作當睹。堵擋，对付。

(五)噇（ㄔㄨㄤ）——或作啉。拚命喝酒，沒有節制。

(六)撮合山——指說合、促成男女婚事的人；就是媒人的別称。

(七)急張拘諸——或作急張拒逐。形容局促不安之狀。

(八)迷留沒亂——迷亂，迷迷糊糊。

(九)壹留兀淥——或作伊哩烏蘆，一六兀剌，形容口裏所发的声音。这里是形容鼾声。

(十)六陽會首——或作六陽魁首，就是頭。医经上說：手足三陽之脈，總會于頭，所以頭是六陽魁首。

(十一)兩頭白麵搬興廢——元剧中常以白麵、麵糊比喻人糊塗或蒙蔽。这句話就是说：兩面蒙蔽，搬弄事非耍手段。

(十二)村沙樣勢——或作村沙勢。粗野，凶狠的樣子。

(十三)平地上起孤堆——孤堆或作骨堆，就是土堆。平地上起孤堆，就是忽然发生事故的意思。

(十四)步線行針——指裁縫縫衣的技术，借喻縝密安排。

(十五)滴留撲——形容滑到，跌落的声音。

(十六)可叉——或作可擦，磕叉，磕擦，搕叉，磕搓。形容斫去的声音

第三折

（王林做哭上，云：）我那滿堂嬌兒也，則被你想殺我也！老漢王林，被那兩箇賊漢將我那女孩兒搶將去了，今日又是三日也。昨

~~李哥~~ 李逵甲鈥布伯主砍突兄

-36-

日有那李逵哥哥，去梁山上尋那宋江、魯智深，要來對證這一樁事哩。老漢如今收拾下些茶飯，等候則箇。（做哭科，云：）我那滿堂嬌兒，說道今日第三日，送他來家，不知來也是不來，則被你想殺我也！（宋江同智深、正末上）（宋江云：）智深兄弟，咱行動些。你看那山兒，俺走頭裏走，他可在後面；俺在後面走，他可在前面；敢怕我兩個逃走了那？（正末云：）你也等我一等波，聽見到丈人家去，你好喜歡也。（宋江云：）智深兄弟，你看他那廝迷言迷語的，到那裏認的不是，山兒，我不道的饒了你哩！（正末唱：）

〔商調集賢賓〕過的這翠巍巍一带山崖脚，遠望見滴溜溜的酒旗招。想悲歡不同昨夜，論真假只在今朝。（云：）花和尚，你也小脚兒，這般走不動。多則是做媒的心虛，不敢走哩。（魯智深云：）你看這廝！（正末唱：）魯智深似窟裏拔蛇。（云：）宋公明，你也行動些兒。你只是拐了人家女孩兒，害羞也，不敢走哩。（宋江云：）你看他波！（正末唱：）宋公明似氈上拖毛。則俺那周瓊姬，你可甚麽王子喬（一），玉人在何處吹簫（二）。我不合蹬翻了鶯燕友，拆散了這鳳鸞交。

（云：）我今日同你兩個，来這杏花庄上呵，（唱：）

〔逍遙樂〕倒做了逢山開道。（魯智深云：）山兒，我還要你遇水搭橋哩。（正末唱：）你休得順水推船，偏不許我過河拆橋。（宋江做前走科）（正末唱：）當不的他納胯那腰。（宋江云：）山兒，你不記得上山時，認俺做哥哥，也曾有八拜之交哩。（正末唱：）哥也！你只說在先時，有八拜之交；元來是花木瓜（三）兒外看好，不由咱不回頭兒暗笑。待和你爭甚麽頭角，辯甚的衷腸，惜甚的皮毛。

（云：）這是老王林門首。哥也，你莫言語，等我去喚門。（宋江云：）我知道。（李逵叫门科）老王，老王，開門來！（王林做打盹）（正末又叫科）（云：）老王！開門來！我將你那女孩兒送來了也。（王林做驚醒科，云：）真箇來了！我開開這門。（做抱正末科，云：）我那滿堂嬌兒也！呸，元來不是。（正末唱：）

〔醋葫蘆〕這老兒外名喚做半槽（四），就裏帶着一杓。是則是去了你那一十八歲這箇滿堂嬌，更做你家年紀老。(云:)俺叫了兩三聲不開門，第三聲道，送將你那滿堂嬌女孩兒來了。他開開門，摟着俺那黑脖子，叫道，我那滿堂嬌兒也(唱:)老兒也，似這般煩惱的無顛無倒(四)，越惹你樸䏶(六)抹淚哭嚎咷。

(云:)哥也，進家裏來坐着。(宋江、魯智深做入坐科)(正末云:)他是一箇老人家，你可休諕他。我如今着他認你也，老王，你過去認波。(王林云:)老漢正要認他哩。(宋江云:)兀那老子，你近前來，我就是宋江。我與你說，那箇奪將你那女孩兒去，則要你認的是者。我與山兒賭着六陽會首哩。(正末云:)老王，你認去，可正是他麼？(王林做認科，云:)不是他，不是他。(宋江云:)可如何？(正末云:)哥也，你等他好好認咱，怎麼先睜眼嚇他這一嚇，他還敢認你那？兀的老王，只為你那女孩兒，俺弟兄兩箇賭着頭哩。老王，兀那箇不是你那女婿，拐了滿堂嬌孩兒的宋江？(王林做再認搖頭科，云:)不是，不是。(宋江云:)可何如？(正末唱:)

〔么篇〕你則合低頭就坐來，誰着你掙睛先去瞧；則你個宋公明威勢怎生豪，剛一瞅，早將他魂靈嚇掉了。這便是你替天行道，則俺那無情板斧肯擔饒！

(云:)老王，你來。兀那禿廝，便是做媒的魯智深，你再去認咱。(魯智深云:)你快認來。(王林做再認科，云:)不是，不是。那兩箇：一箇是青眼兒長子，如今這箇是黑矮的；那一箇是稀頭髮臘梨，如今這箇是剃頭髮的和尚。不是，不是。(魯智深云:)山兒，我可是哩？(正末云:)你這禿廝，由他自認，你先么喝一聲怎麼？(唱:)

〔么篇〕誰不知你是鎮關西魯智深，離五臺山纔落草，便在黑影中摸索也應着，只被你爆雷似一聲先諕倒。那呆老子怕不知名號。(帶云:)適纔向他也待認來，(唱:)只見他搖頭側腦費量度(七)

(宋江云:)既然認的不是，智深兄弟，我們先回山去，等鐵牛自來支對。(正末云:)老王，我的兒，你再認去。(王林云:)哥，

元明青文学（中三）

我說不是他，就不是他了，教我再認怎的？（正末做打王林科）

（王林云：）可憐見，打殺老漢也！（正末唱：）

〔後庭花〕打這老子沒肚皮攬鶵藥〔八〕，偏不的我敲葫蘆拌馬杓〔九〕。（宋江云：）小僂儸，將馬來，咱與魯家兄弟先回去也。（正末云：）你道是弟兄每將馬來，先回山寨上去；我道，哥也，你再坐一坐，等那老子再細認波。（唱：）哥哥道鞴馬來還山寨。（帶云：）哎！哥也，嵑的您兄弟，（唱：）恰便似牽驢上板橋。惱的我怒難消，踹匾了盛漿鉄落〔十〕，轆轤上截井索，芭棚下漤剁槽。擲碎了舀酒瓢，砍折了切菜刀。

〔雙鴈兒〕就恨不一把火，刮刮㮮㮮燒了你這草團瓢。將人來，險中倒，氣得咱，一似那鯽魚跳。可不道家有老敬老，家有小敬小。

（宋江云：）智深兄弟，咱和你回山寨去。（詩云：）堪笑山兒忒慕古〔十一〕，無事空將頭共賭。早早回來山寨中，舒出脖子受板斧。（同魯智深下）（正末做歎科，云：）嗨！這的是山兒不是了也！（唱：）

〔浪裏來煞〕方信道人心未易知，燈臺不自照。從今後開眼見箇低高。沒來由共哥哥賭賽着，使不的三家來便廝靠，則這三寸舌是俺斬身刀。（下）

（王林云：）李逵哥哥去了也。他今日果然領將兩個人來着我認，道是也不是。元來一個是真宋江，一個是真魯智深，都不是拐我女孩兒的。不知被那兩個天殺的，拐了我滿堂嬌兒去。則被你想殺我也！（宋剛做打嚏，同魯智恩、旦兒上，云：）打嚏耳朵熱，一定有人說。可早來到杏花莊也。我那太山在那裏？我每原許三日之後，送你女孩兒回家，如今來了也。（王林做相見抱旦哭科，云：）我那滿堂嬌兒也！（宋剛云：）太山，我可不說謊，准准三日，送你令愛還家。（王林云：）多謝太僕擡舉！老漢只是家寒，急切裏不曾備的菩酒，且到我女兒房裏吃一杯淡酒去。待明日宰個小小雞兒請你。（魯智恩云：）老王，我的山寨上有的是羊酒，我教小僂儸趕二三十個肥羊，擡四五十擔好酒送你。（王林云：）多謝太僕！只是老漢沒的謝媒紅送你，惶恐殺人也！（宋剛云：）俺們且到大人房裏去吃酒來。（下）（王林云：）這兩個賊漢，元來不是梁山泊上頭領，他拐了我女兒，左右弄做破罐子，倒也罷了。只可惜那李逵哥哥，一片熱心，賭着頭來，這須不要耍處。我如今將酒冷一碗，熱一碗，勸那兩個賊漢吃的爛醉。到晚間，等他睡了，我悄悄奔上梁山，報與宋公明知道，搭救李逵，有何不可。（詩云：）做甚麼老王林夜走梁山道，也則為李山兒思義須當報。但愁他一湧性殺了假宋江，連累我滿堂嬌要帶前夫孝。（下）

(一)周瓊姬、王子喬——喬，應作高。宋王迥，字子高，據傳說，他與仙女周瓊姬相愛，共遊仙境芙蓉城，凡百餘日而返。

(二)玉人吹簫——古代神話，蕭史善吹簫，秦穆公的女兒弄玉愛他；他叫弄玉吹作鳳叫的聲音，鳳凰果然來了，他們就跨着鳳凰飛走了。

(三)花木瓜——花木瓜長得好看，但不能吃；比喻外表好裏面不好。

(四)半槽二句——形容王林酒量大，喝了半槽酒，又加上一杓，以致酒醉糊塗。

(五)無顛無倒——或作沒顛沒倒。顛顛倒倒，心神錯亂。

(六)眵（彳）——眼眶中排泄出的黏液；眼屎。

(七)量度——測度，忖度。

(八)沒肚皮攬瀉藥——比喻沒有把握，而又瞎說闖禍。

(九)敦葫蘆摔馬杓——敦，把東西使勁一放。葫蘆，馬杓，都是盛東西的用具。這兩句就是用力摔打器物，表示生氣的意思。

(十)鉄落——酒漏斗。

(十一)慕古——糊塗。

第四折

（宋江同吳學究、魯智深領卒子上，云：）某乃宋江是也。學究兄弟，頗奈李山兒無禮，我和他打下賭賽，到那裏，果然認的不是我。與魯家兄弟，先回來了。只等山兒來時，便當斬首。小僂儸，踏着山崗望者，這早晚山兒敢待來也。（正末做負荊上，云：）黑旋風，你好是沒來由也！為着別人，輸了自己。我今日無計所

—40—

元明清文学（中三）

柰，砍了這一束荆杖，負在背上，回山寨見俺公明哥哥去也呵。（唱：）

〔雙調新水令〕這一場煩惱可也逢人來，没來由共哥哥賭賽。袒下我這紅衲襖，跌綻我這舊皮鞋，心中量猜：（带云：）到山寨上，哥哥不打，則要頭，（唱：）怎發付脖項上這一塊？

〔駐馬聽〕有心待不顧形骸，（带云：）這碧湛湛石崖，不得底的深澗，我待跳下去，休説一箇，便是十箇黑旋風，也不見了。（唱：）兩三番自投碧湛崖。欲臨山寨，行一步如上嚇魂臺。我死後，墓頂頭誰定遠鄉牌，靈位邊誰咒生天界？怎擘劃(一)但得箇完全屍首，便是十分采。

〔攪箏琶〕我來到轅門外，見小校鴈行排。（带云：）往常時我來呵（唱：）他這般退後趨前；（带云：）怎麽今日的，（唱：）他將我佯呆不採。（做偷瞧科，云：）哦！元來是俺宋公明哥哥和衆兄弟都升堂了也。（唱：）他對着那有期會的衆英才，一個個穩坐擡頦(二)。我説的明白，這菴𠍴的廉頗(三)請罪來，死也應該。

（見科）（宋江云：）山兒，你來了也，你背着甚麽哩？（正末云：）哥哥，您兄弟山澗直下砍了一束荆杖，告哥哥打幾下。您兄弟一時間没見識，做這等的事來（唱：）

〔沉醉東風〕呼保義哥哥見責，我李山兒情願餐柴。第一來看着咱兄弟情，第二來少欠他膿血債。休道您兄弟不伏燒埋(四)，由你便直打到梨花月上來，若不打，這頑皮不改。

（宋江云：）我元與你賭頭，不曾賭打。小僂儸，將李山兒踹下聚義堂，斬首報來。（正末云：）學究哥，你勸一勸兒。智深哥，你也勸一勸兒。（學究同魯智深勸科（宋江云：）這是軍狀：我不打他，則要他那顆頭！（正末云：）哥，你道甚麽哩？（宋江云：）我不打你，則要你那顆頭。（正末云：）哥哥，你真箇不肯打？打一下，是一下疼；那殺的，只是一刀，倒不疼哩。（宋江云：）我不打你。（正末云：）不打？謝了哥哥也！（做走科）（宋江云：）你走那裏去？（正末云：）哥哥道是不打我。（宋江云：）我和你打賭賽，我則要你那六陽會首。（正末云：）罷罷罷，他殺不如自殺

曾川

，借哥哥劍來，待我自刎而亡。（宋江云：）也罷，小僂儸將劍來遞與他。（正末做接劍科，云：）這劍可不元是我的。想當日跟着哥哥打圍獵射，在那官道傍邊，衆人都看見一條大蟒蛇攔路，我走到根前，並無蟒蛇，可是一口太阿寶劍。我得了這劍，獻與俺哥哥懸帶。數日前，我曾聽得支楞楞的劍響，想殺别人，不想道殺害自己也。（唱：）

〔步步嬌〕則聽得寶劍聲鳴，使我心驚駭，端的個風團（五）快，似這般好器械，一䍧（六）來銅錢，恰便似砍麻稭。（帶云：）想您兄弟十載相依，那般恩義，都也不消說了。（唱：）還說甚舊情懷，早砍取我半壁天靈蓋。

（王林衝上叫科，云：）刀下留人！告太僕，那個賊漢送將我那女孩兒來了，我將他兩個灌醉在家裏，一徑的來報知太僕，與老漢做主咱。（宋江云：）山兒，我如今放你去，若拿得這兩個棍徒，將功折罪；若拿不得，二罪俱罰；你敢去麼？（正末做笑科，云：）這是揉着我山兒的痒處，管教他甕中捉鱉，手到拿來。（學究云：）雖然如此，他有兩副鞍馬，你一個如何拿的他住？萬一被他走了，可不輸了我梁山泊上的氣概。魯家兄弟，你幫山兒同走一遭。（魯智深云：）那山兒開口便駡我禿廝會做媒，兩次三番，要那王林認我，是甚主意？他如今有本事，自去拿那兩個，我魯智深决不幫他。（學究云：）你只看聚義兩個字，不要因這小忿，壞了大體面。（宋江云：）這也說的是。智深兄弟，你就同他去，拿那兩個頂名冒姓的賊漢來。（魯智深云：）既是哥哥分付，您兄弟敢不同去。（同下）（宋剛、魯智恩上，云：）好酒，俺們昨夜都醉了也。今早日高三丈，還不見太山出來，敢是也醉倒了。（正末同魯智深、王林上，云：）賊漢！你太山不在這裏？（做見就打科，宋剛云：）兀那大漢，你也通個名姓，怎麼動手便打。（正末云：）你要問俺名姓，若說出來，直號的你屎流屁滾。我就是梁山泊上黑旋風李逵，這個哥哥是真正花和尚魯智深。（做打科，唱：）

曾刻

—42—

〔喬牌兒〕你頂着鬼名兒會使乖，到今日當天敗。誰許這滿堂嬌壓你那鶯花寨，也不是我黑爹爹忒性歹。

(宋剛云:)這是真名強盜，我們打他不過，走走走！(做走科)

(正末云:)這廝走那裏去？(做追上再打科)(唱:)

〔殿前歡〕我打你這喫敲材，直著你皮殘骨斷肉都開。那怕你會飛騰，就透出青霄外，早則是手到拿來。你你你，好一個魯智深不喫齋，好一個呼保義能貪色，如今去親身對證休嗔怪。須不是我倚強凌弱，還是你自攬禍招災。

(做拿住二賊科)(正末云:)這賊早拿住了也。(王林同旦兒做拜科)(魯智深云:)兀那老頭兒不要拜，明日你同女兒到山寨來，拜謝宋頭領便了。(同正末押二賊下)(王林云:)他們拿這兩個賊漢去了也，今日纔出的俺那一口臭氣。我兒，等待平日牽羊擔酒，親上梁山去，拜謝宋江頭領走一遭。(旦兒做打找科，王林云:)我兒不要苦，這樣賊漢，有甚麼好處，等我慢慢的揀一個好的嫁他便了。(同下)(宋江同吳学究領卒子上，云:)學究兄弟，怎生李山兒同魯智深到杏花莊去了許久，還不見來，俺山上該差人接應他麼。(學究云:)這兩個賊子到的那裏，不必差人接應，只早晚敢待來也。(卒子做報科，云:)喏，報的哥哥得知，兩位頭領得勝回來了也。(正末同魯智深押二賊上，云:)那兩個賊漢擒拿在此，請哥哥發落。(宋江云:)好宋江！好魯智深！你怎麼假名冒姓，壞我家的名目？小僂儸，將他綁在那花標樹上，取這兩副心肝，與咱配酒。梟他首級，懸掛通衢警衆。(卒子云:)理会的。(拿二賊下)(正末唱:)
[illegible]

〔離亭宴煞〕蓼兒洼裏開筵待，花標樹下肥羊宰，酒盡呵拚當再買。湛鄧鄧(七)眼睛剜，儒屑屑(八)手腳卸，磣可可心肝摘。餓虎口中將脆骨奪，驪龍頷下把明珠握，生擦他一場利害。(帶云:)智深哥哥，(唱:)我也則要洗清你這強打掙的執柯人(九)，(帶云:)公明哥哥，(唱:)出脫你這貪風情的畫眉客。

[illegible]

（宋江云：）今日就聚義堂上，設下賞功筵席，與李山兒、魯智深慶喜者。（詩云：）宋公明行道替天，衆英雄聚義林泉。李山兒拔刀相助，老王林父子團圓。

題目　杏花莊王林告狀
正名　梁山泊李逵負荊

(一)擘劃——或作刮劃，擺劃。計劃，處理，擺佈。
(二)擡頦——或作台孩，胎孩。有氣概、威嚴的样子。
(三)廉頗——战国时趙国的大将，因妒忌藺相如的官位比自己高，屡次想侮辱他，藺相如總是躲避不見面。后来，廉頗知道为了个人闹意气而使国家受到損失，是不应該的，于是「肉袒負荊」，親自向藺相如謝罪。
(四)不伏燒埋——元代，对枉死的屍首，經官验明；判决犯罪者应得的刑罰以外，并令他出燒埋銀若干两給与苦主，作为燒埋的費用。不伏燒埋，就是不伏判决，不伏罪。
(五)風團——比喻銳利。速度快也叫做「風團」。
(六)柞——這裏借作扠（ㄓㄚ），拇指与食指伸直，两端间的長度叫做「扠」。
(七)涎鄧鄧——或作涎涎鄧鄧。形容癡眉鈍眼的样子。
(八)滴屑屑——或作迭屑屑，滴羞跌屑，滴羞蹀躞。形容害怕，打寒战，顫動的情态。
(九)執柯人——媒人。

曾　刊

—44—

包待制陈州粜米杂剧　　元无名氏撰

楔　子

（冲末扮范学士领祇候上，詩云：）博覽群书貫九经，凤凰池上显峥嵘；殿前曾献昇平策，独占鰲头第一名。老夫姓范，名仲淹，字希文，祖貫汾州人氏。自幼习儒，精通经史，一举进士及第。随朝数十載，謝聖恩可憐，官拜户部尚书，加授天章阁大学士之职。今有陈州官員申上文书来，説陈州亢旱三年，六料不收，黎民苦楚，几至相食。是老夫入朝奏过，奉聖人的命，着老夫到中书省召集公卿商議，差两員清廉的官，直至陈州，开倉糶米，钦定五两白銀一石细米。老夫早间已曾遣人将众公卿都請过了。令人，你在门外覷者，看有那一位老爺下馬，便来報咱知道。（祇候云：）理会的。（外扮韓魏公上，云：）老夫姓韓名琦，字稚圭，乃相州人也。自嘉祐中，其方二十一岁，举进士及第，当有太史官奏曰：『日下五色雲現。』是以朝廷将老夫重任，官拜平章政事，加封魏国公。今日早朝而回，正在私宅中少坐，有范学士令人来請，不知有甚事？須索走一遭去。可早来到了。令人，報復去，道有韓魏公在于门首。（祇候做報科，云：）報的相公得知，有韓魏公来了也。（范学士云：）道有請。（見科）（范学士云：）老丞相請坐。（韓魏公云：）学士請老夫来，有何公事？（范学士云：）老丞相，等众大人来了时，有事商量。令人，门首再覷者。（祇候云：）理会的。（外扮吕夷简上，云：）老夫姓吕名夷简，自登甲第以来，累蒙迁用，謝聖恩可憐，官拜中书同平章事之职。今早有范天章学士令人来請，不知有甚事？須索走一遭去。可早来到也。令人，報復去，道有吕夷简下馬也。（祇候報科，云：）報的相公得知，有吕平章来了也。（范学士云：）道有請。（見科）（吕夷简云：）呀，老丞相先在此了。学士，今日請小官来，有何事商議？（范学士云：）老丞相請坐，待众大人来全了呵，有事計議。（淨扮刘衙内上，詩云：）花花太岁为第一，浪子喪门世无对；閛着名兒腦也疼，则我是有权有势刘衙内。小官刘衙内是也。我是那权豪势要之家，累代簪缨之子，打死人不要償命，如同房簷上揭一箇瓦。我正在私宅中閒坐，有范天章学士令人来請，不知有甚事？須索走一遭去。説話中间，可早

—45—

来到也。令人，報復去，說小官来了也。（衹候報科，云：）報的相公得知，有刘衙内在于门首。（范学士云：）道有請。（見科）（刘衙内云：）众老丞相都在此，学士唤俺众官人每来，有何事商議？（范学士云：）衙内請坐。小官請众位大人，别无甚事，今有陈州官員申将文书来，說陈州亢旱不收，黎民苦楚。老夫入朝奏过，奉聖人的命，着差两員清廉的官，直至陈州，开倉糶米，欽定五两白銀一石細米。老夫請众大人来商議，可着誰人去陈州为仓官糶米者？（韓魏公云：）学士，此乃国家紧急济民之事，須选那清忠廉幹之人，方纔去的。（吕夷简云：）老丞相道的极是。（范学士云：）衙内，你可如何主意？（刘衙内云：）众大人在上，据小官举两箇最是清忠廉幹的人，就是小官家中两个孩兒，一个是女婿楊金吾，一个是小衙内刘得中。着他两个去，并无疏失，大人意下如何？（范学士云：）老丞相，衙内保举他两个孩兒，一个是小衙内，一个是女婿楊金吾，到陈州糶米去。老夫不曾見衙内那两个孩兒，就煩你唤将那两个来，老夫試看咱。（刘衙内云：）令人，与我唤将两个孩兒来者。（衹候云：）理会的。两个舍人安在？（淨扮小衙内，丑扮楊金吾上）（小衙内詩云：）湛湛青天則俺識，三十六丈零七尺；踹着梯子打一看，原来是块青白石。俺是刘衙内的孩兒叫做刘得中；这个是我妹夫楊金吾。俺两个全仗俺父亲的虎威，䬪粗挟細，揣歪捏怪，幫閑鑽懶，放刁撒潑，那一个不知我的名兒！見了人家的好玩器，好古董，不論金銀寶貝，但是值錢的，我和俺父亲的性兒一般，就白䬪白要，白抢白夺。若不与我呵，就踢就打就撏毛，一交别番倒，剁上几脚。拣着好东西揣着就跑，随他在那衙门内兴詞告状，我若怕他，我就是癩蝦蟆养的。今有父亲呼唤，不知有甚事？須索走一遭去。（楊金吾云：）哥々，今日父亲呼唤，要着俺两个那裡办事去，管請（一）就做下了。可早来到也。令人，報復去道有我刘大公子同妹夫楊金吾下馬也。（衹候報科，云：）報的相公得知，有二位舍人来了也。（范学士云：）着他过来。（衹候云：）着过去。（小衙内同楊金吾做見科，云：）父亲唤我二人来有何事？（刘衙内云：）您两个来了也，把体面見众大人去咱。（范学士云：）衙内，这两个便是你的孩兒？老夫看了这两个模样动静，敢不中去么？

（刘衙内云：）众大人和学士听我說，难道我的孩兒我不知道？小官保举的这两个孩兒，清忠廉幹，可以糶米去的。（韓魏公云：）学士，这两个定去不的。（刘衙内云：）老丞相，豈不聞『知子莫若父』，他两个去的。（呂夷简云：）此事只憑天章学士主張。（刘衙内云：）学士，小官就立下一紙保状，保我这两个孩兒糶米去；若有差迟，連着小官坐罪便了。（范学士云：）既然衙内保举，您二人望闕跪者，听聖人的命。因为陈州亢旱不收，黎民苦楚，差你二人去陈州开仓糶米，欽定五两白銀一石細米，則要你奉公守法，束杖(二)理民。今日是吉日良辰，便索长行，望闕謝了天恩者。（小衙内同楊金吾做拜科，云：）多謝了众位大老爺抬举！我这一去，氷清玉洁，幹事回还，管着你们喝哹也。（做示门科）（刘衙内背云：）孩兒也，您近前来。說咱的官位，可也勾了；止有家財略々少些。如今你两个到陈州去，因公幹私，将那学士定下的官价五两白銀一石細米，私下改做十两銀子一石米，裡面再插上些泥土糠粃，則还他个数兒罢。斗是八升的斗，秤是加三的秤。随他有什么議論到学士的根前，現放着我哩，你两个放心的去。（小衙内云：）父亲，我两个知道，你何湏說；我还比你乖哩。則一件，假似那陈州百姓每不伏我呵，我可怎么整治他？（刘衙内云：）孩兒，你也說的是，我再和学士說去。（做見学士科，云：）学士，則一件，两个孩兒陈州糶米去，那裡百姓刁頑，假若不伏我这两个孩兒，却怎生整治他？（范学士云：）衙内，投至你說时，老夫先在聖人根前奏过了也。若陈州百姓刁頑呵，有勅賜紫金鎚，打死勿論。令人，快捧过来。衙内，兀的便是紫金鎚，你将去交付那个孩兒，着他小心在意者。（小衙内云：）則今日領着大人的言語，便往陈州开倉跑一遭去来。（詩云：）議定五两糶一石，改做十两落他些；父亲保举无差謬，則我两人原是悪賍皮。（同楊金吾下）（刘衙内云：）学士，两个孩兒去了也。（范学士云：）刘衙内，你两个孩兒去了也。（唱：）

【仙呂賞花时】只为那連歲災荒料不收，致使的一郡蒼生强半流，因此上糶米去陈州。你将着孩兒保奏，不知他可也分得帝王憂？

（云：）令人，将馬来，老夫回聖人的話去也。（同刘下）（韓魏公云：）

老丞相，看这两個到的陈州，那裡是济民，必然害民去也。异日若本州县奏将来，老夫另有個主意。（吕夷简云：）全仗老丞相为国救民。（韓魏公云：）范学士已入朝回聖人的話去了，咱和你且归私宅中去来。（詩云：）賑济飢荒事不轻，須憑廉幹救蒼生。（吕夷简詩云：）他时若有风闻入，我和你一一还当奏聖明。（同下）

㈠ 管請——管保，一定。

㈡ 束杖——杖，指刑具；束杖，不用刑具，不使刑罚的意思。

第 一 折

（小衙内同楊金吾引左右捧紫金鎚上，詩云：）我做衙内真個俏，不依公道則爱钞；有朝事发丢下头，拚着帖箇大膏药。小官刘衙内的孩兒小衙内，同着这妹夫楊金吾两个来到这陈州，开倉糶米。父亲的言語，着俺二人糶米，本是五两銀子一石，改做十两銀子一石；斗裏插上泥土糠粃，則还他個数兒；斗是八升小斗，秤是加三大秤。如若百姓们不服，可也不怕，放着有那欽賜的紫金鎚哩。左右，与我唤将斗子㈠来者。（左右云：）本处斗子安在？（二丑斗子上，詩云：）我做斗子十多罗㈡，覓些倉米养老婆；也非成担偷将去，只在斛裡打鸡窩㈢。俺两个是本处倉裡的斗子，上司見我们本分老实，一顆米也不爱，所以积年只用俺两个。如今新除将两个倉官来，說道十分利害，不知道叫我们做甚么？須索見他走一遭去（做見科，云：）相公，唤小人有何事？（小衙内云：）你是斗子，我分付你：現有欽定价是十两銀子一石米，这箇数内，我们再尅落㈣一毫不得的；只除非把那斗秤私下换过了，斗是八升的小斗，秤是加三的大秤。我若得多的，你也得少的，我和你四六家分。（大斗子云：）理会的。正是这等，大人也总成㈤俺两个斗子，图一个小富貴。如今开了这倉，看有甚么人来？（杂扮糴米百姓三人同上，云：）我每是这陈州的百姓，因为我这裡亢旱了三年，六料不收，俺这百姓每好生的艰难。幸的天恩，特地差两員官来这裡开倉粜米。听的上司說道，钦定米价是五两白銀

——48——

糶一石細米；如今又改做了十两一石，米裏又插上泥土糠粃；云的是八升的小斗，入的又是加三的大秤：我们明知这个买卖难和他做，只是除了倉米，又没处糴米，教我们怎生餓得过！没奈何，只得各家凑了些银子，且買些米去救命。可早来到了也。（大斗子云：）你是那裏的百姓？（百姓云：）我每是这陈州百姓，特来買米的。（小衙内云：）你两个仔細看银子，别样假的也还好看，单要防那『四堵墻』(六)，休要着他哄了。（二斗子云：）兀那百姓，你凑了多少银子来糴米？（百姓云：）我众人则凑得二十两银子。（大斗子云：）舒来上天平弹着。少少少，你这银子則十四两。（百姓云：）我这银子还重着五钱哩。（小衙内云：）这百姓每刁泼，拏那金鎚来打他娘。（百姓云：）老爺不要打，我每再添上些便了（大斗子云：）你趁早兒添上，我要和官四六家分哩。（百姓做添银科，云：）又添上这六两。（二斗子云：）这也还少些兒，将就他罢。（小衙内云：）既然银子足了，打与他米去。（二斗子云：）一斛，两斛，三斛，四斛。（小衙内云：）休要量满了，把斛放趄（七）着，打些鸡窩兒与他。（大斗子云：）小人知道，手裡趕着哩。（百姓云：）这米则有一石六斗，内中又有泥土糠皮，叠将来則有一石多米。罢罢罢，也是俺这百姓的命該受这般磨灭（八）！正是：『医的眼前瘡，剜却心头肉！』（同下）（正末扮張懒古同孩兒小懒古上，詩云：）穷民百补破衣裳，污吏春衫拂地长；稼穡不知誰坏却，可教风雨損农桑。老汉陈州人氏，姓張，人見我性兒不好，都唤我做張懒古。我有個孩兒張仁。為因这陈州缺少米粮，近日差的两个倉官来。传聞钦定的价是五两白银一石細米，着賑济俺一郡百姓；如今两個倉官改做十两银子一石細米，又使八升小斗，加三大秤。兹院裏攢零合整，收拾的这几两银子，糴米走一遭去来。（小懒古云：）父亲，則一件，你平日间是个性兒古懒的人，倘若到的那買米处，你休言語則便了也。（正末云：）这是朝廷救民的德意，他假公济私，我怎肯和他干罢了也呵。（唱：）

【仙呂点绛唇】則这官吏知情，外合裏应，將穷民併。点紙連名，我可便直告到中書省。

（小懒古云：）父亲，喒遇着这等官府也，說些什么！（正末唱：）

元明清文学(中三)

——49——

【混江龍】做的個上梁不正〔十〕只待要損人利己惹人憎。他若是将嗜刁蹬〔十一〕，休道我不敢掀騰〔十二〕。柔软莫过溪涧水，到了不平地上也高声。他也故違了皇帝命、都是些吃倉廒的鼠耗，咂膿血的蒼蝇。

(云:)可早来到也。(做見斗子科)(大斗子云:)兀那老子，你来糴米，将银子来我秤。(正末做 遞银子科，云:)兀的不是银子?(大斗子做秤银子科，云:)兀那老的、你这银子則八两。(正末云:)十二两银子，則秤的八两，怎么少偌多?(小懺古云:)哥，我这银子是十二两来，怎么則秤八两?你也放些心平着。(二斗子云:)这厮放屁!秤上現秤八两，我吃了一块兒那?(正末云:)嗨!本是十二两银子，怎生秤做八两?(唱:)

【油葫芦】則这攢典〔十三〕哥々休强挺，你可敢教我親自称?(大斗子云:)这老的好兀分曉，你的银子本少，我怎好多秤了你的?只头上有天哩。(正末唱:)今世人那個不聪明，我这裏转一转，如上思乡嶺;我这裏步一步、似入琉璃井。(大斗子云:)則这般秤，八两也还低哩(正末唱:)秤银子秤得高(做量米科)(二斗子云:)我量与你米，打個鸡窩，再掠了些。(小懺古云:)父亲，他那边又掠了些米去了。(正末唱:)哎!量米又量的不平。元来是八升嘏〔十三〕小斗兒加三秤，只俺这银子短二两，怎不和他争?

(大斗子云:)我这两个开倉的官，清耿耿不受民財，乾剝剝〔十四〕則要生钞、与民作主哩。(正末云:)你这官人是甚么官人?(二斗子云:)你不認的，那两个便是倉官。(正末唱:)

【天下乐】你比那开封府包龍图少四星〔十五〕。(大斗子云:)兀那老子，休要胡説，他两个是权豪势要的人，休要惹他。(正末唱:)衆弄你那官清法正行，多要些也不到的担罪名。(二斗子云:)这米还尖，再掠了些者。(小懺古云:)父亲，他又掠了些去了。(正末唱:)这壁厢去了半斗，那壁厢掠了几升，做的一个轻人来还自轻。

(二斗子云:)你掙着口袋，我量与你么。(正末云:)你怎么量米哩?俺不是私自来糴米的。(大斗子云:)你不是私自来糴米，我也是奉官差，不是私自来糴米的。(正末唱:)

昭剑

——50——

【金盞兒】你道你奉官行，我道你奉私行。俺看承的一合米，关着八九個人的命，又不比山麋野鹿众人争。你正是餓狼口裏夺脆骨，乞兒碗底覓残羹。我能可〔元〕折升不折斗，你怎也图利不图名？

(大斗子云：）这老子也无分晓，你怎么罵倉官？我告訴他去来。（大斗子做稟科）（小衙内云：）你两箇斗子有什么話說？（大斗子云：）告的相公得知，一个老子来糴米，他的銀子又少，他倒罵相公哩。（小衙内云：）拏过那老子来。（正末做見科）（小衙内云：）你这個虎刺孩〔元〕作死也。你的銀子又少，怎敢罵我？（正末云：）你这两个害民的賊！于民有損，为国无益。（大斗子云：）相公，你看小人不說謊，他是罵你来么？（小衙内云：）这老匹夫无礼，将紫金鎚来打那老匹夫。（做打正末科）（小懒古做拴头科，云：）父亲，精细者。我說什么来？我着你休言語；你吃了这一金鎚，父亲，眼見的无那活的人也。（楊金吾云：）打的还轻；依着我性，則一下打云腦漿来，且着他色不成網兒。（正末做渐醒科）（唱：）

【村裏迓鼓】只見他金鎚落处，恰便似轟雷着頂，打的来满身血迸，教我呵怎生扎挣。也不知打着的是脊梁，是腦袋，是肩井；但覺的刺牙般酸，剜心般痛，剔骨般疼。哎喲，天那！兀的不送了我也这條老命！

(云：）我来買米，如何打我？（小衙内云：）把你那性命則当草根，打甚么不紧！是我打你来，随你那裡告我去。（小懒古云：）父亲也，似此怎了？（正末唱：）

【元和令】則俺個糶米的有甚罪名，和你这糶米的也不乾净。（小衙内云：）是我打你来，没事没事，由你在那裏告我。（正末唱：）現放着徒流笞杖，做下严刑，却不道家家门外千丈坑，則他这得填平处且填平，你可也被人推更不轻。

(楊金吾云：）俺两个清似水，白如麵，在朝文武，誰不称讚我的？（正末唱：）

【上馬娇】哎，你個萝蔔精，头上青〔六〕。（小衙内云：）看起来我是野菜，你怎么罵我做萝蔔精？（正末唱：）坐着個爱钞的寿官厅〔元〕，麵糊盆裏专磨镜〔司〕。（楊金吾云：）俺两個至一清廉有名

—51—

的。(正末唱:)哎,还道你清,清賽玉壺冰。

(小衙内云:)怕不是皆因我二人至清,滿朝中臣宰举保將我來的。(正末唱:)

【勝葫芦】都只待遙指空中鴈做羹,那個肯为朝廷?(楊金吾云:)你那老匹夫,把朝廷來压我哩。我不怕,我不怕。(正末唱:)有一日受法餐刀正典刑,恁时节,钱財使罄,人亡家破,方悔道不廉能。

(小衙内云:)我見了那穷汉似眼中疔〔三〕、肉中刺,我要害他,只当㯳㮰柿一般:值個甚的?(正末云:)噤声!(唱:)

【后庭花】你道穷民是眼内疔,佳人是頦下癭〔三〕。(带云:)难道你家沒王法的?(唱:)便容你酒肉攤場吃,誰許你金銀上秤秤?(云:)孩兒,你也与我告去。(小𠍒古云:)父亲,你看他这般权势,只怕告他不得么。(正末唱:)兒也,你快去告,不須驚。(小𠍒古云:)父亲,要告他,指誰做証見?(正末唱:)只指着紫金鎚,专为照証。(小𠍒古云:)父亲,見証便有了,却往那裏告他去?(正末唱:)投詞院直至省,將冤屈叫几声,訴出咱这实情。怕沒有公与卿?必然的要准行。(小𠍒古云:)若是不准,再往那里告他?(正末唱:)任从他賊醜生,百般家着智能,遍衙门告不成,也还要上登聞〔三〕將怨鼓鳴。

【青哥兒】虽然是输赢输赢无定;也須知報应報应分明。难道紫金鎚就好活打殺人性命?我便死在幽冥,决不忘情,待告神灵,拏到塔庭,取下招承,償俺残生,苦恨缨平。若不沙,則我这双兒鶻鴒〔四〕也似眼中睛应不瞑。

(云:)孩兒,眼見得我死了也,你与我告去。(小𠍒古云:)您孩兒知道。(正末云:)这两個害民的賊,請了官家大俸大祿,不曾与天子分憂,倒來苦害俺这里百姓,天那!(唱:)

【賺煞尾】做官的要了钱便糊突,不要钱方清正。多似你这貪污的,枉把皇家祿請。(带云:)你这害民的賊,也想一想,差你开倉糶米是为着何來?(唱:)兀的賑济飢荒,你也該自省,怎倒將我一鎚兒打坏天灵?(小𠍒古云:)父亲,我几时告去?(正末唱:)

则今日便登程，直到王京。常言道：『斷杀无如父子兵』；揀一佪清耿耿明朗朗官人每告整，和那害民的贼徒折証。（小㒳古云：）父亲，可是那一位大衙门告他去？（正末嘆云：）若要与我陈州百姓除了这害呵；（唱：）則除是包龙图那個鉄面没人情。（下）

（小㒳古哭科．云：）父亲亡逝已过，更待干罢！我料着陈州近不的他，我如今直至京师，揀那大大的衙门裹告他去。（詩云：）尽説开仓为救荒，反教老父一身亡；此生不是空桑云〔㐅〕，不報寃讐不姓張。（下）（小衙内云：）斗子，那老子要告俺去，我袮着就告到京师，放着我老子在哩。况那范学士是我老子的好朋友，休說打死一个，就打死十个，也則当五双。俺两个别死甚事，都去狗腿湾王粉头家里喝酒去来。一了〔㐅〕説仓厫府庫，抹着便富；王粉头家，不悞主顧。（下）

〔一〕斗子——管官仓的差役。

〔二〕多罗——梵語的音譯，就是眼睛。引申为精明的意思。

〔三〕打鸡窩——量米时，使斛里有空隙，少盛米，叫做打鸡窩。这是当时差役剋扣老百姓的一种貪污手段。

〔四〕剋落——剋扣

〔五〕总成——作成；帮助人成功，使其达到目的。

〔六〕四堵墙——一种假银：四周围是銀子，里边包着鉛胎。

〔七〕趄（ㄑㄧㄝ）——傾斜。

〔八〕磨灭——磨折。

〔九〕上梁不正——『上梁不正下梁歪』的省語。比喻上面的人不正派，底下的人也跟着作坏事。

〔十〕刁蹬——蹬，或作鐙。刁难，故意为难。

〔十一〕掀騰——張揚。

〔十二〕攢典——管理粮仓的吏，这里是对差役的尊称。

〔十三〕嗄——（ㄧㄚ）同呀。

〔十四〕乾剝剝——乾巴巴、乾乾脆脆。

〔十五〕四星——元曲中用这两字有两义：一、秤的尾端钉有四星；引申为下梢，下場，前程等义。二、北斗七星，遮去斗柄，只剩四星；引申为零落，凄凉的意思。这里是用前一义。

〔一六〕 饒可——宁可。

〔一七〕 虎剌孩——或作忽剌孩，忽剌海。蒙古語称强盗为『虎剌孩』。

〔一八〕 萝蔔精，头上青——用『青』諧『清』。諷刺官吏们口头上的『清』，好像萝蔔上半截的『青』一样，并非澈头澈尾的青（清）。

〔一九〕 寿官厅——寿，或作受、授。寿官厅，衙门里的厅堂。

〔二〇〕 麵糊盆里专磨镜——越磨越糊塗。

〔二一〕 眼中疔——或作眼内釘。比喻十分憎恨的东西。

〔二二〕 頦下瘿（一ㄥ）——下巴頦上长的瘤子。比喻憎恨的东西。

〔二三〕 登聞——古代，在朝堂外面，設有登聞鼓；人民如有冤屈或諫諍的事，可以击鼓上达。

〔二四〕 鶻（ㄏㄨ）鴒（ㄌㄧㄥ）——或作鶻伶，胡伶，兀伶。就是隼；牠的眼睛非常銳利、灵活；后来引申当作灵活的意思。

〔二五〕 空桑云——从空桑树里生長出来的意思。古代传說：有一採桑女子，在空桑树里拾得一个嬰兒，后来長大了就是商代的政治家伊尹。

〔二六〕 一了——一向，向来。

第 二 折

（范学士領祇候上，云：）老夫范仲淹。自从刘衙内保举他两个孩兒去陈州开仓糶米，誰想那两个到的陈州，貪賍坏法，飲酒非为。奉聖人的命，着老夫再差一員正直的去陈州，结断此一樁公事，就勅賜势劍金牌，先斩后聞。今日在此議事堂中与众公卿聚議，怎么这早晚还不見来？令人，门首覷着，若来时，報復我知道。（祇候云：）理会的。（韓魏公上，云：）老夫韓魏公。今有范天章学士，在于議事堂，令人来請，不知有甚事？須索去走一遭。可早来到这门首也。（祇候報云：）韓魏公到。（范学士云：）道有請。（韓魏公做見科）（范学士云：）老丞相来了也，請坐。（呂夷简上，云：）老夫呂夷简，正在私宅间坐，有范学士在于議事堂，令人来請，須索去走一遭。不覚早来到了也。（祇候報云：）呂平章到。（范学士云：）道有請。（呂夷简 見科，云：）老丞相在此，学士今日請老夫来有何事？（范学士云：）二位老丞相，則因为前者陈州糶米一事，刘衙内举保他那两个孩兒做仓官去，如今在那裏貪赃坏法，飲酒非为。奉聖人的命，教老夫在此聚会众多宰臣，举一个正直的官員，前去陈州结断此事。只等众大人来全了时，同举一位咱。（韓魏公云：）想学士必已得人，某等便当举荐。（小撇古上，云：）自家小撇古。俺和父亲同去糶米，不想被两个倉官将俺父亲打死了。俺父亲臨死之时，着我告包待制去。見説是个白髭鬚的老兒，我来到这大街上等着，看有甚么人来？（刘衙内上，云：）小官刘衙内。自从两个孩兒去陈州糶米，至今音信皆无。早間有范学士着人来請我，不知又是甚么事？須索走一遭去者。（小撇古云：）这個白髭鬚的老兒，敢是包待制？我試迎着告咱。（做跪科）（刘衙内云：）兀那小的，你有甚么冤枉的事？我与你做主。（小撇古云：）我是陈州人氏，俺爺兒两个，將着十二两銀子糶米去，被那仓官將俺父亲則一金鎚打死了。那里无人敢近他，爺爺敢是包待制么？与小的每做主咱。（刘衙内云：）兀那小的，則我便是包待制，你休去别处告，我与你做主，你且一壁有者。（小撇古起科，云：）理会的（刘衙内背云：）嗨！我那两个小醜生敢做下来也！令人，報復去，道有刘衙内在于门首。（祇候云：）刘衙内到。（刘衙内做見科）（范学士云：）衙内，你保举的两个好清官也。（刘衙内云：）学士，我那两个孩兒果然是好清官，实不敢欺。（范学士云：）衙内，老夫打听的你两个孩兒到的陈州，則是飲酒非为，不理正事，貪赃坏法，苦害百姓，你知么？（衙内云：）老丞相，休听人的言語，我保举的人，并无这等勾当。（范学士云：）二位老丞相，他还不信哩。（小撇古向祇候云：）哥哥，恰纔那进去的，敢是包待制爺爺么？（祇候云：）則他是刘衙内，你要向包待制，还不曾来哩。（小撇古云：）天那！我要告这刘衙内，誰想正撞在老虎口里，可不我死也！（正末扮包待制領張千上，云：）老夫姓包名拯，字希文，

——55——

本貫金斗郡四望乡老兒村人氏，官拜龙图阁待制，正授南衙开封府尹之职。奉聖人的命，上五南採訪已回，须索到議事堂中見众公卿走一遭去来。（張千云：）想老相公为官，多早晚陞厅？多早晚退衙？老相公試説一遍，与您孩兒听咱。（正末唱：）

【正宮端正好】自从那雲滚滚卯时初，直至日淹淹的申牌后，则是无倒断〔一〕薄領埋头。更被那紫襴袍拘束的我难抬手，我把那为官事都参透。

【滚綉毬】待不要錢呵，怕違了众情；待要錢呵，又不是咱本謀。只这月俸钱做咱每人情不彀。（張千云：）老相公平日是箇不避权豪势要之人也。（正末唱：）我和那权豪每结下些山海也似冤讐：曾把個曾齋郎〔二〕斩市曹，曾把個葛監軍〔三〕下獄囚，賸吃了些众人每毒咒。（張千云：）老相公如今虽然年老，志气还在哩。（正末唱：）到今日一笔都勾。从今后，不干已事休开口；我則索会尽人间只点头，倒大来优游。

(云：）可早来到議事堂门首也。張千，接下馬者。（小懺古云：）我向人来，説这個便是包待制。（做跪叫科，云：）冤屈也！爺々与孩兒每做主咱！（正末云：）兀那小的，你那里人氏？有甚么冤枉事？你实説来，老夫与你做主。（小懺古云：）孩兒每陈州人氏，嫡亲的父子二人。父亲是張懺古。今有两个官人，在陈州开仓糶米，欽定五两银子一石，他改做十两一石。俺一家兒苦凑得十二两銀子買米，他則秤的八两；俺父亲向前分辨，去他着那紫金鎚一鎚打死。孩兒要去声冤告状，尽道他是权豪势要之家，人都近不的他。俺父亲臨死之时曾説道：『孩兒，等我命終，你直至京师，寻着包待制爺々那里告去。』我挨至的見了爺々，就是撥雲見日、昏鏡重磨，須与孩兒每做主咱。（詩云：）本待將衷情細数，奈哽咽吞声莫吐；紫金鎚打死亲爺，委实是含冤受苦。（正末云：）你且一壁有者。（小懺古扯正末科，云：）爺々不与孩兒做主，誰做主咱？（正末云：）我知道了也。（三科了〔四〕）（正末云：）令人，報複去，道有包待制在于门首。（祇候報云：）有包待制来了也。（范学士云：）好好，包龙图来了，快有請。（正末做見科）（韓魏公云：）待制五南採訪初回，鞍馬上劳神也。

（正末云：）二位老丞相和学士治事不易。（刘衙内云：）老府尹远路风尘。（正末云：）衙内恕罪。（衙内背云：）这老子怎么瞅我那一眼敢是見那個告状的人来？我則做不知道。（正末云：）老夫上五南採訪回来，昨日見了聖人，今日特特的拜見二位老丞相和学士来。（范学士云：）不知待制多大年紀為官，如今可多大年紀？請慢々的説一遍，集等敬听。（正末云：）学士问老夫多大年紀为官，如今有多大年紀，学士不嫌絮煩，听老夫慢々的説来。（唱：）

【倘秀才】我从那及第时三十五六，我如今做官到七十也那八九。豈不聞人到中年万事休；我也曾观唐汉、看春秋，都是俺为官的上手。

（范学士云：）待制做許多年官也，历事多矣。（吕夷简云：）待制为官尽忠報国，激濁揚清，如今朝里朝外，权豪势要之家，聞待制大名，誰不驚惧，誠哉，所謂古之直臣也。（正末云：）量老夫何足掛齿；想前朝有几个贤臣，都皆屈死，似老夫这等粗直，終非保身之道。（范学士云：）請待制試説一遍咱。（正末唱：）

【滚绣毬】有一個楚屈原〔五〕在江上死，有一個关龙逢刀下休，有一個纣比干曾祷心剖，有一個未央宫屈斩了韓侯。（吕夷简云：）待制，我想張良坐筹帷幄之中、决勝千里之外，辅佐高祖定了天下，見韓信遭誅，彭越被醢，遂辞去侯爵，願从赤松子遊，真有先見之明也。（正末云：）那張良呵若不是疾归去，（韓魏公云：）那越国范蠡扁舟五湖，却也不弱。（正末唱：）那范蠡呵若不是暗奔走，这两个都落不的完全屍首。我是個漏網魚，怎再敢吞鈎？不如及早归山去，我則怕为官不到头，枉了也干求。

（云：）二位老丞相和学士，老夫年迈不能为官，到来日見了聖人，就告致仕閒居也。（范学士云：）待制，你差了也。如今朝中似待制这等清正的，能有几人；况年紀尚未衰迈，正好为官，因何便告致仕那？（正末云：）学士，老夫自有説的事。（刘衙内云：）老府尹説的是，年紀老了，如今弃了官告致仕閒居，倒快活也。（范学士云：）老相公有甚么事要説？老夫听咱（正末唱：）

【呆骨朵】老夫有件事向君王陈奏，只説那权豪每是俺敌头。（范

——57——

学士云：）那权豪的，老相公待要怎么？（正末唱：）他便似打家的强贼，俺便似看家的恶狗。他待要些钱和物，怎当的这狗儿紧追逐。只願俺今日死，明日亡，慣的他千自在，百自由。

(范学士云：）待制，你且回私宅中去者。老夫在此，别有商議。（正末做辞科：云）二位老丞相和学士恕罪，老夫告回也。（做出门科）（小懒古在门首跪叫科，云：）爺々与孩兒做主咱。（正末云：）我险些兒忘了这一件事。兀那小的，你先回去，我随后便来也。(小懒古謝科，云：）既然今日見了包待制，必然与我做主。他教我先回去，则今日不敢久停久住，便索先上陈州等他去来。（詩云：）我今日得見龙图，告父亲屈死冤辜；轉陈州等他来到，也把紫金鎚打那囚徒。（下）（正末做回身再入科）（范学士云:）待制去了，为何又回来也？（正末云：）老夫欲要回去，听的陈州一郡濫官污吏，甚是害民。不知老相公曾差甚么能事官員陈州去也不曾？（韓魏公云：）学士先曾委了两員官去了。（正末云：）可是那两員官去来？（范学士云:）待制不知，自你上五南採訪去了，朝中一时乏人，差着刘衙内的兒子刘得中、女婿楊金吾到陈州糶米去，好久不見来回話哩。（正末云:）見說陈州一郡官吏貪污，黎民頑魯，須再差一員去陈州考察官吏，安撫黎民，可不好也。（韓魏公云：）待制不知，今日聚集俺多官，正为此事。（范学士云:）奉聖人的命，着老夫再差一員清正的官去陈州，一来糶米，二来就勘断这樁事。老夫想别人去可也幹不的事，就煩待制一行，意下如何？（正末云：）老夫去不的。（吕夷簡云：）待制去不的，可着誰去？（范学士云：）待制堅意不肯去，刘衙内，你就待制这一遭。他若不去，你便去。（衙内云：）小官理会的。老府尹到陈州走一遭去，打甚么不紧？（正末云：）既然衙内着老夫去，我看衙内的面皮。張千，准备馬，便往陈州走一遭去来。（刘衙内做驚科，背云：）哎哟！若是这老子去呵，那两个小的怎了也？（正末唱：）

【脱布衫】我从来不劳方头〔内〕，恰便似火上澆油，我偏和那有势力的官人每卯酉，謝大人向朝中保奏。

(刘衙内云：）我并不曾保奏你哩。（正末唱：）

【小梁州】我一点心怀社稷愁，（云:）張千，将馬来。（張千云:）理会的。（正末唱：）则今日便上陈州，既然心去意难留。他每都穿連透，我则怕关节兒枉生受。

（云：）二位老丞相和学士听者：老夫去则去，倘有权豪势要之徒，难以处治，着老夫怎么？（范学士云：）待制再也不必过虑，聖人的命，勅賜与你势劍金牌，先斩后聞。請待制受了势劍金牌，便往陈州去。（正末唱：）

【么篇】謝聖人肯把黎民救。这劍也，到陈州怎肯干休，敢着你吃一会家生人肉。哎！看那伺兇知禽獸，我只待先斩了逆臣头。

（刘衙内云：）老府尹若到陈州，那两个倉官可是我家里小的，看我分上看覷咱。（正末做看劍云：）我知道，我这上头看覷他。（做三科）（衙内云：）老府尹好没面情，我两次三番与你陪話，你看着这势劍，說这上头看覷他。你敢杀了我两个小的！說官职我也不怕你，說家財我也受用似你！（正末云:）我老夫怎比得你来？（唱：）

【耍孩兒】你積攢的金銀过北斗，你指望待天長地久；看你那于家为国下場头，出言語不識娘羞。我須是笔尖上挣閗来的千鍾禄，你可甚劍鋒头博換来的万户侯？（衙内云：）老府尹，我也不怕你。（正末唱：）你那里休誇口，你虽是一人为害，我与那陈州百姓每分憂。

（刘衙内云：）老府尹，你不知这仓官也不好做。（正末云：）仓官的獘病，老夫尽知。（衙内云：）你知道时，你說仓官的獘病咱。（正末唱：）

【煞尾】河涯边攢运下些粮，仓廒中囤塌下些筹；只要肥了你私束也不管民间瘦。（带云：）我如今到那里呵，（唱：）敢着他收了蒲篮罢了斗。（同張千下）

（刘衙内云：）列位老相公，这樁事不好了。这老子到那里时，将俺这两个小的肯干罢了也。（韓魏公云：）衙内，不妨事，你只与学士計较，老夫和吕丞相先回去也。（詩云：）衙内心中莫要慌，天章学士慢商量。（吕夷簡詩云：）凤凰飞上梧桐树，自有傍人道短長。（同下）（范学士云：）刘衙内，你放心。老夫就到聖人根前說过，着你亲身为使命，告一纸文书，则赦活的，不赦死的，色你没事便了。(衙内云：)既如此，多謝了学士。(范学士云：)你跟着老夫見聖人走一遭去来。(詩云：)莫愁色待制，先請赦书来。(刘衙内詩云：)全憑半張紙，救我一家災。(同下)

〔一〕倒断——间断，休止，了结。

〔二〕魯齋郎——是元杂剧色待制智斬魯齋郎中的主角。他仗着权势，为非作歹，夺人妻女，后被色待制(拯)用計杀掉。

〔三〕葛監軍——元明戏剧中的一个豪霸。

〔四〕三科了——元杂剧中，表示重复动作的簡称。这里是表示『小懒古扯正末』的动作作了三次的意思。

〔五〕屈原、关龙逢、比干、韓侯、張良、范蠡——前四个都是古代的忠臣，功臣遭受貶謫、杀害的例子；后两个是功成身退，因而未遭禍害的例子。

〔六〕不劣方头——或作方头不劣，方头不律。作事不圓通的人叫做方头或楞头。不劣方头，就是倔强不馴，楞头楞脑的意思。

第 三 折

(小衙内同楊金吾上)(小衙内詩云：)日间不做虧心事，半夜敲门不吃驚。自家刘衙内孩兒。俺二人自从到陈州开倉糶米，依着父亲改了价钱，掺上糠土，赳落了許多钱鈔，到家怎用得了？这几日只是吃酒耍子。听知聖人差色待制来了，兄弟，这老兒不好惹，动不动先斩后闻。这一来，则怕我们露出馬脚来了。我们如今去十里長亭接老色走一遭去。(詩云：)老色姓兒傚〔一〕，湯他活的少；若是不容咱，我每则一跑。(同下)(張千背劒上)(正末騎馬做听科)(張千云：)自家張千的便是。我跟着这色待制大人，上五南路採訪回来，如今又与了势劒金牌，往陈州糶米去。他在这后面，我可在前面，离的較远。你不知这个大人清廉正直，不爱民財。虽然钱物不要，你可吃些东西也好；他但是到的府州縣道，下馬陞厅，那官人里老安排的东

—60—

西，他着也不看。一日三頓，則吃那落解粥〔二〕。你便老也吃不得，我是个后生家。我两隻脚伴着四个馬蹄子走，馬走五十里，我也跟着走五十里；馬走一百里，我也走一百里。我这一頓落解粥，走不到五里地面，早肚里飢了。我如今先在前面、到的那人家里，我則說：『我是跟包待制大人的，如今往陈州糶米去，我背着的是势剑金牌，先斩后聞，你快些安排下馬飯我吃。』肥草鸡兒、茶渾酒兒；我吃了那酒，吃了那肉，飽飽兒的了，休說五十里，我咬着牙直走二百里則有多哩。嗨！我也是个儍弟子孩兒！又不曾吃個，怎么两片口里劈溜撲刺的；猛可里包待制大人后面听見，可怎了也！（正末云：）張千，你說甚么哩？（張千做怕科，云：）孩兒每不曾說甚么。（正末云：）是甚么『肥草鸡兒』？（張千云：）爺，孩兒每不曾說甚么『肥草鸡兒』。我縂則走哩，遇着个人，我向他『陈州有多少路？』他說道：『还早哩』几曾說甚么『肥草鸡兒』？（正末云：）是甚么『茶渾酒兒』？（張千云：）爺，孩兒每不曾說甚么『茶渾酒兒』。我走着哩，見一个人，向他『陈州那里去？』他說道：『线也似一條直路，你則故〔三〕走。』孩兒每不曾說甚么『茶渾酒兒』。（正末云：）張千，是我老了，都差听了也。我老人家也吃不的茶飯，則吃些稀粥湯兒。如今在前头有的佟你吃，佟你用，我与你那一件厭飫〔四〕的东西。（張千云）爺，可是甚么厭飫的东西？（正末云：）你試猜咱。（張千云：）爺說道：『前头有的佟你吃，佟你用。』又与我一件兒厭飫的东西，敢是苦茶兒？（正末云：）不是。（張千云：）萝蔔简子兒？（正末云：）不是。（張千云：）哦！敢是落解粥兒？（正末云：）也不是。（張千云：）爺，都不是，可是甚么？（正末云：）你脊梁上背着的是甚么？（張千云：）背着的是劒。（正末云：）我着你吃那一口劒。（張千怕科，云：）爺，孩兒則吃些落解粥兒倒好。（正末云：）張千，如今那普天下有司吏官，軍民百姓，听的老夫私行，也有那欢喜的，也有那煩惱的。（張千云：）爺不问，孩兒也不敢說；如今百姓每听的包待制大人到陈州糶米去，那個不頂礼〔五〕，都說：『俺有做主的来了！』这般欢喜可是为何？（正末云：）張千也，你那里知道，听我說与你咱。（唱：）

——61——

【南吕一枝花】如今那当差的民户喜，也有那乾請俸的官人每怨。急切裏秣不了包某的心，百般的纳不下帝王宣；我如今暮景衰年，鞍馬上实劳倦。如今那普天下人尽言道：『一個包龙图暗々的私行，諕得些官吏每兢兢打战。』

【梁州第七】請俸禄五六的这万貫，杀人到三二十年，随京随府随州縣。自从俺仁君治世，老汉当权，经了这几番刷卷，备细的究出根原。都只是莊农每争競桑田，弟兄每分另家緣。俺俺俺、宋朝中大小官員；他他他，贍与你财主每追徵了些利錢；您您您、怎知道穷百姓苦懨懨叫屈声冤！如今的离陈州不远，便有人将咱相凌賤，你也则詐眼兒不看見；騎着馬，揣着牌，自向前，休得要攞袖揎拳。（云：）張千，离陈州近也，你騎着馬，揣着牌，先进城去，不要作践人家。（張千云：）理会的。爺，我騎着馬去也。（正末云：）張千，你转来，我再分付你。我在后面，如有人欺負我打我，你也不要来劝，紧記者。（張千云：）理会的。（張千做去科）（正末云：）張千，你转来。（張千云：）爺，有的說，就馬上說了罢。（正末云：）我分付的紧記者。（張千云：）爺，我先进城去也。（下）（搽旦王粉蓮趕驢上，云：）自家王粉蓮的便是。在这南关里狗腿湾兒住，不会别的营生买卖，全憑着卖笑求食。俺这此处有上司差两个开仓糶米官人来，一个是楊金吾，一个是刘小衙内。他两个在俺家裡使钱，我要一奉十，好生撒镘〔六〕。他是权豪势要，一应闲杂人等，再也不敢上门来。俺家尽意的奉承他，他的金银钱钞可也都使尽俺家里。数日前，将一个紫金鎚当在俺家，若是他没钱取贖，等我打些钗兒戒指兒，可不受用。恰纔几个姊妹請我吃了几杯酒，他两个差人撞着个驴子来取我。三不知〔七〕我騎上那驢子，忽然的叫了一声，丢了個撅子，把我直跌下来，伤了我这楊柳細〔八〕，好不疼哩。又没個人扶我，自家掙得起来，驢子又走了。我趕不上，怎么得人来替我拏一拏住也好那？（正末云：）这個妇人，不像個良人家的妇女；我如今且替他籠住那头口兒，問他個詳細，看是怎么？（旦兒做見正末科，云：）兀那個老兒，你与我拏住那驢兒者。（正末做拏住驢子科）（旦兒做謝科，云：）多生受你老人家也。（正末云：）姐姐，你是那里人家？（旦

元明清文学（中三）

兒云：）正是個莊家老兒，他还不認得我哩。我在狗腿湾兒里住。（正末云：）你家里做甚么买卖？（旦兒云：）老兒，你試猜咱。（正末云：）我是猜咱。（旦兒云：）你猜。（正末云：）莫不是油磨房？（旦兒云：）不是。（正末云：）解典庫？（旦兒云：）不是。（正末云：）賣布絹段疋？（旦兒云：）也不是。（正末云：）都不是，可是甚么买卖？（旦兒云：）俺家里賣皮鵪鶉兒〔九〕。老兒，你在那里住？（正末云：）姐姐，老汉只有一个婆婆，早已亡过，孩兒又没，随处討些飯兒吃。（旦兒云：）老兒，你跟我去，我也用的你着。你只在我家里，有的好酒好肉，儘你吃哩。（正末云：）好波，好波！我跟將姐姐去，那里使唤老汉？（旦兒云：）好老兒，你跟我家去，我打扮你起来：与你做一領硬掙掙的上蓋〔十〕，再与你做一項新帽兒，一條茶褐絛兒，一对乾淨涼皮靴兒。一張欜兒，你坐着在门首，与我家照管门户，好不自在哩。（正末云：）姐姐，如今你根前可有什么人走动？姐姐，你是說与老汉听咱。（旦兒云：）老兒，别的郎君子弟，经商客旅，都不打紧。我有两个人，都是仓官，又有权势，又有錢鈔，他老子在京师現做着大大的官。他在这里糶米，是十两一石的好价钱，斗又是八升的小斗，秤是加三大秤，儘有东西，我并不曾要他的。（正末云：）姐姐不曾要他钱，也曾要他些东西么？（旦兒云：）老兒，他不曾与我甚么钱，他則与了我個紫金鎚，你若見了就諕杀你。（正末云：）老汉活偌大年纪，几曾看見什么紫金鎚。姐姐，若与我見一見兒，消災灭罪，可也好么？（旦兒云：）老兒，你若見了，好消災灭罪，你跟我家去来，我与你看。（正末云：）我跟姐姐去。（旦兒云：）老兒，你吃飯也不曾？（正末云：）我不曾吃飯哩。（旦兒云：）老兒，你跟將我去来，只在那前面，他两个安排酒席等我哩。到的那里，酒肉儘你吃。扶我上驢兒去。（正末做扶旦兒上驢子科）（正末背云：）普天下誰不知個包待制正授南衙开封府尹之职；今日到这陈州，倒与这妇人籠驴，也可笑哩。（唱：）

【牧羊关】当日離豹尾班〔二〕多时分；今日在狗腿湾行近远，避甚的馬后驴前？我則怕按察司迎着，御史台撞見。本是個显要龙图职，怎伴着烟月鬼狐纏；可不先犯了個风流罪，落的价葫芦提罢俸钱。

(旦兒云：)老兒，你跟將我去来、我把那紫金鎚与你看者。(正末云：)好好，我跟將姐姐去，則与老汉紫金鎚看一看，消災灭罪咱。(唱：)

【隔尾】听說罢，气的我心头颤，好着我半晌家气堵住口内言。直將那倉庫里皇粮痛作践，他便也不憐，我須为百姓每可憐。似肥汉相博，我着他只落的一声兒喘。(同旦兒下)

(小衙内、楊金吾領斗子上)(小衙内詩云：)兩眼梭梭跳，必定悔气到；若有清官来，一准屋梁吊。俺兩个在此接待老色，不知怎么，則是眼跳。總則喝了几碗投膛酒〔三〕，压一压胆，慢慢的等他。(正末同旦兒上，正末云：)姐姐，兀的不是接官厅？我这里等着姐姐。(旦兒云：)来到这接官厅，老兒，你扶下我这驢兒来。你則在这里等着我，我如今到了里面，我將些酒肉来与你吃；你則与我带着这驢兒者。(做見小衙内、楊金吾科)(小衙内笑科，云：)姐姐，你来了也。(楊金吾云：)我的乖，你偌远的到这里来。(旦兒云：)該杀的短命！你怎么不来接我？一路上把我掉下驢来，险不跌杀了我。那驢子又走了，早是撞見个老兒，与我籠着驢子。嗨！我争些兒可忘了那老兒；他还不曾吃飯，先与他些酒肉吃咱。(楊金吾云：)兀那斗子，与我挐些酒肉与那牽驢的老兒吃。(大斗子做挐酒肉与正末科，云：)兀那牽驢的老兒，你来，与你些酒肉吃。(正末云：)說与你那倉官去，这酒肉我不吃，都与这驢子吃了。(大斗子做怒科，云：)哏！这個村老子好无礼！(做見小衙内科，云：)官人，恰総挐酒肉，尝那牽驢的老兒，那老兒一些不吃，都請了这驢兒也。(小衙内云：)斗子，你与我將那老兒吊在那槐树上，等我接了老色，慢慢的打他。(大斗子云：)理会的。(做吊起正末科)(正末唱)

【哭皇天】那刘衙内把孩兒荐、范学士怎也就將勅命宣？只今個賊倉官享富貴，全不管穷百姓受熬煎、一剗的在青楼纏恋。那厮每不依欽定，私自加添，盗糶了倉米，乾浸了官钱，都送与泼烟花〔四〕、泼烟花王粉蓮。早被俺亲身兒撞見，可便肯將他来轻轻的放免。

【烏夜啼】为头兒先吃俺开荒劍，則他那性命不在皇天。刘衙内也，可怎生着我行方便？这公事体察完全，不是流传；那怕你天章学士有囊缘〔四〕，就待乞天恩走上金鑾殿；只我個色龙图元铁面，也少不得着您名登紫禁，身丧黄泉。

（張千云：）受人之托，必当終人之事。大人的分付，着我先进城去，寻那楊金吾刘衙内。直到倉裏寻他，寻不着一個。如今大人也不知在那里？我且到这接官厅試看咱。（做看見小衙内，楊金吾科，云：）我正要寻他两个。原来都在这里吃酒。我过去諕他一諕，吃他几鍾酒，討些草鞋钱兒。（見科，云：）好也！你还在这里吃酒哩！如今包待制爺要来拿你两个，有的話都在我肚里。（小衙内云：）哥，你怎生方便，救我一救，我打酒請你。（張千云：）你两个真傻廝，豈不曉得求灶头不如求灶尾〔五〕？（小衙内云：）哥說的是。（張千云：）你家的事，我满耳朵兒都打听着，你則放心，我与你周旋便了。包待制是坐的包待制，我是立的包待制；都在我身上。（正末云：）你好個『立的包待制』，張千也！（唱：）

【牧羊关】这廝馬头前无多說，今日在驿亭中誇大言。信人生不可无权！哎！則你個祇候王喬〔六〕詐仙也那得仙？（張千奠酒科，云：）我若不救你两個呵，这酒就是我的命。（做見正末怕科，云：）兀的不諕杀我也！（正末唱：）諕的来面色如金纸，手脚似风颠。老鼠終无胆，猕猴怎坐禅。

（張千云：）你两個傻廝，到陈州来糶米，本是欽定的五两官价，怎么改做十两？那張撇古道了几句，怎么就將他打死了？又要買酒請張千吃，又擅吊了牽驴子的老兒。如今包待制私行，从东门进城也，你还不去迎接哩。（小衙内云：）怎了，怎了！既是包待制进了城，咱两個便迎接去来。（同楊金吾、斗子下）（張千做解正末科）（旦兒云：）他两個都走了也，我也家去。兀那老兒，你將我那驴兒来。（張千罵旦兒科，云：）賊弟子，你死也！还要老爺替你牽驴兒哩。（正末云：）噤！休言語。姐姐，我扶上你驴兒去。（正末做扶旦兒上驴科）（旦兒云：）老兒，生受你。你若忙便罢，你若得那閒时，到我家来看紫金鎚咱。（下）（正末云：）这害民賊好大胆也呵。（唱：）

【黄鍾煞尾】不憂君怨和民怨，只愛花钱共酒钱。今日個家破人亡立时見，我將你这害民的賊鷹鸇，一個个拏到前，势劍上性命捐。

——65——

莫怪咱不矜憐，你只向王家的鄉波賤，也不該着我籠驢兜步行了偌地远。（同張千下）

〔一〕㑳——同㑳。性情固执，刚愎、或凶狠。

〔二〕落解（ㄒㄧㄝ）粥——落解，稀疏、稀薄的意思；落解粥，稀粥。

〔三〕則故——只顧，只管。

〔四〕戳飫（ㄩ）即饜（ㄧㄢ）飫，飽食。

〔五〕頂礼——佛教最尊敬的一种礼节。一般当作敬礼，致敬的意思。

〔六〕撒鏝——鏝，钱的背面，因泛指钱。撒鏝，揮霍无度，像撒钱一样。

〔七〕三不知——突然、不料。

〔八〕楊柳細——『楊柳細腰』的歇后語。指女子的腰。

〔九〕賣皮鵪鶉兒——賣淫的隐語。

〔十〕上蓋——上身的外衣。

〔十一〕豹尾班——皇帝的儀仗中有豹尾車、車上載朱漆竿、竿首綴豹尾。豹尾班，就是說官职很大，可以跟在皇帝后面的行列里的意思。

〔十二〕投膠酒——古时的一种泡酒。

〔十三〕潑烟花——猶如說賤娼妇。

〔十四〕夤緣——本是草藤依附山巒上長的意思。用以比喻攀附权貴，以求得本身地位的提昇。这里是和权貴有关係的意思。

〔十五〕求灶头不如求灶尾——灶头只有火、灶尾上才有东西可喫；比喻向官求情，不如向他手下人求情有效。

〔十六〕王喬——古代传說中的一个神仙。

第 四 折

（淨扮州官同外郎上）（州官詩云：）我做個州官不歹，断事处摇摇摆摆；只好吃两件东西：酒煮的团魚螃蟹。小官姓黎名花，叨任陈州知州之职。今日包待制大人陞厅坐衙，外郎，你与我将合项文卷打点停当，等荅押者。（外郎云：）你与我这文卷，教我打点停当，我又不識字，我那里晓的？（州官云：）好、打这厮！你不識字可怎么做外郎那？（外郎云：）你不知道，我是雇将来的顶缸（-）外郎。（州官云：）哇！快把公案打掃的乾淨，大人敢待来也。（張千排衙上，云：）喏！在衙人馬平安。（正末上，云：）老夫包拯，因为陈州一郡滥官污吏，損害黎民，奉聖人的命，着老夫放察官吏，安撫黎民，非轻易也呵。（唱：）

【双調新水令】叩金鑾亲奉帝王差，到陈州与民除害。威名連地震，杀气和霜来。手执着势劍金牌，哎，你個刘衙内且休怪。

（云：）張千，将那刘得中一行人，都与我拏将过来。（張千云：）理会的。（做拏刘衙内、楊金吾并二斗子跪見科，云：）当面。（正末云：）您知罪么？（小衙内云：）俺不知罪。（正末云：）兀那厮，欽定的米价是多少銀子糶一石来？（小衙内云：）父亲說道『欽定的价是十两一石。』（正末云：）欽定的价元是五两一石，你私自改做十两；又使八升小斗，加三大秤。你怎做的不知罪那！（唱：）

【駐馬听】你只要钱財，全不顧百姓每貧穷，一味的刻。今遭杻械，也是你五行福謝（-）半生災。只見他向前呵，如上嚇魂台；往后呵，似入东洋海。揆至的分尸在市街，我着你一灵兒先飞在青霄外。

（云：）張千，南关去拏将那王粉蓮，就連着紫金鎚一齐解来。（張千云：）理会的。（做拏王粉蓮跪科，云：）王粉蓮当面。（正末云：）兀那王粉蓮，你認的我么？（王粉蓮云：）我不認的你。（正末唱：）

【雁兒落】难道你王粉头直恁騃，偏不知包待制多謀策；你道是接仓官有大钱，怎么的見府尹无嬌态？

（云：）兀那王粉蓮，这金鎚是誰与你来？（王粉蓮云：）是楊金吾与我来。（正末云：）張千，选大棒子将王粉蓮去褪决打三十者。（打科）（正末云：）打了搶出去。（搶出科）（王粉蓮下）（正末云：）張千，将楊金吾採上前来。（做採楊金吾上科）（正末云：）这金鎚上有御书图号，你怎生与了王粉蓮？（楊金吾云：）大人可憐見，我不曾与他，我则当的几个烧餅兒吃哩。（正末云：）張千，先拏云楊金吾去，在市曹中梟首報來。（張千云：）理会的。（正末唱：）

【得胜令】呀，你只待钱眼里狠差排，今日個刀口上送屍骸。你犯了蕭何律，难寬纵；便自有蒯通謀，怎救解。你死了休捱，則俺那势剑如风快，你死也応該，誰着你全鎚当酒来。

（張千拏楊金吾杀科）（正末云：）張千，拏过那小㡬古来。（張千云：）小㡬古当面。（做拏小㡬古跪科）（正末云：）兀那厮。你父亲被那個打死了？（小㡬古云：）是这小衙内把紫金鎚打死我父亲来。（正末云：）張千，拏过刘得中来，就着小㡬古也将那金鎚将这厮打死者。（張千云：）理会的。（正末唱：）

【沽美酒】小衙内做事歹，小㡬古且宁奈；也是他自结下冤讐怎得開；非咱忒煞，須償还你这亲爺債。

【太平令】从来個人命事关連天大，怎容他杀生灵似虎如豺。紫金鎚依然存在、也将来敲他腦袋，登时间肉拆血洒，受这般罪責；呀，纔平定陈州一带。

（小㡬古做打衙内科）（正末云：）張千，打死了么？（張千云：）打死了也。（正末云：）張千，与我拏下小㡬古者。（張千云：）理会的。（張千做拏小㡬古科）（外扮刘衙内齎赦书慌上，詩云：）心忙来路远，事急出家门。小官刘衙内是也。我聖人根前說过，告了一紙赦书，則赦活的，不赦死的。星夜到陈州，救我两个孩兒。左右，留人者，有赦书在此，則赦活的，不赦死的。（正末云：）張千，死了的是誰？（張千云：）死了的是楊金吾，小衙内。（正末云：）活的是誰？（張千云：）是小㡬古。（刘衙内云：）呸！恰好赦别人也！（正末云：）張千，放了小㡬古者。（唱：）

【殿前欢】猛听的叫赦书来，不由我不臨风回首笑咍咍。想他父子每倚势挟权大，到今日也運蹇时衰。他指望着赦来时有处裁，怎知道赦未来，先杀坏。这一番顛倒把别人貸，也非是他人謀不善，总見的個天理明白。

（云：）張千，将刘衙内拏下者，听老夫下断。（詞云：）为陈州亢旱不收，穷百姓四散飄流。刘衙内原非令器〔二〕，楊金吾更是油头。奉勅旨陈州糶米，改官价擅自徵收；紫金鎚屈打良善，声冤处地惨天愁。范学士岂容奸蠹，奏君王不赦亡囚。今日個从公勘问，遣小㺃手報亲讎。方總見无私王法，留传与万古千秋。

题目　范天章政府差官

正名　包待制陈州糶米

〔一〕顶缸——有顶替，顶缺，代人受过等义。

〔二〕令器——美材，好人才。

三、手稿殘頁五種

1. 論《春秋》

前　缺

邪说孔子"作春秋。

1《孟子·滕文公下》："世衰道微，邪说暴行有作，臣弑其君者有之，子弑其父者有之，孔子惧，作《春秋》。《春秋》天子之事也，是故孔子曰：知我者，其惟《春秋》乎！罪我者，其惟《春秋》乎！"赵氏（一作岐，后汉人）注云：世衰道微，周衰之时也。孔子惧王道遂灭，故作《春秋》，因鲁史记，设素王之法，谓天子之事也。知我者，谓我正王纲也。罪我者，谓时人见弹贬者，言孔子以《春秋》拨乱也。

《管子·法法篇》：故《春秋》之记，臣有弑其君，子有弑其父者矣"。按万斯大《学春秋随笔》云：暴行，即弑父弑君是也。所谓邪说，即乱臣贼子与其党类，将不利于君，必饰君之恶，张己之功，造作语言，诬惑众庶是也。

惠士奇《春秋说》曰："人皆知《春秋》尊宗周，莫知《春秋》尊宗国，《春秋》以鲁为列国之宗而尊之，董仲舒亦谓《春秋》有"王鲁之文，古者太史采风，献之天子，而鲁不陈诗，故鲁诗列于"颂"次《周颂》而在《商颂》之上则宗国之尊大矣。

《论语·卫灵公》："吾犹及史之阙文也。"古之良史，于书字有疑，则阙之，以待知者。又《为政》：子曰：殷因于夏礼，所损益可知也，周因于殷礼，所损益可知也，其或继周者，虽百世可知也。孔融曰：所因，谓三纲五常，所损益，谓文质三统。赵氏云：物类相召，世数相生，其变有常，故可预知。又《八佾》亦云："夏礼吾能言之，杞不足征也，殷礼吾能言之，宋不足征也，文献不足故也，足

能征之矣"。按文谓典策，献谓

夫。又曰：周监于二代，郁

注：监，视也，言周文章备

《说文》"代，更也。言世

二、《史记·十二诸侯年表序》：孔子明王道，干七十余君莫能用，故西观周室，论史记旧闻，兴于鲁而次《春秋》，上记隐，下至哀之获麟，约其文辞，去其烦重，以制义法，王道备，人事浃。七十子之徒，口受其传指，为有所刺讥褒讳挹损之文辞，不可以书见也。鲁君子左丘明，惧弟子人人异端，各安其意，失其真，故因孔子史记，具论其语，成《左氏春秋》。

《汉书·艺文志》：古之王者，世有史官，君举必书，所以慎言行，昭法式也。左史记言，右史记事，事为《春秋》，言为《尚书》。帝王靡不同之。周室既微，载籍残缺，仲尼思存前圣之业，乃称曰：夏礼吾能言之……以鲁周公之国，礼文备物，史官有法，故与左丘明观其史记，据行事，仍人道，因兴以立功，就败以成罚，假日月以定历数，藉朝聘以正礼乐，有所褒讳贬损，不可书见，口授弟子，弟子退而异言，丘明恐弟子各安其意，以失其真，故论本事而作《传》，明夫子不以空言说经也。《春秋》所贬损大人，当世君臣，有威权势力，其事实皆形于《传》，是以隐其书而不宣，所以免时难也。及末世口说流行，故有《公羊》《谷梁》、邹、夹之《传》，四家之中，《公羊》《谷梁》立于学官，邹氏无师，夹氏未有书。

《论衡·案书篇》：《春秋左氏传》者，盖出孔子壁中。孝武皇帝时，鲁恭王坏孔子教授

天津市第三制本厂 80.1　　16开 20×20=400

作　文　纸

堂以为宫，得佚《春秋》三十篇，《左氏传》也。公羊子、谷梁寘，胡毋生皆传《春秋》，各门异户，独《左氏传》为近得实。何以验之？《礼记》造于孔子之堂，太史公，汉之通人也，《左氏》之言，与二书合。公羊高、谷梁寘、胡毋氏不合。又诸家去孔子远，远不如近，闻不如见。刘子政玩弄《左氏》，童仆妻子，皆呻吟之。光武皇帝之时，陈元、范叔（当作升），上书连属，条事是非，《左氏》遂立。范叔寻因罪罢，元、叔，天下极才，讲论是非，有余力矣！陈元言讷，范叔章诎，《左氏》得实明矣。言多怪，颇与孔子不语怪力相违反也。《吕氏春秋》亦如此焉。《国语》，《左氏》之外传也。《左氏传经》辞语尚略，故复选《国语》之辞以实。然则《左氏》《国语》，世儒之实书也。

　　刘知幾《史通·二体》云：夫《春秋》者（谓《左传》也）系日月而为次，列时岁以相续，中国外夷，同年共事，莫不备载其事，形于目前，理尽一言，语无重出，此其所以为

天津市第三制本厂　80.1　　　16开　20×20＝400

長也。（長即利也，謂其胜紀傳也。其所以胜，本編年之体自所應有也）至于賢士貞女，高才雋德，事当衝要者，（其人有关国政者）必盱衡而備言；迹在沈冥者（其人无預国事），不枉道而詳說。如絳縣之老，杞梁之妻，或以酬晉卿而獲記，或以對齊君而見錄（衝要故也），其有賢如柳惠，仁若顔回，終不得彰其名氏，显其言行。故論其細也，則纖芥无遺；語其粗也，則丘山是棄。此其所以為短也（短即害也，是其不及紀傳處也）其所以不及，亦編年之体自所不免也。

（錦）80.4（20×15＝300）　　第　頁

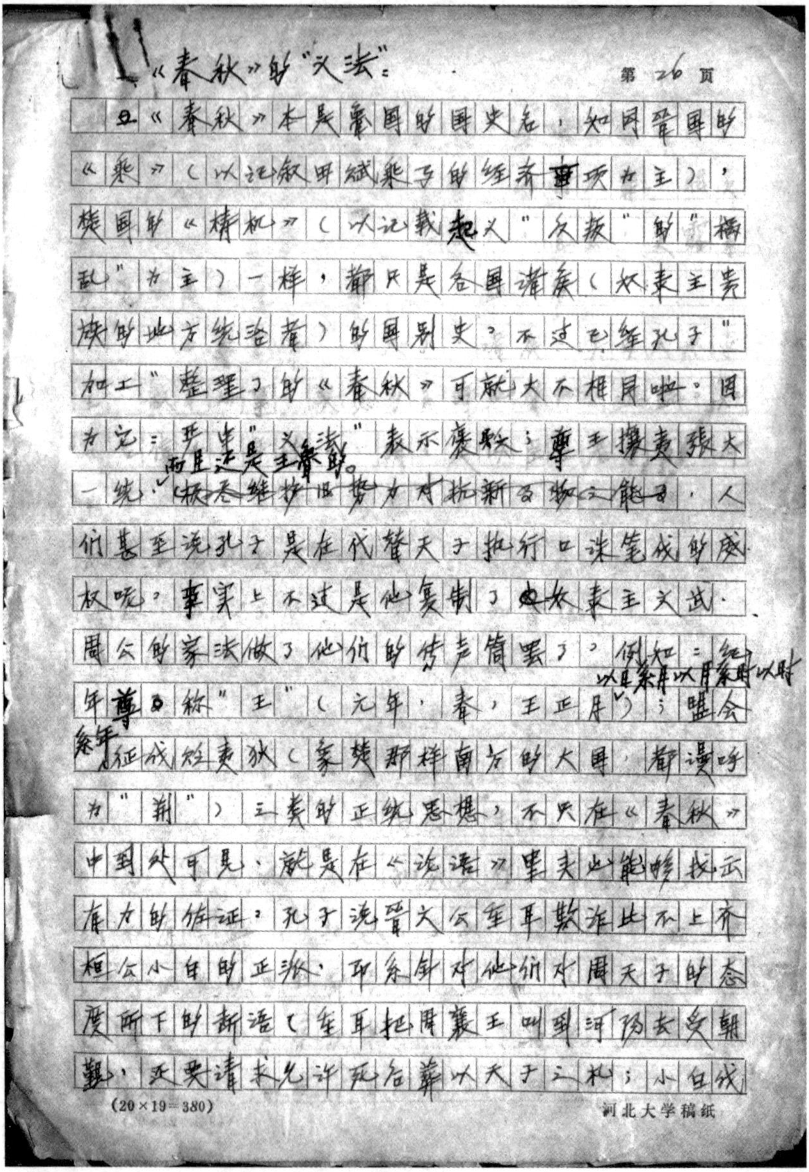

二、《春秋》的"义法"

第 26 页

《春秋》本是鲁国的国史名，如同晋国的《乘》（以记叙田赋乘马的经济事项为主），楚国的《梼杌》（以记载"反叛"的"祸乱"为主）一样，都只是各国诸侯（奴隶主贵族的地方统治者）的国别史。不过已经孔子"加工"整理了的《春秋》可就大不相同啦。因为它：书法"义法"表示褒贬；尊王攘夷，张大一统，而且这是主要的。人们甚至说孔子是在代替天子执行口诛笔伐的威权呢，事实上不过是他复制了奴隶主文武、周公的家法做了他们的传声筒罢了。例如：纪年尊称"王"（元年，春，王正月——以月系时，以时系年）；盟会征伐攘夷狄（象楚那样南方的大国，都还呼为"荆"）三者的正统思想，不只在《春秋》中到处可见，就是在《论语》里也能够找出有力的旁证。孔子说晋文公重耳谲诈比不上齐桓公小白的正派，那是针对他们对周天子的态度所下的断语（重耳把周襄王叫到河阳去受朝觐，还要请求允许死后葬以天子之礼；小白伐

(20×19=380)　　河北大学稿纸

中　缺

楚则系以不进贡苞茅草影响了祭祀的整洽，和昭王南巡被害于江汉之中的"两行大罪"相责问，所以一个褒了一个贬了）。自然，更露骨的笔法是所谓"三讳""三盗"的。

"为尊者讳"（天子、诸侯一类的大奴隶主，做了坏事，要隐约其辞地替他们遮盖。如《左僖廿八年传》，明明是以臣召君的事，却只写作"天王狩于河阳"）、"为亲者讳"（奴隶主贵族的内部矛盾，尤其是家人父子间的丑恶，必须包庇不去揭发。如鲁隐公十一年，隐公出于其弟桓公夺位而被杀掉，孔丘只书曰："君薨"）；和"为贤者讳"（举动措施合于"情、理、法的'贤'大夫，即有过失也应该立意掩护不使陷于罪名。如闵公元年之"季子来归"，乃为季友放纵杀人犯庆父作文章的）。而"春秋有三盗"，把敢于造反、诛除大坏蛋、和宝物还家的勇士都叫做"盗贼"（它们是哀公四年的"盗杀蔡侯申"，公羊高说，这是"贱乎贱者"，鄙视"卑贱者"的口吻；哀公十三年

(20×19=380) 河北大学稿纸

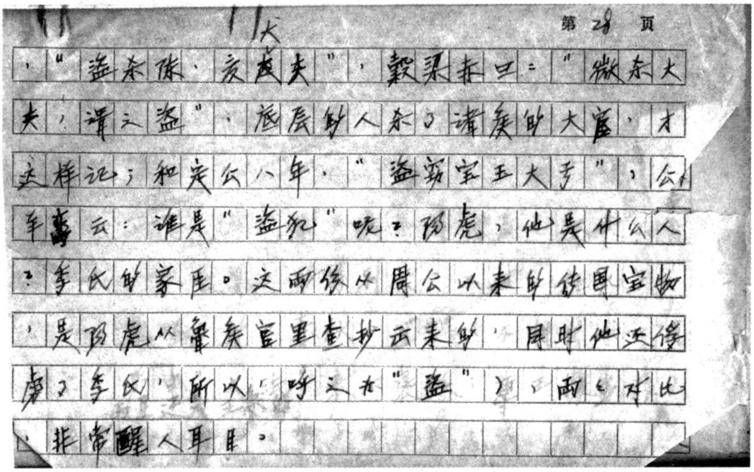

第28页

，"盗杀陈、哀大夫"，穀梁赤曰："微杀大夫，谓之盗"。底层的人杀了诸侯的大官，才这样记；和定公八年，"盗窃宝玉大弓"，公羊传云：谁是"盗犯"呢？阳虎，他是什么人？季氏的家臣。这两件从周公以来的传国宝物，是阳虎从鲁侯宫里查抄出来的，同时他还侵虏了季氏，所以（呼之为"盗"），而《对比，非常醒人耳目。

见于《左氏传》中的几件有关政治经济情况的特殊记载：

一、关于阶级的划分的：

天子经略①，诸侯正封②，古之制也。封略之内何非君土，食土之毛③谁非君臣，故《诗》曰：普天之下莫非王土，率土之滨莫非王臣。

天有十日，人有十等，下所以事上，上所以共神也。故王臣公④，公臣大夫，大夫臣士，士臣皂，皂臣舆，舆臣隶，隶臣僚，僚臣仆，仆臣台，马有圉⑤，牛有牧⑥，以待百事。（《左昭七年传》）

注释：这是楚国芋尹无宇对楚灵王围谈说的：

按公为五等爵（公侯伯子男）诸侯的总称，大夫之言扶也，大能扶成人主也。士者事也，言能理庶事。皂，造也，造成事也。舆，众也，佐皂举众事也。隶，隶属于吏也。僚，劳也，共劳事也。仆，仆竖，主藏者也。台，给，台下微名也。

皂士以上是属于奴隶主贵族的统治阶级，自皂以下则为供劳役的卑贱人丁，谓之为奴隶也可。

天有十日，指甲乙丙丁戊己庚辛壬癸。人有十等就说的是从大夫至牧。王公应除外，因为他们乃中央与地方的主君，奴隶头主或大奴隶主。

这十等人的社会地位，生活情况是绝不相同的。占有大量土地人民的天子诸侯甚

中　缺

第　　页

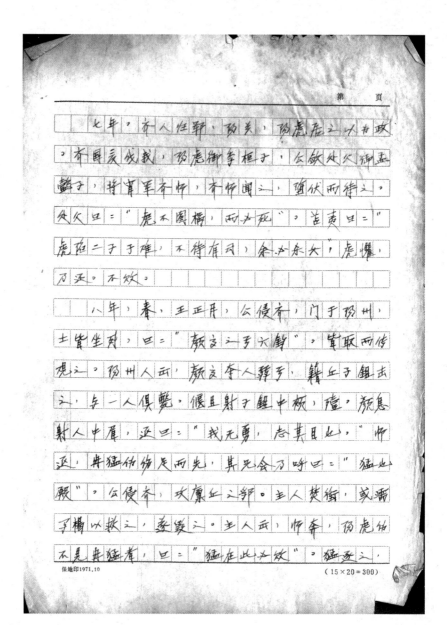

七年。齐人归郓、阳关，阳虎居之以为政。齐国夏伐我，阳虎御季桓子，公敛处父御孟懿子，将宵军齐师，齐师闻之，堕伏而待之。处父曰："虎不图祸，而必死"。苫夷曰："虎陷二子于难，不待有司，余必杀女"，虎惧，乃还。不败。

八年，春，王正月，公侵齐，门于阳州，士皆坐列，曰："颜高之弓六钧"。皆取而传观之。阳州人出，颜高夺人弱弓，籍丘子鉏击之，与一人俱毙。偃且射子鉏中颊，殪。颜息射人中眉，退曰："我无勇，志其目也，"师退，冉猛伪伤足而先，其兄会乃呼曰："猛也殿"。公侵齐，攻廪丘之郛。主人焚冲，或濡马褐以救之，遂毁之。主人出，师奔，阳虎伪不见冉猛者，曰："猛在此，必败"。猛逐之，

保地印1971.10　　(15×20=300)

中　缺

（二）春秋前期主要是大国之间的争霸，到了后期，各国内部的斗争，即作为"公室"（国君，奴隶主的政治代表）和"私家"（卿大夫，比较复杂，其中一部分是保守派，而新兴的地主大部分是由这个阶层转化而来的）之间的斗争，变得越来越激烈。"私家"中的新兴地主代表着新的生产方式，符合社会发展的规律，所以他们在政治、经济上迅速发展起来，一方面占有大量土地，一方面收容和隐匿各国逃亡的奴隶和庶民。（如《左昭廿五年传》记载的季氏说"隐民多取食焉，为之徒者众矣"。《墨子·尚同中》也说："民知上置正长之非以治民，是以皆比周隐匿"），经济力量雄厚了，政治上的独立机构和私有官吏（它的名称是"家臣"或"家宰"）连同军队方面的战车与

中　缺

第 5 页

甲士，也就都具备了，就是说，已经等于一些独立王国啦。这样一来，便不止"公家"与"私家"之间发生矛盾，而是"私家"与"私家"之间也发生冲突，于是到了春秋后期，各国之间的战争就逐渐转化为国内战争，"私家"与"私家"之间的战争。但从整个发展过程上看"私家"之间的兼并战争，不过是新兴的地主向"公家"进行夺权的一个侧面，其结果有助于新兴地主的代表（如后来战国时期的"七国"）夺取政权。

第 6 页

（三）春秋时期的大国争霸，是奴隶主阶级争夺土地、掠夺人口的战争。齐桓公、晋文公做霸主时，又竭力维护周礼，许多次出兵都是为了干涉不按旧制度办事的诸侯之国的。所以，这些战争在实质上并没有什么进步的意义，甚至可以说是反动的，如将战俘变为奴隶以及献俘事。但是它们也引起了一系列的连锁反应，这又超出了战争的本来目的。各国为了在战争中不致灭亡，不得不在政治、经济、军事上作某些变革，这些变革的目的尽管都是各国奴隶主阶级为了延续、巩固或是扩大自己的政权统治的，可是在一定程度上也承认了土地私有制和阶级变化的事实，同时，由于战争的频仍，在客观上还推动了各族的交往，加速了它们的融合与同化，

保地印1971.10　　（15×20=300）

後　缺

2. 論《國語》

前　缺

略与《庄子》同，以其纷理瑋辞，读之而心悚，潜玩之而味永，近须以《越语》压卷。《经义考209引》吴韦昭《国语解叙》云：

“昔孔子发愤于旧史，垂法于素王。左丘明因圣言以摅意，托王义以流藻。其渊原深大，沉懿雅丽，可谓命世之才，博物善作者也。其明识高远，雅思未尽，故复采录前世穆王以来，下讫鲁悼、智伯之诛，邦国成败，嘉言善语，阴阳律吕，天时人事逆顺之数，以为《国语》。其文不主于经，故号曰外传。所以包罗天地，探测祸福，发起幽微，章表善恶者，昭然甚明，实与经艺并陈，非特诸子之伦也。

遭秦之乱，幽而复光。贾生、史迁颇综述焉。及刘光禄于汉成世始更考校，是正疑谬。至于章帝，郑大司农为之训注，解疑释滞，昭晰可观，至于细碎，有所阙略。侍中贾君敷而衍之，其所发明，大义略举，为已憭矣，（憭音liao瞭明）然于文间时有遗忘。建安、黄武之间，故侍御史会稽虞君、尚书仆射丹阳唐君，皆英才硕儒，洽闻之士也，采摭所见，因贾为主而损益之。观其辞义，信多善者，然所理释，犹有异耳。

昭以末学浅闻寡见，阶数君之成训，思事义之是非，愚心颇有所觉。今诸家并行，是非相贸，虽聪明疏达识机之士，知所去就。然浅闻初学，犹或未能祛过。切不自料，复为之解。因贾君之精实，采虞、唐之信善，亦以所觉，增润补缀，参之以五经，检之以内传，以《世本》考其流，以《尔雅》齐其训，去非要，存事实，凡所发正三百七事。又诸家纷错，载述为烦，是以时有所见，庶几颇近事情，裁有补益。犹恐人之多言，未详其故，欲世览者必察之也。

[illegible]

按《国语》之存于今者以宋明道二年椠本为最古，此本可宝。古本而善乃真宝，于此本见之矣（钱大昕语）。顾千里细意校正，更见其善。此本共计二十一卷，计：

《周语》上中下凡三卷、

《鲁语》上下二卷、

《齐语》一卷、

《晋语》九卷：武、献、惠、文、襄、厉、悼、平、昭各一卷、

《郑语》一卷、

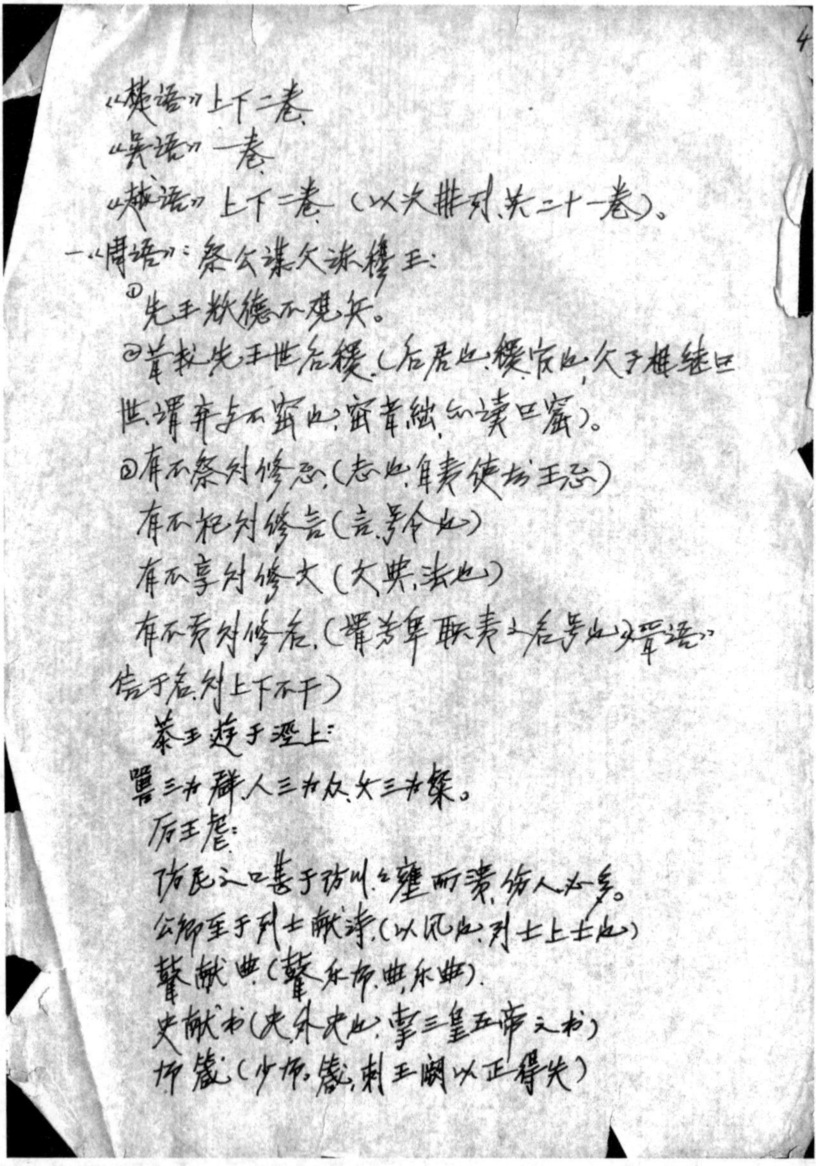

4

《楚语》上下二卷、

《吴语》一卷、

《越语》上下二卷（以次排列，共二十一卷）。

一、《周语》：祭公谋父谏穆王：

①先王耀德不观兵。

②昔我先王世后稷（后，君也；稷，官也，父子相继曰世，谓弃与不窋也；窋音拙，亦读曰窟）。

③有不祭则修意（意，志也，自责使协王志）

有不祀则修言（言，号令也）

有不享则修文（文，典，法也）

有不贡则修名（名，谓尊卑职贡之名号也。《晋语》信于名，则上下不干）

恭王游于泾上：

兽三为群，人三为众，女三为粲。

厉王虐：

防民之口，甚于防川。川壅而溃，伤人必多。

公卿至于列士献诗（以风也，列士，上士也）

瞽献曲（瞽，乐师，曲，乐曲）。

史献书（史，外史也，掌三皇五帝之书）

师箴（少师，箴，刺王阙以正得失）

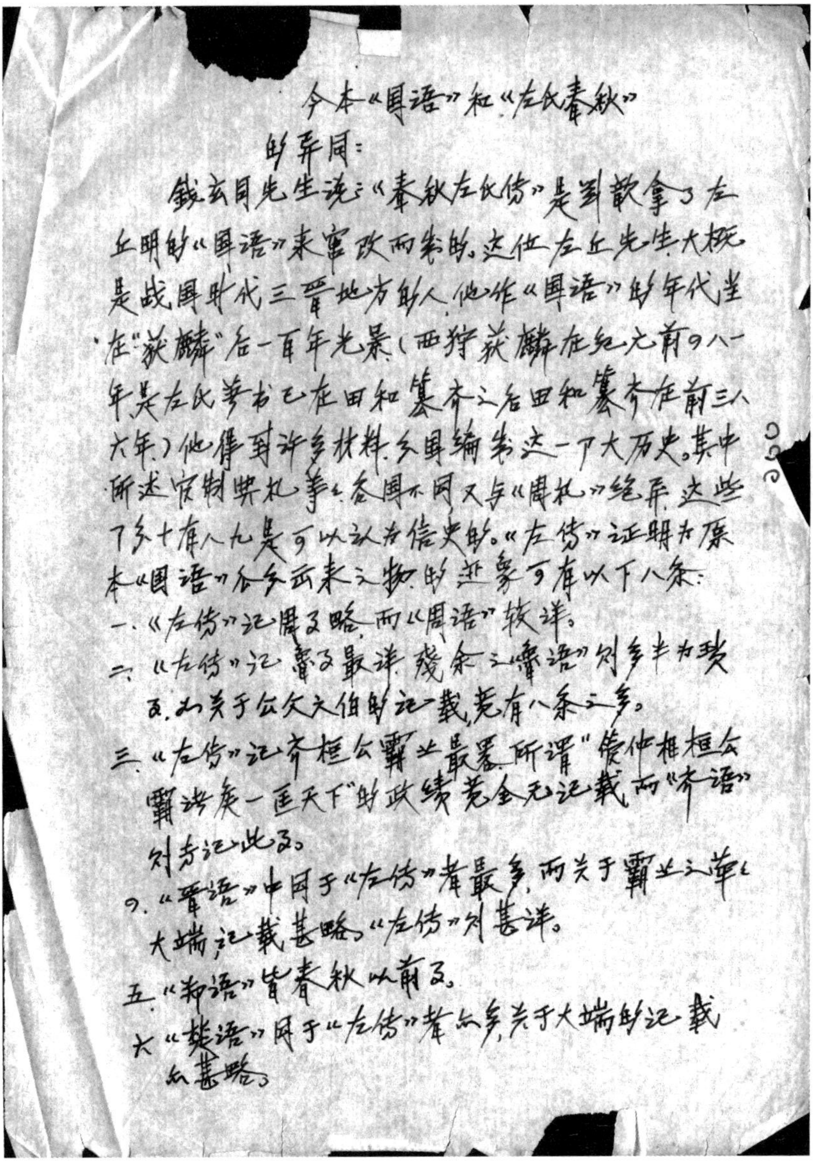

今本《国语》和《左氏春秋》

的异同：

钱玄同先生说：《春秋左氏传》是刘歆拿了左丘明的《国语》来窜改而成的。这位左丘先生大概是战国时代三晋地方的人。他作《国语》的年代当在"获麟"后一百年光景（西狩获麟在纪元前四八一年，是左氏著书已在田和篡齐之后，田和篡齐在前三八六年）他得到许多材料，分国编成这一部大历史。其中所述官制典礼等等，各国不同，又与《周礼》绝异，这些十分之八九是可以认为信史的。《左传》证明为原本《国语》分割出来之物的迹象可有以下八条：

一、《左传》记周事略，而《周语》较详。

二、《左传》记鲁事最详，残余之《鲁语》则多半为琐事，如关于公父文伯的记载，竟有八条之多。

三、《左传》记齐桓公霸业最略，所谓"管仲相桓公霸诸侯，一匡天下"的政绩竟全无记载，而《齐语》则专记此事。

四、《晋语》中同于《左传》者最多，而关于霸业之荦荦大端，记载甚略，《左传》则甚详。

五、《郑语》皆春秋以前事。

六、《楚语》同于《左传》者亦多，关于大端的记载亦甚略。

中 缺

七、《吴语》只记夫差伐越而卒致亡国之，《左传》对
于此之的记载，又是异常简略。
八、《越语》专记越灭吴的经过，《左传》全无。
你看，《左传》与今本《国语》二书，此详则彼略，
彼详则此略，这不是将一书分为二的显证吗？至于
彼此同记一事者，往往大体相同，而文辞则《国语》中有许
多琐屑的记载和夫蔓的议论，《左传》大都没有，这
就更露出删改的痕迹来了。
近来瑞典人高本汉著《左传真伪考》一书从文法
上证明《左传》的文法不是《鲁语》（他假定《论孟》
的语言为《鲁语》）所以《史记》中"鲁君子左丘明"这个
称谓是不对的。（按：当为楚灵王称左史倚相能读三坟
五典八索九丘之书）
在周汉和汉前书内，没有一种有和《左传》完全相同
的文法组织的，最接近的是《国语》，左丘明决不是鲁
人，决不与孔子同时（论语孔：耻，左丘耻之之言，是汉人
窜入的（其人即是向歆父子）
郭老说，此言过火，左史个人不该是后辈（左昭十二
年传，楚灵王与左史倚相之言可为参考）
左史之言，当因触犯忌讳而被黜，以至于所谓

後　缺

3. 論道家

前　缺

第　　页

1.此书虽分上下两篇但不著篇目，一般地说上篇为道经下篇为德经，有"道德经"的称谓（近今发现的竹简则是德经在前道经在后）又经文若干章（分为六十七、八十一之数不等）亦无章目。

2.章文短小，超过八十字者不多（第五十四章独外），而且讲求对仗，自然用韵，偏于记言，毫无典故，读之哴哴上口极便记诵。

3.主题思想明确，讲道说德，绝不含糊其词，相辅相成，竟体呼应，对于抽象的道理，经常数语破的，单刀直入，摒却浮词，精悍得很。

4.善用譬喻，信手拈来，如"上善若水，

ED16855　20×15=300　　河北大学公用稿纸

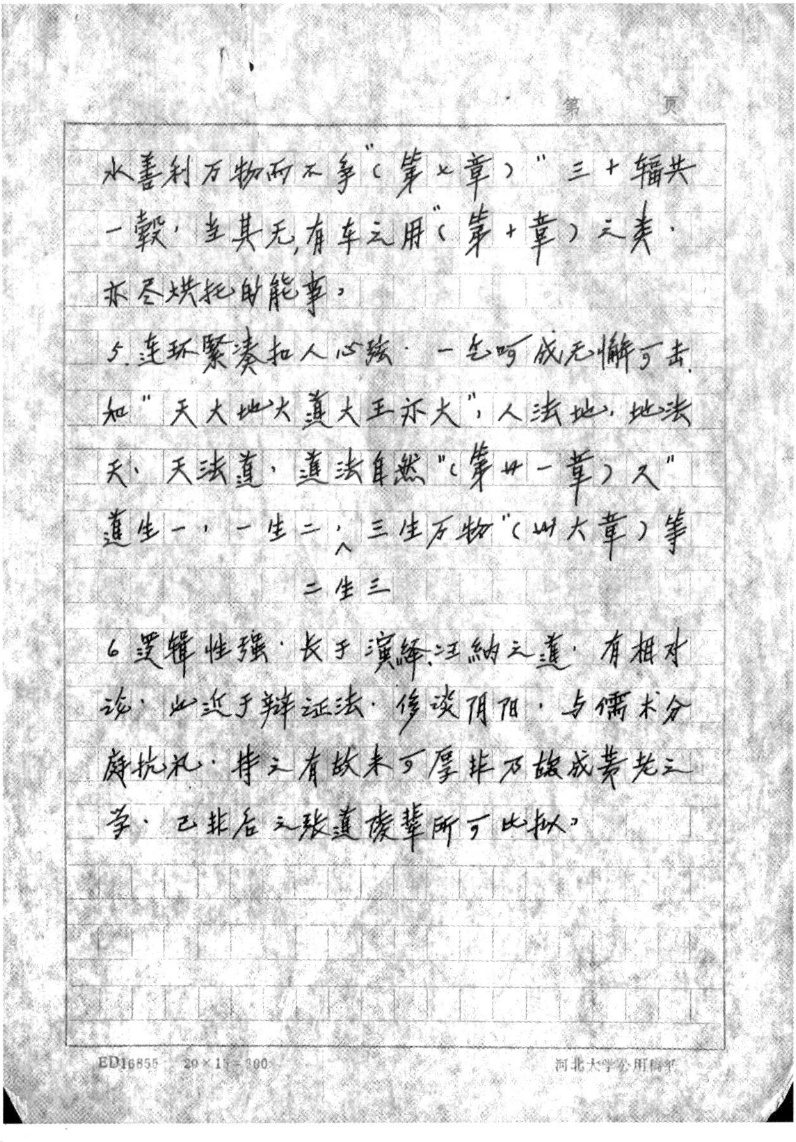
第　页

水善利万物而不争"（第七章）"三十辐共一毂，当其无，有车之用"（第十章）之类，亦系烘托的能事。

5.连环紧凑扣人心弦，一气呵成无懈可击。如"天大地大道大王亦大"，人法地，地法天，天法道，道法自然"（第廿一章）又"道生一，一生二，二生三，三生万物"（卌二章）等

6 逻辑性强，长于演绎、归纳之道，有相对论，也近于辩证法，侈谈阴阳，与儒术分庭抗礼，惟之有故未可厚非乃能成黄老之学，已非后之张道陵辈所可比拟。

ED16855　20×15=300　河北大学公用稿纸

中　缺

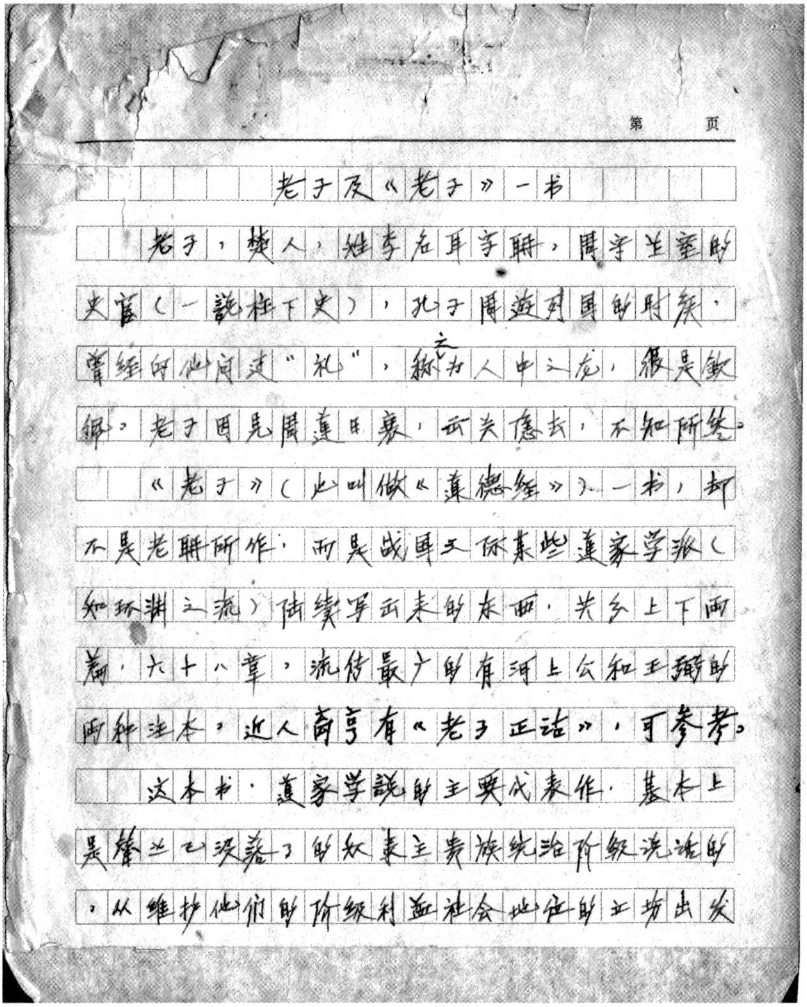
第　　页
老子及《老子》一书
老子，楚人，姓李名耳字聃，周守藏室的史官（一說柱下史），孔子周游列国的时候，曾经向他问过"礼"，称之为人中之龙，很是钦佩。老子因見周道日衰，出关隐去，不知所终。
《老子》（也叫做《道德经》）一书，却不是老聃所作，而是战国之际某些道家学派（如环渊之流）陆续写出来的东西，共分上下两篇，六十八章，流传最广的有河上公和王弼的两种注本，近人高亨有《老子正诂》，可参考。
这本书，道家学說的主要代表作，基本上是替当时没落了的奴隶主贵族统治阶级说话的，从维护他们的阶级利益社会地位的立场出发

中　缺

《庄子》的主要思想：

庄子一派的道家学说，强烈地反映了当时没落贵族的思想意识，充满了悲观厌世的思想情绪。只是在个别的问题上，如"天道自然"的看法，具有唯物主义和无神论的因素，但总的说来，还是把古代道家学说引向了唯心主义。

例如，他认为：

①天地万物虽然千差万别、变化多端，但是并没有主宰者在支配它们，万物自己在发生着、变化着，都是无所待而然的。

②是非、美丑、善恶、大小都是相对的，并没有绝对的差别，任何东西都有其"是"的一方面，也有其"非"的一方面，因此根本不必要花费精力去区分它们，听其自然就行了。

③知识和观点都是主观的、相对的，真理没有客观的标准，辩论是不会得到定的。最高的

保地印1971.10 （15×20＝300）

中　缺

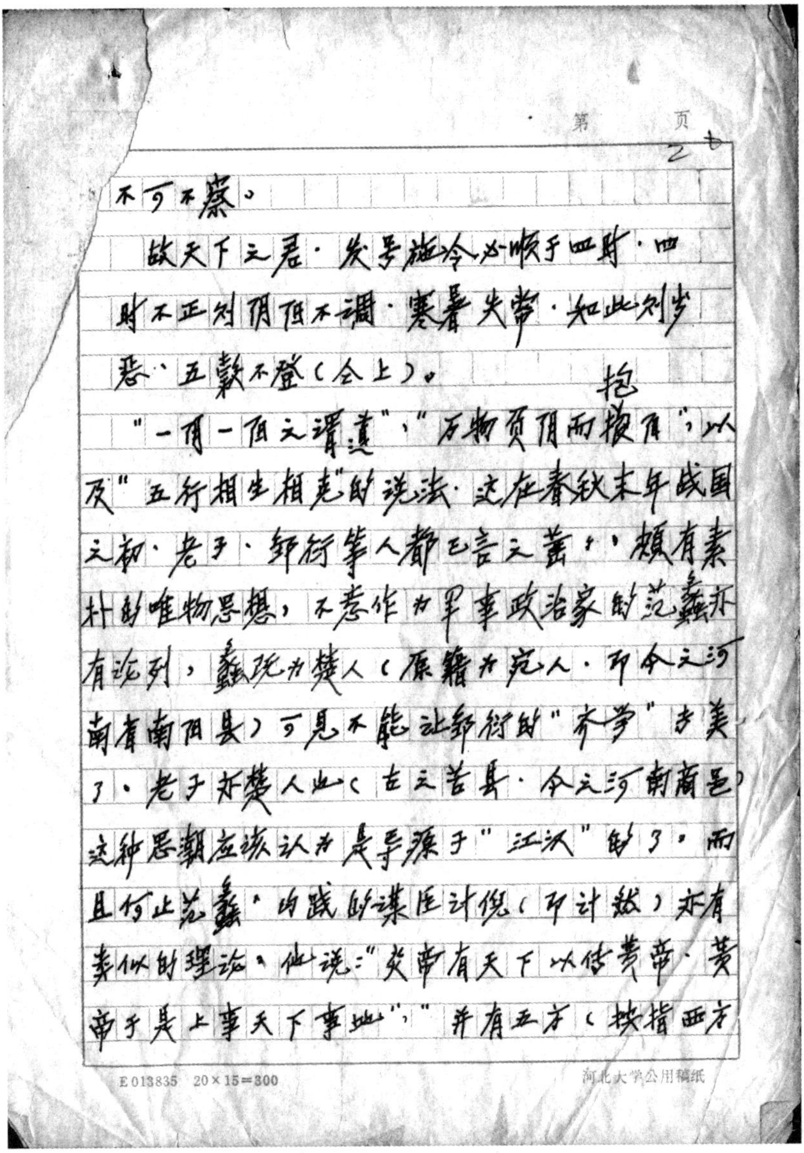

第　　頁 2

不可不察。

故天下之君，发号施令必顺于四时。四时不正则阴阳不调，寒暑失常，如此则岁恶、五谷不登（仝上）。

"一阴一阳之谓道"、"万物负阴而抱阳"，以及"五行相生相克"的说法，这在春秋末年战国之初，老子、邹衍等人都已言之凿凿，颇有素朴的唯物思想，不意作为军事政治家的范蠡亦有论列，蠡既为楚人（原籍为宛人，即今之河南省南阳县）可见不能让邹衍的"齐学"专美了。老子亦楚人也（古之苦县，今之河南商邑）这种思潮应该认为是导源于"江汉"的了。而且何止范蠡，勾践的谋臣计倪（即计然）亦有类似的理论，他说："炎帝有天下以传黄帝，黄帝于是上事天下事也"，"并有五方（按指西方

E013835　20×15=300　　河北大学公用稿纸

後　缺

4. **論唐代邊塞戰争**

前　缺

元龄为份州道行军总管，以备突厥。吐谷浑寇洮、旭、叠三州，岷州总管李长卿败之。七月，突厥杀刘武周于白道。八月吐谷浑寇岷州、益州道行台左仆射窦轨败之。突厥寇边。吐谷浑陷洮州。并州总管襄邑郡王神符及突厥战于汾东，败之。突厥陷大震关。九月癸巳，灵州总管杨师道败之于三观山。洪州总管宇文歆又败之于崗崇，定州总管双士洛、骠骑将军魏道仁又败之于恒山之阳。领军将军安兴贵又败之于甘州（按这里虽然繁称突厥连败，可是从地域上看，北起今山西汾水之东，西经陕西直至甘肃的张掖，包括了整个的大西北，都遭受着突厥的侵扰，也可以想见了）

　　六年四月，吐蕃陷芳州。五月，吐谷浑党项寇河州，刺史卢士良败之。六月突厥寇朔州。

总管高满政败之。七月，皇太子屯于北边，秦王世民屯于并州以备突厥。十月突厥请和。七年七月，[8]突厥寇朔州，总管秦武通败之。秦王世民、齐王元吉屯于幽州以备突厥。八月，吐谷浑寇鄯州，骠骑将军彭武志死之。[8]突厥寇绥州，刺史刘大俱败之。突厥请和。裴寂使于突厥。八年七月，秦王世民屯于蒲州以备突厥。八月并州总管張瑾及[9]突厥战于太谷，败绩，郓州都督張德政死之，执行军長史温彦博。任城郡王道宗及[10]突厥战于灵州，败之。突厥请和。九年三月[11]突厥寇凉州，都督長乐郡王幼良败之。八月吐谷浑请和。

二、唐太宗李世民时期边防与攻伐

比起高祖李渊来，太宗李世民就主动得多了，由防御转入出击，曾数次俘获敌酋：

第　　页

大业中突厥[12]围炀帝雁门。炀帝从围中以木系诏书投汾水而下，募兵赴援。太宗时年十六，往应募，隶将军云定兴。谓定兴曰："虏敢围吾天子者，以为无援故也。今宜先后吾军为数十里，使其昼见旌旗，夜闻钲鼓，以为大至，则可不击而走之。不然，知我虚实则胜败未可知也。"定兴从之。军至崞县，突厥候骑见其军来不绝，果驰告始毕可汗曰："救兵大至矣！"遂引去。高祖击历山飞，陷其围中。太宗驰轻骑取之而出，遂奋击，大破之。

武德七年突厥[13]寇边，太宗与遇于豳州，从百骑[14]与其可汗语，乃盟而去。九年八月，即位，突厥寇便桥，与颉利盟。

贞观二年正月，[e]吐谷浑寇岷州，都督李道彦败之。三年八月，李靖为定襄道行军大总管

20×15=300　　河北大学函授部稿纸

第　　页

以伐突厥。九月华州刺史柴紹为胜州道行军总
管以伐突厥。十一月，并州都督李世勣为通漢
道行军总管，以伐突厥。四年二月，李靖及突厥
战于阴山，败之。三月李靖俘突厥颉利可汗以
献。八年五月，吐谷浑寇凉州，左骁卫大将军
段志玄为西海道行军总管以伐之。十一月吐谷
浑寇凉州，执行人鸿胪丞赵德楷。十二月，李
靖为西海道行军大总管以伐吐谷浑。九年三月
洮州羌杀刺史孔長秀附于吐谷浑，高甑生及羌
人战，败之。五月，李靖及吐谷浑战，败之。
七月盐泽道行军副总管刘德敏及羌人战，败之
。十二年八月，吐蕃寇松州，侯君集为当弥道
行军大总管率三总管兵以伐之。九月阔水道行
军总管牛进达及吐蕃战于松州，败之。十一月
明州山獠反，交州都督李道彦败之。十二月，

20×15=300　　河北大学函授部稿纸

壁山山獠反，右武候将军上官怀仁讨之。十三年十二月，侯君集为交河道行军大总管以伐高昌。十四年三月，罗窦二州獠反，广州总管党仁弘败之。八月，侯君集克高昌。十二月侯君集俘高昌王以献。十五年十一月，薛延陀寇边，兵部尚书李世勣为朔州道行军总管以伐之。十二月，李世勣及薛延陀战于诺真水，败之。十八年七月，营州都督张俭率幽营兵及契丹奚以伐高丽。九月黄门侍郎褚遂良参预朝政。郭孝恪及焉耆战，败之。十一月，张亮为平壤行道行军大总管，李勣马周为辽东道行军大总管，率十六总管兵以伐高丽。十九年二月，如洛阳宫以伐高丽，四月誓师于幽州，大飨军，李世勣克盖牟城。五月，平壤道行军总管程名振克沙卑城，次辽泽，瘗隋人战亡者。军至马首

第　　页

山，克遼東城，六月克白岩城，大败高丽于安市城東南山，左武卫将军王君愕死之。九月班師，十月次營州，以太牢祭死事者，皇太子迎谒于临渝关，次汉武台，刻石纪功，十一月大饗军于幽州，次易州，定州、并州，薛[二]延陀寇夏州，左领军大将军执失思力败之。二十年，正月，夏州都督乔師望及薛[三]延陀战，败之。六月，江夏郡王道宗李世勣伐薛[四]延陀，七月败之，廿一年三月，左武卫大将军牛进达为青丘道行军大总管，李世勣为辽东道大总管，率三总管兵以伐高丽。四月，李世勣克南苏木底城。七月，牛进达克石城，十二月，左骁卫大将军契苾何力为崑丘道行军大总管，率三总管兵以伐龟兹。廿二年正月，左武卫大将军薛万徹为青丘道行军大总管以伐高丽，四月，松州蛮叛

20×15＝300　　河北大学函授部稿纸

第　页

左武卫候将军梁建方败之。八月，执失思力伐薛延陀余部于金山。九月，昆丘道行军总管阿史那社尔及薛延陀余部处月、处密战，败之。眉、邛、雅三州獠反，茂州都督张士贵讨之。十月，阿史那社尔及龟兹战，败之。廿三年正月，阿史那社尔俘龟兹王以献。赞曰："好大喜功，勤兵于远，此中材庸主之所常为"。按《本纪》文中言"寇"者，皆指来侵而言，其言"伐"者，則兴兵侵人之谓。

三、唐高宗李治时的边患与防御情况：

永徽元年十二月，琰州（唐之羁縻州，在今贵州境）獠寇边，梓州（今四川三台县）都督谢万岁死之。二年七月，贺鲁寇庭州（即今新疆乌鲁木齐市），左武卫大将军梁建方、右骁卫大将军契苾何力为弓月道行军总管以伐之

20×15=300　河北大学函授部稿纸

第　　页

，八月，白水蛮寇边，左领军将军赵孝祖为郎州道（在今贵州遵义县西）行军总管以伐之。十一月，窦州义州蛮寇边，桂州都督刘伯英败之。赵孝祖及白水蛮战于罗仵候山，败之。十二月，朱邪孤注杀招慰使单道惠，叛附于贺鲁。三年正月，梁建方及处月战于牢山（在今贵州凤泉县东北），败之。四月，赵孝祖及白水蛮战，败之。六年二月，营州都督程名振、左卫中郎将苏定方伐高丽，五月，战于贵端水，败之。左屯卫大将军程知节为葱山道行军大总管，以伐贺鲁。显庆元年知节及贺鲁部歌逻处月战于榆慕谷，败之。九月，程知节及贺鲁战于怛笃城，败之。十一月，龟兹大将羯猎颠附于贺鲁，左屯卫大将军杨胄伐之。二年闰正月，右屯卫将军苏定方为伊丽道行军总管，以伐

20×15=300　　河北大学函授部稿纸

賀魯，三年正月，杨胄及龟兹羯猎颠战于泥師城，败之。十一月，苏定方俘賀魯以献。四年三月，昆陵都护阿史那弥射及西突厥真珠叶护战于双河，败之。十一月，賀魯部悉结阙俟斤都曼寇边，左骁卫大将军苏定方为安抚大使以伐之。五年正月，苏定方俘都曼以献。三月，左武卫大将军为行军道行军大总管，新罗王金春秋为嵎夷道行军总管，率三将军及新罗兵，以伐百济。五月，定襄都督阿史德枢賓为沙砖道行军总管以伐契丹。八月，苏定方及百济战，败之。十二月，左骁卫大将军契苾何力为浿江道行军大总管，苏定方为辽东道行军大总管，左骁卫将军刘伯英为平壤道行军大总管，以伐高丽。阿史德枢賓及奚、契丹战，败之。龙朔元年正月，鸿胪卿萧嗣业为扶余道行军总管

第　　页

以伐高丽。四月，任雅相为浿江道行军总管，
契苾何力为辽东道行军总管，苏定方为平壤道
行军总管，萧嗣业为扶余道行军总管，右骁卫
将军程名振为镂方道行军总管，左骁卫将军庞
孝泰为沃沮道行军总管，率卅五军以伐高丽。
八月，苏定方及高丽战于浿江，败之。二年二
月，庞孝泰及高丽战于蛇水，死之。三月，郑
仁泰及铁勒战于天山，败之。七月，右威卫将
军孙仁師为熊津道行军总管以伐百济。十一月
，左卫将军苏海政为昵海行军总管以伐龟兹，
海政杀昆陵都督阿史那弥射。三年五月，柳州
蛮叛，竺州都督長史刘伯英以岭南兵伐之。
六月，吐蕃攻吐谷浑，凉州都督郑仁泰为青海
道行军大总管以救之。九月孙仁師及百济战于
白江，败之。十二月，安西都护高贤为行军总

20×15=300　　河北大学函授部稿纸

第　　页

管以伐弓月。麟德二年三月，疏勒弓月吐蕃攻于阗，西州都督崔智辩、左武卫将军曹继叔救之。乾封元年，六月，高丽泉男生，请内附，左骁卫大将军契苾何力为辽东安抚大使，率兵援之，左金吾卫将军庞同善、营州都督高偘为辽东道行军总管，左武卫将军薛仁贵，左监门卫将军李谨行为后援，九月庞同善及高丽战，败之。十二月，李勣为辽东道行台大总管，率六总管兵以伐高丽。二年九月，李勣及高丽战于新城，败之。是岁岭南洞獠陷琼州。总章元年，刘仁轨为辽东道副大总管兼安抚大使浿江道行军总管。二月，李勣败高丽克扶余南苏木底苍岩城，九月，李勣败高丽王高藏，执之。十二月俘高藏以献。二年七月，左卫大将军契苾何力为乌海道行军大总管以援吐谷浑。咸

20×15＝300　　　　河北大学函授部稿纸

第　　页

亨元年四月·吐蕃陷龟兹拨换城，废安西四鎮。右威卫大将军薛仁贵为逻娑道行军大总管以伐吐蕃。高丽酋長鉗牟岑叛寇边。左监门卫大将军高偘为东州道行军总管，右領军卫大将军李谨行为燕山道行军总管以伐之。

20×15=300　　河北大学函授部稿纸

5. 河北大學建設重點大學規劃

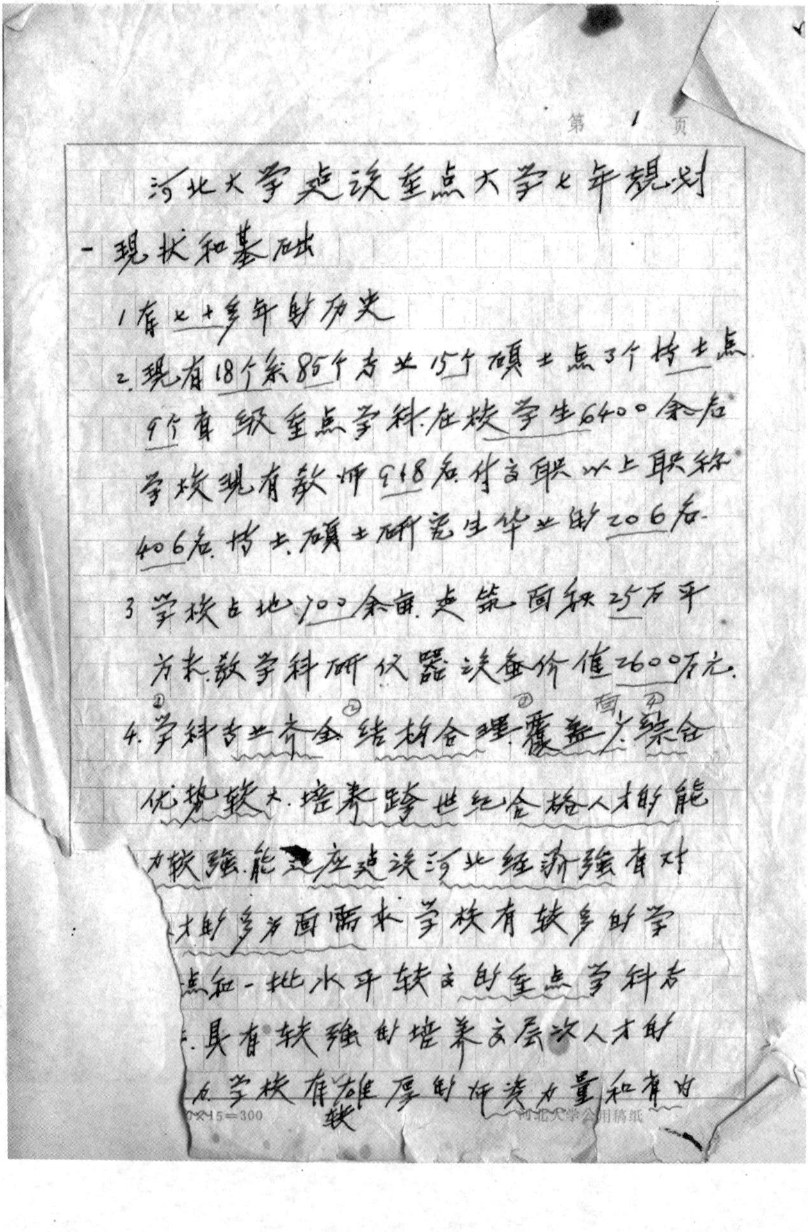
第 1 页

河北大学建设重点大学七年规划

一 现状和基础

1 有七十多年的历史

2. 现有18个系 85个专业 15个硕士点 3个博士点

9个省级重点学科 在校学生6400余名

学校现有教师918名 付高职以上职称

406名 博士硕士研究生毕业的206名

3 学校占地100余亩 建筑面积25万平

方米 教学科研仪器设备价值2600万元

4. 学科专业齐全 结构合理 覆盖面广 综合

优势较大 培养跨世纪合格人才的能

力较强 能适应建设河北经济强省对

人才的多方面需求 学校有较多的学

点和一批水平较高的重点学科专

. 具有较强的培养高层次人才的

力 学校有雄厚的师资力量和有

20×15=300 河北大学公用稿纸

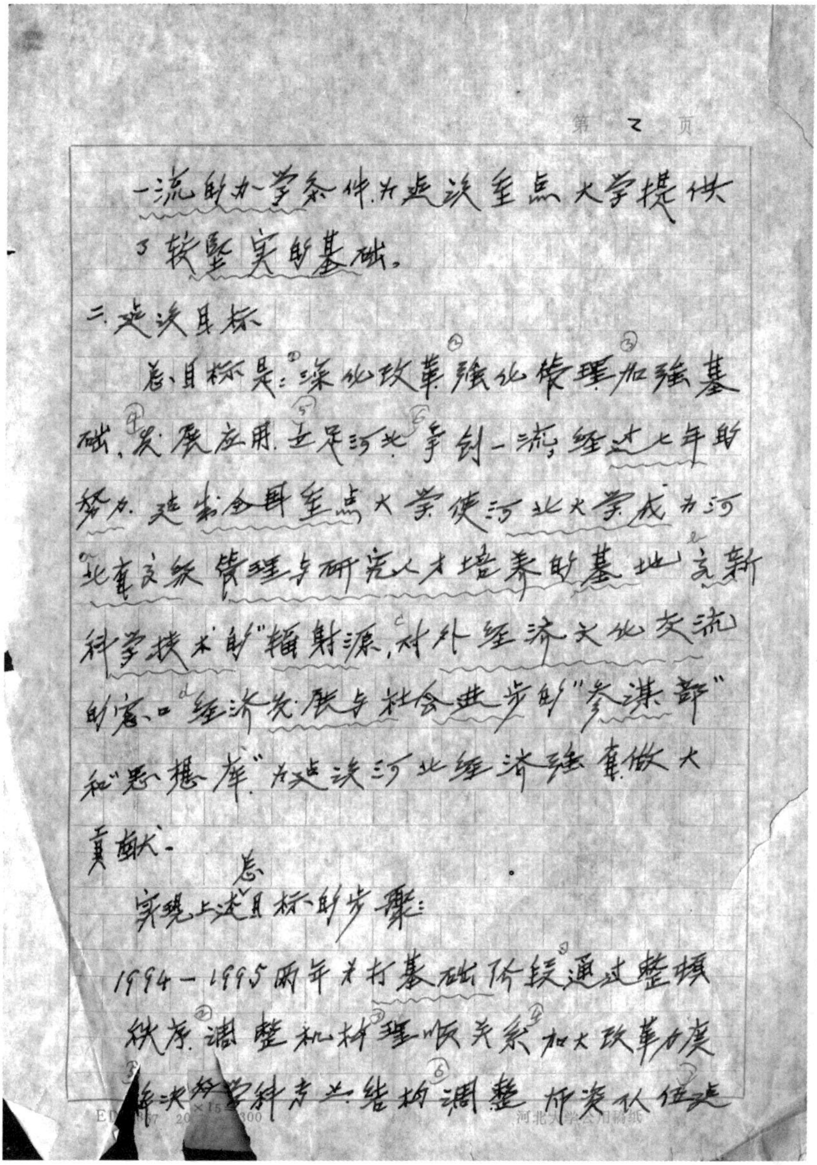
第 2 页

一流的办学条件，为建设重点大学提供了较坚实的基础。

二、建设目标

总目标是：深化改革，强化管理，加强基础，发展应用，立足河北，争创一流；经过七年的努力，建成全国重点大学，使河北大学成为河北省高级管理与研究人才培养的基地、高新科学技术的辐射源、对外经济文化交流的窗口、经济发展与社会进步的"参谋部"和"思想库"，为建设河北经济强省做大贡献。

实现上述总目标的步骤：

1994—1995两年为打基础阶段，通过整顿秩序，调整机构，理顺关系，加大改革力度，解决好学科专业结构调整，师资队伍建

河北大学公用稿纸

第 1 页

关于认真执行《河北大学"211工程"项目管理办法》的通知

各院、系、处、室、馆、所

望认真执行，遇到问题及时报告学校"211工程"办公室

94.10.11

第一条 河大"211"工程项目是河北省人民政府重点支持项目，自1994年到2000年每年财政拨款1500万元，合计10500万元，期间学校自筹资金平均每年400万元，合计2800万元，整个工程总计投入1.33亿元。

第二条 本工程项目是用来把河大建设成为全国重点大学的总体实施方案。该工程项目划分为九个子项目，即：

a.重点学科建设子项目

b.提高本科教学……

c.提高科研水平……

d.师资队伍培养……

e.师资队伍引进……

ED22857 20×15=300 河北大学公用稿纸

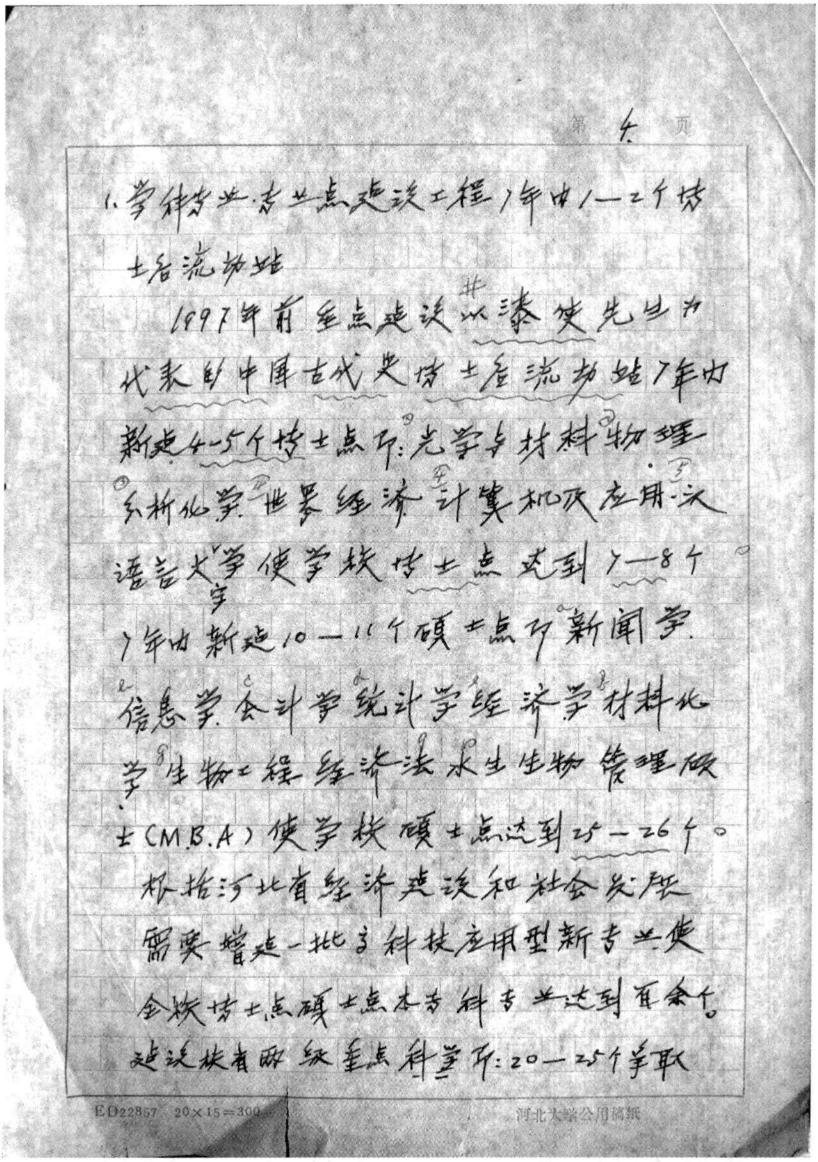

第 6 页

1、学科专业、专业点建设工程，7年内1—2个博士后流动站

1997年前重点建设以漆侠先生为代表的中国古代史博士后流动站，7年内新建4—5个博士点即：光学与材料物理、分析化学、世界经济、计算机及应用、汉语言文字学，使学校博士点达到7—8个。7年内新建10—11个硕士点即新闻学、信息学、会计学、统计学、经济学、材料化学、生物工程、经济法、水生生物、管理硕士（M.B.A），使学校硕士点达到25—26个。

根据河北省经济建设和社会发展需要，增建一批高科技应用型新专业，使全校博士点、硕士点、本专科专业达到百余个。

建设校省两级重点科学即：20—25个学科

ED22857　20×15=300　　　　河北大学公用稿纸

第 5 页

建设4—5个国家级4—5个国家级重点学科即：中国古代史、外国教育史、中国古代文学、光学与材料物理、计算机应用。在四到5年中使现有的8个有权授予同等学历硕士学位点扩大到12个，并争取4个专业在职博士学位授予权

在学科管理上实行"既有扶持又有竞争"的政策。每年进行重点学科的评估，和审定与重点学科专业负责人签订合同，促使其巩固和提高学科专业的水平，使更多的学科专业进入"国家队"。对重点学科增加投入，省级以上重点学科建设费年均要超过100万元。对现有硕士点进行分类排队，在梯队、研究方向、科研成果等方面提出不同要求，在

ED22857　20×15=300　　河北大学公用稿纸

第 6 页

投入、职称评定等方面还有相应措施，实行跟踪评估、激烈的竞争。

专业建设以保持综合大学基础学科的优势为前提，加强同类学科间的集中统一，强化人文科学、社会科学、自然科学以及技术工程若干个学科群，以学科群为依托重点学科。

在此基础上成[illegible]相应的学院。同时根据河北省需要，按"文理渗透、理工结合"的模式新建一批应用型学科专业，使全校形成文、理、工等多学科协调发展的专业结构体系。到本世纪末组建研究生院、文学院、外语学院、法学院、理工学院，使全校达到84个学[illegible]、27个学系，实现学科配套，优势互补，整体优化。

ED22857　20×15＝300　　　河北大学公用稿纸

第 2 页

2.提高本科教育质量工作程序，先要加强对学生的"三基"教育，打好坚实的理论基础，同时根据社会实际需要吸纳最新科技和文化发展成果，更新教学内容，调整课程体系，拓宽专业范围。三年内，现有各专业主干课程全部达到标准课要求，评选出"一级课"100门左右。国家级及省内统考（包括四六级外语考试、计算机等级考试、大学物理、高等数学等）三年内达标率居全省最高水平，五至七年内达到或接近全国重点大学水平。

为确保本科教育质量，要进行下列六项教学制度的改革，其中前三项针对学生，后三项针对教师。

(1)实行完全学分制。从1995年开始推

ED22857 20×15=300　　河北大学公用稿纸

第 8 页

行学分制、淘汰制和"教学竞争制"的重大改革。允许和鼓励学生按照学分制规定在全校范围内跨系院跨学科选课，学生学完规定的学分即可毕业。同时实行主副修专科升本科双学历教育等制度，鼓励优秀学生脱颖而出。

㈡实行导师制。每个学生入学时都确定一位导师，由导师具体指导学生选修课程，安排学习计划，关心学生的全面发展，教书育人。

㈢实行题库制，改革考试制度，严格考试纪律，实行教考分离。自1995年开始对主干课程全部实行题库制统考试，达到一个公认的标准。凡国家有教委统一命题的考试课程一律以统考课程成绩

第 9 页

水准。 工作

①实行教师规范化制度，对教师的工作有一个量化的考核办法，从严执教，保证教学质量。

②实行教学工作评估制，建立课程质量、办学水平三个独立的评估体系，对全校教学工作进行定期跟踪评估。

③实行教师课时培训金制，贯彻扶劳务费、优质优训的原则，最大限度调动广大教师的积极性。

3 科学研究工作 我校科学研究的指导思想是：稳定基础研究，重点发展应用研究和高新技术研究，注意软科学研究。具体来讲就是：基础研究要扩展优势，上高水平，要分层次；应用研究要瞄准市场出高科技成果，获大效益。高新技术研究要在

ED228[illegible]15=300 河北大学公用稿纸

第 10 页

2—3个领域中有突破，争取国家级科研项目。改革科研管理体制，重奖做出突出贡献的科研人员，重点组织校内外学科联合攻关、交叉渗透。改革科研拨款制度，建立各种激励机制和约束机制，把大部分科研机构推向市场，自谋生存，自谋发展。

1995年以前，争取列入国家自然科学基金的重大项目或打入“863”计划的项目中占一席之地，从校外获得的科研经费大幅度增长；获取国家科技三大奖2项以上，科技论文发表数量逐年增多，到本世纪末在全国高校中排序列入前80名。

社科研究要继续保持全省领先和在全国靠前的地位，集中优势，联合社会力量，办好河北大学社会发展研究院，进行专题研究，为决策服务，切实发挥省委省政府“思想库”的作用。

ED22857 20×15=300 河北大学公用稿纸

师资队伍建设工程，以培养学术带头人为重点，建立一支结构合理，水平较高，相对稳定，充满活力的师资队伍。到本世纪末教师在全校教职工总数中的比例超过50%，其结构比例，分别达到：年龄结构35岁以下教师占总数的40%，36—50岁的占35%，51岁以上的占25%，专业技术职务结构正高职占总数的10—15%，副高职占35—40%，中职占35—40%，初级以下占5—10%。学历结构，中青年教师中，研究生毕业者超过80%，其中具有博士学位的教师1/5以上。

为了加快教师队伍建设的步伐，必须在政治上给予优惠和倾斜：

(1)加强学科带头人培养，推行教师选优培养制度，在现有教师中选拔培养学科、学术带头人100名，学科骨干200名，培养一批跨世纪的青年学科学术带头人，细分研究生单独入学考试权。加强在职

第 12 页

人员博士硕士学位授予工作 提高我校
中青年教师的学历层次和水平 利用政
策吸引我校出国留学人员教师返
校工作

(二)下大本钱引进人才 利用我校地处京
津的地理优势每年引进10个左右具有
博士学位或副教授以上职称的教师 重点
引进院士和在国内居领先地位的科研
集体 优先引进新兴交叉边缘技术性学
科专业的教师 接纳有博士学位的教师
分配新二室一厅住房并给10000元安家
费 今后一般不再接纳本科生补充教师队伍

(3)切实改善教师的工作与生活条件
在住房分配等方面坚决落实向教师
倾斜的政策 引进和培养并重 对有突出
贡献的教师发给校内津贴 优先解
决住房 提供国内外进修机会 按照有关政

ED22857 20×15=300 河北大学公用稿纸

後　缺

四、文集相關三種

1.《魏際昌詩文選集》編目

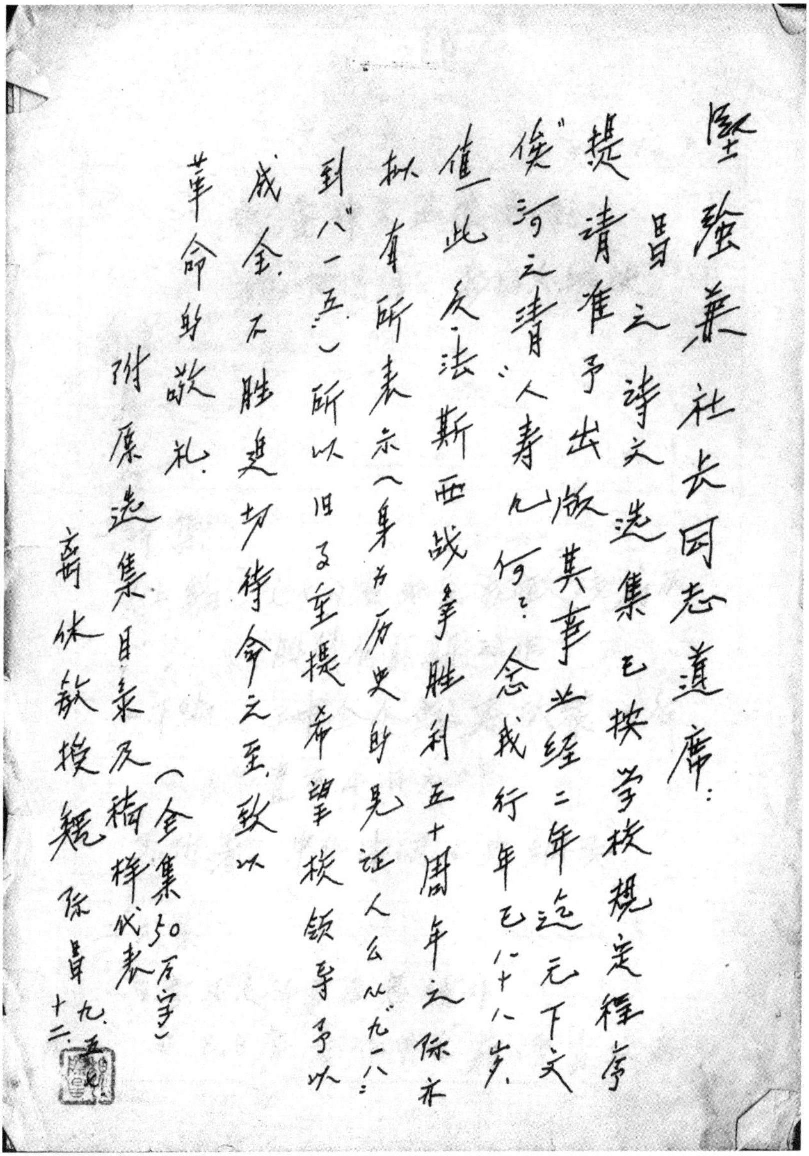

陉鋆燊社长同志道席：

昌之诗文选集已按学校规定程序提请准予出版，其事并经二年迄无下文，俟河之清，人寿几何？念我行年已八十八岁，值此反法西斯战争胜利五十周年之际，亦拟有所表示（集为历史的见证人，从九一八到八一五）所以旧事重提，希望校领导予以成全。不胜迫切待命之至。致以

革命的敬礼。

附原选集目录及稿样代表（全集50万字）

离休教授魏　际昌　九五.十二.

第 1 页

紫庵诗文选集总目

魏际昌著　杨国文编校

前言

序一

序二

一诗集

1.上编　七七事变起之抗敌残篇及胜利后前期之作

2.下编　三中全会落实政策以后直至今日之作

3.附著　中华诗词小史纲要

二文集

1.学习毛泽东思想诸作

①毛主席著作中古籍语汇考释

PD16855　20×15=300　河北大学公用稿纸

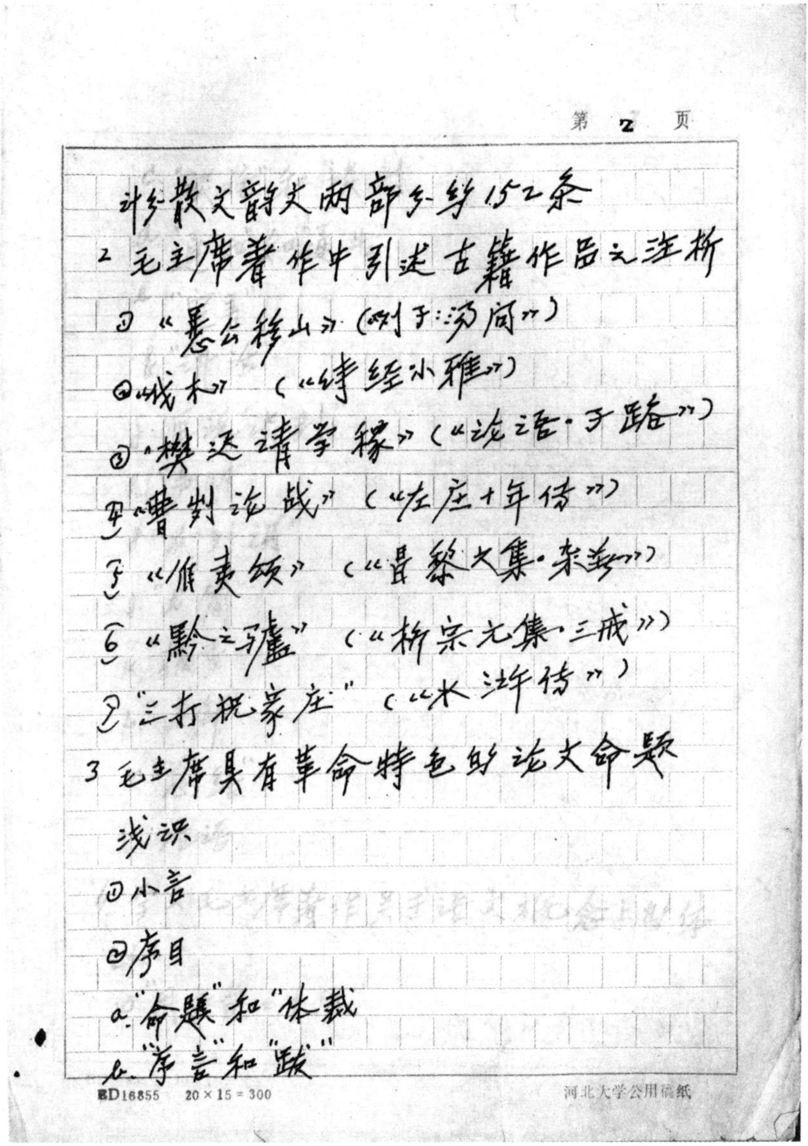

第 2 页

补、散文韵文两部分约152条

2 毛主席著作中引述古籍作品之注析

① "愚公移山"(《列子·汤问》)

② "伐木"(《诗经·小雅》)

③ "樊迟请学稼"(《论语·子路》)

④ "曹刿论战"(《左庄十年传》)

⑤ "伯夷颂"(《昌黎文集·杂著》)

⑥ "黔之驴"(《柳宗元集·三戒》)

⑦ "三打祝家庄"(《水浒传》)

3 毛主席具有革命特色的论文命题浅识

① 小言

② 序目

a. "命题"和"体裁"

b. "序言"和"跋"

BD16855 20×15=300 河北大学公用稿纸

第 3 页

c."谈话"和"谈判"

d."通知"和"通告"

e."宣言"

f."讲话"

g.再说"谈判"

h."声明"

i."发刊词"

j."书简"

k."报告"

l."方针"

m."总结"

后语

4. 学习毛主席著作关于语文概念上的体认

(1)"用中学，学中用"

BD16855 20×15=300 河北大学公用稿纸

第 4 页

②人民语言生动活泼

③灵活掌握史传材料

④"楚材晋用"借鉴生辉

⑤站稳立场，爱憎分明

⑥政治和艺术的统一

附：学习毛主席的统战精神。

四 关于先秦的论文

1.《尚书》的释名及其散文特点

2.《三百篇》之"毛传"、"郑笺"等有关诂训之举例：

3. 成书的贞卜文《周易》和它的"十翼"。

关于"三传"的文章

①《左氏春秋》

a.见于"传"中的有关政治、经济情况的记载

BD16855　20×15＝300　　河北大学公用稿纸

一 学习毛泽东同志著作

二 先秦诸子

三 关于训诂

四 古代辞书简介

五 辞赋

六 纪传

七 诗词曲

八 明清文学

九 现代文学

EC369111　　20×15=300　　第　页

一、1.毛泽东著作中古籍语文汇释

2.玉振金声、典范具在：《毛选》语文论析

3."批判继承，古为今用"，毛泽东同志体现于散文著作中的几个范例

4.学习毛泽东思想，清除形形色色的个人主义

EC369111　　20×15＝300　　第　　页

二、1. 先秦诸子的名学问题
2. 孔子和他的礼学
3. 《尚书》的释名和它的主要篇目
4. 《尚书》在中国散文中的历史地位
5. 孔伋和他的《中庸》
6. 孟子
7. 《论、孟》研究
8. 荀子
9. 墨翟的生平及其思想
10. 《管子》和管仲
11. 《管仲列传》
12. 尹文的"大道"
13. 慎到之作
14. 商鞅与《商君书》
15. 韩非的《韩非子》

EC369111　　20×15=300　　第　页

三 1. 篆隶之变——嬴秦以来的文字考释

2. 两汉训诂学研究

3. 中国最早的字典，许慎的"说文解字"

4. 《礼记注》郑玄的又一杰作

5. 异軍突起的《春秋公羊传解诂》

——何休对于诠释史之的种种

6. 越发完备了的东汉训诂——大家辈出，且有专书

7. 简介东汉末年的几部训诂书

——字源辞典的完成期

8. 戴震的训诂文

EC369111　　20×15＝300　　第　　页

四. 1.尔雅

2.方言

3.白虎通

4.释名

5.独断

EC369111　　20×15=300　　第　　页

五、1. 屈赋教学拾零

2. 九歌译文及其演唱

3. 屈赋再生，灵均遗爱在人

4. "灵"的飞扬与"色"的绚丽

5. 屈原的巫风和神思

6. 既勇以武，身死神灵《国殇》浅释

7. 辨言蛮夷华夏和屈原的宗族及江汉文化

8. 汉魏六朝赋发微

EC369111　20×15=300　第　页

六 1. 公孙侨大传及其年谱

2. 李白评传

3. 唐六如评传

EC369111　　20×15=300　　第　页

八、1.徐文长和他的诗文

2.晚明"公安三袁"合论

3.晚明双慧辉映荆南
——也谈袁中郎与钟伯敬

4.略论天门钟、谭二氏评选"古诗归"之艺术手法及其创见

EC369111　　20×15=300　　第　页

2.《魏際昌詩文選集》後記/佚名

后记

1993年10月紫铭老师要我为诗文集做编校工作，这是我向先生学习的一个好机会，我高兴地接受了。

1955年我在天津师院中文系进修时开始听先生的课。那时先生给本科四年级和专科二年级开文学史课，没有现成的教本，先生自己编选好文章又加上详细的提示和注解由学校打印后发给学生。先生说注释是加进了他自己的观点的，前人对古书的注释解说，我们应该学习，但要有分析、批判地接受。今天我们学习比起古人有好的条件，这就是有了马克思列宁主义和毛泽东思想的指导，可以运用它去分析认识问题了。因为注解较详尽，使同学们在阅读古文方面减少了困难，所以都愿意听先生的课。可惜，那时很

(15×20=300)

留的诗文，在"文革"中都没了。

河北大学迁保定后，我又陆续读到先生写的一些诗文，这次才是较全面的学习，收获是丰硕的。

先生常说，做学问、写文章要在义理、辞章和考据上下功夫。义理是思想性，辞章是艺术性，考据是科学性，三者相辅相成，是有机的统一，是一个整体。先生曾在他的《桐城古文学派小史》中介绍清代学者戴东原："有义理之学，有文章之学，有考核之学。义理者，文章、考核之源也。熟乎义理而后能考核，能文章。"（《戴东原集卷首·段玉裁序》）又引姚鼐："天下学问之事，有义理、文章、考据三者之分，异趋而同为不可废，""必兼收之，乃足为善。"分析戴与姚虽然都是三者并论而差异却很大。而先生则与戴、姚所说又不同。

　　时代不同了。先生所说的思想性是用马克思列宁主义毛泽东思想为研究的指南，对具体材料进行具体分析。研究古典文学要古为今用，为今天社会主义精神文明建设服务。研究毛泽东同志著作中典籍的运用是为举出范例，以更好地批判、继承，实事求是地对待民族文化遗产。

　　在研究一部作品时，总是先研究作者所处的时代，当时的政治、经济、文化背景，作者的阅历，对作品形成的源和流作深入了解。从先生对先秦两汉散文的研究中可以清楚地看到都是在用唯物史观分析其内容思想的基上来引导人们认识它的艺术性的。

　　先生重视文章的形式方向，用心追求文章

第　　頁

形式的完美，无论是语言、章法和风格，先生常引："言之无文，行之不远"这句话。在写"公孙侨大传及其年谱"一文时把年谱排在传文之前，在结构上似是倒置而却是顺理，使形式服从内容，使形式和内容做到完美的统一。

马克思说："风格就是人"，《文心雕龙·体性》说："各师成心，其异如面"，先生强调要有自己的风格，反对新旧八股。既严肃对待文章的内容，又在语言和风格问题上十分考究。所以读先生的文章明白晓畅，朴素、精约。

在科学性方面，先生非常重视第一手材料，他尽量搜集和引用第一手材料，去还贪图省力，随便录用第二手、第三手材料。词语的解释、史实的考证，总是要弄清它的来龙去脉，去汇集、熟悉和占有大量的资料，比较、分析，去

(15×20=300)　　50页　打字纸　安印　80.

第　页

粗取精，去伪存真，由此及彼，由表及里，而后才得出结论，使言之有物，言之有据，说出个所以然来，使人信服。先生治学方法谨严，注重"家法"，却不拘于前人，有自己的发挥与创见。

先生的诗表达了他的真情实感。贵在一个真字。《诗》《书》并言"诗言志""诗者志之所之"。就是说：诗的本义在于表达作者的思想感情，"诚于中必形于外"么。这与先生的为人待人以诚也是一致的。

先生在以往生活中虽有自己的辛苦坎坷经历，却仍埋头钻研学问，开放以来也很关心国外对中国古典文学研究的成果，重视现时中外研究的关联。他认为学问是一种精神领域的开拓，只有不畏险阻，不怕困难，才能走出路来。

(15×20=300)

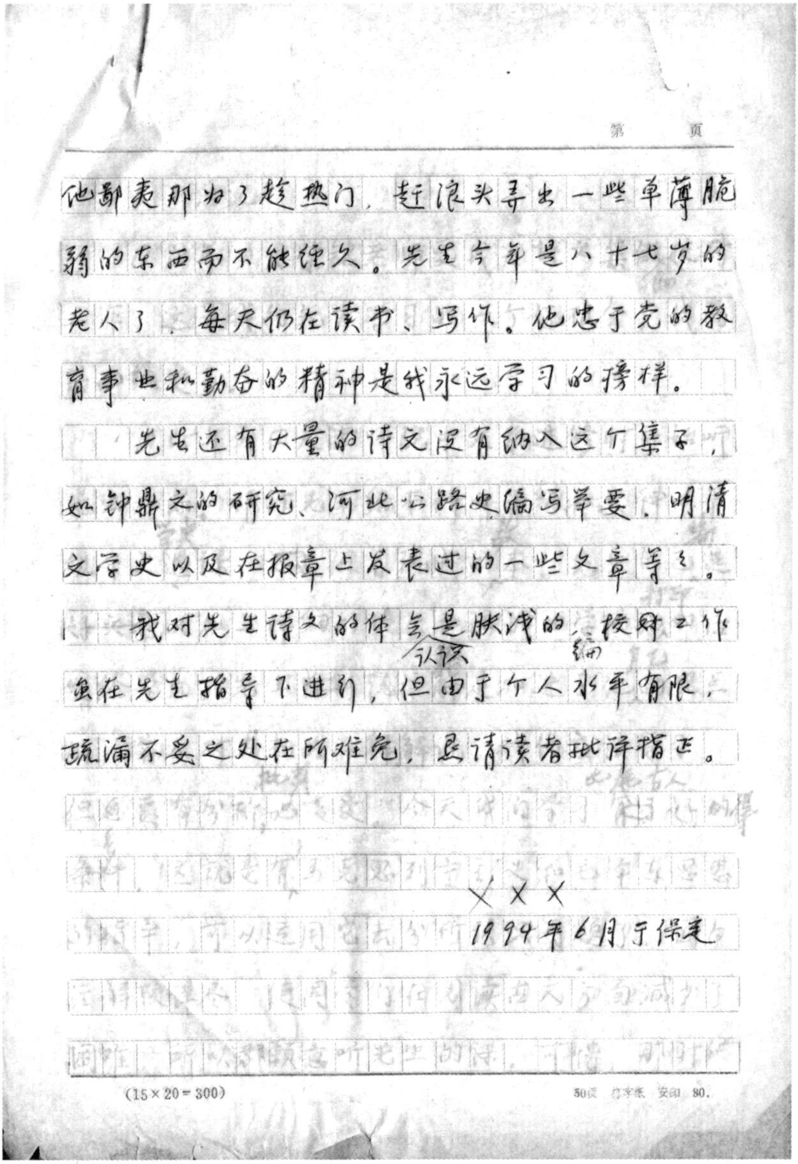

第　页

他鄙夷那为了赶热门，赶浪头弄出一些单薄脆弱的东西而不能经久。先生今年是八十七岁的老人了，每天仍在读书、写作。他忠于党的教育事业和勤奋的精神是我永远学习的榜样。

先生还有大量的诗文没有纳入这个集子，如钟鼎文的研究、河北公路史编写举要，明清文学史以及在报章上发表过的一些文章等等。

我对先生诗文的体会（认识）是肤浅的，编校工作虽在先生指导下进行，但由于个人水平有限，疏漏不妥之处在所难免，恳请读者批评指正。

×××

1994年6月于保定

(15×20=300)　　50页 稿字纸 安印 80.

3.《紫庵詩草》出版合同

金陵書社出版公司

出版合約

Serial No. 編號 № 10490

香港金陵書社出版公司（甲方）

魏际昌（乙方）

雙方同意，簽定合約如下：

一：乙方將書稿《紫庵詩草》交由甲方出版，並認可上述書的出版權歸甲方：

二：內文編排、定價、數量、開度、封面插圖設計、以及編於何套叢書，均由甲方決定，同時尊重乙方的建議：

三：上述書稿以自費方式出版，共有……個印張，……字（行）……費爲：港幣……圓或人民幣貳仟圓。

四：乙方著作應遵守其所在國的法律和香港法律

五：書稿原則上應在香港印刷，如果作者要求在香港以外地區印刷，必須獲得本公司同意，並持有本公司委託書：

六：書稿如果在大陸地區印刷應遵守大陸現行規定，不得在大陸地區公開發行：、

七：經甲方審定的樣稿，乙方不得改動或添加其他內容。

八：乙方簽定合約後即應交款，書稿如果在大陸地區印刷，乙方繳清費用後始能接獲甲方付印委託書以聯繫印刷。乙方計劃成書時間……年……月……日，成書後乙方在20天內交付樣書100冊給甲方乙方逾期不交付樣書或交付樣書的內容形式與終校稿不符時，甲方取消該書合法性，追究乙方法律責任。

九：繳款後，甲方概不退款：

十：本合約一式二份，甲乙方各持一份。簽約後三十天內如乙方仍未付款，本合約自動失效：

香港金陵書社出版公司

甲方……　　　　乙方 魏际昌

年　月　日

五、生平相關三種

1. 魏際昌先生簡歷

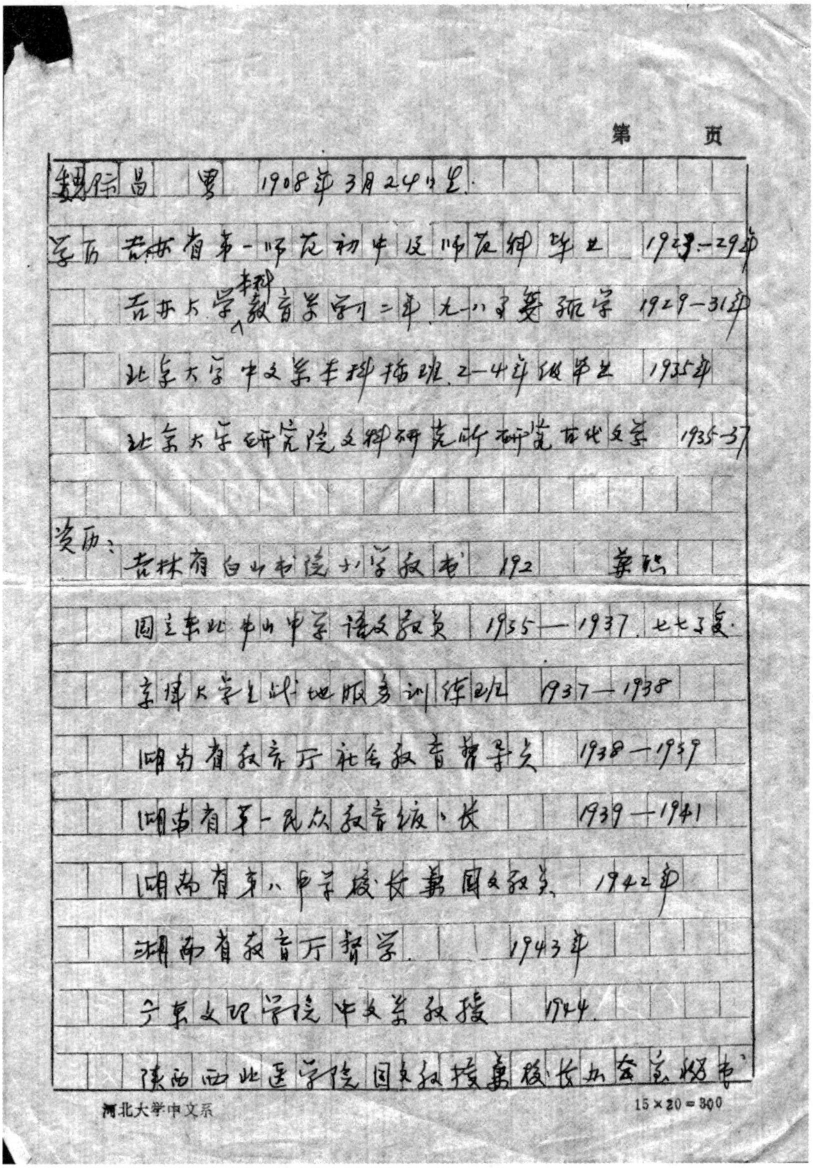

第　　页

魏际昌　男　1908年3月24日生.

学历　吉林省第一师范初中及师范科毕业　1923-29年

吉林大学本科教育学系学习二年，九一八事变辍学　1929-31年

北京大学中文系本科插班二-四年级毕业　1935年

北京大学研究院文科研究所研究古代文学　1935-37

资历：

吉林省白山书院小学教书　192　兼职

国立东北中山中学语文教员　1935—1937，七七事变.

京津大学生战地服务训练班　1937—1938

湖南省教育厅社会教育督导员　1938—1939

湖南省第一民众教育馆馆长　1939—1941

湖南省第八中学校长兼国文教员　1942年

湖南省教育厅督学.　1943年

宁夏文理学院中文系教授　1944.

陕西西北医学院国文教授兼校长办公室秘书

河北大学中文系　　15×20=300

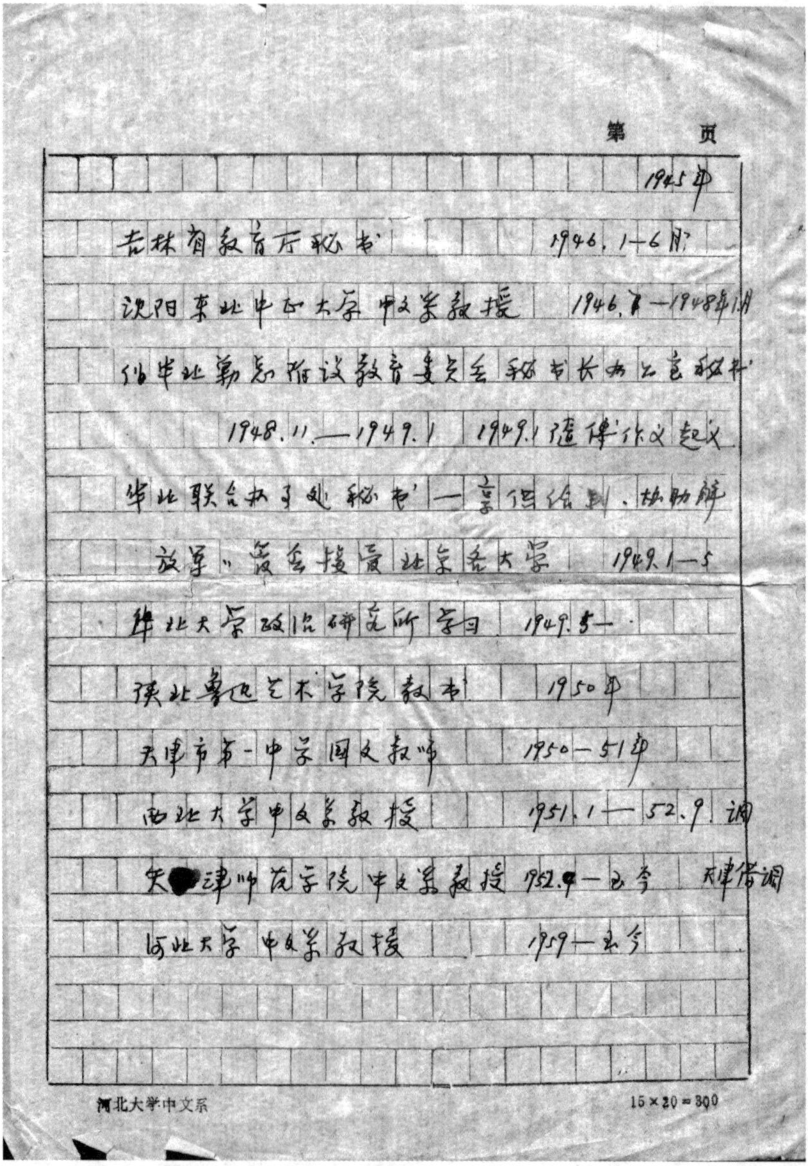

第　页

1945年

吉林省教育厅秘书　1946.1—6月

沈阳东北中正大学中文系教授　1946.7—1948年11月

伪华北剿总附设教育委员会秘书长办公室秘书

1948.11—1949.1　1949.1随傅作义起义

华北联合办事处秘书—等待分配、协助解

放军、筹备接管北京各大学　1949.1—5

华北大学政治研究所学习　1949.5—

陕北鲁迅艺术学院教书　1950年

天津市第一中学国文教师　1950—51年

西北大学中文系教授　1951.1—52.9调

天津师范学院中文系教授　1952.9—至今　天津借调

河北大学中文系教授　1959—至今

河北大学中文系　15×20＝300

2. 魏際昌先生追悼會記録

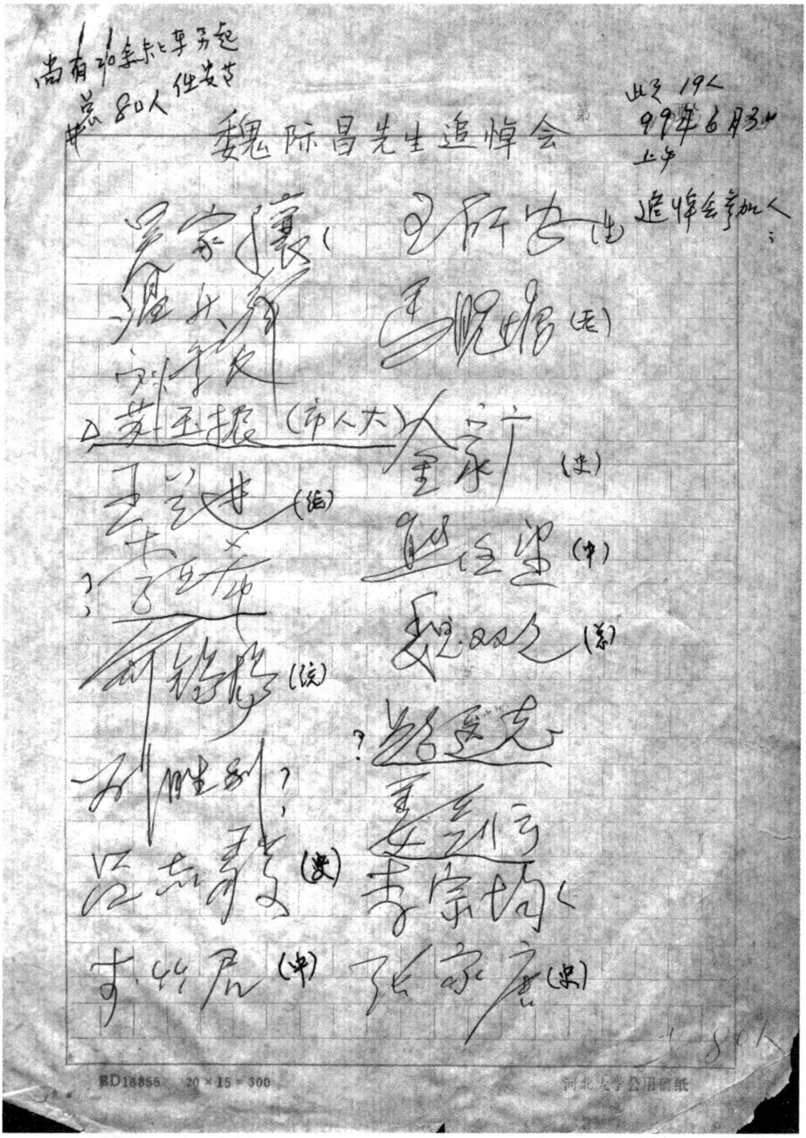

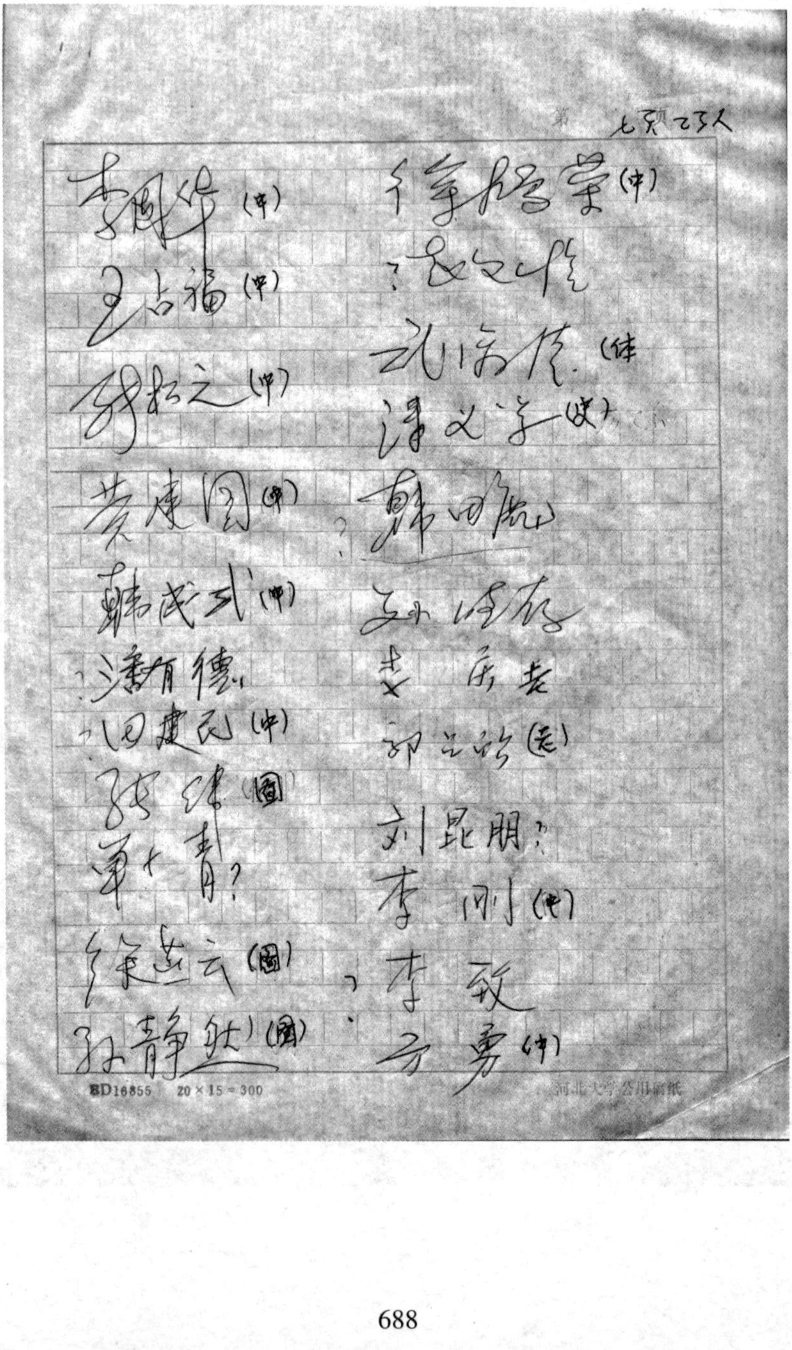
第 七页 73人
李国华(中)
王占福(中)
郭松之(中)
黄建国(中)
韩茂武(中)
潘有德
田建民(中)
孙伟(图)
单青?
徐连云(图)
孙静然(图)
徐振荣(中)
沈培茂(体
谭文学(史)
刘昆朋?
李刚(中)
李敏
方勇(中)
BD16855 20×15=300
河北大学公用稿纸

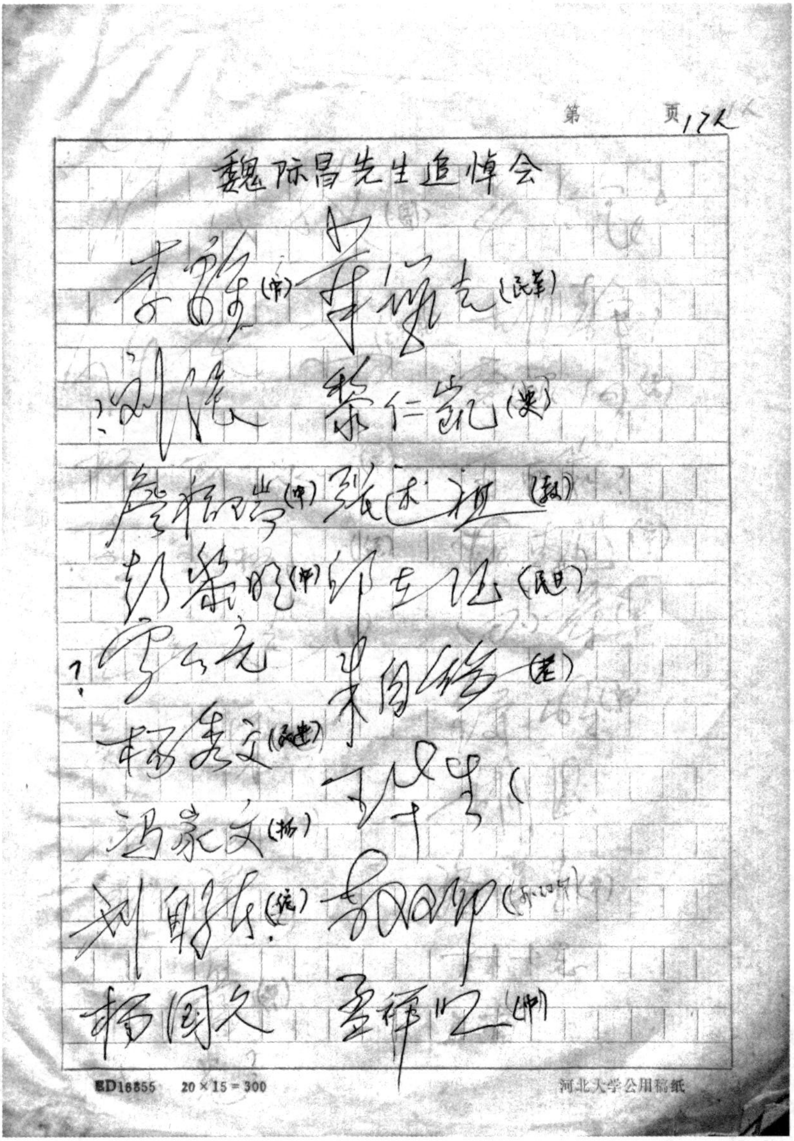

第　页 17人

魏际昌先生追悼会

ED16855　20×15=300　河北大学公用稿纸

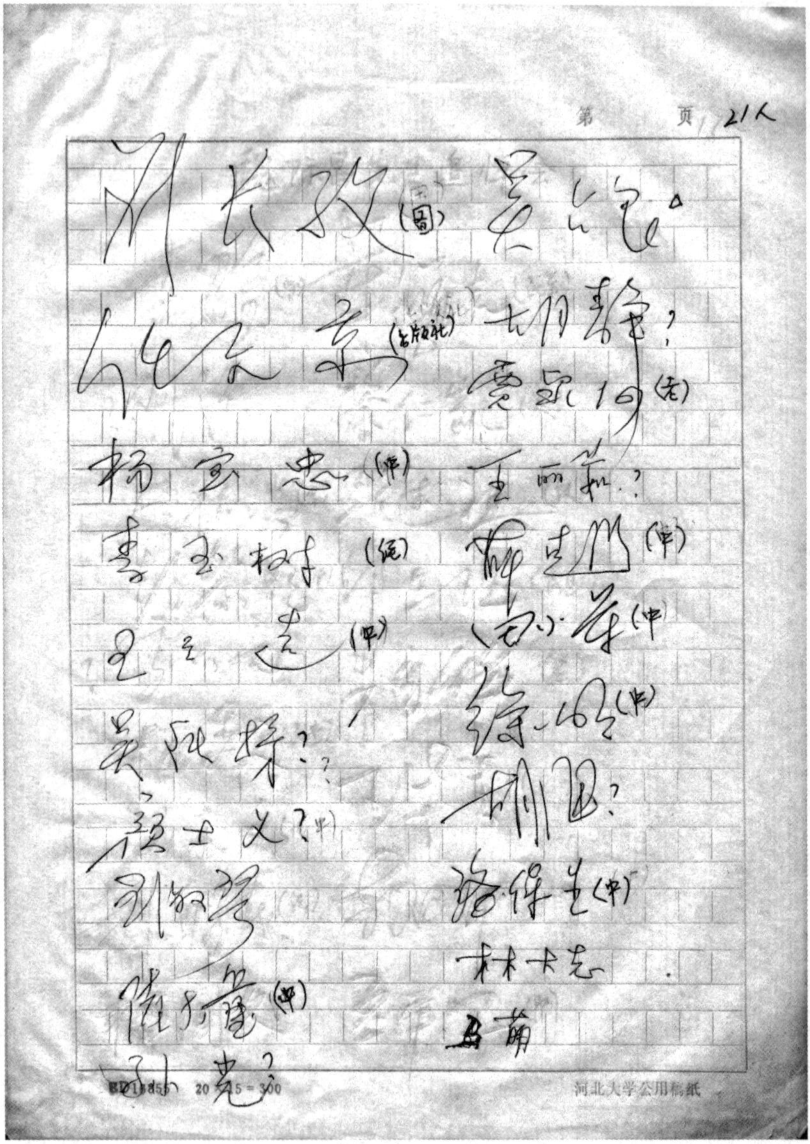
第　页　21人

刘长政（图）　吴[illegible]
[illegible]（出版社）　胡静？
[illegible]（老）
杨宝忠（中）　王丽莉？
李玉树（绝）　梅[illegible]川（中）
王[illegible]远（中）　白小华（中）
吴凤祥？　徐[illegible]（中）
颜士义？（中）　胡国？
刘叙[illegible]　路得生（中）
[illegible]（中）　林大志
孔[illegible]尧？　马萌

BD15855　20×15＝300　河北大学公用稿纸

第　　页

敬献花篮与挽帐的有：

民革河北省委
　　保定市委

保定市委统战部

杨国久先生

河北大学中文系

学生：李金善　方勇　洛保生　孙文民　贾东城

保定延安精神研究会

RD16855　20×15=300　河北大学公用稿纸

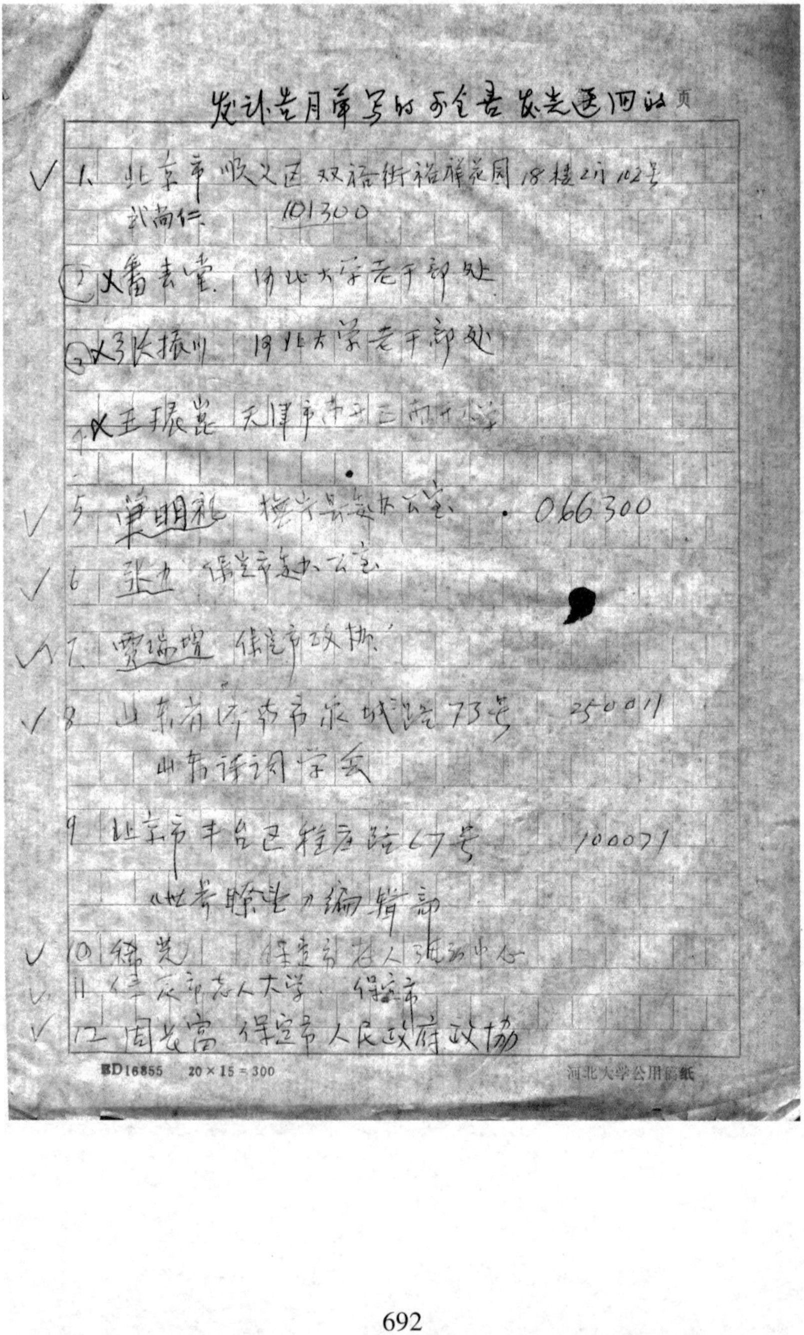

发讣告用单写的[illegible] 页

1、北京市顺义区双裕街裕祥花园18楼2门102号
武尚仁 101300

2 番表堂 河北大学老干部处

3 张振川 河北大学老干部处

4 王振崑 天津市[illegible]小学

5 单明礼 [illegible]县委办公室 066300

6 张力 保定市委办公室

7 贾瑞增 保定市政协

8 山东省济南市历城路73号 250011
山东诗词学会

9 北京市丰台区程庄路67号 100071
《[illegible]》编辑部

10 徐光 保定市老人活动中心

11 保定市老人大学 保定市

12 周光富 保定市人民政府政协

BD16855 20×15=300 河北大学公用稿纸

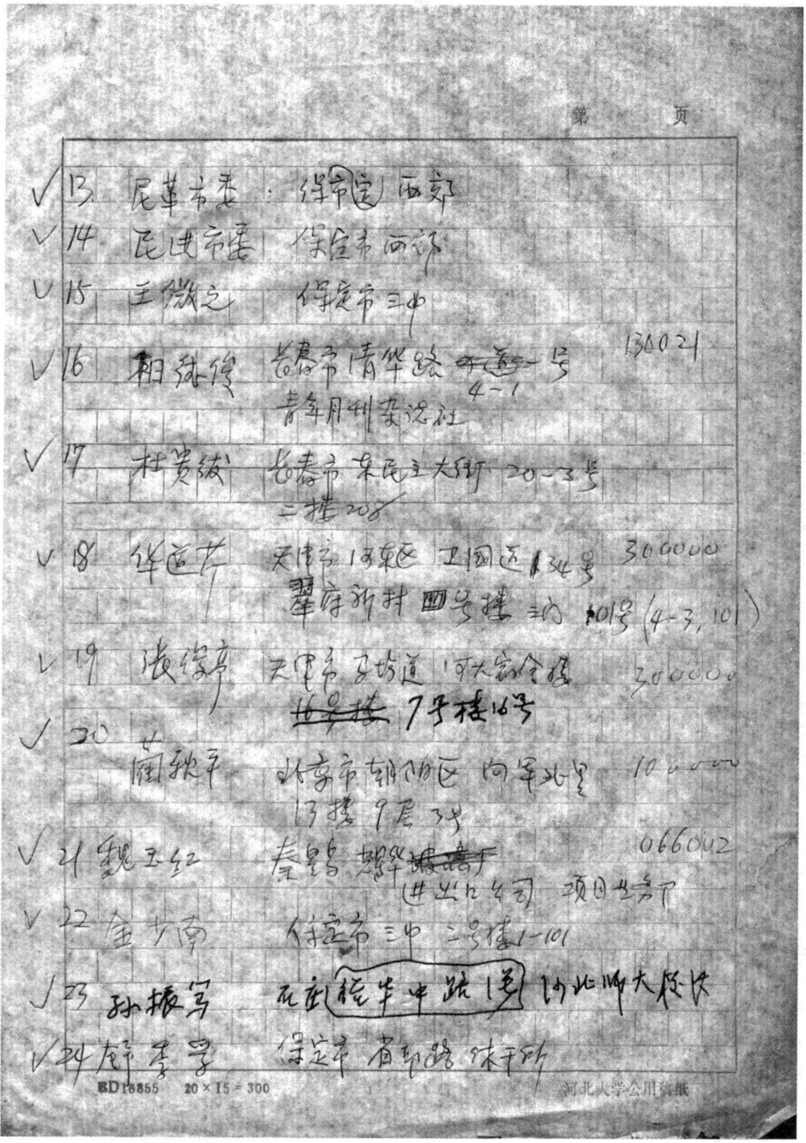
第　页
13 民革市委：保定市西郊
14 民进市委 保定市西郊
15 王微之 保定市三中
16 胡绍偉 长春市青华路4-1号 130021
青年月刊杂志社
17 杜贵彼 长春市东民主大街20-3号
二楼208
18 华道芳 天津市河东区 卫国道134号 300000
翠庭新村四号楼 101号（4-3，101）
19 张俊亭 天津市万柳道 ... 300000
16号楼 7号楼16号
20 阎秋平 北京市朝阳区 向军北里 100000
13楼9层3号
21 魏玉红 秦皇岛 進出口公司 项目业务部 066002
22 金山南 保定市三中 二号楼1-101
23 孙振宇 石家庄裕华中路1号 河北师大校长
24 舒季学 保定市 省印路
BD16855 20×15=300 河北大学公用稿纸

11

第　页

√25 郝克　保定市监狱宿舍 老干部处

√26 刘力　保定市 三中宿舍 1号楼 1-402

27 张慕荟　天津市红桥区丁字沽三号楼同心楼25门302室

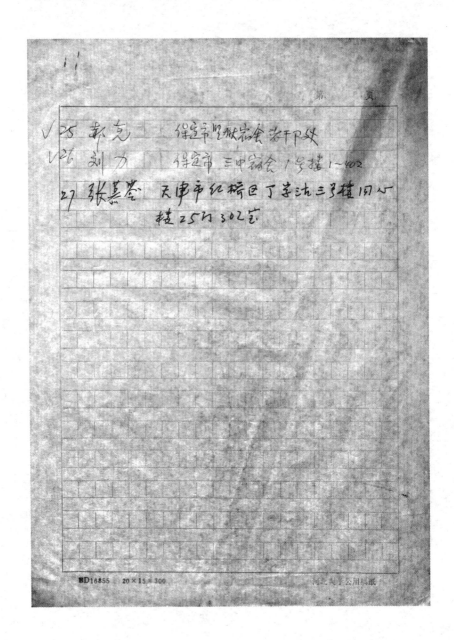

BD16855　20×15=300　河北大学公用稿纸

3.《唐詩紀事》經過/于月萍 附聘書及姚奠中信

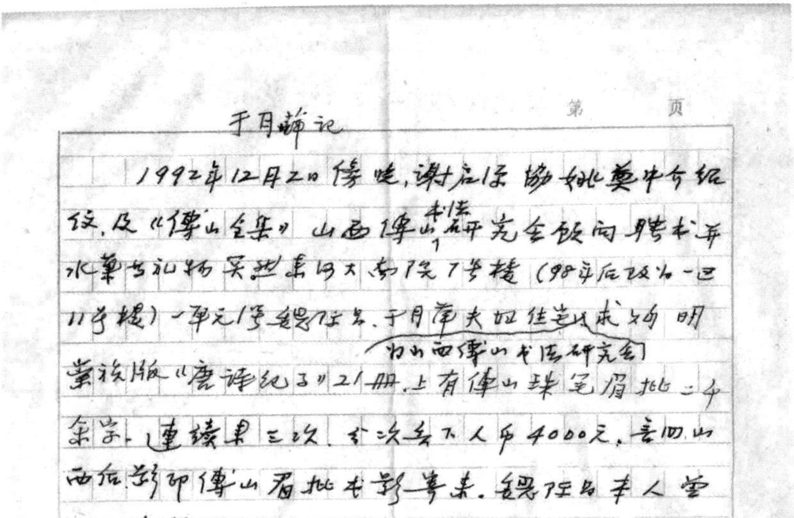

第　　页

于月萍记

1992年12月20日傍晚，谢启源协姚奠中介绍信，及《傅山全集》山西傅山书法研究会顾问聘书，来水车出社物资吴热东河大学院7号楼（98年后改为一区11号楼）一单元1号经保东、于月萍夫妇住处求购明嘉靖版《唐诗纪事》21册，上有傅山朱笔眉批二千余字。连续来三次，分次付下人民币4000元。言回山西后影印傅山眉批书影寄来。经保东本人曾于此前著有《傅山评嘉靖本唐诗纪事残本有记》发表在《河北大学学报》年期上。该书共21册，首册盖有经保东名章。事后，谢启源回去后，即杳无音信。知情人知此事后询问姚奠中（山西大学中文系教授，博士生导师，全国政协委员），姚一概言不知此事。后经行家鉴定，言此书为孤本，属一级文物，价值数十万元。92年来购书时，谢启源带一小青年，是他的侄子，始终未发一言。后托人在太原傅山书法研究会探访，始终未见

BD16855　20×15＝300　　河北大學公用稿紙

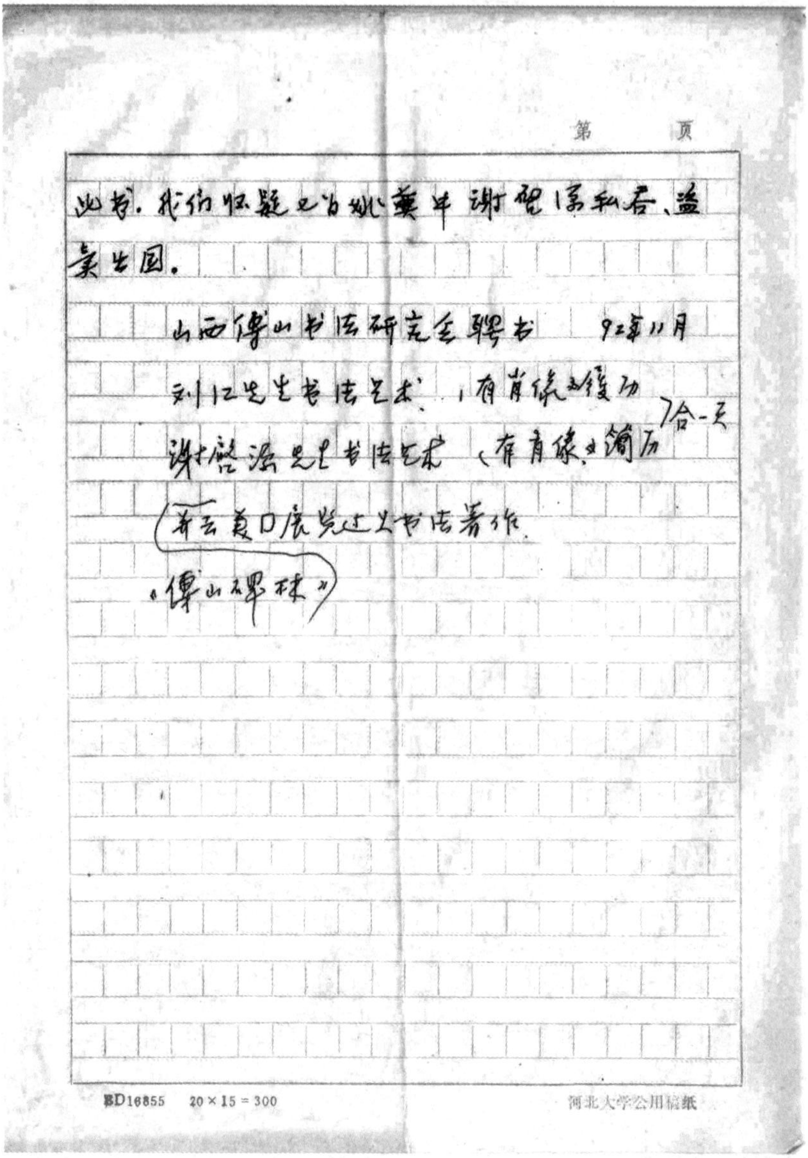

第　页

此书。我们怀疑是当姚华年谢稚柳私吞、盗卖出国。

山西傅山书法研究会聘书　92年11月

刘江先生书法艺术、（有肖像）简历 ⎤合一页
谢稚柳先生书法艺术（有肖像）简历 ⎦

并在美日展览过之书法著作

《傅山碑林》

BD16855　20×15＝300　河北大学公用稿纸

特聘
魏際昌老先生為
山西傅山書法研究會顧問
山西傅山書法研究會
一九九二年
山西傅山書法研究會

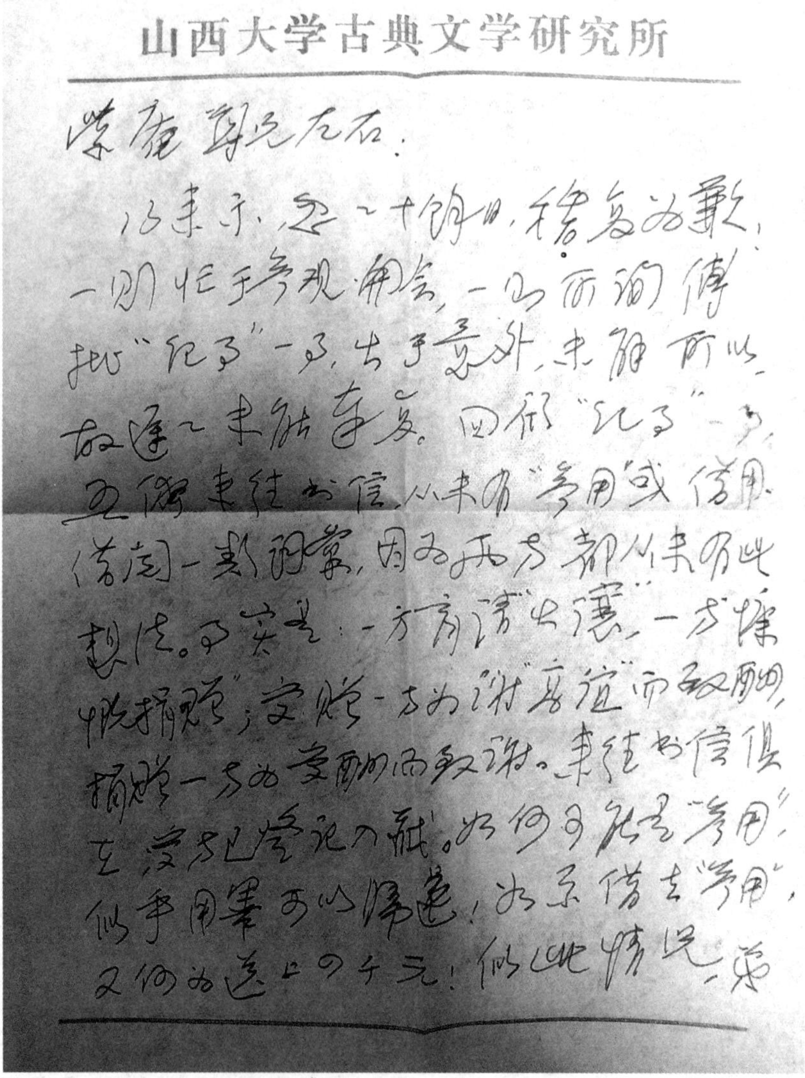
山西大学古典文学研究所

紫庵尊兄左右：

此来京，忽二十馀日，稽复为歉！一则忙于参观开会，一则所询傅批"纪事"一书，出于意外，未能即以……故迟迟未能奉复。回忆"纪事"一书，在借来往书信从未有"参用"或"借用"、借阅一类的字眼，因为两方都从未有此想法。事实是：一方有请求之意，一方慷慨捐赠；受赠一方为谢意而致酬，捐赠一方为受酬而致谢。来往书信俱在，皆已登记入藏。如何可能是"参用"，似乎用毕可以归还！如系借去"参用"，又何必送上四千元！似此情况，弟

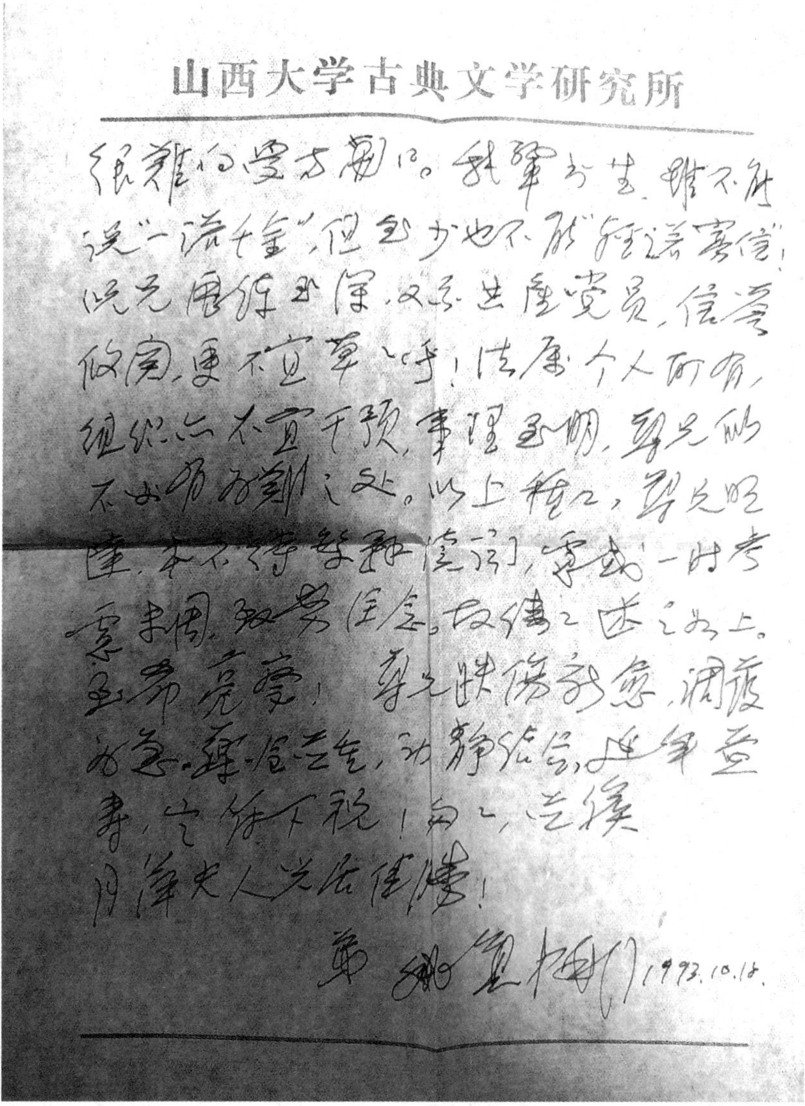

山西大学古典文学研究所

很难向学生开口。我辈书生，虽不敢说"一流千金"，但至少也不能行诈害信！况兄身任主席，又系共产党员，信誉攸关，更不宜草草乎！法属个人所有，组织亦不宜干预，事理至明，望兄所不必有所顾虑之处。以上种种，望兄明鉴，本不须赘辞烦言，实感一时之气来同我兄倾谈，故侍之陈之如上。至希原宥！望兄联伤于愈，调度如意，身体健康，动静结合，延年益寿，万千珍重！匆匆，并候月萍夫人并府佳胜！

弟 姚奠中 1993.10.18.